光文社古典新訳文庫

イタリア紀行(上)

ゲーテ

鈴木芳子訳

光文社

Title : ITALIENISCHE REISE
1816-1817
Author : Johann Wolfgang von Goethe

『イタリア紀行（上）』目次

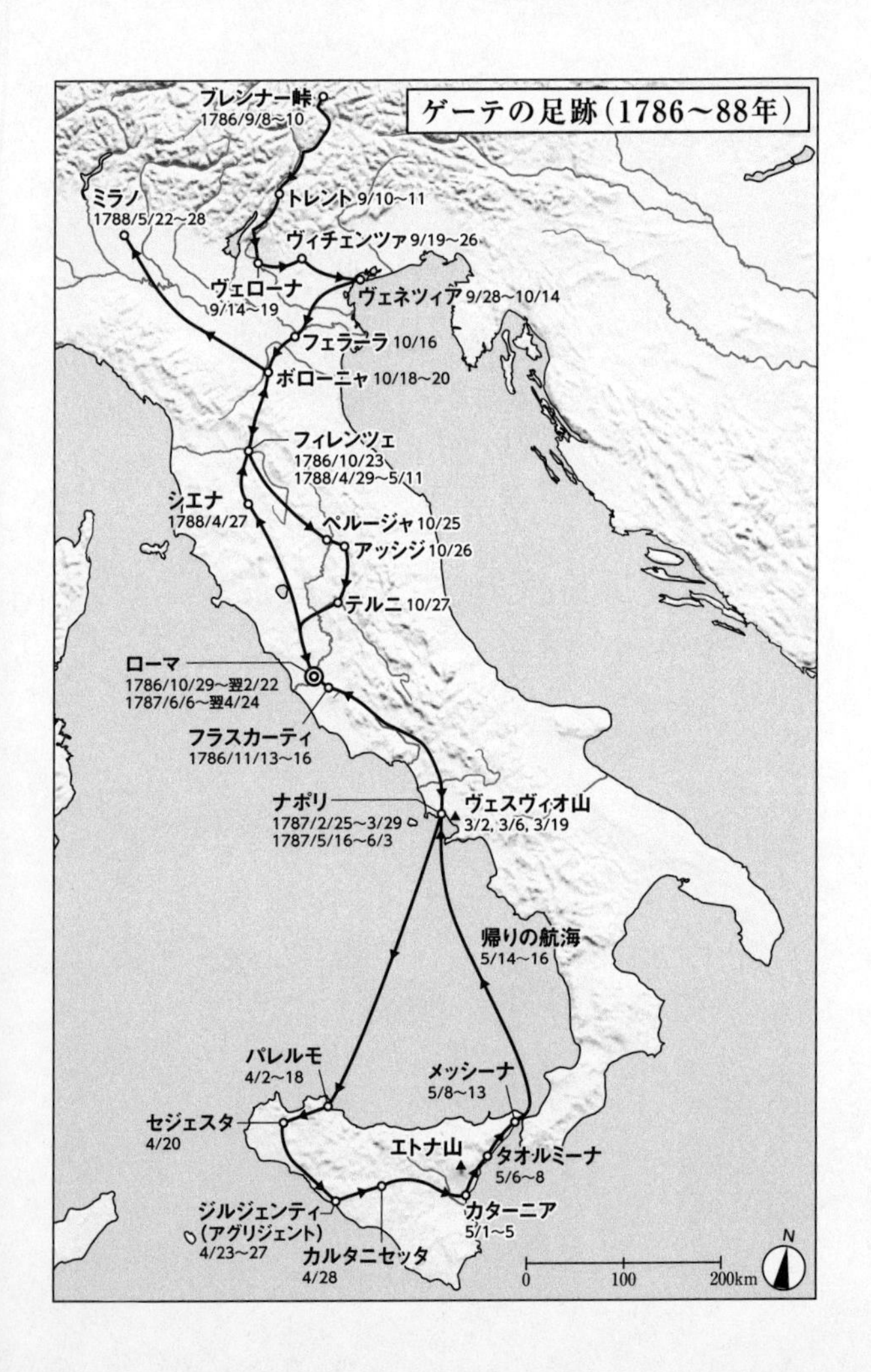
ゲーテの足跡(1786〜88年)
ブレンナー峠
1786/9/8〜10
トレント 9/10〜11
ミラノ
1788/5/22〜28
ヴィチェンツァ 9/19〜26
ヴェローナ
9/14〜19
ヴェネツィア 9/28〜10/14
フェラーラ 10/16
ボローニャ 10/18〜20
フィレンツェ
1786/10/23
1788/4/29〜5/11
シエナ
1788/4/27
ペルージャ 10/25
アッシジ 10/26
テルニ 10/27
ローマ
1786/10/29〜翌2/22
1787/6/6〜翌4/24
フラスカーティ
1786/11/13〜16
ナポリ
1787/2/25〜3/29
1787/5/16〜6/3
ヴェスヴィオ山
3/2, 3/6, 3/19
帰りの航海
5/14〜16
パレルモ
4/2〜18
メッシーナ
5/8〜13
セジェスタ
4/20
エトナ山
タオルミーナ
5/6〜8
ジルジェンティ
(アグリジェント)
4/23〜27
カターニア
5/1〜5
カルタニセッタ
4/28
0
100
200km
N

イタリア紀行（上）

われもまたアルカディアに*!

* ラテン語《Et in Arcadia ego》の訳。パリのルーヴル美術館にあるフランスの画家、プッサンの名画、三人の牧人と一人の女性がこのラテン語の銘のある墓碑をながめている絵によって特に知られている。アルカディアはギリシアの地名であるが、イタリア・ルネサンスの牧歌的文学以来、平和郷を意味することになった。

カールスバートからブレンナー峠まで[1]

一七八六年九月三日

早朝の三時にカールスバートをこっそりと抜け出した。そうでもしなければ旅立てなかったろうから。八月二十八日に私の誕生日をたいそう心をこめて祝ってくれた仲間たちは[2]、当然、私を引きとめるだろうが、それでも、ここにこれ以上ぐずぐずしているわけにはいかない。旅行鞄とアナグマの毛皮のついた背嚢(はいのう)をひとつにまとめて荷造りして、たったひとり郵便馬車に乗り込み、美しい静かな霧の朝七時半にツウォータに到着した。上空にたなびくふんわりした雲、下方にはどっしりした雲。吉兆と思われる。悪天候つづきの夏のあと、さわやかな秋を満喫できそうだ。強い日差しを浴びながら十二時にエーガーに着く。この地は私の生まれ故郷の町と同じ緯度にあるのをふと思い出し、また北緯五十度の晴れやかな空の下で昼食をとれるのが嬉しかった。

バイエルンではヴァルトザッセン修道院がすぐさま目に飛び込んでくる。世人よりも目端がきく聖職者たちのかけがえのない所有物だ。盆地とまではいわないが、平らな美しい草原地帯で、肥沃なゆるやかな丘陵に囲まれている。この修道院はこの地方一帯に広大な領地を有しており、地盤は分解した粘板岩だが、このような岩盤にあって分解もしなければ風化もしない石英のおかげで、柔らかくきわめて肥沃な畑地になる。ティルシェンロイトのあたりまで道は上りになっている。河の流れは私たちと逆行して、エーガー河やエルベ河に向かって流れていく。ところがティルシェンロイトから先になると、河流は南方へ下り、ドナウ河へと注いでいく。

私はどんなに小さな河でも、流れの方向や河川領域を調べれば、地域全体をたちどころに把握できる。そうすると、見通しのきかない地域でも、山や谷の位置関係を思い描くことができる。先述の町はずれからは、みごとな花崗岩の街道が続き、これ以上、すばらしい道は考えられない。というのは、分解した花崗岩は真砂と泥質土からできていて、地面を固くすると同時に、りっぱな粘着剤となって路面を三和土のように滑らかにするからである。街道が走っている周辺地域も、やはり花崗岩の真砂でできているが、平地で沼地が多く、見場がわるく、美しい街道がそれだけいっそう引き立つ。またこのあたりは下り坂なので、馬車は信じられないほど速く進み、ボヘミア地方でのカタツムリの歩みとは好対照である。書簡に同封する紙片に、通過した駅名をいろいろ書き連ねておく。

ともあれ翌朝十時にはレーゲンスブルクに到着。つまり二十四マイル半の道のりを三十一時間で踏破したわけだ。夜の明け始めるころ、シュヴァンドルフとレーゲンシュタウフとのあいだにいたが、耕地が次第に良質なものに変わってゆくのに気がついた。もはや岩石の風化したものではなく、土壌に潤いがあり、他のものが混入している。太古の時代に潮の干満がドナウの渓谷からレーゲン河をさかのぼり、あらゆる谷間に作用したのだが、現在その水がこの土地に注がれ、こうして天然の埋め立て地

---

1 この章の基になっているのは、シャルロッテ・フォン・シュタイン夫人に送った旅日記の第一部である。

2 ボヘミアのカールスバートは保養地として有名で、ゲーテは七月二十七日からヴァイマール宮廷の知人・友人たちとともに当地に滞在していた。シャルロッテ・フォン・シュタイン夫人は八月十四日に、カール・アウグスト公は八月二十八日にヴァイマールに戻った。いっぽうヘルダー夫妻らは残ってゲーテの三十七歳の誕生日を祝ってくれている。

ができて、農耕地になっている。ここで述べたことは、大小あらゆる河川付近にあてはまるので、これを手がかりにすれば、観測者はすぐさま耕地に適した土壌の開発調査ができる。

　レーゲンスブルクは景色が美しい。このあたりに都市が誘致されたのは当然で、聖職者たちも抜かりはなかった。市のまわりの畑地はみな聖職者たちの所有であり、市内には教会や僧院が軒を並べている。ドナウ河は懐かしいマイン河を思い起こさせる。フランクフルトの河や橋の眺めのほうが美しいが、[3]ここの対岸のシュタットアムホーフはなかなか風情がある。

　さっそくイエズス会教団へ赴く。そこでは毎年、イエズス会の生徒たちが劇を上演しており、オペラの終わりと悲劇の出だしを見た。[4]駆け出しの素人芝居の一座より上手で、衣装が少しきらびやかすぎる気がしたけれども、なかなか良かった。こうした一般公開の出し物をみると、あらためて「イエズス会士は賢いなあ」とつくづく思う。イエズス会士たちは何らかの感銘を与えることができるものなら何ひとつ拒まず、それを温かくはぐくむすべを心得ていた。そこには、抽象的に思い浮かべるような頭のよさとは異なる、仕事そのものを楽しみ、実生活に活かすことで、自他ともに味わう喜びがある。この偉大な宗教団体には仲間内にパイプオルガン製造者、木彫家、金めっき職人もいれば、芝居好き、演劇通の人も何人かいる。イエズス会の寺院は好感のもてる華やかさで傑出しているが、ここでは演劇に造詣の深い人たちがちゃんとした芝居をみせて、世人の心をつかんでいる。

今日は緯度四十九度の地で手紙を書いていて、快調な滑り出しである。朝のうちは涼しく、当地の人々も雨の多い冷夏だったとこぼしていたが、しだいにすばらしい穏やかな天気になってきた。大河が運ぶやわらかい風には格別なものがある。だが果物はそれほどでもない。上等なナシも食べてはみたが、ブドウやイチジクを味わってみたい。[5]

3 フランクフルトの「古い橋」は十四世紀からあり、十五の杭式橋脚によって驚異的建造物とされていた。

4 九月四日と六日には『いわゆる博愛、三幕の市民悲劇』と歌劇『つれない下男』が上演されている。

5 当時のドイツ人にとってイチジクは、南国イタリアだからこそ賞味できる珍しい貴重な果実だった。ゲーテはこの『イタリア紀行』でもイチジクに再三言及している。

イエズス会士のすること、なすこと、すべてに注目せずにいられない。教会、塔、その他の建造物の施設は壮大かつ完璧で、万人にひそかに畏敬の念を起こさせる。装飾としては金、銀、その他の金属、磨き抜かれた石材が絢爛豪華(けんらんごうか)、あふれんばかりに用いられている。いかなる階層であれ、こうしたものに眩惑されて喉から手が出そうな者がいるにちがいない。いくばくか没趣味なところもあって、それがかえって人の心を和ませ惹きつける。これは総じてカトリックの外面的礼拝儀式の精神なのだが、イエズス会士におけるほど賢明かつ巧妙に、そして徹底的に実行されているのを見たことがない。イエズス会士は、他の僧侶の教団のようにまのぬけた古くさい礼拝を続けたりせず、時代精神に応じてきらびやかな装飾で守(も)り立てるという点で一貫している。

ここでは風変わりな石が建築用材に使われていて、一見、赤底統(せきていとう)に似ているが、もっと古い、原始的な、斑岩(はんがん)のようなものと思われる。薄緑色で石英が混じっていて多孔性で、その中にもっと堅い碧玉(へきぎょく)の大きな斑点があって、その中にまた角礫岩(かくれきがん)の小さな丸い斑点が見える。この石をひとかけら採取できれば、おおいに研究に役立つだろう。思わず食指が動いたが、なにしろ石が堅すぎる。この旅では石を持ち歩いたりしないと心に誓った。[6]

ミュンヘンにて、九月六日

九月五日、昼の十二時半にレーゲンスブルクを旅立った。アバッハ近郊からザールあたりまで、ドナウ河の白波が石灰の岩肌に砕け散る美しい景観が続く。この石灰はハルツ山麓のオステローデのあたりのものと同類で、目のつんだ岩質ではあるが、概して多孔性である。朝の六時にミュンヘンに着き、十二時間も見物してまわり、ここに少しだけ書き記しておく。「絵画の館(ビルダー・ギャラリー)」[7]では、私はこの土地の人間ではないのだと感じ、まず眼を絵画になじませなくてはと思った。みごとな作品がある。[8]ルクセンブルク画廊のルーベンスのスケッチ[9]は大きな喜びをもたらした。

6　しかしそうはいっても、ゲーテはローマに着くまでに四十以上の石の標本を集めている。

7　選帝侯カール・テオドール（一七二四年生まれ、統治は一七七七〜九九）が創設した「選帝侯ギャラリー」のこと。

8　ゲーテはここでは言及していないが、デューラーの「四使徒」を見ている。一七八六年十月十八日付け、一九四頁参照。

ここには高尚な細工作品もある。トラヤヌス記念像[10]の模型がそうだ。土台はラピスラズリ、柱像には金メッキがほどこされている。りっぱな作品で、眺めていて楽しい。古代美術品展示ホールでは、私の目はこうした諸作品に慣れていないことがよくわかっていたから、長居をして時間をむだにしたくなかった。多くの展示品はなぜか、まったくぴんとこない。ドルススの像は私の注意を引き、二つのアントニウス、および二、三の作品は気に入った。装飾用であるにせよ、全体として上首尾な展示とはいえない。ホールというよりも丸屋根の穴倉で、もっときちんと、良好な状態に保たれてさえいれば、見栄えがしたことだろう。博物標本室にはチロル地方産のよいものもあったが、すでにちょっとした標本で知っているし、私も所有している。

イチジク売りの女性に出会った。初物のイチジクで実に美味しかった。しかし緯度四十八度のわりに、果物は総じて特に上等というわけではない。ここの人々は「寒い」「雨だ」とずっとこぼしている。今朝早くミュンヘンに着く前から、小雨といってもよいほどの霧が出ていた。一日中、チロルの山々からたいへん冷たい風が吹いてくる。塔[11]の上から眺めると、山並みは雲で覆われ、空一面が曇っていた。いま沈みゆく夕陽が、窓の前に立つ古塔[12]を照らしている。風や天気にばかり注意を払っていて申し訳ないけれども、陸路を旅する者は、船乗りと同じくらい、風や天気に左右される。異国で過ごすこの秋が、自国で過ごした夏と同じように好天に恵まれなかったら、なんとも悲惨なことだろう。
これからまっすぐインスブルックへ行こう。わき目もふらずに進んで、私の胸にずっとくすぶり続けていた宿願を果たそう。

ミッテンヴァルトにて、九月七日、夜

わが守護神[13]はわが信仰告白を祝福してくれているらしく、おかげでこのような好天

9　アンリ四世の妃「マリー・ド・メディシスの生涯」のシリーズ。今はパリのルーヴル美術館にある。
10　トラヤヌス（五三～一一七）はローマ皇帝で、五賢帝のひとり。トラヤヌス広場（フォーラム）にあって、戦勝記念のために建てられた。
11　フラウエン教会の二つある塔のひとつ。
12　ゲーテが当時、宿泊していたカウフィンガー街の「黒鷲亭」の近くにあった古びた塔で、「美しき塔」と呼ばれていた。

の日に当地に到着できた。先ほどの郵便馬車の御者は「こんなに天気がいいなんて、この夏、はじめてですよ」と上機嫌で叫んだ。私はひそかに、この上天気が続きますようにと願をかけた。またしても風や雲の話になってしまって恐縮だが、大目にみてほしい。

　五時にミュンヘンを立ったとき、空は晴れていた。チロルの山々には巨大な雲の塊（かたまり）が鎮座している。下層にたなびく雲も動かない。道は砂利の堆積した丘を越えて、イーザル河の流れを見おろす高地へ続く。ここにくると太古の海の潮流の作用がわかる。花崗岩の漂石[14]のなかには、クネーベルのおかげで手に入った貴重な石[15]ときょうだい・親戚筋にあたるものも少なくない。

　霧がしばらく河や草原に漂っていたが、ようやく晴れてきた。広さ数マイル四方にわたるらしい上述の砂丘にはさまれて、レーゲン河の渓谷のような、実に豊穣肥沃な土地がある。ふたたびイーザル河のほとりに出ると、砂丘の断面や斜面が見える。およそ百五十フィートの高さはあろう。ウォルフラーツハウゼンに到着、北緯四十八度。太陽は激しく照りつけるが、だれも好天を信じておらず、人々はこの過ぎゆく年の悪天候を嘆き、偉大なる神が何の手立ても講じてくださらないのをぼやく。

いまや新たな世界が眼前に開けた。私が近づくにつれて、山々がその全容をあらわした。

ベネディクトボイエルンは景勝の地で、一目見るなり、はっとさせられる。肥沃な平地に長い幅広の白い建物、[16]その背後に大きな広い岩壁がそそり立つ。そこからコッヒェル湖へと登り、さらに山中へ入り、ヴァルヒェン湖へ行く。ここで初めて白雪を抱いた峰々を見た。雪山にかくも近く接して、それだけでも驚きなのに、昨日この地方に雷鳴と稲妻があり、山々に雪が降ったと聞かされた。こうした天界の異常現象は好天の前触れで、初雪が降れば、大気変動が予測されるという。周囲の絶壁はすべて石灰で、まだ化石をふくんでいないが、最古の種類のものである。この石灰の山脈はダルマチア地方から延々と続き、ゴッタルト峠まで達し、さらにもっと遠くまでのび

---

13 ゲーテを護り導く彼の創造的精神をさす。
14 氷河で運ばれた岩石が解けたあとに残ったもの。迷子石。
15 ゲーテの友人カール・ルートヴィヒ・フォン・クネーベル（一七四四〜一八三四）はチロルやオーバーバイエルンを旅して鉱石を土産に持ち帰った。
16 僧院ベネディクトボイエルンをさす。

ている。ハケット[17]はこの山脈の大部分を踏破した。この石灰の山脈は、石英と粘土の多い原始山脈に連なる。

ヴァルヒェンゼーに四時半に着いた。この村から一時間ばかりのところで、ちょっと心躍る出来事に遭遇した。十一歳の娘を連れて私の前を歩いていたハープ奏者が、「この子を馬車に乗せて頂けないでしょうか」と私に頼んできたのである。楽器は彼がそのまま担いでいくことにし、私はその子をそばに座らせた。彼女は大事そうに足元に大きな新しい箱を置いた。行儀のよい可愛い娘で、世の中のことにもかなり通じている。マリア・アインジーデルン[18]まで母と一緒に徒歩で巡礼したのだけど、二人でさらにサンティアゴ・デ・コンポステーラまで大旅行しようとしたとき、母は天に召され、誓いを果たせなかったという。

「聖母をどんなに崇めても、崇めすぎるということはないわ。大火事があって、家が一軒丸ごと、根こそぎ焼け落ちたのをこの目で見たの。でも、扉の上に掲げてあったガラスの額に入れた聖母像だけは、ガラスも絵も無事だったのよ」

奇蹟をまのあたりにしたわけである。「旅はみな徒歩で行くの。この前は、選帝侯の御前で演奏したのよ」

総じて二十一人の君侯の御前で演奏したという。彼女の話は面白かった。美しい大きなとび色の目、ときおり眉をつりあげて、利かん気そうな額に小じわを寄せる。しゃべるとき、特に子供らしく声をあげて笑うときは、自然で好ましかった。これに対して口をつぐむと、何やらいわくありげで、上唇のあたりに不快な表情が浮かんだ。この子とたくさんおしゃべりをしたが、彼女は万事に通じていて、何事にもよく注意を払っていた。一度「あの木は何の木？」と尋ねた。それはりっぱな大きな楓の木で、私が旅に出て最初に目についたものでもあった。彼女はすぐに覚えて、楓が次から次へとあらわれるたびに、他の木々とちゃんと見分けがつくのを喜んだ。「ボーツェンの市へ行くのだけど、あなたもおそらくそこへいらっしゃるのでしょう。もしそこでお逢いしたら、歳の市で私に何か買ってくださいな」

私は約束した。

17　バルタザール・ハケット（一七三九～一八一五）。はじめはライバッハの外科教授、一七八八年からウィーンで医学と博物学（生物学・鉱物学・自然地理学の総称）の教授。一七八一年と八三年にアルプス地方を旅して、一七八五年に学術的な旅行記を出版した。

18　九三四年にスイスのシュヴィーツ州に設立されたベネディクトの僧院。

「そこでは新しい帽子をかぶるつもりよ。ミュンヘンで稼いだお金で作ってもらったの。前もってお見せしますね」

彼女は例の箱を開けた。私は彼女とともに、みごとな刺繡ときれいなリボンで飾り立てた帽子を賞翫(しょうがん)するはめになった。

もうひとつ、ともに喜べる望ましい見込みがあった。つまり、彼女は天気がよくなると請け合ったのである。

「晴雨計を持ち歩いているの。ハープのことだけど。高音の弦の張りが強くなって音が高く良く響くときは、晴天なのよ。今日がそうなの」

この前兆は分かる。また近いうちにお会いしましょうと、私たちはこのうえなく上機嫌でお別れした。

ブレンナーにて、九月八日、夜

いわばやむにやまれず、ここまで来て、ついにこの休憩所に、願ってもない静かな村に着いた。今日という日を思い出しては、何年も喜びに浸ることだろう。六時にミッテンヴァルトを出発。晴れ渡った空に烈風が吹き渡っていた。二月としか思えないほど寒い。しかし昇りゆく朝の光が、前景の鬱蒼（うっそう）と生い茂るエゾマツ、中景の灰色の石灰岩、そして背景の紺碧の空に浮かぶ白雪を抱く山頂を明るく照らし出す。しかもその絶景がたえまなく刻々と移ろいゆくのである。

シャルニッツにつくと、もうチロル地方である。その境界は、谷を閉ざし山に連なる塁壁から成っている。岩壁のいっぽうの側はどっしりとかまえ、もう片側は垂直にそびえ立ち、美観である。ゼーフェルトから道はますます興趣深いものとなる。ここまではベネディクトボイエルンから、ずっと山から山への登り道で、水流はすべてイーザル河の流域へと向かっていたが、いまはひとつ尾根の向こうにインの渓谷が見え、インチンゲンが眼前にある。日は高く昇り、暑かったので、軽装にならざるを得ない。その日は大気の状態が変わりやすく、私は頻繁に服を着たり脱いだりしていた。

ツィルルのところでイン河の渓谷へと下ってゆく。このあたりは言葉にできないほど美しく、日ざかりに薄靄（うすもや）がかかり、実にすばらしい。郵便馬車の御者は、私の望み以上に速く走らせた。彼はまだミサにあずかったことがなく、九月八日は聖母マリア降誕の日なので、それだけにいっそう熱心にインスブルックのミサを拝聴したかったのである。いまや馬車はずっとイン河の河流に沿って、険しく巨大な石灰の岩壁マルティンスヴァントをガラガラ音をたてて下っていく。この場所で皇帝マクシミリアンは登り道を誤ったと伝えられている[19]が、私は敢えて守護天使の助けなしに——たとえそれが冒瀆的な企てであっても——往復するとしよう。

インスブルックは、高い岩と山々の間に開けた広い豊かな谷にある景勝の地である。はじめは当地に逗留するつもりでいたが、なんだか落ち着かない。ちょっとの間、ゼラー[20]その人かと思われるような宿屋の息子とのやりとりを楽しんだ。こんな風に私の作中人物が、次から次へと私の前にあらわれた。聖母マリア降誕祭なので、みな着飾っている。健康でゆとりのある生活をしている人々は、この町から山に向かい徒歩で十五分ほどかかるヴィルテンの礼拝所へ群れをなしてお詣りする。二時に私の乗った馬車が陽気でにぎやかな雑踏を押し分けて進んでいくと、みなが楽しげに行列をつくってねり歩いていた。

インスブルックから登るにつれて、景色はますます美しく、いかなる描写もおよばない。私たちはきわめて平坦な道を通って、イン河へと水を送る渓谷を登ってゆく。それにつれて目に入る景色が限りなく変わってくる。道がたいそう険しい岩山の間際を通り、それどころか岩山のなかへ切り込んで入っていくときも、その向かい側はゆるやかな傾斜面をなし、りっぱな耕作が行われているほどである。村落があり、傾斜した広い高原の耕地や垣根のあいだに大小の家屋や小屋があって、どれもみな白く塗られていた。まもなくあたりは一変し、利用できる斜面は牧場となり、ついにはそれも急斜面になって終わっていた。

私なりの天地創造のために[21]、これまでかなりのものをわが物としてきたが、まったく思いもよらぬ目新しいものはまだない。さらにまた、私の胸中を去来しているが、自然界においては誰の目にも見えるというわけではないものを、具体的にわからせる

19 皇帝マクシミリアン一世（一四五九～一五一九）はインスブルックの西部、高い岩壁のところで、狩りの最中に道に迷い、鉱員に助けられたと言われており、後にこの鉱員は天使だったと解釈されている。

20 ゼラーはゲーテの喜劇『同罪者』（一七六九年作、一七八三年改作）に登場する宿屋の娘婿。怠け者の詐欺師。

21 ゲーテは「万有についてのロマーン」「世界の創世記」など全宇宙の神秘を文学的に創作するプランをもっていた。シュタイン夫人宛の手紙（一七八一年十二月七日付け、一七八四年十月五日付け）でもそのことに言及している。

ような原型[モデル][22]――これはずっと前から口にしている――のこともいろいろ夢想した。

いまやあたりは次第に暗くなって、細部は見えなくなり、大きな塊はますます巨大な堂々たるものになってゆく。そしてついにすべてが眼前で、深く秘められた内なるビジョンのごとく動いたそのとき、とつぜんあの高い銀嶺がふたたび月の光に照らし出されていた。いま私は南国と北国の境界線上でみじろぎもせず、この峡谷で朝の訪れを待っている。

天候のことでなお幾つか付け加える。天候にはいろいろ観察の目を向けているので、ここは私にはたいへん好都合かもしれない。平地では、良い天気も悪天候もできあがってしまってから受け取るが、山地ではその発生現場に居合わせる。旅や散策や狩猟などで、幾昼夜も山林や岩陰で過ごすとき、こうしたことにたびたび遭遇する。そんなとき私の心にふと妙なことが浮かぶ。それはなにものにも代えがたいもので、そもそも妙な思いつきは、なかなか振り払えないものだけれども、まるで真理であるかのように、いたるところで浮かぶ。どのみち友人たちにしばしば大目にみてもらっているので、いっそのこと話してしまおう。

山々を近くから、あるいは遠くから眺め、その山頂が日光に照り輝いたり、霧に包まれていたり、荒れ狂う雲に襲われたり、雨しぶきに打たれたり、あるいは白雪に覆われたりするのを見ると、私たちはそれらの現象をすべて大気のせいにする。大気の動きや変化なら、私たちがこの目で実によく見てとることができるからだ。これに対して山々は、私たちの外的感覚の前では、従来の姿のまま微動だにしない。そこで私たちは、山々がじっと動かないのは死んでいるからだ、活動しないのは安らいでいるからだなどと思ってしまう。

しかし私は久しい以前から、大気にあらわれる諸変化の大部分は、山々の内部の静かな目に見えない動きのせいだと言わざるをえない。つまり、およそこの地球という塊は、したがって特にその地盤の隆起している部分は、たえまなく一様に引力をおよぼすのではなく、この引力は一種の脈を打ちながら発揮されるもので、したがって内部の必然的な原因や外部の偶発的な原因によって、増大したり減少したりするものだ

22　ゲーテは、シュタイン夫人宛の手紙（一七八七年六月八日付け）で《Urpflanze（原植物＝現実の植物の背後に想定した理念的な原型）》に対しても「原型（モデル）」という語を用いているが、ここでは地質学上の体験と結びつけて、表面的な景観ばかりでなく地層の断面も見える「原型」を念頭においていると思われる。

と私は信じている。この振動を明示しようとするすべての実験が限定的でお粗末なものであろうとも、感度が高く広がる大気は山々のひそかな作用を教えてくれる。そうした引力が少しでも減じると、大気の重力と弾力も減じ、その影響が私たちに伝わる。大気は、化学的・力学的に配分されていた湿気をもはや支えきれなくなり、雲は沈下して雨が降り注ぎ、篠(しの)つく雨は平地のほうへ移動する。しかし山の重力が増すと、すぐに大気の弾力性はもとにもどり、二つの重要な現象がおこる。ひとつは、山々は巨大な雲の塊を周囲にあつめ、それを第二の山頂のように上方にがっちりと引きとめておく。ついに雲の内部で電気の力が引き合ったりぶつかり合ったりして夕立、霧、雨となって降り注ぐ。次は、残りの雲に弾力ある大気が作用するのだが、このような大気はふたたび水分をより多くとらえ、分解し溶かすことができる。このような雲が消散するのを、私ははっきりと見た。つまり雲はけわしい山頂にかかり、夕焼け色に染まっていた。雲の端がゆっくりと、実にゆっくりとちぎれ、いくつかのふんわりした薄片は離れ去り、上空へ昇って消えていった。こんな風に雲の塊はしだいに消散していったが、それはちょうど、紡ぎ車の糸巻き棒が見えない手ですっかり紡ぎ終えられてゆくのを目の当たりにするようであった。

このさすらいの天候観測者とその風変わりな理論に微苦笑を浮かべた友人たちは、私のさらなる二、三の考察を聞いて声をあげて笑うかもしれない。白状すると、私の旅はそもそも北緯五十一度でこうむったあらゆる不快な気候からの逃避であって、北緯四十八度なら真のゴシェン[23]に足を踏み入れられるだろうなどと期待していたからである。しかし、あらかじめわかっていなければならなかったことだが、この期待はみごとに裏切られた。なぜなら、ただ緯度ばかりではなく、山脈、とくに東西に国土を横切る山脈が、気候や天気の誘因となるのだから。その地帯にはつねに大きな変化が生じ、山脈の北に位置する国々はたいていそれに悩まされる。そういうわけで北部全般のこの夏じゅうの天候も、いま手紙を書いているこの大アルプス山脈によって決定されたものらしい。この地方はこの数ヵ月いつも雨降りで、南西の風と南東の風は終始、北方へ雨を運んでいた。だがイタリアは天気がよいどころか、乾燥しすぎていたという。

23　古代エジプトの地名で、エジプト王がヨセフの一族に与えたとされる楽土。『創世記』第四十五章九〜十参照。

　これと関連して、気候や山の高さや湿度によって、実に多様な規定をうける植物界について二、三述べよう。ここまでは特に変わった点はないが、啓発的な点はあった。リンゴとナシは、インスブルックに来るまでの谷間でも見られたが、モモやブドウはイタリア地方から、あるいはむしろ南部チロルから運ばれてくる。インスブルック周辺ではトウモロコシやソバがよくつくられており、土地の人々はそれらをブレンデと呼んでいる。ブレンナー峠を登るとき、初めてカラマツを見、シェーンベルクの近くでは初めてスイスマツを見た。あのハープ奏者の娘がここにいたら、やはり「あの木は何の木?」と尋ねたであろうか。

　植物に関しては、まだまだ学ぶべきことがたくさんあると感じている。ミュンヘンまではありふれた植物しか見かけなかったように思う。むろん昼も夜も急ぎの旅なので、そのような綿密な観察には向いていない。リンネ[24]の本を携えていて、彼の専門用語は頭にはいっているのだが、じっくり分析するゆとりなどあるはずもない。そうでなくても正直なところ、分析はけっして得意というわけではない。そこで一般的な事柄に対して観察眼を研ぎ澄ませた。すると、ヴァルヒェン湖(ゼー)のほとりで初めてリンドウを見かけたとき、これまでも目新しい植物を見かけたのは、いつも水辺であったことに気がついた。

もっと注意を引いたのは、山の高さが植物に影響をおよぼすらしいということだった。単に目新しい植物があるというばかりでなく、すでに馴染みの植物でも成長のしかたがちがうことに気づいた。低地では枝や茎が強く太く、芽と芽のあいだが接近していて、葉も幅広いのに、山地へ登るにつれて、枝と茎は細くなり、芽と芽のあいだは離れ、したがって節と節との間隔は大きくなり、葉の形は槍状にとがってくる。ヤナギとリンドウを見てそれに気づき、その違いは種の違いからくるものではないと確信した。ヴァルヒェン湖(ゼー)のほとりでも、平地にあるものよりもすらりと細長いトウシンソウを見つけた。

これまで横断してきた石灰アルプスは灰色で、美しく風変わりで不規則な形をしている。もっとも岩床と岩層に分かれているのだけれど。だが岩床は弓型をなし、岩の

24 カール・フォン・リンネ(一七〇七〜七八)。スウェーデンの医学者・生物学者。『自然の体系』『植物の種』を著し、雌雄蕊(ずい)分類法による植物の二十四綱分類を発表。また生物を属名と種名で表す二名法を確立、分類学を大成した。

風化作用は一様ではないので、岸壁や山頂は奇観を呈している。ブレンナー峠のずっと上のほうまで、山はこのような状態で続いている。上部のブレンナー湖のあたりでは、変化がみとめられた。多量の石英を織り込んだ暗緑色と暗灰色の雲母片岩に、白い目のつんだ石灰岩が寄りかかっていたが、それは継ぎ目のところで雲母を含んで微光を放ち、無数の裂け目がありながら大きな塊となって露出していた。その上方にも雲母片岩をみつけたが、こちらは先ほどのものよりも脆そうに見えた。さらに登ると、ある特殊な片麻岩があったけれども、これはむしろエルボーゲン地方[25]にあるような、片麻岩にくっついてできる花崗岩の一種である。この山上には、小屋と向かい合って雲母片岩から成る岩がある。この山から発する水は、この雲母片岩と灰色の石灰岩だけを運んでいく。

遠からぬところに、これらすべての親元である花崗岩の塊があるにちがいない。地図をみると、四方の低地への分水嶺にあたる大ブレンナー峠の側面にいるのがわかる。

人間の外見については多くのことを把握した。この国のひとは実直でざっくばらんだ。姿形はかなり似通っていて、女たちはとび色のぱっちりした目、くっきりした黒い眉、これに対して男たちはブロンドの太い眉。男たちの緑色の帽子が灰色の岩の間を行くのを眺めるのは愉しい。帽子をリボンか、房のついたタフタの幅広のサッシュで飾り、それを飾りピンで実に愛らしく留めている。だれもが帽子に花か鳥の羽をつけている。これに対して女たちは白い木綿の、飾り房のついた、たいそう大きな頭巾のせいで分が悪い。まるで男物の不恰好なナイトキャップのようだ。なんとも妙な格好だが、女たちも他国に出るときは、緑色の男物の帽子をかぶり、こちらの装いは美しい。

庶民がいかに孔雀の羽を珍重するか、また派手な羽であれば、すべて尊ぶことを知る機会があった。この山地を旅しようとする者は、こうしたものを持参せねばなるまい。適切な場でこうした羽を持ち出せば、チップ代わりになって大喜びされるだろう。

さて、友人たちがこれまでの私の身に生じた巡り合わせを概観しやすいように、これらの手紙類をよりわけ、集め、とじ合わせ、整理していると、同時に私がこれまで経験し考えたことが胸中からどっとあふれ出した。いくつかの包みを見ると、おもわ

25　カールスバート付近のエーゲル河畔の地方。

ず身ぶるいする。そのことでちょっとした打ち明け話があるのだが、これらの包みも私と一緒に旅をするのだから、打ち明けるのが一両日遅れてもさしつかえないだろう！

私はゲッシェン出版[26]から刊行予定のものを今度こそまとめあげようと、全著述をカールスバートへ持参していた。まだ印刷されていない分は秘書のフォーゲルがきれいに筆写してくれていて、とっくに私の手元にあった。この実直な男はカールスバートへも同行し、熟練の技で私を手助けしてくれた。おかげで最初の四巻は、ヘルダーの誠意あふれる協力のもとで発行者あてに郵送することができ、残りの四巻も同じ段取りになっていた。だがこの四巻が一部はまだ草案、いや、断片の段階である。いろいろなものに手をつけ、興味がうすれると、そのまま放置するというのは私の悪い癖で、年齢を重ね、仕事や気晴らしが増えるにつれて、その悪い癖も増長していったというわけである。

私はこうしたものをみなカールスバートへ持参していたので、才知に富んだ仲間たちに求められると、まだ刊行されていなかった部分をすべて喜んで朗読して聞かせた。すると、そのたびにみなは「さらに続きが聞きたい。未完だなんて……」とたいそう残念がるのだった。

八月二十八日の誕生日のメイン・イベントとして、幾編かの詩をプレゼントされた。どの詩も、私自身が書きかけて放っておいた作品名にゆかりがあり、それぞれの流儀で私のやり口を嘆いている。そのなかでも「鳥たち」という名の詩は秀逸で、トロイフロイント[27]のもとに遣わされた快活な鳥たちの代表団は、「わたしたちに約束した世界をこれから建国してください」と切願するのだ。私の他の断片的著作についての表明も、これに劣らず弁(わきま)えのある優美なものだったので、それらが私の胸にふいに生き生きとよみがえり、私は友人たちに腹案や全体のプランを喜んで語った。それがきっかけで、強い要望やたっての願いとなり、ヘルダーが、

26 ゲーテの最初の著作集八巻（一七八七～九〇）はライプチヒのゲオルク・ヨアヒム・ゲッシェン出版から刊行されている。一巻から四巻が一七八七年五月に刊行されることになっていた。

27 ゲーテはアリストパネスの喜劇『鳥』を翻案したもの（一七八〇）をカールスバートの友人たちの前で朗読している。トロイフロイントはその登場人物で、「忠実なる友」の意をもつ。

「こうした書きかけの原稿をもう一度とりあげてみないか。とりわけ『イフィゲーニエ』にはもっと注意を向けてほしい。それだけの価値のある作品だよ」といって私を説き伏せたときは、彼に一本とられる形になった。

この作品は今のままでは、完成稿というよりは草案であり、ときおり短長格（イアンボス）のリズムになったかと思うと、ときにはまた他の韻律に似通ってくるという散文詩めいたものである。よほど上手に朗読し、なんらかの技巧を駆使して欠点をかくさないと、大きく効果がそこなわれてしまう。ヘルダーはこの点を配慮するように強くうながした。私の大旅行の計画のことは、皆と同様にヘルダーにも内緒にしていたから、彼は例のごとく山歩きぐらいにしか思っておらず、また鉱物学や地質学についてはいつも嘲笑的な態度をとっていたので、

「有用な鉱物をふくまない岩石をトントンたたくかわりに、この作品に鑿（のみ）をふるいたまえ」と言ってきた。私は多くの好意ある勧告にしたがってきたが、これまではこの点に注意を向けることができなかった。

いまこそ『イフィゲーニエ』を包みからより分け、旅の伴侶として美しい温暖な国へ連れてゆこう。日は長く、思う存分熟考できる。周囲のすばらしい光景に詩心は臆

するどころか、活気と開放的な気配にさそわれて、いっそうすみやかにわきでるのであった。

ブレンナー峠からヴェローナまで[1]

トレントにて、九月十一日、朝

まる五十時間も活動し、いそがしく立ち回った後、昨晩八時にこの地に到着。すぐ床についたので、また話を続ける気力を回復した。九日の夕方、日記の第一部を書き終えてから、宿泊していたブレンナー峠の駅舎の風景をスケッチしようとしたが、独特の味わいをつかみきれず、うまくいかない。むしゃくしゃして宿に帰ると、宿の主人が、「月明かりの道は最高ですよ。出発なさいませんか」などと聞いてくる。彼は明朝、二番刈りの牧草を運び込むのに馬が必要なので、それまでに馬に戻ってきてほしいのだ。要するに、彼のアドバイスは手前勝手なものだとわかっていたが、私の内なる衝動と一致したので、これを喜んで受け入れた。太陽はふたたび姿をみせ、戸外はしのぎやすい。荷物をまとめて七時に出発した。大気は雲を吹き払い、じつに美しい宵であった。

御者は眠り込み、馬はよく知っている道をたいへんな速足で駆けおりた。平地にさしかかると、次第にゆっくりになる。すると御者は目をさまし、ふたたび駆り立てた。こうして私は、高くそびえたつ岩山のあいだを、エッチュ河の急流に沿って猛スピードで駆けおりた。月が昇り、壮大な景観を照らし出した。二、三の水車がトウヒの老木のあいだで飛沫(しぶき)をあげて回るさまは、まさしくエーヴェルディンゲン[2]の絵そのものであった。

九時にシュテルツィングに着いたが、すぐまた出発してほしい旨をほのめかされた。十二時ちょうどにミッテヴァルトに着いたが、御者以外は全員深く眠り込んでいる。さらにブリクセンへ向かい、そこからまた引きさらわれるようにして、明け方にコルマンに到着した。御者は目も耳もくらくらするほど速く飛ばす。このすばらしい地方

1　この章は旅日記の第二部を基にしている。
2　アラート・ファン・エーヴェルディンゲン（一六二一〜七五）。オランダの風景画家。エッチングも有名。

をものすごい速さで夜間に、飛ぶように通過するのはなんとも残念である。だが追い風を背に受けて、望み通りさらにスピードがあがると、内心うれしくもあった。明け方に最初の一面ブドウ畑の丘を目にした。ナシとモモをかかえたおかみさんに遭遇した。こうしてトイチェンに向かって出発し、七時にそこに着くと、すぐにまた先を急がされた。またしばらく北へ進み、日が高くなったとき、ようやくボーツェンの町のある谷が見えてきた。かなり高いところまで開墾された険しい山々に囲まれ、南は開け、北はチロルの山々にふさがれている。あたり一面におだやかなそよ風が吹き渡っていた。ここでエッチュ河はふたたび南へ折れる。山麓の丘はブドウ畑になっている。ブドウの木は長い低い棚をつくり、青いブドウの房は、まことに愛らしく棚から垂れ下がり、間近の地面の熱を受けて熟してゆく。ふつうなら牧場になっている谷間の平地にも、ブドウが幾列にもぎっしりと並んだ棚で栽培されており、そのあいだでトウモロコシがぐんぐん茎を伸ばしている。十フィートの高さのトウモロコシもよく見かけた。ふさふさしたひげの雄花は、受粉してしばらくたつと切り取られてしまうのだが、まだそのままになっていた。

明るい日ざしを受けながらボーツェンに着いた。たくさん集まった商人の表情が面白く、目的の定まった快適な暮らしが生き生きとあらわれ出ていた。広場には果物売りの女たちが陣取り、直径四フィート以上もある丸くて平らな籠(かご)にモモがつぶれないように並べてある。ナシも同様であった。レーゲンスブルクの宿屋の窓に書きつけてあった文句がふと頭に浮かんだ。

　ナシとメロンは
　男爵(バロン)の口に
　鞭と棍棒(バトン)は痴(し)れ者にと
　ソロモン様はおっしゃった

北国生まれの男爵がこれを書いたのは間違いないが、彼がこの地方にきたら、当然考えを変えるだろう。

ボーツェンの歳の市(いち)では絹物がよく売れ、毛織物や山地から集めてきた皮革類も市に出ていた。実際、何人もの商人が主に集金や注文、新たな掛売りが目的で来ていた。これら一堂に集められた品々をすべて、ぜひ調べてみたかったのだが、つねに背後から急き立てられるようで安閑としていられず、すぐまた急いで出発する。それでも今日の統計ばやりの時代には、おそらくこうしたことはみな印刷されるから、折に触れて書物で調べがつくと思い、みずからを慰める。

いま私にとって大切なのは、五感が把握した印象であり、それは書物や絵画からは得られないものである。肝心なのは、私がふたたび世の中に関心をいだき、自分の観察眼をためし、自分の学問や知識はいかほどのものなのか、自分は冴え冴えとした明敏な眼力の持ち主なのか否か、いかほどのものを瞬時に把握できるのか、私の心情に幾重にも刻み込まれたひだを消せるかどうかを吟味することだ。身の回りのことは自分でする、いつも注意をはらい、気を抜いてはいけない——そうしたことがここ数日、精神にまったく別種の柔軟性をもたらしてくれる。以前はただ思索し、欲し、もくろみ、ひとに命令し、書き取らせるだけだったのに、自分で為替相場を気にかけ、両替し、支払をし、記帳し、自分で書かねばならない。

ボーツェンからトレントまで九マイルあって、ますます肥沃になる谷を通って行く。高い山地では細々と生きのびようとしていたものがすべて、ここでは力と生気を増し、日は熱く照りつける。すると、またもや神様への信仰もあつくなる。

貧しげな女が声をかけてきて、
「地面が熱くて子供の足が火傷しそうです。子供を馬車に乗せて頂けないでしょうか」と言う。天からの強烈な陽光を敬い、慈しみの心が生じ、その子を乗せてあげる。妙にめかしこんだ着飾った子供で、どんな国の言葉で話しかけてもいっこうに要領を得なかった。

エッチュ河の流れはいまやゆるやかになり、あちこちに広い河原をつくっている。河岸近くの土地には丘の上までも、互いに息がつまりそうなぐらい、ぎっしりと木々が植えてある。ブドウ棚、トウモロコシ、桑、リンゴ、ナシ、マルメロ、クルミ。石壁越しにニワトコが元気よく枝を突きだしている。キヅタは力強い幹で岩づたいに上へ上へと伸び、岩一面に伸び広がっている。その合間をトカゲがすり抜けていく。その他あちらこちらに出没するものがみな、このうえなく好ましい絵画を思わせる。女たちの編んで結い上げた髪、男たちのあらわな胸と薄手の上着、彼らが市場から自宅へ連れ帰る立派な牛、荷を積んだ小さなロバ、なにもかも、生き生きと躍動的なハインリヒ・ロース[3]の絵そのものだ。夕方になると穏やかな風が吹き、いくつかの雲は山際に憩い、たなびくというよりも空に佇んでいる。

日が沈むと、たちまちコオロギのかしましい鳴き声が響き始める。すると、このあたりが生まれ故郷のように思われ、お忍びの旅、流浪の身であるという気がしない。まるでここで生まれ育ち、いましがたグリーンランドの船旅から、クジラ捕りから戻ったかのような思いに浸る。これまでずっと少しも気づかずにいたが、馬車のまわりにときおり舞い上がる埃までも、歓迎のあいさつをしてくれる。鈴や呼鈴（よびりん）の音を思わせるコオロギの鳴き声もたいそう愛らしく、よく響いて心地よい。腕白小僧たちがこうした虫の歌姫たちの一団に負けまいと口笛を吹くと、実に楽しげで、本当に両者は競り合っているのではないかとさえ思う。夕方も、日中と同様に、じつに穏やかである。

南国住まいの人、南国生まれの人が聞いたら、「こんなことに現（うつつ）をぬかすなんて、ひどく子供じみている」と思うだろう。ああ、ここで述べていることは、私がずっと以前から、あの悪天候下でじっと耐えてきた昔からわかっていたことなのだ。私はいま、この喜びを――永遠におのずから生じるものとして、私たちがつねに味わってしかるべきものなのだが――特別なものとして感じたい。

トレントにて、九月十日、夕べ

由緒ある町を歩き回った。いくつかの街路には新しい立派な家屋が建っている。教会には、イエズス会総長の説教に集会出席者たちが耳を傾けている絵がかかっていて、総長が何をまことしやかに説いて聞かせているのか知りたいものだ。こうした長老派の教会は、正面に赤い大理石の柱形（はしらがた）があるので、外から見てもすぐわかる。埃よけの重い緞帳（どんちょう）が入り口を閉ざしていた。それを持ち上げて小さな前堂に入った。本堂そのものは鉄格子で閉ざされているが、それでも全部が見渡せるようになっている。ここではもはや礼拝は行われていないので、なにもかも死に絶えたように静かだ。正面の入り口が開いていたのは、夕べのお祈りの時刻にはどの教会も開けておく決まりだからであろう。

そこにたたずみ、建築様式が他の長老派の教会と似通っていると思いながら眺めて

3　ヨハン・ハインリヒ・ロース（一六三一〜八五）。ドイツの画家。動物画・風景画を得意とする。アムステルダムで修業し、イタリア滞在を経て一六五七年からフランクフルトに居住。

いると、老人が入ってきて、すぐに黒い頭巾を脱いだ。古ぼけて色あせた黒い衣から、落ちぶれた聖職者であることがうかがえた。彼は格子の前にひざまずき、しばし短い祈りを捧げて立ち上がる。振り向きざまに、低い声でつぶやいた。

「やつらがイエズス会士を追い出したんだ。この教会にかかった費用も、やつらが払うべきだ。教会にどれほど金がかかったか、神学校に何千の金がかかったか、わしはよく知っている」

そう言いながら彼が外へ出ると、その拍子に彼の後ろで緞帳がパタリと落ちた。私は緞帳をちょっと持ち上げて、静かに立っていた。彼は上の段に立ち止まって、

「皇帝のしわざではない。教皇[4]のしわざだ」と言った。街路に顔を向けたまま、私がいるのに気づかずに、つぶやき続けた。

「まずスペイン人がやられ、次がわれわれ、それからフランス人。アベルの流した血は兄カインを呪っている！」

こうして彼はたえず独り言を言いながら、階段を下りて街路を歩み去った。おそらく彼はイエズス会に面倒をみてもらっていたのだが、教団の大没落でこころを病み、毎日やってきては、空っぽの堂内にかつての住人の姿を探し求め、短い祈りを捧げて

から、敵どもに呪詛の言葉をあびせているのだろう。

ある若者に町の名所をたずねたところ、「悪魔の家」と呼ばれる家を教えてくれた。ふつうなら常に破壊を事とする悪魔が、すばやく調達してきた石で一夜のうちに建てたという。だがこの親切な人は、この家のほんらい注目すべき点には気づいていなかった。つまりそれは、私がトレントで見た唯一の趣味のよい家屋で、かなり昔、優秀なイタリア人によって建てられたものにまちがいないだろう。

夕方五時に出発した。昨夜のままの景観で、日が沈むとさっそくコオロギがよく通る声で鳴き始めた。一マイルほど石垣の間を馬車に揺られて行くと、石垣の合間からブドウ棚が見える。それほど高さのない別の石垣は、石やイバラなどでもっと高くして、通行人にブドウをもぎ取られないようにしてあった。最前列のものに石灰をふりかけて、ブドウを食べられないようにしている持ち主も多く、発酵すれば石灰もなにもかも外へ押し出されてしまうので、ワインにはまったく害はない。

4　教皇クレメンス十四世は一七七三年、イエズス会に解散を命じた。

九月十一日、夕

いまロヴェレートにいる。日常語として何語が用いられているかという境目にあたり、ここまで下ってくる道中、ずっとドイツ語が話されたりイタリア語が話されたりしていた。いま初めて御者は生粋のイタリア人となり、宿の主人もドイツ語は話さない。いよいよ語学の腕試しだ。自分の好きな言語が実用語になって活かせるとは、なんと嬉しいことだろう。

トルボーレにて、九月十二日、食後

友人たちが隣にいて、この瞬間、この眼前に広がる眺望を楽しんでくれたら、どんなによいだろう。

今晩ヴェローナへ行くこともできたのだが、近くにある天然の景観ガルダ湖を見逃したくなかったので、回り道をした。その甲斐は十二分にあった。五時過ぎにロヴェレートを出発、やはりエッチュ河に注ぐ側面の渓谷を登っていった。登り着くと、巨大な岩床が突き出し、湖水のほうへおりるにはこれを越えていかねばならぬ。ここで絵の習作にもってこいの素晴らしい石灰岩があらわれた。下へおりると、湖の北端に

ゲーテ作、ロヴェレート（1786年9月11日）

小村があり、そこには小さな港、というよりもむしろ船着き場があって、トルボーレと呼ばれている。イチジクの木は登り道でもたびたび見かけたが、すり鉢形の岩山を下っていく道すがら、実をいっぱいつけたオリーブの木をはじめて見つけた。ここではじめて白い小さなイチジクを目にしたが、こちらはランチェリ伯爵夫人[5]が予告した通り、ありふれた果実であった。

私が陣取っている部屋から中庭へおりてゆく扉がある。その前にテーブルを移し、その景色を手早くスケッチした。湖は左端だけは視界におさまらないが、ほぼ全体を見渡せる。両側を丘と山で囲まれた湖畔に、無数の小さな集落がきらめくように点在していた。

真夜中を過ぎると、風は北から南へ吹きつけるので、湖を下ろうとする者はこの時刻に渡らねばならない。日の昇る二、三時間前にはもう気流が変わって北向きの風になるからである。午後のいまごろは強い向かい風で、暑い日ざしもやわらぎ、気持ちがいい。フォルクマン[6]の教示によれば、この湖は以前ベナクスと呼ばれており、彼はこの名の出てくるヴェルギリウス[7]の一句を引用している。

太陽の波かとばかり鳴りわたるベナクスよ

はじめてラテン語の詩句が生き生きした現実となって目の前にある。風がますます強まり、湖が船着き場に高波を打ちつける瞬間、この句は今日なお、何百年前と同じ真実味をもつ。数多(あまた)のものは移り変わろうとも、風はいまなお湖上を吹き荒れ、この景観にいまなおヴェルギリウスの句の崇高さを想う。

北緯四十五度五十分の地にて、これを記す。

夕涼みをしながら散歩し、いま私は本当に新たな地、まったく異質な環境にいるの

5　アロイジア・ランチェリ（一七五〇～一八二二）。ゲーテがカールスバートで親交のあった伯爵夫人。

6　ヨハン・ヤーコプ・フォルクマン（一七三二～一八〇三）。彼の『イタリア案内』（三巻、一七七〇～七一、ライプチヒ）は十八世紀後半のスタンダードなイタリアガイドブックで、ゲーテはこの初版を参照している。

7　古代ローマの詩人（前七〇～前一九）。『農耕詩』第二巻一六〇行参照。ゲーテは一部変えている。

だと思う。当地の人々はのんびりした逸楽郷で暮らしている。第一に、どの戸にも錠がついていない。宿の主人は「ご安心ください。たとえ携帯している品々が、すべてダイヤモンドでできていようとも」と太鼓判をおす。第二に、窓にはガラスの代わりに油紙が張ってある。第三に、きわめて必要な設備、つまりトイレがなく、当地の人々は生理的欲求にかなり正直である。宿の番頭に用を足すべく場所を尋ねたところ、下の中庭を指差した。

「あの辺でなさいませ」

私は「どこ？」と尋ねた。すると彼は、

「どこでもお好きなところで」と愛想よく答えた。あらゆる点で極度に暢気(のんき)だが、十分に生き生きと活気がある。となり近所の女たちは一日中おしゃべりし、わめいているが、みんな一緒になって何やら活動し働いている。のらくらしている女を見たことがない。

宿の主人はいかにもイタリアらしく力をこめて、「このうえなく美味なマスを召し上がって頂けることを仕合せに存じます」と告げた。マスは河が山から流れ落ちるトルボーレ付近で捕れる。魚がのぼり道を探しに来るところだ。皇帝はこの漁猟から一万グルデンの捕獲料を徴収する。ほんもののマスではなく、大きく、ときには五十ポンドの重さがあり、頭の先まで体じゅうに斑点がある。味はマスとサケの中間で、柔らかく、たいへん美味しい。
しかし私にとって本当のぜいたく品は果物で、イチジク、そしてナシである。ナシはレモンが成長しているあたりに行けば、さだめし美味にちがいない。

九月十三日、夕

明け方の三時、ふたりの船頭とともにトルボーレを出発。はじめは順風で、帆を使うことができた。すばらしい朝で、曇り空だが、夜明けごろは静かだった。リモーネのそばを通り過ぎる。ひな段式にレモンの樹を植えつけたリモーネの山の果樹園は、なんとも豊かで清々(すがすが)しい眺めである。この果樹園ぜんたいにわたって幾列かの四角い白い支柱が並び、それが互いにいくらかの間隔をおいて階段状に山腹を上へ上へと伸びていく。これらの支柱の上方には丈夫な横木が渡してあり、冬になったら、なかに植えてある樹を覆えるようになっていた。船足がゆっくりだったことが幸いして、こうした快い風物をじっくり観賞できた。こうしてマルチェージネのそばを過ぎたころ、風向きが完全に逆になり、いつもの日中の風となって北向きに吹いた。いくら漕いでも強大な大自然の力には抵抗できず、やむなくマルチェージネの港に上陸した。湖の東側にある最初のヴェネツィア領の町である。水路をとるときは、「今日、着きます」とか「どこそこにいます」などと確かなことは言えない。ここでの滞在をできるかぎり上手に活用し、特に岸辺にある城は絶好の題材なので写生してみたい。今日、船で通り過ぎたときにも、一枚それをスケッチしておいた。

九月十四日

向かい風のために昨日マルチェージネに入港したおかげで、スリルに満ちた冒険にでくわし、ユーモアをもって無事に切り抜けた。いま思い出しても愉快である。予定通り朝、早めにあの古城へ行った。この城には門がなく、番人や見張りがいるわけでもなく、だれでも自由に出入りできる。城の中庭に入り、岩のなかに切り込んで建てられた古い塔と向かいあって腰をおろした。ここはスケッチするのに格好の居場所で、三、四段高くなっている閉めきった戸口のそばの壁際に、装飾をほどこした石の腰掛けがあった。こうしたものはおそらくドイツでも古い建物なら見かけるであろう。

しばらく座っていると、さまざまな人が中庭に入ってきて、私をじろじろ見ながら、行ったり来たりしている。その数は増えていって、ついには立ち止まり、しまいには私を取り囲んだ。スケッチをしていたのが人目を引いたのだとはよくわかったが、お構いなしに、悠然（ゆうぜん）と描き続けた。とうとうあまり風采のあがらない男が私に歩み寄り、「何をしているのかね」と聞いた。私は「古い塔をスケッチして、マルチェージネの思い出にしたい」と答えた。すると彼は「それは禁じられている。やめろ」と言う。彼はそれを庶民の話すヴェネツィア訛りで言ったので、私は本当にほとんど理解できなくて、「何を言っているのかわからない」と答えた。すると彼はいかにもイタリア男らしい糞度胸で私の画用紙をつかみ、引きちぎると、またもとの台紙に乗せた。さすがに周りの連中から不満の声があがったのがわかった。特に中年の婦人は「これは不当ですわ。こうしたことを判定できる行政官を呼ばなくては」と言った。私は背を戸にもたせたまま、階段の上に立ち、しだいに増えてくる見物人を見渡した。好奇心に満ちた凝視、たいていの顔に浮かぶ人の良さそうな表情、そのほか異国の民衆を特色づけるものは何であれ、私にこのうえなく愉快な印象を与えた。エッテルスブルク[8]の舞台で私自身がトロイフロントに扮し、しばしばからかった鳥類の合唱隊を眼前にみる思いであった。

こうしてこのうえなく朗らかな気分になり、行政官が書記を連れてやって来たときは、何のこだわりもなく挨拶し、「なぜ要塞を写生するのですか」と問われると、「この建物は要塞とは認められません」と慎みをもって答えた。「塔も壁も崩れているし、城門もありません。要するに全体が無防備の状態にあります」と行政官と群衆の注意をうながし、「これは廃墟以外のなにものでもないと思って写生していました」と断言した。

すると「廃墟ならば、どこが注目に値するのですか」と問い返すので、私はゆっくり時間をかけて相手の好意を得ようと、懇切丁寧に説明してやった。

「ただ廃墟を見るためにイタリアへやってくる旅行者が大勢いるのは、ご存じですよね。世界に冠たる都ローマは野蛮人に荒らされ、廃墟だらけですが、そうした廃墟が何百回となく描かれてきました。ヴェローナの円形劇場を近日中に見たいと思っておりますが、古代の遺跡のすべてが、あのように元の形で保たれているわけではありません」等々。

私の前のもっと低い所に立っていた行政官は、長身の、しかし痩せてはいない三十がらみの男だった。まぬけ面のうつろな表情は、のろまで陰鬱な質問の仕方とよく釣り合っていた。書記は小柄できびきびした男だが、こうした初めての稀有な事件に対してすぐには対応できずにいるらしい。私がさらにいろいろ述べると、人々は喜んで耳を傾けているようだし、二、三の好意的な婦人たちの顔に目を向けると、賛同しているように思えた。

しかし私がこの国ではアレーナという名で知られているヴェローナの円形劇場に言及したとき、そのあいだに知恵を絞っていた書記は、「あれは世界的に有名な建物だから、そうかもしれませんが、これらの塔には、ヴェネツィア側とオーストリア帝国の境目の目印という以外、注目すべき点はありません。だからこそ偵察などされては困るのです」と言い出した。私はそれに対して長々と反対意見を持ち出した。中世の遺跡も「注目に値するのは、ギリシアやローマの遺跡ばかりではありません。

8　ゲーテが翻案したアリストパネスの喜劇『鳥』を内輪で上演したとき、ゲーテはトロイフロイントの役を引き受けた。トロイフロイントは雄弁で、彼に敵対する「鳥類の合唱隊」をなだめ、平和な鳥たちの王国の建設という目標を達成する。一七八六年九月八日付け、三五頁、注27参照。

そうです。この建物を幼いころから見慣れてらっしゃる皆さんよりも、私のほうが多くの絵画的美しさを見つけることができたからといって、気を悪くしたりなさらないでしょう」

幸運にも朝日が塔や岩石や城壁をこのうえなく美しく照らし出したので、私はこの美観をみんなに熱を込めて説き始めた。聴衆は、私が褒めそやした景観を背にしていたが、私に背を向ける気はなかったので、私がかれらに吹聴したものを自分の目で見ようと、いっせいに風見鶏（かざみどり）のようにくるりと頭を回した。行政官ですら、やや躊躇（ためら）いながらも、私が述べた景観のほうを向いた。その光景はたいそう滑稽に思われ、ますます気をよくした私は、すべてを褒めたたえ、岩石や城壁におびただしい装飾をほどこすのに何百年もかけたキヅタまで褒めあげた。

書記はそれに対して「おっしゃることはどれもみな、ごもっともですが、ヨーゼフ皇帝はおとなしくしておられぬ方です。きっとヴェネツィア共和国に対してよからぬことを企んでいるでしょう。あなたはおそらく彼の臣下で、国境を探るために派遣されたのでしょう」とやり返した。

「とんでもない」と私は叫んだ。

「皇帝の一味だなんて。自慢ではないが、私はあなた方と同様、共和国の市民です。たしかに国力や広さからいってお国のヴェネツィアとは比べものになりませんが、やはり自治国で、商業活動や富やお上の見識にかけてはドイツのどの都市にもひけをとりません。つまり私はフランクフルト・アム・マインの生まれです。この都市の名前と評判はきっと聞きおよんでらっしゃることでしょう」

「フランクフルト・アム・マインですって！」と、きれいな若い女性が叫んだ。「行政官さん、それならこの異国の方の身元はすぐわかります。私は信頼できる方だと思います。あの地に長く勤務していたグレゴーリオをお呼びください。この件を裁定するのに、もっとも適した人物です」

私のまわりには好意的な面々が増え、あの初めの嫌な男は姿を消していた。グレゴーリオがやってくると、事態は一転し、私に有利になった。彼はおよそ五十代で、イタリア人によくみられるように顔は日焼けしていた。話しぶりも態度も人見知りせず、さっそく「ボロンガロ商会に勤めていました。あの家族やあの町のことは思い出すのも楽しく、あなたの口から何かお聞きできれば嬉しいです」と言った。

運よく彼があの町にいたのは私の少年期にあたり、当時のことやその後どんな変化があったか詳しく語ることができ、重ね重ね有利であった。私が知っている同市のイタリア人の家族のことは残らず彼に話して聞かせた。彼はいろいろな細かいこと、例えばアレージナ氏が一七七四年に金婚式をあげ、それを記念してメダルが鋳造され、私自身もそれを所有していると聞くと、たいそう喜んだ。この豪商の令夫人がブレンターノ家の出であることを彼は実によく覚えていた。こうした家々の子どもたち、孫たちについても、すでに成長し、不自由なく暮らしており、結婚して子孫が増えたことなども、彼に語ることができた。

尋ねられたほとんどあらゆることについて、きわめて詳しい情報を提供すると、その男は晴れやかな表情を浮かべたり、真顔になったりした。彼は喜び感動していたし、群衆もますます晴れ晴れした気分になり、私たちの会話に飽かず聞き入った。もっとも会話の一部は、まず彼がここの方言に通訳してやらねばならなかった。

最後に彼は、

「行政官さん、この方は芸術方面に明るい立派な方で、育ちもよく、研究のためにあちこち旅をなさっているのだと確信いたします。この方をこころよく放免し、お国の方々に当地のよい点をお話しして、マルチェージネを訪れるように強くすすめて頂きましょう。この地の美しい景観は、外国人を感嘆させるだけの価値が十分あります」と言った。私はこの温かい言葉を補強するように、土地柄や風景や住民を褒めたたえ、お役人は賢明かつ慎重な方々だと持ち上げることも忘れなかった。

そこで万事、問題なしとされ、私はグレゴーリオ親方と一緒に好きなだけこの町と界隈を見物する許可をもらった。すると私が泊まっていた宿の主人が仲間入りしてきて、「マルチェージネの優れた点がいよいよ世に知れ渡ったら、この宿にも外国人がどっと押し寄せてくるでしょうね」と早くもほくほく顔である。彼は好奇心満々で私の衣類を眺め、とくに、ごく手軽にポケットにしのばせることのできる小型ピストルをうらやましがった。「こんな立派な武器を持ち歩ける人は仕合せですよ。私どものところでは厳罰で禁じられているので」と言った。この愛想よくでしゃばってくる男の話の腰を折って、私は幾度も私を窮地から救ってくれた人物にお礼を言った。

「礼にはおよびません」と実直な男は答えた。「お礼を言われる筋合いはございません。もし行政官がやり手だったら、また、書記が自分の利益を最優先することにかけて類をみない男でなかったら、こうはうまくいかなかったでしょう。行政官はあなた以上に当惑しておりましたし、書記はあなたを逮捕し、報告書を書き、ヴェローナへ連行したところで一文にもならないと、すばやく見て取ったのです。話し合いが終わる前から、あなたはすでに自由の身だったのですよ」

夕方近く、この善良な男は私を兵陵の斜面にひろがる自分のブドウ畑へ迎えに来てくれた。それは湖を下方にのぞむ絶好の位置にあった。十五歳になる息子がついてきた。彼は、親爺さんがいちばんよく熟したブドウの房を探しているあいだに、樹に登って私のために極上の果物をもぎ取る役目を仰せつかった。

この人里はなれた寂しい片田舎で、赤の他人なのに親切な二人にはさまれながら、私はひとり昼間のスリルに満ちた事件に思いをめぐらし、つくづく感じた——人間とはなんと奇妙な存在なのだろう。ただ世界とその内実を自分独自のやり方でわがものにしたいという妙な考えから、親しい仲間たちのあいだにいれば確実かつ快適に享受できるものを、しばしば、わざわざ厄介で危険なものにしているのだから。

真夜中ごろ宿の主人は、グレゴーリオが私に贈ってくれた小さな果物かごをさげて、はしけのところまで見送ってくれた。こうして私は順風にのって、あわや身を滅ぼしそうになった岸辺に別れを告げた。

こんどは船旅について！　つつがなく終えて、鏡のような水面と、これに臨むブレシア岸の絶景に心洗われる思いだった。山脈の西側は険しくなくなり、土地一帯が湖へ向かってなだらかに傾斜し、およそ一時間半の行程にわたってガルニャーノ、ボイアッコ、チェーチナ、トスコラーノ、マデルノ、ガルドーネ、サロといった町が、たいていは細長い町が一列に並んでいる。人口稠密なこの地方の優美な眺めに、いいあらわす言葉もない。朝十時にバルドリーノに上陸し、一頭のラバに荷物をのせ、もう一頭には私が乗った。それからの道は、エッチュの谷と湖水の盆地を分ける尾根を越えてゆく。太古の水はここで両側から合流して途方もなく大きな水流となり、この巨大な玉砂利の堤を築き上げたらしい。平穏な時期に肥沃な土壌におおわれたのだが、農夫はいまなお地中から出てくる転石に苦しめられている。できるかぎりそれを取り除こうとして、幾列にも幾重にも積み重ね、そのため道に沿ってたいへん厚い壁状のものを造り上げた。こうした高地では水分が乏しいので、桑の木は元気がないようだ。井戸など思いもよらない。ときおり雨水を集めた水たまりを見かける。ラバも馬子もこの水を飲んで渇きをいやすのだろう。低地の農園に随意に灌水できるように、下の河岸には水揚げ水車がとりつけられている。
ともかく下り道で眺める新たな地域のすばらしい光景は、言葉にあらわしがたい。高山と断崖のふもとに、きわめてよく整備された平坦な庭園が、縦横数マイルにわたって広がっていた。かくして九月十四日の一時ごろ、当地ヴェローナに到着。まずこれを書きしるし、日記の第二部を書き終えて綴じ合わせる。夕方には円形劇場を見物しようと浮き浮きしている。

ここ数日の天候について報告しておく。九日から十日にかけての夜は、晴れたり曇ったりで、月のまわりにはずっと暈（かさ）がかかっていた。朝五時ごろには空一面が灰色の薄雲でおおわれたが、日が高くなるにつれて雲は消えた。下へくだって行くにつれて、天気は次第に良くなった。ところがボーツェンまで来ると、大きな山塊が北方に連なっているので、大気の状態が変わる。青色に濃淡があって、その対比が好ましく、背景の空が微妙な違いをみせる。大気は一様に分布した水蒸気に充たされており、大気が持ちこたえることができた水蒸気は、霧や雨となって降ることもなく、また集まって雲となることもなかった。さらに下へおりると、ボーツェンの谷から立ち昇る水蒸気も、もっと南方の山々から昇る帯状の雲も、すべて北方のより高い地域めがけて移動し、その地域をおおいかくすことはないが、一種の煙霧となって包み込んでいるのをはっきりと認めることができた。はるか遠方の山脈の上方に、不完全な薄ぼんやりした虹、いわゆる薄虹を認めることができた。ボーツェンから南にかけては、夏じゅう好天に恵まれ、ときどき少量の雨（土地の人はこの霧雨を「アクア」と呼んでいる）が降るけれども、すぐまた日が照る。昨日も時折ぽつりぽつり雨が降ったけれども、日はいつも照っていた。こんなよい年は久しぶりで、なにもかも上々である。悪しきものはわがドイツへ送り込まれたわけである。

これまでの道程については、フェルバーのイタリア紀行やハケットのアルプス紀行を読めば十分にわかるので、山岳や鉱物のことを手短に述べよう。[9] ブレンナー峠から十五分のところに大理石坑があって、そこを薄明のうちに通り過ぎた。この大理石坑は、向かい側の坑と同じように雲母片岩の上にのっているらしい。いや、のっているにちがいない。夜が明けると、コルマンの近くでそれが見つかり、さらに下ると、斑

9　ヨハン・ヤーコプ・フェルバー（一七四三〜九〇）の『イタリアだより』（一七七三、プラハ）のこと。

岩が姿を見せた。これらの岩石はじつに見事で、路傍には手ごろな大きさに打ち砕かれて山積みになっていたので、フォークト[10]鉱物標本ケース程度のものなら、さっそく集めて荷造りできそうだ。私も「見たい、知りたい」という気持ちをほどほどに抑えるのに慣れさえすれば、各種類の石をひとかけらずつ造作なく持ち帰れる。コルマンの下方すぐのところで、規則正しく板状に割れている斑岩を見つけ、ブランツォルとノイマルクトの間でも似たものを見つけたが、こちらはその板がさらに円柱状に分岐している。フェルバーはこれを火山の産物とみなしたが、それは世人の頭がのぼせあがっていた十四年も前の話で、ハケットはすでにその説を笑い飛ばしている。

人間について少しだけお話しするが、あまり面白い話ではない。ブレンナー峠を下ってゆくうちに夜が明けると、人々の風貌が明らかに違うのにすぐ気づいた。特に女たちの顔が土気色をしているのは気に入らない。女たちの顔つきは困窮を物語り、子供たちも同じく見るも哀れ、男たちはいくぶんましであった。だが骨格はまったく異常がなく、まずまずである。この病的状態の原因は、トウモロコシやソバを常食とするためと思われた。前者は黄ブレンデ、後者は黒ブレンデと呼ばれ、挽(ひ)き砕いて、その粉をゆでてどろどろの粥にして、そのまま食べる。山向こうのドイツなら、その捏ね粉をさらに小さくちぎって、バターで焼き上げる。ところがイタリア領内のチロル人はそのまま平らげる。ときにはチーズを上に塗ることもあるが、一年じゅう肉類を食べない。そうすると特に女・子供の場合、どうしても胸やけや消化不良をおこす。顔色が悪いのは、こうした栄養不良のせいだろう。そのほかに果物やサヤインゲンも食べる。サヤインゲンは茹でて、ニンニクと油で調理する。「金持ちの農民はいないのかい？」と私は聞いた。「そりゃ、もちろんいます」「やり方を変えて良くしたりしないの？　もう少し美味しいものを食べたりしないの？」「いいえ、もう慣れっこになっています」「お金は十分あるんだよね？　他に何か使い道はあるの？」「まさか。旦那衆がそっくりそのまま巻き上げてしまいますよ」――これがボーツェンで宿屋の娘と交わした会話のあらましである。

さらに彼女から、「いちばん裕福そうに見えるブドウ栽培者が、じつはいちばん

10　ヨハン・カール・ヴィルヘルム・フォークト（一七五二～一八二一）。イルメナウの鉱山局書記官。一七八五年から貴重な珍しい石のコレクションを持ち歩いており、四十～五十個あったという。

困っているんですよ。だって、かれらは都会の商人の手中にあるようなもので、都会の商人は、凶作の年には生活費を前貸しし、豊作の年には二束三文でワインを買い上げるんです」と聞いた。だがこういうことは、どこへ行っても同じである。

栄養に関する私の説は、都会住まいの女性たちのほうがいつも健康そうに見えることで裏書される。ふっくらして愛らしい少女の顔、身体はがっしりしていて、頭部が大きいわりに背はやや低く、そして時折いかにも愛想のよい人なつこい顔を見かける。男たちについては、行商のチロル人で見慣れている。この土地では男たちは、女たちほど潑剌（はつらつ）としていない。おそらく女たちのほうがたくさん肉体労働をし、たくさん動くのに対して、男たちは小売商人や職人として座って仕事をするからであろう。ガルダ湖のほとりで見た人々は、たいそう浅黒い肌をし、頰にはかすかな赤みすらなかったが、不健康どころか潑剌として、のびやかに見えた。おそらくそこの岩山のふもとで強烈な日差しを浴びているせいだろう。

ヴェローナからヴェネツィアまで[1]

ヴェローナにて、九月十六日

円形劇場は、古代の重要な記念物のなかで私が見る最初のものであり、しかも保存状態がきわめてよい！　中に入ったとき、上部のふちを歩き回ったときにはなおさら、何か雄大なものを目にしていながら、実は何ひとつ見ていないような、なにやら妙な気がした。実際、円形劇場は空っぽの状態ではなく、近年ヨーゼフ二世やピウス六世のために催し物が行われたときのように、満場の人で埋まっているところを見なければならない。眼前の群衆を見慣れた皇帝も、これには驚いたという。しかしながら、こういう円形劇場は、そもそも民衆自身が感銘を受け、民衆自身が楽しむために造ら

1　この章は旅日記の第三部を基にしている。

れたものなので、全面的な効果を発揮したのは、民衆がいまよりもはるかに民衆らしかった最古の時代だけである。

平らな地面で何か見物に値するものが起こり、みなが馳せ参じると、いちばん後方にいる連中は、何とかして最前列の連中よりも高い位置を占めようとする。ベンチに乗ったり、樽を転がしてきたり、馬車で乗り入れたり、板をあちこちに架けたり、近くの丘を占領したりして、たちまち噴火口のような形になる。

見せ物がしばしば同じ場所で行われると、料金を出せる人々のために簡単な桟敷が設けられ、あとの群衆は勝手になんとかする。そこで、こうした世間一般の欲求を満たすのが建築家の課題であり、建築家はそのような噴火口を人工的に造り上げる。それもできる限り簡素に、民衆自身がそうした噴火口の装飾となるように造り上げる。民衆はそうして一堂に会した自分たちを見て、驚嘆せずにいられない。ふだん民衆は右往左往し、秩序も特別な規律もなく、押し合いへし合いするのが習性なのに、この頭数も雑念も多く、ふらふらと、あっちこっちさまよう輩が、ひとつの気高い実体にまとまって一体化する気になり、結集し結束し、ひとつの姿をとって、ひとつの精神で息づくからである。円形劇場のシンプルな卵形はだれの目にも、まことに心地よく感じられ、ひとりひとりの頭は、全体がいかに巨大かを計るものさしになる。いま空っぽの劇場を見ると、そうした規準がないので、大きいのか小さいのか見当がつかない。

この建造物を良好な状態に保ったヴェローナ人は賞賛に値する。赤みを帯びた大理石でできているのだが、階段は石が風化して腐食すると、つねに順ぐりに修復されるため、ほぼ全部、真新しいもののように見える。碑文は、ヒエロニムス・マウリゲヌスなる人物と、彼がこの記念物に注いだ驚くべき熱意をしのばせる。[2] 外壁は一部しかない。はたして外壁はこれまでに完成されたことがあるのだろうか。下方の丸天井の空間は、イル・ブラー[3]と呼ばれる大きな広場に隣接していて、職人たちに貸してあり、こういう洞穴めいたところが再び活気にあふれているのを見るのは、なかなか面白い。

2 碑文には、ヒエロニムス・マウリゲヌスではなく、市長ヒエロニムス・マルモレウスが多年の風雨で破損した円形劇場の復旧に多大な熱意をもって尽力した旨が記されている。

3 現在のヴィットーリオ・エマヌエーレ広場のこと。

ヴェローナにて、九月十六日

もっとも美しく、しかし閉ざされている門はポルタ・ストゥパ、あるいはデル・パリオと呼ばれている。この門は、遠くからも見えるのだが、門として考え抜かれたものではない。というのは、近寄ってはじめて建造物の値打ちがわかるからである。

なぜ閉ざされているのか、さまざまな理由があげられている。しかし私は、建築家は明らかにこの門を貫く表通りの新設着工をもくろんでいたと推測する。なぜなら、この門は現在の街路ではまさにお門違いだからである。左側はバラックばかりだし、門の中央から直角に延びる線は尼僧院に向かっている。いきおい尼僧院は取りこわされねばならなかっただろう。そのことは当時の人々もよくわかっていたろうし、富貴の方々は辺鄙（へんぴ）な区域に家を建てて住みたいとは思わなかったのだろう。そうこうするうちに建築家が亡くなったのかもしれない。そして門は閉じられ、この件は一気に終息したのだろう。

ヴェローナにて、九月十六日

劇場[4]の大玄関は六本の大きなイオニア式円柱から成り、なかなか見事である。それだけに入り口の上方の、二本のコリント式円柱に支えられた彩色壁龕（へきがん）の前にある、大きなかつらをつけたマッフェーイ侯[5]の等身大の胸像がいっそうちっぽけにみえる。晴れがましい場所だし、巨大な胸像でなければ、大きく立派な柱といささか不釣り合いだろう。それなのに今のところ、胸像はちょこなんと台座の上に載っていて、全体との調和がとれていない。

前庭を囲む柱廊も貧弱で、みぞ彫りをしたドーリア式小円柱は、なめらかなイオニア式の巨大な柱と並ぶと、なんともみすぼらしい。しかしここの柱廊玄関に設けられた立派な陳列所にめんじて、大目にみることにしよう。ここには、おおむねヴェローナ市の内外で発掘された古代美術品を収集・陳列してある。円形劇場で発見されたものさえ二、三あるという。エトルリア、ギリシア、ローマのものや、それ以降の時代、さらに近代のものもある。浅浮き彫りは壁にはめ込んであり、番号がついている。

4　テアトロ・フィラルモニコのこと。

5　フランチェスコ・スキピオネ・マッフェーイ（一六七五〜一七五五）。ヴェローナ出身の詩人・考古学者。

マッフェーイがその著書『ヴェローナ案内』のなかで記述したときに付した番号だ。祭壇、円柱のかけら、そうした類の遺物。白色大理石のすばらしい三脚椅子、その上で神々の持物（アトリビュート）をもてあそぶ精霊たち。ラファエロはこれをヴィラ・ファルネジーナの三角小間において模倣し、さらに美化している。[6]

古代人の墓から吹く風は、バラの花咲く丘のそよ風のように馥郁（ふくいく）たる香りがする。しんみりと感動的な墓標は、つねに生の息吹を伝えてくれる。妻と並んで、窓からのぞくように壁龕からこちらを見ている夫がいる。父親と母親が息子をはさんで、えもいわれぬ自然な姿で見つめ合っている。こちらでは恋人どうしが手を取り合い、そちらでは父親がソファーでくつろぎながら、家族の話を聞いている。これらの墓石を目の前にして、ことのほか感動をおぼえた。みな後世の作だが、簡素で自然で、万人に感銘をあたえる。ここには跪（ひざまず）いて、喜ばしい再生を待ち受ける甲冑姿の武人[7]はいない。作者は、技術的に優れていようが、そうでなかろうが、市井の人々のありふれた瞬間を描き出し、それによってかれらの在り方を後世に伝え、永遠のものにしている。かれらは合掌したり、天を仰いだりはせず、ありし日のまま、あるがままの地上の子である。相集い、むつみあい、愛し合う姿が大変好ましく墓石に表されており、技巧

墓標。ヴェローナ。「父親と母親が息子をはさんで、えもいわれぬ自然な姿で見つめ合っている」

的な稚拙ささえ微笑ましい。ふんだんに装飾のほどこされた大理石の支柱も、私にとって新たな意味をもつものとなった。

ここの陳列所は立派なものだが、創設時の気高い保存の精神はもはや生き続けていないようだ。貴重な三脚椅子もむきだしのまま、西からの風雨にさらされているので、これではまもなくだめになってしまう。木製のケースがあれば、こうしたお宝も保存しやすいだろう。

市長官邸は起工しかけたままで、もし完成されていたら、すぐれた建造物になったことだろう。そのほかにも貴族たちはなおもいろいろ工事中で、残念ながら、だれもが自分の以前の邸宅のあった場所、したがってしばしば狭い小路に建築している。いまも辺鄙(へんぴ)な町はずれの小路で、神学校の壮麗な正面工事が行われている。

たまたま道連れになった男とともに、ある見事な建物の大きく厳(いか)めしい門の前を通りかかると、その道連れは「ちょっと中庭に入ってみませんか」と親切に言ってくれた。それは高等法院で、建物が高いので途方もなく大きな井戸にしか見えなかった。「犯罪者と容疑者はみんな、ここに収容されます」と彼は言った。ぐるりと見回すと、どの階にも無数の扉があって、鉄の手すりのついた開けっ放しの歩廊に通じている。

訊問をうけに獄舎から連れ出された囚人は、戸外の空気にふれるが、同時に衆人環視のもとにさらされるわけだ。訊問室はいくつもあるらしく、あちこちの歩廊で鎖のがちゃがちゃする音が、どの階にも鳴り響く。それは見るもおぞましい光景で、このあいだ烏合(うごう)の衆を一蹴した私のユーモアも、さすがにここでは尻込みせざるをえなかった。[8]

日没ごろ、噴火口の形をした円形劇場のふちを歩いて、市と近郊の絶景を楽しんだ。私はひとりだった。そして下のブラー広場の幅広い石畳の上をじつに大勢の人々、あらゆる階級の男たちや中流階級の女たちが散歩していた。女たちは黒の外衣を着てお

6　ラファエロ・サンティ（一四八三～一五二〇）は一五一七年、ローマのヴィラ・ファルネジーナで、プシュケーの生涯から題材をとったフレスコ壁画を完成させた。一七八六年十一月十八日付け、二六六頁参照。

7　シェーンタール修道院のゲッツ・フォン・ベルリヒンゲンの墓標を念頭に置いている。

8　一七八六年九月十四日付けの叙述、「鳥類の合唱隊」と対峙した一件をさす。五七頁、注8参照。

り、こうして高いところから見下ろすと、ミイラのように見える。

ところで、ゼンダーレとヴェスタ——この階級の女はヴェスタさえあれば、あらゆる装束の代用になる——は、つねに清潔を心がけているわけではないが、やれ教会だ、それ散歩だとつねに人なかに出たがる連中には、おあつらえ向きの服装だ。ヴェスタは他の上衣のうえに羽織る。黒いタフタの外衣である。婦人はこの下に清潔な白の上衣を着ているときは、黒いヴェスタの片側を高く端折(はしょ)っておく。ヴェスタをベルトで固定し、ウエストをきゅっと絞って際立たせ、色とりどりのコルセットのすその部分にかぶせる。ゼンダーレは長い紐のついた大きな頭巾で、頭巾そのものは針金で頭上高く支え、紐は飾り帯のように体に巻きつけ、紐の端は背後に垂らしておく。

ヴェローナにて、九月十六日

今日、円形劇場から帰るとき、そこから数千歩のところで近代的な公開競技をやっているのを見た。品のよい四人のヴェローナ人が、四人のヴィチェンツァ人を相手に球技をしていた。ふだんはヴェローナ人どうしで一年中、日暮前の二時間ほど行うゲームが、このときは対戦相手がよそ者だったので、驚くべき人だかりである。観衆はつねに四、五千人はいただろう。だが女性はどんな階級のものであれ、ひとりも見当たらなかった。

前にこういう場合における群衆の欲求について話したとき、自然に、期せずして円形劇場の形になることを述べたが、ここでも人々は漸層的に立ち並んでいた。さかんな拍手がすでに遠くから聞こえ、すばらしい当たりのたびごとに拍手が起こった。ゲームは次のように行われる。競技者は互いに適当な距離をおき、ゆるやかに傾斜した平らな板が二枚、設置されていた。球を打ち出す人は右手に木製の幅の広い、とげのある環をもち、板の最上部の高いところに立っている。同じチームのメンバーが彼に球を投げてやると、彼はその球めがけて走りおりてくるのだが、それによって球を当てるときの打撃の力が増す。相手方は球を打ち返そうとし、ついに競技場に球が落ちてしまうまで球の応酬が続く。その際に、大理石像にかたどっておきたいような、実に美しいポーズが見られる。体格のよい、たくましい青年ばかりで、短いぴっちりした白い服を着ているので、敵味方の区別は色のついた徽章(きしょう)だけでなされる。打者が斜面をかけおりて身構えようとするときのポーズは特に美しく、ボルゲーゼの剣士[9]のポーズに近い。

この競技を、観衆にとって不便きわまりない古い市壁のところで行うのは、奇妙に思われる。円形劇場という、あんなに立派な場所があるのに、なぜあそこでやらないのだろう。

ヴェローナにて、九月十七日

私が見た絵画について手短に述べ、いくつか感想をつけ加えておきたい。この一風変わった旅をしているのは自己欺瞞ゆえではなく、さまざまな対象にふれて自分自身を知るためなのだが、正直なところ、画家の技巧や腕前についての知識はほとんどない。そこで私の注意、考察はだいたいにおいて実際的な部分、画題とその取り扱い方に向かうことになる。

サン・ジョルジョは優れた絵のある画廊だ。すべて祭壇画で、価値に差はあるが、いずれも注目に値する。しかし「何々を描け」「だれそれのために描け」と言われる画家のほうは、悲運としか言いようがない。「マンナの雨」[10]は横三十フィート、縦二十フィートもあろうか！　それと対をなす「五つのパンの奇蹟」[11]！　こんな題で何を描けというのか。わずかな穀物に殺到する飢えた人々、パンを恵んでもらう無数の人々。画家たちはこうしたみじめな画題で立派なものをつくろうと苦心惨憺した。しかしながら天才はこのような窮地に追い込まれると刺激されて、傑作を生み出す。一万一千人の処女をしたがえた聖ウルスラを描かねばならなかった画家は、じつに賢くその抜け道を見出した。聖女は国土を手中におさめ、勝ち誇るかのように前面に立っている。彼女の姿はたいそう気高く、アマゾネス[12]のように純潔で、婀娜っぽさはない。いっぽう、船からあがり行列をつくってやってくる処女の群れは、すべて遠方に小さく見える。大聖堂にあるティツィアーノの「マリアの昇天」は、ひどく黒ずんでいるが、昇天するマリアが天を仰がずに、下界の友人たちを見おろしているその着想は、

9　ギリシアの彫刻家アガシアスのつくった剣士の像（紀元前一〇〇頃）で、ローマ近くのボルゲーゼの別荘にあった。現在はルーヴル美術館にある。

10　フェリーチェ・リッチ・ブルサルチ（一五五〇〜一六〇五）作。門人によって完成された。

11　パオロ・フェリナティ（一五二四〜一六〇六）作。

12　ギリシア神話に登場する、女性ばかりからなる好戦的な種族。北方の未知の地に住むと考えられ、戦いのために身体を鍛錬し、乗馬と弓術に抜群の腕を示す、古代でもっとも恐るべき騎馬軍団。

賞賛に値する。

ゲラルディーニ画廊でオルベット[13]のすばらしい諸作品と出会い、この功績ある画家がとつぜん近しい存在になった。遠方の地にいると、第一級の画家のことだけ聞いて、一等星にあたるその名前で満足してしまうことがよくあるが、この芸術の星空に近づくと、二等星や三等星までもきらめきはじめ、どれもが星座の全体を成すものとして現れてきて、世界は広がり、芸術は豊かなものになる。ここにその着想を賞賛せずにいられない絵がある。半身像がふたつだけ描かれ、サムソンがちょうどデリラの膝で眠り込んだところで、デリラはサムソンの体ごしに、机上のランプのそばにある鋏をそっと手に取ろうとしている。仕上げも実にしっかりしている。カノッサ宮ではダナエを描いた絵が私の目を引いた。

ベヴィラックア宮はきわめて貴重な作品群を蔵している。ティントレット[14]のいわゆる「楽園」は、あらゆる族長、預言者、使徒、聖者、天使などの面前でマリアが天国の女王として戴冠される絵で、稀有の天才はこの機にその恵まれた才能をあますところなく発揮した。軽妙な筆さばき、気迫、多彩な表現、これらすべてを賛美し味わうためには、この作品そのものを所有し、一生目の前におかねばならないだろう。かぎりなく行き届いた作品で、栄光のなかに消えてゆく天使たちの頭部さえもが、それぞれの性格をあらわしている。もっとも大きな人物は高さ一フィートもあろうし、マリアとマリアに冠を載せるキリストは約四インチである。この絵のなかで一番の美女はやはりエヴァで、昔もいまも変わらずちょっと艶めかしい。

パオロ・ヴェロネーゼ[15]の肖像画を二、三枚見て、この芸術家に対する尊敬の念は深まるいっぽうである。古代美術のコレクションはすばらしい。倒れて横になっているニオベの息子は見事だし、胸像は鼻が修理されているにもかかわらず、たいていはきわめて興味深いものであり、その他、市民の冠を戴いたアウグストゥス、カリグラの像などがある。

偉大で美しいものを心から喜んで崇めるのは、私の性分であり、そんな天性の資質

13　アレッサンドロ・トゥルキ、またはアレッサンドロ・ヴェロネーゼ（一五七八〜一六四九）。彼の「サムソンとデリラ」は現在ルーヴル美術館にある。

14　本名ヤコポ・ロブスティ（一五一八〜九四）。ヴェネツィア生まれで、ティツィアーノの弟子。

15　ヴェネツィア派の画家（一五二八〜八八）。ゲーテは特に高く評価している。

をかくも見事な諸作品に接して日々刻々と育むことは、何ものにもまさる幸せである。

日中を享受し、特に夕べを楽しむ国で、「夜が訪れる」ということはたいそう大きな意味をもつ。仕事は終わり、散歩に出ていた者はもどり、父親は帰宅して愛娘の顔をみようとし、こうして昼は終わる。しかし私たち北方のキンメリオス人（常闇の国の住人）[16]は、昼がどんなものかほとんど知らない。永遠の霧と靄に包まれ、昼も夜もかわりばえがしない。はたして私たちドイツ人はいかほどの時間を、真に開放的な大空のもとで散策し楽しめるのだろう。当地では、夜が訪れると、朝から夕方までの昼間がきっぱり過ぎ去ったことになる。二十四時間が過ぎて、新たな時間の数え方がはじまり、鐘が鳴り、ロザリオを繰りながら祈りが唱えられ、下女は点火したランプをもって入ってきて《Felicissima notte!（こんばんは！）》と言う。その時刻は四季とともに変化するが、生活のどんな楽しみも、時間単位としての時ではなく、昼夜の別に関係しているから、この地で活動し生活している人間はまごつくことはない。

この地の時計の針は、この地の自然とじつに密接なつながりを持っているので、ドイツ流の時の刻み方を押しつけられたら、イタリア国民は困惑することだろう。夜になる一時間半か一時間前になると、貴族は馬車で出かけはじめる。ブラー広場に向かい、広くて長い通りをポルタ・ヌオヴァへ向かい、その門をぬけて市の外側をまわるが、夜の鐘が鳴ると、みな引き返す。ある者は教会へ乗りつけて「アヴェ・マリア・デラ・セッラ」のお祈りをし、ある者はブラー広場に馬車をとめ、殿方たちは馬車に歩み寄り、貴婦人たちと語らう。語らいはしばらく続き、いつ果てるのか、私は見届けたことがない。人々は夜更けまで外歩きしている。今日は折よく雨が降って埃が消え、じつに活気ある賑やかな光景であった。

さらにだいじな点で当地の習慣に順応するために、私は当地の時間の数え方をたやすくマスターする手段を考え出した。次の図をみれば、それがわかる。内側の環は、ドイツの夜中から夜中までの二十四時間を意味し、ドイツ人が数え、ドイツの時計が示すように十二時間ずつ二度に分かれる。二番目の環はいまの季節に当地で鳴る鐘の

16 キンメリオス人はホメロスの『オデュッセイア』に登場する西の果てにいる種族で、常に暗闇と霧のなかに住んでいる。ゲーテは、光にあふれた南国と「常闇の国」の北国を対比させている。

音を示す。すなわち同じように十二時までが二度で二十四時間、ただしドイツで八時を打つときは一時を打つというふうになっていて、さらに進んで十二時にいたる。ドイツの時計で朝八時のときは、ふたたび一時を打つという具合である。

最後にいちばん外側の環は、実生活における二十四時までの数え方を示す。たとえば夜、鐘の音を七つ聞いたら、真夜中は五時にあたるので、七からこの数字を引き、いまは夜中の二時だとわかる。昼に鐘が七つ打つのを聞いたら、正午は五時にあたるので、同様の処置をとり、いまは午後二時だとわかる。でもドイツ人である私が当地風に時刻を述べようとすると、正午が十七時だと知らねばならず、これにさらにこの二を加えて十九時ということになる。これを初めて聞いた人は考え込んでしまうだろうし、きわめて紛糾した、実行困難な事柄のように思えるだろう。だがじきに慣れて、この作業が面白くなってくる。ここの民衆も、たえずあれこれと計算するのが楽しいのだ。ちょうど子供たちが、難題とみえても実は造作ない事柄を喜ぶように。いずれにせよ、かれらはいつも指をさしだし、すべて暗算し、数に関わることが好きだ。そのうえこの国の人はそもそも正午も真夜中もまったく念頭になく、この国に来た異国の人のように二つの指針を比較する必要もないので、この問題ははるかに楽である。

9月後半におけるイタリアの時計とドイツの時計の比較図

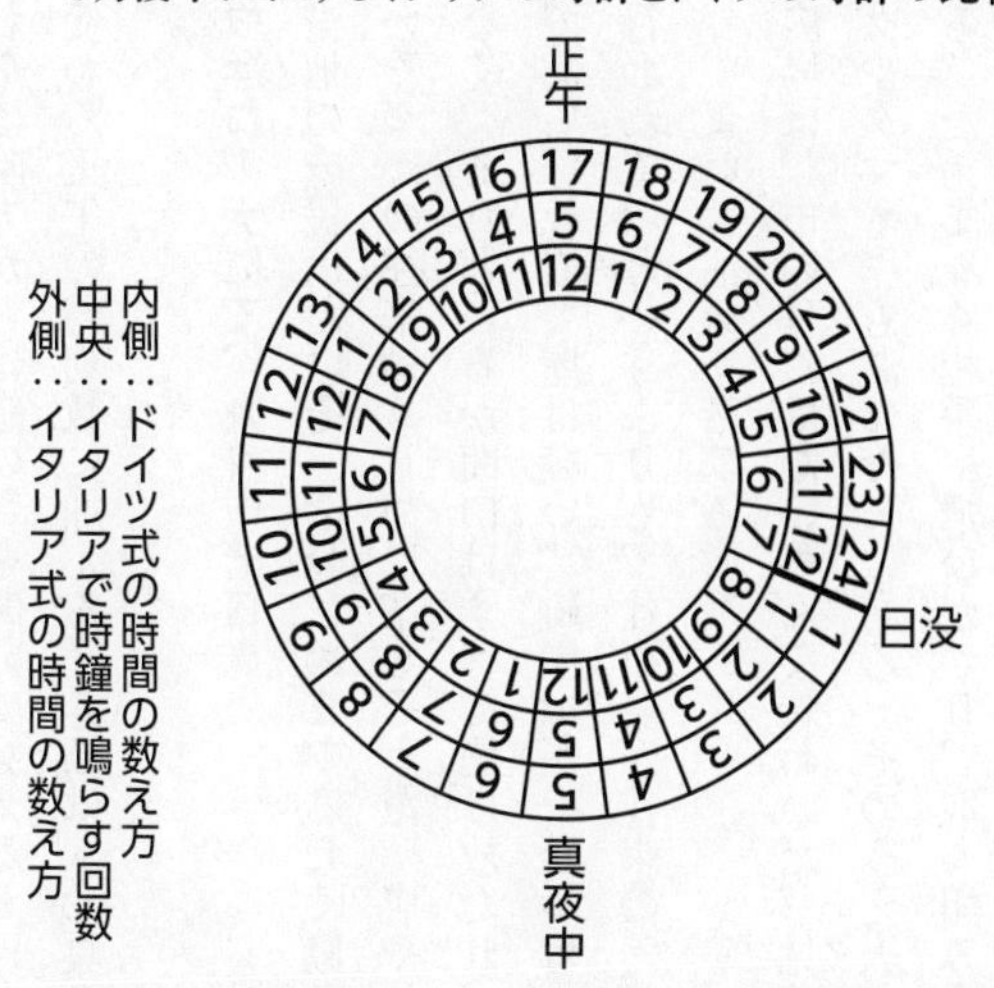

ドイツでの日暮れ時間とイタリアでの真夜中の時間の比較図

変動なし		夜が半月ごとに半時間ずつ長くなる季節								変動なし		昼が半月ごとに半時間ずつ長くなる季節								
1月	12月	11月		10月		9月		8月		7月	6月	5月		4月		3月		2月		月
		15日〜	1日〜	15日〜	1日〜	15日〜	1日〜	15日〜	1日〜			15日〜	1日〜	15日〜	1日〜	15日〜	1日〜	15日〜	1日〜	日
5時	5時	5時	5時半	6時	6時半	7時	7時半	8時	8時半	9時	9時	9時	8時半	8時	7時半	7時	6時半	6時	5時半	ドイツ式での日暮れ時間
7時	7時	7時	6時半	6時	5時半	5時	4時半	4時	3時半	3時	3時	3時	3時半	4時	4時半	5時	5時半	6時	6時半	イタリア式での真夜中の時間

かれらは晩方からは鐘の音を聞いて数えるだけだし、昼間はその数を、お馴染みの移り変わる正午の時刻数に加える。詳細は八七頁の図解をご覧いただきたい。

ヴェローナにて、九月十七日

当地の庶民はたいそう活発にめまぐるしく動く。特に小売店や職人の店が軒を並べるいくつかの往来は、じつに楽しそうだ。店や仕事場の前には、およそ扉というものがなく、それどころか間口はすべて開け放たれ、奥まで見えて、中のできごとが丸見えである。仕立て屋は縫い、靴屋は糸をひっぱったり、たたいたり、すべて半ば路上で行われる。というよりも、仕事場が往来の一部をなしている。夕方、灯りがともると、いよいよ活気を帯びる。

広場は、市（いち）の日にはたいへんな賑わいだ。見渡しきれないほどの野菜や果物、ニンニクやタマネギもふんだんにある。そのうえ人々は一日じゅう叫び、ふざけ、歌っている。たえまなく相手に飛びかかり、取っ組み合いをし、歓声をあげ、笑っている。温和な気候で、食べ物は安価で暮らしやすい。外に出られるものはみな、戸外に出る。夜になると、歌と騒ぎは本格的になる。どの通りからもマルブルーの俗謡[17]が、それから弦楽器ツィンバロンやヴァイオリンの音が聞こえる。あらゆる鳥の鳴き声を笛でまねようと練習をつみ、いたるところで世にも不思議な音色が不意にわきあがる。温和な気候がもたらす豊かすぎるほどの生の感情が貧者からもあふれ出し、庶民の貧しさすら尊いものに思われる。

家屋が目立って不潔で居心地が悪いのも、実はこのせいである。かれらはいつも外にいて、のんきで何も考えていないのだ。民衆は何事も「それでよし」とし、中流人士もその日暮らしだし、富貴の方々は、北国ほどには住み心地のよくない邸宅に引きこもっている。社交的な集いは公会堂で行われ、前庭と柱廊はいたるところゴミと排泄物で汚れており、それがごくあたり前のことになっている。民衆はいつも自分を最優先する。金持ちは金をためて御殿を建てればいいし、貴族は支配すればよい。しかしかれらが柱廊や前庭を造ると、民衆はそこを用足しに拝借する。民衆にとって、できるだけ頻繁に摂取したものをできる限りすばやく放出することほど、せっぱつまった用事はない。それはがまんならないというのであれば、お偉方は大きな顔をしては

17　「マルブルーは戦いに行った」の小唄は当時ポピュラーだった。

いけない。すなわち、邸宅の一部が公衆と親しい関係にあるかのようなまねをしてはならず、門を閉ざせば、「それでよし」というわけである。公共の建物に関して、公衆はその権利を決して放棄せず、そのことで外国人はイタリア全土で不平を鳴らしている。

今日は市内をあちこち歩いて、特に頻繁に見かける忙しそうな中流階級の衣装や挙動を観察した。歩くときはみな両腕をふる。何かという折には剣を帯びる上流階級の人たちは、左腕だけはじっと動かさない習慣がついているので、片腕だけをふる。

民衆はじつに屈託（くったく）なく仕事をし、欲望を追い求めるが、なんであれ異質なものにはきわめて目ざとい。最初の数日間、だれもが私の長靴をしげしげと見るのに気づいた。こうした高価な靴は冬でも履かないからである。いまは短靴と靴下姿なので、もはや私をじっと見る者はいない。しかし今朝、みなが花や野菜、ニンニク、その他市場の品々をかかえて縦横無尽に行き交うとき、私が手にしていた糸杉の枝を見逃さなかったのは、特筆すべきことである。この枝には緑の松かさが二つ三つぶらさがっていて、そのほかに私は花盛りのケッパーの細枝を持っていた。大人も子供も、みなが私をじろじろ眺め、いぶかしく思っているらしかった。

この枝はジュスティ庭園から持ってきたものだ。景勝の地にある庭園で、そこの糸杉の巨木はすべて空高く錐状[18]にそびえている。北国で造園術として先端を尖らせるイチイは、おそらくこのすばらしい天然物をまねたのであろう。糸杉の枝は上から下まで、どんな古木も若木も天をめざして伸び、樹齢三百年の樹木は崇敬に値する。この庭園が造られた年代からみても、これらの樹木はすでにそれほどの高齢に達していた。

ヴィチェンツァにて、九月十九日

ヴェローナからここまでの道は、たいへん気持ちがいい。馬車は山並みに沿って北東へ進み、土砂、石灰、粘土、泥炭岩からなる山々の前面がつねに左手に見える。それらは丘陵をなしていて、その上に村落、城塞、家屋がある。右手には広大な平地が広がり、馬車はそこを通ってゆく。まっすぐな手入れの行き届いた幅広い道が肥沃な野を貫く。奥深く並んだ立木に目をやると、ブドウの蔓が立木にからまって高く伸びて、それから、まるで風に吹かれる軽やかな小枝のように下に垂れている。ここにく

18　エッチュ河左岸の丘の上にある。一五八〇年、ジュスティ伯爵によって造営された。

ると、フェストーネ（花づな）とはどういうものなのかがよく理解できる！　ブドウの実はたわわに熟し、蔓がブドウの重みで長く垂れさがって揺れている。道はあらゆる種類の、あらゆる生業（なりわい）の人たちであふれていて、四頭の牛をつなぎ、大きな桶をのせて往復する、皿状の車輪のついた低い車が特に面白かった。ブドウ園から取ってきたブドウの実は、この桶の中で踏みつぶされる。桶が空っぽなときは、牛ひきたちが桶の中に立っていて、その様子はバッカスの凱旋行列そっくりだ。整列したブドウの樹のあいだをぬうように、あらゆる種類の穀物、特にトウモロコシやキビを栽培して土地を活用している。

ヴィチェンツァに近づくと、ふたたび丘陵が北から南へ向かって高まり――聞けば火山性だという――平地はかぎられている。ヴィチェンツァはそのふもとにあって、言うなれば火山のふところに抱かれている。

ヴィチェンツァにて、九月十九日

数時間前にここに到着し、町をひとまわりし、パッラーディオ[19]作のオリンピコ劇場とその他の建造物を見てきた。外国人の便宜をはかって、芸術通の解説を付けた銅版画入りのたいへんきれいな小冊子が刊行されている。だがこうした建築作品は、まのあたりにして初めて偉大な価値がわかる。くわしく言うと、実際の作品の大きさや具体性を目にすると、抽象的な正面図ばかりでなく、遠近法を駆使した三次元の突出・後退をともなう美しい調和によって、心が満たされるのである。そこで私は「パッラーディオは真に内なる偉大さをそなえ、それを内奥から発揮した人物であった」と言おう。この男は近代のあらゆる建築家と同様に、奮戦せねばならなかった。円柱と囲壁を結びつけようとすると、常に矛盾がつきまとうので、もっとも困難なのは、市民的な特色をもつ建築術において柱様式を適切に用いることである。だが彼はいかにこれを調和させ、彼の建築作品をまのあたりにした人々にいかに感銘を与えたことか。人々は彼の業(わざ)に屈服したことすら忘れてしまう！　彼の設計には実際、何か神的なもの、偉大なる詩人がもつ力とまったく同じものが宿っている。偉大なる詩人は、真実

19　アンドレーア・パッラーディオ（一五〇八～八〇）。ルネサンス期の有名な建築家。主著『建築四書』（一五七〇）。オリンピコ劇場は古代ローマの劇場を模した、世界初の屋内劇場。ゲーテは詩人としての自分をパッラーディオに投影させている。

と虚構から第三のものを生み出し、その文学的想像力が私たちを魅了するのである。

オリンピコ劇場は古代人の劇場を小規模に実現したもので、えもいわれぬほど美しい。しかしこれをドイツの劇場と比べると、品のよいお金持ちの端正な子供を、さほど品がよいわけでもお金持ちでも端正でもないが、自分の資力で成しうることをよく心得た、利口な現世主義者と比べているような気持ちになる。

いま当地でかの建築家が建てた見事な建物を観察し、それらがすでに人間の狭小で恥知らずな欲望によってゆがめられていることや、設計がたいていは実作者側の諸能力を超えており、高邁な人知が生み出したこれらの貴重な文化遺産が凡人の生活にはそぐわないことに気づくと、何事も他と同じなのだという思いが脳裏をよぎる。人々の内なる欲求を高め、みずからの偉大な理念を吹き込み、真に気高く生きることのすばらしさを感じさせようとしても、感謝されることはほとんどない。しかし烏合の衆をあざむき、荒唐無稽な話を聞かせ、来る日も来る日も連中の尻押しをして、連中の質をもっと低下させてやると、もてはやされる。ゆえに近代になると、かくも多くの悪趣味が幅をきかせる。私は同胞をこきおろしているわけではなく、実際にそうだし、何事もそうだからといっていぶかしく思う必要はないと言っているだけだ。

パッラーディオのバシリカ会堂が[20]、ふぞろいの窓をいっぱい取りつけた城塞風の古い建物――これは工匠パッラーディオが塔とともに撤去するつもりでいたらしい――と並んでいる。この光景はなんとも表現しがたく、自分の気持ちを簡潔にまとめようとすると、妙な具合になってしまう。残念ながら目をそむけたくなるものと、探し求めているものとが、併存しているからである。

九月二十日

昨日はオペラがあって夜中すぎまで続き、眠くてしかたがなかった。『三人のサルタンの姫君』と『後宮からの誘拐』[21]は、いくつもの断片を無思慮につぎはぎした作品である。音楽は聞いていて心地よいが、音楽愛好家の作品らしく、私に衝撃を与えるような新たな着想はない。これに対してバレエは実に好ましい。主役の一組はアルマ

20　一五四九年起工。パッラーディオ初期の作品。

21　『三人のサルタンの姫君』はフランスの劇作家シャルル＝シモン・ファヴァール（一七一〇〜九二）による三幕の喜劇。『後宮からの誘拐』は一七八二年初演のモーツァルトのジングシュピール。

ンド（ドイツ舞踏）を踊ったが、これ以上優美なものは見られないほどであった。

劇場は新しく、優美で、美しく、適度な華やぎがあり、城下町らしくすべて整然としている。どの桟敷も同じ色の毛氈（もうせん）が敷かれ、領主の桟敷も掛物が少し長くなっているだけのちがいである。

庶民に絶大な人気のあるプリマドンナが登場すると、ものすごい拍手で、何かをうまくやると、しかもこれが頻繁にあるのだが、烏合（うごう）の衆が喜びのあまり無作法な態度に出る。自然な物腰、魅力的な体つき、美しい声、人好きのする顔、礼儀正しい態度。腕にもう少し優美さがほしい。でも私は二度と行かない。私まで烏合の衆になり下がったような気がするから。

九月二十一日

今日はトゥーラ博士[22]を訪問した。五年間も植物学に情熱をかたむけ、イタリアの植物の標本を収集し、前司教のもとで植物園を設立した人物だ。しかし、これはみな過去の話で、開業医になって博物学からは遠ざかり、標本は虫に食われ、司教は逝去し、植物園には当然のごとくキャベツやニンニクがまた植えられるようになった。

トゥーラ博士はたいへん上品な好人物で、率直に、高潔かつ謙虚な態度で身の上話をしてくれた。総じて、はきはきと親切な話しぶりだが、戸棚を開けて見せようとはしなかった。おそらく人に見せられる状態ではなかったのだろう。談話はじき途切れてしまった。

九月二十一日、夕

老建築家スカモッツィ[23]宅をたずねた。パッラーディオの建築の本を出した人で、有能かつ情熱的な芸術家である。私が興味を抱いているのを喜び、いくつか教えてくれた。パッラーディオの建築のなかで、彼の自宅だったと言われる[24]、つねづね私の大好きな建物がある。近くで眺めると、絵で見るよりもはるかに良い。材料と歳月がもた

---

22 アントニオ・トゥーラ(一七三〇〜九六)。医師・植物学者。

23 オッタヴィオ・ベルトッチ・スカモッツィ(一七一九〜九〇)。パッラーディオに関する四巻本を刊行(一七七六〜八三)。

24 一五六〇年代初めに建てられた《Casa Cogollo》で、実際はパッラーディオの建築でもなければ、彼の自宅でもない。

らした通りの彩色をほどこして、この家を描いてもらいたいものだ。でも工匠パッラーディオが自分のために宮殿を建てたなどと考えてはいけない。それは世にもつつましやかな家で、窓も二つしかなく、その二つの窓のあいだは大きく空いていて、第三の窓がつけられそうである。近隣の家々も一緒に絵の中に入るように描いてみたら、この建物が両隣の家にはさまっている様子など、きっと面白い絵となるだろう。そういうものをカナレット[25]に描いてほしかった。

今日は、町から三十分かかる気持ちのよい丘の上の豪邸、通称ロトンダ[26]を訪れた。上から光線をとった円い広間を囲む、四角い建物である。四方いずれからでも、大階段をのぼっていくと、六本のコリント式円柱によって作られた玄関ホールに達する。おそらく建築術上、これ以上の贅(ぜい)をつくしたものはないであろう。階段と玄関ホールを占める面積は、家屋そのものの面積よりもはるかに広く、どの側面からみても、神聖な殿堂の趣(おもむき)をそなえている。内部は住もうと思えば住めるけれども、住み心地はよくないだろう。広間はこのうえなく美しい均整を保っており、部屋も同様だが、貴族の一門の避暑用としては十分とはいえないだろう。

その代わり、どこから見てもまことに見事で、そのすばらしさはこのあたり一帯でも類をみない。あたりを散策しながら目をやると、母屋は前方の円柱とともに、変化に富んだ姿をみせ、歩を進めるごとに趣(おもむき)が変わる。自分の資産を、大いなる世襲財産であると同時に、感覚器官に訴える記念物として遺(のこ)したいという所有者のもくろみは、完全に達成されている。当地のどの地点から見ても壮麗な建物であり、建物からの眺望も実に好ましい。ヴェローナへ下る船をブレンタ河のほうへ運ぶバキリオーネの流れが見え、それにカプラ侯爵がそっくりそのまま一族に残そうとした広い領地も見渡せる。切妻のある側の壁に記された四つの碑文をまとめると、一つの完全な文章になるので、書き留めておく。

ガブリエルの息子カプラ侯は

25　本名アントニオ・カナーレ（一六九七～一七六八）。ヴェネツィアの風景画家。
26　パッラーディオの主要作品。一五五〇年建築に着手、一六〇六年にスカモッツィによって完成された。一五九一年以降カプラ家の所有となる。

大きな街道のこなたの
財産も田畑も谷間も丘陵も
いっさいをあわせ
血筋のつながる正当の嫡子に
この家をゆずり
永遠の思い出にゆだねる
いっぽうこの身は耐え忍び諦観する

とりわけ結びの言葉はなんとも妙な気がする。これほどの財産をもち、思いのままにできた男が、それでもなお耐え忍び諦観せねばならぬと感じているとは……。これはさほど出費しなくても体得できそうだ。

九月二十二日

今夕オリンピア・アカデミー主催の会合に出席した。余興風ではあるが、なかなか良く、みなに少々の刺激と活気をもたらす。パッラーディオの劇場と並んだ大公会堂で照明もほどよく、領主と貴族の一部が出席し、その他の聴衆はすべて教養人で、僧侶も多く、全部で約五百名であった。

議長がもちだした今日の議題は、「創意と模倣、そのいずれが芸術のためにより多くの利益をもたらしたか」というものであった。この問題で二者択一ということになれば、議論はあちらこちらと揺れ動き、百年たっても尽きないので、なかなか良い着想である。アカデミー会員たちもこの機会を心ゆくまで利用し、散文や詩文でいろいろもちだし、なかには良いものもたくさんあった。

それに聴衆がじつに生き生きしている。聞き手がブラヴォーを叫び、拍手し笑っている。自分もこんなふうに自国民の前に立ち、みずから自国民を楽しませることができたらと思う。私たちドイツ人は、精いっぱい執筆したものを印刷して配り、各自がそれをもって片隅にうずくまり、それぞれの力量に応じてポリポリかじっている。

もっともなことだが、創意と模倣のいずれの話をするにせよ、今回もあらゆるところでパッラーディオの名前が出た。最後はいつもひょうきんな発言が求められるものだが、適切な話を思いついた者がいて、「パッラーディオについては他のみなさんにすっかりお株を奪われてしまったので、これに対して、私は大製糸業者フランチェスキーニを褒めたたえたいと思います」と言った。それから彼は、「リヨンとフィレンツェの織物を模倣したことで、この有能な企業家に、また彼を介してヴィチェンツァの町にいかなる利益がもたらされたことでしょう。してみると、模倣は創意よりもはるかに壮大なのでしょう」と説明し始めた。品のよいユーモラスな話しぶりに、たえず哄笑が起こった。

模倣賛成論者は大衆が考えていること、考えそうなことばかり言うので、総じて模倣賛成論者のほうが喝采を博した。聴衆は一度などはかなり露骨な詭弁に大きな拍手と熱烈な喝采を送っていたが、それはかれらが創意に栄光をもたらす、多くの貴重な、それどころか優れたものを感知できないからである。こうしたことも体験できて、とてもよかったし、パッラーディオがこれほど歳月を経てもなお、北極星のような揺ぎなき導きの星、模範として同郷人から尊敬されていると知って、じつにさわやかな気持ちになった。

九月二十二日

今朝、ティエーネに行った。北方に連山がそびえ、古い図面通りに新しい建物が建てられている町で、これについて文句をいうほどのことはない。ここの人々はよき時代のものをすべて尊重し、昔ながらの設計にしたがって、新味のある建物を築くだけのセンスがある。城は一大平原のなかに、さえぎる山もなく、背後に石灰アルプスをひかえ、絶好の位置にある。城郭から、まっすぐな街道に沿ってその両側を急流がはしり、左右の広い稲作地をうるおし、その間を馬車が駆け抜けてゆく。

これでようやくイタリアの都市を二つ見物した。言葉を交わした人は少なくても、私なりにイタリア人というものがよくわかった。かれらは、自らを世界第一等の種族とみなす宮廷人のようなもので、否定できない若干の長所があり、悪びれずに悦に入っている。イタリア人はなかなか気のいい国民だと思う。それには子供や庶民を見なくてはならず、私がいつもかれらの目にさらされているどころか、すすんで自分をさらし者にしているからこそ、気づくものや、見えてくるものがある。姿といい、顔といい、なんと特徴があることか！

ヴィチェンツァの住民のもとでは、大都会の特権を享受できる点を特に賞賛せずにいられない。人が何をしようがお構いなしで、じろじろ見たりしない。けれども、こちらから何か話しかけると、おしゃべりで愛嬌があり、特にヴィチェンツァの婦人たちは好ましい。とはいえヴェローナの女性たちを非難する気はない。ヴェローナの女性たちは教養があり、くっきりした横顔をしているが、たいてい肌が青白く、人は「きれいな衣装で、中身も素敵」を求めるから、ゼンダーレをかぶっていると分が悪い。だが当地ではなかなかの美人を見かけ、特に黒い巻き毛の女性に独特の興味をおぼえる。ブロンドの女性もいるが、こちらはあまりいいとは思えない。

パードヴァにて、九月二十六日、夕

今日は、セディオーラという一人乗りの軽馬車に身のまわりの物を積み込み、ヴィチェンツァから四時間かけてここにやってきた。ふつうなら三時間半で楽に来られるのだが、青空の下ですばらしい一日を楽しみたかったので、御者が務めを怠けてくれて好都合だった。たいそう肥沃な平地を東南へ東南へと走る。生垣と木立にはさまれ、あまり見晴らしはきかないが、ついに北から南へとのびる美しい連山が右手に見えてきた。草花や果実が豊かに、石垣や生垣の上に、立木に垂れ下がっているさまは筆舌に尽くしがたい。カボチャは屋根にのしかかるようだし、世にも不思議な形をしたキュウリが棚や格子垣にぶらさがっている。

この町のみごとなたたずまいを天文台から見渡すことができた。北方に雪をいただいたチロルの山並みが、半ば雲間にかくれている。これに連なって西北にはヴィチェンツァの山並み、最後に西方には近くエステの連峰があって、その山々の起伏がはっきりと見える。東南には丘陵の影すらなく、緑の樹海がひろがる。樹また樹、藪また藪、畑また畑、その緑のなかから無数の白い家や別荘、教会がのぞいている。地平線にはヴェネツィアのサン・マルコの塔や、他の小さな塔が見えた。

パードヴァにて、九月二十七日

ついにパッラーディオの作品集を手に入れた。むろんヴィチェンツァで見た木版画入りのオリジナル版ではないが、精密なコピー、いや銅版の複写で、ヴェネツィア駐在の元イギリス領事スミス[27]という見識ある男性によって企画されたものだ。昔からイギリス人はすぐれたものを評価する目をもち、大規模に流布させてきたのだとわ

27　ジョゼフ・スミス（一六七四頃〜一七七〇）。裕福で、芸術作品や書物の熱狂的なコレクター。

かる。

これを購入する折に、イタリアでじつに独特の声望のある本屋に入った。どの本も仮綴じのまま雑然と並べられ、一日じゅう、よき社交の場となっている。教区司祭や貴族や芸術家で、多少とも文学に通じている者は、ここに出入りする。本を出させ、パラパラめくって読み、それについて好き勝手におしゃべりする。そのときも六人ほど集まっていたが、私がパッラーディオの作品集のことを尋ねると、みながいっせいに私に注目した。店の主人がその本を探しているあいだ、かれらはその本を賞賛し、オリジナルとコピーについて教示してくれた。この著者の作品そのものや功績についても、たいへんよく知っていた。私のことを建築家だと思ったのか、他のすべての者に先んじてこの巨匠の研究に取りかかったことを褒めた。

「パッラーディオは実地応用の点でヴィトルヴィウス[28]よりも偉大ですよ。なにしろ、パッラーディオは古代人と古代芸術を徹底的に研究し、それを私たちの要求に近づけようと努めたのですから」という。この親切な男たちと長いこと歓談し、町の名所に関してもいくつか聞いてから、別れを告げた。

さて、もともと教会は聖者のために建てられたものである以上、そこには賢者の像を立てる場所もある。イオニア式柱列のあいだに枢機卿ベムボー[29]の胸像があり、立派だが、言うなれば無理にしかつめらしくしたような顔に、堂々たるひげをたくわえていた。碑文にはこうある。

枢機卿ピエトロ・ベムボーの像。彼の精神的業績を不滅のものとし、その面影が後世の記憶から消えないように、イスメヌスの息子ヒエロニムス・グエリヌスが公に建立。

大学の建物の厳めしさに恐れ入る。こんなところで学ばずにすんでよかった。ドイツの大学でも学生は、聴講席のことでいろいろ我慢せねばならないが、これほど狭苦しい勉学の場は想像できない。特に解剖学の教室は、いかに学生をつめこめるかとい

28 ヴィトルヴィウス・ポリオ（前八〇／七〇頃～前一五？）。共和政ローマ期に活動した建築家・建築理論家。現存する最古の建築理論書とされる『建築について』（建築十書）を著す。

29 ピエトロ・ベムボー（一四七〇～一五四七）。ヴェネツィア生まれの著名な人文主義者。

う見本である。先のとがった細長い漏斗状の教室に、聴講生が幾段にも重なり合って、教卓の置いてある狭い床を真下に見おろす。教卓には光がさしこまないので、教師は実例によって説明するのにも、ランプの明かりがたよりである。

それだけに植物園[30]は、より好ましく生き生きと感じられた。多くの植物は石垣のそばや、石垣から遠くないところに植えておけば、冬でも枯れることがない。十月の終わりに全体に冬囲いがされ、数ヵ月間これが暖房の役割をする。未知の植物のあいだを歩き回るのは楽しく、ためになる。他のとうに馴染みのものの場合もそうなのだが、見慣れた植物だと、私たちは結局のところ何も考えないからである。だが考えずに観察して、何になるというのか。ここで新たに多様な植物に接していると、あらゆる植物形態はひとつの形態から発達してくるのかもしれないという例の考えが、いっそう勢いを増してくる。これによって、種や属を真に決定できるようになるかもしれない。これまでの決定はひどく恣意的だったような気がする。この点で、私は自分の植物哲学にはまり込んでしまい、どうすればそこから抜け出せるのか、いまだにわからない。こうした深遠かつ広範な研究において、深遠さと広範さはまったく同じ比重をもつように思われる。

プラート・デッラ・ヴァッレと呼ばれる大広場は、じつに広々としていて、六月には歳の市が行われる。その中央にある木造の露店は、むろん特に見場が良いわけではないが、住民たちは「まもなく当地にも、ヴェローナにあるような石造りの常設市場ができます」と請け合う。広場の周囲がたいへん美しく立派なのを見ると、目下そうした期待がかけられているのも、なるほどとうなずける。

途方もなく大きな楕円形の場所を囲んで、当地で教えたり学んだりしたことのある名士の彫像が立っている。地元の人でもよそ者でも、その人物の功績とパードヴァ大学在籍が証明されればすぐに、その同郷人や近親者のために、一定の大きさの立像を建ててよいことになっている。

楕円形の周囲には濠がほってある。これにかかる四つの橋の上には教皇と総督の大きな像が立ち、残りのもっと小さな像は組合や富裕な私人、外国人によって設置されたものだ。スウェーデン国王がグスタフ・アドルフの像を建てさせたのは、彼がかつ[31]

30　ヨーロッパ最古の植物園。一五四五年設立。ここを訪れたことは、ゲーテの植物のメタモルフォーゼ論において重大な意義をもつ。

てパードヴァで聴講したことがあるからだという。レオポルド大公はペトラルカとガリレイをしのぶ記念碑を新たに設けた。[32]これらの彫像は手堅い近代的手法でつくられており、技巧に走るものも少しあるが、じつに自然なものもいくつかあり、どれもみな時代と位階にふさわしい身なりで、碑文も賞賛に値する。悪趣味なものや、こせこせしたものはひとつもない。

昔日の姿が完全に再現されているのを見るのは、実に心地よいので、こうしたアイデアはどこの大学でもきっとうまくいくだろうし、当地では特に成功している。もし計画通りに、木造の市場が取り払われて石造の常設市場が建ったなら、じつに美しい広場になることだろう。

聖アントニウスに帰依している教団の集会所に、[33]昔のドイツ人をしのばせるような古い絵や、アルプス以北ではだれひとり独力で成し得なかった偉大な進歩を見せるティツィアーノの作品が二、三点ある。そのすぐあとに、ごく最近の画家たちの作品を数点見た。これらの画家たちは、もはや崇高な荘重さを表現することはできなかったが、ユーモラスな作風で成功をおさめた。

ピアツェッタ[34]の「聖ヨハネの斬首」は、名匠の作風を容認するなら、この意味でなかなかの傑作である。ヨハネは胸元で合掌し、石に右ひざをついてひざまずき、天を仰いでいる。背後の、ヨハネを縛りつけている傭兵は、ヨハネが従容として死に赴く態度に驚嘆するかのように、身をよじるようにして彼の顔をのぞきこむ。高いところに首切り役の別の男が立っており、剣はもたず、ただ両手で首切りの予行演習をするかのような身振りをしている。下にいる三番目の男は、剣を鞘から引き抜こうとしている。偉大とはいえなくても絶妙の着想で、人目を引く、まことに効果的な構図だ。

31　スウェーデンのグスタフ三世（一七四六〜九二）は三十年戦争の英雄グスタフ二世アドルフ（一五九四〜一六三二）の像を建てて表彰した。

32　ペトラルカ（一三〇四〜七四）は晩年、一三六七年頃からパードヴァに住み、ガリレイ（一五六四〜一六四二）はパードヴァ大学で教えていた。トスカーナのレオポルド大公（一七四七〜九二）は、この両者とパードヴァとの親密な結びつきを想起させる記念碑を設けた。

33　聖アントニオ寺院のそばのスクオーラ・デル・サント。ティツィアーノの作品は聖アントニウスの奇蹟を描いたフレスコ画。一五一一年作。

34　ジョヴァンニ・バッティスタ・ピアツェッタ（一六八二か八三〜一七五四）。十八世紀ヴェネツィア派の創始者。「聖ヨハネの斬首」は一七四四年作。

エレミタニ教会でマンテーニャ[35]の絵を見た。私が驚嘆している昔の画家のひとりである。これらの絵にはなんと鮮明で確かな「いま」が息づいていることか。決してうわべだけの効果をねらった、単に想像力に訴えるものではなく、真の、力強く純粋で明るく緻密で誠実で繊細で克明な「いま」、過酷で難儀なたゆまぬ営みを同時に蔵する「いま」が浮かび上がってくる。私がティツィアーノの絵に接して認めたように、後代の画家たちはここから出発したのである。そして今、かれらの溌剌たる天与の才、精力的な資質は、先人の精神に啓蒙され、先人の力量に啓発され、ますます高く昇り、地上をはなれ、天上的な、しかし真の姿を描き出すことができた。野蛮な時代[36]の後、美術はそんな風に発展してきたのである。

市庁の引見の間が、イタリア語で「大きい」という意の接尾辞を添えてサローネ（大広間）[37]と呼ばれているのはもっともである。巨大な密閉容器のようなもので、その大きさたるや想像を絶し、ついさっき見たのに、すぐには思い起こすことができないほどだ。長さ三百フィート、幅百フィート、縦に部屋をおおう丸天井までの高さ百フィート。当地の人々は戸外生活にたいそう慣れているので、建築家は市場に丸天井をつけようと思いついたわけである。

ドーム型の巨大空間が独特の感覚をもたらすことは疑いない。無限を感じさせるため、人間にとって星空に類似しているが、閉ざされた空間なので、もっとしっくりくる。星空は私たちを舞い上がらせるが、この大広間は私たちを、私たち自身のなかへ実にやんわりと押し戻してくれる。

そういうわけで私は、聖ジュスティナ寺院のなかにいつまでもとどまっていたかった。ここは長さ四百フィート、かなり高く幅もあり、雄大かつ簡素な造りである。今夕、その一隅に座り、静かに省察した。いまこそ私は本当にひとりなのだと感じた。いまこの瞬間に私のことを考えてくれる人がいたとしても、ここまで探しに来ることはないだろうから。

いよいよ荷造りして、この土地を後にする。明日はブレンタ河を水路で進む。今日は雨が降ったけれど、もう晴れ上がった。美しく晴れやかな日に、潟（ラグーン）や、海と婚礼

35　イタリアの画家アンドレア・マンテーニャ（一四三一〜一五〇六）。この作品は彼の初期の大作で、聖ヤコブと聖クリストフォルスの生涯を描いたフレスコ画（一四四八〜五六）。
36　ここでは中世をさす。
37　イタリア語でサーラは広間、サローネは大広間をさす。

をあげた女王ヴェネツィア[38]にまみえ、彼女のひざ元から友人たちに挨拶を送ることができるだろう。

38　キリスト昇天祭に行われる「センサの祭」は、ヴェネツィア共和国と海との婚礼の儀式である。ヴェネツィア総督がその忠誠を誓って指輪をアドリア海に投げ入れる。

ヴェネツィア[1]

かくして私は一七八六年九月二十八日の夕方、ドイツ時間の五時に、ブレンタ河から潟(ラグーン)へ乗り入れながら初めてヴェネツィアの町を眺め、それからまもなくこの驚嘆すべき島の町、この海狸(ビーバー)共和国[2]に足を踏み入れ、見物することになるが、これは運命の書の私の頁にすでに記されていたことだ。言葉だけのむなしい響きは、私の不倶戴(ふぐたい)天(てん)の敵であり、私をたびたび不安にしたが、こうしてヴェネツィアはありがたいことに、もはや私にとって単なる言葉、空疎な名前ではなくなった。

最初のゴンドラが船のところへ漕ぎよせてきたとき（それは急ぎの旅客をすみやかにヴェネツィアへ連れてゆくためのものだが）、遠い昔の玩具を思い出した[3]――おそらく二十年このかた脳裏をかすめたこともなかった。私の父はイタリアから持ち帰った美しいゴンドラの模型を所有し、とても大事にしていた。それで遊んでよいと言われると、私はたいそう光栄に思った。まっさきに目につくピカピカ光る鉄板の船首、黒いゴンドラの胴体、すべてが昔なじみのごとく私を迎え入れてくれ、久々に少年時代の感動がなつかしくよみがえってきた。

サン・マルコ広場から遠くない「イギリス女王」に快適な宿をとっている。宿のいちばんの取り柄は場所で、部屋の窓は高い家並みのあいだにある狭い運河に面し、窓のすぐ下には弓なりの橋がかかっていて、その向こうには狭いにぎやかな小路がある。

1　この章は旅日記の第四部を基にしている。

2　ビーバーは水際に住み、ダムを造り、その上に木を組み上げ大きな巣穴を造る。自分の生活のために周囲の環境をつくりかえる、ヒト以外の唯一の動物ともいわれる。ヴェネツィアは沼沢地に数百万本の杭を打ち込み、その上に建設された街なので、ゲーテはここで、高い建設能力をもつビーバーに、ヴェネツィアの土地開発を重ね合わせたと推察される。ゲーテはヴェネツィアのことを他にも「ネプチューン（海神）の都市」「水の棲家」「石と水のねぐら」と記し、ヴェネツィアっ子のことを「赤いマントを着たカエル」（「ヴェネツィア・エピグラム」二十二）、あるいは「両棲類」（一七九〇年四月三日付け、カール・アウグスト公宛）と呼んでいる。

3　ゲーテの父は一七四〇から四一年にかけてイタリアを遊歴した。

こういう所に宿泊しているのだが、ドイツ行きの小包[4]が完成するまで、またこの町を飽きるほど見物するまで、しばらく滞在しようと思う。これまでしばしばため息が出るほど憧れてきた孤独を、いまや思う存分あじわえる。見知らぬ人々ばかりから成る雑踏をかき分けていくときほど、孤独をより強く感じることはないのだから。ヴェネツィアでは私を知る者はおそらくひとりだけだし、その人にも、すぐに出会うことはないだろう。

ヴェネツィアにて、一七八六年九月二十八日

パードヴァからここまでの旅について少し述べておこう。乗合船に乗ってブレンタ河を下る。礼儀正しい一行で、イタリア人同士で気遣いをみせるため、快適で気持ちのよい船旅となった。両岸は庭園と別荘で飾られ、小さな村が水際まで迫り、ところによっては活気ある国道が岸辺沿いに走っている。水門を通って河を下るようになっているので、船はしばしば小休止する。その間を利用して、陸の上を見物し、豊富に提供される果物を味わうことができる。それからまた船に乗り込み、実り豊かで生き生きした躍動感あふれる世界を進んでゆく。

このようにさまざまに移り変わる風物や人影に、特異な風体の人物が加わった。ドイツに由来するのだけれども、この土地柄にふさわしい人たち、すなわち二人の巡礼である。私は巡礼をはじめて間近で見た。巡礼はこうした乗合船を使って無料で旅する権利をもつが、他の乗客たちが巡礼のそばを嫌がるので、他の皆と一緒に屋根のある場所にはおらず、後部の舵取りのところに座っている。いまの世では珍しい外見ゆえ驚きの目で見られ、昔はならず者がこうした装束に身を包んでうろついていたから、尊敬されることはほとんどない。かれらがドイツ人で、外国語はできないと聞くと、私はかれらに加わり、パーデルボルン出身であることを知った。二人とも五十歳を越えた男で、表情は暗いが、気のよさそうな人相をしている。「最初にケルンの三聖王の墓に詣で、それからドイツを巡礼してきました。いま、二人一緒にローマへ向かう途中です。それから北イタリアへ引き返します」という。それから一人はふたたびヴェストファーレンに向かい、もうひとりはコンポステーラの聖ヤコブに参詣するつもりだという。[5]

4　このなかにシュタイン夫人宛の日記と『イフィゲーニエ』の原稿が入っている。

かれらはよく知られた巡礼姿だが、裾をからげていて、ドイツの仮装舞踏会で巡礼をまねてよく着る長いタフタの衣より、ずっと見場が良い。大きな襟、丸い帽子、杖、そしてコップ代わりの純無垢な貝殻、すべてがそれぞれ意義をもち、直接役に立つ。ブリキのケースには旅行免状が入っていた。だがもっとも注目すべきものは、小さな赤いモロッコ革の紙入れで、そのなかに何かちょっとした用を足すのに適した小道具がみな入っていた。かれらは衣服にほころびを見つけたので、その紙入れを取り出した。舵取りは通訳ができたのをたいそう喜び、私を通じて巡礼たちにさまざまな質問をし、私も、かれらの考え方、特にその旅についてかなりのことを知った。かれらは信徒の仲間たち、教区付き司祭や修道院の僧のことでひどく愚痴をこぼした。

「信仰心はたいへん稀なものになっています。カトリックの国ではほとんどどこへ行っても、私たちの信心を信じようとするものはなく、たとえ指定された巡礼ルートや司教からの旅行免状を出して見せても、得体の知れない流れ者のように扱われます」

これに対して新教徒からは、特にシュヴァーベンの田舎牧師からは、とりわけ牧師夫人からは手厚く遇されたと感動をこめて語った。

「かなり出し惜しみする牧師さんを諭して、奥様は飲食物をどっさり分けて下さったので、大助かりでした。それどころか奥様は、お別れの際に協定ターレル銀貨[7]を一枚くださったのです。ふたたびカトリック地域に足を踏み入れるやいなや、その銀貨が大いに役立ちました」

ここで巡礼のひとりはあらんかぎりの熱意をこめて言った。

「私たちは毎日のお祈りのなかにあの奥様を入れて、神が奥様の心を私たちに対して開いて下さったように、神が奥様の目を開いて下さいますように、おくればせながら奥様も、救いをもたらす唯一の教会[8]のふところに迎え入れてくださるように神にお願いしております。だからいずれ天国で、あの奥様にお目にかかれることでしょう」

5 スペインのサンティアゴにある聖ヤコブの墓。巡礼の対象。
6 ここではホタテの貝殻をさす。ホタテ貝は聖ヤコブの象徴。
7 ターレル（ターラー）は十六世紀以来数百年にわたりヨーロッパじゅうで用いられてきた大型銀貨。協定ターレル銀貨《Conventions-Taler》はオーストリアとバイエルン選帝侯領とのあいだで行われた金融合意により導入されたもの。
8 ここではカトリック教会をさす。

私は、これらすべての話のなかから必要かつ有益な部分を、甲板に通じる小さな階段に座って、舵取りや、船室からこの狭い場所へ押しかけてきた数名に語り聞かせた。すると、巡礼たちにわずかばかりの軽い飲食物が差し出された。イタリア人は施しをしぶるからだ。これに対して巡礼たちは、礼拝用のラテン語の祈禱文とともに、三聖王が描かれた小さなお札を取り出した。善良な巡礼たちに「ここにいる幾人かに差し上げますので、お札の功徳を説明していただけませんか」と頼まれて、これもうまくいった。すなわち、二人の巡礼は広いヴェネツィアでかれらを受け入れてくれる特定の修道院をどうやって探せばいいものかと途方にくれている様子だったが、心を動かされた舵取りが「上陸したらすぐにその辺の子供に小銭でも与えて、あの遠く離れたところにある僧院まで案内させましょう」と約束してくれたのだ。「もっとも」と舵取りは内緒でつけ加えた。

「そこへ行っても、あまり労(いたわ)ってはもらえないでしょう。たいそう大きな敷地をもつ施設ですが、どのくらいの数の巡礼を収容するかわからないし、いまはかなり縮小されていて、収入はまったく別な途(みち)に使われているのです」

そんな話をしながら、数々の見事な庭園や壮麗な邸宅を後にし、沿岸の裕福で賑やかな村々にすばやく目を走らせて、美しいブレンタ河を下っていった。いよいよ潟に乗り入れると、幾艘ものゴンドラがたちまち私たちの船に群がってきた。ヴェネツィアでは有名な金融業者が、「私と一緒にくれば早く上陸できるし、税関での面倒を免れることができますよ」と勧めてくれた。二、三の者が私たちを押しとめようとすると、彼は適当な酒手をやって退散させた。こうして私たちは、明るい夕陽のなかを急ぎ目的地に向かって進んで行った。

九月二十九日、聖ミカエル祭の夕

ヴェネツィアについては、すでにたくさん語られ、書物にもなっているので、くだくだしい叙述はせず、私が受けた印象を述べるだけにしようと思う。なにものにもまして、おのずと私の胸にわいてくるのは、またしても民衆、大いなる群衆、不可避で自然発生的な存在である。

住民の先祖がこの島に逃れてきたのは、お遊びなどではなく、後続の人たちを駆り立てて合流させたのも、身勝手からではなかった。のっぴきならぬ事情から、この不利な土地に身の安全を求めざるを得なかったのである。しかしこの地は、のちに住民にたいへん有利にはたらき、北方世界全体がまだ知識が不十分で道理にくらかったころ、かれらに知恵をつけてくれた。人口が増え、富裕になったのは必然の結果である。いまや住居はますます稠密になり、砂地や沼地は岩石によって固められ、家々は密生した樹木のように天をめざす。横に広がることができないので、ひたすら高みをめざす。わずか二十センチほどの土地でも渇望する。最初から狭い空間にぎゅうづめ状態なので、もはや道路は、わずかに両側の家並みを分かち、市民がやっと通り抜けられるだけの幅しかない。もっとも水路が、街路、広場、散歩道の代わりをしてくれる。

ヴェネツィアが他に類例なき都であるように、ヴェネツィア人も新手の種族とならざるをえなかった。蛇行する大きな運河は、世界のいかなる街路にもひけをとらず、サン・マルコ広場の前にひろがる視界において肩を並べうるものはない。つまり、サン・マルコ広場の前には海面がひろがっていて、海の側からいうと、本来のヴェネツィアによって半月形に取り囲まれていることになる。その水面のかなたには左手に聖ジョルジョ・マッジョーレ島が浮かび、さらに少し先の右手には税関と大運河の入り口が見え、そこに二、三の巨大な大理石の殿堂が輝いている。サン・マルコ広場の二本の円柱[9]を抜けるとき、それらの主要な風物が、私たちの目にぐんぐん迫ってくる。

眺望も光景もすべて、しばしば銅版画になっているので、友人諸君もこれらについては、ありありと思い描くことができるだろう。

食事をすませると、急いでまず全体の印象をつかもうと、案内人を連れずに、方位だけに注意をはらいながら、迷宮のような都に身を投じた。都は大小の運河で完全に分断され、それがまた大小の橋でつながっていく。全体が狭く窮屈なのだが、これは実際に見た者でないとわからない。通例、小路の幅は両腕を伸ばして届くか届かないかぐらいだし、いちばん狭い小路では両手を腰に当てると、両肘がつかえてしまう。むろんもっと広い小路もあるし、あちこちに、ちょっとした広場もある。しかし全体的にすべてがせせこましいと言ってよいだろう。

大運河とリアルト橋はすぐ見つかった。白い大理石でできた橋で、アーチ形をしている。そこから見下ろす光景はすばらしい。運河はあらゆる必需品を大陸から運び、主にここに碇泊（ていはく）し、積み荷をおろす船であふれ、その間をゴンドラがいっぱいうごめいていた。わけても今日は聖ミカエル祭なので、その光景はえもいわれぬ活気にあふ

9　ギリシア由来のもので、一一七四年に建てられた。

れ、それをいくぶんなりとも描き出そうとすると、もう少し前置きが必要になる。

大運河によって分かたれたヴェネツィアの二つの主要部分をつなぐ唯一の橋が、リアルト橋だ。しかし一定の渡し場には無蓋の小舟がそなえられていて、諸所の交通も配慮されている。今日は、着飾って黒いヴェールをつけた婦人たちがお祭りのある大天使の教会[10]に行こうとして、大勢つれ立って渡し船に乗せてもらっており、じつによい眺めであった。私は橋をはなれて、船をおりてくる人々をよく見ようと、そうした渡し場のひとつに赴いた。そのなかには顔や姿のたいへん美しい人たちもいた。

疲れてきたので狭い小路をはなれてゴンドラに乗った。そしてこれまでとは逆の、水上からの光景を眺めようと、大運河の北の部分を通り抜け、サンタ・クラーラ島[11]をめぐって潟（ラグーン）に船を乗り入れ、ジュデッカ運河に入ってサン・マルコ広場のあたりまで行った。ヴェネツィア人はみなゴンドラに乗ると、そう感じるのだが、私もふいにアドリア海を支配するひとりになったような気がした。その際に、亡き父のことを想い起した。父は何よりもこういったことについて語るのが上手だった。私も同じようになるのだろうか？

私を囲むすべては尊く、人間の能力が結集した優れた偉業であり、見事な記念碑で

ゲーテの足跡（ヴェネツィア）
サン・ミケーレ島
サン・クリソストモ劇場
（マリブラン劇場）
メンディカンティ教会
（サンタ・マリア・ディ・デレリッティ）
リアルト橋
サンタ・ジュスティナ教会
ピサーニ・モレッタ宮殿
サン・ルカ教会
サン・マルコ寺院
海軍工廠
サン・マルコ
広場
サンタ・マリア・
デッラ・カリタ修道院
カナル・グランデ
ドゥカーレ宮殿
サン・マルコ運河
サンタ・マリア・
デッラ・サルーテ教会
サン・ジョルジョ・
マッジョーレ教会
ジュデッカ運河
ジュデッカ島
イル・レデントーレ教会
ジョルジョ・
マッジョーレ島
0
500
1,000m
ヴェネツィアとキオッジャの位置関係
ヴェネツィア
リド島
アドリア海
キオッジャ

ある。それも支配者ではなく、民衆の記念碑である。たとえ潟(ラグーン)がしだいに埋められ、瘴気(しょうき)が沼沢の上にただよい、商業が衰微し、権勢が地におちることがあっても、共和国全体の基盤と本質をみるなら、その神々しさが一瞬たりとも失われることはないだろう。この共和国にしても、この世に現れた万物と同じように、時の力にあらがうことはできないのだが。

九月三十日

夕方、また案内人もなく、市のもっとも遠隔の地区に迷い込んだ。このあたりの橋にはみな階段がついていて、そのアーチ形の橋の下をゴンドラや、もっと大きな船が悠々(ゆうゆう)と通れるようになっている。だれかに道を聞いたりせずに、またもや方角だけをたよりに、この迷路を出たり入ったりしてみた。ようやく迷路を脱するが、信じられないほど道が入り組んでいて、こういう場合には、自分の五感で確かめながら行くという私のやり方が最適である。人家のとだえる町はずれにいたるまで、住民の挙動や暮らし方、風習や気質にも注意をはらったが、どの地区もそれぞれ様子がちがっている。ああ、それにしても人間とは、なんと哀れで善良な動物なのだろう!

たいそう多くの家屋がじかに運河のなかに建っている。しかし、きちんと舗石のしてある堤防があちこちにあって、堤防の上を歩けば、水面や教会や邸宅のあいだを気持ちよく行き来できる。愉快で楽しいのは北側にある長い石の堤防で、そこからは島々が、特に小ヴェネツィアともいうべきムラーノ島が眺められる。そのあいだにはさまれた潟(ラグーン)は、たくさんのゴンドラでにぎわっていた。

九月三十日、夕

今日は地図を手に入れたので、ヴェネツィアについて理解が広まった。地図をある程度くわしく調べてから、サン・マルコの塔にのぼると、類(たぐい)まれな景色が広がっていた。真昼どきで、明るい日光に照らされ、望遠鏡がなくても、近くのものも、遠くのものもはっきり見分けることができた。満潮が潟(ラグーン)をおおっていた。いわゆるリド(潟を仕切る細長い砂州)に目を向けると、はじめて海とその上に浮かぶ数隻の帆船

---

10 市の北方、聖ミケーレ島にあるミカエル寺院。
11 今日ではもはや陸続きとなっている。

が見えた。潟のなかにもガレー船やフリゲート艦が碇泊（ていはく）している。これらの船はアルジェリア人と戦争をしている騎士エモ[12]と合流するはずなのに、風向きが悪いので動けずにいるのだ。パードヴァやヴィチェンツァの山々、それにチロルの山並みが西北の方角に、まことに美しくそびえていた。

十月一日

自分の足で歩きまわり、市内を種々の観点から視察した。ちょうど日曜日だったので、おそろしく不潔な街路が目につき、これについて考察せざるをえない。たしかに一種の公安のような部署があり、人々は片隅に塵芥を寄せ集めている。大きな船があちこち漕ぎまわり、所々に止まっては塵芥を集めていくのも見た。肥料が必要な人々も周辺の島からやってくる。しかし、このように手を打っても、成果はあがらず、厳密に守られているわけでもない。この都市は、オランダの都市のように清潔さをモットーに構想されているのだから、こうした不潔さはなおさら許しがたい。

街路はすべて平らで、中心地から遠く離れた地区ですら、少なくとも煉瓦を縦にして敷きつめてあり、必要とあれば中央を少し高くして、両側に溝をつくり、水を受け入れて地下の運河に流し込むようにしてある。他の建築上の諸設備も当初の練り上げられた設計によるもので、そこから、「ヴェネツィアをこのうえなく清潔で、他とは一味ちがう特別な都市にしよう」という優れた建築家たちの企図が見て取れる。私は散歩しながら、「すぐさま指示書を起草し、それを公安部局長に示せば、彼も本腰を入れてくれるだろう」などと脳裏に思い描かずにいられなかった。こんな風に人間は、とかく自分のことはさておき、他人の世話を焼きたがるものである。

一七八六年十月二日

何よりもまずカリタ修道院[13]へ急いだ。パッラーディオ[14]の著作のなかに「客を歓待する富裕な古代人の私邸にならって、ここに修道院の建物を設計した」という記述が

12 アンジェロ・エモ(一七三一〜九二)。ヴェネツィアがチュニスと戦ったときのヴェネツィア方の海軍提督。
13 王立美術アカデミーはこのサンタ・マリア・デッラ・カリタ修道院とその同信会館内に移転し、一八一七年アカデミア美術館が誕生し、現在に至る。
14 パッラーディオについては一七八六年九月十九日付け、九三頁、注19参照。

あったからである。それは全体的にも、また細部をとっても、見事な設計図だったので、私はこのうえなく嬉しく、驚異的作品を目にすることを期待した。ところがなんと！　十分の一もできあがっていないのである。しかしその部分だけでも、この世ならぬ天才にふさわしく、設計は完璧、仕上げは緻密であった。これほどのものは見たことがない。このような傑作を鑑賞し考察するのに、何年ついやしても惜しくはない。これ以上高尚なもの、これ以上完璧なものは見たことがないと思うし、それは思い違いではないと信じている。雄大かつ好ましいものに対する内なるセンスを生まれながらもち、信じられないほどの辛苦のすえにようやく古代人の域に近づき、自己を通して古代人の精神を再現した、この卓越した芸術家のことを思い描いてほしい。パッラーディオは宿願を実行する機会をとらえ、多くの僧侶の住まいとなり、多くの異郷の人々の宿泊所となる修道院を、古代の私邸の建築様式にならって建てようとしたのである。

教会はすでに建っていた。そこを出ると、コリント式の円柱に囲まれた前庭に入る。恍惚として、たちまち抹香臭さが気にならなくなった。いっぽうの側には聖具室、他方には集会室があり、そのかたわらの世にも美しい螺旋階段は、親柱の部分が広く空き、壁につくりつけられた石段は、互いに支え合うように重なり合っている。倦むことなく上り下りできる階段だ。この階段がいかに成功したかは、パッラーディオみずから「できばえが良い」と自慢していることからも推察できる。前庭を出ると、大きな中庭に入る。建物は中庭を取り囲む予定なのだが、残念ながらまだ左側しかできあがっていない。列柱の組み立ては三段になっていて、いちばん下は回廊、二階は僧房を後ろにひかえた渡り廊下、三階は窓のついた壁になっている。もっともこの描写は、図面を見て補って頂きたい。なお工事についても一言述べたい。

円柱の頭部と脚部、それに弓形の要石(かなめいし)だけは切石でできているが、その他の部分すべて、煉瓦とはいいがたい焼いた粘土でつくられている。こんな瓦は見たことがない。帯状装飾(フリーズ)や蛇腹(コーニス)もこの瓦でできていて、弓形の脚も同様である。どのパーツも、パーツごとに焼かれ、最後に建物がわずかな石灰で組み立てられている。継ぎ目なく、渾然(こんぜん)一体としている。もし全体が完成されたなら、きれいに磨かれ彩色してあるだろうし、それこそこの世のものならぬ光景にちがいない。

しかしながら、いくつもの近代建築がそうであるように、構想が大きすぎた。建築家は、現在の僧院を取り壊そうと思っていたばかりでなく、隣接する家屋をも買収しようとしたのだけれども、そのうち資金も意欲も尽きてしまったのかもしれない。運命よ、おまえは愚にもつかぬものを庇護し遺すこともあるのに、なぜこの建物を完成させなかったのだろう！

十月三日

イル・レデントーレ教会[15]は、パッラーディオの手になる美しく偉大な作品で、その正面はサン・ジョルジョ[16]よりも賞賛に値する。これをはっきりさせるには、たびたび銅版画になった双方の建物を、自分の目でじかに見なければならない。ここで少しだけ言及したい。

パッラーディオは古代人のライフスタイルに心を傾けたが、耽溺していたわけではなく、他のものをできるかぎり自己の高尚な観念にしたがって改善しようとする偉大な人物として、同時代の卑小さ、偏狭さを感じていた。彼の著書のおだやかな言い回しから推察すると、彼はキリスト教の教会が古いバシリカ式聖堂のフォルムを踏襲しているのに満足できず、自分の手がける教会建築を古代の神殿形式に近づけようとしたらしい。[17]だがそうすると、何やらしっくりこないものが出てきてしまう。イル・レデントーレ教会では巧みに処理されているが、サン・ジョルジョでは不手際さが目立つように思われる。フォルクマン[18]もそれに触れてはいるが、勘所（かんどころ）をおさえていない。イル・レデントーレは内部も同じように見事で、祭壇の図案もパッラーディオの手になるものだ。壁龕（へきがん）は彫像で埋められるはずだったのに、残念ながら、彫刻をほどこして彩色した平たい板像で飾り立ててある。

十月三日

カプチン派の僧たちは、聖フランチェスコのため[19]に側面祭壇をおおいに飾り立てた。

15 パッラーディオ最後の大作。
16 サン・ジョルジョ・マッジョーレ島にある寺院。パッラーディオが一五六五年に建築に着手。彼の設計にしたがって一六一〇年にスカモッツィによって完成された。
17 パッラーディオは身廊の両サイドに礼拝堂を擁する形（十字架の形）で設計し、教会正面にパンテオンを彷彿とさせるデザインや巨大な脚座を使用している。
18 フォルクマンの『イタリア案内』をさす。五一頁、注6参照。
19 この翌日の十月四日は聖フランチェスコの洗礼名の日であり、命日でもある。

コリント式の柱頭（キャピタル）をのぞくと石はまったく見えず、残りはすべて趣味のよい豪華な唐草模様（アラベスク）風の刺繡でおおわれており、ずっと見ていたいほど優美である。特に金糸で刺繡した幅広い蔓と葉には驚嘆したが、近寄ってみると、じつに見事なトリックだった。私が金だと思ったものはすべて、扁平に押しつぶされた藁（わら）だったのである。美しい図案にしたがって紙に藁を貼りつけ、地（じ）には鮮やかな色が塗られていた。じつに雅趣に富み、乙（おつ）な趣向で、材料費はいくらもかからない。おそらく修道院のなかで制作されたのだろう。もし本物だったら、数千ターレルはかかったに相違ない。機会があれば、まねしてもよいかもしれない。

　水に面した堤防の上に、すでに幾度かみすぼらしい男の姿を認めた。彼はヴェネツィア方言で物語を聞かせており、聴衆は多いときもあれば、少ないときもあった。残念ながら、私には彼の話が理解できない。笑う者はひとりもなく、聴衆はたいてい下層階級の者で、ごく稀にほほ笑む程度だ。その男の語り口は、奇異なところや滑稽なところもまったくなく、むしろたいへん落ち着いており、同時に彼の身ぶりは、驚嘆に値するほど多彩で精妙で、考え抜かれた技であることがうかがえた。

十月三日

地図を片手に、世にも奇妙な迷路を通りぬけ、メンディカンティ教会までたどりついた。

ここには現在もっとも評判の高い音楽学校がある。婦人たちが格子の向こうでオラトリオを上演し、教会は聴衆であふれ、音楽はたいそう美しく、声はすばらしい。アルト歌手が詩の中心人物であるサウル王の役を歌った。想像を絶するような声で、音楽はところどころこの世ならぬ美しさである。歌詞はすべて歌いやすいように、イタリア語風のラテン語にされているので、思わず吹き出してしまう箇所もあった。しかし音楽はここでは広く普及している。

いまいましい楽長が楽譜をまるめて、まるで自分が教えている男子生徒たちを相手にするかのように、むやみやたらと格子を打ってタクトをとるようなまねをしなかったら、心ゆくまで楽しめたのに……。少女たちはこの曲を幾度もくり返してきたので、彼が格子をたたいて拍子をとる必要など、まったくない。それどころか、全体の印象をそこなう。ちょうど美しい彫像を理解させようと、彫像の関節に緋色の布を貼りつけるようなものである。異質な音はあらゆるハーモニーを帳消しにしてしまう。彼は音楽家のくせに聞く耳をもたない、というよりむしろ、不手際な仕草で自分の存在をわからせようとしている。完璧な演奏で自分の価値を悟らせたほうがよいのに。フランス人にそうした性質があることは知っていたが、イタリア人がそうだとは思ってもみなかった。だが聴衆は慣れているらしい。楽しみには、楽しみをだいなしにするものがつきものであるかのごとく思われているのは、この場合ばかりではない。

十月三日

昨晩サン・モーゼのオペラに行った(劇場の名は最寄りの教会にあやかっている)が、それほど満足できるものではなかった。このような出し物を最高に盛り上げるのは、内なるエネルギーなのだが、構想にも音楽にも歌手にもそれが欠けている。特に悪い部分があるわけではない。それでも二人の女だけは、上手に演じるというよりも、むしろ自分のいいところを見せて客を喜ばせようと心がけていた。これはいつもながら、ちょっとよいものである。二人とも姿が美しく、声がよく、こぎれいで、元気がよく、役柄に合っていた。これに対して男たちは、聴衆にうったえる内なる力と意欲のかけらもなく、輝かしい声の持ち主でもない。

バレエは創意工夫に乏しく、全体的に嘲笑の口笛で迎えられた。しかし二、三のすぐれた男女のダンサーがいて、特に女性のほうは美しい肢体の各パーツを観客に見せることを義務と心得ており、さかんな喝采を博した。

十月三日

これに対して今日見た別の「喜劇」はもっと面白かった。ある訴訟事件の公開審理を公爵の宮殿[20]で傍聴したのだが、重要事件で、さいわいにも法廷の休暇中に審理が行われた。ひとりの弁護士は、何から何まで大げさな道化役者そのものだった。ずんぐりした小男だが、動きは敏捷、横顔はとてつもなく鼻が突き出し、ガラガラ声で、「私の口から出る言葉は真剣そのもの、心の奥底から出たものです」と言わんばかりに熱をこめて語る。この公開裁判が行われたときには、おそらく何もかもけりがついていたのだろうから、私はこれを「喜劇」と呼びたい。裁判官は何を宣告すべきか知っており、当事者はどんな判決が待ち受けているか知っている。しかしこのやり方

20　総督官邸のこと。

のほうが、ドイツの陰気くさくしかつめらしい裁判より、はるかに好ましい。そのときの状況や、いかにすべてが粉飾なく、感じよく、自然に行われるか、はっきりわかるように説明しよう。

宮殿の大きな広間の片側に、裁判官たちが半円形に座っている。裁判官と相対して数名すわれる壇上に、双方の訴訟当事者の弁護士が着席し、すぐ前の腰掛けには原告と被告本人が着席するのだが、今日の法廷は「激論なし」と決まっていたので、原告側の弁護士は壇からおりている。書類は有利なものも不利なものも、すべて印刷ずみだが、読み上げられることになっていた。

みすぼらしい黒服姿のやせた書記が厚い書類を手に持ち、朗読者の義務を果たそうとしていた。広間は見物人と傍聴人でぎっしり埋まっている。この法律事件そのものも、関係者も、ヴェネツィア人にとってきわめて重大なものらしい。

世襲財産というのは、この国では絶大な恩恵をうけていて、ある財産にいったんこの性質が付与されると、永久にその資格を失うことがない。あるなんらかの変転や事情があって数百年も前に売却され、転々と人手にわたっても、最後にそれが裁判沙汰になると、最初の持ち主の子孫が権利を認められ、財産はその子孫に引き渡される。

ゲーテ作、裁判のシーン（ヴェネツィア、1786年10月3日）

今度の係争はきわめて重大だった。というのも告訴は総督そのひとに対して、いやむしろその令夫人に向けてなされていたからである。彼女本人が、原告からほんのわずかしか離れていない小さなベンチに、黒いヴェールをつけて座っていた。かなり年配の上品な体つきの貴婦人で、整った顔には厳粛というよりも、不機嫌な表情がきざまれていた。ヴェネツィア人たちは、総督夫人が自身の邸宅のなかにある法廷に立ち、彼らの前に姿をあらわすのをなんとしてでも見たいと思っていた。

書記は朗読をはじめた。すると、裁判官の面前で、弁護士の壇からほど近い所で、小さな机を前にして、低いスツールに座っていた小男が何者なのか、特に彼の前に据えられた砂時計はどんな意義をもつのかが、はじめてわかった。書記が朗読しているあいだは、時は経過しないことになっているのだが、弁護士が何かしゃべろうとすると、総じて一定の時間しか許されていないのだ。書記が朗読しているあいだは、時計は横になっていて、小男がそれに手を添えている。しかし弁護士が口を開くと、時計は直立し、彼が黙ると、時計はまた横になる。書記がよどみなく朗読しているところへ口をはさみ、ちょっとした所見を述べ、注意を喚起し、引きつけるにはよほどの技がいる。だがそうなると、ちびのサトゥルヌス[21]はひどくまごついてしまう。彼はいますぐにでも砂時計を水平、垂直にすることを余儀なくされ、それはちょうど人形芝居で、いたずらな道化役が「ベルリッケ！　ベルロッケ！」[22]と頻繁に声をかけるので、悪魔たちが出て行くべきか引っ込むべきか、とまどう様子とそっくりであった。

役所で文書の読み合わせを聞いたことのある人は、この朗読を思い描くことができるだろう。早口で淡々と読み上げるのだけれども、明瞭な発音で、よくわかる。老練な弁護士はジョークをまじえて退屈をやぶる術を心得ており、傍聴人はそのジョークに爆笑する。私が解したなかでも、特にきわだったジョークに言及せずにはいられない。そのときちょうど朗読者は、不法とみなされていた所有者のひとりが、問題となっている財産を処理したときの書類を読み上げていた。弁護士はもっとゆっくり読むように命じ、朗読者は「余は贈与す、余は遺贈す」という文言を明瞭に読み上げた。するとと弁護士は書記にはげしく食ってかかって叫んだ。

21　サトゥルヌスはローマ神話における時を司る神。ここでは砂時計をあつかう小男をさす。
22　人形芝居『ファウスト』で道化役が発する語。悪魔たちはこのかけ声とともに登場し退場することになっている。

「君は何を贈与しよう、遺贈しようというのだね？　このすきっ腹をかかえた一文なしが！　この世に君のものなど何ひとつないくせに。しかし」と彼はじっと考え直すようなようすをしながら続けた。

「あの高貴な所有者も、君と同様に所有していないものを贈与しよう、遺贈しようとなさったのです」

するととめどない哄笑が起こり、すぐさま砂時計はふたたび水平に寝かされた。朗読者は低い声で読み続け、弁護士は苦虫をかみつぶしたような顔をしたが、なにもかもしめし合せた茶番である。

十月四日

昨日はサン・ルカ劇場へ喜劇を見に行き、たいそう面白かった。仮面をもちいた即興劇[23]で、人間の本性に満ちあふれ、活気ある熟練の技を見せてくれる。むろん全員が同じようにというわけではない。パンタローネ役[24]はじつに見事で、ひとりの女はたくましく体格がよく、際立った女優ではないが、台詞回しが上手で、所作も心得ていた。むちゃくちゃな題材で、ドイツで『隠れ場所』[25]というタイトルで演じられているものに似ていた。信じられないほど変化に富み、三時間以上にわたって楽しませる。

だがここでもまた民衆が土台となっていて、すべての基盤は民衆にある。観客が加担し、群衆は芝居と溶けあって、ひとつになる。一日じゅう広場や岸辺で、ゴンドラや宮殿で、買い手と売り手、物乞い、船頭、隣の女、弁護士とその相手方、みなが生を営み、それぞれの思いを込めて、語っては誓い、叫び声をあげて挑発し、歌って楽器を奏で、悪態をついて騒ぐ。晩には芝居見物に出かけ、自分たちの日常生活が巧みに編成され、優美に粉飾され、おとぎ話が織り込まれ、仮面によって実生活から遠ざかり、行状によって実生活に近づいたものを見聞きする。それを子供のように喜び、

23　コメディア・デッラルテ。十六世紀中頃イタリアで生まれ、約二世紀の間ヨーロッパで流行した職業俳優による即興喜劇。定型化した筋書きで、コミカルな所作を基に、主に仮面をつけた役者がアドリブやアクロバティックな演技で観客を楽しませた。

24　コメディア・デッラルテのヴェネツィア商人の役。金持ちだが、けちで疑い深い好色な老人。

25　ヨハン・クリスティアン・ボックの喜劇『隠れ場所——ここで隠しごと』（一七八四）。原案はカルデロン。

またもや叫び、拍手し、わいわい騒ぐ。昼から夜まで、いや夜中から夜中まで、なにもかも年がら年中、同じである。

しかし私は、あの仮面劇ほど、軽やかに自然に演じられた芝居を見たことがない。あれはきわだって素質に恵まれた人がかなり長く稽古して、ようやく到達できる種類のものだ。

私がこれを書いていると、窓の下の運河で人々が大騒ぎをしている。もう真夜中をすぎているというのに。かれらは良きにつけ悪しきにつけ、いつも一緒になって何やら、わいわいやっている。

十月四日

街角の語り部たちの話を聞いた。三人の男が広場や岸の石堤に立って、それぞれの流儀で物語るのを、それから弁護士二名、説教者二名、俳優たちの話を聞いたが、そのなかで特にパンタローネ役を称えずにいられない。みな同一の国民で、たえず公衆の面前で過ごし、いつも熱を込めて語るばかりでなく、互いにまねし合うため、かれらには共通点がある。ここにさらに、自分の意図や主義や気持ちをあらわす際の確とした身ぶりが加わる。

今日は聖フランチェスコ祭で、彼を祭ってある教会アレ・ヴィニェにおまいりした。カプチン派の僧の大きな声に、教会前の売り子の叫び声が加わると、交唱のように、双方が交替で歌っているように聞こえる。私は双方の中間、教会の戸口に立っていたが、聞いていてまことに不思議な気持ちになった。

十月五日

今朝、海軍工廠(こうしょう)[26]へ行った。海軍について心得がなく、手ほどきを受けに行ったようなものなので、なかなか面白かった。ここは華やかな全盛期は過ぎたけれども、なおも羽振りのよい旧家のようだ。職工のあとをついていき、いろいろ珍しいものを見物し、八十四もの大砲をそなえた、骨組みのできあがった船にのぼってみた。六ヵ月前、これと同じような船がリヴァ・デ・スキャヴォニ海岸で、吃水(きっすい)線のあた

26 一一〇四年に創設された国立造船所。一時は五千人もの労働者がいたという。正面入り口はヴェネツィアで最初の初期ルネサンス建築。

りまで焼け落ちた。火薬庫は充満しておらず、爆破したとき、大きな被害は出なかったが、それでも近隣の家々は窓ガラスをこわされてしまったという。

イストリア産の極上のオーク材が細工されるのを見て、その際にこの貴重な樹木の成長具合をじっと観察することができた。人間が結局は材料として活かし、自分のために役立たせる自然界の事物について、私が苦心して手に入れてきた知識が、芸術家や職人の仕事を理解するうえで、いたるところでどれほど私の役に立っているか、言い尽くせないほどである。山岳やそこから採取される岩石についての知識も、同じように芸術面でおおいに私の役に立っている。

十月五日

ブチントロ[27]を一言で説明するなら、「豪華なガレー船」だろう。この呼び名は、現在のものよりも、今も模型図が残っている昔のブチントロにもっとふさわしい。現在のものはきらびやかで、目がくらむけれども、それはブチントロの起源をおおい隠すものである。

私のいつもの持論に立ち返ろう。芸術家はしかるべき題材が与えられると、しかるべきものをつくり出すことができる。この場合、芸術家は、おごそかな祭[28]の日に、この共和国がうけついできた制海権の秘蹟（サクラメント）のために、その首長を乗せるのにふさわしいガレー船をつくることを託され、その任務を見事に果たした。まったくのお飾りの船なのだから、過剰装飾などと言ってはならない。金メッキの彫刻品で、それ以外なんの役にも立たず、民衆に首長の威容を示すための聖体顕示台のようなものだ。つまり、帽子（トップ）を飾り立てるのが好きな国民は、華麗に飾り立てた首長（トップ）を見たがるということである。この豪華な船は財産目録の一品のようなものであり、これでヴェネツィア人とは何者だったのか、また自分たちを何者だと思い込んでいたのかがわかる。

十月五日、夜

見たのは悲劇なのに、笑いながら帰ってきた。その可笑しみをさっそく記さずにい

27 船型の名称。ゲーテが見た船はヴェネツィア共和国最後のもので、一七二八年に建造され、一七九七年ナポレオン軍によって破壊されている。

28 昇天祭のこと。一七八六年九月二十七日付け、一二五頁、注38参照。

られない。悪くない出し物で、作者はあらゆる悲劇の切り札を寄せ集め、俳優たちの演技も上手だった。たいていはお馴染みのシチュエーションで、目新しく上出来な箇所がいくつかある。父親どうし[29]は憎み合っていて、この不仲な両家の息子たち、娘たちは激しい恋に落ち、そのうちの一組はひそかに結婚する。事態は荒々しく無慈悲にどんどん進み、結局、残された唯一の手立てとして、若者たちを幸せにするために、父親どうしが互いを刺して息絶える。すると盛んな拍手が起こり、幕が下りる。拍手はますます盛んになり、「出てこい！」の叫びがあがり、二組の主役の恋人たちはやむなく幕の陰からあらわれ、おじぎをして別の側からふたたび引き下がる。観客はなおも満足せずに、拍手を続けて「死者たち！」と叫ぶ。それが長く続き、ついに二人の死者たちも出てきて、おじぎをする。するとまた数人の声が「ブラヴィー、死者たち！」[30]と叫び立てる。死者たちもやはり拍手によって長いこと足止めされてから、ようやく引っ込むことを許された。イタリア人は「ブラヴォー」「ブラヴィー」をよく口にするが、私のように、死者たちに対してもこの賛辞が向けられるのをとつぜん目にし、耳にする者にとって、このうえなく効果的な道化芝居であった。

暗くなってから別れるとき、私たち北国の者はどんな時刻でも《Gute Nacht!（お休みなさい！）》と言ってよいが、イタリア人は一度しか《Felicissima notte!（こんばんは！）》と言わない。しかも日が暮れかかるころ、部屋に灯りをもってくるときだけ[31]に言うので、まったく違う意味合いをもつ。どの国にも、その国ならではの特異な言葉があって、それは他国語に置き換えることができない。なぜならすべての言葉は、きわめて高尚なものからきわめて卑近なものにいたるまで、性格であれ、考え方であれ、生活状態であれ、その国民固有のものとつながっているからである。

十月六日

昨日みた悲劇から学んだことは少なくない。第一にイタリア人が十一音綴の短長格(イアンボス)をどのように取り扱い、朗誦するかをこの耳で聞き、またゴッツィが仮面と悲劇的人物をいかに巧みに結びつけたかが分かった。イタリアの民衆にとって、これこそ本来

29　カルロ・ゴッツィ（一七二〇〜一八〇六）作『早まると罰が下る』（一七六八）と推測される。
30　男性単数に対してはブラヴォー、複数の男女に対してはブラヴィー。
31　一七八六年九月十七日付け、八四頁参照。

の芝居である。なぜなら、かれらは心をぐいとわしづかみにされることを望み、不幸な人物に心から優しい同情をよせることはなく、また弁舌を重んじるため、主人公がうまく語りさえすれば喜び、そのうえ笑いたがり屋で、ばかげたことをするのが好きだからである。

かれらが芝居に関心を示すとき、芝居は現実の出来事になっている。暴君が息子に剣をわたし、向かい合って立っている彼の妻を殺すように要求したとき、観客は大声でこの要求に不満の意を示しはじめ、すんでのところで芝居は中止されそうになった。観客は老父に剣を引っ込めろと要求したが、そうなればむろん、後続の場面もおじゃんになってしまう。困り果てた息子はついに意を決し、舞台の前部に進み出て、「どうかいましばらくご辛抱ください。事態はこれからお望み通りに進展します」と恭しく懇願した。しかし芸術的観点に立つと、この場面は諸々の事情からばかげた不自然なもので、私には観客の感情が好ましく思われる。

いまや私は、ギリシア悲劇における長広舌や、さかんな議論のやりとりをいっそうよく理解できる。アテネ人はイタリア人よりももっと演説を聞くのが好きで、もっと精通していた。かれらは裁判の行われるところに終日たむろして、何かを学び取っていたのである。

十月五日[32]

パッラーディオの完成した建造物、特に教会において、すばらしい点とならんで、いくつかの難点を見つけた。このような非凡な人物に対して、私の言い分はどの程度まで理があるのだろうと熟考していると、あたかも彼がそばに立ち、「ここところは不本意ですが、あの状況で私の最高の理念にもっとも近づけるには、こうするしかなかったので、仕方なくこうしたのです」と語っているような気がした。いろいろ思索をめぐらしたが、彼はすでに建っている教会や古い家屋に、正面部分を造営しなければならなかったとき、その高さと幅を検討しながら、次のように考えていたように思われる。「この空間にもっとも雄大なフォルムを付与するにはどうす

32 十月六日付けの二つの演劇評（一五一頁、一五五頁）にはさまれて、ここではパッラーディオの建築についての総括的見解が述べられている。ただしハンブルク版では「十月六日」になっている。

ればよいか? 個々の部分については、必要に応じて、少し位置をずらしたり、間に合わせでしのいだりしなければならない。あちらこちら不手際が生じても、やむをえない。全体が高尚な様式になること、それを楽しみに仕事をしよう」と。

こうして彼はもっとも雄大なイメージを心に抱いていたが、完全に適切というわけではなかったり、個々の部分にしわ寄せや歪みが生じたりする事態に陥った。

これに対してカリタ教会の側翼は、この建築家が自由にうでをふるい、あますところなく本意をとげることができたから、私たちにとって非常に価値あるものになっている。もし修道院が完成していたなら、現在の世界においてこれ以上完璧な建築物はおそらく存在しないであろう。

パッラーディオがどのように考え、どのように仕事をしたかは、彼の著作を読んで、彼が古代人をどのように論じているかを考察すればするほど、ますます明確になる。彼は多弁ではないが、どの言葉も含蓄に富んでいる。古代人の殿堂を論じた第四巻は、古代の遺物を心して吟味するのに適切な入門書である。

十月六日

昨夜サン・クリソストモ劇場で、クレビヨンの『エレクトラ』[33]、つまり翻訳劇を見た。この作がいかに無趣味でおそろしく退屈だったか、話す気にもならない。ただし俳優たちは達者で、個々の場面で観客を喜ばすことを心得ている。オレストはひとりで、詩的に再構成された三つの別々の物語をワンシーンで演じた。エレクトラは中肉中背のきれいな女で、ほとんどフランス人のように活発で、端正で、韻文の台詞が美しい。ただその仕草は、役柄ゆえに仕方がないとはいえ、はじめから終わりまで常軌を逸していた。それでも今度も学ぶところがあった。十一音綴で押し通すイタリアの短長格(イアンボス)は、最後の音綴がいつも短く、朗誦者の意に反して調子がうわずるため、朗誦にはたいへん具合が悪い。

十月六日

今朝は荘厳ミサ[34]に出てみた。例年この日に、トルコ人に対する戦勝を記念して聖

33　フランスの劇作家クレビヨン（一六七四〜一七六二）作。

ジュスティナ教会で荘厳ミサが行われ、総督も必ず出席する。総督と一部の貴族を乗せた金塗りの小舟が、小広場に到着した。珍しい装束をつけた船頭たちが、赤塗りの櫂(かい)をあやつる。岸辺には聖職者や信徒たちが、棒の先や携帯用の銀の燭台に点火したろうそくをかざして立ち、人波をつくり、ひしめき合って待っている。すると舟から陸へ、毛氈(もうせん)をしいた橋が渡され、いちばんはじめに長い紫の衣の大臣、次に長い赤い衣の元老院議員が舗道に整列し、最後に老総督が、金のフリュギア帽[35]をかぶり、いちばん長い金の僧服(タラール)をまとい、オコジョの毛皮のマントを羽織り、三人の従者に裾を持たせて舟をおりる。これらすべてが小広場の、扉の前にトルコの旗がたてられた教会の表玄関前でくりひろげられると、とつぜん図案も彩色も見事な古いつづれ織りの壁布を見る思いであった。北国から逃れてきた私には、この儀式がたいそう面白かった。あらゆる儀式が短衣で行われ、どんなに荘厳な儀式でも銃を肩にして行われるドイツでは、こうしたやり方はそぐわないかもしれない。しかしこの地には、あの長い裾を引く衣や平和な式典がふさわしい。

　総督はりっぱな体格と美しい容姿の持ち主で、病気と聞いていたが、重い服を着ながらも姿勢をくずさず、威厳を保っている。さらに彼は国民全体を一家族とする祖父のように見え、優美で人好きがする。服装も申し分なく似合っており、帽子の下の頭巾も薄く透明で、世にも清らかな銀髪のうえに載っているので、目ざわりということもない。

深紅の長く裾をひく衣をまとった約五十人の貴族が総督と一緒にいた。たいていは立派な男で、不恰好な者はひとりもいない。数名は背が高く、頭部も大きく、ブロンドの巻き毛のかつら[36]がよく似合っていた。顔は中高で、白い柔らかな肉付き、それでいてブヨブヨした厭らしさはなく、むしろ利口そうで、気張ったところもなく、落ちついていて自信に満ち、なんの苦もない暮らしぶりや、そこはかとなく楽しげな雰囲気をただよわせていた。

全員が教会のそれぞれの席に着き、荘厳ミサがはじまると、信徒たちが正面の入り口から入ってきて、二人一組になって聖水をうけ、祭壇と総督と貴族におじぎをして、

34 一五七一年十月七日のレパントの海戦の勝利。
35 フリュギアの漁師の三角帽にならった帽子。総督の帽子は先端に黄金の球がついていて、十九万四千ドゥカーテンの価値がある高価な宝石類で飾られていた。
36 当時の貴族は公式の場ではかつらをつけるのが習慣だった。

右の側扉から退出していった。

十月六日

タッソーやアリオストの歌を独特の節回しでうたう、舟乗りたちの有名な歌を今晩聞く予約をした。これは実際に予約しておかねばならない。通例は行われておらず、むしろ半ば廃れた古の伝承になっているのだ。月光を浴びながら私がゴンドラに乗ると、一人の歌い手は前に、もう一人は後ろにいる。二人はうたいはじめ、かわるがわる一句ずつうたう。ルソーによって知られているメロディーだが、聖歌と叙唱との中間に位するもので、拍子はなく、常に同じ節回しで続いていく。転調すると、相手も転調し、ただ歌の内容によって、朗誦風に音の高低と長短を変えてゆく。しかしその歌心、言霊は次のように解することができる。

どういう道をたどって、こういうメロディーがつくられたのか調べようとは思わないが、何かを転調してみせたり、暗唱している詩をこのような歌にしたりして閑暇を楽しみたい人にはうってつけである。

よく透る声で——ここの民衆は何よりも強さを評価する——島や運河の岸に寄せた

舟に座り、歌声をできる限り遠くまで響かせる。歌は静かな水面(みなも)へと広がってゆく。すると彼方でそのメロディーを知り、その歌詞を心得ている者がこれを聞きつけ、次の句をもってそれに応える。そうするとまた、こちらからもそれに応える、という風に、いつも互いにこだまとなる。歌は幾夜も続き、両者は飽きることなく楽しむ。こうして二人が離れていればいるほど、歌はいよいよ魅力を増してくる。そういうとき、聞き手が二人の中間にいるなら、まさに適所である。

これを聞かせようとして、歌い手たちはジュデッカ島の岸で舟をおり、運河に沿って別れていった。私は二人のあいだを行ったり来たりし、うたいはじめる者からは遠ざかり、うたい終わった者に近づくことにした。すると歌の意義がようやくわかって

37 トルクァート・タッソー(一五四四〜九五)もルドヴィーコ・アリオスト(一四七四〜一五三三)もともに著名なイタリアの詩人。

38 ジャン゠ジャック・ルソー(一七一二〜七八)はフランスの思想家。「わが悲しき人生の慰めに アリア、ロマンツェ、デュエット集」(一七八一)の後ろにこのメロディーを付した。宮廷歌手コロナ・シュレーター(一七五一〜一八〇二)がゲーテにうたって聞かせたことがある。

きた。遠くから聞こえてくる声は、亡き人を悼むわけではないのに哀歌のようで、このうえなく不思議な響きがある。そこには涙が出そうなほど、信じられないくらい感動的な何かがあった。私はそのときの自分の気分のせいにしたが、老僕[39]は「この歌を聞くと心を揺さぶられます。上手にうたわれると、なおさらです」と言った。彼はまた「リド島の女たち、とくにマラモッコ村やパレストリーナ村の女たちの歌を聞いてほしいですね」と言った。これらの女たちも、タッソーの歌と同じような、似たようなメロディーでうたうという。彼はさらに続けて「そういう女たちは、亭主が海へ出ると、夕暮れに浜辺に座り、よく透る声でこういう歌をうたいます。すると亭主も遠くから妻の声を聞き分け、掛け合いでうたいます」と言った。これは実にうるわしいことではないか？　もっとも近くで聞くと、そうした声は海の波と戦っているようで興ざめするかもしれない。しかしこのようにうたわれると、歌は人間味あふれる真(まこと)のものとなり、これまでは生命のない詩句に頭をひねっていたのに、メロディーが活きてくる。歌は、孤独な人の思いをのせて、はるか彼方へ送られる。同じく孤独を抱える人が聞いて応えてくれるように。

十月八日

パオロ・ヴェロネーゼの名画を見るために、ピサーニ・モレッタ宮殿を訪れた。ダリウス王の女系家族がアレキサンダー大王とその親友ヘパイスティオンの前に跪いている絵だ。母親はヘパイスティオンを大王だと思い、前に進み出て跪いているが、ヘパイスティオンはそれをしりぞけ、本物の大王を指し示している。言い伝えによれば、画家はこの宮殿で歓待され、かなり長いあいだ厚遇されたので、お礼にこの絵をひそかに描き、置き土産として、ベッドの下にくるくる巻いて押し込んでいったという。巨匠の価値をあますところなく伝える絵なので、むろんなにか特別な由来があっても不思議はない。彼の傑作はありふれた色調を画面全体にただよわせたりはせず、絶妙な光と影との按配や、巧みな配色――自然の物体にはそれ自身の固有の色があるのだが、その色彩の配置が巧妙である――によって、このうえなく見事な調和を生み出している。こういう種類の絵は傷んでいると、なぜかしら、たちまち興をそがれてしまうものなのだが、この絵の保存状態は完璧で、まるで昨日描かれたかのように鮮

39 ゲーテがヴェネツィアで雇った老人。

やかな作品が私たちの前にある。

衣装のことで芸術家に難癖をつけたい人は、「十六世紀の物語が描かれている」とみずからに言い聞かせるだけでよい。そうすれば、すべて片がつく。母から妻、そして娘たちへと段階がつけられていくのだが、それが実にリアルでうまい。末席で跪いている一番若い姫君は、可愛いおちびちゃんで、愛らしくわがままで、きかん気の顔をしている。どうやらこうした末席はお気に召さないらしい。

十月八日

ある画家の作品に感銘をうけると、その画家の目で世界をながめるという、私に昔からそなわる天賦の才は、私に独自の考えをもたらした。幼少のころから見ている対象によって、見る目が養われるのは明らかなので、ヴェネツィアの画家は他の人々よりも、すべてをもっと鮮明かつ快活にながめているはずだ。これに反してドイツ人は、ときには不潔な、ときには埃だらけで、生彩のない、地面からの照り返しもどんよりした地で、おそらくは狭い部屋に引きこもって暮らしているので、そのような晴れやかなまなざしをおのずから培うことができずにいる。

真昼の陽光をあびて潟(ラグーン)を渡り、軽やかにゆらりゆらりと櫂(かい)をあやつる派手な服を着たゴンドラの船頭の姿が、青空のもとで薄緑色の水面(みなも)にくっきりと浮かび上がるのを舟端で見たとき、ヴェネツィア派のもっともみずみずしく優れた絵をまのあたりにする思いだった。陽光は、それぞれの物にそなわる固有の色をまばゆいばかりに際立たせ、影の部分も場合によっては、光源として役立つほど明るかった。海のような濃緑色の水の照り返しについても、同じことが言える。なにもかも豊かな光のなかで明るく描かれた絵のようで、一点一画もゆるがせにしたくなければ、泡立つ波や稲妻の閃きも添えねばならない。

ティツィアーノとパオロ・ヴェロネーゼは、この晴朗さを最高度に有していた。もしかれらの作品にそれが見られなかったら、その絵は失敗作か、あとから上塗りされたものである。

サン・マルコの丸屋根や丸天井も、その側面も、すべて絵であふれている。いずれも金色の地(じ)に色とりどりの人物像が描かれ、みなモザイクでできている。下絵を制作した画家の力量しだいで、出来の良いものもあれば、悪いものもある。

モザイクは四角いガラス片を用いれば、きわめて精巧とまではいかなくても、良いものも悪いものも模造できるので、やはり、なにごとも最初の創案が肝心で、正しい節度と真の眼識をそなえた創案であってほしいとしみじみ感じた。古代人の床をしつらえ、キリスト教徒の教会の丸天井になったモザイク芸術は、しだいに衰退し、いまや小容器や腕輪に見られる程度だ。時代は想像以上に悪くなっている。

十月八日

ファルセッティ家には、最上の古代美術品から型を取った貴重なコレクションがある。マンハイムその他ですでに見知っているものはさておき、新たに接したものについてだけ述べよう。毒蛇を腕に巻いて従容として死の眠りにつこうとするクレオパトラ[40]、さらに、末娘をマントでおおい、アポロンの矢から守ろうとする母ニオベ、それから二、三の古代ローマの剣士、翼を休める守護天使、座ったり立ったりしている哲学者たち。

これらは、数千年にわたって世人を楽しませ感化できる作品群で、それらの芸術家の真価は、個々の鑑賞者がどんなに脳漿（のうしょう）をしぼっても論じ尽くせるものではない。たくさんの意義深い胸像に囲まれて、古（いにしえ）の輝かしい時代にいるような気持ちになった。ただ残念ながら、私はこの方面の知識において、非常に遅れをとっていると感じる。しかしだんだん進歩するだろうし、少なくとも進むべき道はわかっている。パッラーディオが私にその道を、そしてあらゆる芸術と生に通じる道を開いてくれた。少し風変わりに聞こえるかもしれないが、ヤーコプ・ベーメ[41]が錫(すず)の皿を目にし、それを木星(ジュピター)の照射に見立てることによって、宇宙の謎を解いたという話ほど型破りではあるまい。ローマのアントニヌス帝とファウスティーナ皇后の殿堂に用いた梁材の一片がここのコレクションにある。このすばらしい建築芸術の一片をまのあたりにして、私はマンハイムのパンテオンの柱頭を思い出した。もちろん、ドイツの石の支柱に重なり合ってうずくまっているゴシック装飾の聖者たちとはちがうし、ドイツのパイプ型円柱や尖った小塔や花形尖塔ともちがう。ありがたいことに、いまや私はそうしたものから永遠に自由なのだ！

---

40 実は「眠れるアリアドネ」らしい。美術史家ヴィンケルマンは、毒蛇と思われてきたものは腕輪であると指摘している。

41 ドイツの神秘主義的自然哲学者（一五七五～一六二四）。この話は、彼の門弟アブラハム・フォン・フランケンベルクによる伝記（一七三〇版）を出典としている。

ここ数日、通りすがりではあるが、驚きと深い感動をもって鑑賞した二、三の彫刻作品について述べよう。海軍工廠(こうしょう)の門前に、白い大理石の巨大なライオンが二頭いて、一頭は前肢をふんばって座り、もう一頭は身を横たえている。生き物の多様な姿を示す見事な一対である。周囲のものがみな気圧(けお)されるほど大きいので、もし崇高な芸術作品が私たちの心を高めたりしないというのであれば、私たち自身が無に帰してしまうであろう。ライオンはギリシア最盛期の作品で、共和国が栄華をきわめた時代にギリシアの港湾都市ピレウスから、ここに運ばれてきたという。

トルコ征服の護り神と称えられる聖女ジュスティナの殿堂にある一対の浅浮き彫りも、アテネからきたものだという。壁にはめこまれているが、残念ながら会堂の座席でいくぶん陰になっている。聖務室係が「ティツィアーノが殉教者ペテロの殺害を描いた絵に登場する、このうえなく美しい天使は、これを模したものだと言い伝えられています」と注意を喚起してくれた。神々の持物(アトリビュート)を引きずってゆく天使たちは、いうまでもなく想像を絶する美しさである。

次に、ある宮殿の中庭でマルクス・アグリッパ[42]の巨大な裸像をみて、一種奇異な感じを受けた。彼のかたわらで身をくねらせて高くのぼろうとするイルカは、海の英雄を暗示している。これが、ありのままの人間を神々に似せる雄々しい描写とは！

サン・マルコ教会の上にある馬の彫刻を、近くに寄ってながめた。下から見上げると、馬はまだらで、一部は美しい黄色の金属性の光沢をはなち、一部は銅緑色に変色しているのにすぐ気づく。近くでみると、全体は金メッキだったことや、身体じゅうにみみずばれができていることがわかる。蛮族どもが金をやすりで少しずつ削り取るのではなく、ごっそり切り取ろうとしたせいだ。しかし、これはこれで味わいがあり、少なくとも昔の姿が保たれている。

馬の躍動感がすばらしく、馬に詳しい人がこれを見たら、なんというか聞いてみたい。近くで見ると重厚なのに、下の広場から見上げると、牡鹿のように軽やかで、不思議な感じがする。

十月八日
今朝はわが守護神[43]とともにリドへ渡った。リドとは潟（ラグーン）を仕切り、海から隔てられ

42　ローマの将軍・政治家（前六三～前一二）。

た砂州のことである。舟をおりて、砂州を横切って歩いた。なにやら轟音が聞こえてくる。海だ。まもなく海が見えてきた。海は岸辺に高く波を打ちつけながら、しだいに後退してゆく。真昼時、干潮の刻。かくして私も海をこの目で見た。引き潮のあとに残された美しい橙色の土を踏みながら、波のあとを追う。貝がたくさんあるので、子供たちがいてくれたらなあと思う。私自身が子供にかえって、貝をたくさん拾い集めた。ちょっと使い道があって、ここにふんだんに流れているイカの墨を少し乾かしてみたい。

リドの海から遠くないところに、イギリス人の墓があり、その先にはユダヤ人の墓がある。どちらも聖別された墓地に眠ることが許されなかった人たちだ。高潔なスミス領事とその最初の妻の墓を見つけた。私がもっているパッラーディオの著作はスミス領事の尽力によるものなので、彼の聖別されていない墓の前で感謝をささげた。その墓は聖別されていないばかりか、半ば埋もれていた。リドは砂丘のようなものと思えばよく、砂が運ばれてきて、風によってあちこちに吹きよせられ、積もり、いたるところに押し上げられる。もうしばらくしたら、いくぶん小高くなっているこの記念碑も、人目につかなくなってしまうかもしれない。

それにしても海は壮観である！　ゴンドラでは乗り出せないので、漁船に乗って航海に出てみたい。

十月八日

海浜でさまざまな植物を見つけた。海浜植物には似通った特徴があり、そうした特性にくわしくなった。どれもみな太く強靭であると同時に、汁けが多くねっとりしている。これは明らかに、もともと砂地にふくまれる塩分が、いやそれ以上に、塩気をふくむ風がもたらす特性である。海浜植物は水生植物のように汁けたっぷりで、高山植物のように堅く強靭である。葉の端がアザミのようにギザギザになっているものは、

43　一七八六年九月七日付け、夜、十九頁、注13参照。
44　フリッツ・フォン・シュタインおよびヘルダーの子供たちをさす。
45　イカの墨からセピア色の絵の具がつくられる。ローマでゲーテはこれを用いて写生をし、手紙を書いている。一七八六年十一月十五日付け、二六三頁参照。
46　ヴェネツィアではカトリック教徒と非カトリック教徒は、それぞれ異なる場所に埋葬されていた。

おそろしく尖っていて手強い。そういう葉の茂みを見つけた。一見、ドイツの慎ましやかなフキタンポポ風だが、こちらは鋭利な武器で武装し、葉は皮革のようで、莢や茎も同様で、すべてが太く堅い。このエリンギウムの種子と標本用の押し葉をもちかえろう。

魚市場と数かぎりない海産物はたいそう面白く、よく魚市場へ行き、運悪く網にかかった海の棲息者たちをしらべている。

十月九日

朝から夜まで貴重な一日だった！ キオッジャのあたりからパレストリーナまで船で行った。そこでは共和国が海水を防ぐために、ムラッツィ（大きな壁）と呼ばれる大工事を行っている。ムラッツィは切石でできていて、そもそも潟と海を分かつ細長い砂州（リドと呼ばれる）を波浪から守るものだ。

潟は長い時をかけた自然の働きである。アドリア海北端に一大沼沢地ができた原因は、第一に干潮、満潮および大地が相互に作用したこと、第二に太古の海水の水位がしだいにさがっていったことである。沼沢地は、満潮になると、水でおおわれ、干潮になると、部分的に干上がる。人間は技術によって、そのもっとも高い部分を占領し、こうして幾百もの島が集まった、幾百もの島に囲まれたヴェネツィアが在る。同時に人間は、干潮時に軍艦で主要地点に行けるように、信じがたいほどの努力と経費をかけて、その沼沢地に深い運河を造った。かつて人知を傾けて熱心に考案し実行してきたことを、いまや臨機応変に丹精こめて保ってゆかねばならない。

潟と海とを隔てる細長い砂州リドに、海水が入り込めるのは二ヵ所だけである。つまり砦のあたりと、反対の端キオッジャのあたりだ。海水はふつう日に二回ずつ、いつも同じ方向に同じ路を通って、満潮時に入り込み、干潮時に引いてゆく。満潮になると、なかの沼沢地は海水で埋まるが、比較的高い場所であれば、カラッと乾きはしないけれども、水に没することはない。

もし海が新しい路を求めてこの砂州におそいかかり、好き勝手に潮の満ち干を起こしたら、様相は一変するだろう。リドの上のパレストリーナ、サン・ピエトロその他の村落がほろびるのは言うにおよばず、通路である運河にも水があふれてくるだろう。何もかもごちゃまぜに海水に嘗めつくされてしまったら、いまあるリドは島々に変わり、いまリドの背後にある島々は砂州に変わるだろう。これを防ぐためには、あらゆる方策を講じてリドを守らねばならない。人間はすでに手に入れ、確たる目的のために形と方向を与えてきたのに、大自然の勝手な暴威をゆるし、水浸しにするわけにはいかない。

海水が過度に増大する非常事態において、入り口が二ヵ所しかなく、他は閉じられているというのは、特に都合がよい。つまり海水は最大の猛威で浸入することはできず、数時間たつと干潮の法則に服し、暴威もおさまることになる。

その他にはヴェネツィアは何の心配もいらない。[47]海は時間をかけてゆっくり後退するのだから、まだ何千年もの猶予がある。ヴェネツィア人たちは運河を巧妙に補修し、自分たちが手に入れたものを保とうとしている。

かれらが市街をもっと清潔にしてくれさえすればよいのにと思う。これは必要かつ簡単なことであり、実際、数百年後には大きな効果がある。たしかに運河にものを捨てることや、塵芥を投げ込むことは、法律によって厳しく禁じられている。しかし豪雨になると、隅に寄せてあった塵芥がかき回されて、運河へ押し流されてしまうし、もっとひどいときは、塵芥が排水専用の吐口に流れていき、そのままやりすごすと、排水管がつまって大広場が水浸しになる危険があるというのに、何の手も下されていない。小サン・マルコ広場[48]にある二、三の排水口は、大広場と同様に、実に巧みに設(しつら)えてあるのに、それさえ塞がってしまい、水があふれているのを見たことがある。いちにち雨が降ると、耐えがたい汚さで、みなが悪態をつき毒づく。橋を昇り降りする際に、外套や一年じゅう着て歩いているタバッロ[49]も汚れてしまう。みな短靴と靴下姿で歩くので、お互いに泥をはねかけて罵り合う。その泥も並の泥ではなく、汚れがしっかりしみついて落ちない代物(しろもの)だ。それなのにまたお天気がよくなると、だれひとり清潔さなどということは考えない。「公衆は年中もうこりごりだと愚痴をこぼしている。ではどうするかというと、手をこまねいている」という言葉は、まったくその通りである。この場合、最高の力をもつ者[50]がその気になりさえすれば、なにもかも

47　この叙述は、「ヴェネツィアは二世紀後には住めなくなる」という作家・プロイセン将校アルヒェンホルツ（一七四三～一八一二）の見解に対してなされたもの。

48　総督官邸前の小広場のこと。

49　厚手のマント。ティッシュバインの描いた「カンパニアのゲーテ」（三〇三頁）でゲーテが着用している。

50　ここでは民衆自身をさす。

たちどころに解決するはずなのに。

十月九日

先日、満潮時の堂々たる潟(ラグーン)を上から眺めたので、干潮時の慎ましやかな潟も見たくて、今夕(こんせき)サン・マルコの塔へ登った。正しく理解したいなら、この二つの姿を結び合わせることが必要である。以前は満々たる水面だったのに、いまやいたるところに陸地が現れて、不思議な気がする。島はもはや島ではなく、小高い箇所が点在する沼沢地、美しい運河が縦断する大きな灰緑色の沼沢地にすぎない。湿地には水生植物が生えている。潮の満ち干は絶えずそうした植物をむしり取り、掘りかき回し、一刻の安らぎも与えないけれども、植物の成長によってその土地はしだいに隆起していくのだ。

また海の話にもどろう。今日ここでウミウシ、カサガイ、イチョウガニの生命活動をみて心底、楽しかった。生き物というのは、なんと貴くすばらしいのだろう！ なんとよく状況に適応し、なんと正しくあるがまま、生を営んでいることだろう！ 少しばかり自然の研究をしたことがどんなに役立ち、また研究を続けるのがどんなに嬉しいことだろう！　とはいえ、それは報告できるものであるだけに、いたずらに感嘆の声をあげて、友人諸君を刺激したいわけではない。

海に対して築かれた防波堤は、まず険しい階段があって、次にゆるやかな傾斜面があって、それからまた階段があって、ふたたびゆるやかな傾斜面があり、さらに上に突出部をもつ急斜面の壁から成る。上げ潮のとき、波はこれらの階段や斜面をせりあがり、特別に波が高いときは、最後に上部の壁と突出部に当たって砕ける。

食用になる小さなマイマイ、笠を伏せたようなカサガイ、その他の動き回る海の生き物、ことにイチョウガニが潮の流れにのってやってくる。これらの動物たちが、なめらかな防波壁を占領するかしないうちに、もう海は押し寄せてきたときと同じように、一進一退しながら徐々に引いてゆく。はじめのうち、これらの動物の群れはどうしてよいかわからず、潮がまた戻ってくるのを期待しているが、なにも起こらず、じりじり照りつける太陽のために、たちまちカラカラに乾いてしまう。そこで動物たちは退却しはじめる。

その機会にイチョウガニは獲物をさがす。クモのように細い足は目につかないため、体が丸い胴体と二本の長いハサミからできているようで、この生き物の身ぶりほど、奇妙で滑稽なものはない。竹馬のような細長い足で前進する。カサガイが笠を隠れみのにして、その場を動くやいなや、カニは突進していってハサミをその笠と地面とのせまい隙間にさしこみ、笠をひっくり返して、中身を賞味しようとする。カサガイはソロリソロリと移動するが、敵が近づいたことに気づくと、すぐさまピタッと石に吸いつく。するとイチョウガニは、カサガイの小さな笠のまわりでおかしな、実に愛らしく気取った身ぶりをするが、この小さな軟体動物の強力な筋肉を打ち負かすだけの力がない。そこでカニがこの獲物をあきらめて、別のゆっくり歩いているカサガイめがけて急ぐと、そのあいだに、先ほどの獲物はソロリソロリと歩をすすめてゆく。かくして私は、カニの群れが二つの斜面と、そのあいだにある階段をそっと這いおりてゆく、その退却のようすを幾時間も観察していたが、目的を達したカニをただの一度も見なかった。

十月十日

ついに本物の喜劇（コメディー）を見たといえる！　今日サン・ルカ劇場で『キオッジャ騒動』[51]――『キオッジャのわめいて殴る大喧嘩』と言い換えたほうがよさそうだ――が

上演された。登場人物は船乗り、キオッジャの住民、妻や姉妹や娘たちばかりである。良きにつけ悪しきにつけ、かれらの日常的なわめき声も諍いも、かっとなりやすく、おひとよしで、浅はかで、機転がきいて、ユーモアがあって、のびのびと振る舞うところなど、なにもかも見事に再現されている。ゴルドーニ作。私は昨日その地方へ行ったばかりで、漁夫や港の人々の声や振る舞いが目と耳に焼きついていたから、この芝居はとても面白かった。いくつかわからない点はあったが、全体の筋は十分にたどることができた。

劇の構想は次のとおりである。家の前に船着き場があって、キオッジャの女たちは座って糸を紡ぎ、編み物をし、縫い物をし、レース編みをしている。そこへ若者が通りかかり、ある女に他の女たちよりも親しげに挨拶をする。すぐさま、ちくりちくりと嫌味がはじまり、それは度をこして激しくなり、嘲笑に変わり、非難へとエスカレートしていく。無作法の度合いはどんどん増して、かっとなった近所の女が真相を

51 十八世紀イタリア演劇界を代表する喜劇作家カルロ・ゴルドーニ（一七〇七〜九三）の作品（一七六二）。原題は《Le baruffe chiozzotte》。《baruffe》は本来はげしい口喧嘩のこと。

ばらす。すると悪口、ののしり、わめき声が一気に爆発し、あからさまな侮辱行為におよんだので、裁判所の人たちが介入せざるをえなくなる。

第二幕は裁判所。判事はやんごとなきご身分なので、芝居に登場することが許されなかったのであろうか、書記がその代理として女たちを一人ずつ召喚する。ところが書記自身が例の女に惚れていて、二人だけで話せるのをこれ幸いと、尋問ではなく恋の告白をするので、ゆゆしき事態になる。書記に惚れている別の女が嫉妬して飛びこんでくるし、例の女の恋人もいきりたって同様に入ってくる。他の者たちもそれに続き、新たな非難が山積し、ついに裁判所も波止場と同じように、てんやわんやの大騒ぎになる。

第三幕ではドタバタがさらにエスカレートし、全体は、その場しのぎの慌ただしい解決で幕を閉じる。しかしながら、実にすばらしい着想を体現する登場人物がいた。それを次に述べる。

若いころからの過酷な生活状況のために、手足の自由がきかなくなり、特に口が不自由な年老いた船乗りが登場する。彼は、活発でおしゃべりですぐわめき立てる連中と対照的で、自分の考えを発するのに、まず唇を動かし、両手両腕の助けをかりて準備をし、それからようやく口から言葉を押し出す。しかし短い文言しか口にできないので、朴訥(ぼくとつ)なひたむきさが板についていて、彼の言葉はすべて格言か金言のように聞こえる。それによって、他の人々の荒っぽく熱烈な行動と、見事にバランスがとれる。

見物人は、自分や家族の姿がかくも自然に描き出されているのを見て、やんやの喝采をし、私もこんな快感は味わったことがない。はじめから終わりまで笑いと歓声に包まれていた。俳優たちの演技もすばらしかったと言わずにはいられない。それぞれ役柄の資質に応じて、民衆のあいだでふだん見られる、さまざまな意見表明を分担している。スター女優はこのうえなく愛らしく、このまえ英雄の装束で激しい役を演じたときよりも、ずっとよかった。総じて女優たちは、特にこの女優は民衆の声と仕草と気性を、きわめて優美になぞっていた。取るに足らぬ素材から、実に好ましい娯楽作品を創り出した著者は、おおいに賞賛に値する。それは、生きる喜びにあふれたイタリアの庶民と直接向き合ってこそできることであり、まことに熟達した書きっぷりである。

ザッキイ[52]一座によるスメラルディナを見た。ゴッツィはかつてこの一座のために書いたが、いまや一座は散り散りになっている。スメラルディナ役は背の低い太った人物で、活力にあふれ、機敏でユーモアに富む。彼女と一緒にブリゲッラも見た。ブリゲッラ役の俳優はやせ形、がっしりした体つきで、半マスクをつけているのに、ことのほか表情豊かで、手の演技がすばらしかった。私たちドイツ人にとって、仮面は生命も意義も持たず、私たちはミイラの仮面ぐらいしか知らないが、これらの仮面はこの土地の風物であり、じつに快い。年齢や性格や身分を風変わりな衣装で際立たせている。一年の大半を仮面をつけて歩き回っていれば、舞台に黒い顔面[53]があらわれても、別に不思議はない。

十月十一日

これほどの大群衆のなかにあって孤独を守ることは、結局むりらしく、年輩のフランス人と一緒になった。彼はイタリア語がまったくできず、万事休すと感じており、あらゆる紹介状を持ち歩いているが、どうすればよいか見当がつかない。身分のある人物で礼儀作法をわきまえているが、自分から行動することができない。五十の坂をかなり越えているだろうか。家には七歳の息子がいて、その子のことが気がかりで消息を待ちわびている。私はちょっと彼の面倒をみてあげた。

「イタリアをざっと見ておきたくて、気楽に、でも急ぎの旅をしています。通りすがりにできるだけ多くの知識を得たいのです」という彼に、いろいろ情報を提供した。彼とヴェネツィアの話をしていると、「こちらには、どのくらい滞在されているのですか？」と尋ねるので、「わずか二週間で、今回が初めての滞在です」と答えたら、「あなたは時間をむだになさらなかったようですね」という言葉が返ってきた。これは、私が提示できるりっぱな振舞いの第一の証左である。彼は「ここにはすでに一週間滞在したので、明日、旅立ちます」という。異国の地で生粋のヴェルサイユ人に出会うなんて、貴重な体験である。
「この人もまた旅をしている！　でも自分以外のものに目をとめることなく旅ができるとは……」と驚きの目で観察したが、彼は彼なりにたいへん教養のある、有能できちんとした人物なのだ。

52　アントニオ・ザッキィ（一七〇八～八六）は有名な道化役者で、一座を率いていた。カルロ・ゴッツィは彼のためにゴルドーニが排した仮面劇を復興させている。スメラルディナはコメディア・デッラルテの仮面をつけた侍女役で、ブリゲッラはずる賢い小悪党。
53　コメディア・デッラルテの喜劇役者たちがつける黒い半マスクをさしている。

十月十二日

昨日、サン・ルカ劇場で新作『イタリアにおけるイギリス三昧（ざんまい）』が上演された。イタリアには多くのイギリス人が生活しているので、かれらの風習に目をとめるのは当然だし、私は、イタリア人がこの歓迎すべき富裕な客人をどのように観察しているかを知ることができると思ったのだが、まったくの期待外れに終わった。いつも通り二、三のドタバタシーンはうまい。だが、それ以外はあまりにも重苦しく生真面目すぎて、イギリス人の気質の片鱗すらうかがえず、ありふれたイタリアのお説教口調で、それも低劣なことにのみ向けられていた。

この芝居は受けも悪く、すんでのところで口笛でやじりたおされるところだった。俳優たちも本領を発揮できていない。『キオッジャ騒動』では水を得た魚のようだったのに。でもこれは私が当地でみる最後の出し物なので、あのイタリア国民をみごとに代弁した劇『キオッジャ騒動』に対する私の感激は、この引き立て役によってさらに高まることになった。

最後にこの日記を通読し、こまかい覚書を挿入してから、書類をひとまとめにして送付すると、友人たちの判決が下されることだろう。この草稿に、もっと詳しく述べて、敷衍(ふえん)し、修正できそうな箇所をかなり見つけたが、第一印象の記念なので、そのままにしておこう。第一印象というのは、必ずしも真実ではないにせよ、永遠に貴重で価値あるものだ。友人たちにこの軽やかな生の息吹を送ることができさえすれば！　たしかにイタリア人は、「山のかなたは陰鬱」というイメージをもっているし、いまや私にもアルプスの向こうは薄暗いように思われるが、いつも霧のなかからなつかしい人影が合図を送ってくる。あの北方の地よりも、この地に惹かれるのは、単に気候のせいかもしれない――生まれ故郷と習慣は強大な鎖だから。私はずっとここで暮らしたいわけではないし、たとえどこであっても、仕事のないところに住もうとは思わない。

もっともいまは、目新しいものが次々とあらわれ、多忙をきわめている。建築術は古(いにしえ)の亡霊のように墓穴から抜け出し、私に次のように命じる。「死語とされている言語、古語の規則を学ぶように、建築学を学びなさい。実際に行うためとか、その教えに胸躍らせるためとかではなく、ひとえに過ぎ去った時代の古人(いにしえびと)の尊い生を心静かに敬うために学ぶのです」と。

パッラーディオはすべてをヴィトルヴィウスに関連づけているので、私もガリアー二版[54]でヴィトルヴィウスの著作を手に入れた。しかしこの大型本は、私の手荷物のなかでも重荷となっている。ちょうどその研究が、私の脳みそに負荷をかけるように。パッラーディオは彼の言葉や作品、考え方や創作活動を通して、ヴィトルヴィウスのイタリア語版よりも、ヴィトルヴィウスをわかりやすく解説してくれている。ヴィトルヴィウスはそう易々（やすやす）とは読めない。書いてある文章そのものが晦渋（かいじゅう）で、批判的に詳しく検討していく必要がある。にもかかわらずざっと目を通すと、荘重な印象の残る箇所がいくつもある。ためになるからというよりも、むしろ敬虔な気持ちで聖務日課のように読んでいる、といったほうがよいだろう！　日が暮れるのが早くなったので、このごろは読み書きする余裕ができた。

少年時代から価値をおいてきたものがすべて、ふたたび好ましいものになるとは有難い！　ふたたび古代の著述家と懇意になれるとは、なんと幸せなことか！　いまだから言えるのだけれど、私は病的に愚かだったと白状してもかまわない。すでに数年来、ラテン語の作家たちを正視できなかったし、イタリアのイメージを刷新するようなものは何ひとつ鑑賞してこなかった。たまたまそういうはめになると、おそろしい苦痛をこうむった。ヘルダーは、私の読む唯一のラテン語の書はスピノザであることに気づいていたので、しばしば、「君のラテン語はすべてスピノザから学んだものだね」とからかった。しかしヘルダーは、私が細心の注意をはらって古代人の著作に近づかないようにしていたことや、小心翼々とあの難解な普遍論へ逃げ込むしかなかったことは知らなかった。そのうえ最後に、ヴィーラントの訳した諷刺詩は、私をたいへんなみじめな気持ちにした。そのうちの二編を読むか読まないうちに、もうお手上げだった。

いま実行していることを、もしあのとき決意していなかったら、この身は完全に破滅していたことだろう。私のなかで、この国の風物をこの目で見たいという欲望は、

54 ヴィトルヴィウスについては一七八六年九月二十七日付け、一〇七頁、注28参照。彼の『建築について』はベラルド・ガリアーニによってイタリア語に訳され、ナポリで刊行されていた(一七五八〜五九)。

55 ゲーテはスピノザの『エチカ』を精読し、またシュタイン夫人とともに読んでいる。

56 ヴィーラントがホラティウス(前六五〜前八、ローマの詩人)の諷刺詩を翻訳して出版したのは一七八六年夏のことである。ゲーテはヴィーラント宛の手紙(一七八六年十一月十七日付け)では、「たいへん楽しく」読んだと述べている。

それほどまでに熟していたのだ。歴史の専門知識にうながされたわけではない。それらの風物は私からわずかしか離れていなかったのに、突き破ることのできない壁によって隔てられていた。実際、それらを前にすると、いまはじめて見たという気がせず、むしろ「また会えたね」という気持ちになる。ヴェネツィアにごく短期間しか滞在しなかったけれど、当地の生活を十分にわがものとした。完璧とはいえないまでも、じつに鮮明に真に自分でつかみとったものをたずさえて、この地をあとにする。

ヴェネツィアにて、十月十四日、夜二時

いまや、当地滞在の最後の瞬間となった。これからただちに急行船でフェラーラへ向かう。ヴェネツィアにとどまり楽しく有益に過ごすためには、予定外の行動に出なければならないので未練はない。実際、みながこの水の都をあとにし、固い土地におのれの園と所領を求めてゆく。ともあれ私はたっぷり英気をやしなった。豊かで特異で比類なき思い出を胸に、この地を去ろう。

フェラーラからローマへ[1]

船中にて、一七八六年十月十六日

旅の道連れは男女とも、まずまずの気どらない人たちで、まだみな船室で眠っている。しかし私は甲板で、マントにくるまって二晩を過ごした。ひんやりするのは明け方だけ。いまや私はほんとうに北緯四十五度まで踏み込んだのだ。「もしディド[2]のように、これだけの風土に革ひもを張りめぐらせてわが物とし、そこに居処をかまえることができたなら、あとはなにもかも住民にまかせたい」という、私のいつもの話を

1　この章は旅日記の第五部を基にしている。

2　カルタゴを建国したといわれる女王。伝説によると、牡牛一頭の皮でおおえるだけの土地を買う約束をした後、彼女は牡牛の皮を細長く切り刻んで、町がひとつできるほどの敷地を要求し、この町が強大な王国カルタゴの首都となる。

くりかえそう。事実、生き方がまったく違ってくる。すばらしい天候に恵まれた船旅はたいへん快適で、風景は見わたすかぎり単調なのに優美だった。なつかしいポー河が大きな平野を貫いて流れているのだが、ここから見えるのは、灌木や樹木におおわれた岸辺だけで、遠景は見えない。ここでもエッチュ河と同様に、ばかげた水利工事が行われている。ザーレ河の水利工事と同じく、子供じみた有害なものである。

フェラーラにて、十六日、夜

今朝、ドイツ時間でいうと七時に当地に着き、明日また発つつもりで用意をした。この大きな美しい平坦な、人口が減少した都[3]にきて、はじめて一種の不快感におそわれる。かつては壮麗な宮殿があり、市街はにぎわっていた。この地でアリオストは満たされぬ日々を送り、タッソーは不幸に見舞われたのだ[4]。それらの遺跡を訪れたら、感銘をうけると思ったのだが。アリオストの墓には大理石がたくさん使われているが、配置がよくない。またタッソーの牢獄の代わりに見せられたのは、木造の厩（うまや）や石炭置き場で、むろん彼が監禁された場所ではない。「何々を見たい」といっても、当地にはもはや事情のわかる者はほとんどおらず、ついにはチップほしさに知恵をしぼる始末だ。あのルター博士のインクの染みも、城番がときおり上塗りしているような気がする。たいていの旅行者は少し遍歴職人めいたところがあって、こうした記念物を探し回るのが好きなのに……。私はすっかり不機嫌になり、フェラーラ生まれの枢機卿に庇護されて発展した立派な大学にも、ほとんど興味をおぼえなかった。しかし中庭にある二、三の古い記念碑を見て元気を回復した。

それから、ある画家の巧みな着想のおかげで晴れ晴れした気持ちになった。洗礼者

3 フェラーラはエステ家の領地だったが、アルフォンソ二世の死後（一五九七）、教皇領となり、急速に衰退して、人口はかつての約四分の一になった。

4 アリオスト、タッソーについては一七八六年十月六日付け、一五九頁、注37参照。アリオストはイタリアの騎士道文学を代表する詩人でフェラーラでエステ家に仕えた。代表作『狂えるオルランド』。タッソーはアリオスト以後の代表的な叙事詩人で、エステ家のアルフォンソ二世の宮廷で名声を博したが、宗教改革時代のきびしい異端審問の風潮のなかで精神に異常をきたし、晩年を幽閉と放浪のうちに送る。代表作『解放されたエルサレム』。

5 マルティン・ルターがヴァルトブルク城で聖書のドイツ語訳をしているとき、彼を誘惑しようとして悪魔が現れたが、ルターは悪魔に向かってインク壺を投げつけた。そのときのインクの染みが現在も残っているといわれる。

ヨハネがヘロデ王とヘロデヤ王妃の前にいる絵だ。[6]「荒野の説教者」の見なれた装束に身をつつんだ預言者は、激しく王妃を指差す。彼女は落ち着き払って、隣に座る王を眺め、王はこの熱狂家ヨハネを静かに抜け目なく見つめる。王の前には白い中型犬が立ち、ヘロデヤのドレスの裾からは小さなボローニャ犬が顔をのぞかせ、二匹とも預言者に向かって吠えている。うまく考えたものだと思う。

チェントにて、十七日、夕

昨日よりは気分もよく、グエルチーノ[7]の生まれ故郷の町から手紙を書いている。町のようすもまったく違う。親しみのもてる立派な造りの小都市で、人口は約五千人。豊かで活気があって清潔で、見わたすかぎり開墾平野が広がる。私はいつもの習慣でさっそく塔にのぼった。一望すべてポプラの樹海で、樹々の間から近くの小さな農家が見える。どの農家も自分の畑に囲まれている。すばらしい大地に、温和な気候。これほどの心地よさは、ドイツだったら夏でもめったに味わえないような秋の夕暮。終日くもっていた空もいまや晴れわたり、雲は北と南の山並みへ吹き飛んで行った。明日は晴れそうだ。

アペニン山脈にだんだん近づいているが、ここではじめて目にした。当地で冬といえるのは十二月と一月だけで、四月は雨が多く、あとは四季折々の好天が続く。雨が降り続くことはないが、今年の九月は八月よりも暑かった。平地は十分すぎるぐらい堪能したので、南の空に見えるアペニン山脈を心から歓迎した。明日はあの麓（ふもと）から手紙を書こう。

グエルチーノは生まれ故郷を愛していた。総じてイタリア人は最高の意味での郷土愛を抱き育（はぐく）む。そうした美しい気持ちから、かくも多くの貴重な施設や、地元で神聖視される多くの逸材がうまれた。この名匠の指導のもとでここに美術学校ができ、グエルチーノは市民をいまなお喜ばせる価値ある絵を何点ものこしている。

グエルチーノはいわば聖なる名であり、子供も老人もよくその名を口にする。

6　フェラーラの画家カルロ・ボノーニ（一五六九～一六三二）の作品で聖ベネディクト教会にある。フォルクマンによると、ヘロデ王とヘロデヤ王妃はアルフォンソ二世とその妃の肖像であるという。

7　ジョヴァンニ・フランチェスコ・バルビエーリ（一五九一～一六六六）。通称グエルチーノ（「やぶにらみ」の意がある）。バロック期のイタリアで活躍、ボローニャ派の代表的画家。

復活したキリストが母マリアのもとに姿をあらわす絵は、たいへん好ましかった。キリストの前に聖母が跪き、えもいわれぬ切々たる思いで彼を見上げている。母の左手は彼の体に触れていて、そのすぐ下には、まがまがしい傷が、画面全体をだいなしにしかねない傷がある。彼は左手を母の首まわりにおき、母をもっとよく見つめようと、体を少しそらしている。これはわざとらしいとまでは言わないが、キリストの人物像になにやらそぐわない。にもかかわらず、このキリスト像はかぎりなく好ましい。母を見つめる静かで悲しげなまなざしは、比類なきものである。あたかも、その気高い心に、彼と母マリアの受難の記憶が復活してもすぐに癒えることなく浮かんでいるかのように。

ストレンジ[8]はこの作を銅版画にしており、せめてこの複写だけでも友人たちに見て頂きたい。

次に聖母マリアの絵に心惹かれた。嬰児キリストは乳をほしがるが、彼女は胸をあらわにすることを恥じらい、ためらっている。自然で高貴で尊く美しい。

さらにマリアが自分の前に立ち、群衆のほうを向いている幼子キリストの腕をとり、幼子が手をあげて祝福を与えるようにさせている絵。カトリックの神話の意向に沿った実に適切な着想で、しばしばくりかえし用いられている。

グエルチーノは内面的にしっかりした男らしく健全な画家で、粗野なところはまったくない。むしろ彼の作品は、ほんのりと人を諭すような優美さ、ゆったりとした伸びやかな大らかさをそなえ、にもかかわらず独自性があって、ひとたび見る目が養われると、彼の作を見誤ることはない。軽やかで清潔感あふれる申し分ない筆さばきに驚嘆する。衣服には特に美しい赤褐色がかった色を用いており、この色は、彼が好んで使う青色とじつによく調和する。

その他の絵の題材は、多少の差はあれ不首尾に終わっている。このすぐれた画家は苦悶するが、創意と筆致、才気と手腕は報いられず、徒労に終わった。じっくり味わって学ぶゆとりのあまりない駆け足の旅だったが、こうした一連の美しい芸術作品に接し、かけがえのないひとときであった。

8　ロバート・ストレンジ（一七二一～九二）。イギリス人で、すぐれた銅版彫刻家。

ボローニャにて、十月十八日、夜

今朝、夜明け前にチェントを出発して、まもなく当地に着いた。よく勝手を知った敏捷な御者は、私が長く逗留するつもりはないと聞くやいなや、足早にあらゆる大通り、たくさんの邸宅や教会へ案内してくれた。そのためフォルクマンの案内書に、行った場所のしるしをつけることもままならず、将来この心覚えのための記号を見ても、すべて思い出せるかどうか怪しい。しかし二、三のはっきりと印象にのこった、私が真の安らぎをおぼえた箇所に言及しよう。

まず第一にラファエロのチェチーリア！[9] 前から知っているが、いまこの目で見た。ラファエロはつねに、他の人たちが絵にしたいと思うようなものを描いてきた。いまは、これがラファエロ作ということ以外、なにも言葉がない。私たちとは何の関わりもない五人の聖者がならんでいて、その在りようがあまりにも完璧なので、たとえわが身は消えてなくなろうとも異存はないが、この絵は永遠に存続してほしいと願うほどである。ラファエロを正しく認識し、正しく評価するためには、またメルキゼデク[10]のように、父もなく母もなく出現した神のごとき人物として祭り上げないためには、彼の先達(せんだつ)や師たちを考慮しなければならない。こうした人々は真理の堅固な基盤のうえに基礎を築き、こつこつと、慎み深くこまやかな配慮をしながら、広大な土台をすえ、互いにしのぎをけずり、金字塔（ピラミッド）を一段一段と築いていったのだ。そして最後にラファエロがこれらのあらゆる美点に支えられ、この世ならぬ創造的精神に照らされて、頂点の最後の石――その上にも横にも他の石を置くことはできない――を載せたのである。

古（いにしえ）の巨匠たちの作品を見ると、歴史的興味を特にかきたてられる。フランチェスコ・フランチャ[11]は実に尊敬すべき芸術家であり、ペルージャのピエトロ[12]は実直なドイ

9　ラファエロの「聖女チェチーリア（聖セシリア）」。一五一四年作。

10　サレムの王にして「いと高き神の祭司」（『創世記』第十四章十八）。「父なく、母なく、たどるべき系譜なく、齢（よわい）のはじめなく、生命（いのち）の終わりなく、神の子のごとく」（『ヘブライ人への手紙』第七章三）参照。

11　フランチェスコ・ライボリーニ（一四五〇～一五一七）のことで、十五世紀ボローニャ派の代表的画家。

12　ピエトロ・ヴァンヌッチ（一四五〇頃～一五二三）のこと。ペルジーノとも呼ばれる。ラファエロの師でウンブリア派の代表的画家。

ツ人気質（かたぎ）といいたいほど、しっかりした男だ。アルブレヒト・デューラー[13]が幸運にめぐまれてもっと深くイタリアへ導かれていたなら！　ミュンヘンで彼の作品を見たが、信じられないほど偉大であった。この男はかわいそうにヴェネツィアで見込み違いをし、僧侶と契約を結び、そのために数週間、数ヵ月を空費している！　オランダ旅行中は、彼に幸運を約束してくれそうなすばらしい芸術作品をオウムと交換し、また、チップを節約するために、一皿の果物を運んでくる給仕たちの肖像画を描いている。芸術家という哀れな道化に、このうえなく心を揺さぶられる。結局のところ、それは私の運命でもあるのだから。ただ私のほうが、ほんのわずかだが、もう少し自力で何とかできるというだけの話である。

夕方ごろ、私はようやくこの由緒ある尊き学問の都[14]の人ごみから抜け出した。ほとんどすべての通りに丸天井のアーケードがあって、民衆は日ざしや風雨からまもられて、あちこち歩き回り、口をあんぐり開けて見とれ、買い物をし、商売を営むことができる。私は塔[15]にのぼり、戸外の空気を楽しんだ。眺望はすばらしかった！　北方にはパードヴァの山々、それからスイス、チロル、フリアウルのアルプス連峰、つまり北方の全山脈が見えるのだが、ちょうどそのときは霧がかかっていた。西のほうは果てしない地平線で、そこからモーデナの諸塔だけがそびえている。東には同じような平地がアドリア海まで続いていて、日の出のときにはアドリア海が見える。南方はアペニン山脈の前山で、ヴィチェンツァの丘陵と同じく、頂上まで樹木が生い茂り、教会や邸宅やあずまやがある。空は澄み切って、雲ひとつなく、ただ地平線のあたりに靄（もや）のようなものがかかっていた。塔守は、

「この六年来、あの遠景からあの靄が消えたことはありません。以前は望遠鏡でヴィチェンツァの山々とそこの家々や礼拝堂が実によく見えたのですが、いまでは快晴の日ですら、ごく稀にしか見えません」と確言した。それにこの靄は特に北方の連山にかかっていて、わが愛する祖国を文字通り常闇（とこやみ）の国にしている。この男はまた、

「この町は立地条件も空気も健康に良いのです。どの屋根も新品のように見えるでしょう。瓦が湿気や苔で腐食されていないからですよ」と教えてくれた。屋根がみな

13　ドイツの画家（一四七一～一五二八）。ドイツ・ルネサンス最大の巨匠。ここでは「僧侶」となっているが、実際の注文主はヴェネツィアにいたドイツ商人である。
14　ボローニャにはヨーロッパ最古の総合大学ボローニャ大学がある。
15　アシネリ塔。一一〇九～一一九年に建てられた。

きれいで立派なのは認めざるをえないが、瓦が上質であることもいくぶん手伝っているかもしれない。少なくとも昔は、このような高価な瓦をこの地方で焼いていたのだ。

斜塔[16]というのは、なんとも不快な眺めだが、おそらくわざわざ、こんな風に建てたのだろう。私はこの愚行を次のように理解している。この市が物騒だった時代に、すべての大きな建物は要塞となり、権勢のある一族はその上に塔を建てた。それはしだいに道楽や名誉欲と化し、だれもが塔を建てて見せびらかそうとした。ついにはまっすぐな塔はあまりにもありふれたものとなり、斜塔を建てた。これで建築家や所有者の目的は達せられ、人々は多くのまっすぐなすらりとした塔を眺めるいっぽうで、この曲がった塔を探し求めるというわけである。私はあとでこの塔にのぼってみた。煉瓦の層が水平に並んでいる。上質の接合剤と鉄の鎹（かすがい）とを用いれば、こんな変梃（へんてこ）りんなものが造れる。

十月十九日、夕

一日を見物また見物と、できるかぎり活用したが、芸術は人生と同じく、深く入りこめば入りこむほど、広大なものになってゆく。この芸術の天空にまたもや、予測しえぬ新星があらわれ、私を混乱させる。すなわち美術興隆の後期に生まれ出たカラッチ、グイド、ドメニキーノ[17]である。かれらを真に味わうのに必要な知識と眼識が私にはまだなく、これから徐々に獲得してゆくしかない。純粋に鑑賞し、直接的に理解したくても、絵の題材がたいていナンセンスであることが大きな妨げとなっている。これらの作品を尊重し愛好したいと思っても、題材のせいで混乱してしまう。あたかも神の子らと人間の娘らが結婚したときのごとく[18]、そこからさまざまな怪物が生まれ出る。グイドの霊感と、彼の筆さばき――これだけの腕があるなら、目に映る完璧なもののみを描くべきであろう――に惹かれるいっぽうで、おそろしく愚劣な、この世のいかなる罵詈(ばり)を浴びせても、まだ十分でないほどいやしい題材からは、たち

16 ガリセンダ塔。上述のアシネリ塔と同じように十二世紀初頭に建てられた。
17 カラッチはロドヴィーコ・カラッチ(一五五五~一六一九)、アゴスティーノ・カラッチ(一五五七~一六〇二)、アンニーバレ・カラッチ(一五六〇~一六〇九)の三人をさす。グイド・レーニ(一五七五~一六四二)。ドメニーコ・ツァンピエーリ(一五八一~一六四一、通称ドメニキーノ)。
18 『創世記』第六章二~四参照。

まち目をそむけたくなる。どの絵もそうで、いつも解剖室や絞首刑場や皮はぎ場の図で、いずれも主人公の受難の場面だが、ストーリー性や臨場感はまったくなく、つねに外部から期待された突拍子もないものが描かれている。罪業深き者や恍惚たる表情を浮かべる者、犯罪者や痴人。ただし画家は打開策として、それに裸体の男、傍観する美女を配する。いずれにせよ宗教上の主要人物を人体模型のようにあつかい、かれらの羽織るマントに実に美しい襞(ひだ)をつける。そこには、人間とは何かを考えさせるようなものは何ひとつない！　十の主題のうち、画家が描くべき主題はひとつもなく、芸術家が真正面から取り上げてよいものはひとつもない。

メンディカンティ教会にあるグイドの大作[19]には、人間が描きうるすべてが、そして愚にもつかぬ注文によって画家に強要しうるすべてが描き込まれている。これは奉納画である。私は、推奨したのも発案したのも元老院だと思う。不幸に沈むプシュケーのような美少女なら慰め甲斐もあるだろうが、ここで二人の天使はイエスの亡骸を前になすすべもない。

美しい姿の聖プロクロス[20]。しかしその他の人物、司教や僧侶たちときたら！　下には持物(アトリビュート)をもてあそぶ天の童子。いわば喉に短刀をあてがわれた画家[21]は、なんとか打開策を打ち出し、自分が粗野で無教養な人間ではないこと、また彼が描いた人物たちが野蛮人ではないことを懸命に示そうとしている。グイドの筆になる二つの裸体。実に見事に描かれた「荒野のヨハネ」[22]と「聖セバスティアン」、この二人は何を語っているのだろう。ひとりは口を大きく開け、もう一人は身をよじっている。

このような不満を抱いて歴史を考察すると、「信仰は諸芸術を復興させたが、妄信が芸術を支配すると、またしても芸術は滅んでしまった」と言いたくなる。

食後は少しおだやかな、居丈高（いたけだか）ではない気持ちになり、今朝、手帳に次のように書

19　一六一六年ボローニャ市の元老院の委託で描かれた「マドンナ・デラ・ピエタ」。上部にはキリストの亡骸とマリア、二人の天使が描かれ、下部には聖プロクルスを含むボローニャ市の五人の守護聖徒が描かれている。

20　プシュケーはギリシア神話で愛の神エロスに愛される美少女。女神アフロディテの嫉妬をかい、さまざまな苦難にあう。

21　教会側から理不尽な注文をされたことをさす。

22　この作品はグイドではなく、彼の弟子シモーネ・カンタリニ（一六一二〜四八）が描いたもの。

きつけた。タナリ宮にはグイドの名作がある。乳をあたえるマリアの等身大よりも大きな絵で、頭部はあたかも神の御手によって描かれたかのようだ。マリアが乳を飲む幼子を見おろす表情は、筆舌に尽くしがたい。彼女は愛の喜びから生まれた子ではなく、すりかえられた天上の子に乳をあたえているかのごとく、静かにじっと耐え忍んでいるように思われる。なぜなら、それは運命であり、どうしてそうなったのか、どんなに謙虚な気持ちでいても、彼女にはまったく理解できないからである。残りの画面は途方もなく大きな衣装で埋め尽くされており、識者は絶賛するが、私にはどう判断すべきか見当もつかない。色も黒ずんでしまっており、部屋も日光も十分な明るさではなかった。

私はこうした混迷状態にあっても、この芸術の迷宮では、習熟していること、素養があること、そしてなんとなく惹かれることが助けになると前から感じている。グエルチーノの「割礼」の絵に強く感銘を受けたのも、すでに知っている好きな画家だったからである。題材の耐え難さは大目に見ることにして、作品のできばえを楽しんだ。——想像しうるものが描かれ、そこにあるすべては七宝焼きであるかのように立派で申し分ない。

私は、あの預言者バラム[23]、何がなんだかわからなくなって、呪おうとしたのに、祝福してしまうバラムのようだ。私が長くこの地にとどまれば、こうしたことはしばしば起こるだろう。

そんなときラファエロ作、あるいは少なくともおそらくラファエロが描いたとされている絵に出会うと、たちまちすっかり癒やされて、ほっとする。そんな風に聖女アガタ[24]の絵を見た。保存状態がよいとはいえないが、貴重な絵である。作者はアガタを健やかで揺るぎなく汚れなき処女として描いたが、冷たく粗野な点はまったく認められない。私はその姿をしっかりと心にとどめた。心のなかで彼女に私の『イフィゲーニエ』を読んで聞かせよう、この聖女が口にしたくないことは、私のヒロインにも決して語らせないようにしようと思った。

さて私がこのさすらいの旅に持ち歩いている、この甘美な重荷にふたたび思いをめ

23　旧約聖書『民数記』第二十二章参照。
24　三世紀頃シチリアのカターニアで殉教した聖女。伝承によれば、シチリアを支配していたローマ総督の求愛を拒み、拷問にあう。

ぐらすと、厳密に研究せねばならない偉大な芸術や大自然の産物にくわえて、一連の霊妙な詩想が形をとって迫ってきて、気もそぞろであると言わねばならない。チェント以来、『イフィゲーニエ』を執筆し続けようと思っていたのに、何としたことか、霊感が『デルフィのイフィゲーニエ』の構想を吹き込んできて、それを展開しないわけにはいかなくなってしまったのである。できるだけ手短に、『デルフィのイフィゲーニエ』の構想をここに記しておく。

エレクトラは、弟オレストがタウリスのディアナ女神像をデルフィへもってくるだろうと期待して、アポロの神殿にあらわれ、自分たちペロプス一門に多くの災いを引き起こした恐ろしい斧を、最終的な贖罪の供物として神に捧げる。ところが折悪しく、ひとりのギリシア人が彼女に近づき、「私はオレストと彼の親友ピュラデスに同行し、タウリスへ参りましたが、二人が殺されるのを見ました。私は運よく命拾いしました」と語る。気性のはげしいエレクトラはわれを忘れ、怒りを神々に向けるべきか、それとも人間たちに向けるべきかわからなくなる。

そうこうするうちに、オレストとピュラデス、エレクトラの姉であるイフィゲーニエが同じくデルフィに到着した。姉イフィゲーニエと妹エレクトラは、互いに相手とは知らないまま遭遇するのだが、そのとき姉の聖なる安らぎと、妹の憂き世の情念は、注目すべきコントラストをなす。さきほどの逃げ出してきたギリシア人は、イフィゲーニエを見て、友人たちを犠牲にした巫女であることを知り、それをエレクトラに打ち明ける。するとエレクトラは例の斧を祭壇から奪い去り、それでイフィゲーニエを殺そうとするが、幸いにもどんでん返しがあって、姉妹は究極の惨劇をまぬかれる。このシーンが成功すれば、めったにないような偉大で感動的な舞台が見られることだろう。しかしどれほど霊感が湧いても、それを仕上げる技量と時間はどこから手に入れることができよう！

このように良きものと願わしきものとが過剰にひしめき合い、私は落ち着かない気持ちでいるのだが、ちょうど一年ほど前に見た夢の話を友人たちに聞かせずにはいられない。とても意味深長な夢のように思われる。私はかなり大きな荷船に乗って、草木の生い茂った肥沃な島、このうえなく美しい雉が捕れると聞き及んでいる島に上陸した。すぐに住民たちとそんな鳥の値段についてかけあう。すると、住民たちはすぐさま大量に殺して運んできた。たしかに雉だ。しかし夢のなかではすべて姿を変えてあらわれるのが常なので、長い色鮮やかな尾羽がある。ちょうど孔雀か、珍しい極楽鳥のように。そんな鳥が大量に私の舟に持ち込まれ、頭は舟の内側に、長くカラフルな尾羽は外へ垂れ、きれいに積み上げられ、日光に輝いて、世にも見事な積み荷となった。しかもおびただしい量で、舟の前部も後部も、舵取りや櫂をあやつる者のわずかな余地しか残されていない。こうして舟は静かな波をかきわけ、私はそのあいだも、このカラフルな宝物を友人たちに分け与えたくて、友人たちの名を呼んでみた。最後に大きな港に着いたが、巨大なマストを取りつけた船のあいだに迷い込み、私は甲板から甲板へと乗り移り、わが小舟の安全な上陸地を探し求めるのだった。

こうした夢まぼろしは、私たち自身のなかから生まれ、おそらくそれ以外の私たちの人生や運命と類似性があるので、じつに面白い。

研究所あるいは学士院と呼ばれる、有名な学術施設に行ってみた。大きな建物で、特に中庭は、最高級の建築術ではないけれども、十分に厳粛な印象をあたえる。階段や廊下は化粧漆喰やフレスコによる装飾がみられ、なにもかも端正で威厳があり、ここに集められた多様で立派な学術的価値のあるものに人々が驚くのもむりはない。だが自由な研究方法に慣れているドイツ人には、あまり居心地がよくないだろう。

私は以前、「人間は、すべて移ろいゆく時の流れのなかに在りながら、ある物の用途がのちに変化しても、それが最初にあった状態から、なかなか自由になれない」と述べたことがあるけれど、そのコメントがふたたび脳裏をかすめた。キリスト教の教会は、礼拝のためには寺院形式のほうが有利なのに、あいかわらずバシリカ様式に固執している。学術施設がいまなお僧院風の外観をしているのは、何よりもまず、そうした敬虔な場なら、ゆったりと落ち着いて学問ができるからである。イタリア人の法廷は、市町村の財力のおよぶかぎり広く高く造ってあり、大空の下で露天市場にいるような気がする。もっとも昔はそういう場所で判決が下されたのだが。いっぽう私たちドイツ人の場合は、あらゆる諸設備をそなえた大劇場でも、いまなお、旅巡業の劇団が短期間の上演用に、戸外にパパッと板を組み立てて造ったお粗末な芝居小屋のようなものではないか。また、宗教改革の時代に、知識欲に燃える生徒たちが修道院やイエズス会士の学校にどっと押し寄せてきて、生徒たちは非教会系の学校へ流れていった。しかし孤児院[25]が開かれて、あわれな子供たちに必要な非教会系の世俗教育をほどこすにいたるまで、いかに長い歳月を要したことであろう。

ボローニャにて、二十日、夕

このすばらしい晴天の一日をずっと戸外で過ごした。私は山に近づくやいなや、またしても岩石に惹きつけられる。自分が、母なる大地に強く触れれば触れるほど、ますます新たに力が湧いてくるアンタイオス[26]のように感じられる。

パデルノまで馬で行き、そこで重晶石[27]を見つけた。小さく粉砕した重晶石を前もって光にさらしておいた場合、煆焼(かしょう)[28]すれば暗闇でも光を放つ。この土地ではそれを簡単に燐光と呼んでいる。

砂の多い粘土山をあとにし、途中で透石膏(セレナイト)の岩塊が露出しているのを見つけた。れんが造りの小屋のそばに、多くの小川がそそぎこむ渓流がある。はじめ雨に洗われて土砂が沈積した陶土の丘のように見えた。しかしよく観察すると、その性質について多くのことを発見できた。山脈のこの部分をなす堅い岩石は、剝離(はくり)性のある粘板岩である。粘板岩と石膏は交互に層をなしている。この粘板質の岩石は、黄鉄鉱とたいへん密にまじりあっているので、空気や湿気にふれると、完全に変質する。膨張し、層がなくなり、いわば鱗状の粘土になり、ぼろぼろ砕けて、表面は石炭のように光っている。団塊をいくつにも打ち砕くと、粘板岩と石膏の双方の形状がはっきりわかるが、団塊でのみ、そうした推移や変化を確かめることができた。同時に鱗状粘土の表面には白い斑点があり、その斑点のなかにときおり黄色い箇所も見られる。こうして表面全体がしだいに分解してゆくので、丘はあたかも大規模に風化した黄鉄鉱のように見える。層のなかにはまた、やや堅いもの、緑色のもの、赤色のものもある。しばしば、

25 孤児たちは長い間もっぱら孤児院で教育を受けてきたが、ヴァイマールでは一七八四年に一般市民の学校で孤児たちを受け入れるようになった。

26 海神ポセイドンと大地の女神の子。ヘラクレスは彼と戦った際、彼が大地に接触するごとに前にもまして力を回復することを知り、彼を大地から持ち上げて絞め殺した。アンタイオスはゲーテが好むモチーフのひとつ。『ファウスト』第二部七〇七七行参照。

27 ゲーテが採集した重晶石は、ボローニャ・ストーンと呼ばれた歴史的に有名な石である。一六〇三年にパデルノ山で錬金術師が発見、加熱すると蛍光や燐光を発するので、最初は硫酸バリウムからなる鉱物ではなく、ベースメタルを金に変える「賢者の石」と考えられていた。ゲーテの時代には、すでにボローニャ・ストーンは鉱物学的に重晶石であることが判明していた。形状としては団塊で、内部は放射状の結晶からなり、鱗状粘土中に産する。

28 物質を外部から強く熱すること。特に、脱水その他の分解を起こさせて揮発性成分を分離する場合をいう。

岩石のなかに黄鉄鉱がほんのり浮き出ているものを見出すこともあった。

それから私は、最近の豪雨に洗われて、もろくなった山峡におりてみた。うれしいことに、求める重晶石をここかしこに見つけた。たいていは不完全な卵形をしている。折しも崩れかけた山のあちこちで見かけ、かなりきれいに露出しているものもあれば、まだ粘土にくるまれて隠れているものもある。それが漂石でないことは、ひとめで確信できるのだが、粘板岩の層と同時にできたのか、それともこの層が膨張ないし分解したときに初めて生じたのかという点になると、くわしい調査がいる。私が見つけ出した塊は、大きいものも小さいものも、不完全な卵形に近似していて、いちばん小さいものは、おぼろげながらも結晶体に移り変わろうとしている。私が見つけた最大の塊は十七ロート[29]の重さがある。また周辺の母岩が粘土化していたので、石膏が取りだしやすく、石膏の完全な結晶が見つかった。専門家は、私が持ち帰る標本によって、いっそう綿密な鑑定をすすめることができるだろう。こうして私はまたしても石を背負いこむことになってしまった！　八分の一ツェントナー[30]もの重晶石を荷造りしたのである。

十月二十日、夜

このすばらしい一日のうちに私の脳裏を去来したものを、すべて告白しようとしたら、どれほど多くの言葉をついやさねばならないことか。だが私の欲求は、私の思念よりも強力で、抗いがたく前へ前へと駆り立てられるのを感じ、目の前のことに集中するのがやっとである。天は私の願いを聞き入れてくれるらしい。辻馬車の御者がちょうどローマへ向かうという。私はとどまることなく、明後日にはかの地に向けて出発しよう。今日と明日は自分の持ち物をみて、いろいろ調達したり、片づけたりしなければならない。

アペニン山中のロヤノにて、十月二十一日、夕

今日は自分からボローニャを飛び出したのか、追い立てられたのか、自分でもよく分からない。ともかく矢も盾もたまらず、一刻も早く旅立つきっかけをつかんだ。さ

29　約二百六十五グラム。
30　一ツェントナーは五十キログラム。

て、当地のみすぼらしい宿で生まれ故郷のペルージャへ行こうとする教皇庁の士官と一緒になった。二輪馬車で彼と相乗りになったとき、何やら話さねばならないと思い、「私はドイツ人で、軍人とのおつきあいに慣れていますので、こうして教皇庁の士官と旅をご一緒できることをたいへん嬉しく思います」と挨拶した。すると彼は、「どうか悪く取らないでください。あなたはきっと軍人がお好きなのでしょう。ドイツでは、軍人でなくては夜も日も明けぬと聞いておりますから。でも私に関して言えば、取るに足らぬ職務ですし、駐留しているボローニャでじつにのんきにやっていますが、できることなら軍服を脱いで、父の地所の管理でもしていたいですね。ただ私は長男ではないので、しかたなくこうしています」と答えた。

二十二日、夕

ジレードもまたアペニン山中の寒村だが、宿願の地へ向かう旅なので、ここでも幸せな気分にひたる。今日は馬上の紳士とご婦人が道連れになった。イギリス人で、連れの女性は妹だという。かれらの馬は立派だが、従者なしで旅しているので、紳士が馬丁と従僕をかねているらしい。かれらはどこへいっても不平の種をみつける。アルヒェンホルツの書[31]をパラパラ読んでいるような気がした。

アペニン山脈は、私にとって注目すべき世界の一隅である。ポー河の流域の大平野に、低地からそびえたつ山脈がつづき、二つの海のあいだを南方にのびて、大陸の終点をなしている。もしこの山脈があまり険しくなく、海面からあまり高くなく、これほど奇妙に錯綜しておらず、太古の海水の干満がより多く、より長期にわたって作用していて、より大きな平地をつくり潤すことができたなら、この地は他国よりもいくぶん地面が高く、申し分のない気候の、もっとも美しい国のひとつになったことであろう。ところが実際は奇妙な織物のように尾根が入り組んでいて、河の水がどちらへ流れてゆくのか、しばしば見当がつかない。もし谷がもっと浅くて、平野がもっと平坦で潤っていたなら、ここはボヘミアにも比すべき地であったことだろう。ただしこの山地はあらゆる点で、まったく異なる趣（おもむき）がある。といっても荒地ではなく、山は

31　アルヒェンホルツについては一七三頁、注47参照。彼はその著書『イギリスとイタリア』（一七八五）で、イギリスとイタリアを比較し、イギリスをひいきにし、イタリアをこきおろした。

多いけれども、よく開墾された土地を思い描いてほしい。この地の栗は実にすばらしく、小麦も見事だし、緑の苗がきれいに伸びている。道端には小さな葉をつけたオークの常緑樹が立ち並び、教会や礼拝堂のまわりにはすらりとした糸杉が立っている。昨夜はくもり空だったが、今日はまた美しく晴れ渡っている。

ペルージャにて、二十五日、夕

二晩、手紙を書かなかった。宿がお粗末で、紙をひろげる気にもなれなかったのである。ヴェネツィアを発ってからというもの、旅がもはや快適にスムーズに進まないので、気持ちも少し乱れ始めた。

二十三日の朝、ドイツ時間の十時にアペニンの山を出ると、信じられないほど見事に開墾され、見渡すかぎり別荘や家々の点在する広い谷間に、フィレンツェの町があった。

この市を大急ぎでかけまわり、大聖堂(ドーム)や洗礼堂を見た。ここも、私にはまったく未知の目新しい世界が開けているのだが、長居しようとは思わない。ボボリ庭園は見事だが、私は入ってきたときと同じく、すみやかに退出した。

フィレンツェを見ると、この市を築いた民衆の豊かさがしのばれ、よき治世が続いたことがわかる。概してトスカーナ地方ですぐ目につくのは、公共の建物や道路や橋が実に美しく壮大な外観をしていることである。この地では、なにもかも堅実であると同時に清潔で、優美に便益がはかられ、隅々まで臨機応変に注意が行き届いているのに気づく。これに対して教皇の国家は、大地がそれを呑みこむ気がないというだけの理由で、かろうじて維持されているように思われる。

先日、アペニン山脈について「もし……だったら」という話をしたが、トスカーナ地方ではそれが現実の姿となっている。この地はずっと低い所にあったから、太古の海は期待どおりうまく作動して、厚い粘土の層を積みあげた。薄黄色の耕作しやすい土だ。人々は深く鋤き返すのだが、まだ原始的な方法である。鋤に車輪はなく、鋤の水平刃も自由に動くようにはできていない。だから農夫は、牛のあとから身をかがめて、鋤の水平刃を引きずって地面を掘り返す。五回まで鋤き返すと、ごくわずかな肥料を手でばらまく。最後に小麦をまき、それから狭い畝をもりあげる。畝と畝のあいだに深い溝ができ、雨水がよくはけるように万事ととのえられている。作物は畝のうえに高く伸び、農夫は除草するとき、その溝のなかを行き来する。雨水の心配のある所だったら、納得できるやり方だが、なぜかくも見事な田野にそうするのか、私にはわからない。こんな考察をしたのは、すばらしい平野がひらけているアレッツォの近くである。これ以上きれいな畑は、どこにもないだろう。どこにも土くれひとつなく、まるで篩（ふるい）にかけたようにきれいだ。この地では小麦がじつに見事に育つ。ここは小麦の性質にふさわしいあらゆる条件をそなえているらしい。二年目には、馬の飼料用に豆をつくる。馬はこの地方ではカラスムギを食べさせてもらえない。ハウチワマメもまかれ、いまや申し分なく青々としていて、三月には実がなることだろう。亜麻もすでに芽を出し、越冬して霜にあえば、さらに耐久力をつけるだろう。

　オリーブの樹はふしぎな植物だ。見かけは柳に似ていて、木に髄がなく、樹皮は裂けている。にもかかわらず柳より堅そうに見える。その樹幹を輪切りにすると、ゆっくりと成長し、筆舌に尽くしがたく繊細な組織をもっているのがわかる。葉は柳に似ていて、枝についている葉の数はもっと少ない。フィレンツェ周辺の山ぎわは、いずこもオリーブとブドウの樹が植えてあり、樹と樹のあいだの土地は穀物に活用する。アレッツォあたりから、空き地の野原が多くなる。キヅタはオリーブその他に有害であり、これをたやすく根絶やしにできそうなのに、キヅタ対策は十分ではないようだ。

牧場はまったく見あたらない。「トウモロコシは土地を荒らす。トウモロコシが輸入されてから、耕作は他の点でだいなしになった」と言われているが、私は肥料が少ないせいだと思う。

今晩、例の大尉[32]に別れを告げ、旅の帰途、ボローニャで彼を訪問することを約束した。彼はたくさんいる同国人の真の代表的人物である。特に彼の特徴を示すことを二、三あげておく。私がしばしば口をつぐみ、もの思いにふけるので、彼はあるときこう言った。翻訳しよう。

「何をそんなに考え込んでいるのですか。人間は決して考えてはなりません。考えると老け込むだけです」

しばらく話し合うと、

「人間はひとつのことに拘泥（こうでい）してはなりません。そんなことをしたら、頭がおかしくなってしまいますよ。人間は千ものことを雑然と頭にもっていなければなりません」

と言った。

32　教皇庁の士官。一七八六年十月二十一日付け、夕、二一一〜二一二頁参照。

この善良な男は、私がしばしば口をつぐみ、もの思いにふけるのは、古いこと、新しいことが雑然と頭にあるので混乱しているせいだとは、むろん知る由もなかった。このようなイタリア人の精神構造は、次のことからもっとはっきり認識できるだろう。彼は私がプロテスタントだと気づいたらしく、いくぶん婉曲に言った。

「お聞きしたいことがあって……。ドイツのプロテスタントについておかしなことをたくさん耳にしたので、いちど確証がほしかったのです。正式に結婚していなくても、きれいな娘さんとねんごろにしてもよいのでしょうか。お国の僧侶はそれを許しますか」

「わが国の僧侶は利口ですから、そのような些細なことは気にとめません。むろん敢えてその件について問うなら、かれらはそれを許しはしないでしょう」と私は答えた。

「では問う必要はありませんね」と彼は叫んだ。「あなた方はなんと幸せな方々でしょう。懺悔しないのだから、僧侶がそれを聞き知ることもない」

士官はそれから自国の坊主を非難し、罵り、ドイツの至福の自由を賞賛した。彼はさらに言葉を続けた。

「でも懺悔に関しては、どうなっているのでしょう。人間はみな、キリスト教徒でなくても、懺悔せずにいられないものだと聞いています。血迷って、老木に向かって懺悔する者もいますから。むろん滑稽で罰当たりなことですが、人間にとって懺悔は必要不可欠であるという証です」

それで私は、私たちの懺悔がどういうものであり、どういう風に行われるかを説明した。すると彼は「とてもお気楽そうですが、樹木に向かって懺悔するのとたいした違いはなさそうですね」と言った。しばらくためらってから、彼はたいそう真剣に、もう一つの点について正直に答えてほしいと懇願した。

「イタリアの僧侶のひとり——誠実な人物です——の口から、ドイツ人は姉妹と結婚しても差し支えないと聞かされましたが、これは由々しき問題ではありませんか」

私はこの点を否定し、私たちの教義の人道的なるものについて、若干それとなく伝えようとしたが、彼はあまりにもありふれていると思ったのか、特にそれに注意をはらう様子もなく、新たな問題へ話題を転じた。

「聞くところによると、フリードリヒ大王[33]はカトリック信者を打ち負かし数々の勝利をあげ、世界じゅうに名声をとどろかせ、みなに異教徒と思われていますが、じつはカトリック信者で、教皇から許可を得てそれを隠しているそうです。みなが知っているように、彼はあなたの国のどの教会にも足を踏み入れていません。しかし彼は、神聖な宗教を公然と信奉するわけにいかないことにひどく胸をいため、地下の聖堂で礼拝をおこなうそうです。というのも、もし公におこなったりしたら、彼はたちどころに、彼のプロイセンの民に、あの残忍な民衆、凶暴な異教徒であるプロイセン人に打ち殺されてしまうでしょうから。そうなればもう手の施しようがありません。ですから教皇は彼にあのような許可を与えたのですが、その代わり、フリードリヒ大王はこの唯一の神聖な宗教をひそかに、できるかぎり広め、擁護しているのです」

私は別に異議を唱えたりはせず、「それは重大機密ということになるでしょうから、むろんその証拠をあげることは誰にもできないでしょうね」とだけ答えた。その後のおしゃべりも、だいたい似たり寄ったりだったので、私は、僧侶たちが伝統的教義の暗部を侵し混乱させそうなものをすべて否定し、歪曲しようとするその抜け目なさに舌を巻いた。

すばらしい朝、ペルージャを去り、ふたたび独りでいることの幸せを味わった。町はすばらしい位置にあり、湖の眺めはじつに気持ちがよい。その光景をしっかりと胸に刻んだ。道は初めのうち下りで、それから両側を遠くまで丘陵に縁どられた、心を浮き立たせるような谷のなかを進むと、ついにアッシジの町が見えてきた。

パッラーディオとフォルクマンの著書を読んで、アウグストゥス時代に建てられたミネルヴァの見事な神殿が、いまなおここに完全に保存されていることを知った。

フォリニョへ行こうとする辻馬車の御者と、マドンナ・デル・アンジェロ教会付近で別れ、強風を冒してアッシジのほうへ登っていった。私にはかくも寂しく感じられる世界を徒歩旅行したくてたまらなかったから。聖フランチェスコの眠るバビロン風に積み上げられた教会の巨大な下層建築には嫌悪をおぼえたので、これを左に見て通り過ぎた。こんな建物のなかに入ったら、だれでも例の大尉の頭のようになってしまうと思ったからである。それから「マリア・デッラ・ミネルヴァへはどう行けばいいの?」と美少年に尋ねたら、その少年が山腹に築かれた町を登って案内してくれた。ついに私たちは本来の旧市にたどりついた。すると、あのもっとも称賛すべき建物が

33　プロイセン王フリードリヒ二世（在位一七四〇～八六）。啓蒙専制君主でプロテスタント。オーストリア継承戦争や七年戦争で領土拡大に成功。

眼前にあらわれた。非の打ちどころのない古代の記念物を見たのは初めてである。このような小さな町にふさわしい、つつましい神殿だが、完璧かつ美しく設計されているので、これならどこにあっても輝きを放つであろう。

さてはじめに、その位置について述べよう。ヴィトルヴィウスとパッラーディオの著書で、どのように都市を築き、どのように神殿や公共の建物を設置すべきかを読んで以来、こうした事柄に大いに注意をはらうようにしている。この点でも昔の人は、じつに巧みに自然を活かしている。神殿は山の美しい中腹の、ちょうど二つの丘がかち合うあたりの、いまなお「広場（プラッツ）」と呼ばれる場所に立っている。この広場そのものが少し坂になっていて、四つの街路が集まり、上り坂と下り坂の街路が交差し、極端に押しつぶされた斜め十字の形をしている。現在は寺院の向かいの家々が眺望を妨げているけれども、おそらく昔はこうではなかったのだろう。これらを取り払った状態を思い浮かべるなら、南方にきわめて肥沃な土地を見渡せるし、同時に四方からミネルヴァの神殿をながめることができる。街路は山の形と斜面を活かしたものなので、昔つくられたのかもしれない。神殿は広場の中心にあるわけではないが、ローマから登ってくる人々の遠目（とおめ）に、じつに美しく映える位置に建てられている。もし写生するなら、建物だけでなく、それが絶好の位置を占めていることも描くべきであろう。

正面はいくら見ても飽きることがなかった。ここでも芸術家はなんと卓越した断固たる処置をしたことか。柱の様式はコリント式で、柱と柱のあいだの距離は、二モドゥルス[34]を少し超えている。柱脚とその下の柱礎は、脚台の上にたっているように見えるけれども、それは見た目だけで、台座は五つに仕切られていて、どの仕切りのあいだにも五段の階段がある。階段を上ると、平面になっていて、その上に本来の円柱が並んでいて、そこからも神殿に入れるようになっている。思い切って台座を仕切ったのは、適切な処置である。なぜなら神殿は山腹にあるので、もしこうしなければ、上の神殿へ通ずる階段が前方へせり出しすぎてしまい、広場が狭くなるからである。なお、その下にいくつ階段があったかは判然としない。それらは二、三のものをのぞいて、みな土に埋まったり、舗石で隠されたりしていた。

私はこの光景から名残惜しく身をもぎはなし、建物の精確な見取り図を入手すべく、

34　ヴィトルヴィウスやパッラーディオ、フォルクマンらが用いた専門用語。古代建築の柱式割合測定の単位。

すべての建築家の注意をここに向けようと決心した。ここでも、後世に伝えられているものがいかに信用できないか、気づいたからである。私が全幅の信頼をおくパッラーディオの著書にも、この神殿の図が載っているが、パッラーディオが自分の目で見たわけではないのかもしれない。というのも、実際は静かで好ましい、目も心もなごむ光景なのに、パッラーディオの図では脚台が平面に載っているために、柱がひどく高いところにきて、パルミラの醜悪な巨大遺跡のようになっているからである。この建物を見て私のなかで醸成されてゆくものは言葉では言い表しがたいが、永遠の実りをもたらすことであろう。

このうえなく美しい夕暮れにローマ通りをたいそうゆったりした気持ちで下っていくと、背後で争うような激しく荒々しい声を耳にした。巡査だろう。すでに市中で巡査を見かけていた。私は平然と歩を運び、後方へ聞き耳をたてた。目をつけられたのはこの私であることに、すぐ気づいた。四人の巡査が、無粋にもそのうち二人は銃で武装しており、私の前を通り過ぎ、ぶつぶつ言いながら数歩あるくと引き返してきて、私を取り囲んだ。かれらは、私が何者で、ここで何をしているのかと聞くので、「徒歩でアッシジを通過する異国の者です。御者はそのままフォリニョへ向かわせました」と答えた。辻馬車の代金を払ったのに、歩いているというのが腑に落ちなかったらしい。かれらは「グラーン・コンヴェント[35]へは行きましたか」と尋ねた。「行きません。あの建物は昔から知っているけれど、私は建築家なので、今回はマリア・デッラ・ミネルヴァだけを視察しました。あれはあなた方もご存じのように、模範的な建物です」と断言した。かれらもそれを否定しなかったが、私が聖フランチェスコに参詣しなかったことをひどく悪くとり、私の商売は禁制品の密輸入であろうと嫌疑をかけた。

そこで私は「旅嚢（のう）も持たず、ポケットも空っぽで、ただ一人往来を行く者を密輸入者と思うとは、笑止千万ですね。一緒に町へひきかえし、行政官のところへ行って書類を見せれば、行政官は、私が後ろ暗いところはまったくない外国人だと認めるでしょう」と申し出た。するとかれらは何やらつぶやき、そんな必要はないと言った。私があくまでも厳然たる態度を持したので、かれらはとうとう再び町の方へひきかえして行った。かれらの後姿を見送ると、前景にはこの無作法な連中が、そして背景に

35　フランチェスコ派の修道院。

は愛すべきミネルヴァの姿が浮かび上がった――ミネルヴァが私をもう一度、いとも親しげに慰めるように見つめていた。それから聖フランチェスコの陰気なドームを左手に眺めながら、さらに歩き続けようとすると、先ほどの武装していなかった巡査が仲間から離れ、馴れ馴れしい様子で私のほうへ近づいてきた。挨拶しながら彼はすぐに、

「旅のお客さん、せめて私に酒手ぐらいくれても……。断言するけど、私はあなたをすぐに立派な方だと思い、声を大にして仲間にそう説明したんだから。でも奴らは短気で、すぐにかっとなるし、人を見る目がない。私は真っ先にあなたの言い分に同意して、一目おいたんですよ。旦那だって、それに気づいたでしょう」と言った。私はそのことで彼を褒めてやり、

「信仰や芸術のためにアッシジへ来る、ちゃんとした外国人、特にこの町の名誉のために、まだ一度もただしい見取り図も描かれておらず、銅版画にもなっていないミネルヴァの神殿を、これから測定し図取りしようとする建築家たちを守ってほしい。かれらに手を貸してあげれば、きっと感謝されるよ」と言って、銀貨を二、三枚彼の手ににぎらせると、彼は予想以上の心づけに喜んだ。

「どうかまた来てください。特に聖フランチェスコの祭礼を見逃しちゃいけません。かならずや信仰心が深まり、楽しめます。そうそう、当然ながら、いい男がいい女に御用がおありのときは、私がお薦めの、アッシジきってのおしとやかな美女が喜んで接待すること、請け合いです。今晩にも聖フランチェスコ様のお墓にお詣りして、旦那のこともお祈りし、これから先の旅のご無事を念じましょう」と誓いながら去って行った。こうして私たちは別れた。そして私は、ふたたび自然と自分のみを友とすることの幸せに浸った。フォリニョへの道は、私がこれまでに辿ってきた、もっとも美しく、もっとも気持ちのよい散歩道のひとつだった。たっぷり四時間かけて、右手に見事に耕された谷間を見ながら山沿いを歩いた。

イタリアの辻馬車は乗り心地が悪く、辻馬車のあとを気楽に徒歩でついて行くことができれば、それがいちばんいい。フェラーラからここまで、私はいつもそんな風にだらだら歩いてきた。このイタリアは、たいそう自然に恵まれているけれども、もっと便利で活気ある生活の基礎となるべきあらゆる機械工学の面では、いぜんとして他国にはるかに遅れをとっている。辻馬車の車はいまなおセディア、つまり安楽椅子と呼ばれるもので、これはたしかに女性や老人や貴人をのせてラバに運ばせた、あの昔のかごから発達したものだ。かごの轅の横につないだ後部のラバの代わりに、二つの車輪を下にすえつけたもので、それ以上の改良はほどこされていない。旅客は数百年前と同じように、いぜんとしてユラユラ揺られてゆく。イタリア人は住居その他、万事こんな風である。

人間がたいてい青天井の下で暮らし、時折やむなく洞窟に引っ込むこともあった簡素な生活における、ホメロスに見られるような最初の詩の理念をいまなお実感したいなら、この辺の建物、特に洞窟の意義をそなえ、洞窟の味わいをかもしだす田舎の建物のなかに入ってみなければならない。人々は信じられないほど暢気(のんき)で、もの思いにふけって老け込んだりしない。前代未聞の気楽さで、冬や夜長の日々に向かう備えを怠り、そのために一年のかなりの時期をひどくみじめに暮らす。このフォリニョで、「カナの婚礼」[36]の絵にあるように、皆が大広間の燃える火の前に集まり、叫び、騒ぎ、長い食卓でご馳走を食べている、ホメロス風[37]の家のなかで、これを書き留める機会を得た。こんな状況では思いもよらぬことだが、インク壺を持って来させる人がいたのである。しかしこの字面を見れば、書き心地が悪くて人泣かせな机で書いていることがわかるだろう。

いまや、あらかじめ準備もせず、案内もなくこの国へ来るとは無鉄砲だったとつくづく感じる。種々さまざまな貨幣、辻馬車や物価、お粗末な宿などが毎日、頭痛の種で、私のように初めてひとり旅をし、しかも絶えまなく楽しみを味わうことを期待し、それを求めてきた者は、ひどく情けない思いをするはめになる。しかし私はどんな代価を払おうとも、この国を見ることだけを望んだのだ。たとえイクシオンの車輪にし[38]ばられてローマへ引っ張っていかれようとも、文句を言う気はない。

テルニにて、十月二十七日、夕

一年前の地震で被害を受けた、洞窟のような宿にまたしても座っている。町はなか

36 旅日記によるとゲーテは一七八六年十月三日、ティントレットが描いた「カナの婚礼」に感嘆している。

37 ホメロスの『オデュッセイア』に登場するような古代ギリシアのシーン。大広間で家じゅうの者が火のまわりに集まっている様子をさす。

38 イクシオンはギリシア神話の人物でラピタイ人の王。ジュピターの妻である女神ヘラに恋をし、ジュピターによって冥府で燃えさかる火焔の車に縛りつけられた。

なかよいところにあって、市街をひとわたり見物する途上で、この地域を楽しく眺めた。山あいの美しい平野のとっつきにあって、山はやはりすべて石灰質でできている。ボローニャが向こう側、このテルニはこちら側で、ともに山並みの麓（ふもと）にある。

さて、例の教皇庁の士官は去っていき、いまは司祭が道連れである。この人はむしろ自分の境遇に満足していて、むろん私を異端者と見抜いているが、私の質問に対して、儀式やその他の関係事項について喜んで教えてくれる。私はいつも新しい人たちの仲間入りをすることで、じゅうぶん目論みを達成している。まず、その国の人どうしで話し合っているのに耳を傾ける。そこには、なんと国全体の生き生きした姿があることか。かれらは奇妙にもみな仇（かたき）同士で、実におかしなお国自慢、町自慢をやり、互いに折り合うことができない。諸々の階級の争いが絶えず、しかもすべて血気盛んな激しい熱情をもって行われるので、一日じゅう喜劇となり、自分をさらけ出すが、同時にのみこみも早く、よそ者が自分たちの行状に順応できない場合にはすぐさま気づく。

スポレート山に登り、山から山へ橋渡しになっている水道[39]の上にあがった。谷にまたがる十個のアーチは煉瓦でできており、幾百年も静かにそこに在り、清水はいまなお、スポレート山中のいたるところに滾々と湧き出てくる。これは私が目にする三番目の古代建造物で、いずれも同じ大いなる精神に発している。市民の目的にかなう第二の自然であること。これが古代人の建築術であり、円形劇場も神殿も水道もすべて[40]そのように造られている。道理でやりたい放題の建造物が厭わしく感じられたわけだ。いまになってようやくわかった。たとえば、ヴァイセンシュタインの冬の館[41]などは愚の骨頂で、巨大な砂糖菓子の頭飾りのようなもので、他にもこうした類のものは星の数ほどある。だが、それらはみな死産児のごとくそこに建っているにすぎない。真の内なる生の基盤をもたないものは、生命をもたず、偉大であるわけがなく、偉大になることもできないのだから。

この八週間、どんなに喜びに浸り、見識を深めたことだろう。だが苦労も十分味

39　ポンテ・デレ・トッリのこと。ローマ時代の基礎の上に十四世紀に改修して造られた。十八世紀には観光名所となる。

40　円形劇場はヴェローナに、神殿はアッシジに、水道はスポレートにある。

41　カッセル近郊のヴィルヘルムスヘーエ城の公園にある八角形の幻想的な館で、天辺に高さ十メートルのヘラクレス像が載っている。

わった。いつも目を見開き、対象を正しく自分のなかに刻もう。できることなら、いっさいの判断を控えたい。

サン・クローチェフィッソー[42]は路傍の風変わりな礼拝堂である。昔、ここにあった神殿の遺跡ではないと思う。円柱や支柱や梁木などを拾い集めて継ぎ合わせたもので、馬鹿げているとまでは言わないけれども、むちゃくちゃな造りである。言葉で書き記すのはむりだが、どこかで銅版画になっているかもしれない。

古代とはどういうものか理解しようと努めても、廃墟と向かい合うしかなく、それらの廃墟を材料として、まだ把握できていないものをまがりなりにも組み立てていかねばならないとしたら、やはり妙な気持ちになってくる。

しかし古典の地と呼ばれる場所は、事情がちがう。空想的な態度をとらずに、その地をあるがままにリアルに受け取るなら、その地はつねに偉業を生みだす決定的な現場となる。そこで私はこれまでも地質学や風土を見る目をはたらかせ、想像力や感情を抑えて、それぞれの地方を自由に明確にじっくり観察してきた。すると奇しくも生気に満ちあふれた歴史が仲間入りしてくるのだが、自分でもどうなっているのかよくわからない。そこでローマに行ったら、ぜひタキトゥス[43]を読んでみたいと切望している。

天候にも触れないわけにはいかない。ボローニャからアペニン山脈を登ってきたとき、雲はあいかわらず北方へ動いていたが、その後は方向が変わってトラシメノ湖の方へ動いていった。ここで雲は停滞していたが、ときには南へ向かう雲もあった。こういう風に、ポー河の大平野は雲を夏じゅうチロルの山地へ送っていたが、いまは一部をアペニン山脈に送っている。そのせいで雨期がくるのかもしれない。

オリーブ摘みがはじまった。ここでは手で摘むが、他の場所では棒でたたき落とす。冬の訪れが例年よりも早いと、残りの実は春までそのまま樹につけておく。今日は石だらけの地面に、大きな古木を何本も見た。

ミューズの恩寵は、デーモンのそれと同じで、必ずしも時を得て訪れるわけではない。私は今日、まったく時宜を得ていないものを書いてみたいという気持ちにかられ

42 四世紀に建てられ、中世中期に修復され、十八世紀に損傷を受けている聖サルヴァトーレ教会のことではないかと推測される。

43 ローマ帝政初期の歴史家（五五～一二〇）。フォルクマンの『イタリア案内』には、彼はこの地テルニ（ローマ時代のインテラムナ）で生まれたと書かれていた。現在はベルギカ（現ベルギー）生まれが定説となっている。

た。カトリックの中心地ローマに近づき、カトリック教徒に囲まれ、司祭とともに同じ馬車の座席(セディア)に押し込められ、感覚をとぎすませて、真の自然と高尚な芸術を観察し把握しようと努めていると、私の心にはっきりと、いまの世は原始キリスト教のあらゆる痕跡が消え失せているという思いが浮かんだ。実際、使徒列伝にみるような純粋さでキリスト教を思い浮かべてみたとき、あのなごやかな初期においてすら、奇異で奇怪な異教が重くのしかかっていることに戦慄を禁じえなかった。そのとき、あの「永遠のユダヤ人」[44]のことがふたたび頭に浮かんだ。彼はこうした不可思議な出来事の展開と発展に居合わせた人であり、またキリストが戻ってきて自分の教えの実りを探し求めると、二度目の十字架にかけられそうになるという、あの奇妙な事態を体験した人物である。私は「われふたたび十字架をうけんがために来れり」というあの伝説[45]を、悲劇的結末の題材に用いてみたいと思った。

こうした数々の夢想が眼前に浮かんでいる。というのも、もどかしく先を急ぎ、着替えずに眠り、夜の明けぬうちに起こされては急いで馬車に乗り、夢うつつのうちに昼の世界に向かって走り、次々と頭に浮かぶ空想に身をまかせるのが、いまはなによりも好ましいことなのだから。

チーヴィタ・カステッラーナにて、十月二十八日

最後の晩をおろそかにする気はない。まだ八時にもならないのに、皆はもう床につき、私はなおも過ぎ去ったことをしのび、眼前に迫った未来を楽しみにしている。今日はうららかなすばらしい日で、朝はたいへん寒く、日中は晴れて暖かく、夕方には少し風が吹いたが、結構な日和だった。

テルニをたいそう早く出発し、夜の明けぬうちにナルニに登ったので、あの橋[46]は見られなかった。谷間も平地も、近景も遠景もすばらしい地で、すべて石灰の山だ。他の岩石はあとかたもない。

オトリーコリは、以前の水の流れによって堆積された砂礫（されき）の丘の上にあり、河の向こう側から運ばれてきた溶岩で築かれている。

44　ゲーテは一七七四年に断篇としてではあるが、「永遠のユダヤ人」を書いている。
45　殉教者として死を逃れたペテロが十字架を背負ったイエスに出会い、「主よ、いずこに行き給うや」と尋ねると、イエスは「われふたたび十字架をうけんがために来れり」と答えたという伝説。
46　ネーラ橋。アウグストゥス皇帝がフラミニア街道のために造った。

橋を渡るとすぐに火山岩の地形になる。実際に溶岩の下にあったのか、それとも以前からあった岩石が焼けて変質したのかは定かでない。灰色の溶岩と呼びたいような山に登る。溶岩は白い、ざくろ石のような結晶体を多く含んでいる。山からチーヴィタ・カステッラーナへ行く街道は、やはりこの石でできていて、たいへん美しくなめらかに踏み固められている。町は火山質の凝灰石でできているから、この岩のなかを探せば、灰や軽石や溶岩のかけらが見つかると思った。城からの眺めはすばらしい。ソラクテ山はぽつんと離れて絵のように美しく、おそらくアペニン山脈に属する石灰山であろう。火山帯はアペニン山脈よりはるかに低くなっていて、ただそこを貫いて流れる急流が、この区域から山と岩とを造り上げた。それとともに、絵のように美しい風物、きりたつ岩瀬、その他の偶然が織りなす景観が生まれたのである。

　さて明日はいよいよローマだ。いまでもまだ信じられないくらいで、この宿願がかなったなら、あとは何を望んだらよいのだろう。夢にみた雉（きじ）の小舟[47]に乗って、つつがなく故郷に上陸し、友人たちの元気で嬉しそうな好意に満ちた顔を見る以外は、何も望まないといってよい。

47 一七八六年十月十九日付けの夢の話、二〇五頁参照。

ローマ[1]

ローマにて、一七八六年十一月一日

ようやく口を開いて、友人たちに晴れ晴れとした気持ちで挨拶を送ることができる。これまで内緒にしてきたことや、いわばお忍びの旅についてはご容赦ねがいたい。どこへ行くのか自分自身にも敢えて明言せず、旅の途上でも案じていたくらいなのだから。ポルタ・デル・ポポロ[2]の下を通ったとき、はじめてローマに着いたと実感した。

いまこそ言わせてほしい――ひとりで見るとは思いもよらなかった史跡の近くにあって、私は何千回も、いや常に君たちのことを思っていると。だれもが身も心も北方に縛りつけられていて、南国へ惹かれる気持ちが消え失せているのを見たからこそ、私は長い孤独な旅に出て、抗しがたい欲求で私を引き寄せる中心地を訪れようと決心できた。この数年間、それは一種の病のようなもので、それを癒やすには、この地を実際に眺め、この地に身をおくしかなかった。いまだから白状してもよいが、ついには一冊のラテン語の書も、一枚のイタリアの風景画も、もはやこれを眺めるに堪えなかった。この国をこの目で見たいという欲望は、成熟の度を越していた。しかしそれが満たされた今は、友人たちや故国が心底なつかしくなり、いよいよ帰還が願わしいものとなっている。これほど多くの貴重な土産を、独り占めして自分だけの利益をはかるのではなく、自他ともに生涯の導きとし、励みにしようとはっきりと思っているだけに、いっそう帰国の日が待ち遠しい。

ローマにて、一七八六年十一月一日

そうだ、とうとうこの世界に冠たる都に到着したのだ！　もし十五年前によき同伴者に恵まれ、賢明な人物に先導されてこの都を見たのなら、運のよさを自賛したこと

1　この章はシュタイン夫人、ヘルダー、カール・アウグスト公およびヴァイマールの友人一同に宛てた手紙を基に編纂された。
2　ローマの北門で、市にはいる外国人はかならずこの門を通らねばならない。

ゲーテ作、北側から見たローマ（ポルタ・デル・ポポロ）。「ポルタ・デル・ポポロの下を通ったとき、はじめてローマに着いたと実感した」

だろう。しかしたった一人でこの都を訪れ、自分の目で見る定めであるなら、このように年をとってから、この喜びを授かってよかったと思う。

チロルの山々は、いわば飛び越してきた。ヴェローナ、ヴィチェンツァ、パードヴァ、ヴェネツィアなどはよく見て、フェラーラ、チェント、ボローニャはざっと見て、フィレンツェはほとんど見ていない。ローマへ行きたくて矢も盾もたまらず、その欲望は一瞬ごとにつのり、もはや足を留めるわけにいかず、フィレンツェには三時間しか滞在しなかった。

いまここに到着して穏やかな気持ちになり、生涯にわたる落ち着きを得たような気がする。すなわち、ところどころ通暁しているものでも、その全体をまのあたりにするとき、新たな生がはじまると言えるのかもしれない。わが青春の夢という夢がいま、活気を帯びて目の前にある。私のおぼえている最初の銅版画——父はローマの全景図を控えの間にかけていた——を、いま本当にまのあたりにしている。絵画や素描、銅版画や木版画、石膏やコルク細工として馴染んできたものが、すべて、いまや相並んで私の前に立っている。目新しい世界なのに、どこへ行っても、すでに知っているものに出会う。なにもかもが思い描いていたとおりなのに、みずみずしい。観察や着想についても同じことが言える。まったく新たな思想を得たわけでも、まったく異質のものを発見したわけでもないのに、前々からの観察や着想がたいへん明確で、生き生きした、繋がりあるものとなったので、それらは新たなものとして通用しそうだ。

ピグマリオン[3]が心のままに形作り、芸術家として可能なかぎり、真実と生命を吹き込んだエリーゼが、ついに彼のもとへ進み出て「わたしよ！」と言ったとき、生身のエリーゼと、石の彫像とはどんなに違っていたことだろう！

このまことに感覚的な国民のもとで生活することは、内面的にいかに私のためになることだろう。イタリア人についていろいろ論じられ、書かれているが、よそ者はみな、自分が持ち合わせている尺度にしたがって判断をくだすものである。この国民を非難し悪しざまに言う者がいても、許してあげよう。この地の人々はドイツ人とはあまりにもかけ離れていて、異国の旅人としてかれらとつき合うのは難儀だし、出費もかさむ。

ローマにて、十一月三日

ローマへ急ぐもっともらしい主な理由のひとつに、十一月一日の万聖節がある。すなわち、この国では聖者ひとりひとりのために盛んな祝祭があげられるのだから、ましてやよろずの聖者の祭はどんな風になるのだろうと思っていた。しかし、それはひどい勘違いだった。ローマ教会は目立つ一般的祭典は好まず、各教団は個々別々にその守護聖人の記念を静かに祝う。つまり、各聖者がその栄光に輝くのは、その命名日の祝いと、もともとその聖者に捧げられた記念祭である。でも一昨日の万聖節は、私にはたいへん好都合だった。教皇は万霊の記念の祭をクィリナーレ[4]の礼拝堂で行い、だれもが入場できる。私はティッシュバインとともにモンテ・カヴァッロ、すなわち宮殿前の広場へ急いだ。広場は実に独特で、均整はとれていないが、雄大で好ましい。あの二つの巨大な像が目に入った！　しかし把握す[5]

3　ローマの詩人オウィディウス（前四三〜後一七頃）の『変身物語』によれば、キプロスの王で彫刻家のピグマリオンは自分のつくった彫像に恋をし、女神アフロディテに願ってその彫像に生気を与えてもらい、妻とする。後にスイスの文献学者・詩人ヨハン・ヤーコプ・ボードマー（一六九八〜一七八三）は『ピグマリオンとエリーゼ』（一七四九）のなかで、この彫像にエリーゼという名を与えた。

4　ローマ七丘の一つ。この丘の上の宮殿の名でもある。

るのに十分な眼力も眼識もない。私たちは群衆とともに華麗で広大な中庭を通り、広すぎる階段をのぼっていった。礼拝堂に面し、一列に並んだ部屋が眺められる玄関の間にはいると、キリストの代理人（ローマ教皇）とひとつ屋根の下にいるのだという、なんとも不思議な気持ちになった。

式典ははじまっており、教皇と枢機卿たちはすでに会堂にいた。教皇はじつに立派な、威風堂々たる方で、枢機卿たちは年齢も風采もさまざまだった。

教会の首長たる教皇が黄金の口を開き、聖者の霊たちのたとえようもない至福について法悦に浸って語り、私たちをも法悦に浸らせてくれたならという、不可思議な願望が私をとらえた。しかし教皇が祭壇の前をあちこち動き、こちら側を向いたり、あちら側を向いたりして、ありふれた坊主のようにふるまい、つぶやくのを見ると、プロテスタント的な原罪が頭をもたげてきて、この周知の、ありきたりのミサ式典はどうにも好きになれなかった。福音書からわかるように、キリストは語ることを好み、才気煥発で巧みな語り手だったから、すでに少年のときに聖典をみずから講説（こうせつ）し、青年時代にも黙しておらず、教えをたれ、感化をおよぼしていたではないか。もしキリストがここにあらわれて、地上におけるわが似姿である教皇が何やらぶつぶつ言って、あちこちよろめく姿を見たならば、はたして何というだろう、と思った。ふと「われふたたび十字架をうけんがために来れり」という、あの聖句が心に浮かんだ。[6]私は絵画のある丸天井の広間へ行こうと、同伴者の袖をひっぱった。

そこには大勢の人がすばらしい絵画を注意深く眺めていた。この万聖節は同時にローマのあらゆる芸術家の祭典でもあるのだ。礼拝堂と同じように、全宮殿と全部の部屋が、この日は何時間も無料公開されていて、だれもが自由に出入りできる。チップもいらないし、番人に急き立てられることもない。

壁画に惹かれた。ほとんど初めて耳にする名だが、すぐれた画家たちを新たに知り、たとえば晴朗なカルロ・マラッティ[7]を敬愛するようになった。

5　ヨハン・ハインリヒ・ヴィルヘルム・ティッシュバイン（一七五一～一八二九）。ドイツ、ヘッセンの画家。一七七九～九九年イタリアに滞在。肖像画・歴史画・風景画を描く。この間にゲーテと親交を結ぶ。彼の描いた「カンパニアのゲーテ」は有名。一七八六年十二月二十九日付け、三〇〇～三〇三頁、注60参照。

6　一七八六年十月二十七日付け、夕、二三四頁、注45参照。

7　ローマ派の画家（一六二五～一七一三）。

特に嬉しかったのは、画風に感銘をうけていた芸術家たちの傑作に接したことである。グエルチーノの聖女ペトロニラを感嘆しながら眺めた。これはかつてサン・ピエトロ教会にあったもので、いま、そちらにはオリジナルの代わりに、モザイクによる模作がかかげられている。聖女の遺体が墓穴からあげられ、同一人物が復活して天国で神々しい青年に迎え入れられる。たとえ、このご都合主義的なストーリーに異論があろうとも、この絵には、はかりしれないほどの価値がある。

ティツィアーノの絵[8]の前ではさらに驚嘆した。私が今までに見たすべてを凌駕する輝きを放っている。私の見る目が養われたのか、それとも本当にこれが最もすぐれた絵なのか、自分でも判断できない。刺し子の、いや、金糸で縫い取りをした、ごわごわの大きなミサの式服が、堂々たる司教のからだを包んでいる。彼は左手に重そうな司教杖(じょう)をもち、歓喜のまなざしで上空をみつめ、右手には書物をもち、その書物から、いましがた神の霊感を受けたばかりのように見える。背後には美しい乙女がヤシの葉を手にし、開かれた書物にあどけなく目を注いでいる。これに対して右側の厳粛な老人は、その書の近くにいながら、それには目もくれないようだ。手にもっている鍵で、みずから天国の扉を開く自信があるのかもしれない。

この一群と相対して、裸で縛りあげられ、矢で傷ついた立派な体格の若者がぼんやりと前方を見つめ、つつましく帰依の情をしめしている。その中間には、二人の僧侶が十字架とユリをたずさえ、敬虔な態度で天上の人々を仰いでいる。上方には天上の人々を囲む半円の壁がひらけていて、そこには天の栄光のなかに、下界へ心をよせる聖母の姿が描かれている。その膝に抱かれている元気のよい活発な幼子は、快活な身ぶりで花輪をさしだし、いや、それを投げ落とそうとするかに見える。両側には天使たちがたくさんの花輪を用意して、宙に浮かんでいる。これらすべての上方に、そして三重の光の輪の上方には、天のハトが、中心となり要石（かなめいし）となって君臨している。

これらのさまざまな不釣り合いな人物たちを、かくも巧妙に意味深くまとめあげることができたのは、思うに神聖な昔からの伝統がその根底にあるからにちがいない。そのへんの事情や理由は詮索せず、あるがまま眺め、はかりしれないほどの値打ちを

8 「サン・ニッコロ・ディ・フラーリの聖母」。描かれている人物は、聖者ニコラウス、カタリナ、ペテロ、セバスティアンの四人と、二人の僧アッシジのフランチェスコとパードヴァのアントニウス。

もつ芸術に感嘆するほかない。

礼拝堂にあるグイドの壁画は不可解というより、神秘的である。無邪気で、このうえなく愛らしく敬虔な乙女がどこを見つめるともなく静かに座り、縫い物をしている。そのかたわらで二人の天使が彼女にかしずき、合図を待ち受けている。みずみずしく汚れなき心を傾ければ、天上的なものが護り崇めてくれることを、この愛すべき絵は伝えている。聖人伝も解説もいらない。

ところで、真面目な芸術談議をやわらげる快活な珍事をひとつ。ティッシュバインの知り合いだという幾人かのドイツの芸術家たちが、私の顔をじろじろ見ては行ったり来たりしているのに気づいた。ティッシュバインはしばらく私のそばを離れ、また戻ってきて言った。

「実に愉快なことがありますよ！　あなたがここにいるという噂がすでに広まっていて、芸術家たちは、唯一の見知らぬ旅人がどうもゲーテらしいと注目しはじめたのです。私たちのなかにかねがね『自分はゲーテとつき合いがあった。それどころか友人として親しかった』と主張する男がいて、私たちは半信半疑でした。この男はあなたを観察し、疑念をはらすように求められると、こともなげに『あれはゲーテではない。

容姿も容貌も、ゲーテとは似ても似つかぬ赤の他人だよ』と言ってのけたのです。だから少なくとも今のところ、お忍びの旅[10]はばれていませんし、あとになれば、笑いのたねになるでしょう」

そこで私は、前よりも遠慮なく芸術家の群れにまじり、その手法をまだ知らなかったさまざまな絵の作者のことなどを尋ねた。最後に、竜を退治して乙女を救った聖ゲオルクの絵[11]に特に惹かれた。だれもその作者の名を知らなかった。そのとき、小柄で慎み深く、それまで沈黙を守っていた男が進み出て、「あれはヴェネツィア派のポルデノーネの作で、彼の全技量をうかがうことができる傑作のひとつです」と教えてくれた。そこで私は、この絵に惹かれたわけがよく分かった。この絵に引きつけられたのは、すでにヴェネツィア派にじゅうぶん親しみ、その大家の長所を高く評価していたからである。

9　グイド・レーニがマリアの生涯を描いたフレスコ壁画。一六一〇年作。
10　ゲーテはヨハン・フィリップ・メラーの仮名で商人もしくは画家を名乗っていた。
11　以前はポルデノーネ作とされていたが、いまは同じくヴェネツィア派のパリス・ボルドーネ（一五〇〇〜七一）作とされている。

これを教えてくれた芸術家は、ハインリヒ・マイヤー[12]というスイス人だ。彼は、ツェラという友人とともに、数年前からこの地で研究を続けており、イカ墨からつくったセピア色の絵の具で古代の胸像を見事に模写し、美術史にも精通している。

ローマにて、十一月七日

ここへ来て七日になる。次第に私の心のなかに、漠然とではあるが、この都の輪郭が浮かびあがってきた。私たちは熱心にあちこち見学し、私は古いローマと新しいローマという両方の地図を頭に入れて、廃墟や建物をながめ、あれこれの別荘を訪ねる。もっとも注目すべき名所はこれからおもむろに研究することにして、いまはただ目を見開いて眺め、あちこち歩きまわっている。ローマに対する下準備は、ローマでしかできないのだ。

しかし白状すると、新しいローマから古いローマをより分けるのは、厄介な悲しい作業である。だが、やむを得ないし、最後に得られる充足感ははかりしれぬものだろう。この地では、荘厳さのなごりと、破壊の痕跡に出会うが、どちらも想像を絶するほどである。野蛮な破壊行為をまぬかれた古代建築も、新しいローマの建築家たちによって荒らされてしまった。

二千年、あるいはそれ以上の歳月を経てきたもの、移り変わる時代とともにさまざまに根本から変化したものを見るとき、あるいは昔と変わらぬ土地や山、それどころか、しばしば往年のままの円柱や城壁、民衆に昔ながらの特色ある面影を見るとき、ひとは命運という大いなる神意にあずかっているのだという思いにかられる。またローマの連綿たるつながりを、それも新旧ローマがいかにつながっているかばかりでなく、新旧ローマのさまざまな時期がいかにつながっているかを明らかにしようとすると、観察者は端(はな)から困難にぶつかる。そこでまず第一に、半ば隠蔽(いんぺい)された諸点を私自身が感じ取るようにつとめたい。十五世紀より今日にいたるまで、すぐれた芸術家や学者たちがこれらのテーマの研究に一生をささげてきたが、そうした立派な先行研究を完全に活かせるのは、そのあとである。

最高の対象に達しようとローマをあちこちかけまわるとき、私たちは、こうした歴

12　チューリヒ出身の画家で美術史家（一七六〇〜一八三二）。のちにゲーテの親しい友人となる。

ゲーテの足跡（ローマ）
テヴェレ河
ボルゲーゼ画廊
（美術館）
ポルタ・デル・ポポロ
（ポポロ門）
システィナ
礼拝堂
モンテ・チトーリオ
広場
スペイン
広場
コルソ通り
サンタンジェロ城
バルベリーニ宮
（現・国立古典絵画館）
ヴァチカン
サンタンドレア・アル・
クィリナーレ教会
パンテオン
アントニヌス
記念柱
サン・
ピエトロ
教会
ヴェネツィア
宮殿
クィリナーレ宮殿
ジュスティニアーニ
宮殿
コロンナ美術館
サン・スピリト
病院
ヴァッレ劇場
トラヤヌス記念柱
サンタ・マリア・
マッジョーレ教会
サンタンドレア・
デッラ・ヴァッレ教会
カピトリーノ
の丘
ヤニクルムの丘
サンタ・マリア・
イン・アラコエリ教会
コロッセオ
アルジェンティーナ
劇場
サン・ピエトロ・イン・
モントリオ教会
パラティーノの丘
サンタ・チェチーリア・
イン・トラステヴェレ教会
サン・パウロ門
ケスティウスの墓
城壁
ローマ
マクセンティウスの競馬場
アッピア街道
メテッラの霊廟
0
500
1,000m

史から立ち昇る底知れぬ力に静かに感化されてゆく。他の土地では意義深いものを探しまわるのだけれども、当地には意義深いものが充満していて、それに圧倒される。宮殿と廃墟、庭園と荒野、遠望と小景、家々、厩、凱旋門と円柱が、一枚の絵におさまるほど、しばしば近くにかたまっていて、いたるところで、あらゆる流儀の風景画がくりひろげられてゆく。それらは無数の筆で描かれるべきものであり、一本の鵞ペンで何ができよう。それに、「見る」と「驚く」の連続で、晩になると、くたくたに疲れ切ってしまう。

一七八六年十一月七日

今後、私が多くを語らなくなっても、友人たちよ、許しておくれ。旅行中、ひとは道すがら自分にできるものをかき集めて拾い上げ、日毎に新たなことがあり、それについて考えたり、判断したりするのに忙しい。ところが、ここでは大いなる学びの園に足を踏み入れたようなもので、一日の課業が多すぎて、それについて何も言えなくなってしまう。ここに何年も滞在して、ピタゴラス学派におけるような秘儀としての沈黙をまもるなら、きっと気持ちがよいであろう。

同じ日に

すこぶる体調がよい。ローマ人によると「よくない」天気で、日中は多少とも雨をともなう南風（シロッコ）[13]が吹く。でも私には、この天候が不愉快とは思えない。ドイツの夏の雨模様の日々とちがって、温かい。

十一月七日

ティッシュバインの才能、ならびに計画と芸術的見地を知るにつれて、ますます彼を高く評価するようになった。素描やスケッチを見せてもらったが、彼はよいものをたくさんもっていて有望である。チューリヒのボードマー[14]のもとに滞在したことで、彼の考えは人類の曙（あけぼの）、すなわち人類がこの地上におかれ、この世の支配者となって課題を解決せねばならなくなった時代へと向かうようになった。

全体への才気あふれる導入部として、彼は太古の世界を具体的に描こうと努めた。鬱蒼（うっそう）たる森の山々、渓流のほとばしる渓谷、火は消えたけれども、なおも静かに燻（くすぶ）る火山。全景には幾百年を経たオークが大地に印する巨大な幹、その半ばむき出しになった根に向かって、一頭の牡鹿が自分の角の力をためしている。構想もすぐれているし、できばえもよい。

それから人間を、地・空・水界のあらゆる動物たちに力では劣っても、知略にすぐれた馬術師[15]として描き出した、きわめて注目すべき一枚がある。構成はことのほか見事で、油絵にすれば絶大な効果をあげるだろう。この素描の一枚をぜひともヴァイマールに所蔵せねばなるまい。それから彼は、昔の賢人や世に定評ある人々の集いを題材にして、いま生きている人たちを描く機会をとらえようと考えている。しかし彼が最大の熱意をもってスケッチしているのは、二組の騎兵が互いにゆずらぬ気迫をもって攻撃しあう戦闘シーンである。しかもすさまじい絶壁、馬があらんかぎりの力

13 サハラ砂漠に発し、アフリカ北岸から地中海周辺に吹く熱風。

14 ボードマーについては二四三頁、注3参照。彼の叙事詩「大洪水」「ノア」「ヤコブとヨセフ」は族長時代を題材としている。ティッシュバインは一七八一、八二年にチューリヒに滞在し、彼と彼の作品を知った。

15 「知略にすぐれた馬術師」というのは、ティッシュバインの得意とする題材。「人間の長所」「理性のイメージ」として、彼は一七八六年から一八二一年にかけてくりかえし描いている。

をふるった場合のみ飛び越えられる絶壁が、両軍をへだてている。ここでは防御など思いもよらない。大胆な攻撃、荒々しい決意、成功か、さもなければ奈落の底へ落ちるか。この絵は彼が、馬およびその骨格・運動についての専門知識をぬきん出た方法で展開させる好機となるだろう。

彼はこれらの絵に加えて、一連の作品をつないだり挿入したりしてシリーズにし、詩と結びつけたいと願っている。つまり、詩が絵の解説となり、また明確な形を添えることで詩がより具体的かつ魅力的なものになればと願っている。すばらしい着想だが、ただ、そのような作品を仕上げるには、何年も一緒に過ごさねばならないだろう。

十一月七日

ラファエロの歩廊(ロージェ)[16]と「アテネの学堂」[17]という大作をはじめて見たが、あたかもところどころ消えかかった破損した手記からホメロスを判読せねばならないときのような具合である。「第一印象でじゅうぶん満足しています」というわけにはいかず、これから徐々に隅々まで見て研究しつくしたとき、はじめて「堪能しました」と言えるのだろう。聖書の物語を描いた歩廊の天井画は、保存状態がきわめてよく、昨日描かれたかのようにみずみずしい。ラファエロ自身の手になる部分はごくわずかでも、彼が下絵を描いて監督をつとめた作品で、じつにすぐれている。

十一月七日

私は以前、ときどき、ぜひとも確かな知識をもった人物、美術・歴史に精通したイギリス人にイタリアを案内してもらいたい[18]という妙な思いつきにかられた。ところが、それが今やすべて予想もしなかったほどうまく運んでいる。心からの友であるティッ

16　バチカンの歩廊に旧約・新約聖書から題材をとった壁画があり、「ラファエロのバイブル」と呼ばれている。

17　バチカンのラファエロ室にある大きな壁画。一五〇九〜一一年にラファエロが神学・哲学・文学・法律を寓意的に描いたもの。

18　グランドツアー、欧州巡遊旅行をさす。上流階級の子弟が美術・歴史に精通した教師に伴われて、教育の仕上げとして外国を旅行した。特に十八世紀にはイギリスで文学にも影響をおよぼした。

シュバインは長くこの地に暮らし、しかも私にローマを見せたいと願って過ごしてきた。実際に顔を合わせてからのつき合いは短いが、手紙でのつき合いは長い。ティッシュバイン以上に貴重な導き手はいないと思われる。たとえ私の時間が限られていても、できるかぎりのものを味わい学ぶつもりでいる。

ともあれ、いったんこの地を去っても、またやって来たくなることは疑いない。

十一月八日

私の一風変わった、酔狂とも言えそうな、半ばお忍びの旅は、想像もつかなかった利点がある。だれもが、私が何者であろうと知らん顔をすることになっており、したがって私を相手にゲーテの話をするわけにはいかず、話題はかれら自身や、かれらにとって興味あるテーマにかぎられてくる。おかげで私は、かれらが何に取り組んでいるのか、いかなる注目すべきことが生じて、それがどうなったのかを詳しく聞き知ることができる。

宮廷顧問官ライフェンシュタイン[19]は、私のこうした物好きに上手に応じてくれたが、ある特別な理由から私が用いた変名にがまんできず、急遽(きゅうきょ)、私を男爵にしたて、私は「ロンダニーニの向かいの男爵」[20]と呼ばれることになった。この名称があれば十分だ。イタリア人はもっぱら洗礼名やあだ名で人を呼ぶので、なおさらである。ともあれ、私は思いどおりにしているし、自分のことや仕事について釈明せずにすみ、あのきりのない煩わしさを免れている。

十一月九日

ときおり私ははたと歩みをとめて、すでに獲得したものの最高峰を眺める。好んでヴェネツィアのほうをふりかえり、知恵の女神パラス[21]が最高神ジュピターの頭から生まれたように、あの偉大なる都は海のふところから生まれたのだと思う。当地ではロ

19　ヨハン・フリードリヒ・ライフェンシュタイン（一七一九〜九三）。ロシアとゴータの宮廷顧問官。ヴィンケルマンの友人で、一七六三年からローマに住み、富貴な旅客の美術ガイドをつとめたり、美術品の仲介をしたりしていた。
20　ロンダニーニ宮殿。ゲーテはこの向かいに宿をとっていた。
21　ギリシア神話のパラス・アテナはローマ神話のミネルヴァにあたる。ゲーテはここでローマ神話とギリシア神話を混在させている。

トンダ[22]の内外の壮大さに感動し、喜んで敬意を払った。サン・ピエトロ教会では、芸術も自然も、そのすばらしさは一律に測れるものではないことがわかってきた。ベルヴェデーレのアポロンは、私を別天地へ連れ去った。どんなに精確な図面であっても、上述の建物をいかほども把握できないのと同じように、私が以前たいへん美しいと思っていた石膏の模造も、やはり大理石の本物とは比べものにならない。

一七八六年十一月十日

いまや当地でひさしぶりに澄んだ穏やかな気持ちで暮らしている。物事をあるがままに見て読み取る修練を積んできたこと、見る目を終始くもらせないこと、あらゆる思い上がりを完全に捨て去ること、こうしたことがまた役に立ち、ひそかに無上の幸福をかみしめている。日毎に新たな重要なものに注目し、日々、新鮮で壮大で珍しい風光に接していると、全体像が見えてくる。全体像というのは、長いあいだ脳裏に描き夢想しても、想像力では決して手に入らないものである。

今日はケスティウスのピラミッド[23]を見物にでかけ、夕方にはパラティーノの丘にのぼり、岩壁のようにそそり立つ宮殿の廃墟に立った。語るべき言葉もない。ほんとうに、ここには卑小なものは何ひとつない。非難すべき悪趣味なものがないわけではないが、そうしたものですら、普遍的偉大さにあずかっていた。

機会あるごとにみなが好んでするように、自分の心をじっくり観察すると、あえて口に出したいほどの限りない喜びをおぼえた。この地を真剣に見てまわり、見るべき目をもつ人なら、堅実にならざるをえないし、堅実とはどういうことか、かつてないほど生き生きと実感するにちがいない。

眼識があれば有能であるという刻印を押され、潤いある厳粛さと、晴れやかな落ち着きを得る。少なくとも私が、この地におけるほど、この世の事物を正しく評価したことはかつてなかったような気がする。この恵みがこれから私の全生涯にどんな効果をおよぼすのか、楽しみだ。

そういうわけで、なりゆくままに興奮に身をゆだねよう。そのうち自然に収拾がつ

22　神殿パンテオンのことで、雄大な円蓋建築であると同時に、古代ローマの原形をもっとも多くとどめている。

23　アウグストゥス時代の執政官ケスティウスの墓で、サン・パウロ門のかたわらにある。「パラティーノの丘」はローマ七丘中の中央丘。

くことだろう。ここに来たのは、自己流の享楽にふけるためではない。四十歳にならないうちに、大いなるものにいそしみ、学び、自分を磨こうと思っている。

十一月十一日

今日は水の精エゲーリアの洞窟[24]を見物し、次にカラカラの競馬場、アッピア街道沿い[25]の荒れ果てた墓地、堅牢な防壁工事とはいかなるものかをはじめて教えてくれるメテッラの墓[26]を訪れた。これらを造った古人は、永遠をめざして仕事をし、あらゆることを計算に入れていたが、破壊者の愚行だけは念頭になかった。こういう輩（やから）には降参するしかない。君[27]がここにいてくれたらと心から思う。大きな水道の遺跡はたいそう神々しい。かくも巨大な設備で国民の喉をうるおそうとする目標の、なんと立派で偉大なことか。夕方、円形劇場（コロッセオ）につくころには、すでに薄暗くなっていた。この円形劇場を眺めると、他のものがみな小さく見えてくる。心にとどめておけないほど大きいのに、回想するときは小さくなっていて、でも現場に戻ると、あらためて前よりさらに大きくなっているように思われるのだ。

フラスカーティ[28]にて、十一月十五日

一行の人たちはベッドにつき、私は貝殻に入れた写生用の絵の具の墨でこれを書いている。当地では二、三日、雨のない晴天がつづき暖かく、日ざしが心地よいので、夏を恋しく思うこともない。たいへん快適な地方で、町は丘というよりは、むしろ山麓にあるといったほうがよく、一歩あるくごとに、スケッチに適したすばらしい題材に出会う。

たいそう見晴らしがよく、ローマやその先の海が見え、右手にはティーヴォリの山々なども見える。この楽しげな地に惹きつけられて別荘が建ち並ぶ。古代ローマ人

24 王ヌマ・ポンピリウスの愛人だったという水の精。
25 マクセンティウスの競馬場。
26 三頭政治の執政官の一人クラッススの妻（嫁の説もある）チェチーリア・メテッラの墓。紀元前一世紀中ごろのもの。
27 ヘルダーをさすと推察される。
28 ローマの南東二十二キロの地。古代から富裕なローマ人の夏の別荘があった。前述のライフェンシュタインもここに別荘をもっている。

がここに別荘をもったように、百年も前、いや百年以上も前、富裕で豪奢なローマ人もやはり、このもっとも美しい場所に別荘を建てたのである。二日間この地を歩き回り、たえず何か新しいもの、魅力的なものに出会う。

それに夜はまた夜で、昼とは一味ちがう楽しみがある。恰幅（かっぷく）のいい宿の女主人が三本腕の真鍮製ランプを大きな円卓におき、「こんばんは」と言うと、みなが卓を囲んで集まり、昼のあいだに描いたもの、スケッチしたものを持ち出してくる。それについて「もっと適切な画題のつかみ方があったのではないか」とか「特徴がうまくとらえられているか」とか、「まず一般的に求められているものは何か、それをちゃんと最初の下絵の段階で伝えることができているか」といったことが論議される。

宮廷顧問官ライフェンシュタインはもちまえの洞察力と威光で、この会合を仕切り指導する。この賞賛すべき仕組みは、そもそもフィリップ・ハッケルト[29]がはじめたものである。ハッケルトは実際の景観を、このうえなく風雅に写生し仕上げるすべを心得ていた。彼は、プロの画家であれアマチュアであれ、老若男女を問わず、各人の才能と力量に応じて精進するように励まし、みずからも率先して範を示した。宮廷顧問官ライフェンシュタインは、友人ハッケルトが旅立ったあと、仲間を集めて楽しませることの流儀を忠実に引き継いだ。メンバーそれぞれの興味をかきたて、積極的行動を引き出してゆくやり方は、実に賞賛すべきものである。そうすると、さまざまなメンバーひとりひとりの素質と特性が、たおやかに際立ってくる。

たとえばティッシュバインは歴史画家として、景色をほかの風景画家とはまったく違った風に見ている。彼は、他の人なら何も気づかないようなところに、顕著な群像や、他の示唆に富む優美な題材を見出す。また、子供や農民や物乞い、他のそうした類の自然人、動物においてさえも、数々の人間味ある素朴な一瞬の表情をうまくとらえ、独特のわずかな描線で実に巧みにあらわすことができ、それによって歓談に、常にあらたな愉快な種を提供してくれる。

話の種が切れそうになると、同じくハッケルトの置き土産ともいうべき流儀で、みなでズルツァー[30]の『美学と諸芸術の一般理論』を読む。より高い立脚点に立つと、こ

29 ヤコブ・フィリップ・ハッケルト(一七三七～一八〇七)。ドイツの風景画家。ゲーテが彼に直接会うのは一七八七年二月二十八日、ナポリ滞在時である。三六九頁参照。

30 ヨハン・ゲオルク・ズルツァー(一七二〇～七九)。スイス出身の美学者で啓蒙主義の哲学者。主著『美学と諸芸術の一般理論』(全二巻、一七七一～七四、ライプチヒ)。

の著は必ずしも満足できるものではないが、それでも中級レベルの嗜(たしな)みのある方々にはよい影響をおよぼしているようで、その点は悪くない。

ローマにて、十一月十七日

私たちはローマに戻った！　今夜は雷鳴や稲光をともなう豪雨だった。いまも雨は降り続いているが、それでもあいかわらず暖かい。

今日の幸せを言い表そうとしても、言葉少なにならざるをえない。アンドレア・デッラ・ヴァッレ教会にあるドメニキーノのフレスコ壁画[31]と、ファルネーゼ宮のいわゆるカラッチギャラリー[32]を見た。むろん数ヵ月かけても多すぎるくらいなのだから、ましてや一日では……。

十一月十八日

ふたたび晴天で、明るく気持ちのよい暖かい一日だった。

ヴィラ・ファルネジーナで「プシュケーの物語」[33]を見た。私はこの絵の彩色した複製を自室に長いこと飾っている。それからサン・ピエトロ・イン・モントリオ教会ではラファエロの「キリストの変容」[34]を見た。なにもかも昔からよく知っている――ちょうど遠国にあって長く文通しているが、顔を合わせるのは初めてという友のように。しかし実物と対面し、空間を共にすると、まったく違ってくる。真の親近感も不調和もすべて、たちまちあらわになる。

また、銅版画や複写が世に広まっておらず、さほど評判になっていないとはいえ、すばらしい作品がいたるところにある。そういうものを幾つか、腕のいい若手の芸術家に写してもらって持ち帰ろう。

31 壁画は四人の福音書の著者を描いたものと、聖アンドレアスの生涯を描いたもの。
32 神話に取材したアンニーバレ・カラッチの天井装飾画（一五九七〜一六〇四）がある。
33 ギリシア神話に取材した壁画で、ラファエロの計画にしたがい、彼の弟子たちによって完成された。「複製」十枚は一六九三年にフランスの彫刻家ニコラ・ドリニィ（一六五八頃〜一七四六）によって作製された銅版画で、現在もゲーテ・ハウスにある。
34 現在この絵はバチカン美術館にある。

ラファエロ作、キリストの変容　1516–20 年

十一月十八日

ティッシュバインとは長年、手紙で懇意にしていたし、「たとえあだな望みであっても、イタリアへ行ってみたい」という願望を幾度か彼に打ち明けていたので、私たちの出会いは、たちまち楽しく実りあるものとなった。彼はいつも私のことを思い、配慮してくれる。古代人や近代人が用いた石材にも精通し、徹底的に研究しており、その際に、彼の芸術家としての眼力と、感性に訴えるものを喜ぶ芸術家気質がおおいに役立っている。彼はこの前、私のために選び抜いた標本コレクションを、ヴァイマールへ発送してくれた。この標本コレクションは帰国の際に私を歓待してくれるはずだ。その後また、重要な追加標本があることがわかった。いまはフランスに滞在し、古代の岩石に関する著書を書き上げようと考えている僧侶が、かつての布教活動の功徳でパロス島から立派な大理石の塊を手に入れた。その塊はこの地で標本に切断され、十二種ものさまざまな標本が私専用にとっておいてあった。きめの細かい粒から粗いもの、彫刻用のもっとも純度の高いものから、建築材に用いられる多少は雲母のまじったものまである。諸芸術に従事する際に、いかに素材についての正確な専門知識が芸術の価値判断に役立つか、一目瞭然である。

ここではそういったものを収集する機会がたっぷりある。ネロの宮殿の廃墟で、盛り土されたばかりのアーティチョークの耕地を通り過ぎたとき、私たちは、そこいらに幾千となくころがっている花崗岩、斑岩、大理石の板状の小片をポケットいっぱいにつめこまずにいられなかった。これらはかつて城壁をおおっていた石で、ありし日の壮麗さの汲めどもつきぬ目撃者といってもよいであろう。

十一月十八日

さて、問題をはらむ不可思議な絵画についても語らずにいられない。先に見たあの優れた諸作品と比べても、見劣りしない絵である。

すでに何年も前だが、美術愛好家でコレクターとしても有名なフランス人[35]がこの地に滞在していた。彼はフレスコ画の技法による「古代」の絵——だれひとり出所を知らない作品を手に入れた。彼はその絵をメングスに修復させ、自分のコレクションのなかでも逸品として所蔵していた。ヴィンケルマンがこの絵について、どこかで熱をこめて語っている。ガニユメードがジュピターにワインの杯を捧げ、お返しに接吻を受ける絵だ。そのフランス人は亡くなり、この絵を「古代の作品」として宿の女主人に遺(のこ)した。メングスは息をひきとるが、いまわの際に「あれは古代の作品ではない。私が描いたものだ」と言う。そこで、みなが論争する。「メングスが冗談でやっつけ仕事をした」という者もいれば、「メングスには決してあんな真似はできない。ラファエロ作としても、立派すぎるほどだ」と反論する者もいる。私は昨日、それを見たが、「頭部といい背中といい、このガニュメードの姿ほど美しいものは見たことがない」と言わざるをえない。他の部分はたくさん修復されている。そうこうするうちにその絵は信用を失い、かわいそうに宿の女主人は、だれにもそのお宝を買い取ってもらえずにいる。

一七八六年十一月二十日

どんな種類の詩であれ、挿絵や銅版画がついていればと願ったり、画家みずからが

35　一七六一年にローマで亡くなった騎士ディール・マーシリイのこと。「宿の女主人」はスミスという名のイギリス人。ヴィンケルマンは『古代美術史』でこの絵「ジュピターとガニュメード」を熱賛している。現在では一般にアントン・ラファエル・メングス（一七二八〜七九）作とみなされている。

ある詩人の詩句に克明に描き出した絵を献じたりしているのを、経験上じゅうぶん知っているので、詩人と画家が共同制作をこころみ、最初から一体化をはかるという、ティッシュバインの考えには大賛成である。その詩が、たやすく概観できて制作を促すような短い作品であれば、それだけ困難も減るだろう。ティッシュバインはこの点についても、たいへん好ましい牧歌的情景を脳裏に描いており、彼がこの方法で仕上げたいと願っているテーマが、詩だけでは、あるいは絵だけでは、十分に描ききれないようなものであるのは、まことに不思議な気がする。彼は散歩のときにその話をし、私にやる気を起こさせようとした。共同作品の表紙となる銅版画は、すでに構想ができている。新たなものにのめり込みそうな懸念はあるが、私はおそらく誘いにのってしまうだろう。[36]

ローマにて、一七八六年十一月二十二日、聖チェチーリアの日に

手短に記して、私が堪能したものを少なくともありのままお伝えして、今日という幸せな一日を鮮やかに覚えておこう。まことにうららかな、おだやかな天気で、空は晴れ渡り、日射しは温かい。ティッシュバインとともにサン・ピエトロ広場へ行き、

まずそこをあちこち歩き、暑くなると、大きな方尖塔(オベリスク)がつくる影――ちょうど二人分の日陰をつくっていた――のなかを逍遥し、近くで買い求めたブドウを食べた。それからシスティナ礼拝堂へ行くと、そこは明るく晴れやかで、絵画の照明も十分であった。ミケランジェロの「最後の審判」やさまざまな天井画をみて感嘆した。私はただもう眺めて驚嘆するほかなかった。巨匠の内なる確信に満ちた雄々しさ、偉大さはとても言葉で言いあらわせない。くりかえし眺めたあとで、この聖堂を去り、サン・ピエトロ教会へ向かった。それは晴れ渡った空からうららかな光を受けて、どこもかしこも鮮明に浮かび上がっていた。偉大さと壮麗さを堪能する鑑賞者として、あまりにも厭わしく分別くさい趣味に惑わされることなく楽しみ、辛口の批評はすべてひかえた。要するに、満喫すべきものを満喫した。

最後に教会の屋根にのぼり、整然たる市街を一望におさめた。家屋と倉庫、噴水(らしきもの)、教会と大殿堂、すべてが宙にうかぶようで、そのあいだには美しい散

36 ティッシュバインは「牧歌的情景」のシリーズを一八一九年から二〇年にかけて仕上げている。

歩道がある。さらに円蓋にのぼると、アペニン山脈の明媚な地域、ソラクテ山、ティーヴォリの方向には火山丘、フラスカーティ、カステル・ガンドルフォ、平原、そのまた向こうには海が見える。すぐ目の前にはローマ市全体が、山上の宮殿や丸屋根などを見せて大きく広がっている。風はそよとも吹かず、銅でできた円蓋のなかは温室のように暑かった。これらをすべて心にとめたあとで、そこを降り、丸屋根、円筒壁体（タンブール）、内殿などの軒蛇腹（コーニス）へ通じる扉を開けてもらった。それらのまわりを歩いて、上記の部分や教会を上から眺めることができる。円筒壁体（タンブール）の軒蛇腹に立つと、はるか下方では、ちょうど教皇が午後の祈禱をするために通り過ぎるところであった。これでサン・ピエトロ教会をあますところなく見物したわけである。私たちはまた下まで降り切って、近くの旅館で楽しく軽食をとり、チェチーリア教会へ出かけていった。人で埋め尽くされたこの教会の装飾を書き記すには、多くの言葉を要するであろう。建築に用いた石は今や、ひとつも見えない。柱は赤いビロードでおおわれ、金モールが巻きつけてある。柱頭（キャピタル）は刺繡したビロードでほぼ同じ形におおわれ、すべての軒蛇腹も、柱も同じようにモールとビロードがかけられていた。間合いの仕切り壁はみな鮮やかな画面で飾られ、教会全体にモザイクがちりばめられているように見える。

二百本以上のろうそくが主祭壇のまわりや横で点火し、壁一面、ろうそくで埋まり、本堂がくまなく照らし出されていた。側廊の祭壇も同じような飾りつけと照明であった。主祭壇から真正面、オルガンの下に、やはりビロードをかけた二つの台があって、いっぽうには歌手たちが、他方には楽器が並んでいて、たえず音楽が奏でられていた。教会は人でいっぱいだ。

ここで妙なる調べの音楽を聞いた。[37]ヴァイオリンその他の協奏曲はあるが、ここでは声による協奏曲で、たとえばソプラノのパートが主導的にソロで歌うと、コーラスがときどき加わってその伴奏をし、もちろんいつもオーケストラ付きだ。じつに感銘を与える。――一日に終わりがあるように、このへんでペンを置かねばならない。夕刻、オペラハウス[38]に到着すると、ちょうど『争う人たち』[39]を上演していたが、すぐれ

37　この日は聖女チェチーリア殉教の日で、チェチーリアは音楽と目の不自由な人の守護聖人。ゲーテが聞いたのは教会カンタータと推測される。

38　今日のヴァッレ劇場のこと。

39　ジャンバッティスタ・ロレンツィのジングシュピール『二人が争えば、三人目は喜ぶ（漁夫の利）』。

たものをたっぷり楽しんだあとなので、そのまま素通りした。

十一月二十三日

私の望むお忍びの旅が、「頭かくして尻かくさず」のダチョウのようにならないように、これまでの立場を主張しながらも、いくぶん譲歩している。敬愛するハルラッハ伯爵夫人の弟であるリヒテンシュタイン侯[40]にはすすんで挨拶し、幾度かごちそうになったが、こうした譲歩はあとを引くだろうと、すぐに気づいた。はたせるかな、そうなってしまった。在家僧（アッバーテ）モンティ[41]のことや近々、上演される彼の悲劇『アリストデモス』のことを聞かされた。作者本人が私の前で朗読し、私の意見を聞きたがっているという。私はその件をことわるでもなく、放っておいたのだが、ついにあるとき、侯爵邸で作者や彼の友人の一人と同席することになり、その作が朗読された。

この作の主人公は周知のようにスパルタの王[42]で、さまざまな良心の呵責から、みずから命を絶つ。モンティは丁重に、「ヴェルター[43]の作者は、あの傑作の数ヵ所が拙作に引用されていても、悪くとらないでしょう」と了解をもとめた。かくして私はスパルタの城壁内ですら、あの不幸な青年の亡霊からのがれることができなかった。

この戯曲はシンプルな筋立てで、ドタバタはなく、考え方や言葉も題材にふさわしく力強く、しかもほろりとさせられる。作品から作者のすばらしい才能がうかがえた。

そこで私は、むろんイタリア流ではないが、自分なりの流儀で、この戯曲の長所や賞賛すべきところをすべて、そつなく強調した。人々はそれでかなり満足したが、南国的な性急さで、もっと聞きたがった。特にこの作が観客にどれだけの効果を与えるかを、私に予言しろという。私は、「お国がらや興行の仕方、民衆の趣味に通じてい

40　フィリップ・ヨーゼフ・フォン・リヒテンシュタイン（一七六二～一八〇二）。実際はハルラッハ伯爵夫人の縁者。
41　ヴィンチェンツォ・モンティ（一七五四～一八二八）。イタリアの悲劇詩人。
42　正確にはメッセニアの王。
43　書簡体小説『若きヴェルターの悩み』（一七七四）はゲーテ二十五歳のときの作品。当時この作品に対する反響はすさまじく、これを模倣した作品や翻訳、論評、諷嘲詩などが無数に出たばかりでなく、ヴェルターの服装が流行したり、自殺者が続出したりするなど、いわゆる「ヴェルター熱」が全ヨーロッパに蔓延した。

るわけではないのですが」と弁解し、正直に次の点をつけ加えた。

「三幕物の完結した喜劇や、二幕物の完結したオペラにおける余興の寸劇、あるいは異国風のバレエ付きグランド・オペラにおける幕間劇（インテルメッツォ）を見慣れた、目のこえたローマ人が、ドタバタなしで間断なく進行する高尚な悲劇を喜ぶかどうか、私にはよくわかりません。それから自殺という題材も、イタリア人の理解を超えた事柄のような気がします。他人を打ち殺す話は毎日のように耳にしますが、自分で自分の大切な命を奪う話、あるいは、それは可能だと思うという話すら、ついぞ聞いたことがないからです」と述べた。

すると、私の疑念に対する反論らしきものをこまごまと拝聴させられた。そこでもっともな議論には快く服し、「この戯曲をぜひ観劇し、友人一同とともに心から喝采を送りたいと願っております」と請け合った。この言明はたいそう好意的に受けとめられた。今回は私の側にも、この譲歩を異存なしとする、もっともな理由があった。リヒテンシュタイン侯は親切そのもので、持ち主の特別な許可、高貴な方の格別な計らいを要する、多くの貴重な芸術作品を彼と一緒にみる機会をつくってくれていたのである。

それに引き換え、「外国のアルプスマーモット、モルモットが見たいわ」という王位請求者のご息女[44]の要望に、私は温情を示せなかった。こちらはお断りし、私はきっぱりとふたたび、いわば地下にもぐった。

しかしながら、これも正しい作法ではない。利己的な人は利己的にふるまい、小者は卑小なふるまいをし、悪人は悪しきふるまいをするのと同じように、善をのぞむなら、他人に対して積極的にかいがいしくふるまわねばならないということは、これまでの人生でも気づいていたが、今回はそれをつくづく感じた。頭ではよくわかっているのに、いざ実行となると、むずかしい。

十一月二十四日

この国民については、宗教や諸芸術の絢爛豪華な威光の下にありながら、洞窟や森に住んでいるのと少しも変わらぬ野人であるとしか言いようがない。あらゆる外国人

44 イギリス王位を要求したチャールズ・エドワード・スチュアート（一七二〇～八八）の非嫡出子で、シャルロッテ・スチュアート（一七五三～八九）をさす。

の注意をひき、今日もまた町じゅうが噂しているのは、たとえ噂にすぎなくても、殺人事件[45]のことで、殺人が日常的に起きる。私たちの地区では、この三週間で四人も殺害されている。今日はシュヴェンデマンという立派な芸術家が襲われ、ヴィンケルマンとまったく同じような目にあった[46]。シュヴェンデマンはスイス人の賞牌（メダル）彫刻師で、ヘトリンガー最後の弟子である。殺人者と取っ組み合いになり、二十ヵ所も刺された。警吏がやってくると、この悪党はみずから命を絶った。しかし自殺はこの土地では珍しい。殺人者は教会へ逃げ込めば、それで済むからである。

　犯罪や災禍、地震や洪水についていくつか報告することで、私が描き出すローマは陰影に富むものになるだろう。目下、当地の外国人はヴェスヴィオ火山の爆発で大騒ぎしている。よほど気を引き締めていないと、この騒ぎに引っ張り込まれてしまう。この自然現象にはなにやらガラガラ蛇めいたところがあって、人心を否応なく引きつける。目下のところローマのあらゆる美術品が無に帰してしまったかのように、外国人はみな見物を中止し、ナポリへ急ぐ。しかし私はあのヴェスヴィオ火山がなにかしら私のために残しておいてくれるだろうと期待して、当地にとどまるつもりだ。

十二月一日

『アントン・ライザー』や『イギリス旅行』で注目すべき存在となったモーリッツ[47]が当地にいる。純粋な優れた男で、会ってみるとたいへん面白い人物である。

---

45 十八世紀のローマでは毎日一件から三、四件の殺人事件が起きていたという。また教会は犯罪者の避難所ともなった。

46 この有名な古代美術史の研究家は、一七六八年六月八日、イタリアからドイツ、オーストリアへ向かう帰途のトリエステで物取りに殺されている。

47 カール・フィリップ・モーリッツ（一七五六〜九三）。ドイツの作家・美学者。『アントン・ライザー』は彼の苦難に満ちた少年時代を反映させた自伝的小説で、『一七八二年のあるドイツ人のイギリス旅行』（一七八三、ベルリン）は友人に宛てた手紙の形式で書かれている。ゲーテはシュタイン夫人宛の手紙（一七八六年十二月十四日付け）で、「彼は私の弟のようで、同じようなタイプです。私は運命に寵愛され優遇されたのに、彼のほうは運命から見放され痛手を受けました」と述べている。モーリッツのほうでも「彼（ゲーテ）との交際は、私の少年時代のこのうえなく美しい夢想をかなえてくれます」と記している。

十二月一日

高尚な芸術のためばかりでなく、何か他のやり方で楽しみたくて、この世界に冠たる都を訪れる外国人がたくさんいるので、当地ローマには、あらゆる種類の楽しみが用意されている。たとえば手先が器用で手仕事の喜びを求めるなら、いわば半芸術ともいうべきものがあって、ここではそれがひじょうに発達しており、外国人の興味を引きつける。

そうしたものに蠟画（ろうが）がある。いくぶん水彩画の心得がある者なら誰でも、下絵と準備、それから焼き付け、その他の必要な作業を機械的におこなうことができる。しばしば芸術的価値の乏しいものでも、新手の企てによってその価値が高まる。蠟画を教える器用な美術講師がいて、肝心なところは、指導という口実のもとに、巧みに手を加える。最後に蠟で盛り上がってツヤツヤ輝いている絵が金の枠にはめられて登場すると、美しくもおめでたい女弟子が、これまで気づかなかった自分の才能にびっくりするというわけだ。

きれいな粘土に石のレリーフの型を取る作業も、また違った味わいがある。これは賞牌（メダル）にも適用されており、そのときは両面同時に残像ができる。

最後に、ガラスで宝石のイミテーションをつくるには、もっと手際よく細心の注意を払わねばならず、もっと丹精をこめねばならない。宮廷顧問官ライフェンシュタインは自宅に、少なくともすぐ近所に、これらすべてのものに必要な用具一式と設備をもっている。

十二月二日

偶然、ここでアルヒェンホルツの『イタリア』[48]を見つけた。こういう書物はイタリアの現場にあると、おのずから萎(しな)びて縮んでいく。あたかも炭火に投げ込まれた小冊子がしだいに褐色になり、黒くなり、紙が丸まって煙となって消え失せるように。むろんアルヒェンホルツはいろいろ物を見てはいるのだが、イタリアをさげすむ偉そうな態度をとるには、あまりにも知見に乏しく、褒めるときも、けなすときも、その指摘は的外れである。

48　アルヒェンホルツの書については一七八六年十月二十二日付け、夕、二一三頁、注31参照。

ミケランジェロ作、天地創造　1518–20年

ローマにて、一七八六年十二月二日

二、三日、途中に雨の日があっても、暖かく穏やかな好天が続く。十一月末のこうした天候を、私ははじめて体験した。天気のよい日は戸外で、悪い日は室内で過ごし、いたるところで何かしら楽しく学び活動している。

十一月二十八日に、私たちはシスティナ礼拝堂にもどり、天井[49]をより間近で眺められる回廊を開いてもらった。回廊がたいへん狭いので、みなで押し合いへし合い、いささか難儀で危なっかしい思いをしながら、鉄の手すりにつかまってのぼってゆく。そこで眩暈（めまい）におそわれた人は、置いてきぼりにされる。しかし最高傑作をまのあたりにすると、なにもかも報われる。ひと目でミケランジェロに心奪われた。私は、彼が見ているような偉大な目で見ることはできないから、造化（ぞうか）の妙を一度たりとも彼の流儀で味わうことはできないだろう。これらの絵をしっかりと心に留める手段さえあればと思う！　せめてこの絵の銅版画や複写を、手に入るかぎり持って帰ろう。

私たちはそこからラファエロの歩廊（ロージェ）へ行ったが、こちらは見なくてよいとすら言え

49　天井には、ミケランジェロの創世記や預言者や巫女を描いた絵がある。

るかもしれない。先ほどのミケランジェロの偉大なフォルムと、隅々にいたるまですばらしく完璧であることに慣らされて、目が肥えてしまい、ラファエロの才気あふれる唐草模様(アラベスク)の戯れをじっくり見たいと思わないのである。聖書物語もたしかに美しいのだが、ミケランジェロの作品にはとうてい太刀打ちできない。もっとも、この両者の作品は、もっとたびたび見比べて、もっとたっぷり時間をかけて先入見なしに比較したら、大きな喜びが得られるにちがいない。はじめはどんなものでも、関心がいっぽうに偏ってしまうものだから。

そこから、暑すぎるほどの日ざしのなかを、たいへん美しい庭園のあるパムフィーリ別荘へ徒歩でいき、夕方までそこに留まった。常緑のカシの木や高い松の木にふちどられた広い平坦な草地には、ヒナギクが一面に咲いていて、そのどれもが小さな頭を太陽に向けていた。すると私の植物学に関する瞑想がはじまり、翌日もモンテ・マーリオ、メリニ別荘、ヴィラ・マダマへの散策の途上でこの瞑想にふけっていた。厳しい寒さのなかでも途切れることなく活発につづく植物の成長を観察するのはおもしろい。そこには萌芽というものがない。そこでまず「芽とはなにか」を把握することからはじめねばならない。常緑低木であるイチゴノキは、前の実が熟しかけると、早くも次の花を咲かせはじめる。オレンジの木も、花と一緒に、熟れかけた実と完熟した実をつける（しかしオレンジの木のほうは、建物と建物のあいだに植えられていないものには、目下、蔽(おお)いがかけられている）。もっとも立派な木である糸杉は、よく成長した古木なら、いろいろ考えさせてくれる。できるだけ早く植物園[50]を訪れて、さまざまなことが知りたい。

そもそも、もの思いにふける人間は、新たな地で考察することによって新たな生を授かるが、そういう人間にとって、そうして授かった新たな生は、何ものにも代えがたいものである。私は、あいかわらず同じ人間であるにせよ、もっとも内奥の骨の髄まで変化していると思う。

今日はここで筆をおこう。次の便りは災禍や殺人、地震や不幸で紙面を埋め尽くし、陰影に富む描写にしようと考えている。

50　教皇アレキサンダー七世によって建てられたもの。

十二月三日

天気はたいてい六日周期で変化する。快晴が二日続くと、次の日は曇天、雨模様が二、三日あって、それからまた晴天の日が訪れる。私はどんな天気の日でも、それに応じて最善に利用しようとつとめている。

しかしながら私にとって、この地のすばらしい建造物や芸術作品はあいかわらず、新たに知り合った人物のようだ。生活を共にしたわけでも、その特性をつかんだわけでもない。心をわしづかみにされ、そのためにしばらく他のものに対して、冷淡どころか不公平な態度をとってしまう。たとえば、パンテオン、ベルヴェデーレのアポロン、二、三の巨大な頭部彫刻[51]、最近ではシスティナ礼拝堂などに心うばわれて、それ以外のものにはほとんど目もくれない。しかし、もともと小さくて、小さなものに慣れている私たちは、どうやって、これらの高尚で巨大で洗練されたものと肩を並べることができよう。いくぶんは押しとどめることができても、新たなものは四方八方から大量に押し寄せてきて、どこへ行っても眼前に姿をあらわし、どれもが当然のごとく注目し敬意を払うことを要求する。どうやってそこから抜け出せるというのか。じわじわと感化されてゆくのを受け入れ、他の人々が私たちのために制作してくれたものに一生懸命、注意を向けるほかない。

カルロ・フェアがイタリア語に翻訳したヴィンケルマンの『古代美術史』の新版は、たいへん有用な書で、さっそく手に入れた。このローマでは解説し教えてくれる親切な仲間たちがいて重宝している。

ローマの古代遺物も楽しめるようになってきた。歴史、碑銘、貨幣など、以前は何の興味もなかったものがみな、ひしめき合って迫ってくる。私が博物学で経験したことが、ここでも起こった。すなわち、世界の歴史全体がこの地と結びついていて、私がローマに足を踏み入れたその日が私の第二の誕生日となり、真の再生がはじまったのである。

十二月五日
ここに来てから数週間のうちに、すでに幾多の外国人が去来するのを見たが、かれらがかくも多くの貴重な事柄を、軽々しく扱うのをいぶかしく思う。ありがたいこと

51　ジュピターやジュノーの彫刻。

に、こうしたツアー客がドイツに帰ってローマについて語っても、私はもうなんら感銘を受けないし、もう五臓六腑を揺さぶられることもない。なぜなら、私自身がこの目でローマを見、自分がどんな状態か、ある程度わかっているからである。

十二月六日

ときとしてすばらしい天気の日がある。ときおり降る雨のおかげで、草や庭の野菜は青々としている。ここでもあちらこちらに常緑樹があって、他の木の葉がみな落ちても、さほど寂しくはない。庭園では、オレンジ[52]の木が地面から何の蔽いもつけずに伸びていて、実もたわわである。

海岸まで馬で愉快な遠乗りをし、そこで魚をとったことなど詳細に報告するつもりでいたが、夕方、あの親愛なるモーリッツ君が馬で帰る途中、その馬がなめらかなローマの舗石に足をすべらせ、彼は腕を折ってしまった。そのためにせっかくの楽しみもだいなしで、少人数の集いに思わぬ災難がふりかかった。

十二月十三日

私がカールスバートから姿を消したことを、君たちが私の望み通りに受け取ってくれて、どんなにほっとしていることか。不快に思った人がいたら、どうかとりなしてほしい。[53]ひとの感情を傷つけるつもりはまったくなく、弁解の言葉もない。この決心をした前提となっていることで、友の心をくもらせたりしませんように。

私はいわば三回転宙返りともいうべき危険な離れわざをやってのけたわけだが、この地でしだいに自分をとりもどし、享受するというよりも大いに学んでいる。ローマはひとつの世界であり、ここの勝手がわかるようになるだけでも数年はかかる。通り一遍の見物をして去ってゆく旅行者は、なんとおめでたいことだろう。

---

52 原文ではダイダイとなっているが、当時はオレンジもダイダイも同じ語で表記された。当時ドイツでは、オレンジは大きな植木鉢で育てられ、冬はガラスで蔽われていた。一七八六年十二月十三日付け、二九三頁、「子供たちには次のことを読んであげるか、聞かせてあげるかしてほしい……」を参照。

53 ゲーテはヘルダー宛の手紙（一七八六年十二月十三日付け）でシュタイン夫人とアウグスト公へのとりなしを頼んでいる。

今朝、ヴィンケルマンの書簡集[54]が手に入った。彼がイタリアから友人に書き送った手紙である。読み始めて、どんなに感動したことか！　彼は三十一年前のちょうどこの季節に、私よりももっと哀れな「ローマに憑かれた者」としてこの地に来て、真剣そのもので、古代の遺物や美術を徹底的に確実に究めていった。なんと立派にやり遂げたことか！　この地でこの人物をしのぶと、格別なものがある。

隅々にいたるまで真実で矛盾なき自然界のものは別として、善良で聡明な人物の足跡ほど、また、自然界のものと同じように矛盾なき真の芸術ほど、人の心に強く訴えかけてくるものはない。いくたの恣意が暴威をふるい、いくたの愚行が力と金にものをいわせて永遠の痕跡をとどめたこのローマの地で、それをしみじみ感じる。

フランケ[55]に宛てたヴィンケルマンの手紙の一節は、特に私を喜ばせた。「ローマでは何事も、じっくりと粘り強く求めてゆかねばならない。さもないと、フランス人だと思われてしまう。ローマは全世界にとって最高の学びの場だと思うし、私もまた禊（みそぎ）と試練を受けている」

この文言は、この地における私の探求法にぴったりだ。たしかにローマの外にいると、いかにこの地で薫陶（くんとう）を受けるか見当もつかない。言うなれば、私たちは生まれ変わってしまうのだ。ふりかえると、これまでに抱いていた考えが子供っぽく未熟なものに思えてくる。ごく平凡な人でもここへくると、ちょっとした者になり、たとえそれが彼の本質にまで浸透しなくても、少なくとも非凡な考えをもつようになる。

この手紙は新年に君たちのもとへ届くだろうから、年頭にあたり、君たちのご多幸を祈る。その年の暮れる前には再会して、こよなき喜びを味わうことだろう。この一年はわが生涯でもっとも重要な一年だった。わが命がここで尽きるにせよ、もうしばらく生きるにせよ、いずれにせよこれで良かった。君たちの子供たちにも、一言書き送ろう。

子供たちには次のことを読んであげるか、聞かせてあげるかしてほしい。冬とは思えないほどで、庭には常緑樹が植えてあり、太陽は明るく暖かく輝き、雪は北方の遠

54　ヴィンケルマンが友人たちに宛てた一七五六年から六八年までの書簡集で、二部から成る。一七八一年刊行。

55　ヨハン・ミヒャエル・フランケ（一七一七〜七五）は、ヴィンケルマンとともにドレスデン近郊ネートニッツにあるビーナウ伯爵家の司書官であった。ゲーテが引用しているこの手紙は、一七五八年二月四日付けのもの。

い山々にだけ見える。庭の壁に沿って植えられたレモンの木には、いま徐々に筒状の蔽いがかけられてゆくが、オレンジの木は何の蔽いもなく、のびのびと立っている。一本の木に何百もの見事な実がなって、それもドイツのように刈り込まれて、大きな植木鉢にあるのでなく、同じオレンジのきょうだいたちと肩を並べて、大地からのびのびと喜ばしげに立っている。このような眺めよりも楽しいものなど、思い描くことができない。少額のチップで好きなだけ賞味できる。いまでも美味しいけれど、三月にはもっと味がよくなるだろう。

先日は海辺へ行き、網で魚を捕ってもらったら、魚やカニ、珍しい不恰好な形のもの、とにかく世にも不思議な姿をした生き物たちが出てきた。さわると電気ショックをあたえる魚もいた。

十二月二十日

しかしながらこうしたすべては、私に満足感よりも、努力と心労をもたらすことのほうが多い。私を内奥からつくりかえる再生作用は、ずっと続いている。ここで何かちゃんとしたことを学ぶつもりだったが、これほど新規まき直しをせねばならないとは、今までに学んだものをこれほど多く捨て去り、徹底的に学び直さねばならないとは思ってもみなかった。だがいまや確信し、没頭している。自分を否定せねばならないと思えば思うほど、いっそう嬉しい。ちょうど塔を建てようとして、拙劣な基礎工事をしてしまった建築家のようなもので、早めにそれに気づき、すでに地中から築いたものをいさぎよく取り壊し、見取り図を拡張し、改良し、基礎をもっと固めて、未来の建物がより堅牢なものになるのを、今から楽しみにしている。願わくは帰国の際に、広大な世界で生きたことの倫理的帰結がわが身に感じられますように。大々的に刷新されるのは芸術的感覚であり、同時に道義心である。

ミュンター博士[56]がシチリアの旅から戻って、ここに来ている。エネルギッシュな気性の激しい男だが、彼の目的は何なのか分からない。彼は、五月には君たちのところへ行き、いろいろ語ることだろう。彼は二年間イタリアを旅行していた。いくつかの公文書館や個人の蔵書を閲覧させてほしくて、立派な推薦状を持参したのに、あまり

56 フリードリヒ・ミュンター（一七六一〜一八三〇）。神学者。古書や骨董品に興味をもつ古代研究家でもある。

尊重されず、じゅうぶんに願いが達せられなかったせいで、イタリア人のことを快く思っていない。

ミュンター博士は美しい貨幣のコレクションをしている。彼の話では、ある稿本を所有しており、それによれば、貨幣学はリンネの植物学と同じように、明確な特徴づけに帰するという。ヘルダー君はそれについて、もっといろいろ尋ねることがあるだろう。その稿本を写させてもらえるかもしれない。こういう研究も可能だし、うまくいけば素晴らしいものとなるだろう。遅かれ早かれ、私たちもこの方面の研究にもっと真剣に取り組まねばならない。

十二月二十五日

最高傑作の鑑賞も、二度目にはいった。初回はただ驚嘆していたが、いまや身近なものとなり、作品の価値がより純粋に感じられるようになった。人間がなしとげた最高のものを理解し吸収するためには、魂がまず完全に自由な状態に達していなければならない。

大理石は不思議な素材で、だからこそベルヴェデーレのアポロン像の実物はこのうえなく好ましい。石膏の模造だと、それが最良のものであっても、生き生きした青年らしく伸びやかな永遠の若さがもつ気高い息吹がたちまち消え失せてしまうからである。

宿の向かいのロンダニーニ宮殿にはメドゥーサの仮面[57]があり、生身の人間よりも大きな、気高く美しい容貌には、見つめた者を石にし、死にいたらしめる凝視、しかし不安げな凝視が言いようもなく巧みに表現されている。私はその良質な模造品を所有しているが、それには大理石の魅力は残っていない。黄色みを帯びた、肉色に近い大理石の、あの気高く、半ば透き通るような感じは消え失せている。大理石とちがって、石膏はいつも白墨のようで、生気がない。

とはいうものの、石膏づくりの工房のなかに入るのは、なんという喜びであろう。工房で彫像の見事な四肢が、一つ一つ鋳型から現れ出るようすを見ると、造形というものに対してまったく新たな見かたができるようになる。それに、ローマ中に散在し

57 「ロンダニーニのメドゥーサ」と呼ばれ、紀元前五世紀末のギリシアのオリジナルをローマ初期の時代に模造したもの。

ローマのコルソ通りの宿の窓から外を眺めるゲーテ
ティッシュバイン作　水彩、チョーク、鉛筆　1786/87 年

ているものがひとつ所に並べてあって、このうえなく比較しやすい。私はジュピターの巨大な頭部[58]を買い求めずにはいられなかった。いまやそのジュピターは、私のベッドの向かい側にあり、照明もほどよく、目を覚ますとすぐ、それに朝の祈りを捧げられるようになっている。このジュピターは威風堂々としていたにもかかわらず、きわめて愉快な話の種となった。

年老いた宿の女将（おかみ）がベッドを整えに部屋に入ると、よくなついている飼い猫がいつも後からそっとついてくる。私が大きな広間にすわっていると、女将が私の部屋で仕事をするのが聞こえる。とつぜん彼女がいつになく、あたふたと扉を開け、「急いでいらしてください。奇蹟ですよ」と私を呼ぶ。「どうしたの」と問うと、「猫が神様を拝んでいます。この猫はキリスト教徒のように心がけがよいと、とっくに気づいていましたが、これは大いなる奇蹟です」と答える。自分の目でたしかめようと急いで行ってみると、本当に不思議な光景だった。胸像は高い台座にあり、胸から下の胴部

58 「オトリーコリのゼウス」とも呼ばれる作品で、紀元前四世紀のブリュアクシスの原作に基づくローマ時代の模刻。ゼウスはローマ神話のジュピターにあたる。

がないので、頭部は高くそびえるようだ。猫はテーブルに跳び上がり、神様の胸元に前足をおき、四肢をできるだけ伸ばして、鼻づらを神様の髭（ひげ）にくっつけて、その髭をいとも神妙なようすで嘗めており、女将が感嘆の声をあげても、私の闖入（ちんにゅう）で物音がしても、まったく意に介さなかった。善良な女将がさかんに不思議がるので、そのままにしておいたが、この猫の霊妙なる礼拝を、私は次のように解釈している。すなわち、この嗅覚の鋭い動物は鋳型から脂肪が髭のくぼみの部分に垂れて染みこみ、その臭いが残っていたのをかぎつけたのであろう。

一七八六年十二月二十九日

ティッシュバインのことをもっとたくさん語り、彼がいかに独創的にドイツ的にみずからを鍛え上げたかを称えずにいられない。それから彼が第二次ローマ滞在中に、第一級の巨匠の模写をたくさんつくらせ、あるものは黒チョークで、あるものはセピアと水彩で写し取らせ、私のためにまことに親切に配慮してくれたことを、感謝の念をもって報告したい。これらの模写は、オリジナル作品から遠く離れたドイツに帰ってはじめてその価値を増し、私にとっては最上のものを想い起させるようすがとなるだろう。

ティッシュバインははじめは肖像画家になろうと決めていたから、芸術家としてキャリアを積みながら、特にチューリヒなどで著名人たちに接し、感性を磨き鍛え、見識を広げていった。

私はヘルダーの『雑考集（ツェアストロイテ・ブレッター）』第二部[59]をここへ持参したおかげで、倍の歓迎を受けている。この書はみなに読んで聞かせるたびに好評を博すので、ヘルダー君の労に報いるためにも詳しくお知らせしたい。ティッシュバインは「イタリアに来たことのない者に、どうしてこんなすばらしいものが書けるのだろう」と首をひねっている。

十二月二十九日

こうした芸術家たちの間で暮らすのは、鏡の間にいるようなもので、否応なく自分

59　一七八六年刊行。「ネメシス、教訓的シンボル」「古代人は死というものをどのように形作るのか」などが収録されている。ゲーテはヘルダー宛の手紙（一七八七年一月二十五日付け）で、「『雑考集』第二部を芸術家たちにくりかえし読んで聞かせています」と記している。

や他人の姿がそこに映し出される。ティッシュバインがしばしば私を注意深く観察しているのには気づいていたが、彼は私の肖像画[60]を描こうとしていたのだと、今になってわかった。下絵はできあがり、カンバスも張ってある。等身大の旅人姿の私が白いマントに身を包み、大空の下で倒壊したオベリスクの上に座り、遠く背景に広がるローマのカンパニアの廃墟を見渡しているところが描かれることになっている。一幅の美しい絵。ただドイツの住居には大きすぎる。故国に帰れば、私はまたそういう住居にもぐりこむことになるし、この肖像画はかけるべき場所がないだろう。

十二月二十九日

人々は何度、私をお忍びの旅の状態から引っ張り出そうと試みたことか。詩人たちは自作を私に朗読して聞かせたり、人に朗読させたりする。そこで一役演じるかどうかは私次第であって、惑わされたりしない。それからローマでどういう結果になるのか、大方の予想がつくので、余興で十分だ。世界の女王ともいうべきローマのお膝元のたくさんの小さな集いは、時として何やら田舎町めいた性格をもつからである。

事実、ローマといっても別によそと変わらない。私を出しにして、私を通して事を

カンパニアのゲーテ　ティッシュバイン作　油彩　カンバス
1786–88年

成そうとするなんて、事が起こる前にうんざりする。ひとは派閥に属し、その派閥が血道をあげて策を弄して戦う手助けをし、お仲間の芸術家と愛好家をほめそやし、競争相手にけちをつけ、大物と金持ちの言いなりになる。そんな虚礼ゆえに世間から逃れたいと思っているのに、この地で何の目的もなく一緒になって繰り言を唱えよというのか。

いや、それをわきまえて深入りしないでおこう。こうした観点からも蟄居して穏やかに過ごし、広い世間へのあらゆる欲念を自他ともになくせばよい。私はローマを見たい。それも十年ごとに移り変わるローマではなく、永続するローマを見たい。時間があったら、それをもっと有効に活用したい。特にこの地で歴史を読むと、世界のどの地で読むのとも、まったく異なる味わいがある。よそで読むと、外から入るのだが、ローマで読むと、内から発して外へ外へと広がってゆくような気がする。すべて私たちのまわりに積み上げられ、ふたたび私たちから発散される。そしてこれはローマの歴史ばかりでなく、世界史全体にあてはまる。私はここから出発して、ヴェーゼル河とユーフラテス河のほとりまで、世界征服者に随伴することができるし、あるいは物見高い見物人になりたければ、帰還する凱旋軍を神聖街[61]で待ち受け、穀物の寄進や寄付金で暮らしを立てながら、こうしたすべての壮挙、盛観に屈託なく参加できるのだ。

一七八七年一月二日

文献や口碑に肩入れする人がいてもそれで十分なのは、きわめて少数のケースである。というのも、そのような伝承では、精神的な事柄において、なにかあるものの真の特性を伝えることはできないからだ。しかし、ひとたび実物をしっかり見ておくと、生き生きした印象と結びつくので、本を読んでも人の話を聞いても興が乗り、考えて判断できるようになる。

私が鉱物や植物や動物を特別な愛着をもって、ある確固たる見地から観察していると、君たちはしばしばせせら笑って、私に手を引かせようとした。いま私は建築家や彫刻家や画家に注意を向けており、ここでも自分自身を発見しながら学びたいと思っ

60 この有名な肖像画は現在フランクフルトのシュテーデル美術館にある。

61 公共広場（フォーラム）からカピトリーノの丘に通ずるサクラ街のこと。カピトリーノの丘はローマの中心部にある小丘で、ローマ七丘のひとつ。

ている。

一月六日

たった今、モーリッツのところから帰ってきた。彼の腕は治ってきていて、今日は包帯も取れ、順調に快復している。この四十日間、患者のもとで看護人や聴罪司祭、親友として、また大蔵大臣や秘書官の役をしながら経験し学んだことは、これから私たちの役に立つかもしれない。宿命的な苦しみとこのうえなく高尚な楽しみが、この期間中ずっと併存していた。

昨日、ジュノーの巨大な頭部の模造品を広間に据えて、爽快な気分になった。オリジナルはヴィラ・ルドヴィージにある。このローマで真っ先に心惹かれた作品が、いま私のものになった。この喜びは筆舌に尽くしがたい。ホメロスの歌のようだ。

将来に向けても、君たちといっそう親交を深める資格ができたようだ。ついに『イフィゲーニエ』が完成し、かなり似通った二通りの草稿が机に載っていて、近々そのうちの一つが君たちのもとへ旅立つことになっているからである。どうか優しく迎え入れてやってほしい。もちろん満足できる出来ばえではないが、私が何を意図したかは察していただけると思う。

君たちはすでに何度か、私の手紙には「世にもすばらしいものを目のあたりにしていながら、重圧を受けていることをほのめかす陰鬱な箇所がある」とこぼしていた。それにはこの『イフィゲーニエ』という、旅の道連れであるギリシア女性が少なからず関与していて、私が見物すべきであったときにも、彼女は「ぜひお仕事をなさってください」とうながしていたのである。

私は、一大旅行の手はずを整えた優秀な友人のことを思い出した。一大発見の旅と呼べるかもしれない。数年にわたって研究と節約につとめたあと、彼が最後にふと思いついたのは「名家の娘をさらえば、一気に事が運ぶ」ということであった。

それと同じように不埒（ふらち）にも、私は『イフィゲーニエ』をカールスバートへ連れて行こうと決心した。私が特にどこで彼女と楽しく語らったか、かいつまんで記そう。

ブレンナー峠を発つと、私はいちばん大きな包みから『イフィゲーニエ』を取り出してポケットに入れた。ガルダ湖で、強い南風が岸辺に波を打ち寄せたとき――そこで私は、少なくともタウリスの岸辺に立つわがヒロインと同じくらい孤独であったが――改作の最初の数行を書いた。ヴェローナ、ヴィチェンツァ、パードヴァで、そしてヴェネツィアではもっとも勤勉に書き続けた。それから執筆は停滞し、私は『デルフィのイフィゲーニエ』[62]を書くという新たな構想に導かれた。脇見をしなければ、また旧作にたいする義務感にとらわれなければ、すぐさま実行したことだろう。

しかしローマでは、しかるべき持続性をもって執筆がすすんだ。毎晩、眠りにつくときに翌日の課題の準備をし、目が覚めると早速とりかかった。執筆方法はシンプルで、おだやかな気持ちで清書し、行を追い、段落を追って規則正しく韻を踏ませる。こうしてできあがったものを君たちに判断してほしい。仕事をしたというより、むしろ学ぶことが多かった。この作そのものについても、後ほどなおいくつか述べたい。

一月六日

しばらくぶりに教会のことを話題にしよう。十二月二十四日から二十五日にかけてのクリスマスの夜、あちこち歩き回り、礼拝の行われている教会をいくつも訪れた。特にある教会[63]は参詣者がたいへん多く、オルガンと音楽は、牧童の笛シャルマイも、小鳥のさえずりも、羊の鳴き声も、何ひとつ欠けるところなく田園曲風（パストラル）に編曲されていた。

キリスト降誕祭の第一日に、サン・ピエトロ教会で教皇と聖職者全員を見た。教皇はときに御座の前で、ときに御座の上から荘厳ミサを行った。それなりに一期一会の見ものであり、なかなか豪華で荘重である。でも私はプロテスタント的ディオゲネス[64]主義のもとで大人になったので、こういう壮麗さは私の場合、得るものよりも失うものが多い。私にとって敬虔さの先達（せんだつ）はディオゲネスであり、私もまた彼のように、これらの宗教上の世界征服者たちに向かって、「高尚な芸術という太陽、純粋な人間性という太陽を、私から遮らないでください」と言いたくなる。

62　一七八六年十月十九日付け、夕、二〇四〜二〇五頁参照。
63　八世紀に建てられたアポリナーレ教会。ナヴォナ広場の近く。
64　古代ギリシアの哲学者、シノペのディオゲネス（前四〇四〜前三二三）をさしている。キニク学派の代表的人物。なんの不足もなく、なにも必要としないのが神の特質で、必要なものが少なければそれだけ神に近いことになり、簡素な生活が理想となるが、それはなによりも自由人になるためであるという、原始的反文明の生活をみずから実行した。樽のディオゲネスとも言われ、逸話が多い。当時、権勢並びなきアレキサンダー大王が彼の住居を訪れて「なにか欲しいものはないか」と聞くと、「何もいらないから、日が当たるようにそこを退いてくれ」と言ったという話は有名である。ゲーテの文言もこれをふまえている。

今日は三博士の顕現日なので、ギリシア風の儀式で行われるミサを見聞きした。ギリシア風の儀式はラテン風の儀式よりも、もっと立派で厳めしく瞑想的で、しかももっと通俗的であるような気がした。

ここでもまた私は、何事につけ年をとりすぎたけれども、真実に対しては決してそんなことはないと感じた。かれらの儀式とオペラ、行列とバレエ、すべては私の傍らを流れ去ってゆく。ちょうど表面に蠟引きした防水マントには水がしみこまないように。これに対して、ヴィラ・マダマから眺めた落日のような自然の作用や、人々の崇拝の的となっているジュノーのような芸術作品は、いつまでも消えることのない深い印象を残す。

芝居のことを思うと、早くも鳥肌がたつ。来週、七つの舞台が幕開けする。アンフォッシ[65]自身がここにいて、『インドにおけるアレキサンダー』を上演する。『キュロス王』も上演されるし『トロヤの征服』はバレエになっている。こちらは子供向きかもしれない。

一月十日

「手のかかる子」の話をしよう。こう形容するのは、いろいろな意味で『イフィゲーニエ』にふさわしいからである。芸術家たちの前で朗読した折に、あちこちの行に目印をつけておいて、幾行かは確信があって書き改めたが、ヘルダー君が少し筆を入れたいと思うかもしれないので、他のところはそのままにしておいた。この作にはてこずってしまった。

数年来、創作するとき散文を好んだのは、そもそもドイツ語の韻律法がきわめてあいまいで、定まらないせいである。見識も学識もあって私に協力的な友人たちですら、問題の決着を気持ちや好みにまかせていることが少なくなく、およそ規準というものがない。

もしモーリッツの『韻律論』[66]という導きの星があらわれなかったら、決して思いきって『イフィゲーニエ』を短長格（イアンボス）に改めたりしなかったことだろう。この点につい

65　パスクァーレ・アンフォッシ（一七二七〜九七）。イタリアの歌劇作曲家で楽長。
66　一七八六年刊行。

ては、著者との交流、特に彼がけがで臥せっていたときの交わりによって、いっそう啓発されるところがあり、君たちの温かい配慮を願わずにいられない。

ドイツ語には決定的に短かったり長かったりする音節が、ごくわずかしかないという特異性がある。その他の音節は、各人それぞれの嗜好・美的センス次第で、恣意的にあつかわれる。そこでモーリッツは、「音節にはいわば序列がある。より重要な意味をもつ音節は、あまり重要な意味をもたない音節にくらべて長い。したがって二つ並ぶと、後者は短くなる。しかし、重要な意味をもつ音節でも、もっと精神的重みをもつ音節の近くにくると、今まで長かったものが今度は短くなることもある」と考えついた。これはたしかにひとつの拠り所であり、これで万事解決とまではいかなくても、私たちが事をすすめる手引きにはなる。私はこの原則をしばしば参考にしており、それは私の感覚にぴったり合っていた。

前に朗読のことを話したので、それがどんな様子だったか、手短にふれておこう。以前の激烈な、前へ突き進むような作品に慣れた、ここの若い人たちはベルリヒンゲン風[67]のものを期待し、すぐには『イフィゲーニエ』の静かな進展になじめなかったが、高貴で純粋な箇所には感銘を受けずにいられなかった。

ティッシュバインは、情熱というものがほとんど完全に断念されている点が腑に落ちなかったらしいが、品のよい比喩やシンボルをもちだし、「炎は自由に高く燃えさかろうとしているのに、煙はやんわりとした空気の圧力で抑えられて地面を這っている」と生贄(いけにえ)の火になぞらえて評した。彼はこれをたいへん美しい意味深いスケッチとして描いた。その絵を同封する。

そんなわけで、すぐに片がつくと思っていた『イフィゲーニエ』は、まる三ヵ月のあいだ私をもてなし、引きとめ、せっせと働かせ、責めさいなんだ。大事なことを並行して行うのは今回がはじめてではなく、このことでこれ以上あれこれ気をもんで、とやかく言うのはやめにしよう。

小さなライオンの鼻先をアブがブンブン飛んでいる様子が彫られた、きれいな石も

67　ゲーテの五幕の戯曲『鉄手のゲッツ・フォン・ベルリヒンゲン』(一七七三)。十六世紀の農民一揆に指導的な役割を果たしたフランケンの騎士ゲッツの自伝に取材したものだが、ゲーテは創意によって自伝の筋を改変し、ドイツ的誠実さや正義感を強調した。シェークスピアの影響のもとに形式的にフランス古典劇の伝統を破るなど、シュトゥルム・ウント・ドラングの革命的風潮を直接的に表現している。

同封する。古代人はこの題材を愛し、くりかえし用いてきた。これからはこれで手紙の封印をしてほしい。このささやかな品を通じて、君たちの心がいわば木魂（こだま）となって私のところまで響きますように。

一七八七年一月十三日

毎日、語るべきことはたくさんある。でも気が張ること、あるいは気がそぞろになることがどっさりあって、うまく言葉にのせて綴ることができない。それに室内にいるよりも外に出たほうが快適な、さわやかな日が続いている。こんな日に室内にいたら、ストーブや暖炉がなくても、うとうとするか、気がくさくさするだけだ。でも先週起こった二、三の出来事に触れないわけにはいかない。

ジュスティニアーニ宮殿には、崇敬するミネルヴァの像[68]がある。ヴィンケルマンはそれにはほとんど、少なくともしかるべき箇所では触れていない。私自身は、この像について何やら語るには役不足だと感じている。私たちがこの彫像を眺めながら、しばらくその前にたたずんでいると、管理係の女が「これは昔の聖像です。この宗派のイギリス人は、いまでも聖像の一方の手に接吻して敬慕の念をあらわす習慣があります」と説明してくれた。じじつ彫像の他の部分は褐色がかっているのに、その手だけは真っ白である。さらに彼女は「ついこのあいだも、この宗派のご婦人がいらして、ひざまずいて彫像を拝んでいました。私はキリスト教徒ですので、このような奇妙な行為を見ると、おもわず笑ってしまいます。広間から走り出て、吹き出さずにすみました」と付け加えた。私もまたこの彫像のもとをいつまでも立ち去ろうとしないものだから、彼女は「それほど惹かれるとは、この大理石像に似た美しい思い人でもいらっしゃるのですか」と聞いてくる。この愛想のよい女は、礼拝と色恋のことしか頭になく、すばらしい作品を純粋に賞賛し、それを生みだした人間の精神を同胞として崇敬するということがまったく理解できないのだ。私たちはそのイギリス婦人の話を嬉しく思い、後ろ髪を引かれる思いで立ち去った。私は近いうちにぜひまた行こうと思っている。

君たちがもっと詳しい説明を聞きたいなら、ヴィンケルマンがギリシア人の高貴な様式について論じた箇所を読んでほしい。残念ながらそこで彼はこのミネルヴァ像の

68 紀元前五～四世紀頃のギリシアのブロンズ像をローマ帝政時代に模造したもの。

ことは引用していない。もし私の思い違いでなければ、この像はあの高貴で厳格な様式から、優美な様式へ移りゆく、いわば開きかけの蕾である。この過度期こそ、まことにミネルヴァの特性にふさわしい！

つぎに、別種の出し物の話をしよう。三博士の顕現日、つまり異教徒たちへの恩寵告知記念日に、カトリック布教協会[69]へ出かけて行った。そこでは三人の枢機卿と多数の聴衆がいる前で、まず講演が行われた。論題は「マリアが三博士を迎えたのは、いずれの場所か、馬小屋のなかか、それとも他のところか」というものであった。それから似たような題材でいくつかラテン語の詩が朗読され、三十人の教習生たちが次々にあらわれて、それぞれの母語で短い詩を読んだ。マラバール語、エピロート語、トルコ語、モルダウ語、エレーン語、ペルシア語、コルキス語、ヘブライ語、アラビア語、シリア語、コプト語、サラセン語、アルメニア語、ヒールベン語、マダガスカル語、アイスランド語、ボヘミア語、エジプト語、ギリシア語、イサウル語、エチオピア語など、その他にもどこか分からない言葉がいくつもあった。異教的なリズムや音調が飛び出すところをみると、どうやら詩はたいていその国の韻律で書かれ、その国の朗唱法で読みあげられているらしい。なかでもギリシア語の詩の響きは、夜陰に星が輝き渡るようであった。しかし聴衆は耳慣れぬ音調に笑い転げ、せっかく披露したのに、茶番劇と化してしまった。

もうひとつ、聖なるローマで聖なるものが取り上げられる際のゆるさにまつわる小噺がある。故アルバーニ枢機卿[70]が、いま述べたような式典に参列したときのことだ。教習生の一人が異国の方言で枢機卿たちに向かって「グナーニャ、グナーニャ（敬いまつる）」と唱えはじめたが、それがほとんど「カナーリャ、カナーリャ（悪党）」と言っているように聞こえる。すると枢機卿は同僚たちのほうを向いて言った。

「やつは、わしらのことがよくわかっておるわい」

一月十三日

ヴィンケルマンがなし得なかったこと、やり残したことはなんとたくさんあること

69　スパーニャ広場にあるカトリックの布教活動のための建造物。一六二二年にベルニーニが建てた。
70　アレッサンドロ・アルバーニ（一六九二〜一七七九）。ヴィンケルマンの友人で支援者。

だろう。彼はわがものとした資料で、仕上げを急ぎすぎた。彼が存命していて、なおも元気はつらつとしていたら、まっさきに自著の改訂を行ったことだろう。他の人々が彼の原理にしたがってなしとげ遵守し、最近になって発掘し発見したことも、彼は残らずみずから遵守し報告し活用したことだろう。それから、もしアルバーニ枢機卿が逝去されていたら……。ヴィンケルマンはこの人物のためにいろいろ書いたが、口を閉ざしたことも少なくないかもしれない。

一七八七年一月十五日

ついに『アリストデモス』[71]が上演され、しかも首尾よく絶大な拍手で迎えられた。作者の在家僧モンティは教皇の甥の親戚筋にあたり、上流階級でたいそう重んじられていたので、それゆえ好評を期待できた。じじつ桟敷席の客は拍手を惜しまなかった。平土間の客は、作者の美しい言い回しや俳優のみごとな朗唱にはじめから心を奪われ、あらゆる機会をとらえて満足の意を表明した。その際、ドイツの芸術家たちが陣取っていた席は少なからず目立ち、かれらはそもそも少し出しゃばりたい性質なので、このたびはまさに適材適所であった。

作者は演目の成功を案じて自宅にいたが、一幕ごとに吉報が入り、しだいに彼の憂慮は大きな喜びへと変わっていった。いまではくりかえし上演されており、万事、順調である。このようにどんなに筋違いの事柄であっても、そのひとつひとつがきわだった貢献をするなら、大衆からも通人からも喝采を博することができる。

じじつ公演はまことに賞賛に値するもので、タイトルロールをつとめた主演俳優は、語りも演技もみごとで、古代の皇帝のひとりをまのあたりにする思いだった。私たちに感銘をあたえるあの彫像の衣装が、うまく華麗な舞台衣装として用いられていて、俳優が古代の美術品をよく研究していることがうかがえた。

一月十六日

ローマはいま、美術上の一大損失に直面している。ナポリ王が「ファルネーゼのヘラクレス像」[72]を自分の居城にうつすというのだ。芸術家たちはみなそれを嘆いているが、私たちはこれを機に、先人たちが目にできなかったものを鑑賞しようと思って

---

71 一七八六年十一月二十三日付け、二七六〜二七八頁参照。

いる。

すなわち、上述の彫像の頭から膝までと、下部の足とそれが立っている台座とは、ファルネーゼ家の地所で発見されたのだが、脚部の膝からくるぶしまでが欠けていたので、ヴィルヘルム・ポルタ[73]によって補われ、今日にいたるまでヘラクレス像は、その姿で存在している。いっぽう、ボルゲーゼ家の地所内で本物の古い脚部が発見され、その脚部はボルゲーゼ家の別荘に陳列されていた。

それがいまになってボルゲーゼ公は、思い切ってこの貴重な遺物をナポリ王に贈呈するというのである。ポルタが制作した脚部は取り除かれ、代わりに本物が据えられる。これまでの脚部でも十分に満足していたのが、これからはまったく新しい姿、より調和に満ちた姿を満喫できることだろう。

一月十八日

昨日は聖アントニウス・アッバの祭日で、愉快な一日を過ごした。めったにないほどの上天気で、夜は氷が張ったが、昼は晴れ渡って暖かかった。

あらゆる宗教は、礼拝なり思弁なりを押し広げてゆき、最後には動物をも多少の宗教的恩典にあずからせるものなのだと気づく。修道院長もしくは司教であった聖アントニウスは、四足の動物の愛護者であり、彼の祭日は、つねひごろ重荷を運ぶ動物ならびにその番人や御者の無礼講の休日となる。今日はお偉方（えらがた）も家にとどまるか、徒歩で外出しなければならない。この日に御者にむりやり馬車をはしらせた不届き者の貴族が、大事故にあって罰（ばち）が当たったという物騒な話をかならず聞かされる。

教会は、ほとんど荒野といってもいいような見通しのきく場所にあるが、今日はたいへんなにぎわいだ。見た目も美しく華やかに、たてがみと尻尾をリボン編み込みにしてもらった馬やラバが、教会から少し離れた小さな礼拝堂の前へ引かれてゆく。そこで司祭は目の前にある桶やたらいの聖水を、大きな叩（はた）きに惜しげもなくふくませて、元気のよい動物たちに荒っぽくふりかける。それどころか、ときには悪ふざけをして動物たちを怒らせる。貴重で有用な動物たちの年間通じての無病息災を祈願して、信

72　十六世紀にカラカラ浴場にて発見された。このブロンズ像のオリジナルは紀元前四世紀にさかのぼる。

73　建築家・彫刻家グリエルモ・デッラ・ポルタ（一五〇〇頃～七七）をさす。

心深い御者たちは大小とりどりのロウソクを寄進し、馬主たちはお布施や贈り物をする。ロバや牛も、持ち主にとって同じく有用で貴重なものなので、同じようにそれぞれ祝福にあずかる。

そのあと私たちは晴れやかな青空のもとで、遠くまで愉しくハイキングをした。興趣に富む風物に囲まれながらも、今回はそうしたものにはあまり注意を向けず、むしろ愉快な冗談を言いながら心ゆくまで楽しんだ。

一月十九日

その名声は世界にとどろき、その偉業はカトリックの天国にすら値するフリードリヒ大王がついに崩御され[74]、冥界にて同列の勇者のまどいに加わることになった。このようなお方が埋葬されたとき、人は粛(しゅく)として言葉もない。

今日はおだやかな一日を送った。これまでないがしろにしていたカピトリーノの丘の一部を見物し、テヴェレ河を渡り、到着したばかりの船の上でスペインのワインを飲んだ。このあたりは昔ロムルスとレムス[75]が発見されたところだと言われており、精霊降臨祭が二つも三つも重なってやってきたように、神聖な芸術精神、いとも和(なご)やかな雰囲気、古代への追想、甘美なワインに酔いしれることも可能である。

一月二十日

表面だけ受け取って、はじめは浮き浮きと楽しくても、根本的な知識がなければ真の楽しみは味わえないと分かると、あとで負担になるものである。私は解剖学[76]に対して相当の準備をしていたし、人体に関するある程度までの知識はかなり骨折って獲得した。だが当地ではたえず彫像を眺めることで、より高尚な方法

74　ゲーテはすでにカールスバートでフリードリヒ大王が一七八六年八月十七日に崩御されたことを知っていたが、あらためてシュタイン夫人が大王の遺産について知らせてきたので、それに対して「大王の遺産についてもいろいろお知らせ下さって、ありがとうございます。こういう方が埋葬されるのをまのあたりにするとき、人は粛として言葉もございません」と述べている（シュタイン夫人宛の手紙、一七八七年一月十八日付け参照）。

75　狼の乳によって養われたという双生児で、ローマの建設者にして最初の王とされている伝説的人物。

76　ゲーテはシュトラースブルクではじめて解剖学を学び、その後、イタリアへ旅立つ前にも解剖学と骨学を集中的に研究している。

へ注意が向かうようになる。私たちの医学的・外科的解剖学では部分を知ることが大切で、わずか一片の筋肉でもけっこう役に立つ。しかしローマでは、各部が同時に高貴な美しいフォルムを成すのでなければ、なんの意味もない。

広大なサン・スピリト病院では、芸術家たちのために、見事な筋肉の模型が準備されていて、その美しさに驚嘆する。ほんとうに、皮をはがれた半神マルシュアス[77]と言ってもよいくらいだ。

そういうわけで古代人の手引きにしたがって、骨格を、人工的に並べ合わせた骨の集積とみるのではなく、骨格に生命と運動をもたらす靭帯と一緒に研究するならわしになっている。

「晩も遠近法の研究をしています」と言えば、ぶらぶらしているわけではないとお分かりいただけると思う。ともかく、いま実際にやっているよりも、ますます多くのことをしてみたい。

一月二十二日

ドイツ人の芸術的センスや、ドイツの実社会における芸術については、何やら音が鳴ってはいても、協和音はないと言えるだろう。いまさらながら、私たちの近隣にいかにすぐれた作品があっても、いかに活用されていないかを考えると、泣きたくなる。でも当時は手さぐりしながら周りをうろうろしていただけのそれらの傑作を、今度はしっかり認識できると思うと、帰国が楽しみになってきた。

とはいえローマでも、真剣に全体を研究しようとしている人に対する気遣いがなさすぎる。なにもかも、はかりしれぬ、しかし豊富すぎる残骸から寄せ集めてつくり上げねばならない。ほんとうに適切なものを見て学ぼうという、真剣そのものの外国人はむろん少数である。かれらは好事家で自負心が強い。外国人を相手にする者はみな、それに気づいている。どのガイドにも下心があり、いずれかの商売人を紹介し、芸術家の便宜をはかろうとする。なぜそうしてはいけないのか。目利きでない人間は「極上品ですよ」とすすめられると、断れないのだから。

古代美術品が輸出されるときには、まず政府が許可を与えねばならず、しかも政府

---

77 ギリシア神話に登場する笛の名手のサテュロス（山羊の足と角をもった山野の神）。アポロンと音楽を競って敗北し、その罰として皮をはがれた。

がそのつど模造品を提出することを強硬に主張したら、その後の見かたにことのほか利益をもたらすだろうし、独特の美術館ができあがることだろう。しかし教皇がこんな考えをもっていたとしても、みなに反対されることだろう。人々は、個々のケースではあれこれ手を尽くしてこっそりと許可を得て、数年後にこれらの輸出された品々の価値と尊さに愕然（がくぜん）とするのだろう。

一月二十二日

すでに以前から、特に『アリストデモス』上演で、わがドイツの芸術家たちは愛国心に目覚め、私の『イフィゲーニエ』を賞賛してやまない。二、三箇所をまた朗読してほしいと言われ、結局、全部をふたたび朗読するはめになった。そのとき、紙に書かれたものを黙読するよりも、声にのせたほうが流暢なところが何ヵ所もあるのに気づいた。もっとも詩は、視覚向きにつくられているわけではないのだが。

評判はライフェンシュタインやアンゲーリカ[78]のところにまで鳴り響き、拙作を披露することになった。「しばしお待ちを」と猶予を願い出たが、作品のあらすじや展開だけはすぐにかなり詳しく伝えた。これが思った以上に好評を博し、アンゲーリカの夫君ズッキ氏[79]まで、かなり率直な好意を示してくれた――ズッキ氏にはおよそ期待していなかったのに。これは拙作が、ギリシア、イタリア、フランスの作品でとうに馴染みの形式に近く、またイギリス風の大胆さ[80]にまだ慣れていない人には、この形式がいちばんお気に召すということで十分に説明がつく。

ローマにて、一七八七年一月二十五日

私のローマ滞在の理由を説明するのが、ますます難しくなっていく。海は先へ進めば進むほど深くなるが、それと同じように、この都も観察すればするほど、さらに深みを増してゆく。

過去なくして現在を認識することはできないし、過去のローマと現在のローマ、双

78　アンゲーリカ・カウフマン（一七四一～一八〇七）。スイス生まれの閨秀画家。ローマで肖像画家として人気を博す。英・独・仏・伊語など語学にも秀でていた。
79　アントニオ・ズッキ（一七二六～九五）。イタリアの画家。一七八一年アンゲーリカと結婚。
80　シェークスピアの作風をさす。

方を比較するには、もっと落ち着いてじっくりと時間をかけねばならない。世界に冠たる都ローマの地勢は、建国当時をしのばせる。この地に定住し、帝国の中心地を思慮深くもここに定めたのは、よく統制された偉大な移住民族などではなかったとすぐ分かる。また、権勢ある君主が植民集団の定住地として、ここを適切な場所と定めたわけでもない。いや、牧人やあぶれ者がまずここに居を定め、二人の屈強な若者ロムルスとレムスが七丘の一つであるパラティーノの丘に、世界支配者の宮殿の基礎をおいた。二人は、その昔「あの嬰児たちを捨てよ」と命令された男のきまぐれで、丘のふもとにある沼地とアシの間に置かれたのである。かくしてローマの七丘は、背後にひろがる国土にたいしてではなく、テヴェレ河にたいして、また、後に練兵場カンプス・マルティウスとなった、太古のテヴェレ河床にたいして高台になっている。

私はこの春さらに研究旅行を許されれば、この不利な地勢についてもっと詳しく記したい。アルバ[81]の女たちの苦悩と悲嘆の叫びに同情を禁じ得ない。住んでいた町を破壊された彼女たちは、かつて賢明な指導者によって選ばれた美しい土地を去り、テヴェレ河の霧につつまれた悲惨なカエリウスの丘に住み、そこから失われた楽園をかえりみなければならなかったのだ。

私はこの地方のことをまだよく知らないのだけれども、古代民族の都市のうちで、ローマほど立地条件の悪い都はないと確信している。そしてローマ人はすべての土地を使いつくすと、生きるため、生を享受するために、ふたたび別荘地を外へとひろげ、かつてみずから破壊した都があった場所へ移っていったのである。

一月二十五日

この地で多くの人々がひっそりと暮らし、各人各様の営みをしているさまを、おだやかな気持ちで観察する機会があった。私たちはある僧侶を訪ね、さまざまな名画のたいへん興味深い模写を見せてもらった。彼は偉大な天賦の才はないが、芸術に人生を捧げており、名画をミニチュアサイズで複製する。とりわけ優れていたのは、ミラノにあるレオナルド・ダ・ヴィンチ[82]の「最後の晩餐」の複製ミニチュア版である。キ

---

81 ローマの母市であるアルバ・ロンガ。アルバーノ山脈のカヴォ山の斜面にあった。ローマより四百年早く建国されたが、紀元前七世紀にトゥルス・ホスティリウス王によって破壊された。

82 ルネサンス期を代表する芸術家（一四五二〜一五一九）。

リストが弟子たちとともに楽しく親しげに食卓についているときに、「君たちの一人が私を裏切るであろう」と言明するあの瞬間をとらえたものだ。

この模写か、いま取り組んでいる別な模写の、いずれかの銅版画ができればよいと思う。忠実な模写が大勢の公衆の前にあらわれたら、それはこのうえない贈り物になるだろう。
二、三日前、トリニタ・デイ・モンティ教会にフランチェスコ派の神父ジャキエ[83]を訪ねて行った。生まれはフランス、数学の著書によって知られ、高齢の、たいへん好感のもてる賢い方だ。彼はかつて一流の人物と交流があり、ヴォルテールのもとで数ヵ月過ごしたことさえあり、ヴォルテールも彼にひじょうな好意を寄せていたという。
こうして、さらに多くの堅実な人々と知り合いになった。こういう人たちはこの地に数えきれないほどいるのだが、僧侶にありがちな猜疑心から互いに背を向けている。本屋と連絡をとることもなく、文学の新しい情報が役立つこともまれである。

隠遁者を訪れることは、孤高を持(じ)する身にふさわしい。実際に私たちが積極的に動いた『アリストデモス』の上演以来、人々は私をまたしても引っ張り込もうとした。しかし私という人間が問題なのではなく、自分の派閥を強化し、私を道具として使いたがっていることは掌を指すように明白だったし、私が出ていって名乗りをあげたとしても、私はつかのまのファントム役を演じるだけだろう。いまや人々は私に見切りをつけ、放っておいてくれる。私は私の確固たる道を歩み続けよう。

そうだ、私は、自分の存在にふさわしい重みを与える積み荷を手に入れたのだから、私をしばしばもてあそんだ幻影など、もはや恐れるに足りない。君たちも晴れやかな気持ちでお過ごしください。じきに恙なくそちらへ戻りますので。

一七八七年一月二十八日

かたときも頭をはなれず、何事にもあてはまる二つの考察が明らかになったので、ぜひここに記しておきたい。

この都のはかりしれぬ、しかし残骸にすぎない遺跡や、あらゆる美術品においてまず第一に求められるのは、それが成立した年代を問うことである。時の経過とともに様式は徐々に発展し、ついには歪み、ひずみが生じるものだが、時代を区分し、諸民

---

83 フランソワ・ジャキエ(一七一一~八八)。有名な物理学者・数学者。

族が用いたさまざまな様式を見分けることをヴィンケルマンを通じて切に求められている。この点について、真に芸術を愛する者はみな納得しているし、こうした要求が正しく重要であることもみなが認めている。

しかし、どのようにしてこうした洞察に到達するのか。さしたる準備がなくても、一般概念は正しく見事に提示できるが、個々のケースについてはいぜんとして曖昧なままである。長年にわたって見る目を確実に鍛えてゆくことが必要だし、疑問を提示できるようになるためには、まず学ばねばならない。躊躇(ちゅうちょ)やためらいは無用。この重要な点に対して注意深くなってゆく。真剣にとりくむ者はみな、この分野でも歴史的発展を研究せずに判断することはできないとわかるだろう。

第二の考察は、もっぱらギリシア人の芸術に関するもので、あの比類なき芸術家たちが人間の姿形から、一群の神々の姿を生みだすために、どのようなやり方をとったのかを探求している。主要な性格といい、過度的な橋渡しといい、申し分なく完璧に造形されている。ギリシア人は、自然がとったのと同じ法則をとったと推察され、そちらの手がかりはつかんでいる。ただ他にもまだ何かがあって、私は、その何かをはっきり言うことができない。

一七八七年二月二日

満月の光を浴びてローマをさまようすばらしさは、実際に見物した人でないとわからない。個々のものはすべて光と影の大きな塊に呑みこまれてしまい、もっとも大きくおおまかな形象だけが、目の前にあらわれる。

三日前から、私たちは冴えわたった、すばらしい夜を心ゆくまで味わっており、円形劇場（コロッセオ）の眺めはとりわけ美しい。夜は門が閉じられるけれども、ひとりの隠者がこのなかの堂のかたわらに住んでいて、物乞いたちは荒廃した地下の穴倉に巣食っている。かれらはちょうど土間で火をたいていた。静かな風が煙をまず競技場（アレーナ）のほうへ追いやると、煙は廃墟の下部をつつみこみ、その上に巨大な障壁が不気味にそびえたつ。私たちは格子戸のかたわらに佇み、その特異な光景を眺めた。折しも月は高く昇り、冴え冴えと輝いていた。煙はしだいに壁、隙間、窓などをすり抜けて、月光に照らされて霧のごとく消えてゆく。じつに霊妙な光景であった。

パンテオン、カピトリーノの丘、サン・ピエトロ教会の前庭、その他の大通りや広場が、月の光に照らし出されているのを見のがしてはならない。太陽や月もここでは、人間精神と同じように、他の場所とまったく違う営みをするのだ。巨大な、しかし雅（みやび）やかな塊が、太陽や月の前に立ちはだかるこの地では。

二月十三日

ささやかながら、私の身に起こったある僥倖（ぎょうこう）について述べずにいられない。幸せというのはすべて、大小にかかわらず、同一の性質をもち、つねに喜ばしいものである。

トリニタ・デイ・モンティで新しいオベリスクの地盤が掘られていて、上部に積み上げられた土はすべて、のちに皇帝の領有となったルクルス庭園の廃墟のものである。私のかつら師[84]が朝早くそこを通りかかり、瓦礫のなかに絵柄のある陶器の平たい破片を見つけ、洗ってそれを私たちに見せてくれた。私はさっそく頂戴したが、それは掌（てのひら）の大きさもないくらいで、どうやら大きな深皿の縁の一部らしい。二頭のグリフィンが生贄（いけにえ）[85]をささげる祭壇のかたわらに立っている、このうえなく見事な絵柄で、ひじょうに嬉しい。それらが石に刻まれたものだったなら、どんなに喜んで封印として用いたことだろう。

その他いろいろなものが私のまわりに集まったが、むだなもの、無意味なものは何ひとつない。そうしたものはこの地でおよそあるはずもなく、なにもかも、ためになり、意義深い。しかしなんといっても、いちばん大切なのは、私の心にたずさえてゆけるもの、これからますます成長し、ますます増えてゆくことのできるものである。

二月十五日

ナポリに旅立つ前に、もう一度『イフィゲーニエ』を朗読するはめになった。聴き手は、アンゲーリカと宮廷顧問官ライフェンシュタインである。アンゲーリカの夫君ズッキ氏からも、愛妻の願いだからと朗読をせがまれていたのだが、彼はちょうど大きな建築設計図を製作中であった。

ズッキ氏は装飾風の設計図を描くことにたけている。彼はクレリッソー[86]と一緒にダルマチアにいたことがあり、もともと共同で仕事をしていて、彼が建物や廃墟の図面

84 十七、十八世紀には、かつらをかぶることが紳士のシンボルであった。
85 ワシの翼と上半身、ライオンの下半身をもつという伝説の動物。黄金の宝を守るとされ、しばしば紋章に用いられる。
86 シャルル゠ルイ・クレリッソー(一七二一〜一八二〇)。建築家で画家。

を描いたものを、クレリッソーが出版していた。彼はそのとき遠近法や効果などについていろいろ学んでおいたので、老境に達したいまも立派に楽しく製図ができる。

心根のやさしいアンゲーリカは、拙作を信じられないほど切々たる思いで受けとめ、「これを題材に、スケッチを一枚描いて記念にお贈りします」と約束してくれた。いよいよローマを去ろうとする今頃になって、こうした好意的な人々とこまやかな情愛で結ばれるとは……。かれらのほうでも別れがたく思っているのをしみじみ感じるにつけ、嬉しいと同時に胸が痛む。

一七八七年二月十六日

『イフィゲーニエ』が無事にそちらに着いたという知らせを、思いがけない好ましい方法で受けとった。オペラへ行く途中で、見なれた筆跡の手紙を渡され、それに小さなライオンの封印[87]がしてある。さしあたり小包が無事に到着した証なので、私の喜びは倍になった。いそいでオペラ劇場へ入り、見知らぬ人々にまじって大きなシャンデリアの下に席を求めた。いま、故郷の人々がたいそう身近に感じられ、跳びあがってみなを抱きしめたいくらいだ。『イフィゲーニエ』が到着したことを知らせてくれただけで、心から感謝する。どうか君たちの身近な存在となった『イフィゲーニエ』を温かい賛意の言葉で迎えてやってほしい。

ライプチヒのゲッシェンから贈呈用として受け取ることになっている『イフィゲーニエ』だが、配付すべき友人たちのリストを同封する。[88] 一般読者にはどう思われようとかまわないのだが、この作品によって友人たちをいささかなりとも喜ばせたいと願っている。

計画ばかりがやたらと多い。自著の最近の四巻を考えると、めまいがしそうだ。ひとつずつ別箇に取り組んでいかねばならない。そうすれば道も開けるだろう。最初の決意どおりに、これらの作品を断片のままで世におくり、やる気も新たに、より新鮮な興味をおぼえる新たな題材に取りかかるほうがよくはなかっただろうか。『タッソー』の杞憂(きゆう)と格闘するよりも、『デルフィのイフィゲーニエ』を書くほうがよ

87　一七八七年一月十日付け末尾の叙述、三一三〜三一四頁参照。
88　ゲーテはライプチヒの出版業者ゲッシェンから『イフィゲーニエ』の掲載された「著作集」の第三巻を四十部受け取ることになっており、だれに贈るべきかを記した献本リストをつくった。

くはなかったか。しかし、すでにおおいに心血を注いできたものを、いまさら何の実りもないまま手放すのはしのびない。

私は控えの間の暖炉のそばに腰をおろした。今回はよく燃えている炎の温もりが、新たに手紙を書こうという元気を起こさせる。自分の最近の考えをこのように遠方へ書き送り、近況を言葉で伝えることができるとは、じつにすばらしいことではないか。

天気は上々、日もめだって長くなり、月桂樹やツゲの木、アーモンドの木も花をつけた。今朝、不意にふしぎな光景を目にして嬉しかった。たいそう美しい菫色（すみれいろ）の衣をまとった高い支柱のような木が遠くに見え、近づいてよく見ると、セイヨウハナズオウ、ドイツの温室ではユダの木[89]として知られ、植物学者に《*Cercis siliquastrum*》と呼ばれている木だった。菫色の蝶の形をした花が幹から直接、咲き出ている。一年ごとに花をつける木なので、去年の冬なら、花は見られなかっただろう。しかし、いま私の目の前にある木の幹の表皮からは、形のよい色づいた花が何千となく咲き誇っていた。ヒナギクは蟻のごとく大地にひろがり、クロッカスやフクジュソウはまれにしか姿を見せず、それだけにいっそう可憐で愛らしい。

これからさらに南方の国に行けば、どんな喜びと知識が得られるのだろう。そこから新たな成果がもたらされるのだ。自然界の事物も、芸術と変わりはなく、それについては今までに多くのことが書かれてきたし、それを見る者はみな、また新たに結びつけて総合的に判断することができる。

ナポリやシチリアのことを思うと、物語を読んでも、絵を見ても、これら現世の楽園では同時に地獄の火山が猛威をふるい、数千年来、土地の人たちや物見遊山(ものみゆさん)の人たちを脅し惑わせてきたことに気づく。

しかし私は、あの意味深い光景への期待をまず頭から払いのけ、出発前に世界に冠たる古都ローマを十分に活用しよう。

二週間このかた、まだ見ていなかったものを探しまわり、朝から夜中まで動き回っている。もっとも優れているものは二度、三度と眺める。すると、いくらか整理されてくる。つまり、主要なものがそれぞれ、しかるべき位置につくと、それより価値の低いものは、それらのあいだに適所を見つけておさまりがつく。あれも好き、これも好きという状態から、いつのまにか精選されて決まってゆく。いまになってようやく、

---

89 伝説によれば、イスカリオテのユダはこの木で首をつって自殺したという。

私の心はゆったりと共感をもって、より偉大なもの、もっとも純正なものに向かって高まってゆく。とはいえ、美術家がうらやましい。美術家であれば、たんに鑑賞し思索する者よりも、模写したり模倣したりして、あらゆる方法で古人の偉大なもくろみにいっそう近づき、いっそうよく理解できるからである。しかし結局のところ、めいめいが自分にできることをするほかない。だから私も、精神のすべての帆をぴんと張って、この岸辺を周航する。

今日は暖炉がじつによく暖まっていて、見事な石炭が積みあげられている。喜んで暖炉の火に二、三時間注意を向けるゆとりのある人間はなかなかいないので、ドイツではめったにないことである。そこでこの心地よい雰囲気を利用して、私の筆記帳から、すでに半ば消えかかっている、いくつかのコメントを拾い出してみよう。

二月二日は聖母マリアお清めの祝日で、私たちはシスティナ礼拝堂の、ロウソクが奉納される聖燭（せいしょく）祭に赴いた。だが私はすぐにひどく不愉快になってしまい、ほどなく友人たちとともに退出した。というのも、三百年来ここの見事な絵画をくすませているのは、このロウソクであり、罰当たりな破廉恥さで比類なき芸術という太陽を曇らせ、年ごとにその光を濁らせ、ついには暗闇のなかに沈めるものは、この香煙だと思ったからである。

そのあと私たちは戸外でくつろぎたくて、長く散歩してから、サン・オノフリオ教会・修道院[90]へ行った。そこの一隅に詩人タッソーが埋葬されている。修道院の図書館には彼の胸像がある。顔は蠟でできていて、亡骸からかたどったものらしい。あまり鮮明とはいえず、あちこち損なわれているが、全体としては彼の他のどの肖像よりも、才能豊かで繊細で上品で内向的な人となりをしのばせるものであった。

今日はこのへんで筆をおこう。これから尊敬すべきフォルクマンの、ローマのことを記した第二部を調べて、まだ見ていないものを抜き出しておこう。ナポリへ旅立つ前に、せめてこれまでの収穫物を刈り取っておけば、それを束ねる晴れがましい日がきっとくるだろう。

二月十七日

天気は信じられないほど、言いようもないほどすばらしい。四日間の雨天をのぞけ

90　一四一九年に建てられた教会・修道院で、ヤニクルム（ジャニコロ）の丘の中腹にある。

ば、二月じゅうずっと澄み切った青空で、正午ごろは暖かすぎるくらいである。すると戸外に出たくなって、これまでは神々や英雄ばかりを相手にしていたのに、とつぜん自然の景観がふたたびその権利を主張し、輝かしい日光に活気づく周囲の風物に愛着をおぼえるようになる。

私はときどき北国の芸術家が藁ぶき屋根や崩れ落ちた城館から何かをつかみとろうとしていたのを、また、小川や茂みやぼろぼろに崩れた岩のほとりをぶらついて、絵画的効果をさっととらえようとしたのを思い出し、なんとも不思議な心持ちになる。こうしたことは長く私たちの習い性になっていて、いまなお私たちの心にまつわりついていると思うと、なおさらその感を深める。二週間このかた、やる気が出て小さなスケッチブックを携えて、別荘の窪地や丘を歩き回っている。あれこれ考えずに、人目をひくまことに南国的でローマらしい風物をスケッチし、うまくいきますようにと念じながら、光と影を与えようとしている。良きもの、より良きものがはっきり見える、ちゃんとわかるというのは、じつに特別なことなのだ。それを自分のものにしようとした途端に、みるみる手元から消えてしまう。そういうわけで、私たちは適切なものではなく、つかみ慣れているものに手をのばしてしまう。規則正しく修練を積むことでしか進歩できないのだろうが、そんな暇と心の落ち着きを見出せずにいる。とはいえ、この二週間、熱心に努力したので、だいぶ進歩したように感じている。私はのみ込みが早いので、美術家たちは喜んで教えてくれる。しかし理解できても、すぐさま成果が出るわけではない。なにかをすばやく理解するのは、もともと知性の特性であるのに対し、なにかを正しく成すには、一生涯、修練を積まねばならない。しかしアマチュアは、どんなに上達が思わしくなくても、しりごみしてはいけない。私が紙上に走らせる線は、しばしば性急すぎて、めったに正確ではないが、具象的な事物をイメージする手助けにはなる。なぜなら、対象をより正確かつ精緻に観察すればするほど、より速やかに普遍性の高みへ行けるからである。アマチュアはプロの美術家と自分をくらべたりせずに、むしろ自分なりのやり方で行動せねばならない。すなわち、自然の摂理は人の子にあまねくはたらき、小物とて大物によってその存在を阻まれることはなく、まさしく「小人（しょうじん）といえども、男一匹」[91]

91　ゲーテは自作の『道徳的政治的人形芝居の幕開け』（一七七四）に出てくる文言を引用している。

なのだから、それでよしとしておこう。
海は二度、見た。一度目はアドリア海、次は地中海。ただし、いわばお目通りしたという程度なので、ナポリではもっと海と親しみたい。なにもかも私の心に一どきに湧き起こる。なぜもっと早く、もっと手軽に生じなかったのかと思う。報告せねばならないことがたくさんあって、新たにはじめからお話ししなければならないこともかなりある。

一七八七年二月十七日、カーニバルの馬鹿騒ぎのしずまった夕べ
出発に際して、モーリッツをひとり置き去りにはしたくない。彼は順調に伸びているけれど、ひとりきりになったら、さっそく勝手な逃げ穴を探すことだろう。彼を励ましてヘルダー君宛の手紙を書かせた。その手紙を同封しておくので、なにか彼の役に立つような、手助けになるような返事を頂ければと願っている。モーリッツは珍しいぐらい善良な人物で、もし折にふれて彼の状態を悟らせるだけの能力と思いやりをそなえた人物がいたら、もっとずっと進歩していたことだろう。彼がときおり手紙を書くのをヘルダー君が許してくれたら、現在の彼にとって、これ以上ありがたい交流

はない。彼は奨励されてしかるべき、賞賛すべき古代研究にとりくんでいる。友ヘルダー君にしても、なかなかやり甲斐があるだろうし、よき教えをこれほど吸収してくれる肥沃な土壌はめったにないと思う。
ティッシュバインの企てた大きな肖像画は、もはや二次元のカンバスにおさまりきらず、画家は熟練した彫刻家に小さな粘土のモデルを造らせた。この三次元の模型では、マントがじつに優雅なドレープを描いている。ティッシュバインはその模型に倣って熱心に描いている。私たちがナポリへ出発する前に、どうしてもある点まで描き上げておかねばならず、あのような大きなカンバスはぜんぶ彩色するだけでも時間がかかるので。

二月十九日

言葉にできないほどすばらしい天気が続いている。今日はカーニバルで馬鹿騒ぎをする連中のあいだで、悲痛な気持ちで一日をすごした。しかし夕方からは、メディチ家の別荘でリフレッシュできた。新月がちょうどすぎたばかりで、ほっそりした三日月のわきに暗い月面全体が、肉眼でもほのかに見える。望遠鏡だと、それがはっきり見えた。地上にはクロード・ロラン[92]の油絵や素描をしのばせるような靄（もや）が一日じゅうただよっている。これほど美しい自然現象はなかなか目にできない。地面から名も知らぬ花が咲き出て、樹々には新たな花が微笑む。アーモンドの花が咲き、濃緑のオーク樹のあいだでみずみずしく軽やかな姿をみせ、空は陽光に照らされた薄青のタフタのようだ。ナポリではいったいどんなであろうか！　目にするものはすでにたいてい緑で、こうしたものに接すると、私の植物好きがいっそう熱を帯びる。自然という一見、何気ない、かくも雄大なものが、いかにしてシンプルなものから多様なものを生みだすのか、私はいま新たなすばらしい事情を発見しつつある。ヴェスヴィオ火山は石と灰を噴き出し、夜になると山頂が赤く燃えているのが見える。活動する大自然が溶岩の流れを見せてくれるとよいのだが！　こうした偉大な自然の営みを目に焼きつけてわが物とするまで、待ちきれぬ思いである。

二月二十日、灰の水曜日[93]

さてカーニバルの馬鹿騒ぎも終わった。夕べの数知れぬモッコリ[94]は、これまた頭がおかしくなりそうな光景であった。ローマのカーニバルは一度見れば十分で、もう一度見たいという気持ちは起こらない。特に書くべきことはないけれども、口頭で伝えるなら、場合によっては面白いかもしれない。人々が心から楽しんでいるわけではなく、少し憂さ晴らしをしたくても金欠状態なので、こちらも愉快にはなれない。お偉方は切り盛り上手で散財せず、中流の人たちは懐がさびしく、庶民はぴいぴいしている。ここ数日は信じられないほどの騒ぎだったが、心からの喜びは感じられない。かぎりなく澄んだ美しい空が気高く無垢なまま、この茶番を見おろしていた。

それでも写生はやめられず、子供たち[95]を喜ばせたくて、カーニバルの仮面やローマ特有の衣装を描き、彩色してみた。可愛い子供たちが『オルビス・ピクッス』[96]にはな

92　フランスの風景画家（一六〇〇～八二）。本名はクロード・ジュレ、ロレーヌ地方出身なのでロランと呼ばれた。一六一三年以降はもっぱらローマで活躍。
93　四旬節の初日。死について考えさせ、改悛と懺悔の印に頭の上に祝別された灰を十字の形に置く習慣からこう呼ばれる。
94　ろうそくの燃えさし。これについては「第二次ローマ滞在」中の「ローマのカーニバル」で詳しく述べられている。
95　前述と同じくフリッツ・フォン・シュタインとヘルダーの子供たち。

いようなものを楽しんでくれればと思う。

一七八七年二月二十一日

荷造りの合間に、なお幾つかのことを書き足しておく。明日、私たちはナポリへ行く。ナポリは言葉に尽くせぬほど美しいと聞いており、新たな土地が楽しみだ。その楽園のような自然のなかで、新たな自由と意欲を得てから、この厳粛なローマへ戻り、ふたたび芸術研究にいそしみたいと思う。

荷造りは苦にならない。愛する大切なものすべてから、わが身をもぎ離した半年前にくらべれば、よほど楽な気持ちで荷造りしている。そう、もう半年になるのだ。ローマで過ごした四ヵ月を、私は一瞬たりとも無駄にしなかった。「大仰(おおぎょう)な」と言われそうだが、誇張ではない。

『イフィゲーニエ』がそちらへ到着した由、「歓待されています」という話をヴェスヴィオ火山のふもとあたりで聞くことができれば嬉しい。

自然および芸術に対してすばらしい眼力をもつティッシュバインと、この旅を共にすることは、まことに意味深い。しかし生粋のドイツ人である私たちは、仕事の企図や見通しなどから自由になれずにいる。美しく輝かしい題材がどっさりあって、志はとうてい遂げられそうにないのに、スケッチ用に極上の紙を買い込んだ。

文学上の仕事では、思い切って『タッソー』一つだけを携えていくことに決めた。『タッソー』にはいちばん期待をかけている。『イフィゲーニエ』と似た作品なので、こちらに対する君たちの見解を聞かせてもらえれば、仕事を進めるのに役立つだろう。『タッソー』は『イフィゲーニエ』よりも題材がいっそう制限されており、個々の点について、もっと練り上げていかねばならない。でもどんなものになるのか、自分でもよくわからない。いま手元にあるもの[97]は、全部書き改めねばならない。あまりにも長く寝かせすぎて、人物も構想も文章スタイルも、いまの私の考えと通じ合うものが

96　教育家ヨハネス・アモス・コメニウス（一五九二〜一六七〇）の作った絵入りのラテン語の教科書（一六五八年初版）。ゲーテの父はラテン語・ドイツ語の対訳版を持っていたので、ゲーテは少年時代からこの本に親しんでいた。

97　ゲーテが一七八〇〜八一年に書いた『トルクァート・タッソー』の最初の二幕をさす。彼は『タッソー』をイタリアからヴァイマールに戻った後、一七八九年七月末に完成させている。

少ししかないのである。

荷物の整理をしながら、君たちからの手紙の幾通かをふと手にとり、ざっと目を通すと、「ゲーテさんのお手紙のなかには、言明に矛盾する箇所が見うけられますね」という非難にぶつかった。私は書き上げると、すぐに発送してしまうので気がつかなかったが、これは大いにありそうなことだ。というのは、途方もなく大きな力にあちこち振り回されているので、当然ながら、私自身、自分の立ち位置がわからなくなっているからである。

ある船頭の話をしよう。彼はある夜、海上で嵐に襲われ、家に戻ろうと懸命に舵をあやつっていた。幼い息子が暗闇のなかで父にしがみつきながら尋ねた。

「お父さん、あの妙な灯りは何？　あの灯りは僕たちの上方にあるかと思うと、下方にあるようにも見えるよ」

「明日になればわかるよ」と父親は答えた。それは灯台の灯りで、荒波にもまれて目が上に下にと揺れるので、下方に見えたり上方に見えたりするのだということがわかった。

私もまた激しくうねる海を港めがけて、舵をとっている。じっと目をこらして灯台の灯りだけを見つめよう。たとえそれが位置を変えているように見えようとも。そうすれば最後には、無事に岸辺に着くことができるだろう。

旅立つときにはいつも、これまでに体験した別離のひとつひとつが、そしてこれから訪れるであろう最終的な別離が、おのずと脳裏をよぎる。今回はいつもよりも強く「私たちはあまりにも先へ先へと事を進めて生きている」という言葉がひしひしと胸に迫る。ティッシュバインも私も、あれほど多くの立派なものに、それどころか自分たちで選び整えた美のコレクション――そこにはいま三つのジュノー女神像[98]が比較のために並んでいる――にも背を向け、そうしたものが一切存在しないかのように後にしてゆくのだ。

98　一つはルドヴィージのジュノー、あとの二つはルドヴィージ・コレクションの別の作品、もしくはカピトリーノ美術館の彫刻と推察される。

ナポリ[1]

ヴェッレトリ[2]にて、一七八七年二月二十二日

ちょうどよいときに当地に到着した。——すでに一昨日から空模様があやしくなっていて、晴天なのに少し雲が出て危ぶまれたが、持ち直しそうな気配もあり、はたしてその通りになった。雲は次第に散って、ところどころ青空が見え、ついに太陽が私たちの行く手を照らし出した。アルバーノを通過する前に、ジェンツァーノの手前の、公園の入り口で馬車をとめた。この公園の持ち主キージ公子は、手入れをしないという奇妙な保存法を講じているため、見物客を望まない。そこは荒れ野同然で、木や藪、雑草や蔓が伸び放題で、枯れたり倒れたり腐ったりしている。それがちょうど良い按配で、かえって風情がます。入り口前の広場はいいようもなく美しい。高い石垣に谷は閉ざされ、格子の門から中をのぞき込むと、中はしだいに丘陵が高まり、その登り

つめたところに城がある。しかるべき芸術家が絵にしたら、最高傑作ができあがりそうだ。

いまはこれ以上、叙述することはできないが、ただ言い添えれば、小高いところからセッツァの連峰、ポンティーノの沼地、海や島々を眺めていたとき、折しも激しい村雨（むらさめ）が沼地の上を通りすぎ、光と影がちらちらと交錯して、荒涼たる平地が生き生きと変化に富むものになった。かすかに見えるあちこちの小屋から立ちのぼる幾条かの煙が日に照らされて、いっそう興趣を添えた。

ヴェッレトリは火山性の丘の上にあり、景色がすばらしい。この丘は北方だけが他の丘と連なっているが、あとの三方ははてしなく眺望がきく。

私たちは騎士ボルジァ[3]のコレクションを閲覧した。彼は枢機卿や布教会の人たちと姻戚関係にあったおかげで、すぐれた古代の遺物やその他の名品をここに集めること

1 この章の基になっているのはナポリ日誌、手記と手紙である。ただし、『イタリア紀行』の第二部編纂後、これらは破棄されてしまった。

2 アルバーノ連峰の南傾斜面にある、ウォルスキ人（昔イタリア南部に住んでいた種族）の古都ヴェエリトラエのこと。

ができた。きわめて堅固な石でできたエジプトの偶像、金属製の古今の小像。この地方で発掘された陶土焼きの平らなレリーフの彫刻品がきっかけとなって、古代ウォルスキ人はある独自の様式をもっていたという説が唱えられている。

この博物館はあらゆる種類の珍品を数多く所蔵しており、中国製の小さな二つの硯箱(すずり)が印象にのこった。いっぽうには養蚕の一部始終が、他方には米作の様子が描かれ、いずれも気取らない作風で、緻密な細工がほどこされている。硯箱もその上包(うわづつ)みもとりわけ美しく、布教会の図書室にあった、私が以前褒めていた本[4]と並べても見劣りしないだろう。

こういう宝物がこんなにローマの近くにあるのに、訪れる人がまばらだなんて、もったいない話である。しかしここまで足をのばすのは難儀だし、ローマの磁力が強く働くことがわざわいしているのかもしれない。宿屋へ帰る途中、自分の家の戸口にすわっていた数人の女から「骨董品を買う気はないかい?」と声をかけられた。おおいに食指を動かすと、女たちは古いやかんや火ばさみ、ならびにその他のがらくたとしか思えない所帯道具を持ちだしてきて、私たちに一杯くわせたというので、腹をかかえて笑い崩れるのだった。私たちが憤慨すると、ガイドはそれをとりなし、「昔からよく、こうやってからかうのですよ。外国人はみな一度はこの手にひっかかります」[5]と断言した。

ひどくお粗末な宿でこれを書いている。これ以上、書きつづける力も感興もわいてこない。では心をこめてお休みなさい。

フォンディにて、一七八七年二月二十三日

朝三時にはもう出発し、夜が明けたときには、ポンティーノの沼地にいた。ここはローマで一般に言われているほど悪しき景観とは思えない。沼沢地を干拓しようというこの遠大な計画は——旅の道すがらに判断できるものではないが——教皇[6]が命じた事業の期待された最終目的の、少なくとも大部分は達成されそうだ。わずかな傾斜を

3　マルタ騎士団騎士。彼のコレクションはのちにローマの布教会の建物内にうつされた。
4　この本についての記述はなく、『イタリア紀行』編纂の際に欠落したのではないかと推察される。
5　カール・フィリップ・モーリッツも、この数ヵ月後に同じく一杯くわされている。
6　ピウス六世、在位（一七七五〜九九）をさす。

なして北から南へのび、東側は連峰に対して低すぎ、西側は海に対して高すぎる位置にある広い谷を思い浮かべてほしい。

昔のアッピア街道はその全長にわたって一直線に修復され、その右側には大きな運河が通じ、その中を水がゆるやかに流れ下る。そのために右側の土地は海浜にいたるまですっかり乾いていて、畑地となっている。目のとどくかぎり耕作されており、小作人さえ見つかれば、あまりにも低い数ヵ所をのぞいて畑地となりうるだろう。

街道の山々に面した左側はもっと処置がむずかしい。なるほど街道の下をいくつもの横溝が大運河に通じている。しかし地面が山に向かって落ち込んでいるので、この方法では排水できない。山麓に第二の運河を通す計画があるという。広い区域にわたって、特にテッラチーナに向かって柳やポプラがまばらに生えている。

郵便馬車がとまる駅として、細長いわらぶきの小屋があるだけだ。これをスケッチしたティッシュバインは、そのご褒美に、彼にしか味わうことのできない喜びを堪能した。乾いた地面に一頭の白馬[7]が放たれ、馬は自由になったのを幸いと褐色の地面を一条の光線のように疾駆した。ティッシュバインはうっとりし、そのためにさらに意義を増す、すばらしい眺めだった。

以前メッツァの村落のあったところに、教皇は平地の目印として大きく美しい建物を建てさせた。これを眺めると、事業全体に対する期待と信頼が増す。こうして私たちは賑やかに談笑しながら、この道中で眠り込んではいけないという警告を忘れぬようにして、どんどん進んで行った。それにもうこの季節に青い靄(もや)が地上いくばくかの高さにたなびいており、不穏な空気の層への注意をうながした。それだけにテッラチーナの岩のたたずまいはいっそう嬉しくありがたいものであった。それを楽しむ暇もなく、すぐ先に海を認めた。まもなくこの山都の向こう側で新たな植物の景観に接した。低い灰緑色のミルテのあいだや、黄緑色のザクロの木の下や浅緑色のオリーブの枝の下で、ウチワサボテン[8]が大きな肉厚の茎を伸ばしている。道端には、まだ見たこともない新種の花や灌木がある。水仙やフクジュソウが牧場に咲いている。右手に

7　この挿話はこのときのものではなく、ティッシュバインの二度目のナポリ旅行のときの出来事。ティッシュバインは一七八七年七月十日付けの手紙でこのことをゲーテに知らせた。下巻二四頁参照。

8　サボテン科オプンティア属。多肉植物。イチジク状の果実をつけ、乾燥した岩だらけの斜面に生える。

はしばらく海が続き、近くにはあいかわらず石灰岩が見えてくる。これはアペニン山脈の延長で、この山脈はティーヴォリからこちらへ延びてきて海に接続するわけだが、初めはローマのカンパニアによって、つぎにはフラスカーティ、アルバーノ、ヴェッレトリの火山によって、そして最後にはポンティーノの沼地によって海から分かたれていた。ポンティーノの沼地の果てにある、テッラチーナの向かい側の岬チルチェーロ山も同様に層状の石灰岩からできているようだ。

海を離れてまもなく魅力的なフォンディ平野に入った。それほど険しくない山々に囲まれた、この小さな肥沃な開墾地は、みなの心を引きつけるにちがいない。たくさんのオレンジがまだ木にぶらさがっていて、青々とした苗はすべて小麦、畑地にはオリーブが植えられている。谷底にある小さな町で、ヤシの木が一本ひときわ高く聳えている。

今晩はここまでにしておく。乱筆を許してくれたまえ。ひたすらペンを走らせ、考えずに書いている。書くことが多すぎて、宿は粗末すぎ、しかも書き留めておきたいという私の欲望は大きすぎる。夜のとばりが下りるころ着いたので、もう就寝時である。

聖アガタ館にて、二月二十四日

すばらしい一日の報告を寒い部屋でしなければならない。フォンディを出ると、ちょうど夜が明けて、すぐに道の両側の塀のうえから垂れ下がったダイダイの出迎えを受けた。木々には想像もできないほどたわわに実がなっている。若葉は上のほうから少し黄色くなってきており、下と中はみずみずしい緑だ。ミニヨンがこうしたところに憧れたのももっともである。

それから耕作の手入れの行き届いた小麦畑を通り抜けた。適度な間隔でオリーブが植えられている。風に揺られてオリーブの銀色をした葉の裏側に光があたり、枝は軽やかに優美にしなった。くもり空の朝だったが、強い北風が雲をすっかり吹きはらってくれそうに見えた。

それから道は谷にさしかかり、石ころだらけなのに立派に耕された畑地をぬけて

9 『ヴィルヘルム・マイスターの演劇的使命』（一七七六〜八五）、『ヴィルヘルム・マイスターの修業時代』（一七九五〜九六）に登場する少女。ゲーテは一七八二年から八三年にかけてミニヨンの歌「あの国をご存じですか（君よ知るや南の国）」を書いており、この詩はレモンと黄金のオレンジのイメージで人々のイタリアへの憧れをかきたてた。

いった。緑の苗がこのうえなく美しい。低い塀に囲まれた、広い円形の舗装された広場が見えた。穀物は束ねて家へ運んだりしないで、ここですぐさま脱穀される。谷は狭まり、道は登りとなり、石灰岩が両側に露出していた。嵐は背後からいっそう激しく吹きつけ、霰(あられ)が降ってきて、たいそうゆっくりと溶けてゆく。

古代建築のいくつかの石壁に、網状の細工[10]がほどこされているのに驚いた。高いところはどこも岩だらけだが、ほんのわずかでも土地があると、オリーブが植えてある。やがてオリーブの平地を越え、それから小さな町[11]を通り抜ける。祭壇や古代の墓石や、あらゆる種類の破片が庭園の塀で囲まれ、いまでは土に埋もれているが見事に築かれた古い別荘[12]の階下には、もうオリーブの林ができていた。そのうちヴェスヴィオ山と山頂にたなびく一条の煙雲が見えてきた。

モーラ・ディ・ガエータ[13]ではまたしても、たわわに実ったダイダイの木々が私たちを迎えてくれた。二、三時間滞在した。この町の前方の入り江はこのうえなく美しい眺めで、海水が近くまで打ち寄せている。右岸を目で追い、最後に半月形をした尖端にとどくと、さほど遠くないところに岩上のガエータの要塞が見える。左の岬はかなり遠くまで延びていて、まず一連の山々、次にヴェスヴィオ山、それから島々が見える。イスキア島はほぼ中ほどに対峙している。

ここの海辺で初めてヒトデとウニが打ち上げられているのを見た。極上の羊皮紙のような美しい緑の葉、それから注目すべき漂石。もっとも多いのが普通の石灰石、それから蛇紋石、碧玉、角張った火打ち石の破片、花崗岩、斑岩、大理石類、緑や青の玻璃(はり)などである。最後にあげた種類の石はこの地方ではほとんど産出されないので、おそらく古い建物の残骸であろう。してみると眼前の波は、前世界の栄華のなごりとたわむれているといってよいのかもしれない。ここを立ち去りがたく、ほとんど原始民族[14]のようにふるまう人間の内なる自然を楽しんだ。モーラから遠ざかると、海は見えなくなるが、眺めはあいかわらず美しい。見おさめに、きれいな入り江を一枚ス

10 巨石を接合剤なしに積みあげたキュクロプス式石壁と推測される。古代ギリシアの遺跡などでみられる。

11 イトリの町。フォンディの南十四キロのところにある。

12 ガエータの海岸は昔はローマの別荘地帯となっていた。キケロもこの地に別荘をもっていた。

13 古代のフォルミアエの町。現在のフォルミア。

ケッチした。そのあとアロエの生垣をめぐらせた肥沃な穀物畑がつづく。山のほうから、水道が一本、見るかげもなく荒れ果てた廃墟[16]に通じていた。

それからガリリャーノ河を船で渡り、山地をめざしてかなり肥沃な地域を通り過ぎる。目立つものはなにもない。ようやく最初の火山灰の丘陵。ここから山や谷底の、雄大なすばらしいエリアがはじまり、その果てに雪をいただいた山頂が聳えている。近くの高地によく目立つ細長い町がある。谷間には聖アガタという立派な旅館があって、飾り戸棚ふうにしつらえた暖炉（カミーン）には火が勢いよく燃えていた。しかし私たちの部屋は寒く、窓はなく、よろい戸だけなので、この手紙も急いで切り上げる。

ナポリにて、一七八七年二月二十五日

ようやく当地にも無事に、幸先よく着いた。今日の旅についてはつぎのことだけにとどめておく。聖アガタ館を日の出とともに立ったが、風が激しく吹きつけ、それにこの北東の風は一日じゅうやまない。午後になってようやく風は雲を吹き払ったが、寒さに閉口した。

ふたたび火山性の丘陵を通って、それを越えて進んでいく。そこには石灰岩はわずかしか認められなかったように思う。ついにカプア[17]の平野に辿り着き、それから当のカプアに着いて昼食をとった。午後になると美しい平らな畑地が目の前に開けた。広い街道が小麦畑をぬうように続き、小麦はおそらく高さ二十センチくらいで、一面じゅうたんのようだ。ポプラが畑に列をなして植えられ、高く伸びた枝にブドウの蔓がからんでいる。それがずっとナポリまで続く。土壌はきめがこまかく、すばらしく柔らかく、よく耕されている。ブドウの樹は並はずれて強く高く、その蔓がポプラからポプラへと網のようにつながっていく。[18]

14 十八世紀には、とりわけヴォルテールやルソーの影響下で、文明と原始状態が対比され、文明化されていない原始民族の無垢な自然状態、飾らない素朴さが賞賛されていた。ゲーテの表現もこの意味で読まれるべきであろう。

15 十九世紀まで広くアガベの代わりにアロエと表記されていた。地中海圏では今日でもなおアガベ、すなわちリュウゼツランの生垣がある。

16 古都ミントゥルナエの廃墟。

17 カプアはイタリアの都市名。主な遺跡は円形劇場。

18 ゲーテはブドウの蔓を花飾りに見立てて描いており、この様子はティッシュバインもスケッチしている。

ゲーテの足跡（ナポリ）
カポディモンテ美術館（王宮）
トレード通り
カラッファ・コロンブラーノ宮殿
サン・カルロ劇場
サンタ・ルチア通り
ポジリポ
ヘルクラネウム市
0
2
4km

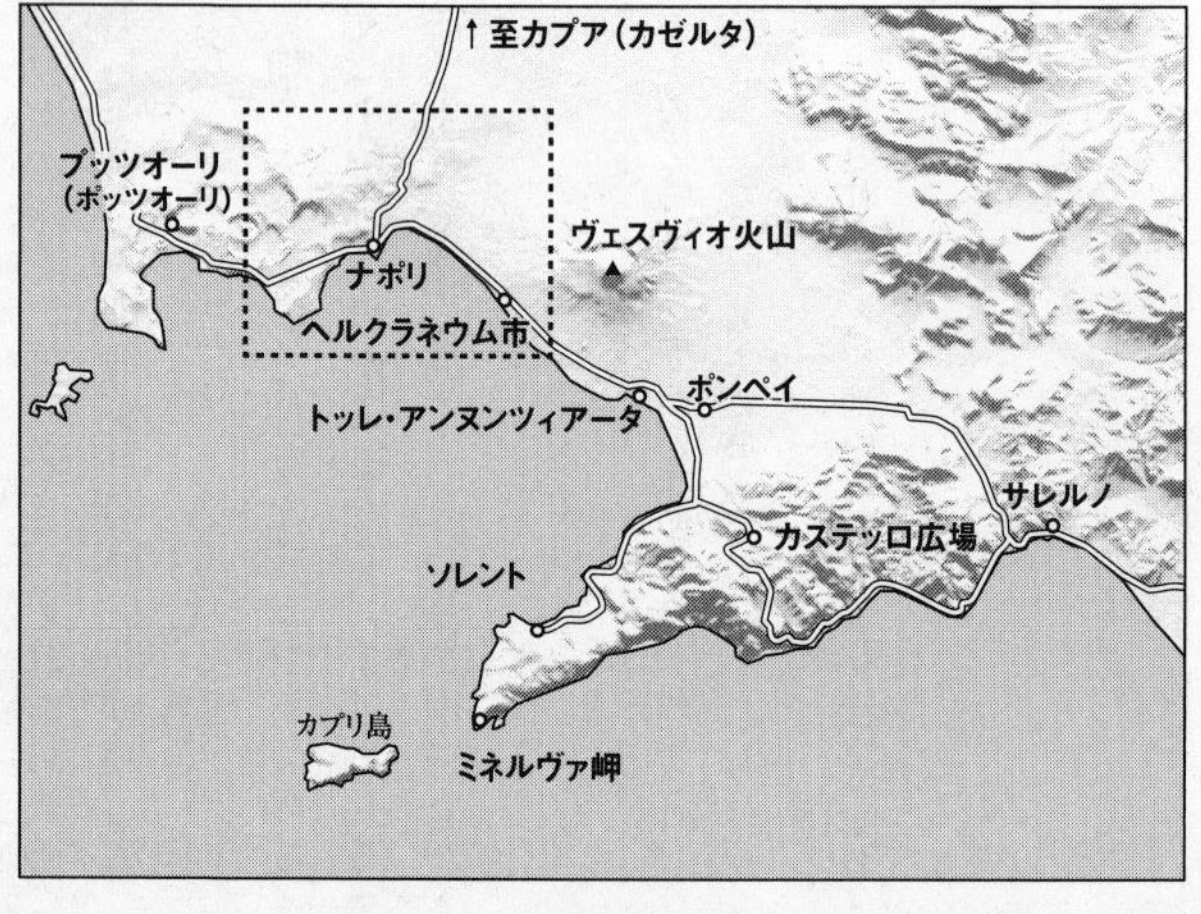
↑至カプア（カゼルタ）
プッツオーリ
（ポッツオーリ）
ナポリ
ヴェスヴィオ火山
ヘルクラネウム市
ポンペイ
トッレ・アンヌンツィアータ
サレルノ
カステッロ広場
ソレント
カプリ島
ミネルヴァ岬

ヴェスヴィオ山はあいかわらず行く手の左方にあって、もうもうと煙を吐いていた。この名物をついにこの目で見て、内心うれしかった。空はしだいに晴れてきて、しまいに太陽は、ガタゴト揺れる狭い馬車のなかにまでじりじり射し込む。澄み渡った明るい大気のなかをナポリへ近づいていくと、別の国にきたような気がした。建物の平たい屋根は土地柄のちがいをうかがわせたが、あまり住み心地はよくないかもしれない。みな街路に出て、日が照っているかぎり日向ぼっこをしている。ナポリ人は、自分たちのところは天国、北方の国々はたいそうみじめなところだと思っている。《Sempre neve, case di legno, gran ignoranza, ma denari assai.》私たちの状況をこのようにイメージしており、全ドイツ民族の後学のためにこの評語を訳しておく。「常に雪、木造の家屋、はなはだしき無知、でもお金は十分にある」[19]当のナポリは見るからに楽しげで自由で活気にあふれ、無数の人々が入り乱れて走り回っている。国王は狩猟、王妃はおめでた。これ以上めでたい話などあるわけがない。

ナポリにて、一七八七年二月二十六日、月曜日

《Alla Locanda del Sgr. Moriconi al Largo del Castello（カステッロ広場、モリコーニ氏旅館気付）》。この明るく華やかな響きの宛名で、世界のどこの果てから出した手紙でも、ちゃんと私たちの手に届く。海辺にある城塞一帯に大きな空き地がのび広がっていて、四方を家屋に囲まれているのに、広場ではなく「ラルゴ（広大なところ）」と呼ばれている。おそらくここが昔、みわたす限りの原野であったころの名残りだろう。この広場の一方に大きな角屋敷が出っ張っていて、私たちはこの屋敷の角の大広間を占領した。たえず波の打ち寄せる海面を気持ちよく展望でき、鉄のバルコニーがいくつもの窓の外側にぐるりととりつけられている。烈風がひどく身にこたえるのでなければ、立ち去りがたいような場所である。

広間には派手な装飾がしてあり、とくに天井の、無数に区画された唐草模様（アラベスク）は、ポンペイやヘルクラネウムの近くであることを匂わせる。これはこれで美しく結構なのだが、かまども暖炉（カミーン）も見当たらず、さすがに二月は寒さが身にしみる。少し温まりたくなった。

すると、手をかざすとちょうどよい高さの三脚が運び込まれた。その上に平たい火

鉢が取りつけてあり、その中のつましい炭火に灰をかぶせて平らにならしてある。ここでもローマで習い覚えたような節約が肝心だ。ときおり鍵の頭で表面の灰を用心深く押しのけて、炭火が少し息をつけるようにしてやる。短気をおこして火を掻き起しでもしようものなら、一瞬もっと温かみを感じても、たちまち火は全部燃えつきてしまい、そうすると、いくらかお金を渡して、もう一度火を入れてもらわねばならないからである。

私はあまり体調がすぐれず、もっと快適に過ごしたかったのだが、三和土の床の冷えをふせぐものはござ一枚で、ふつう毛皮は用いられない。そこで面白半分にもってきた船頭の仕事着を着込むことに決めると、かなりしのげて、特にトランクの紐で体にぴったりと締めつけたら、効果的だった。しかし自分でも、水夫ともカプチン派の僧とも見分けがつかない珍妙な恰好に思われた。友人を訪問して帰ってきたティッ

19 国王であるブルボン家のフェルディナント一世(一七五一〜一八二五)は大の狩猟好きとして知られ、オーストリア出身の王妃マリア・カロリーナ(一七五二〜一八一四)は、早世した子もいるが十八人の子の母であった。

シュバインは、おもわず吹き出した。

ナポリにて、一七八七年二月二十七日

昨日は一日じゅう安静にして、まず体調不良の快復につとめた。今日は夢中になってすばらしい名所を見物して時をすごした。人々のどんな言葉、どんな話、どんな絵よりも、ここの景色はそのすべてを越えている。海辺、湾、入り江、ヴェスヴィオ山、街並み、郊外、城塞、行楽地！

私たちは夕方ポジリポの洞窟へも入った。すると、ちょうど沈みゆく太陽の光が別の側から射しこんできた。ナポリを見た人はみなナポリのことが頭をはなれなくなってしまうというのはわかる気がする。私は今日はじめて見た景観から、私の父がとりわけ決して忘れ得ぬ印象を受けたことをしみじみと思い出した。幽霊に出くわした者は二度と晴れやかな気持ちになれないと言われるが、逆に私の父は、しょっちゅうナポリのことを想っていたために、不幸のどん底におちいることがなかった。私は私なりのやり方で動じることなく、みながあまりにも熱狂しているときでも、ただ目をみはるだけであった。

ナポリにて、一七八七年二月二十八日

今日、私たちは著名な風景画家フィリップ・ハッケルト[20]を訪ねた。彼は国王と王妃の特別な信頼と並々ならぬ寵愛を受けており、フランカヴィラ宮殿の一翼をたまわり、そこに芸術家の趣味で家具や調度品をしつらえ、満ち足りた生活をしている。たいへんきっぱりした賢い男で、たゆまず仕事にいそしみながら、生活を楽しむ術を心得ている。

それから私たちは海辺へ行って、あらゆる種類の魚や不思議な形をしたものが波間から躍り出るのを眺めた。すばらしい日和（ひより）で、山から吹き降ろす北風（トラモンターネ）もそうひどくなかった。

ナポリにて、三月一日

頑（かたく）なに隠者の生活態度を押し通そうとしても、思い通りにいかず、すでにローマにいたころから、社交的な面を帯びざるをえなくなっている。世の中に出ていつまで

20　ハッケルトは一七八五年四月に宮廷画家に任命されている。

も独りでいようとすること自体、奇矯な試みのように思われる。そういうわけで、まことに親切に招待し、その地位と権勢をもって便宜をはかってくれるヴァルデック侯[21]を拒むことができなかった。ヴァルデック侯はすでにしばらく前からナポリに滞在していて、私たちが到着するとさっそく、プッツオーリ[22]とその近隣地方への小旅行に招待してきた。私は今日はヴェスヴィオ山に登るつもりでいたが、ティッシュバインは私にぜひにと同行をすすめた。

「この小旅行じたい快適なものですし、このうえない好天気で、申し分ない学識ある侯爵とご一緒すれば、おおいに楽しく有益でしょう。それにローマでは、その夫君とともに侯爵につきっきりの美しい貴婦人[23]を見かけており、あの貴婦人も同じく一行に加わるとあっては、結構尽くめでしょう」

実際、この貴族仲間とは以前にも歓談しており、私はわりあいよく知られた存在だった。詳しくいうと、初めてお近づきになったとき、侯爵は「いまどういう仕事をされているのですか」と尋ね、私は『イフィゲーニエ』のことが頭にあって、ある晩かなり詳しくそれを語り聞かせることができた。みなは理解を示しながら耳を傾けたが、もっとにぎやかで荒っぽいものを期待していたと思われるふしもあった。

夕

今日一日のことは、なかなか説明しがたいものがある。ある書物を一読したら、有無をいわせず我を失うほど魅了され、全生涯においてこのうえなく大きな影響をうけ、それは再読しても、真剣に考察しても、あとから付け加えることはほとんどないほどの決定的なものだったという経験は、だれもがしているだろう。かつて私は『シャクンタラ』[24]を読んだときそうだったが、すぐれた人物に接したときも同じことが起こる

21　クリスティアン・アウグスト・フォン・ヴァルデック（一七四四〜九八）。当主の弟にあたり、すでに一七八七年一月にゲーテはローマで侯爵を訪問している。侯爵は同年アレクサンダー・トリッペル（一七四四〜九三）に委嘱してゲーテの胸像をつくらせている。

22　ナポリの西にあるポッツオーリのこと。

23　この美しい貴婦人はプラハの司教の親戚で、その年老いた夫君とともにヴァルデック侯に同行していた（ゲーテのシュタイン夫人宛の書簡、一七八七年一月二十日付けによる）。

24　もとの書簡には、頭文字で《S》とのみ記されている。ゲーテがゲオルク・フォルスターの訳でインドのカーリダーサの戯曲『シャクンタラ』を読んだのは一七九一年。この頭文字《S》はスピノザをさし、『シャクンタラ』の語は紀行編纂のときに書き入れたものではないかという説もある。

のではないだろうか。プッツオーリまでの舟遊び、気楽な馬車の旅、世にも不思議な景観をめぐる愉快な散策。空は澄みわたり、足元は危なっかしい。無残にも荒れ果てた、想像もつかないような栄華の廃墟。ぐつぐつ煮え立つ水面、硫黄が噴出する洞穴、草木の生育をこばむ鉱滓（こうさい）の山、不毛な厭わしい地域、そして最後にうって変わって常時あふれんばかりの植物がおよそ伸びられるかぎり生い茂り、あらゆる死に絶えたもののうえに覆いかぶさり、湖水や渓流のまわりにも繁茂し、さらに古い噴火口の断崖にもまことに立派なオークの森をみせていた。

　こうして大自然と俗事とのあいだを右往左往している。思索にふけりたいと思うが、それはあまりにも場違いな気がする。いっぽう、活気あるものは晴れやかに生を営み続け、それをおろそかにできない。教養人といえども浮き世の子であり、浮き世の営みと密接につながっていて、しかし、おごそかな運命の警告をうけて、省察に心を向ける。はてしない展望は陸と海と空へ向かい、寵（ちょう）を得ることに慣れ、またそれを好む愛すべき若き貴婦人の傍らへ呼び戻される。

　すべてこうした陶酔のなかにあっても、私はいくつか書き留めることを怠らなかった。随所で利用した地図とティッシュバインのちょっとした写生とは、将来、原稿の整理をするのにこのうえない助けとなるであろう。今日はこれ以上、ほんのわずかでもつけ加えることはできない。

三月二日

曇り空で山頂には雲がかかっていたが、ヴェスヴィオ山に登った。レジーナまで馬車で行き、それからラバに乗ってブドウ園のあいだを通って山を登ってゆく。やがて徒歩で七十一年のときの溶岩[25]を越えていったが、こまかいけれどもしっかりした苔が、もうその上に生えていた。隠者の小屋がずっと左手の丘のほうに見えた。ついで灰の山を登ったが、これがまた難行である。この山頂の三分の二は雲で蔽われていた。ようやくいまは埋まっている古い噴火口に達し、二ヵ月と十四日の新しい溶岩、そればかりか五日前の軟らかい溶岩さえ、すでに冷却しているのを見た。これらの溶岩を越え、できたばかりの火山性丘陵を登っていくと、あちらこちらから蒸気が出ていた。煙が私たちから遠のいたので、噴火口のほうへ行こうと思った。蒸気のなかへ五十歩

25　一七七一年五月に北側の斜面から噴出した溶岩。

も入らないうちに、蒸気はたいそう濃くなって、自分の靴もろくに見えなくなった。ハンカチを顔に当てても役に立たず、ガイドの姿も消えている。噴き上げた溶岩の塊のうえを歩くのは危険なので、今日のところはいったん引き揚げて、念願の見物は快晴の日、噴煙の少なくなる日まで延期したほうがよいと思った。このような大気のなかで呼吸することがどんなに有害かは、私にもわかっている。

ただし山は実に静かであった。火も噴かなければ、山鳴りもしないし、石も飛んでこない――これまではずっとそうだったわけだが。天気がよくなったらさっそく、この山を本式に包囲攻撃しようと思って偵察しておいた。

目についた溶岩はたいてい私の知っているものだったが、たいへん注目すべき現象を発見した。これをもっと調べ、専門家やコレクターに尋ねてみたいと思う。それは火山の噴気口を蔽っている鍾乳石状のもので、以前はアーチ形だったのに、現在では口を開けて、いまは埋まっている旧噴火口から突き出ている。

固くて灰色がかった鍾乳石状のこの岩石は、きわめて微細な火山による発散物が、湿気の作用もうけず溶解もせずに、昇華してできたものであるように思われる。これはさらにいろいろ考えるきっかけとなった。

今日、三月三日は、空は曇り、シロッコが吹いている。手紙を書くのにうってつけの天候だ。

たいそう雑多な人間たちや美しい馬、珍しい魚は、当地でもう十分に見た。

当市の地勢や名所については、しばしば叙述され賞賛されているので、あらためて書くまでもない。土地の人は《Vedi Napoli e poi muori!（ナポリを見て死ね！）》と言っている。

ナポリにて、三月三日

ナポリ人で自分の町を去ろうと思う者はひとりもいないし、たとえ近隣にヴェスヴィオ火山のようなものが二つ、三つあったとしても、ナポリの詩人がこの町の景勝をひどく誇張して詩作するのを悪くとるわけにはいかない。ここにいると、ローマをふりかえって思い起こす気にもなれない。ここの広々とした地勢にくらべると、テヴェレ低地にある世界に冠たる都ローマも、僻地（へきち）の古びた僧院のように思える。

海上や船舶のことなどもまったく新たな状況を呈している。パレルモ行きのフリゲート型の船[26]が昨日、正真正銘の強い北山おろし（トラモンターネ）に乗って出帆した。今度はきっと航海に三十六時間以上はかからなかっただろう。船がカプリ島とミネルヴァ岬とのあいだを抜けて消え失せたとき、私はなんと切なる想いで、その風をいっぱいにはらんだ帆を見送ったことか。だれか愛する人があの船に乗っていて旅立つのを見送ることになったら、焦がれ死にしてしまいそうだ。いまはシロッコが吹いている。風がもっと強くなったら、防波堤の波はさぞ愉しげに砕け散ることだろう。
今日は金曜日で、貴族の遠乗り大会があり、各自が豪華な馬車、特に馬を見せびらかしていた。この地の馬ほど優美な馬はおよそ見られず、生まれて初めて馬に心を躍らせた。

ナポリにて、三月三日

ここに、私が当地で催した、いわば お披露目の行事の報告として、ぎっしりつまった二、三ページにわたる手紙を送る。君たちがこの前送ってくれた手紙の封筒の片隅がくすぶっているのは、ヴェスヴィオ山へ同行した証拠なので、これも同封する。でも私が危険にかこまれているなどとは、ゆめゆめ思わないでほしい。心配ご無用、どこへ行こうと、ベルヴェデーレ[27]へ向かう街道以上の危険はない。「地上はあまねく神の国」という言葉はこうした折に用いるのだろう。私はせんさく好き、物好きから、冒険を求めているわけではなく、ただたいがいのことに明るく、すぐに対象の特性を見抜くので、人並み以上に行動して無茶もしかねないのである。シチリア行きはまったく危険ではない。先日、北東の順風に乗って出帆したパレルモ行きのフリゲート型の船が、カプリ島を右手に見ながら三十六時間で航行したのは間違いない。遠く離れていると危険だと思いがちだが、実際にその地に行ってみると、さほど危険は感じない。

地震はいまのところ、イタリア南部ではまったく感じられないが、北部では先日リーミニとその近郊の町村が被害をうけた。地震は奇妙なきまぐれをおこす。当地で地震の話をするのは、悪天候の話をするようなもの、チューリンゲンで大火の話をするようなものだ。

26 三本マストの快速船。しかし一七八七年三月二十六日付け(四四〇頁)でゲーテ自身がこれを訂正し、これよりも小型で速度もゆっくりしたコルベット型の船であると記している。

27 ヴァイマールの南にある小さなロココ式の城。

君たちが『イフィゲーニエ』の今度の改作に好意的で嬉しい。旧作との差異をもっとはっきりと感じ取ってもらえるなら、もっと嬉しいだろう。自分がどれだけ力を注いだか自覚しているし、もっとやれそうな気がするので、こんな話をしてもよいと思う。良きものを享受するのが喜びなら、より良きものを感受するのはもっと大きな喜びであり、芸術作品は最良のもので、ようやく会心の笑みをもらすことができる。

ナポリにて、三月五日

四旬節の第二日曜日を利用して私たちは教会から教会へとわたり歩いた。ローマではなにもかも厳かだが、ナポリではなにもかも愉快に陽気にとり行われる。ナポリ派の絵などもナポリに来て見なければわからない。驚いたことに、当地のある教会[28]の正面部は上から下まで全部、絵で埋め尽くされており、戸の上方にはキリストによって寺院から追い払われた買い手と売り手が肝をつぶして両側から階段を転がり落ちるさまが生き生きと優美に描かれている。別の教会[29]の内部では、入り口の上方の空間に、ヘリオドロスの追放を描くフレスコ画がにぎやかに飾られている。このような壁面を埋めるために、ルカ・ジョルダーノは勢い速筆にならざるを得なかった。説教壇も他の所のように一人用の演壇、座席がきまっておらず、歩廊式になっている。そこをカプチン派の僧が行ったり来たりしながら、あるいは一方の端、あるいは他方の端から、人々にその罪業を戒めているのが見えた。以上、いくら話しても尽きることはない。しかし、とうてい筆舌に尽くしがたいのは、満月の夜のすばらしさである。私たちは街路をぬけて広場を越え、はてしないキアヤ[30]の散歩道をたどり、それから渚をぶらついてその絶景を楽しんだ。誠にはてしない空間が広がっていて圧倒される。このように夢想することを徒(あだ)やおろそかにしてはならない。

ナポリにて、一七八七年三月五日

このごろ知り合いになった立派な人物のおおまかなことを手短にお知らせしたい。

28　聖フィリポ・ネーリ教会。大壁画はルカ・ジョルダーノ（一六三四？～一七〇五）の「両替屋の追放」。彼のあだ名は《Fa presto（早くやれ）》であった。
29　ジェズ・ヌオーヴォ教会のこと。この絵はルカ・ジョルダーノではなく、彼の弟子フランチェスコ・ソリメーナ（一六五七～一七四七）の作品。
30　「浜辺」の意。

立法に関する著書で知られる騎士フィランジエーリ[31]は、人間の幸福と人間の尊い自由をいつも心に留めている尊敬すべき青年たちのひとりだ。彼の態度をみると軍人、騎士、社交界の紳士だとわかる。しかし思いやりにあふれた道義心がこの端正な態度を和らげ、言葉や物腰からまことに優美に輝き出て、人柄全体におよんでいる。彼は現在の国政に関してはなにもかも是認しているわけではないが、国王と王国に対しては心から味方している。だが彼もまたヨーゼフ二世[32]を恐れていて、悩みの種となっている。暴君の姿は、たとえそれが浮説にすぎなくても、高潔の士をぞっとさせる。彼は私にきわめて率直に、ナポリがヨーゼフ二世によっていかなる仕打ちをうける恐れがあるのかを語ってくれた。彼はモンテスキュー[33]やベッカリーア[34]のこと、それから自著のことを好んで話題にし、すべてを貫くのは、善を成そうとする最良の意志と心からの若々しい悦びである。彼はまだ三十代かもしれない。

まもなくフィランジエーリがある老著述家を紹介してくれた。かれら新進の法律学者は、この人物のはかりしれぬ深遠さに接し、おおいに感化され、さわやかな気持ちになるという。彼の名はジョヴァンニ・バッティスタ・ヴィーコ[35]。モンテスキューよりも崇められている。かれらから「聖なる宝です」と打ち明けられたヴィーコの著書にさっと目を通してみたが、そこには伝統および生の真摯な考察にもとづいた、いつか善なる正しきことが訪れるであろう、もしくは訪れることになっているという預言めいた予覚があるように思われた。国民にこうした師父とあおぐ人物がいるのは実にすばらしいことであり、ドイツ人にとっては将来、ハーマン[36]がこれと似たような典範となるであろう。

---

31 ガエターノ・フィランジエーリ(一七五二~八八)。憲法学者。主著は八巻からなる『立法学』。ゲーテの『ヴィルヘルム・マイスターの遍歴時代』(第一巻、六章)にも彼の名が登場する。

32 ナポリ王妃の兄弟だったヨーゼフ二世は、トスカーナおよび全イタリアにたいして野望をもっているのではないかと恐れられていた。

33 シャルル・ド・モンテスキュー(一六八九~一七五五)。フランスの政治思想家。『法の精神』を著し、三権分立を主張。

34 チェーザレ・ベッカリーア(一七三八~九四)。ミラノの法学者・経済学者・啓蒙思想家。主著『犯罪と刑罰』。

35 ジャンバッティスタ・ヴィーコ(一六六八~一七四四)をさす。哲学者・歴史学者、ナポリ大学の修辞学教授。

ナポリにて、一七八七年三月六日

ティッシュバインは気が進まないのに、義理堅く律儀に、今日私のヴェスヴィオ登山に同行してくれた。つねにこのうえなく美しい人体や動物の姿形のみに関わり、体をなさないものですら、岩山や風景までも感性と美的センスによって擬人化する造形芸術家である彼にとって、くりかえし自らを食い滅ぼし、あらゆる美的感情に戦いを宣するような恐ろしい不格好なものが山積しているのは、実にいとわしく感じられるのだろう。

私たちは町の雑踏をみずから御して通り抜ける自信がなかったので、二台の二輪馬車に分乗した。御者はたえず「はい、はい！」と叫ぶ。すると、ロバ、薪やゴミを運ぶ者、向こうからやってくる二輪馬車、荷物をさげたり手ぶらで歩いている人々、子供や老人などが用心してよけてくれて、私たちの馬はそのまま疾駆しつづける。場末の町や菜園をぬけて行く道は、冥府もかくやと思われる様相であった。長いあいだ雨が降らなかったので、元来は常緑の葉も、分厚い灰色の埃におおわれ、すべての屋根や胴蛇腹、少しでも表面が出ているものはことごとく灰色におおわれていた。壮麗な青空と照りつける太陽だけが、私たちが生命あるもののなかを行くあかしであった。

けわしい坂道のふもとで私たちを迎えたのは、二人のガイドだ。ひとりは中年、もうひとりは若者で、どちらも屈強な男である。前の男が私を、後の男がティッシュバインを引っ張り、山を登って行く。「引っ張る」というのには、わけがある。このようなガイドは体に皮紐を巻きつけている。登山客はそれにつかまって引っ張り上げてもらうと、それだけ踏みしめる足も楽になり、杖にすがって登って行けるのだ。

こうして平らな場所にたどり着いた。向こうには円錐峰がそびえたち、北にはソンマの廃墟が見える。

西の方角一帯のながめは、霊泉のごとく、あらゆる労苦、あらゆる疲労を吹き飛ばしてくれた。そこでひっきりなしに煙を吐き、石と灰を噴出する円錐峰をぐるりとまわった。ほどよい距離をたもつだけの場所の余裕さえあれば、胸のおどるような壮観

36 ヨハン・ゲオルク・ハーマン（一七三〇～八八）。その深い思想のために「北方の博士」あるいは「北方の魔術師」と呼ばれた思想家。主著『ソクラテス回想録』。ゲーテはシュトラースブルク時代にヘルダーを通じて彼の著作を知った。『詩と真実』第十二章でもハーマンのことを取り上げている。

だった。まず深い深い穴底からものすごい轟音が響いてくると、つぎには大小の石が、火山灰の雲につつまれて、幾千となく空中に投げ上げられる。大部分はもとの噴火口に落下する。側方に投げ出された残りの石塊は、円錐の外側に落ちてふしぎな音をたてる。まず重い石がどしんと落ちると、にぶい響きをたてながら円錐の側面を跳びはねながら落下し、小さい石はガラガラとその後を追い、そして最後に灰がパラパラと降り注いだ。これらはすべて規則的な間隔をおいて行われる。落ち着いて数える余裕があり、十分にその間隔を測定することができた。

しかしソンマと円錐峰とのあいだの空間はかなり狭くなり、すでにいくつもの石が私たちのまわりに落ちてきて、歩き回るのが楽しいというわけにはいかなかった。この怪物のような火山は醜いだけでは飽き足らず、さらに危険なものになろうとしているので、ティッシュバインは山上でいっそう不機嫌になった。

しかし私は、目の前の危険に何やら心惹かれ、これにあらがう人の子の反抗心をかきたてられ、爆発と爆発の合間に円錐峰を登って噴火口のところまで達し、さらに同じ時間内に戻って来られるのではないかと考えた。ソンマの突き出た岩の下の安全な場所に陣どって持参の食糧で元気をつけながら、ガイドたちに相談した。すると若いほうのガイドが、敢然と私とともにこの冒険に立ち向かうことになった。めいめい帽子の天辺にリンネルや絹のハンカチをつめこみ、杖を片手に、私はガイドの皮帯をつかみ、準備をととのえた。

まだ小石が私たちの周囲にガラガラと転がり落ち、灰もパラパラ降り注いでいるのに、早くも元気いっぱいの若者は私を引っぱって灼熱した石ころを踏み越えて登った。いよいよ巨大な奈落のふちまで辿りつくと、一陣の微風がその煙をはらってくれたが、それと同時に、そのまわりの無数の裂け目から湯気をたてている穴の内部を蔽い隠してしまった。噴煙のすきまから、岸壁の亀裂がそこここに見えた。眺めたところで益もなく、面白くもなかったが、しかし何も見えないために、かえって何か見つけ出したくなって、ぐずぐずしていた。落ち着いて時間をはかることも忘れて、巨大な深淵にのぞむ断崖のふちに佇んでいた。すると突然、轟音が鳴り響いて、物凄い噴出物が身をかすめて飛んでゆく。思わず身をすくめた――こうすれば岩塊が落下しても命拾いするかのように。小さな石くれがガラガラ転がっていた。この次までもう一度、休止の間があるということを度忘れし、ただ危機を脱したことにほっとして、なおも降り注ぐ灰のなかを、帽子も靴も灰まみれになって円錐峰のふもとに辿り着いた。

ティッシュバインに熱烈に歓迎され、叱られ、元気づけられて、ようやく私は新旧の溶岩に特別の注意を払うことができるようになった。年かさのガイドはそれらの年代を精確にあげることができた。古い溶岩はもう灰に蔽われて一様だったが、新しい、とりわけ緩やかに流れた溶岩は、奇妙な外観を呈していた。つまり、そういう溶岩はのろのろ流れてゆくとき、表面のすでに凝固した塊をもしばらく一緒にひきずってゆくが、そのうちこの塊がときどき停滞して止まることがあり、それがさらに溶岩の流れに押し進められて、たがいに積み重なったまま不思議なギザギザの形に硬化してしまい、同様な場合にやはり積み重なって流れる氷塊よりもさらに奇異な形状を呈する。この種の雑然とした溶岩のなかには、打ち砕いて新しい裂け目をみると、太古の岩石に酷似した大きな岩塊もあった。ガイドたちは、「それはときどき山から噴出する、いちばん底のほうの古い溶岩ですよ」と主張している。

ナポリへの帰途、二階建ての奇妙な建て方をした小さな家々が目についた。窓はなく、部屋はただ通りに面したドアから明かりをとっている。早朝から夜まで住民は家のまえに座っていて、そして最後にはその穴倉めいた住居に引っ込む。

ちょっと風変わりな夕方の町の雑踏をみて、どうしてもここにしばらく滞在して、にぎやかな様子をできるだけ描いてみたいという気持ちになった。もっともそううまく事は運ばないだろう。

ナポリにて、一七八七年三月七日、水曜日

今週はティッシュバインが、ナポリの宝である美術品の大部分を誠実に指し示して解説してくれた。すぐれた動物学者であり画家である彼は、すでに以前からコロンブラーノ宮殿にある青銅(ブロンズ)の馬の頭[37]に注意を向けてくれていたので、今日そこへ出かけた。この遺品はちょうど門道と向かい合って、中庭の噴水をのぞむ壁龕(へきがん)のなかにあり、驚嘆に値する。その頭部が他のパーツと結びついて全体像があったときは、絶大な効果

37 古代の遺品ともドナテッロの作ともいわれ、その大きな頭部は一八〇九年以来、国立考古学博物館にある。最近では、ローマもしくはその周辺の地に由来する巨大な古代の騎馬像の遺品であるという説が出ている。

をもたらしたことだろう。馬は全体としてサン・マルコ教会のものよりもはるかに大きく、ここにある頭部も、詳しくひとつひとつ観察すればするほど、個性と力とがますますはっきりと認められ、感嘆するほかない。額骨は見事で、鼻息は荒く、耳をそばだて、たてがみはごわごわしている。激しくいきり立つ力強い悍馬（かんば）。ふりかえると、門道の上方の壁龕のなかに立っている女体像[38]が目にとまった。すでにヴィンケルマンはこれを、ある舞姫をかたどったものとみなしている。このような生き生きと躍動する舞姫たちの千姿万態（せんしばんたい）を、造形芸術の巨匠たちはじっと動かぬニンフや女神として後世に残した。その像はきわめて軽快で美しく、頭部は欠け落ちていたが、手際よく復元され、そのほかに破損している箇所はない。もっとよい場所がふさわしいと思う。

ナポリにて、三月九日

本日、二月十六日付けの貴簡拝受。これからもぜひお便りをください。転送してくれるように頼んであるし、旅の先々でもそう頼んでおこう。「友人どうしが顔を合わせることもなく……」といった便りを、こんな遠く離れたところで読むと、なんだか妙な気がするが、互いに近くにいると、かえって顔を合わせないというのは自然で、よくあることだ。

空が暗くなった。気候の変わり目で、春が訪れて、やがて雨期がくるだろう。私がヴェスヴィオ山に登って以来、頂上はまだ晴れ上がったことがない。最近ときおり夜中に火を噴くのが見えたが、いまはやんでいる。もっと大きな爆発がありそうだ。

この数日は嵐だったから、海は壮観で、波頭の雄大な姿と形を研究することができた。やはり自然という比類なき書物には、どの頁にも大いなる内容が盛り込まれている。これに対して劇場は、もはやちっとも面白くない。当地では四旬節に宗教的なオペラをやるのだが、幕間にバレエが挿入されていないだけで、あとは宗教色のないオペラとなんら違いがない。おまけに可能なかぎり派手にやる。サン・カルロ劇場[39]では『ネブカドネザルによるエルサレムの破壊』を上演しているが、私には大きなのぞきからくりのように思われ、こうした代物(しろもの)には食傷気味である。

38　この像は現在は「ニンフ」とされており、バチカンの仮面室にある。頭は欠落している。
39　一七三七年に建てられ、王宮の北側とつながっている。

今日はヴァルデック侯とカポディモンテ[40]へ行ったが、ここには絵画や貨幣などの大コレクションがあって、並べ方は気に入らないが、貴重な品々ばかりだ。いまや私のなかで、伝統とはいかなるものか、多くの形をとって明確になってきた。北方へは刈り込んだレモンの木のように、貨幣や宝石や花瓶がぽつりぽつりと入ってくるだけだが、地元だと、こうした宝物がたくさん並んでいるので、まったく別様の趣（おもむき）になる。つまり芸術作品が稀なところでは、その希少さが価値になるけれども、ここでは真に価値あるものだけが珍重される。

いまエトルリアの花瓶が高値をよんでおり、たしかになかには美しい逸品もある。これを多少なりとも手に入れたいと思わない旅客はない。旅に出ると、家にいるときより金遣いが荒くなり、私自身もつい誘惑に負けてしまいそうだ。

ナポリにて、一七八七年三月九日、金曜日

ふつうのことでも、目新しく意外性に満ちているために、わくわくする事件のようにみえるのは、旅先の愉しみだ。カポディモンテから戻り、フィランジエーリ家に夕べの訪問をすると、あるご婦人が当家の奥方と並んで長椅子に座っていた。彼女はまったく遠慮なくくつろいでいたが、その外見は打ち解けた態度をとるにはふさわしくないように見えた。縞模様（ストライプ）の絹の薄物の服に、頭を異様に飾り立てた小柄な愛らしい姿は、他人のおめかしには心を配るが、自分の身なりにはあまりかまわない婦人帽製作者に似ていた。そういう女性たちは仕事で報酬を得ることに慣れているので、自分のために無料で何かをするなんて思いもよらない。私が入っても、彼女はおしゃべりをやめず、最近でくわした、というよりもむしろ彼女が攪乱（かくらん）して引き起こした、たくさんの愉快な話を披露していた。

当家の奥方は、私にも口をきかせようとしてカポディモンテのすばらしい佇まいや、そこにある宝物について話をした。すると元気のいい女性は急に立ち上がり、その立ち姿はいっそう愛らしかった。彼女は別れを告げて戸口のほうへ駆け出し、私のそばを通り過ぎるとき、「フィランジエーリ家の皆さんが近いうちに宅へ食事にまいります。あなたもいらしてくださいね」と言った。私がまだ返事もしないうちに出て行っ

40　ナポリにそびえる王宮。一七三八年にカルロス三世によって起工された。完成は一八三八年。

てしまった。聞くところによると、近い親戚で〇〇〇公女だという。[41]フィランジエーリ家は富裕ではなく、かなり切りつめた生活をしている。もともとナポリにはこうした高貴な称号は珍しくないので、この公女もそうではないかと思った。名前と日時は覚えたし、しかるべき時刻にきちんとその家まで行けるはずだ。

ナポリにて、一七八七年三月十一日、日曜日

私のナポリ滞在も長くないだろうから、まず遠いほうの地点から見ることにする。近いところはいつでも見られるから。ティッシュバインと一緒にポンペイに馬車を駆ると、数々の風景画でおなじみになっている美観が、右に左に、次々と輝くばかりに連続してあらわれる。だれもが思うことだが、ポンペイは意外に狭く、小さい。両側に舗石の歩道のある、まっすぐだが、狭い街路、窓のない小さな家屋、部屋部屋は中庭や無蓋の歩廊から戸口を通して光を採っているだけだ。門のかたわらの腰掛けのような碑石や教会といった公共のもの、それに近郊の別荘さえも、建物というよりはミニチュアの模型かドールハウスのようだ。しかし部屋や廊下や歩廊がきわめて明るく塗られ、壁面は単調だが、中央に細密な絵画が一つ、それもいまではおおかた、はぎ

取られているが、縁や隅々には軽妙で風雅な唐草模様(アラベスク)、そのなかから愛らしい子供やニンフの姿があらわれ、また別のところでは大きな花飾りのなかから野獣や飼いならされた動物が出現する。こんな風に、石や灰の雨に蔽われ、つぎには発掘者たちに略奪されて荒廃した都市の現状は、民衆全体の芸術や絵画によせる喜びを暗示しているのだが、今や熱心な好事家であっても、それを理解できないし、感受することも欲することもできない。

この都市とヴェスヴィオとの距離を考えると、この地を蔽った噴出物は投げ飛ばされたり、突風に吹き送られたりしたわけではないらしい。むしろこういう石や灰はしばらくは雲のように空中に浮遊していて、最後に運悪くもこの市の上に降ってきたと考えざるをえない。

こうした事象をもっとありありと思い描きたければ、さしずめ雪にふりこめられた

41 フィランジエーリの妹テレサは、六十歳の侯爵フィリッポ・フィエスキ・ラヴァスキエリ・ディ・サトリアノと結婚していた。ゲーテは「公女」、すなわち侯爵夫人を「陽気な美女」と評している。

山村を考えてみてほしい。建物と建物とのあいだの空き地も、いや押しつぶされた建物さえも埋没したが、ただ石塀だけは、やがて丘陵がブドウ園や菜園に利用されるようになると、あちこちに顔をのぞかせていたのだろう。そんなわけで地主のなかには、自分の所有地を掘り下げて、貴重な品々を掘り当てた者も少なくなかった。収穫ゼロの部屋もあれば、一隅にうず高く灰がつもり、そのなかにちょっとした家財や美術品がかくされていた部屋もあった。

私たちがこのミイラ化した都市の奇異な、不快ともいえる印象をすっかり心から洗い流したのは、渚に近い小さな食堂のあずまやに腰をおろし、青い空、輝く海を堪能しながら、質素な食事に舌つづみを打ったときのことである。ここがブドウの葉で蔽われるころにこの地で再会し、一緒に楽しみたいと思った。

ナポリの町近くになると、たたずまいがポンペイの家屋にそっくりな、例の小さな家々が目にとまった。許しを乞うて、その一軒に入ってみると、調度類はたいへんきちんとしている。きれいに編んだ籐椅子、金地に多彩な花模様をうるしで塗りつけた簞笥(たんす)。この地方の住民はこれほど長い年月と数知れぬ変遷を経た後も、昔ながらの暮らしぶりや風習、好みや趣味を失わずにいる。

ナポリにて、三月十二日、月曜日

今日は私なりのやり方でこっそり観察しながら市中を歩きまわり、他日この町のことを叙述するためにいろいろな点を書き留めておいた。いまは残念ながら、これについてお知らせできない。何かにつけて感じられるのは、とりあえず必要なものをたっぷり提供してくれる国土は、「今日の日がもたらしたものは明日もまたもたらされるであろう」と、のんきに待ち構え、のんびり暮らしていける幸せな気質の人間を生むということである。刹那的に満足し、ほどほどに楽しみ、さしあたり苦しくても、屈託なく耐えてゆく！——この点については面白い実例がある。

その日の朝は少し雨が降ったあとで、寒くてじめじめしていた。ある広場へ行ってみると、舗装の大きな切り石がきれいに掃き清められたようになっていた。見ると驚いたことに、凹凸のない平らなこの地面に、何人かのみすぼらしい服を着た男の子たちが円形をつくってうずくまり、暖をとるように両手を地面に向かってかざしていた。はじめはふざけているのかと思った。しかし欲望が満たされたときのように、かれらの表情が大真面目で、ほっとした様子なのをみて、さんざん頭をひねったが、さっぱりわからない。そこでしかたなく、「いったい、このいたずらっ子たちは、何のためにこんな奇妙な姿勢をとっているの？　しかも、整然と円陣をつくって集まっているよね？」と尋ねた。

すると、近くに住む鍛冶屋がこの場所で、車の金輪(かなわ)を次のようなやり方で熱したことがわかった。鉄の輪を地面に置き、必要な程度までやわらかくするだけのオークの木片を、その上に円形に積み重ねる。点火した薪が燃えつきると、鉄の輪が車輪にはめられ、灰は丁寧に掃除される。すると舗石に伝わった熱を、この自然児たちはすぐさま利用し、最後のぬくもりを吸収してしまうまでその場を動かない。当地には、ふつうなら失われてしまうようなものでも、このようにぜいたくを言わずに細心の注意をはらいながら活用する例は数え切れない。ここの民衆は俊敏かつ巧妙に才覚をはたらかせるが、それは金持ちになるためではなく、のんきに暮らしてゆくためなのだと思う。

夕

今日は決められた時刻に、あの一風変わった公女のところへ参上しようと思い、家をまちがえないように、案内人を雇った。すると、ある大きな御殿の中庭の門の前へ連れていかれた。かくも立派な邸宅に住んでいるとは思われず、もう一度ごくはっきりと彼女の名前を案内人に言って聞かせると、彼は「まちがいございません」と断言した。母屋と両翼の建物とに囲まれた広い中庭は、ひっそりかんとして、人っ子ひとりいない。建て方も色調も、例の明るいナポリ式だ。向かい側には、大きな玄関と幅の広いゆるやかな階段。階段の両側には、立派なお仕着せの衣服に身を包んだ従僕が立ち並び、私が上っていくと深々とおじぎをした。私自身がヴィーラントの妖精が登場するメルヒエンのサルタン[42]になったように思われ、それをお手本に覚悟をきめた。つぎは位の高い家僕たちが迎えてくれ、最後にもっとも上品な家僕が大広間の扉をあけると、目の前に部屋がひとつあらわれた。そこも他の部屋と同じように明るかった

42　ヴィーラントの『千一夜物語』を模したメルヒエン『冬物語』(一七七六)に、サルタンが人なき魔法の宮殿を迷い歩く場面がある。

が、やはり誰もいなかった。あちこち歩きながらある側廊をのぞくと、四十人ぐらいも座れそうな豪華な、屋敷の構えとつり合いのとれた食卓にごちそうの用意がなされていた。教区付き司祭がひとり入ってきたが、私が何者か、どこから来たのか尋ねもせず、私がその場にいるのを自明のことのように受け取り、四方山話をはじめた。観音開きの戸が開かれ、年輩の紳士が入ってくると、すぐまた閉じた。司祭はその人のほうへ歩み寄り、私もそうして、二言三言丁重な挨拶をすると、紳士はつっかえつっかえ、ほえるような口調でこれに応えた。ちんぷんかんぷんの方言で、私は一言半句も聞き取れない。紳士が暖炉のところに立つと、司祭は退き、私もそれにならった。恰幅のいいベネディクト派の僧が、若い連れの者につきそわれて入ってきた。この僧も主人に挨拶したが、やはり吠えたてられて窓ぎわの私たちのところへ退いた。教団の僧侶、特に優雅な服装をした者は、社交界ではもっとも大きな特権をもつ。かれらの服装は謙譲と諦念をほのめかしながら、同時に決定的な威厳をかれらに付与する。別にへりくだらなくても恭しい態度に見えるし、またきっぱりと威儀を正す段になると、他の身分の者ならば是認できないようなある種の独善性すら、似つかわしいものになる。この男がそうだった。私がモンテ・カッシーノ[43]のことを尋ねると、僧は

「ご招待しましょう。おおいに歓待しますよ」と約束してくれた。そのあいだにも広間には客が増えていった。士官、宮内官、教区司祭、それどころか数人のカプチン派の僧まで来ていた。私は某婦人をさがした。いないはずはない。ふたたび扉が左右に開いてまた閉じると、老婦人が入ってきた。おそらく、ご主人よりも年上だろう。こうしていまや主婦が出てきてみると、私がこの家人とはまったく見も知らぬよそ者として、この御殿にいるということがまぎれもない事実となった。

すでにご馳走が運ばれ、僧侶たちのそばにくっついて一緒に食堂の楽園にすべりこんだとき、とつぜん細君同伴のフィランジエーリが遅刻を詫びながら入ってきた。すぐそのあとに可愛い公女が広間に飛び込んできて、膝をかがめたり、腰を曲げたり、うなずいたりしながら皆のそばをすばやく通って私のほうへやってきた。

「約束を守って下さって嬉しいわ」と彼女は叫んだ。

「食事のときは私の隣席へ。とびきり上等のものを差し上げます。ちょっと待ってね。まず具合のよい席を探さなくては。そうしたらすぐ私の隣に座ってね」

43　ローマとナポリの間にあるベネディクト派の僧院。五二九年創設。

そんな風にうながされたので、私はあちこち上手にくぐりぬけて彼女のあとについて行った。そして最後にベネディクト派の僧たちの真向かいで、フィランジエーリのいる座席にたどり着いた。

「食事はみな上等」と彼女は言った。「四旬節だから肉類はひかえているけれど、どれもえりぬきのものよ。極上のものをそれとなくお教えするわ。さて、太り過ぎの生臭坊主たちをとっちめておかなくては。あの連中ときたら我慢ならない。毎日毎日、宅に寄生してくる。宅にあるものは、私たちがお友だちと一緒に頂くものなのに」

スープがまわされ、ベネディクト派の僧は行儀よく食べた。

「どうぞご遠慮なく。神父さま」と彼女は叫んだ。「スプーンが小さすぎないかしら？　もっと大きいスプーンを持ってこさせましょう。神父さま方はいつも、お口いっぱいにして召し上がってらっしゃるから」

神父は「当侯爵家では何から何までゆき届いておられるので、私とはまったく違うお客様方も十分に満足なさることでしょう」と答えた。

詰め物をした小さなパイをその神父は一つしか取らなかった。すると彼女は、「どうぞ半ダースほどお取りなさい。パイ生地は消化がよいのは、ご存じでしょう」と呼びかけた。利口な僧は、その嫌味たっぷりな冗談が耳につかなかったかのように、厚意に感謝しながらもうひとつパイを取った。同じように、こってりした焼き菓子が出たときも、彼女は機を逸せずに悪態をついた。というのも、神父がひとつ突き刺して皿に入れる拍子に、もうひとつくっついて転がり込んだからである。

「三つ目もどうぞ」と彼女は叫んだ。「神父さま、たっぷり飲むために、しっかり土台をつくってらっしゃるのね」

「こういうすばらしい素材でしたら、建てるのも楽ですな」と神父はやり返した。万事この調子で、のべつ幕なしに続いた。彼女が私に最上のご馳走をきちょうめんに取り分けてくれるときをのぞいて。

そのあいだに私は、隣のフィランジエーリとごく真面目なことについて話し合った。私はそもそも、フィランジエーリが無駄口をきくのを一度も聞いたことがない。この点でも他のいくつかの点でも、彼は私たちのお仲間ゲオルク・シュロッサー[44]に似ている。ただフィランジエーリはナポリ人で社交家なので、もっと柔和な気質でつきあいやすい。

聖職者たちは、私の隣の気ままな公女に終始やっつけられ通しであった。特に四旬節用に、魚を肉の恰好に整えたものが出ると、これをきっかけに、彼女はやつぎばやに罰当たりで不品行な言葉を口にした。また、とりわけ肉体の快楽を強調し、「たとえそのものは禁じられていても、せめてフォルムを愛でるぐらいでしたら、同意しましょう」などと言った。

私はこのような冗談をもっと多く覚えているが、お伝えする勇気はない。こういうものは現場で美人の口から聞けば、まだ我慢できそうに思えても、これを文字に書きしるしたら、われながら嫌になりそうだ。それに思ったことをずけずけ言う奇抜さというのは、その場に居合わせると、はっとさせられて愉快だが、伝え聞かされると、耳障りでいとわしく思われる独特なものである。

デザートが運ばれ、あいかわらず同じようなことになるのではと危ぶんだが、思いもかけず隣の公女は落ち着いて私に向かって言った。

「シラクサの酒[45]を生臭坊主たちにゆっくり飲ませてあげましょう。人を憤死させるなんて芸当は、私には無理だし、この人たちの食欲をそこなうことすら、できやしない。さあ、まじめな話をしましょう。フィランジエーリとはどんな話をしたの。いい方よ。

何やら忙しそうにしてる。もうたびたび言ってあげてるわ。『新しい法律がつくられたら、まずどうすれば法の網をくぐり抜けられるか考え出すのにまた一苦労。もとの法律で体験ずみだけど』って。それはそうと、ナポリがどんなによいところか、よくみておいてね。人々は昔からのんきに愉快に暮らしてるわ。ときおり首つりの刑に処せられる者がいて、それ以外はすべて順調よ」

それから彼女は私にソレントへ行ってみるようにすすめた。

「そこに大きな所領があって、そこの執事は最上の魚や、乳ばなれしていない仔牛《mungana》のとびきり美味しい肉を出してくれるの。山の空気と絶景は、哲学三昧(ざんまい)のあなたを癒やしてくれるでしょう。そうしたら私も行って、あなたのあまりにも早く刻みつけられた皺をのばしてあげる。皺が跡形もなく消えて若返るわよ。一緒にほんとうに楽しい生活をしましょうね」などと言うのだった。

44　ヨハン・ゲオルク・シュロッサー（一七三九〜九九）。法律家・著術家。一七七三年にゲーテの妹と結婚し、ゲーテとは義兄弟。

45　シチリア島シラクサ産の古代から有名な、マスカット種のブドウからつくったワイン。

ナポリにて、一七八七年三月十三日

手紙がとぎれぬように今日も少し書き送る。元気だけれども、予定していたほど見物できておらず、この土地に影響されて、頓着せずにのんびりした生活を送っている。しかし私のなかで町の姿が次第に完成されてきた。

日曜日に私たちはポンペイへ行った。――災禍に見舞われた地は世界じゅうに山ほどあるが、後世の人々をこれほど楽しませる地はほとんどない。これ以上面白い場所はちょっと思い浮かばない。家々は小さくて狭いが、内部はすべてきわめて優雅に彩色されている。市の門[46]は、これに隣接する墓地とともに注目に値する。尼僧の墓が石の背もたれのついた半円形の腰掛けになっていて、それに大きな字で銘[47]が刻まれている。背もたれの向こうに海と落日とが見える。美しい思いに浸るのにふさわしい、すばらしい場所だ。

そこで善良で陽気なナポリ人の一行に遭遇した。まったく気取りのない気楽な人たちで、私たちはトッレ・アンヌンツィアータの、海のすぐ近くで食卓を囲んだ。このうえなく美しい日で、カステル・ア・マレやソレントが近くに見えて、素敵な眺めであった。居合わせた人たちはこの場所に大満悦で、数名は「海を眺めずには、とうてい生きてゆけそうにありません」と言った。でも私は、この風景を胸におさめればもう十分なので、そのうち折を見てふたたび山国へ帰ってもいいと思う。さいわいにも、広々とした豊かな近郊の風情を絵でたいへん忠実に再現してくれる風景画家[48]がいて、私のためにすでに二、三枚描いてくれた。

ヴェスヴィオ山の産物をくわしく調べてみたが、物事を関連づけて考察すると、何事も別な風に見えてくる。本来なら私は余生を観察に向けるべきであり、そうすれば人知を増大させるような幾多のことを見つけ出せるだろう。ヘルダー君には、私の植物上の解明は着々と進んでいると伝えていただきたい。原理はつねに同じでも、それをやり抜くには一生を要する。いまの私でも、基本路線なら打ち出せるかもしれない。

ポルティチの博物館を楽しみにしている。ふつうならそれを最初に見るのだが、最

46 ヘルクラネウム門。
47 銘には「プブリウスの息女で市の司祭アミアの墓所、市参事会員の決議により設けられた」と刻まれている。
48 クリストフ・ハインリヒ・クニープ（一七五五～一八二五）。この人物については一七八七年三月十九日および二十三日付けでくわしく記載。四二三頁、四三三頁参照。

後にまわそうと思う。これから後どうなるのか、自分でも見当がつかない。みなは私が復活祭にはローマへ戻ってくることを望んでいるが、私は成り行きにまかせたい。アンゲーリカは私の『イフィゲーニエ』のなかの一場面を絵[49]に描こうと企てた。実に適切な着想で、彼女は立派に仕上げることだろう。オレストが姉と友人のそばで心の落ち着きを取り戻す瞬間で、三名の人物が順次に語るところを、彼女は三人同時に語る場面にしていて、各人の言葉をいろいろな身ぶりで表現した。この点からも彼女がいかに繊細に感じ取っているか、また専門分野なら、いかにお手の物であるかがわかる。実際にこの作品の機軸となる場面だ。

ごきげんよう、私のことを忘れないで！　ここの人たちはみな、私にどう接したらいいか戸惑うようなときでも、とりあえず親切にしてくれる。これに対してティッシュバインはみなを満足させることに長けており、夕方になると、頭部を実物大で二つ、三つ描いてみせる。すると、かれらはまるでニュージーランド人が軍艦を見つけたときのような態度をとる。さっそくだが、これについて面白い話がある。

ティッシュバインには神々や英雄の姿を、等身大あるいはもっと大きくペンでスケッチする偉大な天分がある。彼は線を何本も引いて影をつけるようなことはせず、絵筆で大きく影をつけるので、頭部が丸く浮かび上がる。そこに居合わせた人たちは、いとも易々と描かれるのを眺めて驚嘆し、心底、喜んでいた。自分たちもそんな風に描いてみたくてたまらず、絵筆を握って、代わる代わるひげを描いたり、顔を描きなぐったりした。そこには、人類に生まれながらそなわる本源的な何かがあるのではないだろうか。しかもそれは自分でも立派に絵を描く人の家における教養人の集まりで、実際にまのあたりにしないと、こういうタイプの人たちはちょっと想像できない。

カゼルタ[50]にて、三月十四日、水曜日

ハッケルトのきわめて快適な住まいにて。彼のために提供された、旧城内にある住まいだ。新しい城[51]はもちろん壮麗な宮殿で、エスコリアル[52]風に方形に建ててあって、

49 『イフィゲーニエ』の第三幕第三場。「ゲーテの『イフィゲーニエ』のために」。
50 ナポリの北方にある。ハッケルトについては一七八七年二月二十八日付け、三六九頁参照。
51 カルロス三世によって一七五二年に築かれた。
52 スペイン、マドリード郊外にある建造物。一五六三年にフェリペ二世が建設を命じたもので、王宮、聖堂、修道院、図書館などが配置されており、聖堂の地下には国王の墓所がある。

いくつも中庭があり、じつに堂々としている。地形はきわめてよく、世にも豊饒な平原で、しかも庭園は山のふもとまで広がっている。そこには水道が豊かな水流を導いて、城と付近一帯とをうるおす。その豊かな水量を人工的に築いた岩のうえから落とせば、このうえなく壮大な滝ができあがるだろう。造園はみごとで、全体がすでに大きな庭園の観があるこの地域によく調和している。

城はまことに堂々としているが、あまり賑やかな様子はなく、その途方もなく大きな、がらんとした場所は、私たちのような者には気持ちのよいものではない。国王も同じような感じをもっておられたらしく、山のなかに人がもっと寄り付きやすいように、猟の楽しみや娯楽に適した設備がもうけられている。

カゼルタにて、三月十五日、木曜日

ハッケルトは旧城でじつに快適に暮らしており、住まいは彼と客人たちにとって十分な広さがある。彼は常に絵を描くことにいそしみながら、あくまで社交的で、人々を惹きつけては自分の弟子にしてしまう。私の苦手な面についてはとやかく言わず、「とりわけデッサンを的確に。それから自信をもって明確に」とあくまで主張して、私の心をとらえた。彼は水彩画を描くとき、つねに三種のインクを用意し、遠景から近景へと描き、インクを次々に使う。かくして、どのように生みだされるのか見当もつかない絵ができあがる。はたから見るように、あんな風に楽々と描けさえすればよいのだが。彼はいつもの率直さで私に、「素質はあるのに、なかなかうまくいきませんね。僕のところに一年半ほどいれば、自他ともに楽しめるものが出来るようになりますよ」と言った。――すべてのアマチュア画家に向かってたえず説き勧める言葉であろうが、私にどんな成果をもたらすか、身をもって経験することにしよう。彼が王女たちに実地の指導ばかりでなく、特に夜にしばしば招かれて、美術や美術に関する事柄について有益な話をしているという事実は、女王から特別に信頼されていることを語っている。その際に彼はズルツァーの芸術理論[53]の本を基にして、そこから随意に自分の信じるところにしたがって、この章またはあの章というふうに選んでゆく。

53 一七八六年十一月十五日付け、二六五頁参照。

私はそれをもっともなやり方だと認めざるをえないが、同時に自分のことを考えて、おもわず苦笑した。自己を内部から築き上げようとする人間と、世の中の人に働きかけて、その家風までも教化しようとする人間とのあいだには、なんという差異があることだろう。ズルツァーの理論は、その根本原理が誤っているので、私はいつも厭わしく感じていたが、いま、この書物には、世人が要する以上にたくさんのことがふくまれているのがわかった。多くの知識を伝える書であり、またズルツァーのような実直な人物が得心した考え方なのだから、これで世人には十分といえるのではないか。

美術品の修復師アンドレス[54]のもとで、何時間も愉しく有意義なときをすごした。彼はローマから招聘（しょうへい）されて、やはりこの旧城内に住み、熱心に仕事をつづけており、彼の仕事は王の関心事でもある。古い絵を修復する彼の熟練ぶりについては、この独自の職人技につきものの難題や巧妙な解決法をも同時に説明せねばならないだろうから、ここで話しはじめるわけにはいかない。

カゼルタにて、一七八七年三月十六日

二月十九日付けの貴簡が今日私の手に届き、さっそく一筆、返事を書く。友人たちのことを思いながら、本来の自分に立ちかえるのは、どんなに嬉しいことか。ナポリは楽園だ。だれもが一種の忘我の酔い心地で暮らしている。私も同様で、自分で自分がよくわからない。まったく違う人間になったような気がする。昨日「私は今まで頭がどうかしていたのか、さもなければ今、頭がどうかしているかどちらかだ」とおもった。

古代カプアの遺跡と、それと関連したものを、ここから見物に行った。植物の成長とは何か、またなぜ人は田畑を耕すのか、この地方にきてはじめて理解できる。亜麻はもう花が咲きそうだし、小麦は一尺近くも伸びている。カゼルタ付近は土地がじつに平坦で、畑は花壇のように一様にきちんと開墾されている。いたるところにポプラが植わっていて、それにブドウが巻きついている。こんな風に陰になっていても、この土地はまことに豊かな収穫がある。いよいよ春が勢いよくやって来さえすれば！　これまでは山にある雪のせいで、うららかな日ざしなのに、風がひどく

54　フリードリヒ・アンドレス（一七三五〜？）。ハッケルトの弟子。ハッケルトの推薦でカポディモンテ画堂の監督官になった。

冷たかった。

シチリアへ行くか行かないかは、二週間のうちに決めねばならない。こんなに奇妙に決心がぐらついたことは今までにない。今日は旅行をすすめるような何かが生じるかと思うと、明日は旅行を思いとどまらせるような事情ができる。守護神が二人いて、どちらも私を求めて競い合っているような具合である。

この話は女友達にだけ打ち明けるので、男友達の耳には届きませんように！ 私の『イフィゲーニエ』が奇妙な目にあったのには気づいている。みなはいちばん初めの形にすっかり慣れて、何度も聞いたり読んだりして、言い回しをよく覚え込んでいるので、今度のものはなにもかも、まったく違った感じに聞こえてしまうのだ。はかりしれない努力をしても、結局のところ、報いられることがないのはわかっている。このような作品はそもそも決して「完成する」ということがなく、時間と事情の許すかぎり、できるだけのことをしたら、それで完成したと言わねばならない。

しかし私はそんなことには怯まず、『タッソー』にも似たような手術をほどこすつもりだ。『タッソー』をむしろ火中に投じたほうがよいのかもしれないが、やはりあくまで決心をつらぬくことにする。いまさらほかにどうしようもないので、これを基にして一風変わった作品をつくりあげよう。だから、拙稿の印刷がこのように長引くのは好ましいし、少し遠く離れた地にいて、植字工からおどされるのも悪くない。きわめて自由に行動するのに、若干のやむなき事情を待ち望むどころか必要とするとは、なんとも奇妙な話である。

カゼルタにて、一七八七年三月十六日

ローマにいると学びたくなるが、ここではひたすら生を謳歌したくなる。われを忘れ、憂き世を忘れる。享楽的な人間とばかり交際すると、私は一種妙な気持ちになる。いまもイギリス公使として当地に住んでいる騎士ハミルトン[55]は、ずいぶん長く芸術を愛好し自然研究にいそしんだあとで、あらゆる自然と芸術の喜びの頂点を、ある美少女[56]に見出し、このひとを家に引き取った。二十歳くらいのイギリス女性で、たいへん

55　ウィリアム・ハミルトン卿（一七三〇～一八〇三）。一七六四年以来イギリス公使としてナポリに滞在。美術品のコレクターで古代美術の研究者でもある。一七八七年三月二十二日付け、四三〇頁参照。

美しくスタイルがいい。彼は彼女のためにギリシア風の衣装をつくらせ、それが彼女にとびきりよく似合う。さらに彼女は髪を解いて二、三枚のショールをかけ、ポーズや身ぶり、顔つきなどをいろいろに変えるので、見る人は本当に自分は夢を見ているのではないかと思ってしまう。何千もの芸術家が成就できたらと思っていたものが、こうした動きと驚くべき変化のうちに成し遂げられているのを見る。立ったり、ひざまずいたり、座ったり、横になったり、真面目に、悲しげに、いたずらっぽく、放縦に、悔悟するように、惑わすように、脅かすように、または不安げに、といった具合に、連続してつぎつぎに様子が変わってゆく。彼女はそのときの表情に応じて、ヴェールの襞(ひだ)をえらび、変化させる術を心得ており、同じスカーフを用いて多様な髪飾りをつくる。老騎士は明かりをもってそれを照らし、全身全霊でこの対象に没頭している。彼は彼女のなかにあらゆる古代の作品、シチリアの貨幣に刻まれた美しい横顔、いやベルヴェデーレのアポロンまで見出す。たしかにこの楽しみは比類なきものだ！　私たちはすでに二晩これを味わい、今朝はティッシュバインが彼女を描いている。

宮廷の人々や、私が見聞しあれこれ結びつけてみた諸事情については、まずそれらを吟味し整理しなければならない。今日、王は狼狩りにでかけており、「少なくとも五頭はしとめるでしょう」などと言われている。

ナポリにて、三月十七日

何か書こうとすると、肥沃な土地、自由な海、薄靄(うすもや)につつまれた島、煙る山などの姿が、いつも眼前に浮かぶ。しかし私にはこうしたすべてを描写するセンスがない。

人間がどうして畑を耕そうと思いついたのか、この土地へ来てはじめてわかる。この耕地ならなんでも作れるし、年に三回から五回の収穫を期待できる。豊年には同じ高地に三度もトウモロコシを作ったといわれている。

私はこれまで多くのものを見てきたし、それ以上に多くのことを考えてきた。世界

56 エマ・ハート(本来はエイミー・リヨン、一七六一または一七六五〜一八一五)。一七九一年ハミルトンと結婚。一七九八年から一八〇五年までネルソン提督の愛人。

はますます大きく眼前に開かれ、以前から知っている事柄もようやく自分自身のものになってきた。人間とは、なんと感知するのは早いけれども、成すことの遅い生き物なのだろう!

自分の観察したことを、その瞬間ごとに伝えることができないのは、まことに残念である。私と一緒にいるティッシュバインは、人間として芸術家として、数多(あまた)の思想によってあちらこちらへ駆りたてられ、また多くの人たちからいろいろな要求をされる。彼は特異かつ奇妙な立場にあり、自分が懸命になっても限界があると感じているために、他の人間に対してもこだわりなく関与することができない。

やはり世界は単一の車輪にすぎない。その周辺はどこも互いに均等なのに、私たち自身もともに回転させられるものだから、いかにも不思議に思えてくるのだ。

私がつねづね思っていたことが現実のものとなった。つまり私は、自然の雑多な現象や混乱した数多くの意見をこの土地に来てはじめて理解し展開させることを学んでいるのだ。あらゆる方面から統合し、いろいろな物を持ち帰る。むろん祖国愛と、二、三の友人と共にした生活の喜びも持ち帰る。

シチリアへの旅行については、その秤（はかり）はまだ神々の手中にあり、その針は右に、左に揺れ動いている。

かくも秘密裡に登場を予告された友人[57]とは、いかなる人物なのだろう。私がさすらいの旅と島めぐりをしていて、彼に会う機会をのがしたりしなければよいのだが。

パレルモからのフリゲート型の船がまた戻ってきた。来週の今日、ふたたびここを出航する。この船に乗って復活祭の前週までにローマへ戻るかどうかは、まだ未定である。これほど決断のつかぬことはこれまで一度もなかった。ほんの一瞬で、ささい

57　この友人がだれか不明だが、一七八七年四月に外交使節としてローマを訪れたヨハネス・フォン・ミュラー（一七五二〜一八〇九）ではないか、という説がある。

なことでいずれかに決まるのだろう。

人々との交際は前よりもうまくいっている。かれらを量るには、露天商用の大雑把な秤のみを用いるべきで、決して微少量を量るための金秤(きんばかり)を用いてはならないのだが、残念ながら、しばしば友人どうしのあいだですら、心気症的なむら気や妙な要求から、この禁をおかしてしまう。

当地の人々は互いのことをまったく知らない。互いに並んで歩いてもほとんど気がつかない。楽園のなかを一日じゅうあちこち走っていても、あたりを見まわすことをしない。そして隣の地獄の入り口が荒れはじめると、聖ヤヌアリウス[58]の血にすがって難をのがれる。——ちょうど他国の人々が死神と悪魔をふせぐのに、やはり血にすがって自らを守り、またそうしたいと願っているように。

このように無数の休みなく動いている群衆のなかを通り抜けるのは、まことに特筆すべきことであり、よい薬にもなる。すべてのものは入り乱れて流れてゆくが、各人がそれぞれの道と目標を見出す。これほど大勢の人々と動きのなかで、私ははじめて真の静けさと孤独とを感じる。街の騒ぎがひどくなればなるほど、私の心はますます落ち着いてくる。

たびたびルソーと彼の心気症的な悲嘆[59]のことを思い出し、あのように立派な頭脳組織がどうして変調をきたしたのか、私にはわかる気がする。もし私が自然の事象にこのような興味をおぼえず、ちょうど測量技師が一本の線を引いて細かくいろいろな測量をするように、紛糾しているように見えるときでも、数多の観察結果はたえず比較し分類できることに気づかなかったら、私は精神に変調をきたすのではないかと思う

58 四世紀ごろのベネヴェントの司教ジェンナーロのことで、殉教者として亡くなった。彼の血はふたつの容器に保存されており、毎年五月と九月に彼の凝った血を溶かす儀式が行われる。ここでは聖者の血が、戦争や飢饉やペスト、そしてヴェスヴィオ火山の噴火の際に、厳かな行列によって市中を持ちまわられることをさしている。

59 ルソーについては一五九頁、注38参照。彼の自伝的色彩のつよい『告白録』と『孤独な散歩者の夢想』には、被害妄想の徴候がくりかえしあらわれている。

ことがよくある。

ナポリにて、三月十八日

いよいよ私たちはヘルクラネウム市と、それからポルティチにある出土品のコレクションを見に行くのを、これ以上延期するわけにはいかなくなった。ヴェスヴィオ山のふもとにあるあの古い町は、完全に溶岩で蔽われ、その溶岩は連続する爆発のためにますます高く積もって、今では建物は地下六十フィートのところにある。井戸を掘ったときに、大理石張りの床にぶつかったので、この市が見つかった。[60]行き当たりばったりの略奪的な掘り返しで、かなりの貴重な古代の遺物が失われてしまったのは確かなので、発掘がドイツ人坑夫によって十分計画的に行われなかったことが、はなはだ残念である。洞穴のなかへ六十段ほどおりて行くと、そこにその昔、大空のもとにあった劇場が松明(たいまつ)の光に照らし出されるのを見て驚嘆し、そこでいろいろな物が発見され、運び上げられた顛末(てんまつ)を語り聞かされる。

博物館のなかに入った私たちは、快く迎えられ歓待された。けれどもそこにある品物をスケッチすることはやはり許されなかった。たぶんそのためにかえって注意深く観察し、これらの品物が持ち主の周囲にあって、さかんに用いられた過去の時代にわが身を置いて、いっそう生き生きと思い描くことができたのだろう。するとあのポンペイの小さな家屋や部屋はいっそう狭くもあり、同時にまたいっそう広くもあるように思われた。つまり、狭いというのは、かくも多くの貴重な品々でひしめくさまを考えたからであり、広いというのは、これらの品々が必需品として存在するばかりでなく、まことに巧妙かつ優美な装飾性と活気をもたらす造形芸術であることによって、いかに広々とした家もおよばぬほど、人の心を楽しませ広やかにしてくれるからである。

たとえば、上部にこのうえなく優雅な縁(ふち)のついた、見事な形の手桶が目にとまるが、もっとよく観察すると、この縁は両側から弧を描き、半円形が結ばれた部分が把手の役をして、この容器を楽々ともち運ぶことができる。いくつもランプがあって、どの

60　ヘルクラネウム市の発見は、エルボイフ将軍が一七〇九年に古代遺跡を捜しているうちに劇場を発見したのが機縁となった。「井戸を掘ったときに」とあるが、実際は立坑を掘ったときである。

ランプも芯の数に応じて仮面と渦巻き模様で飾られ、どの炎もその実際的な芸術品を明るく照らす仕掛けになっている。丈の高いほっそりした青銅のランプ台は、ランプを支えるためのものだが、吊るしランプのほうは、さまざまな趣向をこらした格好で下げてあり、見る人を喜ばせ楽しませるようにできている。それが左右にゆらゆら揺れると、いっそう興趣を添える。

また来てみたいと思いながら、私たちはガイドのあとについて部屋から部屋へとみてまわり、短い時間の許すかぎり、できるだけ多くの知識と喜びとをすばやくとらえて持ちかえった。

ナポリにて、一七八七年三月十九日、月曜日

この数日間で新たな間柄がより緊密にむすばれた。この四週間ティッシュバインは、自然の風物や美術品を忠実に案内してくれて、私には利するところが多かった。昨日もポルティチに一緒に行ったが、しかしお互いに意見を交換した結果、彼の抱く芸術上の目的や、将来ナポリで就職したくて、市と宮廷で行っている彼の義務的仕事は、私の意図や希望や趣味とはつながらないということが判明した。そこでいつも私のこ

とを気づかってくれる彼は、「ふだんの話相手に、あの青年はいかがでしょう」と提案してきた。ここに来た最初のころから何度も会っている青年で、私のほうでも彼に興味と好意をおぼえた。クニープ[61]という人物で、しばらくローマに滞在していたが、やがて風景画家のあつまるナポリにやってきた。すでにローマで腕のいい画家だという評判を聞いていたが、ただ有能さという点になると、それほど賞賛されていなかった。私は彼のことをかなりよく知っており、この非難されている欠点はむしろ優柔不断と呼んだほうがよく、しばらく一緒にいれば、まちがいなく克服されるだろう。交際のはじまりは好調で、幸先がよい。このまま行けば、末永くよい仲間同士でいられると思う。

61　一七八七年三月十三日付け、四〇五頁、注48参照。ティッシュバインはクニープについて「注文には事欠かないが、報酬はあまりにも少ない。何事も徹底的に精緻に仕上げようとするので、制作に時間がかかりすぎる」と述べている。クニープはのちにナポリ大学の教授になる。

ナポリにて、三月十九日

街をぶらついて目をやりさえすれば、他では見ることのできない光景に出くわす。市中のいちばん賑やかな波止場で、昨日、道化役者（プルチネッラ）が板張りの仮舞台で子ザルと喧嘩をしているのを見たし、その上方のバルコニーでは小奇麗（こぎれい）な少女が媚びをうっていた。子ザルのいる舞台のそばでは、医者をよそおった山師が、奇蹟を信じて押し寄せる人たちに秘伝の万能薬を売りつけていた。ジェラルド・ドゥ[62]にこういう情景を描かせたら、同時代ならびに後世の人々を喜ばせることだろう。

今日は聖ヨセフのお祭りだった。彼はあらゆるフリッタルオーレ、つまりパン菓子・揚げ菓子職人の守護聖人で、ここでパン菓子・揚げ菓子は、きわめて大ざっぱな意味に解される。黒い煮えたぎる油の下にはいつも強烈な炎が燃えているので、あらゆる業火の苦しみも、こうした職人の仕事のうちである。だから昨晩も家の前にいくつもの絵が飾られ、煉獄の火のなかの人々や最後の審判の絵が灼熱して、あたり一面に赤く燃え立っていた。戸口の前に無造作にしつらえた炉には大きな鍋がかかっていた。ひとりの職人が捏粉（こね）をこねると、他の職人が渦巻き状に形作り、それを煮え立つ油のなかに投げ込む。鍋のところには小さな焼き串をもった三番めの職人が立っていて、油でよく揚がった渦巻きパンを取り出し、それを四番目の職人の別の串のうえへ押してやると、その職人は周囲に立っている人たちにそれを売りつける。第三、第四の職人はブロンドのふさふさした巻き毛のかつらをつけた若者で、ここでは天使をあらわしている。さらに二、三人加わって一団となり、せっせと仕事をしている連中にワインを差し出し、自分でも飲み、大声で品物をほめる。天使になっている者も、揚げパンをつくっている者も、みなが大声でわめいている。そこへ大勢の人が押し寄せてくる。なぜならどの揚げパンも今晩はふだんより安いうえに、収入の一部は貧民に寄付されるからである。

こういうことを話しはじめたら、きりがない。毎日なにか新たな突拍子もないことに出くわす。街でみかける衣服は実に多種多様で、トレードの通り[63]だけでも大変な人波だ！

このように、民衆とともに暮らしていると、この土地ならではの楽しみがいくつも

62 オランダの風俗画家でレンブラントの弟子（一六二三〜七五）。
63 ナポリの目ぬき通り。一五三六年に副王ドン・ペドロ・デ・トレードによってつくられた。

ある。民衆は気どりがないので、一緒にいると、こちらもありのままになれそうだ。たとえばイタリア固有の国民的仮面役者である道化役プルチネッラ、ベルガモを本場とする道化役ハーレキン、チロル生まれの道化役ハンスヴルストがいる。さてこのプルチネッラは、まことに平静で落ち着いた、どことなくいい加減で、ずぼらといってもよいほどだが、しかしユーモアのある従僕である。いたるところにこんなふうなウェイターや奉公人がいる。今日は私たちの従僕を相手に、ことのほか愉快な体験をした。紙とペンを彼に取りに行かせただけなのだが、彼は半ば聞き違え、ためらい、善意と茶目っ気から、どんな舞台にかけても成功まちがいなしというような、実に愛嬌ある見せ場をつくりだしたのである。

ナポリにて、一七八七年三月二十日、火曜日

たったいま噴出した溶岩が、ナポリからは見えないがオッタヤノのほうへ流れ下っているという知らせに刺激されて、私は三度目のヴェスヴィオ登山を企てた。山のふもとで一頭立ての二輪馬車からとびおりるやいなや、以前私たちを案内してくれたあの二人のガイドが姿を見せた。どちらのガイドも断りがたく、ひとりは先例にならい、

またお礼の気持ちから、もうひとりは信頼感から、なにかと便利だろうと思い、二人とも連れていった。

頂上につくと、ひとりは外套と食糧のそばに残り、若いほうが私についてきた。私たちは円錐形の火口の下方にあたって山から噴き出してくる、もうもうたる蒸気に向かって、敢然と進んでいった。それから山の側面をつたってゆっくり降りていくと、ようやく澄み切った空の下に、もうもうと立ち昇る蒸気の雲のなかから、溶岩の噴出するのが見えた。

ある事柄について千回聞かされていても、直接的に観察してはじめて、そのものの特質が明らかになる。溶岩は幅が狭く、十フィートはないかもしれないが、なだらかな、かなり平坦な地面を流れ下る様子はじつに見ものであった。溶岩は流れていくうちに側面と表面とが冷却して運河のようになり、溶解した物質は熱流の下のほうでも凝固するので、この運河はだんだん高くなる。その熱流が表面に浮いている岩滓（がんさい）を左右へ均等に投げつけ、そのために堤防はだんだん高くなり、その上を灼熱した流れが水車用の小川のように静かに通っていく。著しく高くなった堤防に沿って歩いていくと、岩滓が規則的に側面を転がって私たちの足下まで落ちてきた。運河の二、三の裂け目を通して、灼熱の流れを下から見ることができたし、それがさらに流れ下ってゆくさまを、上のほうから観察することができた。

太陽の光があまりにも明るいので、灼熱する流れも黒ずんで見え、ただ一条のやんわりした煙が、澄んだ空に立ち昇ってきた。私は熱流が噴出している地点に近よってみたかった。ガイドは「溶岩は噴出するとすぐに、上方に丸天井や屋根をつくります。その上に立ったことが何度もあります」と断言した。これも見物し経験しておこうと思って、背後からこの地点に近づくためにふたたび山を登って行った。運よくその場所は、一陣の強風のために露出していた。だが、無数の裂け目からあたり一面にもうもうと蒸気がたちこめるので、むろん全部が見えたわけではない。実際にドロドロになって曲がりくねって凝固した天井のうえに立ったのだが、はるか前方までこの天井が広がっていたので、溶岩が噴出するところを見ることはできなかった。

なお二、三十歩すすむと、地面はますます熱くなった。耐えがたい煙霧が渦を巻いて太陽を曇らせ、息がつまりそうだ。前を歩いていたガイドがすぐに戻ってきて私を引きとめ、私たちはその地獄の釜から脱出した。

展望で目をリフレッシュさせ、ワインで口と胸をすっきりさせてから、私たちは楽園のただなかにそびえたつ地獄の山頂の他の奇観を見ようとして歩き回った。火山の煙道として煙を吐いているわけではないが、たえず熱風を猛烈に吹き出している二、三の噴火口を、私はふたたび注意深く観察した。そこは一面に鍾乳石のような物質が敷きつめられていて、その物質は乳首や呑口のような形をして噴火口を上のほうまで蔽っていた。煙道の大きさがふぞろいのせいもあり、蒸気の置きみやげがぶら下がっていて、そのいくつかはかなり手近にあったので、私たちは杖と、ハーケンのような器具を使ってうまく手に入れることができた。以前、溶岩商人のところで、こうした標本を本物の溶岩の部門に入れてあるのを見たことがある。それが熱いもうもうたる蒸気から沈殿して生じた火山の煤(すす)であり、その蒸気のなかに含有されている揮発性の鉱物的部分を示していることを発見できて、うれしかった。

帰路をたどりながら、じつにすばらしい落日、類(たぐい)なく美しい夕べの景色に元気づけられたが、人間の感覚というものは、途方もないコントラストにいかに混乱させられるかを感じた。美しいものを恐ろしいと感じる気持ち、恐ろしいものを美しいと感じる気持ちは差し引きゼロになって、心を動かされなくなってしまうのだ。ナポリ人がもしも神とサタンとの板ばさみになっているのを感じないとすれば、ナポリ人はきっと別種な人間に相違ない。

ナポリにて、一七八七年三月二十二日

もし私の中にあるドイツ人気質と、享受するよりも「もっと学びたい、もっと行動したい」という欲求が私を駆り立てるのでなければ、この気楽で陽気な人生の学びの園にもうしばらく逗留して、さらに資するところをせっせと求めることだろう。ほんのわずかな備えさえあれば、ここはじつに愉しく暮らすことができる。町のたたずまいや温和な気候は、いくら褒めても褒めきれない。とはいえ、外国人にはこの点が唯一の頼りといってもいい。

むろん、ひまがあり手腕も財産もある人なら、ここにでんと腰を据えて結構な暮らしができる。たとえばハミルトンなどは立派な居をかまえて、人生のたそがれを楽しんでいる。彼がイギリス趣味にしつらえた部屋はこのうえなく好ましく、角部屋からの眺望はおそらく天下一品だろう。眼下は海で、カプリ島に面し、右にはポジリポ、近くにはヴィラ・レアーレの散歩道、左には古いイエズス会の建物、かなたにはソレントの海岸がミネルヴァ岬まで連なっている。これほどの眺めはヨーロッパには二つとあるまい。少なくとも人であふれる大都会の中心にはない。

ハミルトンはあまねく多趣味な人物で、創造のあらゆる領域を遍歴したあとで、造化の妙ともいうべき美女に到達した。

さてこのような多種多様な楽しみの後に、海のかなたの妖女（セイレン）たちが私をおびき寄せる。順風になればこの手紙と同時に出発する。手紙は北へ行き、私は南へ行く。人間の心は制御できないもので、とりわけ私は遠方に憧れる。固執するよりもすばやくつかむことに、いまは留意しなければならない。ある対象物の指先さえとらえれば、あとは聞いたり考えたりして、その手全体を十分わがものにすることができる。

奇妙なことに、この頃ある友人[64]が『ヴィルヘルム・マイスター』を思い出させて、その続きを書いてほしいと言ってきた。この空の下ではできそうにないが、ここの雰囲気をいくばくか最後の数章で伝えられるかもしれない。それができるくらい、私と

64　カール・アウグスト公もしくはカール・ルートヴィヒ・フォン・クネーベルと推察される。当時『ヴィルヘルム・マイスター』は、今日の分け方に従えば『修業時代』の最初の四巻に当たるものが完成されていた。

いう人間が成長し、茎がもっと伸びて、花がいっそう豊かに美しく咲きでるとよいのだが。たしかに私は、生まれ変わって帰るのでなければ、二度と帰らないほうがましだろう。

ナポリにて、三月二十二日

今日は、売りにでているコレッジョの絵を見た。完璧な保存状態ではないにせよ、その魅惑的なすぐれた特色はまだ消えずに残っている。聖母を描いたもので、子供が、母の乳房と小天使がさしだす二、三の梨とのいずれを取ろうか迷っている瞬間をあらわしている。つまり「キリストの乳ばなれ」をあつかっている。着想はじつに優雅だし、構図は活気があって自然で効果的で、きわめて魅力的に描かれているように思う。すぐに「聖カタリーナの婚約[65]」を思い起こした。これは間違いなくコレッジョの筆による作品であろう。

ナポリにて、一七八七年三月二十三日、金曜日

いまやクニープとの間柄はかなり実際的で確たるものとなっている。一緒にペス

トゥムに行ったが、彼はそこでも、往復の途上でもスケッチしていて、有能なところを見せた。すばらしいスケッチがいくつもできあがり、この活気ある勤勉な生活で、クニープ本人も、思いがけない才能が刺激され、喜んでいる。スケッチするときは断固たる態度が必要なのだが、まさしくここで彼は几帳面できちんとした熟練の技（わざ）を示す。スケッチする紙に四角形の輪郭をつけることを彼はけっして怠らない。最上のイギリス製鉛筆を何度も何度もとがらすのだが、それがスケッチするのと同じくらい楽しみなのだ。[66] その代わり、彼の輪郭線は申し分ない。

さて私たちは次のような協定をむすんだ。今日から旅と生活を共にし、クニープはここ数日そうしているように、スケッチ以外のことに意を用いないこと。作品はすべて私の所有となり、旅行から帰った後、それらのスケッチを基に、選り抜きのものが

65　コレッジョの傑作で、いまは国立博物館にある。ゲーテは一七八七年三月九日にカポディモンテの画堂で「聖カタリーナの婚約」を鑑賞している。

66　リーマーの回想によると「ゲーテは私にしばしばクニープの鉛筆をとがらせる習慣について語ってくれた。そのせいでクニープはたびたび本来の目的から逸れてしまい、時間をむだにしているという」。

一定数に達するまで、私のために彼がさらに立派な作品に仕上げること。そうこうするうちに彼は腕をあげ、将来の展望も広がって確かなものとなり、先のことはうまくゆくであろう。こういう風に話がまとまったので、私はたいそう嬉しく、今ようやく私たちの旅について手短に説明することができる。

軽快な二輪馬車に乗り、気のいい腕白小僧を後ろに乗せて、私たちはかわるがわる手綱をあやつりながら、風光明媚な地を進んで行った。この景色をクニープは画家の目で送り迎えていた。やがて山峡にさしかかると、平坦な車道を駆けながら、世にも美しい森や岩山のそばを通り過ぎる。するとクニープはとうとうこらえきれず、ちょうど私たちの前にくっきりと空に浮かぶアラ・カーヴァ地方の秀麗な山[67]のシルエットを、その山側や麓(ふもと)にいたるまで明確に特徴をとらえて紙上にとどめた。私たちはこれを、二人の絆のはじまりを祝うものとして喜んだ。

その夕べ、私のどんな叙述も不要となるような同様のスケッチ、比類なく好ましい肥沃なサレルノ地方の宿の窓から眺めたスケッチができあがった。大学[68]が盛名をはせていたあの黄金時代に、この地で学ぶことを望まなかった者などいるだろうか。翌朝早く、私たちはぬかるみの多い道なき道を、形のよい一対の山に向かって馬車を走らせた。小川や沼沢を通って行ったが、そこでカバのような水牛が血のように赤く獰猛(どうもう)な目をしているのを見た。

　土地はますます平坦になり荒れてきた。建物の数が少ないのは、農業がふるわないせいだろう。岩の間を通っているのか、廃墟を通り抜けているのかよく分からなかったが、ついに遠方からすでに目についていた二、三の大きな長方形の塊が、その昔大いに栄えた都市の殿堂[69]や記念物の遺跡であると識別できるようになった。クニープはすでに途中で、絵のような石灰山を二つスケッチしていたが、いま彼は、まったく絵画的でないこの地方の特徴をとらえてそれを表現できそうな地点はないものか、すばやく探し求めた。

　そのあいだに私は農夫に案内してもらい、建物のなかを歩きまわった。第一印象としてはただ驚くだけであった。私はまったく未知の世界にいた。というのも、数百年

67　サン・リベラトーレ山。
68　サレルノの医科大学は九世紀に起源をもつといわれ、中世に興隆をきわめ、一八一二年に閉学となった。
69　紀元前五五〇年から四五〇年のあいだに建てられた三つのドーリア式神殿が並列している。

という時の流れのなかで、厳粛なものは快いものへと変わってゆくが、人間も変わってゆく、それどころか、そういう人間が生みだされてゆくからである。現在の私たちの目と、見ることを通して私たちの内界全体は、この建築よりもすらりとした建築に慣れており、きっぱりと定められているので、この鈍重な、円錐形の、窮屈に押し合っている柱の列は、私たちには重苦しい、いや、恐ろしいものに感じられる。しかし私はまもなく気を取りなおし、美術史を思い起こし、このような建築が時代精神にふさわしかった頃を考え、厳めしい彫塑様式を思い浮かべてみた。すると一時間もたたぬうちに、親しみをおぼえ、それどころか、これほど立派に保存された遺跡をまのあたりにさせてくれた私の守護神をほめたたえた。こういう建物は模写ではわからないからである。もっと詳しく言うと、建築図面では実際よりも優雅に見え、遠近法的写生では実際よりも鈍重に見えるのだ。ただそのまわりを歩いたり、そのなかを通ったりしてはじめて、その建造物本来の生命に触れることができる。つまり建築家が何を企図し、どこに生命を吹き込んだのかを、そのなかから感じ取ることができる。こうして私は終日をすごし、そのあいだクニープは、正確このうえない見取り図を描くのを怠らなかった。こうして私はこの方面の心配がまったくなくなり、追憶のためにかくも信頼できる記念の品が得られるのを、どんなに喜んだことだろう。残念ながらここには宿をとる便宜がなかったので、私たちはサレルノにひきかえし、翌朝早くナポリへ向かった。ヴェスヴィオ山は背後から見ると、きわめて肥沃な地域にそびえ、前景の街道には巨大なポプラがピラミッドのように立ち並んでいた。これも気持ちのよい風景で、私たちはしばし馬車をとめて眺めいった。

さて私たちがひとつの丘にさしかかると、じつに雄大な景観が前方にひらけた。ナポリの壮観、湾の平らな岸辺に沿って何マイルもつらなる家並み、岬、地峡、岩壁、それから島々と、その後ろの海、うっとりするほど美しい眺めであった。

背後で立ち上がる少年のすさまじい歌声、というよりも歓声と歓喜の吠え声に、私はぎくりとし、心乱され、はげしく怒鳴りつけた。彼は私たちから一度も叱られたことがなく、気立てのよい少年だった。

しばらく少年は身じろぎもしなかったが、やがて私の肩をそっとたたき、私たち二人のあいだに右腕を差しのばして、人差し指を上方に持ち上げて、《Signor, perdonate! questa è la mia patria!》と言った。訳すと、

「旦那様、ごめんなさい。でも僕の国なんだもの！」

こうして二度も不意をつかれ、あわれな北国人である私は涙ぐみそうになった。

ナポリにて、一七八七年三月二十五日、聖母告知祭の日に

クニープが私と一緒におおいにシチリアへ行きたがっているのはすぐ感じたが、それでも彼には何か心残りがあるらしいのに気づいた。もともと率直な彼は、深く言い交わした恋人のことを長く隠しておけなかった。この二人が親しくなったいきさつを聞いたら、まことに可愛らしく、要するに少女の振る舞いが彼の心をとらえたのである。こんどは私が彼女がどんなに美しいかを拝見することになり、そのための準備がなされ、しかも同時にナポリを見渡すもっとも美しい眺望のひとつが楽しめることになった。彼は私をある家の平たい屋根の上へ連れていった。そこからは波止場へかけての町の下半分や、湾やソレントの海岸が、パノラマのように完全に見渡すことができた。それから右のほうにあるすべての景色は、この場所に立たなくては容易に見られないと思われるほど、妙な具合に密集していた。ナポリはどこから見ても美しくすばらしい。

こうして私たちがこの地方の景観に感嘆していると、予期はしていたが、それでも

不意に、可憐な頭部が屋根裏部屋からあらわれた。すなわち、このようなバルコニーに出るには、屋根裏に長方形の口があって、それが落とし戸で蔽われていたのである。さて小さな天使が全身を見せたとき、昔の画家たちが、マリアへの受胎告知を天使が階段をのぼってくる姿であらわしていたことをふと思い出した。この天使は実に容姿が美しく、顔は愛らしく、振る舞いも淑やかで自然であった。輝かしい空の下で、世にも美しい景色を目の前にして、私の新たな友がたいそう幸せそうなのを見て嬉しかった。彼女がここから立ち去ると、彼は、

「彼女の思慕がうれしく、同時に彼女の寡欲を尊重しようと、これまで進んで貧乏に甘んじてきましたが、いまや彼女にもっと良い暮らしをさせるためにも、将来への明るい見通しと富裕な状態がとりわけ望ましく思われます」と告白した。

ナポリにて、三月二十五日

この心地よい出来事のあと、私は海岸沿いを散歩した。心静かで愉しかった。そのとき植物学上のことでぱっと脳裏にひらめいた。「《Urpflanze（原植物）》[70]についての研究はまもなく完成します」とヘルダー君に伝えてほしい。ただ、誰もその他の植物

界をこの原植物のなかに認めようとしないのではないかと案じている。子葉[71]に関する私のすばらしい学説は、もはやこれ以上、進めることがほとんどできないほど洗練されている。

ナポリにて、一七八七年三月二十六日

明日この手紙が当地から君たちのもとへ行く。二十九日の木曜日に三本マスト帆船(コルベット)でいよいよパレルモへ向かう。この前の手紙[72]では、私が海事に疎(うと)いために、コルベットをフリゲートに格上げしてしまった。旅に出ようか出まいか迷っていて、当地滞在中、一時期は落ち着かなかった。しかしもう決心がついたので、うまくいくだろう。私のような気質の者には、ためになる旅、いや、ぜひとも必要な旅だ。シチリア行きは、私にとってアジアやアフリカへ向かうようなものである。かくも多くの世界史的視野が開ける驚くべき地点にみずから立つのは、決して些細なことではない。

ナポリにはナポリ流に接し、決して勤勉だったわけではないが、それでもたくさんのものを見て、国土、住民、生活状態などがだいたいわかってきた。戻ってきたら補うべきこともあるが、むろん幾つか補うだけだ。というのも、六月二十九日以前にローマへ戻らねばならないからだ。復活祭の前週は逸したとしても、せめて聖ペテロの祭日はローマで祝いたい。シチリア旅行で、当初の計画を大幅に狂わせてはならない。

一昨日は雷鳴、稲妻、豪雨のものすごい天候だった。今はまたすっかり晴れあがって、山から快い北風が吹きおろしてくる。これが吹きつづけると、船足も最速となる。

昨日は連れの者と一緒に、私たちの乗る船と泊まる船室とを見に行った。船旅というのは私には見当もつかない。海辺をめぐる、このちょっとした航海は、私の想像力を助長し、私の世界を広げてくれるだろう。船長は若くて元気のいい男だし、船はじつにきれいで気持ちがいい。アメリカで建造された立派な帆船だ。

ここではいまやすべてが緑になりはじめたが、シチリアではもっと緑が濃いと思う。

70　ゲーテが現実の植物の背後に想定した理念的な原型。一七八七年四月十七日付け、五二五頁参照。

71　顕花植物の子葉。ゲーテの理論によれば、植物のあらゆる部分は葉から発展するという。後年の植物のメタモルフォーゼ論を予示する一文。

72　一七八七年三月三日付け、三七七頁、注26参照。

君たちがこの手紙を受け取るころには、私は帰路にあって、トリナクリア[73]をあとにしている。人間はそんな風に思念のなかを跳び回り、いつも思いが後になったり、先になったりしている。まだシチリアへ行きついていないのに、心はもうふたたび君たちのもとにある。もっともこの手紙が混乱しているのは、私のせいではない。筆をとりながらも、たえず中断されるのだ。それでもこの手紙を終わりまで書いてしまいたいと思う。

ちょうどいまベーリリオ侯爵[74]という博識らしい青年が訪ねてきた。彼はぜひとも『ヴェルター』の作者とお近づきになりたいという。概して当地の人は教養と知識をさかんに求める。ただかれらは幸せすぎて、正しい道に至りえない。私にもっと暇があれば、よろこんで時間を割いてあげるのだが。途方もなく長い人生に比べて、この四週間はどれほどのものだろう！　それではごきげんよう！　こんどの旅行では旅というものを学ぶだろうが、享楽的人生というものを学ぶかどうかはわからない。享楽的人生を送るすべを心得ているように見える人たちは、気質と活動においてあまりにも私とかけ離れているので、こういう才能をわが身に求めるわけにはゆくまい。

ごきげんよう。私が君たちのことを心から思っているように、君たちも私のことを忘れないで。

ナポリにて、三月二十八日

ここ数日は、荷造りや暇乞い、あれこれ調達したり支払いをしたり、あと始末と準備に追われ、なんとなく過ぎてしまった。

ヴァルデック侯は別れに際しても、私をそっとしておいてくれない。彼の話は「帰ってきたら都合をつけて、ギリシアやダルマチアへご一緒しませんか」ということばかりである。いったん世の中に出て世人と関わりをもつなら、ひきずられて夢中になったり、頭がおかしくなったりしないように用心したほうが身のためだ。これ以上はもう一語も書けない。

73　シチリアのこと。三つの岬があることにちなんで、昔はこう呼ばれていた。

74　フランチェスコ・マリア・ベーリオ。ナポリの由緒ある貴族の家柄で、彼の父はクニープの水彩画を持っていた。

ナポリにて、一七八七年三月二十九日

二、三日前から天気がはっきりしなかったが、いよいよ出発という今日は、このうえない上天気だ。おあつらえむきの北風(トラモンターネ)、うららかに晴れた空、こんな空の下にいると遠い世界に行ってみたくなる。ヴァイマールとゴータのすべての友人たちに心からごきげんようと言おう！　君たちの愛が私に寄り添ってくれる。私は君たちの愛をつねに必要としているのだから。昨夜また私は仕事をしている夢をみた。どうも私の雉(きじ)の小舟[75]は、君たちのもとよりほかには荷揚げする場所がないらしい。それなら、いよいよもって立派な積み荷にしたいものだ！

75 一七八六年十月十九日付け、ゲーテの夢にあらわれた雉の小舟。二〇五頁参照。

シチリア

三月二十九日、木曜日、航海中

郵便船がこの前に出航したときに吹いていたような、さわやかな北東の順風とはちがって、今度は困ったことに反対側から厄介な生(なま)温かい南西風が吹いていた。そういうわけで船乗りが天候と風のきまぐれにどれほど左右されるかを、わが身に経験した。待ちきれぬ思いで午前中は海辺やカフェーで過ごし、正午になってやっと乗り込み、すばらしい天気のもとで絶景を楽しんだ。突堤から遠からぬところに三本マスト帆船(コルベット)が錨をおろしていた。太陽は明るく照っているのに、大気には靄(もや)がかかり、そのために陰になっているソレントの岩壁は、このうえなく美しい青色に染まっていた。陽光をあびた活気のあるナポリの町は、あらゆる色彩に輝いていた。日没と同時にようやく船は動き出したが、それもただのろのろと動くだけで、逆風のためにポジリポとその岬の方向へ押しやられた。夜どおし船は静かに進んでいった。アメリカで建造された快速の帆船で、内部にはきれいな小室と、別々の寝床が備えてある。船客は節度ある陽気な人たちで、パレルモへ呼ばれて巡業するオペラ歌手やダンサーだった。

三月三十日、金曜日

夜明けにはイスキアとカプリとの中間、カプリからほぼ一マイルのところにいた。太陽はカプリの連山とミネルヴァ岬との背後から輝かしく昇った。クニープは海岸や島をスケッチし、その様々な景色をせっせと描いており、船足の遅いことが彼の仕事には好都合だった。船は弱い風を側面から受けて進んで行った。四時ごろにヴェスヴィオ山は視界から消えたが、ミネルヴァ岬とイスキアとはまだ見えていた。それも夕方になると姿を隠した。太陽は、雲と何マイルにもおよぶ長い光線を伴って海のかなたに沈み、すべてが深紅の光に輝いている。クニープはこの現象をも写生した。今や陸地とて見えず、水平線上見渡すかぎり渺茫（びょうぼう）たる水で、夜空は晴れわたり、月光が美しかった。

しかし、このすばらしい光景を楽しめたのは束の間で、私はまもなく船酔いにおそわれた。自分の船室にはいり、水平状態の姿勢をえらび、白パンと赤ワインの他は飲食をすべて控えていると、気分がよくなった。外の世界から引き離されて、内なる世界の支配にまかせた。ゆっくりした航海が予測されたので、みずからにさっそく厳しい課題を課し、有意義に楽しく過ごすことにした。この航海には、全部の原稿のなかから、詩的散文で書かれた『タッソー』の最初の二幕だけを選んで持参していた。この二幕はプランと筋の運びに関しては現在のとほぼ同じだが、すでに十年も前[1]に書かれたもので、柔弱であいまいなところがあった。けれども新たな見解にしたがって形式に重点をおき、リズム感をもたせたら、そうした弱点はまもなく消えた。

三月三十一日、土曜日

太陽が海から晴れやかに昇った。七時に、この船よりも二日前に出帆したフランス船に追いついた。それだけ私たちの船足が速かったわけだが、それでも目的地はまだ見えなかった。ウスティカ島にいくぶん慰められたが、困ったことに、カプリと同様に右手に見えるべきこの島が左手に見えるのだ。正午ごろには完全に逆風で、船はいっこうに進まない。海は荒れ出して、船中のほぼ全員が具合が悪くなった。

私は例の姿勢を保ちながら、『タッソー』全編をあらゆる方向から徹底的に考究した。波が高くなっても少しも食欲のへらない悪戯者のクニープは、ときおり私のところにワインとパンを持ってきて、美味な昼食を褒め、「若く有能な船長があなたと一緒に食事できないのを残念がっていますよ」と言って、私にあてつけるように、船長の快活さや愛嬌を褒めそやした。そんなことでもなかったら、私は時間のけじめもつかずに過ごしたことだろう。冗談を言って陽気だった私がしだいに船酔いで気分が悪くなり、船客の一人一人がやはりそんな風になっていくので、それがまたクニープの悪ふざけの種になった。

午後四時には船長は船の向きを変えた。大きな帆がふたたび張られ、まっすぐにウスティカ島へ向けて進み、この島の背後にシチリアの山々を認めたときの喜びは大きかった。風向きもよくなり、シチリアへ向かって船足は速まり、その他の島々も二つ三つ見えはじめた。日没のときはどんよりして、空の光は靄（もや）のかげにかくれていた。夕方はずっとまずまずの順風だったが、真夜中近くになると、海はひどく荒れはじ

1　実際には一七八〇から八一年である。

めた。

四月一日、日曜日

朝の三時には猛烈な嵐。私がうとうとしながら、半ば夢のなかで戯曲の構想をねりつづけているあいだ、甲板は大騒動だった。帆を巻き上げて、船は高波のうえを漂っていた。夜明け近くになると、嵐はおさまり、大気は晴れ渡った。いまウスティカ島は完全に左手にあった。「大きなカメが遠方を泳いでいますよ」と指さす人がいて、望遠鏡でのぞくと、たしかに小さな点が動いていた。正午ごろにはシチリアの海岸、その岬や湾がはっきり見分けられるようになったが、船はひどく風下のほうへ来てしまったので、いろいろと帆走の向きを変えた。午後には岸に近づいていた。晴天で、日が明るく照っているので、リリベオン岬からガッロ岬までの西海岸が、じつにはっきりと見えた。

イルカの一群が船首の両側についてきて、いつも船より先を進んでいった。あるときは透明な波をかぶりながら泳ぎ、またあるときは背の棘や鰭（ひれ）を見せ、緑や金色に光る腹をかえして波のうえを跳びはねて進むさまをながめるのは、楽しかった。

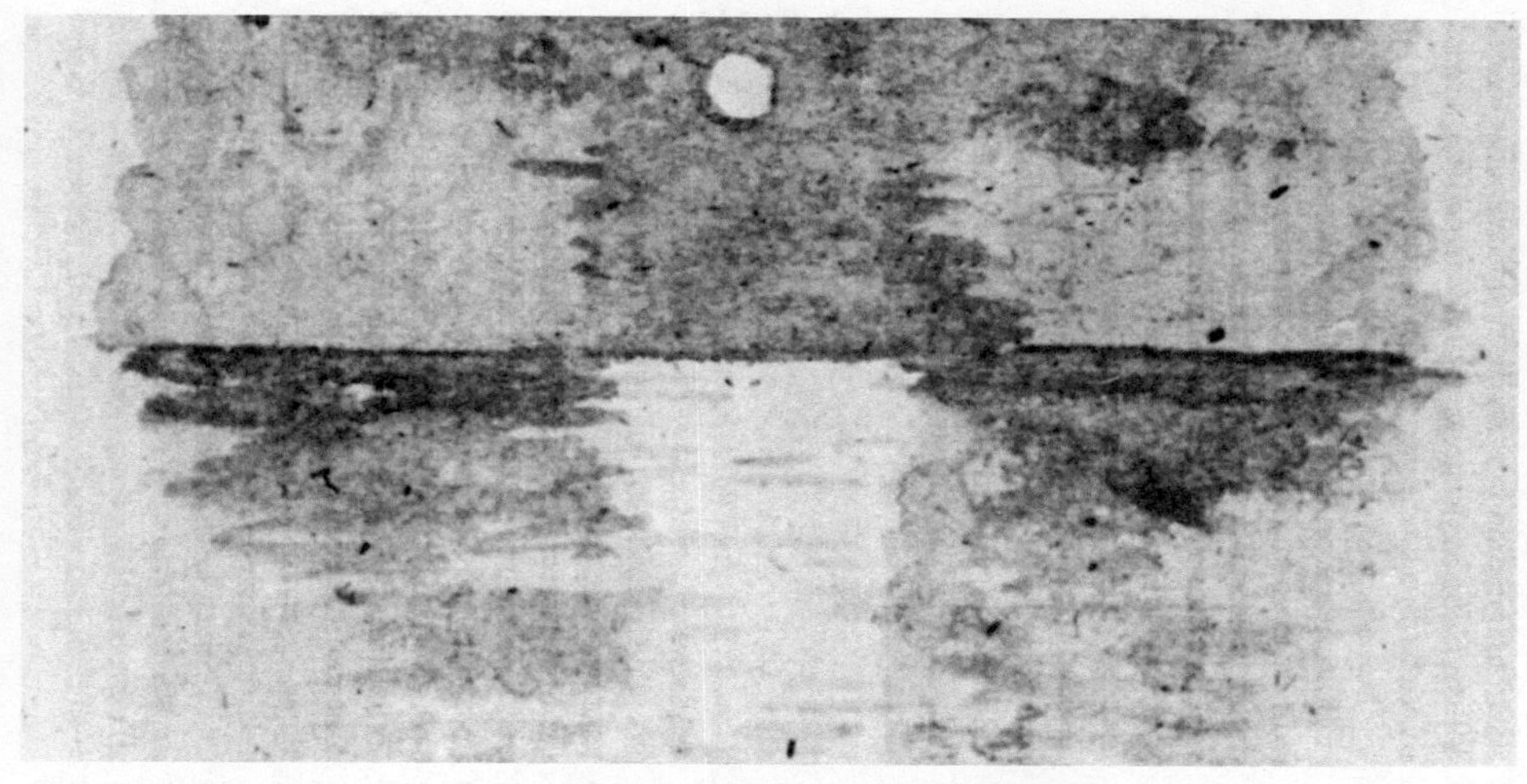

ゲーテ作、海面に映える月（1787年4月1日）

私たちの船ははるか風下にきていたので、船長はガッロ岬のすぐ後ろの湾に向かってまっすぐに船を進めた。クニープは千変万化の光景をかなり細密にスケッチする絶好の機会をのがさなかった。日没とともに船長はふたたび船を沖に向け、パレルモの丘陵に着くために北東に進んだ。私はときおり思い切って甲板に出てみた。しかし、文学上のプランを念頭から離さず、作品全体をかなり掌握できるようになった。曇り空なのに月の光は明るく、それが海面に反射してこよなく美しい。画家たちはしばしば効果を強めるために、天空の光が水に反射するときは、最大のエネルギーをもつ波がいちばん幅が広く、鑑賞者の間近にあると信じ込ませる。しかしここで見ると、反射は、水平線のところでももっとも幅が広く、先のとがったピラミッドのように、船の間近のキラキラする波でその先端を終えていた。船長はその夜なお二、三度、船の方向を変えた。

四月二日、月曜日、午前八時

パレルモと向かい合う位置にいた。今朝は私にとって最高に楽しかった。戯曲のプランはここ数日クジラの腹のなかで[2]かなりはかどった。気分もよかったので、甲板でシチリアの海岸を注意深く眺めることができた。クニープは熱心に写生を続け、精緻な熟練の技による数枚のスケッチは、この遅れた上陸のたいへん貴重な記念品となった。

パレルモにて、一七八七年四月二日、月曜日

いろいろな苦難のすえ、やっとのことで午後三時に港に着くと、このうえなく美しい眺めに迎え入れられた。気分はすっかり回復していたので、ひじょうな喜びをおぼえた。町は高い山の麓にあって北に向かって延び、日ざかりの時刻ゆえ、太陽はさんさんと町のうえを照らしている。私たちのいる通りに建物の影ができるのだが、どの影も照り返しをうけて明るかった。右手には明るい光をいっぱいに浴びたモンテ・ペッレグリーノが優雅な姿をみせ、左手には入り江や細長い半島や岬のある海岸がはるかに延びていく。さらに何とも好ましい印象をあたえるのは、かわいらしい樹々の

2 旧約聖書『ヨナ書』参照。ヨナは大きな魚に呑みこまれ、その腹中で神に祈った。ゲーテは船酔いも含めて、海の旅の体験をヨナの物語になぞらえている。

みずみずしい緑で、その梢はうしろから照らされて、まるでホタルの大群が植物と化したかのように、黒っぽい建物の前を左右に波打っていた。澄んだ靄（もや）が影という影を青く染めていた。

私たちはせかせかと上陸するようなことはせず、追いたてられるまで甲板にとどまっていた。これと同じ観察位置や、かくもしあわせな瞬間を、どこでまた期待できるだろう！

塔のように高い聖ロザリアの山車（だし）[3]があの有名な祭の日に通過できるようにと、上部をふさがずに、ただ二本の巨大な柱でできているすばらしい門[4]があるが、この門を通って市内へ案内され、そのすぐ左にある大きな宿屋に入った。宿の主人は日頃、世界各地の客をあつかいなれているらしい、感じのいい老人で、大きな部屋に案内された。その部屋のバルコニーからは、海や碇泊場、ロザリア山や岸辺が見わたされ、また私たちが乗っていた船も見え、私たちが現在どこにいるかをまず判断することができた。部屋が占める位置にすっかり満足し、この後ろにカーテンに隠れて一段と高くなった寝室があるのに気づかなかったが、そこには絹の天蓋できらびやかに飾られた大きな寝台があって、周囲にある年代物の堂々たる家具とよく調和していた。このような豪華な部屋に少し当惑しながら、しきたりどおりに、部屋代の条件をとりきめたいと申し出た。それに対してこの老人は「条件などございません。ここがお気に召せば、それで宜しいのです」と答えた。この部屋にすぐ続いているラウンジも使ってよいことになり、そこは風通しがよくて涼しく、バルコニーが幾つかあって気持ちがよかった。

かぎりなく多様な眺望を楽しみ、それをひとつひとつスケッチや彩色画に写しとろうと努めた。ここからの見晴らしは、芸術家にとってはかりしれない収穫になるだろう。

その晩は月明かりに誘われて船着き場まで散歩し、宿に帰ってからもなお長いあい

---

3 パレルモの守護聖女で、ノルマン人の王ヴィルヘルム二世の姪にあたる。伝説によると一一三〇年生まれで、たいへん信心深く、モンテ・ペッレグリーノの洞窟に隠者として暮らし、そこで一一六六年に亡くなったとされている。七月十五日は聖ロザリアの日で、その数日前から祝祭行事が行われる。聖ロザリア記念堂については一七八七年四月六日付け、四七〇頁参照。

4 ポルタ・フェリーチェのこと。

だバルコニーにとどまった。月光の照明はまた格別で、静けさと優雅さに満ちあふれていた。

パレルモにて、一七八七年四月三日、火曜日

まっさきにすべきことは町を仔細に観察することだが、この町は概観するのはやさしく、精通するのはむずかしい。やさしいというのは、海から山のほうまで、下の門から上の門まで何マイルもつづく一本の街路がこの町をつらぬき、この街路がほぼ真ん中のところで他の街路と交差しているからで、この二つの通りにあるものは見つけやすい。そのかわり町の内部は他国の者をまどわし、案内人の助けを借りないと、この迷宮から抜け出せない。

夕方になると、身分の高い人たちの有名な散歩道に注意を向けた。かれらは町を出て、波止場へ行き、新鮮な空気を吸い、談笑したり、場合によってはご婦人たちに礼儀正しく雅(みやび)やかに接したりしている。

夜になる二時間前に満月が姿をあらわし、筆舌に尽くしがたく見事な夕べの景色となった。パレルモは北向きなので、町と海辺は天空の光にたいして不可思議な位置関

係にあり、空の反射が波に映ずるところはけっして見られない。だから今日もからりとした晴天なのに、濃紺の海が重々しく迫ってくるように感じられる。これがナポリあたりだと、海は昼ごろからますます晴れやかに快活に、遠くまで輝いて見えるのだが。

クニープは今日は、あちこちの道を歩き見物するのはすっかり私一人にまかせて、自分は世界でもっとも美しい岬モンテ・ペッレグリーノを精密にスケッチしていた。

パレルモにて、一七八七年四月三日

ここになお二、三の事をまとめ、気兼ねなく追加しておく。

三月二十九日木曜日の日没にナポリを出発して、四日後の午後三時にやっとパレルモの港に上陸した。同封の小さな日誌がおおいに私たちの運命を語ってくれるだろう。今回ほど穏やかな気持ちで旅に出たことはなく、絶えまない逆風のためにひどく遅れ

---

5 トレードの通り、またはカッサロの通り。下の門とは海岸にあるポルタ・フェリーチェを、山のほうにある上の門とはポルタ・ヌオヴァをさす。

たこの航海ほど――ひどい船酔いにかかって、はじめのあいだは狭い船室のベッドに横になっていなければならなかった時でさえ――かくも落ち着いた時間を持ったことはなかった。いま心静かに君たちに思いをはせている。私にとって何やら決定的なものがあったとすれば、それは今回の旅なのだから。

ぐるりと周囲の海に囲まれたことがないと、世界も、世界と自分との関係も把握できない。この偉大にして単純な線は、風景画家としての私にまったく新たな思想を与えてくれた。

日記が示すように、この短い航海で、さまざまな変化と、小規模ながら船乗りの宿命ともいうべきものを経験した。ともかく、郵便船の安全さと便利さはどんなに褒めても褒めきれない。船長はたいへん勇敢で礼儀正しい人だ。乗客は劇場さながら、いろいろな人がいたが、まずまずの好感のもてる連中で、行儀がよかった。連れの芸術家クニープは、元気がよく誠実で善良な人間で、きわめて精密なスケッチをする。彼は眼前に現れる島や海岸をすべてスケッチしたので、すべて持って帰れるなら、君たちをおおいに喜ばせることだろう。そのうえ彼は長時間にわたる航海の退屈しのぎに、イタリアでいま大変はやっている水彩画の技巧を書き記してくれた。彼はある色調を出すためにはどんな絵の具を使えばいいか心得ており、この秘訣を知らなければ、いくら混ぜても駄目なのだ。ローマでこういうことをいくぶんは聞き知っていたが、系統立てて習ったわけではなかった。イタリアのような国だからこそ、芸術家はこのような秘訣を研究しつくすことができたのである。

美しく晴れた午後、パレルモの港へついたとき、海辺一面にただよう靄（もや）の晴れやかさは、どんな言葉でも言い表せない。きよらかな輪郭線、全体を包むやわらかさ、微妙な差異をみせる色調、海と空と大地との全体の調和。これを見た者は一生涯まぶたに焼きつけておくだろう。私はいまはじめてクロード・ロラン[6]の絵を理解した。いつの日か北の国でも、この幸福な宿泊の影絵を心中に呼び起こしたいと思う。水彩画を描くとき、私は藁ぶき屋根のような細部ばかり描いてきたが、そうしたものをクニープから学んだ水彩画の技法で洗い流せたらよいのだが。島々の女王ともいうべきこのシチリア島は、どんな力をおよぼすことができるのだろう。

このシチリア島がどんな風に迎えてくれたか、言い表すべき言葉がない。新緑の桑

6　一七八七年二月十九日付け、三四七頁注92参照。

の木、常緑のセイヨウキョウチクトウ、レモンの木の生垣、等々。公園[7]にはキンポウゲ科のラナンキュラスやアネモネの広い花壇がある。大気はおだやかで温かく、芳(かぐわ)しい香りがし、風は生温かい。まん丸い月が岬のうしろから昇ってきて海面を照らした。四日四晩も波のうえをただよった後のこの楽しさ！　いま私は、連れのクニープがスケッチに使う墨汁入りの貝殻に、先のちびたペンをつっこんで書きなぐっているのだが、許してほしい。でも君たちにはささやきのように響くだろう──私を愛してくれる君たちのために、この幸福なときの、もっと別な記念[8]を用意しておく。それがどんなものになるのか言わないし、君たちがいつ受け取ることになるのかも言えない。

パレルモにて、一七八七年四月三日、火曜日

親愛なる諸君、この手紙が君たちにできるだけ素晴らしい楽しみをもたらすものであればと思う。満々たる水をたたえた比類なき湾。やや平坦な岬がはるか海中に突出している東のほうからはじまり、森の繁った険しく形のよい岩山に沿って、町はずれの漁師の住まいまで延び、それから町そのものに及び、そのとっつきの家屋はみな、私たちの宿と同じく港のほうを向いている。それから私たちが通ってきた市の門。

それからさらに西方に進むと、小船の着くふつうの陸揚げ場から本来の港に、つまり大きな船が碇泊する突堤にいたる。そこにはすべての船舶を保護すべく、西には美しいフォルムのモンテ・ペッレグリーノがそびえ立ち、この山とイタリア本土とのあいだには、向こうの海にいたるまで気持ちのいい肥沃な谷間が横たわっている。
クニープは写生し、私は箇条書きのメモをとり、ふたりとも大いに楽しんだが、喜び勇んで家へ帰った後は、ふたりとも再び筆をとりあげて仕上げる力量も気力もなかった。それゆえ私たちの構想は将来を期して保留となった。この手紙は、これらの対象を把握する力が十分になかった、むしろ、かくも短時間で対象を征服し支配しようと思い上がっていたことの証左である。

7　一七七七年に建設されたマリナ河畔にあるヴィラ・フローラまたはヴィラ・ジュリアのこと。
8　ゲーテがシチリアにいる間に構想・執筆した悲劇『ナウシカ』のこと。一七八七年四月十六日付け、五二四頁および「回想から」五八九頁参照。

パレルモにて、一七八七年四月四日、水曜日

午後、南の山々からパレルモのあたりまで延び、オレート河が曲がりくねって流れている肥沃な気持ちのいい谷をおとずれた。ここでも絵を描くには、画家の目と熟練の腕を要するが、クニープはひとめで持ち場をとらえた。そこはせきとめられた水が半ば壊れた堤防から流れ落ちているところで、楽しげな一群の樹々が影をなげかけ、その背後の谷をのぼると眺望がひらけ、二、三の農家の建物が見えた。

うららかな春の日和と湧きあふれる豊かさ。生き生きとした平和な気分が谷間じゅうにみなぎっていた。しかし、気の利かないガイドが、ここで昔ハンニバルが戦争をし、この場所でいかなる戦闘が行われたかなどと物知り顔でくどくどと語るので、せっかくの気分もそこなわれた。私はそんな遠い昔の亡霊を不愉快にも呼び寄せたことでガイドを遠慮なくたしなめ、

「象によらずとも馬や人間によって、種子がときおり踏みにじられるのは困りものだね。少なくともそんな騒動をあとから呼び起こしてぎょっとさせ、想像力の平和な夢を破るようなまねはしないでほしい」と言った。

私がこんな場所で古代の思い出をはねつけたのを、ガイドはひどく不審に思ってい

たが、過去と現在との混淆で私がどんな気持ちになるかを、彼にわからせることはもちろんできなかった。

私が河水の涸れている諸所の浅瀬で小石をさがして、いろいろな種類を採取して行くのを、このガイドはさらに奇妙に感じたらしい。こういう山岳地方を理解するには、渓流のなかに押し出されている石を調べるのが手っ取り早いということや、ここでの課題は岩石の破片を調べて、地球古代のあの永遠にすばらしい高みを思い浮かべることだと彼にわからせるのは、先ほど同様むりであった。

この河からはかなりの収穫があり、四十個ほど集めたが、整理分類してみると、少数の項目になった。その多くは、碧玉や角岩だったり、粘板岩と見なされている種類のものだったりした。これらの岩石は、角がとれて丸くなった転石や不恰好な転石で、

9 第一次ポエニ戦争中の紀元前二五一年のパノルムス（現在のパレルモ）の戦い。この戦いでルキウス・カエキリウス・メテッルスが打ち負かしたのはカルタゴのハスドルバルであって、ハンニバルではない。

ゲーテ作、さまざまな鉱物のスケッチとメモ（シチリア、1787?）

ひし形のものもあり、色彩はさまざまだった。さらにやや古い石灰岩の変種も見つかり、同じく角礫岩（かくれきがん）もあり、その接着剤は石灰だが、結合されている石は碧玉や石灰岩であった。また貝殻石灰の転石もあった。

この地方では馬の飼料として大麦、切り藁、糠（ぬか）を用いる。春になると、馬を元気づけるために発芽した緑の大麦を与え、土地の人はこれを「ペル・リンフレスカル（リフレッシュ用）」と呼んでいる。草地がないので干し草はない。山の上にはいくつか牧場があり、畑もその三分の一は休閑地なので、そこも牧場になる。羊はあまり飼っておらず、種類はバルバリ[10]産だ。太陽が熱く照りつけるシチリアの穀物はラバに適しているので、概して馬よりラバが多い。

パレルモが位置する平原、町の外のアイ・コリ地方、ならびにバゲーリアの一部は、貝殻石灰を地盤とし、町の建造物もやはり貝殻石灰から成る。そういうわけでこの辺

10　ベルベル（バーバリ）人の故郷である北アフリカの土地に由来する。

には大きな採石場がある。モンテ・ペッレグリーノの近くのある場所では、採石場の深さが五十フィート以上もある。下のほうの地層は色が白く、そこにはたくさんの珊瑚や甲殻類、とくに大きなイタヤガイの化石がある。上のほうの地層は赤い粘土が混じっていて、貝殻はあまり、もしくはまったくない。いちばん上の層は赤い粘土で、強固なものではない。

モンテ・ペッレグリーノはこれらすべての上にそびえ立っている。この山は比較的古い石灰からなり、多くの穴や裂け目があり、仔細に観察すると、地層は均等ではないが、秩序だった配列になっている。岩石は固くて響きがいい。

パレルモにて、一七八七年四月五日、木曜日

私たちはことさら町を観察しながら歩きまわった。建築様式はたいていナポリのそれと同じであるが、たとえば噴水のような公共の記念物は、趣味がよいとはとてもいえない。ここにはローマに見られるような、制作を統括する芸術精神というものがなく、たまたま建造物が存在し形を成しているにすぎない。もしシチリアに美しい多彩な大理石がなく、また動物の形姿を刻む熟練した彫刻師が、その当時それほど人気を

博していなかったならば、島民全体から驚嘆の目で見られている噴水[11]は、できてはいないだろう。この噴水はなんとも描写しがたいものである。程よい大きさの広場に円形の造営物があり、二階の高さほどはないが、台石も石壁も飾り縁も色のついた大理石でできている。石壁にはいくつもの壁龕(へきがん)が一列にそなえられ、そこから白い大理石でかたどられたあらゆる種類の動物の頭が、首を伸ばしてこちらを見ている。馬、ライオン、ラクダ、象が交互にならび、この動物園をひとめぐりした背後に噴水があるという思いがけない趣向である。四方はゆとりがあって、そこから大理石の段をのぼってゆくと噴水へ通じ、豊かにあふれ出る水を汲むことができるようになっている。

イエズス会の華美好みをさらに上回る教会についても同じようなことがいえ、原則やしかるべき意図があったわけではなく、偶然そうなっただけである。美的センスもなければ采配(さいはい)をふる人物もおらず、ちょうどそこに居合わせた職人、人物や葉飾りの彫刻師、金メッキ工、うるし塗り職人、大理石工が自分の技でできるものを、なんら

11　フィレンツェの彫刻家フランチェスコ・カミリアニによって制作（一五五四〜五五）され、一五七三年にパレルモ市のものとなり、一五七五年に同市にうつされた。

かの箇所に取りつけようとしたにすぎない。

しかしながら、たとえば、あの動物の頭などはじつに立派な細工で、自然の事物を模倣する能力はある。それによって大衆を驚嘆させるのだ――大衆の芸術の楽しみ方ときたら、模造を原型とくらべることだけなのだから。

夕方にいろいろこまごましたものを買い入れるために、長い通りにある小さな商店へ足を踏み入れたら、愉快な人物と知り合いになった。店の前に立って品物をみていると、一陣の突風が起こって、街路に沿って渦をまきながら、みるみるうちに無数に吹き上げられた塵埃を露店といわず窓といわずまきちらした。私は叫んだ。

「おやおや！　君たちの町の不潔さときたら、どうにかならないものかね？　この通りは長さや美しさにかけて、ローマのコルソ通りと肩を並べるほどだ。両側の歩道は、店主や作業場の持ち主が各自たえず掃除してきれいにしているが、すべてを道のまんなかに掃き寄せるものだから、このまんなかのところはいよいよ不潔になり、風が吹くたびに、君たちが往来に寄せた塵が、また君たちのところに舞い戻ってくる。ナポリではロバが毎日せっせとごみを農園や畑に運んでいるよ。君たちのところでは、何か似たような工夫をこらしたりはしないのかい？」

「私たちのところではいつもこんな風です」と男は答えた。

「家から外に掃き出したものは、戸口の前につもってすぐ腐ります。ご覧のように、麦わらや葦、台所の残り物やいろいろな汚物が層をなし、一緒になって乾くと、こちらへ塵となって戻ってきます。私たちは一日じゅうそれに抵抗しているのですが、ご覧のように、このきれいなかいがいしく可愛らしい箒も結局すりきれて、かえって家の前の汚物が増えるだけです」

　滑稽な見かただが、事実そのとおりであった。少し改良すれば扇として使えそうな、矮鶏唐棕櫚でできたきれいな箒をもっているが、すぐにすりきれてしまい、その残片が何千となく街路にある。

「これに対して何か処置が講じられないのかい？」と繰り返し問うと、彼は答えた。

「世間の噂では、清潔を司る役人たちがたいへんな勢力をもっていて、お金をお役目通りに使うように強いることができないそうです。それに汚い麦わらの堆積物を除去すると、その下の舗道がいかにお粗末にできているか、はっきり現れ出て、そのために他の金銭上の不正使用まで明るみに出てしまう、という奇妙な事情もあります」

　彼はおどけた表情で、さらに付け加えた。

「でもこうしたことはみな、悪意ある人間のこじつけですよ。夕方になると、いつも貴族が散歩のために馬車を走らせますが、弾力のある地面のほうが気持ちがよいので、そうした豪華な馬車のために地面をやわらかくしてあると主張する人々の説に、私は賛成です」

それから男は調子に乗って、警察のいくつかの逸脱行為を面白おかしく話してくれた。どうしようもない事態を笑いとばすユーモアをこの男が常に持ち合わせていることがわかって、私は心がなごんだ。

パレルモにて、一七八七年四月六日

パレルモの守護聖女である聖ロザリアについては、聖ロザリア祭にまつわるブライドン[12]の叙述によって広く一般に知られているので、ロザリアが特に崇拝される土地や場所について読むのは、友人諸君にとってきっと好ましいことだろう。

巨大な岩石の塊であるモンテ・ペッレグリーノは、高いというよりもむしろ幅が広く、パレルモ湾の北西端に横たわっている。その美しい姿はとうてい言葉にできず、『絵によるシチリアの旅』[13]にある模写でも完璧とはいいがたい。この山は前時代の灰色石灰岩から成り、岩肌がむき出しで、岩の上には樹も灌木も生えておらず、平らな部分のみ、かろうじて芝や苔で蔽われている。前世紀のはじめ[14]、この山にある洞窟のなかで聖ロザリアの遺骨が発見され、パレルモへ運ばれた。その遺骨のおかげで町はペストの厄を免れ、ロザリアはこのときから土地の人の守護聖女となった。いくつかの礼拝堂が建てられ、ロザリアをうやまう盛大な祭礼が行われた。

信心深い人々が熱心にこの山に詣でるので、莫大な費用を投じて道路がつくられた。水道のように支柱とアーチの上に設けられた道で、二つの断崖のあいだをジグザグに

12　パトリック・ブライドン（一七三六〜一八一八）。イギリスの自然科学者。一七六七年から七一年にかけてイタリアに旅行した。シチリアおよびマルタの旅行（一七七〇年五月から八月）についてウィリアム・ベックフォード宛ての手紙で述べている。

13　ジャン＝クロード・リシャール・サン＝ノン、通称サン＝ノン師（一七二七〜九一）著、《Voyage pittoresque ou description des Royaumes de Naples et de Sicile.（ナポリ王国とシチリア王国のピトレスクな旅あるいは描写）》全五巻、一七八一〜八六、パリ。

14　正確には一六二四年。

登っていく。

礼拝所そのものは、聖女が完全に俗世をはなれたことを崇めるきらびやかな祭よりも、ここへ逃れてきた聖女の謙虚さにいっそうふさわしい。いまや千八百年にわたって、キリスト教界の財産と豪華で荘重な催し物は、最初の創始者にして熱烈な信奉者たちの悲惨さのうえに築かれているが、ここほど清らかに情感豊かに飾られ崇拝されている聖地はどこにもないかもしれない。

山を登りつめると、岩角を迂回して、険しい岩壁に向かい合って立つことになる。この岩壁に教会と修道院とが、いわばしっかりと取りつけられている。教会の外側は、みばえもしないし、期待を抱かせるものは何ひとつない。何気なく入り口の戸をあけ、中へ入ると、はっとして息をのむ。そこは教会の間口だけの幅があり、本堂に向かって開かれたホールになっていて、そこに聖水を盛った普通の容器と、二、三の告解聴聞席とがある。教会の本堂は屋根のない中庭で、右側は天然の岩で閉ざされ、左側はホールのつづきで閉ざされている。中庭は雨水がはけるように板石が少し傾斜させてあり、そのほぼ中央には小さな泉がある。

洞窟そのものは聖歌隊用に改造されているが、荒削りな自然の姿には手を加えていない。そこへは数段の階段がついていて、のぼるとすぐのところに聖歌集を載せた大きな譜面台があり、両側には聖歌隊席がある。これらはすべて中庭や本堂からさしこむ陽光に照らされている。洞窟の暗がりの奥深く、中央に本祭壇がしつらえてある。前述のように洞窟には少しも手が加えられていない。しかし岩からたえず水がしたたり落ちるので、この場所を濡れないようにしておく必要があった。そのために鉛の樋を使って岩角に沿ってひっぱり、それがさまざまに結びあわされていた。樋は上のほうは広く、下のほうは細くとがっていて、くすんだ緑の塗料がぬられているので、まるで洞窟の内部に大きなサボテンが生えているように見える。水は一部は側面から、また一部は背面から導かれて、澄んだ水槽へはいる。信者たちはその水を汲んでさまざまな厄よけに用いる。

こうしたものを仔細に観察していると、僧侶がやってきて「ジェノヴァあたりの方でしょうか。ミサを聞きにいらしたのですか?」と尋ねた。それに対して「ジェノヴァの人と一緒にパレルモへ来ました。彼は明日の祭日[15]にこちらへ登ってきます。ふ

15　四月七日は復活祭直前の土曜日、すなわち聖土曜日にあたる。

たりのうち、どちらかが留守番をしなくてはならないので、今日は私が見に参りました」と答えた。すると僧侶は「何でも自由にご覧になってください。ご信心が深まりますように」と答えた。特に彼は、洞窟の左手に立っている祭壇をさし、それが特別に神聖な場所だと教えて立ち去った。

真鍮製の大きな葉形飾りのすきまから、祭壇の下にいくつかのランプがちらちら光っているのが見えたので、そのすぐ前へ行って跪(ひざまず)き、そのすきまを通してのぞいてみた。内側にはなお、こまかく編んだ真鍮の針金が格子形に張ってあるので、その後ろにあるものは、ちょうど紗を通して眺める具合になる。

二、三の静かなランプの明かりに照らされて、美しい婦人像[16]が見えた。

婦人像は半ば目を閉じ、たくさんの指輪でかざられた右手のうえに頭を無造作にのせて、一種の法悦状態で横たわっていた。いくら眺めても眺め足りないほどで、この像は特別な魅力をもつように思われた。衣服は金メッキのブリキでできていて、ゆたかに金を織り込んだ布地を巧みに模してある。白い大理石の頭部と手は、高雅な様式とはいいかねるが、彼女がいまにも息をして動き出すのではないかと思われるほど自然な好ましいつくりであった。

かたわらには小さな天使が立ち、ユリの茎で聖女に涼風をおくっていた。

そうこうするうちに僧侶たちが洞窟にはいってきて椅子に腰をおろし、夕べの祈りを唱えた。

私は祭壇に向かい合ったベンチに座って、しばらくこの夕べの祈りに耳を傾けた。それからふたたび祭壇まで行って、跪き、聖女の美しい像をもっとはっきり見ようと努めた。この像と場所の魅惑的なイリュージョンに身をゆだねた。

僧侶の歌はいまや洞窟のなかに消え去り、水は祭壇のすぐかたわらの水槽にさらさらと流れ込み、前庭――本来の教会なら本堂にあたる――に張り出した岩が、この光景をいっそう閉ざされた濃密なものにした。このいわばふたたびひと気のない荒地に、おおいなる静けさがあり、この自然のままの洞窟に、おおいなる清澄さがあった。カトリックは、ことにシチリアの礼拝儀式は金ピカ装飾なのだが、ここにはまず第一に自然な素朴さがあった。目が肥えていても、美しい眠れる婦人像がよびおこすイ

16　この聖女ロザリアの臥像は十七世紀にフィレンツェ人のグレゴーリオ・テデスキがつくったもので、ナポリのカルロス三世によって贈呈された。

リュージョンに魅了される——ともかく私はやっとの思いでこの場所から身をもぎはなし、夜もふけてからパレルモへ帰りついた。

パレルモにて、一七八七年四月七日、土曜日

波止場のすぐそばの公園[17]で、心静かに、まことに楽しい数時間をすごした。ここは世にも不思議なところである。整然と設計された公園なのに、おとぎの国のようで、さほど昔の植樹ではないのに、古代にいるような気分になる。緑の花壇の縁が異国の植物を取り囲み、レモンの木の垣はきれいなアーケードをつくり、ナデシコに似た無数の赤い花に飾られたセイヨウキョウチクトウの高い垣根[18]に目が吸い寄せられる。見たこともない未知の、おそらくもっと南方の産らしい樹木が、まだ葉もつけず、なんとも奇妙な枝を広げている。平らな空き地の後ろにある一段高くなっているベンチから、不思議な絡まり合い方をした植え込みを見渡すことができ、最後に視線は大きな水盤へうつる。そのなかには金色銀色の魚がじつに楽しげに泳いでいて、苔むした葦の下に隠れたり、一片のパンにさそわれて、群れをなして集まってきたりする。植物はすべて、私たちには見なれぬ緑色で、ドイツのよりも黄色がかったものもあれば、

青味がかったものもある。しかし全体にえもいわれぬ優美さを醸し出しているのは、すべての上に一様に広がった濃い靄（もや）であった。靄が著しく作用するために、事物は互いにわずか数歩はなれただけで、はっきりと薄青色に浮き立ち、そのために事物の本来の色はついに失われてしまうか、少なくともたいそう青味がかって見えた。

このような靄のおかげで遠く離れた事物、船や岬がいかに妙（たえ）なる眺めとなるかというのは、画家にとって十分に注目に値することで、これによって正確に遠近の区別がつき、距離もはかれる。それゆえ高地への散歩もきわめて魅力あるものとなった。目にうつるものも、もはや自然の風物ではなく、きわめて技巧にたけた画家が透明なニスを重ね塗りして濃淡の段階をつけた絵画のように思われた。

だがあの妙なる園の印象は、あまりにも深く私の心に残っていた。北の水平線に見える黒ずんだ波、それが曲がりくねった入り江にせまる様子、かすむ海の特有の匂いさえも、そうしたすべてが私の感性に訴え、幸福なパイアケス[19]の島を思い起こした。

17　すでに述べたヴィラ・フローラまたはヴィラ・ジュリアをさす。

18　十九世紀の初めまで公園は四方をセイヨウキョウチクトウの垣根で縁どられていた。

すぐにホメロスを買いに行って、大いなる感動とともにあの歌を読み、また即席の翻訳をクニープに聞かせてあげようと思った。クニープは今日いちにち根をつめて努力したのだから、一杯の美酒を傾けて、のんびり休むに値する。

パレルモにて、一七八七年四月八日、復活祭の日曜日

夜明けとともに、主のめでたい復活を祝う騒ぎがはじまった。花火、連続打ち、爆竹、のろし、そういったものがおびただしく教会の門前で打ち上げられ、いっぽう信者たちは開かれた観音開きの門のところへ、どっと押し寄せた。鐘やオルガンの響き、行列の合唱とそれを迎える僧侶たちの合唱は、こうした騒がしい祭礼に慣れていない人々の耳を、ほんとうに混乱させるほどであった。

朝のミサが終わらぬうちに、副王[20]の使者がふたり着飾って私たちの宿を訪れた。ひとつの目的はすべての外国人に祭礼の祝詞を述べて、祝儀をもらうこと、もうひとつの目的は私を食事に招待することで、そのために私はいくらか祝儀をはずむはめになった。

午前中はいろいろな教会を訪ね、民衆の顔や姿を観察して過ごしたのち、市の山の

手の端にある副王の宮殿へと馬車を駆った。少し早く来すぎたので、大きな広間にはまだ人影はない。ただ背の低い元気な男が私のほうへやってきた。私はすぐさま彼をマルタ人[21]と見てとった。

私がドイツ人であると聞くと、彼は、

「エルフルトについてお知らせはございませんか。私はあそこでしばらくのあいだ、たいそう愉快な日を過ごしたので」と尋ねた。ダッヒェレーデン家[22]のことや副総督フォン・ダールベルクのことを聞かれ、私が十分な情報をあたえることができたので、

19　ホメロスの『オデュッセイア』第七歌に出てくる島。ゲーテが構想する悲劇『ナウシカ』の主人公はパイアケスの王女。

20　副王は三年毎に交代し、当時の副王はカラマニコのフランチェスコ・ダクイノ（在位一七八五〜八八）であった。

21　スタテラ伯のこと。この人物はしばらく後、ふたたびドイツを旅しシュタイン夫人にゲーテからの挨拶を伝えている。

22　エルフルトの会計局長官カール・フリードリヒ・ダッヒェレーデンの家族。彼の娘カロリーネは一七九一年ヴィルヘルム・フォン・フンボルトの妻になった。

彼はたいへん満足して、なおチューリンゲンのことを尋ねた。それからまたよほど気がかりらしい様子で、ヴァイマールのことを聞いた。

「あの人はどうしていますか。私がいたころは若くて元気で、ヴァイマールに雨を降らせたり天気をよくしたりしていた男です。名前は忘れてしまいましたが、あの『ヴェルター』の著者ですよ」

ためらうように少し間をおいてから、私は答えた。

「お尋ねの人物は、この私です！」

——驚きの色をありありと示し、彼は後ずさりしながら叫んだ。

「ずいぶんお変わりになったのですね！」

「そうですとも。ヴァイマールとパレルモとの間で、私はずいぶん変わりました」

その瞬間、従者をつれた副王が入ってきた。副王は貴人にふさわしく、上品かつ大胆にふるまわれる方だったが、ここで私に会った驚きを言い表し続けようとするマルタ人にたいしては、微笑を禁じえなかった。食事中、私は副王のとなりに座ったが、彼は私の旅行の目的を話題にし、「パレルモでは何でも見ておけるようにしておきます。シチリアの旅行も、できるかぎり便宜をはかるように命令を出しておきましょう」と約束してくれた。

パレルモにて、一七八七年四月九日、月曜日

今日、私たちはパラゴニア公子[23]の無軌道ぶりにかかわりあったが、その愚かしさの数々は、読んだり聞いたりして思い描いていたものとは、まったく異なっていた。どんなに真理を愛していても、ばかげたものについて弁明しようとする人は、つねに苦境におちいるはめになる。というのも、なにやら伝授しようとしても、もともと無意味なものを、ひとかどのものに思わせようとして捏ねまわしているだけなのだから。そこで私は、別の一般的な省察をあらかじめ述べておかねばならない。それは、いかに没趣味なものも、いかに優れたものも、ただひとりの人間、ただひとつの時代から直接生まれるのではなく、むしろ少し注意すれば、両者がどういう起源をもつのか、

23 フェルディナンド・フランチェスコ・グラヴィナ・クリュラス・アリアータ（一七二二～八八）のこと。彼の別邸は、パレルモの東にあるバゲーリアという小さな町にあり、彼の空想的で奇抜きわまる趣向はグロテスクや不合理の同義語ともなった。

その系図を証明できるということである。

パレルモのあの噴水[24]は、パラゴニア式無軌道の元祖ともいうべきものだが、この別邸は私有地にあるので、きわめて自由にまた広々と羽を伸ばしている。その成り立ちと経過を徐々に述べようと思う。

この地方の別邸は、多少の差はあれ所有地の中央にあるので、その立派な邸宅に行きつくためには、よく耕された畑や菜園やその他の農業上有用な施設を通らねばならない。北方人は、観賞用に実を結ばぬ灌木を植え、広い立派な土地を大庭園にあてていることから、この点では南方人のほうが北方人よりも実利を重んじるといえよう。そのかわり南方人は、二つの石塀を築き、石塀のあいだを通って邸宅へ行きつくようにし、左右に何があるのかわからなくしている。この道はふつうは大きな門、ときにはまたアーチ形の柱廊からはじまって、邸宅の前庭で終わる。ところがこの石塀を通るあいだも、目の保養にこと欠かぬように、石塀の上のほうは張りだしになっていて、渦巻き装飾や台座で飾られ、その上には場合によってはあちこちに花瓶が立っている。塀の表面は水しっくいで塗られ、区切りをつけてペンキで塗りわけてある。邸宅の前庭には、使用人や雇い人の住む平屋が輪状に建ち並び、四角い本邸がそれらすべてを見おろすように聳えている。

これは、昔パラゴニア公子の父君が邸宅を建てたころまでは存続していたような、伝統的な設計法で、極上とはいえないが、まずまずの趣味のものである。ところが現在の所有主は、それらの大方の基本的特色は手放さずに、自分の嗜好と情熱のおもむくまま、不恰好で無趣味な建物を造りあげた。もしも彼の想像力のひらめきのせいにするなら、それは過賞というべきだろう。

こうして私たちは、所有地の境界のところからはじまる大きな柱廊に足を踏み入れるのだが、そこには幅のわりに丈の高い八角堂がある。当世風のボタン留めになったゲートルをつけた四人の巨人が飾り縁を支え、その飾り縁の上のちょうど入り口に向かい合ったところに、聖なる三位一体がかかっている。

邸宅への道は普通のよりも幅が広く、障壁は高い台座の形となって遠くまでつづき、その台座の上には立派な礎壁がめずらしい群像を高く支えており、群像の合間合間にいくつもの花瓶がおいてある。低劣な石工がぞんざいに仕上げた不細工な彫刻の厭わ

24　一七八七年四月五日付け、四六七頁参照。プレトリア広場の噴水。

しさは、それが極めて粗悪な貝殻凝灰岩でできているだけに、なおさら目立つ。けれども、もっと上質な材料だったなら、フォルムの無価値さがいっそう目につくことだろう。私はいま群像といったが、この場合には当てはまらない不正確な表現である。というのは、この像の組み合わせは、熟考から生じたものではなく、むしろ恣意的なものであり、いや、もっと正確に言うと、雑然たる寄せ集めだからである。すなわち三個ずつの像がこういう四角の台座の飾りになっているのだが、それらの像の台脚はいろいろな位置を占め、それらがともかく一緒になって四角の空間を満たすようになっている。もっとも珍妙なのは、たいてい二つの像から成り、その台脚は基底の前面の大部分を占めている。彫像はたいてい動物や人間の姿をしていて不恰好だ。基底のうしろの空間を埋めるためになお二つの像が必要だが、その内の中ぐらいの大きさのは、ふつうは男女の羊飼い、騎士や貴婦人、踊っているサルや犬となっている。さてもうひとつの隙間が基底に残るわけだが、これはたいてい侏儒(しゅじゅ)で満たされており、この種族はいつも陳腐な滑稽さをあらわすのに重要な役を演じるものである。

パラゴニア公子の奇矯ぶりの諸要素をあますところなく伝えるのに、次の目録を示す。〈人間〉の部——男女の物乞い、スペイン人の男女、ムーア人、トルコ人、背中の曲がった人、あらゆる種類の先天的身体障がい者、侏儒、楽師、イタリア喜劇の道化師プルチネッラ、古代の服装をした兵士、男女の神々、古代フランスの服装をした人、弾薬入れとゲートルをつけた兵士、プルチネッラをつれたアキレウスとケイロンといった、グロテスクなお供をつれた神話的人物。〈動物〉の部――動物のパーツのみが表現されたもの、人間の手をもつ馬、胴体は人間なのに頭部は馬、ひんまがった顔のサル、たくさんのドラゴンやヘビ、あらゆる種類の人像にあらゆる種類の動物の前足をつけたもの、双頭にしたり、頭部を取り替えたりしたもの。〈花瓶〉の部――あらゆる種類の怪物と渦巻き装飾、その下部は花瓶の腹部と台になって終わっている。

このような形のものがどっさりと作られ、無意味かつ無思慮に生じ、見境なく無計画に配列されているさまを想像してほしい。これらの台座や基底や不恰好なものが一列に果てしなく並んでいるさまを想像してほしい。そうすれば誰もが、とどまるところを知らない妄想の細いむちで追いたてられて駆け抜けるときに襲われる不快感を共有できるだろう。

邸宅に近づくと、半円形の前庭が両腕を広げるように私たちを出迎える。正面の門のついた主壁は、城壁のような造りである。この壁には、エジプトの像、水のない噴水、記念碑、ばらばらに置かれた花瓶、故意にうつぶせにされた彫像などが塗りこまれている。邸宅の中庭に入ると、小さな家屋に囲まれた伝統的な円陣が、さらにいくつもの小さな半円をなして張り出しており、変化に富んでいる。

地面はその大部分に草がはえている。そこにまるで荒廃した墓地のように、父王から伝わる、奇妙な渦巻き模様で装飾された大理石の花瓶や、新しい時代の産物である侏儒その他の不恰好なものが雑然と立っていて、いまだにおさまりがよくない。そのうえ、古い花瓶やそのほか渦巻き模様の岩石が中にいっぱいにつめこまれた四阿(あずまや)まであった。

小さな家々の飾り縁がどちらか一方に完全に傾いているのは、こうした没趣味な考え方の極みである。水平・垂直の感覚はそもそも私たちを人間たらしめ、あらゆる調和の根本をなすものなのに、その感覚がずたずたに引き裂かれ、痛めつけられる。そしてこの並んでいる屋根にもやはり、九頭のヘビや小さな胸像、音楽をかなでるサルの合唱隊、およびそれに類した妄想の産物が縁飾りになっている。神々と入れかわってドラゴンがいたり、アトラス神が天球のかわりにワインの樽をかついだりしている。

こういうすべての物から逃れて、父王が建てた比較的まともな外観をそなえた邸宅、にはいろうとすると、玄関から遠からぬところに、月桂冠をいただいたローマ皇帝の頭部が、イルカに乗った侏儒の胴体にのっているのが見える。

邸宅の外観からすれば、内部はまずまずのように見えるが、一歩中へはいると公子の無軌道ぶりがまたしても暴威をふるう。椅子の脚は違う長さにひき切られているので、腰かけることができず、たまに座れそうな椅子があると、管理人に「ビロードの下に針が隠れておりますので」と注意される。中国製の陶器でできた飾り燭台が隅々においてあるが、近づいてよく見ると、皿や茶碗や受け皿をつぎ合わせたものにすぎない。どの片隅をみても、何らかの気随気ままが目にはいる。しかも岬の向こうの海を見渡す、はかりしれぬほど美しい眺めでさえ、色ガラス越しなので興をそがれ、そのいつわりの色調のために、この地方の景色が寒々と見えたり、燃え立って見えたりする。それから、金メッキをした古い枠を細かく切り刻んで並べ、それで壁を張って

25 昔の軍隊の刑罰には、むち打ち用のしなやかなとがった若枝をもって並ぶ二列の兵隊の間を走らされるというものがあった。ゲーテは、パラゴニア公子のグロテスクな妄想の産物を両側に見ながら歩くことを、この刑罰にたとえている。

ある小陳列室にも言及しておかねばならない。数多(あまた)の彫刻模様や、多少とも塵にまみれて損傷をうけた新旧さまざまな段階の金メッキが、目白押しに並んで壁全体を蔽い、まるでがらくたの寄せ集めといった感じである。

礼拝堂について書くとなると、それだけでもノート一冊が要るだろう。頑迷な信心家だからこそこれほどまでにふくらんだ妄想の全貌がここで明らかになる。信心が邪道に陥ると、いかに多くの奇怪な像が生まれるかは推察にまかせて、それでもせめて一番ましなものをお知らせしよう。つまり、天井に木彫り細工のかなり大きな十字架像を平らに打ちつけ、自然の彩色をほどこし、金メッキを混ぜた漆(うるし)を塗ってある。十字架にかけられたキリストの臍(へそ)のところで鉤(かぎ)がねじで留められていて、そこから鎖が一本たれ、その鎖はひざまずいて祈りながら宙につるされている男[26]の頭にゆわえつけられている。この男は、教会の他のすべての像と同じく、彩色され漆が塗られており、おそらく所有主の変わることなき信心を象徴するものなのだろう。

ちなみに、この邸宅は完成されていない。父王[27]によって多彩にぜいたくに設計され、しかも厭うべき装飾のない大広間は、未完のままである。当主の奇行も、そのとどまるところを知らない妄想には追いつけなかったようだ。

この奇妙奇天烈な邸宅のなかで、クニープの芸術家魂は絶望へと駆り立てられ、私はクニープがいらいらしているのを初めてみた。私がこの非創造的な代物をひとつひとつ思い浮かべて、パターン化しようとすると、彼は私を先へ追い立てた。それでも温厚な彼は、最後に群像のひとつを、かろうじて絵になる唯一のものをスケッチしてくれた。馬の頭をした女が安楽椅子に座って、怪鳥の頭を王冠と大きな鬘で飾り、下半身には古代風の衣装をつけた騎士を相手にカルタ遊びをしているところだ。これはパラゴニア家の愚行の果ての、それでもきわめて珍しい紋章を想起させる。つまり、山羊の脚をもつサテュロスが、馬の頭をした女に鏡をさし向けている紋章である。

パレルモにて、一七八七年四月十日、火曜日

今日、私たちは馬車でモンレアーレ[28]へ登った。素晴らしい道だ。あの僧院の院長が

26　聖フランチェスコを表しているといわれる。
27　実際は父王ではなく、公子自身による。
28　パレルモの南西にある。一一七四年にグリエルモ二世が建設を開始し、一一八二年に完成させたベネディクト会の僧院がある。

ありあまる富を所有していた時代に造ったもので、広くてゆるやかな勾配をなし、あちこちに樹木が植えてあり、とりわけ大きな噴水池や掘り抜き井戸が目につく。ほとんどがパラゴニア風に渦巻き模様などで飾りたててあるが、それでもやはり動物や人間をリフレッシュさせてくれる。

丘の上にあるサン・マルティーノ修道院[29]は立派な堂々たる建物である。パラゴニア公子のもとで見られるように、独身の変わり者がひとりだけで理に適ったものを造ることは稀だが、それにひきかえ多くの人が協力すれば、教会や修道院のように広大な建物を生み出す。もっとも僧侶団体[30]がこれほどのことをなし得たのは、かれらが単なる家長以上の存在であり、後裔が無限につづくことを確信していたからであろう。

僧侶たちが収集品を見せてくれた。古代の遺物や自然界の産物の逸品が数多く保管されている。特に注意をひいたのは若い女神像を刻んだメダルで、おもわずうっとりした。親切な人たちが「複製をお持ち帰りになりませんか」と言ってくれたが、型を取るのに役立ちそうなものは、手元にはひとつも見当たらなかった。

僧侶たちは往時と当節の状況を少し悲しげに比較しながら、すべてを見せてくれた後、見晴らしのよいバルコニーのある快適な一室に案内してくれた。この室には私たち二人のために食事の用意がしてあり、たいへん上等な昼食にあずかることができた。デザートが運ばれたあと、僧院長が最年長の僧侶につきそわれて入ってきて、そばに座り半時間ほどいて、そのあいだ私たちはいくつもの質問に詳しく答えねばならなかった。じつに友情のこもったお別れとなった。若い僧侶たちがもう一度、収集室へ案内してくれ、最後に馬車のところまで見送ってくれたのである。

私たちは昨日とはまったく別な気分で帰宅した。現代においては没趣味な企てが威勢よく勃興(ぼっこう)しているいっぽうで、この広大な施設が没落の一途をたどっていることを、今日は身にしみて残念に思った。

サン・マルティーノへの道は、やや古い石灰岩の山を登って行く。岩を砕いて、それを焼くと、たいへん白い石灰になる。燃料には、強くて長い草を束にして乾かしたものを用いる。こうして《Calcara》[31]ができる。きわめて険しい高地にいたるまで赤い粘土が堆積していて、それがここでは肥土(こえつち)になっていて、高くなるにつれてますます

29 グレゴール大王によって建てられたベネディクト会の僧院。
30 実際には公子は既婚である。

赤みを増し、植物の生育で黒ずむということもほとんどない。少し離れたところに、辰砂（しんしゃ）に酷似した洞穴が見えた。

修道院は石灰山の真ん中に建っているが、この山には泉が多く、周囲の山々は立派に耕作されている。

パレルモにて、一七八七年四月十一日、水曜日

市外にある二つの重要な場所を見物したのちに、宮殿へ赴いた。ここでは使い走りの者がまめまめしく宮殿の内部を見せてくれた。驚いたことに、今まで古代の遺物が陳列してあった広間はひどく混乱していて、建築術に適った新しい装飾をほどこしている真っ最中だった。彫像はその場所から取り払われ、布をかけられ、足場でふさがれていたので、きわめて不完全にしか理解できなかった。案内人はたいそう好意的で、職人も多少骨を折ってくれたのだが。もっとも興味を引いたのは青銅製の二匹の牡羊[32]で、こんな状況で眺めているのに、たいそう芸術的センスが磨かれる思いだった。二匹の牡羊は、いっぽうの前脚を前方に伸ばし対（つい）になっていて、頭をそれぞれ別方向に向けて横たわっている。神話の世界から抜け出してきた力強い姿で、プリクソスとへ

ほどのものは見られない。……この世の空虚な天国と同時に、地獄の恐ろしい境界でもあるこの土地に、かつては人々が住み、いまは廃墟となっている。

レ[33]を乗せるのにふさわしい。羊毛は短い縮れ毛ではなく、長く波打ち垂れており、真に迫った優美なつくりだ。ギリシア最盛期の作で、シラクサの港に立っていたという。

さて使い走りの者に市外の地下墓所へ案内されたが、これは建築術を意識して設計されたもので、決して採石場を墓地に利用したものではない。かなり固くなった凝灰岩を垂直にけずり取った壁に、アーチ形の開口部を造り、その内部にいくつもの棺が掘られ、それらの棺がいくつも重なりあっている。壁にはなんら補強工事をしておらず、すべて岩石の塊から造られている。上のほうになるほど棺は小さくなっていき、支柱の上部にあたる場所には子供の墓所ができている。

31 石灰石を焼いて生石灰を製造する際に副産物として生じる緑色や青色や黒色の色ガラス。シチリアではこれを宝飾・装飾品として広く用いてきた。一七八七年四月十三日付け、四九八頁参照。

32 紀元前三世紀初めの作。ひとつは火災のために焼失し、もうひとつはパレルモの美術館にある。

33 ボイオティア(古代中部ギリシアの都市名)の王と王妃の子供たち。王の側室のしかけた罠から逃れるために、二人は翼をもつ金色の毛に輝く牡羊に乗って海と陸をこえた。妹へレは海中に落ち、兄プリクソスはコルキスの国に着く。

パレルモにて、一七八七年四月十二日、木曜日

今日はトッレムッツァ親王[34]の記念牌陳列室を見せてもらった。実は気が進まなかった。私はこの方面に暗く、物好きなだけの旅行者は、真の専門家や愛好家の顰蹙をかうからだ。しかし何事にもはじまりがあるので、しぶしぶ出かけたところ、たいへん楽しく勉強になった。古代世界には多くの都市が散在し、どんなに小さな町でも、美術の通史とまではいかないが、少なくとも美術史のいくつかの時期を、貴重な貨幣の形で残したことを、通りいっぺんとはいえ概観できて、実に資するところが多かった。芸術や、気高い心で営まれる産業や、その他あらゆるものの、花開き実を結ぶ永遠の春が、この引き出しのなかから私たちに笑いかけてくる。いまや翳りをみせるシチリアの町々の栄華が、この型どられた金属のなかから再びみずみずしい輝きを放つ。

残念ながら私たちの青年時代は、何の意味もない家族記念牌や、同じ横顔をうんざりするほどくりかえす皇帝牌を所有していたにすぎず、しかも君主たちの像は、必ずしも人類の模範像と見なされうるものではない。私たちの青年時代が無形の古代イスラエル[35]と形態のまぎらわしい古代ローマに限られたのは、なんと悲しいことだろう！シチリアと新しいギリシアは、ふたたび私に新たな生への希望を抱かせた。

これらの対象について一般的な考察ばかり述べているのは、私がまだその方面に暗い証拠だが、こちらも他の事柄と同じように次第にうまくゆくようになるだろう。

パレルモにて、一七八七年四月十二日、木曜日

今日の夕方、また願いがかなえられた。それも一種独特な流儀で。私は大通りの歩道に立って、例の店で主人と冗談を言っていた。とつぜん長身の立派な身なりの下僕が近づいてきて、数個の銅貨とわずかな銀貨ののった銀の皿をいきなり差し出した。なんのことかわからなかったので、ひょいと首をすくめ、肩をそびやかし、申し出や

34　ガブリエーレ・ランチェロット・カステッロ（一七二七〜九四）のこと。貨幣学や碑銘研究方面の著述家。

35　原語では「無形のパレスチナ」となっているが、ゲーテはここでは、古代の歴史家ヘロドトスにしたがって、聖書に出てくるような古代イスラエルを意図している。「聖書に出てくるような古代イスラエルに関しては、資料や具体的形象がほとんどなく、それゆえに無形の抽象的なものとなり、いっぽう、古代ローマに関しては、資料も具体的形象の描写も豊富にあるが、それゆえに形態は混乱し、まぎらわしいものになりがちである」という意。

質問の意味がわからないとか応じたくないとか、ともかく辞退するときにするあの身ぶりをした。彼は来たときと同様にすばやく去って行ったが、通りの反対側でも彼の同僚が同じことをしているのに気づいた。

「どういうこと?」と店の主人にたずねると、彼はこっそりと気遣わしげなそぶりで、宮廷人らしい服装をした、上品にゆったりと通りの真ん中の塵のうえを歩いてくる背の高い痩せた紳士をさし示した。髪を縮らせ髪粉をかけ、帽子をこわきにかかえ、絹の衣服をまとい、腰には剣をつるし、宝石の留め金で飾られた洒落た靴をはいて、その老人はおごそかに静かに歩いてくる。みんなの目が彼にそそがれていた。

「あれがパラゴニア公子です」と店の主人が言った。

「ときおり町中を歩いてバーバリ地方で捕虜になった奴隷たちのために身代金を募っておられます。寄付金は決してたくさん集まるわけではありませんが、こういう事柄はやはり人の記憶に残るものです。それに生きている間に金をためて、こうした目的のために多額の寄付を遺贈する方もよくいます。公子はすでに何年もこの協会の会長をしておられ、かぎりなく善行を積まれました!」

「田舎の屋敷のばかげた普請の代わりに」と私は叫んだ。

「その莫大な金をこの方面に使うべきだったのに。それを上回ることのやれる君主はこの世にいないよ」

するとと店の主人は言った。

「でもみんな所詮（しょせん）そんなもんでしょう。ばかげたことには喜んで自腹を切りますが、善行となると、他人様（ひとさま）に出させます」

パレルモにて、一七八七年四月十三日、金曜日

シチリアの鉱物界にはボルシュ伯[36]による熱心な先行研究があり、同じ目的でこの島をおとずれる人は、彼に心から感謝するであろう。先達（せんだつ）の記念を褒めたたえるのは愉しく、また当然のことだと思う。人生においても旅においても、私は後代の人々にとって一介の先輩にすぎない！

ところで私にはボルシュ伯の知識よりも、彼の活動のほうがもっとすばらしいよう

36　ミヒェル゠ジャン・ドゥ・ボルシュ（一七五三～一八一〇）。ポーランドの貴族で自然科学者。シチリアの鉱物に関する論文を立て続けに発表（一七七七、七八、八〇年）している。

に思われる。彼はいわば気の向くままに仕事をし、それは大切なテーマを扱うべきときの真摯な謙虚さにそむくものとされているからである。しかしながら彼がシチリアの鉱物界に捧げた四つ折り判の冊子は、私にはおおいに得るところがあり、それで予備知識を得ていたので、宝石研磨工を訪ねたときも有益だった。宝石研磨工たちは以前、教会や祭壇を大理石や瑪瑙(めのう)でおおわねばならなかったころは、いまよりもっと多忙だったが、その手仕事はやはり現在もつづいている。

私はかれらに軟らかい石と硬い石の標本を注文した。というのも、かれらが大理石と瑪瑙とをそのように区別しており、主として、この区別によって値段に開きが出るからである。しかしかれらはこの二つの他にも、石灰窯(がま)の火から生ずるある材料を利用するすべを心得ている。石灰窯には、燃焼後に一種のガラス溶塊がのこる。きわめて明るい青色から、きわめて深い青色、いや漆黒に近い濃紺まで、模造宝石用のさまざまな塊だ。この塊は他の岩石と同じように薄片に切断され、その色合いや純度に応じて評価され、祭壇、墓標、その他の教会の装飾にラピスラズリの代用として供せられ、効果的に用いられている。

私が望んでいるような完璧なコレクションはまだ完成しておらず、ナポリへ送ってもらうことになっている。瑪瑙はすばらしく美しい。特に見事なのは、黄や赤の碧玉にある不規則な斑点が、いわば氷結したような白い石英と混ざりあってこのうえない美しい効果をだしている瑪瑙である。

薄いガラス板の裏面にエナメルを塗ってつくる、このような瑪瑙の精巧な模造は、あの日のパラゴニア式ナンセンスから見出された、唯一のまともなものだ。こういうガラス板は、装飾としては本物の瑪瑙よりも美しく見える。本物だと、たくさんの小片をつなぎ合わせなくてはならないが、ガラス板なら、建築家の好きな大きさにできるからである。この巧みな技術は見習ってしかるべきものであろう。

パレルモにて、一七八七年四月十三日

シチリアを抜きにしたイタリアなど、およそイメージできない。シチリアにこそすべてを解く鍵がある。

気候のよさは、いくら褒めても褒め足りない。いまは雨の季節だが、それでも晴れ間がある。今日は雷が鳴り、稲妻がひらめき、すべて勢いよく緑をましてゆく。亜麻はすでに一部は節(せつ)を生じ、花盛りのものもある。くぼ地に小さな池があると思ったら、実は下に亜麻の畑がそれほど美しく青緑色に広がっていたのだ。魅力的なものが無数にある！　そのうえ連れのクニープはすぐれた人物で、私が誠実にトロイフロイント役を演じ続けるかぎり、彼は正真正銘のホッフェグート[37]役をしてくれる。すでに彼は見事なスケッチをし、これからも最上のものを描いてくれるだろう。こうして数々の宝を抱いて、いつの日か恙なく帰国するのが、いまから楽しみである！

　この土地の飲食についてはまだ何も言っていないが、やはりなかなかのものだ。栽培果実はすばらしく、特にレタスはやわらかく、口当たりはミルクのようで、昔の人がこれを《Lactuca（ラクトゥカ）》[38]と呼んだのも頷ける。オイルもワインもすべて大変上等で、調理法をもっと工夫すれば、さらに風味が増すだろう。魚は極上で、たいへんやわらかい。またふつうは評判がよくない牛肉も、最近おいしいものを口にした。

　さて昼食の席から窓のところへ、それから街路へ出てみる。祝福をもたらす復活祭週間を記念する年中行事で、罪人が恩赦をうけるところ[39]だった。信徒のひとりが罪人を、このアトラクション用にこしらえた絞首台の下へ連れていく。罪人は梯子の前で祈りをささげ、梯子に接吻し、それからふたたび連れ去られる。この罪人は中流階級出身の美男子で、髪を縮らし、白い燕尾服に白い帽子、すべて白ずくめだった。彼は帽子を手に持っていたが、もしあちこちに色鮮やかなリボンでもつけてやったら、羊飼いとしてどこの仮装舞踏会へも行けそうな出で立ちであった。

パレルモにて、一七八七年四月十三日、十四日

さて出発の間際になって、面白い事件に出くわすことになったので、さっそくそれについて詳しく報告しよう。

滞在中に公然と会食の席で、カリオストロ[40]と、その素性や運命についていろいろ話

37 トロイフロイント（「忠実なる友」の意）もホッフェグート（「希望ある善」の意）もゲーテによるアリストパネスの翻案劇『鳥』に登場する人物。一七八六年九月十四日付け、五七頁、注8参照。

38 レタスの学名は《*Lactuca sativa.*》。新鮮なレタスを切ると白い乳状の液体が出る。レタスの語源はラテン語で「牛乳」の意の《*Lac*》。

39 この儀式が行われたのは一七八七年四月十三日ではなく、十一日である。

40 アレッサンドロ・ディ・カリオストロ（一七四三〜九五）。稀代の詐欺師として名が広まったフリーメイソン、オカルティスト。

題にのぼるのを聞いた。パレルモの人々は、「この町に生まれたジュゼッペ・バルサモとかいう男がいろいろ悪事をはたらき、評判が悪くて追放された」という点では一致していたが、「この男がはたしてカリオストロ伯と同一人物であるか否か」ということになると、見解が分かれた。以前に彼を見たことのある幾人かは、ドイツでよく知られ、パレルモにも渡ってきたあの銅版画の人物を見て、「この男にちがいありません」と主張した。

こういう話をしているうちに、客のひとりが次の事柄を引き合いに出した。

「パレルモの法律学者が、この事件を引き受けて解決をつけようと骨を折っています。彼はフランス政府の委嘱をうけて、ある重要かつ危険な訴訟事件において、フランス国の面前で、いや、全世界のといったほうがよいかもしれませんが、大胆にも荒唐無稽な虚偽の陳述をした男の素性を調査しています」

「その法律学者はジュゼッペ・バルサモの系図をつくり、証拠書類を添えて説明の覚え書をフランスへ送ったので、フランスではおそらくそれを公に利用するでしょう」

という話だった。

この法律学者は他のことでもたいへん評判のよい人物で、私が彼と知り合いになりたいという希望を述べると、この話をした人は「ご紹介しますので、彼のもとへご一緒しましょう」と申し出てくれた。

二、三日してから私たちは出かけた。彼は顧客と面談しているところだった。顧客を送りだし、私たちと一緒に朝食をすませると、彼は書類を取り出した。そのなかにはカリオストロの家系、その根拠づけに必要な証書の写し、およびフランスに送った覚え書の草稿がはいっていた。

法律学者が系図を示し、必要な説明をしてくれたので、理解しやすいように必要事項をここで述べておく。

ジュゼッペ・バルサモの母方の曾祖父はマッテウス・マルテッロ。曾祖母の実家の姓は不明。この夫婦には娘が二人いる。マリアという名の娘はジュゼッペ・ブラッコネリと結婚し、ジュゼッペ・バルサモの祖母となる。もうひとりの娘ヴィンチェンツァは、メッシーナから八マイルほど離れたラ・ノアラという小さな町に生まれたジュゼッペ・カリオストロと結婚した。メッシーナには今もなお、この名前をもつ鐘づくりが二人いることを述べておく。この大叔母は後にジュゼッペ・バルサモの代母になった。ジュゼッペ・バルサモはこの大叔母の夫の洗礼名をもらったが、最後には外国で大叔父の姓カリオストロをも名乗った。

ブラッコネリ夫妻には三人の子、フェリチタス、マッテウス、アントーニオがいた。フェリチタスはピエトロ・バルサモと結婚した。このピエトロ・バルサモの父はアントーニオ・バルサモといい、パレルモのリボン商人で、おそらくユダヤ系だろう。悪名高きジュゼッペの父にあたるこのピエトロは破産の憂き目にあって、四十五歳で没。その寡婦は今も存命していて、夫との間に上述のジュゼッペのほかに、もう一人ジョヴァンナ・ジュゼッペ・マリアという娘をもうけた。この娘はジョヴァンニ・バプティスタ・カピトゥムミーノと結婚し、三人の子をもうけたが、夫は亡くなった。

この親切な作成者が私たちに読んで聞かせ、私の頼みに応じて二、三日貸してくれた覚え書は、洗礼証明書や婚姻契約、その他の丹念に集められた文書にもとづいて作られていた。その覚え書には（当時私がこしらえた抜粋からもうかがえるように）いまやローマの訴訟書類によって知られるようになった諸事情がほぼ含まれていた。つまりジュゼッペ・バルサモは一七四三年六月初めにパレルモに生まれ、カリオストロと結婚したヴィンチェンツァ・マルテッロによって洗礼をうけたこと、彼は少年時代には、特別に病人の看護をする修道会の慈善教団の制服を着用していたこと、まもなく医術に才能を発揮したが、素行が悪くて放逐されたこと、その後パレルモで魔術師や宝掘りをしていたことなど。

彼は、他人のあらゆる筆跡をまねる非凡の才を活用せずにおられなかった（と覚え書はつづける）。古文書を偽造したり、でっちあげたりして、そのために二、三の財産の所有権でトラブルが起きた。審問をうけて投獄されたが、逃亡したので公示召喚をうけた。カラブリアを通ってローマに旅行し、そこで革帯制作者の娘[41]と結婚した。それからローマからナポリに帰るときには、「ペレグリーニ侯爵」と名乗っていた。それから大胆にも再びパレルモに行ったが、人の知るところとなり、捕らわれて投獄され、ある方法でからくも自由の身となった。その方法たるや、ここで詳しく述べるに値する。シチリアの一流の公子で大地主で、ナポリ宮廷で声望ある地位をしめている人の息子は、頑強な身体と放縦な気質の持ち主で、あらゆる思い上がりを兼ねそなえていた。教養のない金持ちのお偉方はこうした思い上がりを自分の特権だと思っている。「ペレグリーニ侯爵」の妻ドンナ・ロレンツァは、この息子に取り入るすべを心得て

41　ロレンツァ・フェリチアーニという。革帯制作とはベルトに金具を打ちつける仕事。

おり、偽りの侯爵は彼をたよって身の安全をはかった。公子はこのすり寄ってきた夫婦を保護するむねを公にした。ジュゼッペ・バルサモが、彼の詐欺にあった被害者の訴えでまたしても投獄されると、公子はどんなに激怒したことか！　公子はバルサモを自由の身にしようとさまざまな手段を試みたが、それが成功しなかったので、裁判長の控室で原告側の弁護士にたいし、「ただちに彼の拘留を解かなければ、おそろしい目にあわすぞ」と言って脅した。相手方の弁護士が拒絶すると、公子はその弁護士をひっつかまえてなぐり、地面へ投げ飛ばし足蹴にし、さらなる暴行をくわえようとした。そのとき、裁判長みずからがこの騒ぎにとびこんできて、その場をおさめた。

この裁判長は頼りない気弱な男で、侮辱をくわえた者を罰する勇気がなかった。原告側とその弁護士も気がくじけてしまい、バルサモは釈放された。しかし裁判所の書類にはこの釈放について、だれがそれを処置したのか、どんな具合に行われたか、という正式の記録が残されていない。

その後まもなくバルサモはパレルモを去り、あちこち旅したが、その点についてはこの作成者も不完全な報告しかできなかった。

この覚え書は、カリオストロとバルサモがまさしく同一人物であるということを、切れ味鋭く立証して終わっている。事の次第が完全に明らかにされている現在にくらべて、当時は主張することのむずかしい命題であった。

この調書はフランスでは公に利用されて、私が帰国するころにはおそらく印刷されているだろうなどと当時、私が思っていなかったら、その写しを取っておいて、友人や公衆にもっと早くいろいろと面白い事情を知らせることができたのに……。

とはいえ、ふだんはがせねたばかり漏れ出る筋から、事件の大要と、覚え書に書かれている以上のことを知ることができた。ローマが訴訟関係調書からあの抜粋を発行したとき、世人を啓蒙し、詐欺師の仮面を完全に剝ぐのにこれほど多大な貢献をするとは、だれも思わなかったことだろう！　というのも、この文書はもっと面白いものになりそうだし、またそうなって当然かもしれないけれども、まんまと騙された者、騙されかけた者、騙す側にたつ者が、この男とその茶番劇とを幾年ものあいだ崇拝し、この男とぐるになって他人にたいする優越感にひたり、妄信めいた自惚れの高みから健全なる常識を軽蔑しないまでも憐れんだのを見て、腹立たしさをおぼえる理性的な人間にとって、このままで立派なドキュメントになっているからである。

この事件の継続中は口にするのははちょっとはばかられるが、事件がすっかり片づき、議論の余地のない今、私は文書を完全なものにするために、自分の知っていることをあえて報告する気になっている。

系図のなかに、幾人かの人々、特に母と妹が存命中と書かれているのを見て、私は覚え書の作成者に向かって「その人たちに会って、このような一風変わった人間の親類と知り合いになりたいものですね」と表明した。すると彼は、「ご希望をかなえるのはむずかしいでしょう。あの人たちは貧しくても実直で、引きこもった暮らしをし、ふだんよそ者には会いませんし、そのようなことをすると、イタリア人の疑い深い国民性から、いろいろ取り沙汰されるでしょうから……。しかしながら、この家庭に出入りしている書記を、あなたのところへさし向けましょう。私はこの書記を介して、もろもろの報告や記録を入手し、そこから系図を作成しました」と答えた。

翌日、書記がきて、私の計画について二、三困ることがあると言いだした。「実はいつもあの人たちとまた顔を合わせることのないようにしているのです。というのも、この人たちの婚姻契約書や洗礼証やその他の書類を手に入れて、その合法的な写しをつくるために、少しばかり策を弄さねばならなかったからです。つまり機会をとらえて、架空の篤志家による奨学金の話をし、まことしやかにこう持ちかけたのです。『カピトゥムミーノの息子さん[42]はそれを受ける資格がありますが、どの程度までお金を請求できるかを調べるために、まず第一に系図をつくらねばなりません。もちろん最後は交渉次第です。もし受取額のうちから少しばかりを私への謝礼として約束してくれるなら、私が交渉の肩代わりをしましょう』と。この善良な人たちは喜んで万事を承諾し、私は必要な書類を手に入れて写しをつくったわけですが、それ以来、私はあの人たちの前に姿をあらわさないようにしています。ところが二、三週間前にカピトゥムミーノのおっかさんに見つかってしまい、『こういう件はなかなか捗(はかど)らないものです』などと言い訳しました」

これが書記の言い分であった。けれども私がどうしても計画を変えなかったので、しばらく相談した後、私がイギリス人[43]になりすまし、バスティーユ牢獄から放免され

42　カリオストロの甥のジュゼッペ・カピトゥムミーノ。彼の母はカリオストロの妹のジョヴァンナ・ジュゼッペ・マリアで、結婚後カピトゥムミーノ姓となった。
43　ゲーテはウィルトンという名前でこの家族に会っている。

てロンドンにやってきていたカリオストロの消息を、[44]家族に伝えることにしよう、ということで意見が一致した。

午後の三時ごろだったろうか、約束の時刻に私たちは出かけていった。その家はイル・カッサロと呼ばれる大通りから、ほど遠からぬ小路の片隅にあった。みすぼらしい階段をのぼると、すぐに台所に出た。太ってはいないが、丈夫そうながっしりした中背の女性が食器を洗っているところだった。彼女はこざっぱりした服装をしていたが、私たちが行くとエプロンの片端をはしょって、汚れている側を隠した。彼女は私の案内人を嬉しげに見つめて言った。

「ジョヴァンニさん、よい知らせですか。あれはうまく運びましたか」

彼は答えた。

「あの件はなかなか捗りません。でも今日は異国の方をお連れしました。あなたのお兄さんから挨拶をたのまれ、お兄さんの近況をお話ししてくださるそうです」

挨拶をたのまれて云々というのは、打ち合わせにはなかったが、ともあれ糸口がつかめた。「兄をご存じなのですね」と彼女は尋ねた。「ヨーロッパじゅうの人が知っていますよ」と私は答えた。「これまでお兄さんの運命を案じていたでしょうから、恙(つつが)

なく元気でおられると聞いて喜ばれることでしょう」「お入りください」と彼女は言った。「すぐにまいりますから」私は書記とともに部屋に入った。

部屋は大きく天井は高く、ドイツなら広間として使えそうだが、これが家族の住まいのほぼ全部らしい。たったひとつの窓が大きな壁を照らしていた。かつては色のついていた壁に、金の額縁に入った黒ずんだ聖人画があちらこちらにかかっていた。帳（とばり）のない大きな寝台が二つ、片方の壁ぎわに寄せてあり、もう一方の壁ぎわには、ライティングデスク型の小さな褐色の収納棚が置いてあった。籐（とう）を編み込んだ古い椅子――背もたれの金メッキは剝げていた――がその横にあり、床の煉瓦はあちこちひどく踏み減らされていた。だがその他はみなこざっぱりしていた。私たちは、部屋の向こう側のただ一つの窓ぎわに集まっていた家族のほうへ近寄った。

私の案内人が、隅にすわっていた老母バルサモ[45]に訪問の理由を説明したが、この善

44　カリオストロは、フランス王妃マリー・アントワネットをも巻き込む首飾り事件でバスティーユに投獄されたが、一七八六年六月一日に議会の決議で禁錮を解かれ、フランスから追放された。一七八六年六月十八日ロンドンに到着している。

45　カリオストロの母にあたる。

良な老婦人は耳が遠くて何度も大声でくりかえしたので、そのあいだに私はこの部屋とほかの人々を観察する余裕ができた。十六歳ぐらいの発育のよい、痘痕のために目鼻立ちのはっきりしない少女が窓ぎわに立っていた。そのとなりに若者がいたが、やはり痘痕で醜くなった不快な顔つきが私の目についた。肘掛椅子には、一種の嗜眠状態にあるようなたいへん不恰好な病人が、窓のほうを向いて座るというよりも、むしろ横になっていた。

案内人が来意を明らかにすると、私たちは座るようにすすめられた。老婦人にいくつか質問されたが、私はシチリア方言に不慣れだったので、返事をする前に通訳してもらわねばならなかった。

私はそのあいだ老婦人を楽しく観察した。中背のしっかりした体つきで、高齢でも端整さを失わない顔立ちには、聴覚を失った人間によくみられる安らぎがただよっていた。彼女の声音は優しく心地よかった。

私は彼女の質問に答えたが、その返事もまた通訳してもらわねばならなかった。

このゆっくり進むやり取りは、私にとって一言一句をおろそかにしない好機となった。「息子さんはフランスで罪の赦しを得て、いまはイギリスで厚遇されています」

と語ると、彼女はこの知らせを喜び、それは心からの敬虔な表情をともなっており、前よりも少し声高にゆっくりと話すようになったので、聞き取るのも楽になった。

　そうこうするうちに彼女の娘がはいってきて、案内人のそばに腰かけた。案内人は私が語ったことをそのとおりに彼女に繰り返した。彼女はきれいなエプロンをつけ、髪をきちんと結ってネットをかけている。娘の姿全体から健やかで官能的な生気があらわれ出ていた。四十歳ぐらいだろう。生き生きした青い目で利口そうにまわりを眺めていたが、まなざしに猜疑心は微塵も感じられなかった。立ち姿よりも、座っているときのほうが上背がありそうな感じを与えた。姿勢はしゃんとしていて、身体を前かがみにして、両手を膝の上にのせていた。ともかく、シャープというよりは丸みを帯びた彼女の顔つきは、銅版画で知られる彼女の兄の肖像画を思い起こさせた。彼女は私の旅の目的やシチリア見物についてさまざまな質問をし、「きっとまたこちらへお戻りになりますね。一緒に聖ロザリア祭[46]を祝いましょう」と決めこんだ。

　そうするうちにお祖母(ばあ)さんからまた幾つか質問されて、私が答えているあいだに、娘は小声で私の連れと話をしていた。私は機会をとらえて「何の話ですか」と聞いてみた。すると、彼は次のように答えた。

「カピトゥムミーノ夫人によると、お兄さんは彼女に十四ウンツェ[47]の借りがあるそうです。『兄がパレルモを急いで出発するときに、質にいれてあった品を現金化してあげたのに、それ以来、消息がなく、借金も返さないし、なんらかの補助金もよこさないんですよ。聞くところによると、兄は莫大な富を所有し、王侯のようにぜいたくに暮らしているそうですね。こちらの方が帰国なさったら、なにかうまい方法で借金のことを思い出させ、扶助金をもらえるようにしてもらえないでしょうか。手紙をもっていくか、場合によってはことづけするかしてもらえないでしょうか』というのです」

私はそれを承諾した。彼女は、

「お住まいはどちらでしょう。どちらへ手紙をお送りすればよろしいのでしょうか」

と尋ねた。私は自分の住まいを教えるのを拒み、

「明日の夕方に私自身が手紙をとりに来ます」と申し出た。

彼女はそれから自分の苦境を語った。

「三人の子を抱える寡婦で、そのうち一人の娘は修道院で養育され、もう一人はいま

ここにいる娘で、息子はちょうど授業を受けに行っています。この三人のほかに扶養せねばならない実母もいます。そのうえキリスト教の愛の教えを守って不幸な病人を引き取っているので、負担はますます大きくなります。せっせと働いても、自分と家族の生活を支えるのがやっとです。神さまはこの善行にきっと報いてくださるでしょうが、こんなに長いあいだ背負ってきた重荷に、深いため息が出ます」

若い人たちが会話に加わったので、談話は活気づいた。私が他の人と話をしている間に、老女が娘に「私たちの神聖な宗教をあの方も信じているでしょうか」と尋ねているのを耳にした。娘は母親に対して――私の理解するかぎりでは――「この異国の方は私たちに好意的なようですし、すぐにその点について聞くのは失礼にあたるでしょう」と言って巧みに答えをそらしているのに気づいた。

私がまもなくパレルモを発つつもりだと聞くと、かれらはいっそう熱心に、ぜひま

46　聖ロザリア祭については一七八七年四月二日付け、四五五頁、注3参照。パレルモでは旅行者をこの祭に招待するのはふつうであった。

47　一ウンツェは三ドゥカーテンにあたる。なおゲーテはヴァイマールからフランスのお金で四百リーブルをこの家族に送金している。

たパレルモに戻ってくるようにと懇願した。とくに聖ロザリア祭のすばらしい日々のことを讃え、「これほどの祭は、世界中どこへ行っても見ることも楽しむこともできません」と言った。

もうだいぶ前から暇乞いをしたがっていた私の連れは、ついに身ぶりで会話を打ち切り、私は翌日の夕方、手紙を取りにくる約束をした。私の連れはこんな風に万事うまく運んだことを喜び、私たちは満足して互いに別れを告げた。

この貧しく敬虔な気立てのいい一家が私にあたえた印象は想像できるだろう。私の好奇心は満たされたが、かれらの自然で善良なふるまいは同情の念を呼び起こし、それはあとで考えれば考えるほど募っていった。

しかしながら、さっそく翌日のことが心配になってきた。初めの瞬間は今日のできごとに驚いたかれらも、私が帰った後、いろいろな考えを起こすのは自然の成り行きだった。一族のなかに存命中の者がほかに幾人もいることは、系図からわかっていた。当然ながら、かれらは身内を呼び集めて、その面前で前日驚きの念をもって私から聞き取ったことをくりかえすだろう。私の目的はすでに達したが、こんどはこの冒険にうまくけりをつけねばならない。そこで私は翌日食事がすむとすぐさま、ひとりでかれらの住まいへ出かけた。私が足を踏み入れると、かれらはびっくりした。そしていて、夕方こちらへ参ります」と言った。

「手紙はまだできていませんが、親類の者が二、三人あなたと知り合いになりたがっていて、夕方こちらへ参ります」と言った。

私は「明朝どうしても出発せざるをえず、そのまえに人を訪ねたり荷造りしたりせねばなりません。それで、まったくお伺いしないよりは、時間が早くても顔を出したほうがよいかなと思ったものですから」と答えた。

そのうちに前日は見かけなかった息子が入ってきた。体つきも容貌も姉娘に似ていた。彼は私に依頼する手紙をもってきたが、それは、この地方では通例の、屋外に店を出している代書人に書いてもらったものだ。この若者は物静かで悲しげな、控えめな人柄で、伯父のこと、その富や支出のことを尋ね、「なぜ伯父は僕たち一族のことを忘れてしまったのでしょうか」と悲しそうな様子でつけ加えた。さらに続けて「もし伯父がここにやってきて僕たちの世話をしてくれるようになれば、このうえなく幸せなことでしょう」と言い、さらに「でも伯父は、パレルモに親類がいるなどと、どうしてあなたに打ち明けたのでしょう。伯父はどこへ行っても僕たちのことは否認して、自分は貴族の生まれだと言いふらしているそうですが」と言った。最初に訪問し

た際の案内人の不注意から、こんな質問を受けることになったのだが、私はもっともらしい調子で、

「伯父さんは世間の人々には、わけあって自分の素性をかくしておくけれども、友人や知人に対しては秘密にしていないよ」と答えておいた。

この会話をしているあいだに姉娘が入ってきたが、弟がいるうえに、おそらく昨日の友人がいないので元気が出たらしく、弟と同様、たいへん愛想よく活発に話し出した。かれらは「伯父に手紙を書くときには、よろしくお伝えください」と切に頼み、また「この王国をめぐる旅を終えたら、再びこの地へ戻り、聖ロザリア祭を一緒に祝ってください」と熱心にすすめた。

母親も子供たちに調子を合わせた。

「だんな様、私は年頃の娘がおりますので、よその殿方を宅へ入れるのはそもそも具合が悪いですし、事実、危険を招きかねず、世間の陰口にも気をつけねばなりません。でもあなた様が町へ戻ってらしたときは、いつでも歓迎いたします」

「そうですとも」と子供たちも応えて言った。

「お祭りのときはこの方をあちこちへ案内しましょう。あらゆるものをお見せして、

お祭りのいちばんよく見える桟敷に座りましょう。大きな山車（だし）や、とりわけ見事なイルミネーションをご覧になったら、どんなに喜ばれることでしょう」

そのあいだお祖母（ばあ）さんは手紙を何度もくりかえし読んでいたが、私が暇（いとま）を告げるのを聞いて、立ち上がって、たたんだ手紙を私に渡した。彼女は上品な生き生きした様子で、いや、一種の感激の面持ちで話しはじめた。

「あなた様から息子の消息をお知らせいただき、私がどんなに幸福になったかを、息子にお伝えください。私はあの子をこの胸に抱きしめているとお伝えください」

彼女は両腕をひろげ、それをふたたび胸の上に押しつけた。

「私が毎日神様と聖母様にお祈りして、息子夫婦を祝福しているとお伝えください。またあの子のためにこんなにも涙を流したこの目で、死ぬ前にもう一度、せめてひと目でも会いたがっているとお伝えください」

これらの選び抜かれ、高雅に配された言葉は、イタリア語独特の優美な調子によって引き立ち、しかもその言葉は、イタリア人が何か言うときにいつも信じられないほどの魅力を添える、生き生きした身ぶりをともなっていた。

私は少なからず心を動かされて、かれらに別れを告げた。皆は両手をさしのべ、子供たちは外まで送ってくれた。そして私が階段をおりるときには、かれらは台所から通りへ突き出ている窓のバルコニーへとび出してきて、後ろから呼びかけ、別れの挨拶をおくり、「忘れずにぜひまたいらしてください」と繰り返し言った。私が角を曲がるとき、かれらがまだバルコニーに立っているのが見えた。

私がこの家族に同情し、かれらの役に立ち、要求を支援したいという願望をさまざまとかきたてられたことは、いまさら言うまでもない。かれらは私に二度も欺かれたわけだ。北方から来たヨーロッパ人の好奇心のせいで、かれらはあてにしていなかった補助を期待し、またも欺かれようとしている。

私の最初の計画では、出発前に、あの逃亡者が借りている十四ウンツェをかれらに渡し、この金額を後にバルサモから返却してもらう態(てい)にして、私の贈与である旨を秘すつもりだった。ところが宿に帰って勘定をすませ、現金と手形を計算してみると、交通が不便なために、いわば果てしなく遠い所になってしまう土地で、身分不相応にも心からの善意で不埒(ふらち)な人間の不正行為のしりぬぐいをしたら、私自身が窮地に立たされることに気づいた。

夕方、例の商人のところへ行って、明日のお祭りがどのように行われるのか尋ねた。

「大きな行列が町のなかを進み、副王自身が歩いて聖体のお伴をされるそうだね。でももし、ほんの少しでも突風が吹けば、神様も人間もひどい埃まみれになってしまうよね？」

元気のいい主人は答えた。

「パレルモ人はよく奇蹟をあてにします。このような場合には、たびたび局地的な激しいにわか雨がふって、傾斜しているたいていの通り、少なくともその一部分をきれいに洗い流してくれます。すると、行列用のきれいな道がひらけるのです。今回もそうなるのを期待していますが、故(ゆえ)なきことではありません。このとおり曇り空で、夜には一雨きそうです」

パレルモにて、一七八七年四月十五日、日曜日

はたしてそのとおりになった！　昨夜はものすごい豪雨だった。今朝さっそくこの奇蹟の目撃者となるために通りへ出てみたが、事実それはまことに不思議な光景だった。両側の歩道のあいだにはさまれて流れる雨水は、ごく軽いゴミを、傾斜した道路

にそって流し、一部を海へ、一部を詰まっていないかぎりは排水口へ押し流し、大きな藁くずを少なくともある場所から他の場所へと押しやり、それによって舗石の上に妙(たえ)なる美しいメアンダー式の蛇行曲線[48]が描き出されていた。すると数百人もの人たちがシャベルや箒(ほうき)や熊手をもってやってきて、まだ残っている汚物をこちら側、あちら側へと積み重ねて、きれいな場所を広げ、まとまりをつけた。その結果、行列がはじまると、じじつ泥沼のなかにきれいなつづら折りの道がひらかれていて、長い衣の僧侶も美しい履物の貴族も、副王を先頭に支障なく、汚されることもなく、通過することができた。私は、沼地と泥土のなかに天使の手によって乾いた道を用意してもらった、イスラエルの子らを見る思いだった[49]。そしてこれほど多くの敬虔にして立派な人びとが、泥のつもったぬかるみの並木道を祈禱を捧げながら練り歩いて行く耐えがたい光景も、こうした比喩を脳裏に思い描くと、崇高なものとなった。

石の敷いてある歩道は依然として清潔で歩きよいが、これに反して、市の内部は、掃除や堆積こそしてあれ、ほとんど通行もできないありさまだった。これまで見落としていたいろいろなものを、今日こそ見物しようとして足を踏み入れたのだが……。

この祭がきっかけとなって、総本山[50]を訪れてそこの珍しい物を見物し、また、出かけてきたついでにその他の建築も見物することになった。そこにあるムーア様式の、これまで立派に保存されてきた館[51]は私たちをことのほか喜ばせた。大きな館ではないが、美しい、広くて均整のとれた、調和した部屋がいくつもある。北国の気候では住めそうにないが、南国の気候なら、このうえなく居心地がよさそうだ。建築に通じた人が、この平面図と立面図を私たちに伝えてくれたらと思う。

---

48 雷文状の連続曲線模様。この名称は、小アジアの曲がりくねった河の名「メアンドロス」に由来するといわれる。

49 旧約聖書『出エジプト記』第十四章二十七〜二十九「モーセが手を海の上にさし伸べると、主はよもすがら強い東風で海を押し返して、海を干した。そして水は分かれた。そこでイスラエル人が海の中の乾いた地を行くと、水は彼らのために右と左で壁になった」参照。聖書には「沼地と泥土」は登場しないが、ゲーテは「泥沼のなかにきれいなつづら折りの道がひらかれて」いくのを見て、「イスラエルの子ら」が救われるこの「葦の海の奇蹟」のシーンを思い浮かべている。

50 ノルマン人の建築様式をもつカテドラル。一一八五年に建立された。

51 市の西部にあるジーザ宮殿。イスラム様式をとり入れたもので、十二世紀にグリエルモ一世が建築に着手、息子のグリエルモ二世によって完成された。

私たちはまた、あまり愉快でない場所で、古代の大理石彫像のさまざまな遺物を見たが[52]、それらをいちいち調べる忍耐力はなかった。

パレルモにて、一七八七年四月十六日、月曜日

近々、この楽園から旅立たねばならないが、今日も公園で存分に爽やかな気分を味わい、日課にしている『オデュッセイア』を読み、それからロザリア山の麓の谷間を散策しながら、『ナウシカ』[53]の構想を練り、この題材から戯曲的側面を引き出せないか試してみようと思った。この企ては、大成功とはいかぬまでも、たいへん気持ちよく進んだ。構想を書きとめ、特に心惹かれた数ヵ所の草稿をつくり、仕上げずにはいられなかった。

パレルモにて、一七八七年四月十七日、火曜日

さまざまな、正体のはっきりしない幻妖(げんよう)に追い回され試練をうけるのは、まことに不幸なことである！　今朝は文学上の夢想をつづけようと、確固たる落ちついた心づもりで公園へ出かけたのに、いつのまにか、近ごろ私の背後から忍びよる別の幻妖に

とりつかれていた。ふだんは大型・小型の鉢植えで、それも一年の大部分はガラス窓越しに見るのが常であった、数多の植物が、ここでは喜ばしげに生き生きと大空の下に立ち、天命をあますところなく尽くしているので、ますます鮮明に見えてきた。かくもいろいろな、みずみずしい、新たなものとなった形姿をまのあたりにすると、「この一群のなかに《Urpflanze（原植物）[54]》を発見できないだろうか？」というい つもの酔狂な考えが、またもや念頭に浮かんだ。そういうものがあるはずだ！　もしも植物がみな一つの原型にならって形成されてゆくのでないとしたら、あれやこれやの形をとっているものが、どうして同じ植物だと分かるのだろう。

このいろいろと異なる形態が、どういう点で互いに区別されるのかを究明しようと努めた。しかし、相違点よりも類似点が増えるいっぽうだ。植物学の専門用語をもちだせば、うまく説明できるのかもしれないが、それでは役に立たないので、思考は少

52　イエズス会の集会場で整理されていないコレクションを見たことをさす。
53　一七八七年四月七日付け、四七九頁、注19および「回想から」五八九頁参照。
54　一七八七年三月二十五日付け、四三九頁参照。

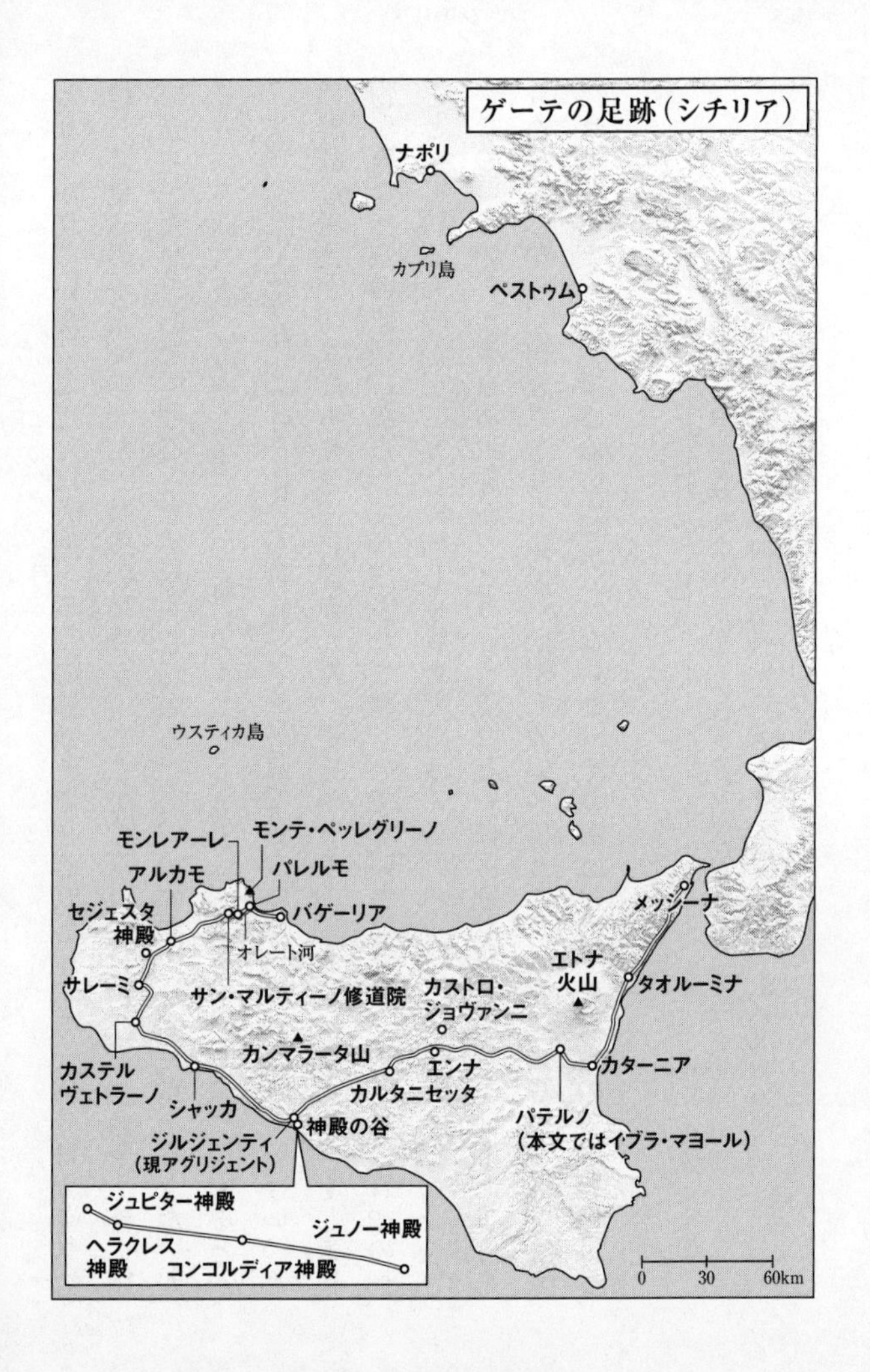
ゲーテの足跡（シチリア）
ナポリ
カプリ島
ペストゥム
ウスティカ島
モンレアーレ
モンテ・ペッレグリーノ
アルカモ
パレルモ
セジェスタ
神殿
バゲーリア
オレート河
メッシーナ
エトナ
火山
タオルーミナ
サレーミ
サン・マルティーノ修道院
カストロ・
ジョヴァンニ
カンマラータ山
エンナ
カターニア
カステル
ヴェトラーノ
カルタニセッタ
シャッカ
神殿の谷
パテルノ
（本文ではイブラ・マヨール）
ジルジェンティ
（現アグリジェント）
ジュピター神殿
ジュノー神殿
ヘラクレス
神殿
コンコルディア神殿
0
30
60km

しも進まず、かえって不安になった。私の詩情豊かな名案は頓挫し、アルキノウスの[55]庭園は消え失せて、そのかわり現世の園があらわれた。私たち近代人はどうしてこんなに気が散り、到達することも実行することもできない要求にそそられるのだろう！

アルカモ[56]にて、一七八七年四月十八日、水曜日

早朝、馬車を駆ってパレルモを出発した。荷造りや積み荷の際に、クニープと御者がじつに有能であることがわかった。サン・マルティーノを見物したとき以来なじみになっている見事な街道をゆっくりと登っていき、道端にある立派な噴水にふたたび感嘆したが、そのとき「何事もほどほどに」というこの国の風習を前もって思い知らされた。すなわち御者は、ちょうどドイツの従軍商人の給仕女がするように、小さなワインの樽を皮ひもで首からぶら下げていて、その中には二、三日分のワインが入っているらしかった。それゆえ、御者がたくさんある噴水の一つに馬を止めて、コルク

55　ナウシカの父で、パイアケスの国王。
56　パレルモから四十六キロほど南西にある。

を開けて水を入れるのを見て不審に思った。私たちはいかにもドイツ人的な驚きをあらわにし、

「何をしているんだい？　樽にはワインがいっぱい入っているじゃないか」と尋ねた。それに対して彼は平然として、

「樽の中は三分の一だけ空（から）にしておいたのです。水でわらないワインなど、誰も飲みませんからね。すぐに水を入れて満杯にしておくと、全体によく混ざって具合がよいのです。それに水は、どこにでもあるわけではありません」と答えた。そのあいだに樽は満杯になった。そして私たちはこの古代東洋風の婚礼の風習にしたがわねばならなかった。

　モンレアーレの後ろの丘の上にたどりついたとき、合理性よりも歴史を重んじる耕作法の、すばらしく美しい地域を見た。右手は海まで見えたが、その海は奇怪な形をした岬と岬とのあいだに、樹の生えた浜辺と樹のない浜辺を越えてその向こうには、一直線に水平線がのびていて、きわめて静かなので、荒々しい石灰岩とは見事なコントラストをなしていた。クニープはその光景をいくつも小型スケッチにおさめずにいられなかった。

いま私たちは静かで清潔な小さな町アルカモにいる。ここの設備のよい旅館はすてきな宿泊所として賞賛できるし、ここからなら、町はずれにある寂しいセジェスタの神殿を訪ねるのにも便利だ。

アルカモにて、一七八七年四月十九日、木曜日

山間の静かな町にある好ましい宿に惹きつけられて、終日をここで過ごす決心をする。なによりもまず、昨日の出来事について語りたい。ずっと以前に私はパラゴニア公子の独創性を否認したが、彼には先駆者がいて、お手本もあった。モンレアーレへいたる道の噴水のほとりに、二つの怪物が立っていて、また欄干には二、三の花瓶がおいてあって、まるで公子が作らせたかのような形をしている。モンレアーレの後方で、美しい道に別れを告げて石の多い山にさしかかると、山の背のところを石がじゃましているが、重さと風化の具合からみて鉄鉱石だろう。平坦なところはすべて開墾されていて、多少の収穫がある。石灰岩は赤色を帯び、そうし

57　聖書のカナの婚礼を暗示している。

た岩のある風化した土地はやはり赤っぽい。この赤い粘土石灰質の土地は遠くまで広がっていて、土壌は肥沃で、砂をまじえず、見事な小麦を産する。頑丈なオリーブの古木は一部切断されていた。

粗末な宿屋の前に張り出した天蓋のある風通しのよい場所で、私たちは手軽な食事をとって元気をつけた。投げ与えられたソーセージの皮を、犬ががつがつと貪り食っていると、物乞いの子がその犬を追い払って、私たちが食べたリンゴの皮をうまそうに食っていた。だがこの物乞いの子も年老いた物乞いから、同様に追い払われた。商売がたきはどこにでもいるものである。ぼろぼろに裂けたトーガ姿のこの老いた物乞いは、下男や給仕の代わりにあちこち駆けまわっていた。宿の主人が手元にはない品を客から所望されたとき、その老いた物乞いを小売商人のところへ取りに行かせるのを、前にも見たことがある。

しかし私たちはたいてい、そうした好ましくない世話は受けずにすんだ。というのも、雇った御者が優秀で、馬丁、ガイド、護衛、仕入れ係、コック、その他すべてをひとりでこなすからである。

かなり高い山なのに、あいかわらずオリーブ、イナゴマメ[58]、トネリコが生えている。

この辺の耕作は三年で一巡りする。豆類、穀物、それから休耕の順で、「肥料は聖者よりも多くの奇蹟をおこなう」と言われる。ブドウの木はたいそう低くつくられる。アルカモは湾から少し離れた丘の上にあって風光明媚、この地域の雄大さに惹きつけられた。高い岩があるかと思うと深い谷もあり、しかも広々として変化に富む。モンレアーレの背後で二つ並んだ美しい谷に入るが、そのまんなかには岩の背が通っている。肥沃な田畑は緑色で静かだが、野生の叢林や灌木林の広い道には、花々が目もあやに咲き乱れていた。レンズマメの茂みは蝶形花に蔽われて黄一色で、緑の葉は一枚も見えない。サンザシは花束と花束とが相重なり、アロエが高く伸びているのは花の咲く前ぶれだ。それに毛氈をいっぱいに敷きつめたような深紅色のクローバー、昆虫の姿に似た花をつけるオフリス、シャクナゲ、鐘状花の密集したヒヤシンス、ルリチシャ、ニンニク、アスフォデル。[59]

セジェスタから流れてくる水は、石灰岩のほかにたくさんの角岩性漂石を運んでくる。それらはたいへん堅く、紺色、赤色、黄色、褐色で、しかも濃淡の具合がじつに

58 洗礼者ヨハネが食べたと伝えられる。

さまざまである。また角岩や火打ち石が石灰に縁どられ、石灰岩のなかに鉱脈として露出しているのを見つけた。アルカモへ来るまで、丘全体がこのような漂石からできている。

セジェスタにて、一七八七年四月二十日

セジェスタの神殿[60]はついに完成にはいたらず、神殿の周囲の広場も地ならしされておらず、柱を建てる予定だった周辺だけが平らになっていた。今でもあちらこちらに九フィートないし十フィートの階段が地中についているが、石や土を調達できそうな丘が近くにはない。石もたいてい自然の状態のままで、その下に破片は見当たらない。柱はすべて建っていて、以前に倒れていた二本も最近ふたたび建て直された。柱にどの程度まで台座ができる予定だったのか、図面がないとはっきりしない。柱が四段目の段階に立っているようにも見える。この場合、神殿の内部へ入るには、また一段おりることになる。あるいは、最上段の階段が切断されており、柱にも台座があったようにも見える。だがこの柱と柱の空隙がまた埋められているところを見ると、やはり前者の場合なのか。建築家なら、この点を明白にしてくれるだろう。

側面には隅柱を除いて十二本の柱があり、前面と背面は隅柱をいれて六本である。石を運ぶのに用いられる枘（ほぞ）が削りとられぬまま、神殿の階段の周囲に残っているが、これは神殿が完成しなかった証拠である。床を見るとそれがいちばんよくわかる。すなわち側面からはいると、二、三ヵ所は板石を張って床らしくしてあるが、中央部は天然の石灰岩のままで、石を敷いた床の平面よりも高くなっている。つまり、この床は一度も均（なら）されたことがなかったのだろう。また内陣には、その痕跡もない。ましてこの神殿は漆喰を塗られたことはないが、塗るつもりはあったと推察される。柱頭の台板に張り出しがあるが、たぶんここに漆喰を塗る予定だったのだろう。全体は石灰華（トラバーチン）に似た石灰岩でできているが、いまでは腐蝕がひどい。一七八一年に行われた修理は、この建物にとってたいへんよかった。部分部分を接続する切り石は簡素だが、

59　オフリスは野生ラン。ゲーテはシチリアで他にも、このような昆虫に似た花をつけ昆虫をおびき寄せるラン科の植物に注目し、スケッチしている。ルリチシャはサラダの味付けなどに用いられる。アスフォデルは別名ツルボラン（ユリ科）で、ギリシア神話のハデスの野に咲く「死の花」として知られる。

60　紀元前五世紀に建てられたドーリア式神殿。

美しい。リーデゼルが言及した[61]大きな特別な石は見つけられなかった。柱の修理に費消されたのかもしれない。

神殿の位置はいかにも変わっている。広くて長い谷のいちばん端っこの、孤絶した丘にあり、しかも岩壁に囲まれていて、向こうにはひろびろした陸地が見わたせるが、海はほんのわずかしか見えない。この地は肥沃なのにうら寂しく、どこもよく開墾されているのに、人家はほとんど見当たらない。咲き誇るアザミに無数の蝶が群がっていた。野生のウイキョウは八フィートから九フィートの高さがあり、去年から枯れたままなのに、種苗栽培園かと思うほど見事に整然と立っている。まるで森のように円柱の間を風が吹きすさび、梁(はり)の上を猛禽が鳴きながら舞っていた。

劇場[62]のみばえのしない廃墟を上り下りするのにくたびれて、町の廃墟をおとずれる気が失せた。神殿のふもとには例の角岩の大塊があり、アルカモへ行く道にも角岩の漂石が無数にまじっている。そのため地面には珪土(シリカ)がはいっているので、地面はいっそうやわらかくなる。新しく葉を出したウイキョウを見て、上の葉と下の葉に差異があるのに気づいた。これはつまるところ同一器官であって、単純なものから多様なものへと発展しているにすぎない。ここの人たちは草取りにたいへん熱心で、男たちは追い立て猟でもするように畑のなかをくまなく歩き回る。昆虫も見かける。パレルモでは翅(はね)のない虫類しか目にとまらなかった。トカゲや蛭(ひる)やカタツムリは、ドイツで見かけるものよりも色彩が美しいというわけではなく、どんよりした色合いである。

カステルヴェトラーノ[63]にて、一七八七年四月二十一日、土曜日

アルカモからカステルヴェトラーノへは、石灰山のそばを通り砂礫の丘を越えてゆく。険しい不毛の石灰の山々のあいだには、起伏に富む広い谷があって、どこもかしこも開墾されているが、樹木はほとんどない。砂礫の丘は大きな漂石だらけで、太古の海流がしのばれる。土壌は、砂が混ざっているためにこれまでの所よりは軽く、見事に混和していた。サレーミが右手に、一時間ほどのところに見えていた。石灰山の

61 ヨハン・ヘルマン・リーデゼル（一七四〇〜八五）。男爵。彼の著書『シチリアおよび大ギリシア旅行記』（一七七一）はゲーテ時代のシチリアを旅する人々の手引書で、ゲーテも精読していた。一七八七年四月二十六日付け、五四七頁参照。
62 神殿から二キロほど離れた丘の上にある。
63 シチリアの西端にある。

前に横たわる石膏岩を越えてきたが、土壌はますます見事に混和している。遠くに西の海が見える。前景の土地はじつに起伏が多い。芽を出したイチジクの木を見つけた。見わたすかぎり一面に花が群生しているのに驚喜した——花々はきわめて広い道の上に根をおろし、色とりどりに入り乱れて大きな平面をなし、ところどころ途絶えては、また同じ光景をくり広げる。世にも美しいセイヨウヒルガオ、ハイビスカス、ゼニアオイ、各種のクローバーが交互に咲き乱れ、そのあいだにニンニク、マメ科の植物が見える。交錯する無数の狭い小道をたどり、この多彩な絨毯を馬で蛇行しながら進んでいくと、そのあいだで美しい赤褐色の家畜が草をはんでいる。大きくはないが体つきは愛らしく、小さな角がまた特に可憐である。

北東の山並みはすべて列をなし、唯一の峰であるクニリオーネが中央にそびえる。砂礫の丘は水が乏しく、ここは降雨量も少ないにちがいない。水流でできたひび割れも、水たまりも見当たらない。

この夜、特異な出来事に遭遇した。あまり優雅ではない宿屋のベッドに身を横たえていたのだが、夜中に目覚めると、上方に世にも心地よいもの、すなわち、一度も見たことがないほど美しい星を目にした。この吉兆を告げるめでたい光景に生き返る思いだったが、まもなくこの優しげな光は消え失せ、私はひとり闇のなかにとり残された。夜明けになって初めてこの奇蹟の原因に気づいた。屋根に穴がひとつ開いていて、天空のもっとも美しい星のひとつが、ちょうどあの瞬間に私がいた場所の子午線を通過していったのである。しかしこの自然現象を、旅人である私たちは確信をもって自分たちの都合のよいように解釈した。

シャッカにて、一七八七年四月二十二日

ここまではたえず砂礫の丘を越えてくる道で、鉱物学的に興味を引くものではない。海辺へ出ると、そこは時おり石灰岩が突出している。平坦な土地はすべて限りなく肥沃で、大麦やからす麦は見事なできばえである。陸(おか)ヒジキも植えてある。アロエは昨日や一昨日に見たものよりも、茎を高くのばしている。さまざまな種類のクローバーはどこまで行ってもつきなかった。ついに小さな森に着いたが、藪になっていて、やや高い木がぽつりぽつりあるだけだ。コルク樫(がし)[64]もついに見つかった！

64　当時、室内履きの靴型は樹皮のコルクから切り取られていた。

ジルジェンティ[65]にて、一七八七年四月二十三日、夕方

シャッカからここまでくるのは、一日の旅としては強行軍である。シャッカのすぐ手前で、温泉を観察した。あつい湧泉が岩の間からほとばしり出て、強烈な硫黄臭を放っている。この湯はたいへん塩辛いが、腐った味がするわけではない。硫黄の臭気というのは噴出する瞬間に出るのではないだろうか？　少し高いところに泉があって、水は冷たく、臭いはしなかった。ずっと上には修道院[66]があり、そこには蒸し風呂があって、澄み切った空に濃い湯気が立ち昇っていく。

海がここに運んでくるのは石灰漂石ばかりで、石英と角岩は切り離されている。小さな河を観察したが、カルタ・ベッロッタ河とマカソリ河は、石灰漂石だけを運んでいるし、プラタニ河は、この高貴な石灰石の永遠の伴侶である黄色の大理石と火打石を運んでくる。二、三の溶岩が注意を引いたが、このあたりに火山のようなものがあるとは思えない。むしろそれは石臼の破片か、もしくはそうした目的で遠方から持ってきたものと考えられる。モンタッレグロの近くはすべてが石膏で、石灰の前や間にある岩は、全体が濃密な石膏と雲母だ。カルタ・ベッロッタの不思議な岩石層！

ジルジェンティにて、一七八七年四月二十四日、火曜日

今朝の日の出のときのような美しい春の眺めは、生涯を通じて一度も見たことがない。高い古代の城跡の上の新しいジルジェンティ[67]は、その住民を入れる十分な広さがある。宿の窓からは、かつて栄えた都の広々としたなだらかな傾斜が見え、それが農園とブドウ山にすっかり蔽われていて、この緑の下に、そのむかし大勢の人でにぎわった市区の痕跡があるとは思えないほどである。ただこの緑濃く花咲き匂う平原の南端にあたって、コンコルディアの神殿[68]がそびえ、東にはジュノー神殿[69]のわずかな廃墟が見える。そのほかの、いま述べたものと一直線をなしている他の神殿の廃墟は、

---

65 現在のアグリジェント。ギリシア時代「アクラガス」と呼ばれ、シチリア最後の植民都市のひとつだった。
66 モンテ・サン・カロジェロにあるカルメル派の修道院。
67 中世の砦からつくられた。
68 近くで発見されたラテン語の碑文から平和の女神コンコルディアと関連付けてこう呼ばれる。紀元前四二五年頃建てられ、保存状態がよい。
69 紀元前四五〇年頃建てられた。

上からは認められず、視線は南方へ走り、なお半里ほど南へ向かって延びている浜辺の平地へ向かう。枝と蔓のあいだをぬって、あのみごとに緑濃く花咲き匂う、豊かな実りを約束する地帯へおりてゆくことは、今日はできなかった。というのは、案内人である小柄で善良な在家僧[70]から、「今日は何をさておいても町の見物を」とすすめられたからである。

まず最初に僧は、じつによくできた街路を見せ、つぎに小高い所に案内したが、そこはさらに眺望が開け、一段とすばらしかった。それから美術鑑賞のために本山[71]へと案内してくれた。この本山では、破壊を免れた無傷の石棺[72]が祭壇として用いられており、石棺には、狩猟のお供と馬を連れたヒッポリュトスが、小さな書字板を渡そうとするパイドラの乳母に引きとめられている図柄が彫られている。ここでは美しい若者を描くことに主眼があり、ゆえに老女は邪魔にならぬ添えものとして、ごく小さく侏儒のように描かれている。浅浮き彫りの作品でこれほど見事なものは見たことがないように思われ、それに保存状態も完璧である。これはさしあたり私にとって、ギリシア芸術の最も優雅な時代の範例となるだろう。

目立って大きく、完璧な保存状態の飾り壺を鑑賞しながら、古い時代に思いをはせた。さらに建築上のいくつもの名残が、この新しい教会のあちこちに潜んでいるように思われた。

この地には宿屋がないので、ある親切な一家が宿を提供し、大きな部屋に接する一段高くなった小室(アルコーブ)をあけてくれた。緑のカーテンが私たちと荷物を、一家の人たちから隔てる仕切りとなった。この一家は大きな部屋でマカロニ、しかもよく精製された白い小さな種類の品を作っていた。そのなかでも最も高価なのは、まず腕ぐらいの長さの棒状にし、次に少女の細い指先でふたたび丸め、カタツムリの形にしたもので

---

70 名はドン・ミケーレ・ヴェッラ。古美術商。裕福な知識人をもてなす観光ガイドとしても有名で、既婚だが僧服を着ていた。一七八七年四月二十六日付け、五四八頁参照。

71 サン・ゲルランドの大聖堂。十三、十四世紀に建てられ、後に改築された。

72 いわゆるヒッポリュトスとパイドラの石棺。ギリシア神話によると、ヒッポリュトスはテセウス(アテネの王で英雄)の息子で、パイドラ(クレタの王ミノスの娘)はこの義理の息子に恋し、彼を死へと追いやった。石棺の前面には、パイドラの乳母が愛の使者としてヒッポリュトスに書字板を渡しているシーンが、裏面にはヒッポリュトスがイノシシ狩りをしているシーンが描かれており、ゲーテの描写はこの二つのシーンにあたる。

ある。私たちは美しい子どもたちの傍らに座って作り方を説明してもらった。「マカロニはグラノ・フォルテという、いちばん上等でずっしりと重みのある小麦から作ります」と聞いた。そのさいに機械や型よりも、手仕事のほうがずっと主要な役割をするらしい。かれらは私たちにすばらしく美味なマカロニ料理を供し、「極上種はジルジェンティ以外では、もっと詳しく言えば、わが家以外ではできないのですが、あいにくそれが品切れでご馳走できなくて……」と残念がったが、白さといい、柔らかさといい、比類なきものに思われた。

案内人は夕刻にも、私たちの「下の町のほうへも早く行ってみたい」という焦りをしずめるすべを心得ており、私たちを丘の上の眺めのすばらしい場所へもう一度つれて行った。そこからは明日、この付近で見物予定の名所旧跡を見渡すことができ、彼は指さしながら示してくれた。

ジルジェンティにて、一七八七年四月二十五日、水曜日

朝日がのぼると同時に、いよいよ私たちは下の方へおりていったが、歩を進めるたびに周囲の景色が絵巻物のように展開される。私たちを喜ばせようと、小柄な案内人

は豊富な植物のなかを横切って、このあたりに牧歌的情趣を醸し出している無数の風物の傍らを休む間もなく案内した。土地が平坦ではなく、廃墟を蔽い隠すように起伏に富んでいることも、牧歌的情趣を醸し出すのにおおいに役だっている。昔ここにあった建物が軽い貝殻凝灰岩でできていたので、廃墟はそれだけ早く沃土で蔽われることになった。かくて町の東端に達したが、そこにあるジュノー神殿の廃墟は、そのもろい石が風雨にさらされて腐蝕するので、年ごとに朽ちてゆく。今日はざっと見物するだけの予定だったが、クニープはすでにいくつかの地点を選び、明日はそこから描こうと考えていた。

神殿は現在では風化した岩石の上に立っていて、そこから町の城壁がまっすぐ東のほうへ石灰岩層の上に延びていた。この岩石層は、平らな浜辺の上方に垂直に立っている。かつて海はこの岩石を形成しその脚部を洗った後に、いつしかそこにこの平らな浜辺を残して去っていったのである。城壁は一部は岩を切り出し、一部は岩を築きあげてこしらえたもので、その背後には神殿が一列に聳えていた。それゆえジルジェンティの低い部分、隆起した部分、最も高い部分が一緒になって、海から見ると絶景をなしているのは不思議ではない。

コンコルディアの神殿は何百年もの歳月に耐えてきた。そのすらりとした建築様式は、私たちが「美しく快いもの」として評価する基準にだいぶ近づいており、この神殿とペストゥム神殿をくらべるのは、神々の姿と巨人像をくらべるようなものである。苦情を言う気はないが、この記念物保護の新手のご立派な計画がなんとも無粋なやり方で実行され、割れ目が輝くばかりの白い石膏で修繕されたせいで、この記念物の外観がいくぶん損なわれている。つなぎの石膏を風化された石の色合いにするのは、簡単だったろうに。もっとも円柱や壁には極めて砕けやすい貝殻石灰が使われていて、かくも長持ちしているのに驚く。建設者は自分と似たような考えをもつ後裔がいることを期待して予防措置を講じたようで、柱に上質の上塗りが残されていた。このように上塗りしておけば、眺めて楽しいうえに長持ちする。

つぎに立ち寄ったのはジュピター神殿[73]の廃墟だった。この神殿は内部や下部にいくつもの地所があって、巨人像の骸骨の塊といった具合に遠くまで広がっている。ところどころ生垣で分断され、大小の植物が繁茂している。巨大なトリグリフ（ドーリア式建築帯状装飾(フリーズ)を構成する三本溝）とそれと釣り合った半円柱の一部をのぞいては、造営物はすべてこの瓦礫の山から消え失せている。私は両腕をひろげてトリグリフを測ってみたが、測りきれなかった。これに対して円柱の溝のほうは、「私がなかに立つとちょうど小さい壁龕（へきがん）のようにいっぱいになり、両肩が壁にさわった」と言えば、見当がつくかもしれない。二十二人の男たちが並んで立てば、ほぼこの柱の外周の大きさになるだろう。ここは画家にとっては何の得るところもないという不快感を抱いて、私たちは立ち去った。

　これに対してヘラクレスの神殿[74]はなお、古代のシンメトリーの跡をうかがわせた。神殿に沿ってこちらと向こうに並んでいる二つの柱は、同時にそこへ置かれたように、同じ方向に北から南へ向けて、こちらのは丘を登り、向こうのは丘を下るというふうにして横たわっていた。丘は神殿の内陣が崩れてできたものらしかった。柱は梁（はり）によって保たれていたらしいが、たぶん暴風で打ち倒され、一気に倒壊している。しかし組み立てられていた部分ごとにまとまって崩壊したので、なおも規則性をもって横

73　最大級の神殿。紀元前四八〇年にアクラガスの専制君主テーロンによるカルタゴ征服後、戦勝記念として建てられたが、完成には至らなかった。

74　この地における最古の神殿で、紀元前六世紀末のもの。

たわっている。この注目すべき現象を精密にスケッチするべく、クニープはすでに頭の中で鉛筆を尖らせていた。

アスクレピオス神殿[75]は、じつに美しいイナゴマメの木陰にあって、小さな農家にすっぽりと包まれるかのように、親しみのある姿を見せている。

さて私たちはテーロン[76]の墓標のところへおりて行き、模型でしばしば見たことのあるこの記念物をまのあたりにして嬉しく、特にそれが珍しい景色の前景となっていて嬉しかった。というのは、西から東に向かって岩石層が眺められ、その上には割れ目のある市の城壁が見え、城壁を通して、またその上方に神殿の遺物が見えたからである。この光景をハッケルトは巧妙な筆致で好ましい絵に仕上げたが、クニープもスケッチせずにはいられないだろう。

ジルジェンティにて、一七八七年四月二十六日、木曜日

目をさましたら、クニープはもう道案内および画用紙運搬役の少年と一緒に、スケッチの小旅行に出かける用意をしていた。私は窓辺で最高にすばらしい朝を楽しんだ。私の傍らには、物静かだが無言ではない秘密の友がいる。ときおりこの師（メントール）を仰ぎ見、また彼の言葉に耳を傾けたが、これまで敬虔な気持ちから彼の名を出すのは憚(はばか)られた。このすばらしい師はリーデゼル[77]といい、その著書を私は祈禱書や護符のようにして胸に抱いている。私にはないものを持っている人物をいつも鑑(かがみ)として仰いできたが、彼がまさしくそうだ。落ちついて計画し、目的は確かで、手段は明確かつ適切で、準備を怠らず、知識があり、偉大な師ヴィンケルマンとも懇意だった。どれもみな、そしてそこから生じるものも、私には欠けている。しかし自分の人生において普通のやり方では手に入らなかったものを、不正手段を用いたり、せびったり、策を弄したりして手に入れようとすれば、みずからを敵にまわすことになる。家族友人から忘れられ、本人も家族友人のことを忘れて、その生涯を送ろうと望んだほど、この地に魅力を感じていた、あのすぐれた人物リーデゼルがいまこの瞬間に、世俗の

75 紀元前五世紀のもので、旧市街の外にある。
76 テーロンは紀元前四七三年に亡くなった。これは墓標というよりも、紀元前二世紀に英雄ないし半神の祭礼のために建てられた塔で、テーロンと誤って関係づけられたとされている。
77 一七八七年四月二十日付け、五三五頁、注61参照。リーデゼルはローマ滞在中にヴィンケルマンと親交を結んでいる。

喧噪のなかで、私という後輩が感謝の念をもって、孤独な場所で、孤独のなかで彼の功績をいかに讃えているかを感じてくれますように。

さて私は例の小柄な在家僧の案内人と一緒に、昨日の道を歩きまわった。事物を種々の側面から観察したり、ときおり勤勉な友人クニープの陣中見舞いに赴いたりした。

案内人は、かつて栄えていたこの町の立派な施設に私の注意を向けてくれた。ジルジェンティの防塁として役立った岩石と廃墟のなかにお墓があるが、おそらく勇敢な立派な人たちの墓所であろう。かれら自身にとって栄誉となり、後世がとこしえに範として追慕するのに、これほどふさわしい埋葬場所はあるだろうか！城壁と海とのあいだの広い場所には、キリスト教の礼拝堂として保存されている小さな神殿の遺跡がある。ここでもまた半円柱が城壁の切り石とみごとに結合し、しっくりかみ合わさっているさまは、このうえなく楽しい。ドーリア式柱が完成の域に達したその時点が、はっきり感じられるようだ。

古代のいくつかの目立たぬ記念物をざっと見物してから、今度は壁をめぐらせた地下の大きな穴倉に小麦を貯蔵する現代の方式を、いっそう注意深く見物した。市民および教会の状態については、例の善良な老人がじつにいろいろなことを話してくれた。いくぶんでも繁栄しているような話は何も聞けなかったが、たえず風化してゆく廃墟にまことにふさわしい語らいであった。

貝殻石灰の層はすべて海に向かって崩れつつある。岩石層は不思議にも下部と後部から浸蝕され、上部と前部はところどころ残っているため、房が垂れ下がっているように見える。ところでフランス人が憎まれているのは、フランス人が野蛮な者たち[78]と和合し、非キリスト教徒と内通してキリスト教徒を裏切ったとされているからである。古代の門[79]は海のほうから岩をくりぬいて造られた。現存する城壁は、岩の上に階段状に築かれている。私たちの案内人はドン・ミケーレ・ヴェッラという名で、古美術商を営み、サン・マリア近くの親方ジェリオのところに住んでいる。

---

78 モロッコ、アルジェリア、テュニス、トリポリなどバーバリ地方に住み、海賊行為をはたらいていた人々。
79 ポルタ・アウレア。古代アクラガスの主要な門。

ソラマメを植えるのに、この土地の人たちは次のようにする。適当な距離をおいて地中に穴をあけて、その中に一つかみの肥料を入れ、雨の降るのを待って、豆を植えこむ。豆わらを焼いてできた灰で、亜麻布(リネン)を洗濯する。石けんはつかわない。アーモンドの外殻を焼いて、ソーダ(炭酸ナトリウム)の代わりに使用する。洗濯物はまず水ですすぎ、それからこういう灰汁(あく)で洗う。

一年めは豆、二年めは小麦、三年めはトゥメニアの順に耕作し、四年めは草地のまま放置する。ここで豆といったら、ソラマメをさす。ここの小麦はじつに見事だ。トゥメニアという名は「ビメニア」または「トリメニア」に由来するそうだが、農耕の女神ケレスからのすばらしい贈り物である。夏の穀物の一種で、三ヵ月たつと成熟する。一月一日から六月までのあいだに種まきをし、一定の時がたつと熟する。雨は多く降らなくてもよいが、気温は高くなければならない。はじめはひじょうに柔らかい葉をしているが、小麦に負けないほど成長し、しまいにきわめて頑丈になる。小麦は十月と十一月にまき、六月に実る。十二月にまいた大麦は六月初めには熟するが、海岸では実りが早く、山地では多少おくれる。

亜麻はすでに熟している。アカンサスは見事な葉を出した。陸ヒジキが繁茂している。

耕されていない丘には、イガマメが豊かに生育している。これは一部、賃貸しされ、束にして町に出される。小麦のあいだのからす麦は間引きされて、同様に束にして売られる。

キャベツを植えたい土地には、灌漑用の畦をつくってきれいに仕切る。

イチジクは葉がすっかり落ち、実がついていた。聖ヨハネ祭[80]のころには熟し、それからこの木はもう一度、実をつける。アーモンドはたわわに実がなり、短く刈り込んだイナゴマメは無数の莢をつけていた。食用ブドウの房が、高い支柱で支えられた棚で栽培されている。メロンの種まきは三月で、熟れるのは六月。ジュピター神殿の廃墟にはおよそ水気がないのに、メロンが元気よく成長していた。

80　聖ヨハネの祝日、六月二十四日。夏至祭。

御者は生のアーティチョークとコールラビ[81]をさもうまそうに食べた。もちろんドイツよりもずっと柔らかくて水気が多いことは認めねばならない。畑のなかを通ると、農夫たちが、たとえば若いソラマメなどを思う存分、食べさせてくれる。

私が黒くて堅い、溶岩に似た石に注意を向けていると、例の古美術商の案内人は「それはエトナ火山から出たものです。港のあたり、もっと正確にいうと積み荷をおろすあたりに、そんなのが転がっています」と言った。

鳥はこの土地には多くはいない。いるのはウズラくらいだ。渡り鳥ではナイチンゲール、ヒバリ、燕がいる。小さな黒いリンニーネという鳥は、地中海東部沿岸地方(レバント)からやって来てシチリアで雛をかえし、さらに飛んで行く、あるいは戻っていく。リデーネ[82]は十二月と一月にアフリカから来てアクラガス河におり、それから山地へ移動する。

本山にある飾り壺についてもう一言。甲冑に身をかためた勇士が、いわば到着したばかりの客人として、老人の前に立つさまが描かれている。この座っている老人は冠と笏(しゃく)から国王だとわかる。王の後ろの女は頭(こうべ)をたれ、左手をあごの下にあてがい、注意深く考え込む姿勢をとっている。これに対して勇士の後ろでは、同じく冠をつけた老人が、槍をもった護衛兵らしき男と話している。この老人が勇士を導き入れたらしく、彼は護衛兵に「この男を王とじきじきに語らせなさい。立派な男だ」と言っているように見える。

この飾り壺の地色は赤で、その上に黒が塗ってあるらしい。婦人の衣装だけは、黒の上に赤を塗っているらしい。

ジルジェンティにて、一七八七年四月二十七日、金曜日

クニープは全プランを実行したければ、絶えずスケッチしなければならず、そのあいだ私は例の老いた小柄な案内人と歩きまわる。海から見たジルジェンティはたいそ

81 アブラナ科の越年草。和名はカブカンラン、球茎カンランなど。
82 ツグミの一種か、鴨の一種オオヨシガモではないかという説あり。

う映えると古人[83]は確言しており、私たちは海に向かって散策した。はるか海原へ目をやる。案内人は、南方の水平線上に尾根のような形で横たわる帯状の雲に私の注意を向け、「あれがアフリカ海岸のあるところです」と言った。

しかし目をひく珍しい現象がもうひとつあった。それはふんわりした雲間から出ている細い虹である。虹は、澄み切った青空にアーチを描き、アーチの一端はシチリアに、もう一端は南の海上にあるように見えた。沈みゆく太陽に美しく染められ、ほとんど動かずにいる虹は、めったにお目にかかれない喜ばしいものであった。「この虹はちょうどマルタ島の方角へ懸けられ、アーチのもう一端はあの島にあるようですが、これはときおり見られる現象です」と彼は断言した。両方の島の引力が互いに作用し合って、大気中にこのような現象が起こるとすれば、じつに面白い。

こうした会話から、マルタ行きの計画は中止すべきだろうかという疑問がまたもや頭をもたげたが、かねて懸念していた困難な事情や危険に変わりはない。そこで例の御者をメッシーナまで雇うことに決めた。

ところが、またもや例の気ままな思いつきに従って行動することになった。すなわち、これまでのシチリア道中では、穀物の豊かな地方をほとんど見かけず、どこへ行っても地平線は近くの山や彼方の山にさえぎられるので、この島にはまったく平地がないように見えたし、農耕の女神ケレスに寵愛された土地だと言われても、腑に落ちなかった。この点を問いただすと、「シラクサを経由せずに、この国を横切れば小麦地帯を存分にごらんになれますよ。そうすればわかります」という答えが返ってきた。このすばらしい都市も、いまではもはや輝かしい名以外、何も残っていないことを知らないではなかったので、この「シラクサはあきらめましょう」という勧めにしたがった。いずれにせよ、あの町へはカターニアからも容易に行けるのだから。

カルタニセッタにて、一七八七年四月二十八日、土曜日

今日ついに、シチリアはいかにして「イタリアの穀倉」という名誉ある称号を勝ち得たかがはっきりわかったと言える。ジルジェンティを去って少し進むと、肥沃な土地が開けた。大きな平野ではないが、相互に向かい合ってゆるやかに連なる山や丘の背には、いたるところ小麦や大麦が植えてあって、たえず実り豊かな光景が目の前に

83　たとえばヴェルギリウス『アエネイス』第三巻七〇三行以下を暗示している。

ひろがっていた。これらの植物に適した土地は、どこにも一本の樹も見えないほど活かされ手入れされていて、小さな村落や住居はすべて丘の背に散在している。そこは石灰岩の列が延びているので、いずれにせよ家を建てる以外には使い道のない土地である。女たちは一年じゅうそこに住んで糸を紡ぎ機織りにいそしみ、男たちは農繁期には土曜と日曜だけ妻のもとで過ごし、他の日は山の下のほうにいて、夜は藁ぶき小屋へひきあげる。こうして「農耕の女神ケレスに寵愛された土地を見たい」という願いは十二分にかなえられ、むしろこの単調さから逃れるために、トリプトレモスの空飛ぶ戦車[84]がほしいと思ったほどだ。

そういうわけで太陽のじりじり照りつけるなか、この茫漠たる肥沃な地を馬で走り抜け、ついに地形も建築も立派なカルタニセッタに到着したときは嬉しかった。しかし辛抱できそうな宿はいくら探しても見つからなかった。ラバは立派な丸屋根のついた厩に休み、下男たちは家畜に食わせるクローバーの上に眠るのだが、旅人は寝泊まりできる環境を一からつくりはじめねばならない。部屋をうつるにも、まず掃除をせねばならず、椅子もベンチもないので、堅い木でできた低い台に座る。テーブルも見当たらない。

この台をベッドの脚部に早変わりさせたければ、指物師のところへ行って、必要なだけの板をしかじかの賃料を払って借りることになる。今回はハッケルトの貸してくれた大きなロシア革[85]の袋がおおいに役立ち、これに切り藁を詰めこみ、当座をしのぐ。なにはさておき、食事の準備にかからねばならない。来る途中でメンドリを一羽買っておいたし、御者は出かけて行って米や塩やスパイスを調達したが、なにしろ彼はこの土地は初めてで、どこで料理したものやら長く決めかねていた。宿屋にもその設備がなかった。ようやく地元の年配の男性が、かまどや薪や台所用具や食器をわずかな費用で貸してくれて、料理ができるまで町を案内してくれることになった。案内されて最後に行ったところは市場である。市場では町の顔役たちが、古代の風習そのままにあちこちに座って歓談しており、私たちからも話を聞きたがった。私たちはフリードリヒ二世のことを語らねばならなかったが、この偉大な国王に寄

84　トリプトレモスはエレウシスの王子。農耕の女神デメテル（ローマ神話のケレスにあたる）から農業使節に任じられ、空中を飛んで地上のすべての不毛の土地に種をまくことができるように、翼ある竜が引いてくれる空飛ぶ戦車を与えられた。

85　ロシアンレザー。上質のきめの細かい皮革で、独特の香りがある。

せるかれらの関心があまりにも深いので、国王の崩御は秘密にしておいた。そのような悲報で、私たちをもてなしてくれる人たちに嫌な思いをさせたくなかったのである。[86]

カルタニセッタにて、一七八七年四月二十八日、土曜日

地質に関して追加。ジルジェンティから貝殻石灰岩を下って行くと、白っぽい地面があらわれる。これは古い時代の石灰岩と、それに付着して石膏が出てきたのだということがあとでわかった。ひろびろとした平坦な谷はその頂上まで、時にはそれを越えて向こう側まで耕作が行き届いている。古い石炭には風化した石膏が混合している。それから、ボロボロの黄色がかった、風化しやすい新しい石灰岩があらわれる。耕された田畑にはその石灰岩の色合いがはっきり認められ、しばしば黒ずんでいたり、いや紫色を帯びたりしている。道のりの半分をちょっと過ぎたあたりから、ふたたび石膏があらわれてくる。その石膏の上には美しい紫色の、ほとんどバラ色のセダム(マンネングサ)が茂っていて、石灰岩にはきれいな黄色の苔が生えていた。

この風化した石灰岩はしばしばあらわれ、カルタニセッタの付近ではそれがもっとも著しく、ここでは層をなしており、その中には二、三の貝殻が含まれている。それ

からほとんど鉛丹のように赤みがかったものもあるが、以前サン・マルティーノ付近で見たような薄紫色をしているものもある。

石英漂石は、道中の半ばぐらいのところで、三方が閉ざされ、東の方、すなわち海に面した方角だけが開いている小さな谷でしか見つからなかった。

はるか左方ではカンマラータの高い山[87]が特に目を引き、もうひとつの山は円錐形の頭部を切り取ったような形をしている。道中の大半で樹木は見当たらない。穀物は見事で、ジルジェンティや海岸におけるほど高くはないが、このうえなく美しく、見渡すかぎりの小麦畑に雑草がまったくない。初めは青々とした畑ばかりだったが、やがてよく鋤いた畑が見え、水気のある場所には少しばかりの牧草地があった。ここにはポプラも見える。ジルジェンティのすぐうしろにはリンゴとナシの木があり、そのほかにも丘や小さな村の付近には、少しばかりイチジクがあった。

三十マイルにわたって、左を見ても右を見ても新旧の石灰で、そのあいだに石膏が

86　フリードリヒ大王は一七八六年八月十七日に没した。
87　モンテ・カンマラータをさす。標高千五百七十八メートルで、南シチリアの最高峰。

混じっている。この三者が風化し互いに混合しているおかげで、ここの土地は肥沃なのだ。砂はほとんど含まれていないらしく、歯で噛んでもギシギシいわない。明日になれば、アカーテス河に関する推測は裏書きされることだろう。

　谷の形は美しく、完全に平らというわけではないが、雨水の流れた痕跡は認められず、見落としてしまいそうな小川がさらさらと流れているだけだ。つまり、すべての流れは直接に海に注いでいる。赤いクローバーはほとんど見かけないし、低い椰子も、南西側にあったあらゆる花や灌木も消え去っている。アザミばかりがわがもの顔に道にはびこり、他はすべて穀物、女神ケレスの恵みである。ともかくこの地方はドイツの丘陵の多い肥沃な地方——たとえばエルフルトとゴータのあいだ、特にグライヒェン[88]を眺めれば——と多くの類似点をもっている。きわめて多くの要素が集まって、シチリアを世界で最も肥沃な地方の一つにしていた。

　道中、馬はほとんど見かけない。耕作には雄牛が用いられ、雌牛と仔牛は畜殺してはならぬという禁令がある。ヤギ、ロバ、ラバにはたくさん出会った。馬はたいてい脚とたてがみが黒い連銭あし毛（灰色のまだらのある白馬）で、実に立派な馬小屋があって、寝床は石塀で囲まれている。インゲンやレンズマメのために土地に肥料をほどこし、夏作物のあとは他の農作物を栽培する。穂の出たばかりのまだ青い大麦を束にして、赤いクローバーも同様に束にして、馬で通りかかった旅人に売り出す。カルタニセッタの上方の山で、化石を含んだ堅い石灰岩が見つかった。大きな貝殻の化石は下のほうに、小さい貝殻の化石は上のほうにあった。この小都市の舗石のなかに、イタヤ貝の化石の入った石灰岩を見つけた。

一七八七年四月二十八日

カルタニセッタを過ぎると、丘は急勾配をなして落ち込み、多様な谷となり、そこから流れる水はサルソ河へ注ぐ。地面は赤味を帯びて多量の粘土を含み、多くは耕されていないが、耕作地では穀物がかなり実る。だが前に見た地方とくらべれば、やはり見劣りがする。

88　ゴータ付近にある三つの山。

カストロ・ジョヴァンニ[89]にて、一七八七年四月二十九日、日曜日

今日はもっと肥沃で、人けのない寂しい土地を目にした。雨が降りはじめ、ひどく増水した河をいくつも渡らねばならず、たいそう不愉快な旅になった。サルソ河では橋を探しても見当たらず、奇妙な手立てが講じられているのに驚いた。頑丈な男たちが控えていて、いつも二人で一組になり、客と荷物とを乗せたラバを真ん中にはさんで、河の深いところを通って大きな河原まで運んでゆく。さて一行が全員、河原に着くと、ふたたびまったく同じ方法で、河の第二の分流を渡る。先ほどと同様に支えたり押したりして、ラバがまっすぐに進んで流れの勢いに負けないようにしてやる。河岸に沿って少し藪（やぶ）があるが、岸を離れるとじきに見えなくなる。サルソ河は花崗岩、片麻岩への過度期の岩石、それから角礫大理石、単色大理石を運んでくる。

いま目の前に、カストロ・ジョヴァンニの町のある峰がぽつんと見え、それはこの地域に荘重で風変わりな特徴をあたえていた。山腹に沿って延びている長い道に馬を乗り入れると、山は貝殻石灰からできていることがわかった。大きな、石灰化した貝殻だけを荷物に拾い上げる。カストロ・ジョヴァンニの町は北向きの岩の傾斜面にあるので、峰の上まで登りきらないと見えない。この不思議な町そのもの、塔、左手の

少し離れたところにある小村カラシベッタ、これらがじつに厳粛に相対峙している。平地には豆が満開の花をつけているのが見えたが、しかしこの光景を楽しむどころではなかった！　すさまじい悪路で、以前は舗石してあっただけになおさらひどく、それに雨がずっと降っている。古いエンナの町からおせじにも歓待されたとは言えず、部屋の床は三和土(たたき)だし、シャッターはあっても窓がない。暗闇のなかに座るか、たったいま逃れてきた霧雨をまたもや忍ぶか。いくらか残っていた旅の食糧を食べ尽くし、みじめな一夜を過ごした。「神話[90]ゆかりの地名に惹かれて行く先を定めるようなまねは、もう二度としない」と厳粛な誓いをたてた。

一七八七年四月三十日、月曜日

カストロ・ジョヴァンニからの下り道は、厄介な凸凹(でこぼこ)の坂道で、ラバを引いてゆか

89　古代の町エンナのこと。エンナはモンテ・カナレッロの上にある。ギリシア神話のデメテル（農耕と豊穣の女神）崇拝の中心地だった。

90　伝説によると、エンナは、デメテルの娘ペルセポネが死の国の王ハデスに誘拐された地。

ねばならない。行く手は低い雲でおおわれ、ずっと上方に不思議な現象が見えた。白と灰色の縞模様(ストライプ)で、何やら固体のように見える。でも固体が空中にあるなんて！　案内人が「あの不思議なものは、雲の切れ目を通して見えるエトナの山腹です。雪と山の背が互い違いに並んでいて縞柄に見えるのですよ。いちばん高い頂上は、もっともっと上方にあります」と教えてくれた。

古いエンナの町の険しい岩を後にして、長い長い寂しい谷を通って行った。耕作されておらず人家もなく、家畜が草をはむにまかせていた。美しい褐色の家畜は大きくなく、角は小さく、じつに愛らしく、小鹿のようにすらりとして元気がいい。これらの有用な家畜にとってじゅうぶんな広さの牧場なのに、途方もなく群生するアザミに圧迫されて、牧草はしだいに萎縮してゆく。このアザミという植物はここで、種子をまき散らし、その種族をふやす絶好の機会を得て、大農場の牧場二つ三つ分はある、驚くべき増殖ぶりだった。アザミが多年生でなければ、花の咲かぬうちに刈り取って根絶させることもできるのだが。

アザミに対する農業上の作戦計画を真剣に練っていたが、このアザミもまったく無用の長物というわけではないことに気づき、恐縮した。私たちが食事をした一軒家の旅館に、ある訴訟事件のためにこの地方を横断してパレルモへ行くというシチリア貴族が二人到着した。この真面目な男たち二人が、鋭利なナイフを手にしてアザミの群れの前に立ち、すくすくと伸びているこの植物の最上部を切り取るのを見て、不審に思った。それから、かれらはこの棘のある獲物を指先でつまみ、茎の皮をむいてその中身を美味しそうに食べた。かれらは長いことそうしており、いっぽう私たちは、今度は水で薄めないワインと上等なパンで元気をつけた。御者は同じような茎の髄を私たちに供し、「さっぱりした身体によい食物ですよ」と言ったが、セジェスタの生のコールラビ[91]同様、いっこうに美味しいとは思えなかった。

途上にて、四月三十日

サン・パオロ河が曲がりくねって流れている谷間につく。赤味を帯びた黒色の土壌で、風化した石灰が混じっていた。多くの休閑地があり、畑はたいそう広く、谷は美

91　コールラビの記述があるのはジルジェンティ。一七八七年四月二十六日付け、五五二頁参照。

しく、小川が流れていて、まことに気持ちがよい。よく混和した優良な粘土質の土壌は、ところによっては二十フィートの深さがあり、たいていは同質である。アロエは元気よく伸びていた。穀物の出来はよいが、それでも時折ふぞろいで、南側のものと比べると、だいぶ劣る。あちこちに小さな人家があるが、カストロ・ジョヴァンニのすぐ下のところをのぞくと、樹木は一本もない。河岸には牧場が多いが、途方もないアザミの群生のために狭められている。河中の漂石にはやはり石英がみられ、簡素なものもあれば、角礫岩のようなものもある。

新しい小村モリメンティは、サン・パオロ河畔の美しい耕地の中央に絶妙の場を占めている。このあたりの小麦は比類なき出来栄えで、五月二十日には早くも刈り取られる。あたり一帯、まだ火山活動の痕跡がなく、河さえもこの種の漂石は運んでこない。土壌はよく混成され、軽いというよりはむしろ重厚で、全体にわたってコーヒー色がかった紫色を帯びている。河を取り囲む左手の山はすべて石灰岩と砂岩で、この二つが入れ替わるところは観察できなかったが、それらが風化したために、下方には一様に肥沃な谷が広がっていた。

自然から一様の肥沃さを授かりながら、耕作状態はまちまちな谷を馬で進んだ。さまざまな不快さに耐えてきたが、画家の目的にかなうようなものにまったく出会えなかったので、いくぶんうんざりした。中景と前景があまりに殺風景だったので、クニープはずっと遠方をスケッチしていたが、風雅な遊び心でプッサン風の前景[92]を描き添えると、わけなくじつに美しい絵ができあがった。旅路を絵にしたものには、このような半ば虚構の世界がいかに多くふくまれていることだろう。

馬丁は、私たちの不機嫌な気持ちを和らげようと「今晩はいい宿にお連れしましょう」と約束し、じじつ二、三年前に建てられた旅館に連れていった。この宿はこの道中、カターニアからちょうど適当な距離にあるので、旅人には都合がよいだろう。まずまずの設備のおかげで、十二日ぶり[93]にふたたび、いくぶんくつろぐことができた。ところが壁の落書きが目にとまった。鉛筆の筆跡は美しく、英語で「旅人よ、だれであるにせよ、カターニアの『黄金の獅子亭』には泊まらないように。いっぺんにキュ

92 ニコラ・プッサン（一五九四～一六六五）はフランスの画家で、生涯の大半をローマで送った。ここでは「理想的な風景画」という意味。八頁、注参照。

93 アルカモ以来。

クロプス、セイレン（妖女）、スキュラ[94]の手中に落ちるよりも、ひどい目にあいます」と書かれていた。この親切な警告者は危険をいささか神話風に誇張しているのだろうと思ったが、かくも獰猛なけだものとして布告されている黄金の獅子は、やはり避けようと強く心に決めた。だからラバを引く男に「カターニアではどこにお泊まりになりたいですか」と問われると、「どこでもいいけど、『黄金の獅子亭』だけは勘弁してくれ」と答えた。「では、ラバが休めるところで、これまでと同じように自炊になります」という申し出に、私たちはなにもかも承諾した。獅子の顎門を逃れるのが唯一の願いだったから。

一七八七年五月一日、火曜日

イブラ・マヨール[95]あたりでは、北から河に運ばれた溶岩の漂石が現れはじめる。渡し場の上のほうには石灰岩があるが、各種の漂石、角岩、溶岩、石灰などと結合したものである。それから石灰質凝灰岩で蔽われた硬化した火山灰も見える。混成された砂礫丘陵はカターニアあたりまでずっとつづき、エトナの溶岩の流れはこの丘陵にまで達し、さらにこの丘陵を越えてゆく。噴火口らしきものを左手に見て進む（モリメンティのすぐ下のところでは農民たちが亜麻をむしっていた)。自然がここで黒・青・灰色の溶岩を作って楽しんでいるのを見ると、自然がいかに多彩さを愛するかがわかる。真黄色の苔がその溶岩を蔽い、そのまた上には美しい赤色のセダム(マンネングサ)が繁茂し、その他にも美しいスミレ色の花が咲いている。サボテンの栽培とブドウ棚を見ると、ていねいに育てているのがわかる。やがて巨大な溶岩流が迫っているところに来る。モッタ[96]は美しい大きな岩山である。ここの豆は、ひじょうに丈の高い灌木のようによく伸びている。耕作地は所によってさまざまで、たいそう砂利の多いところもあれば、うまく混成されているところもある。

94 いずれもホメロスの『オデュッセイア』に登場する怪物。キュクロプスは額のまん中にただひとつの目をもつ巨人。セイレン(サイレン)は上半身は女、下半身は鳥の形をした海の怪物で、歌で人を魅惑する。スキュラは海の洞窟に住む女の怪物で、近づく船の船乗りをとらえて食うとされた。英雄オデュッセウスはこうした数々の恐ろしい試練を切り抜ける。

95 古代のヒュブラ・マヨール。今日のパテルノ。

96 パテルノから十四キロのところにあるモッタ・サンタナスタージア。山上にノルマン人の城がある。

　御者は東南地方の春の耕作物を久しく見なかったらしく、穀物の美しさに感嘆の声をあげ、お国自慢の得意げな調子で、「ドイツにも、このような見事な作物はありますか?」と尋ねた。このあたりの土地はすべて穀物のために提供され、樹木はほとんどどころか、一本も見かけなかった。御者と以前から知り合いのきれいなすらりとした少女が、ラバに負けないようについてきて、楽しくおしゃべりし、いとも優雅な手つきで糸を紡ぐのは、実に愛らしかった。やがて黄色い花の咲き乱れたところを通る。ミステルビアンコの付近では、またもやサボテンの生垣がある。この奇妙な形の植物の生垣は、カターニアが近づくにつれて、しだいに整然たる美しさを増してゆく。はたして、なんとも居心地の悪い宿屋であった。ラバを引く馬丁が用意した料理は、上等とはいえなかった。米にメンドリを入れた煮込み料理は、もしサフランをどっさり入れ過ぎて、げんなりするほど黄色にされていなかったら、まんざら捨てたものではなかったろうに。寝床はひどく寝心地が悪く、もう少しでまたもやハッケルトのロシア革の袋[97]を取り出さねばならなかったほどである。そこで翌朝さっそく、愛想のいい主人と話し合った。彼は「これ以上はなんとも仕様がありません」と気の毒がり、「でも向こうに、異国の方を手厚くもてなす家がございます。きっとご満足いただけるでしょう」と大きな角屋敷を指さした。こちらに面した側から見ると、大いに期待がもてそうだ。さっそく出かけて行くと、雇い人だと名乗るきびきびした男がいて、主人が不在なので彼自身が広間のわきの美しい部屋をあてがい、「宿賃もうんとお安くしましょう」と約束してくれた。私たちは躊躇うことなく、しきたりどおりに、部屋、机、ワイン、朝食、その他決めておくことのできるものにたいして、どのくらい払えばよいか尋ねた。すべて安かったので、いそいで手回り品を運んできて、金色の大きな箪笥の中へ整理して入れた。クニープは初めて画紙を広げる機会を得て、スケッチしたものを整理し、私は自分の覚え書を整理した。それから、この美しい部屋に満足して、バルコニーへ出て眺望を楽しんだ。十分に景色を眺め感嘆してから、仕事をしようと向きを変えたとたん、なんとまあ！　私たちの頭上で大きな黄金の獅子が歯を剝いているではないか。私たちは気づかわしげに顔を見合わせ、微笑し、声をあげて笑った。それから、ホメロスにあるような怪物がどこかしらで窺っているのではないかと、あたりを見まわした。

97　一七八七年四月二十八日付け、五五七頁、注85参照。

そうした怪物はいなかったが、そのかわり広間に、きれいな若い女が二歳ぐらいの子供とたわむれているのが目についた。だが忙(せわ)しげな主人代理はすぐさまこっぴどく叱りつけ、「出て行け！　お前はここに用などないはずだ」と言う。「追っ払うなんてひどいわ」と彼女は言った。「あんたがいないと、この子は家ではどうしようもないのよ。それにお客さまだって、あんたのいるところで子供をあやすのをゆるしてくださるわ」

亭主はそれでも承知せずに、彼女を追い払おうとし、子供は戸口のところで哀れな声で泣き叫ぶという始末で、私たちはついに、このきれいな細君をおいてやるように、本気で頼まざるをえなかった。

イギリス人から警告を受けていたので、この茶番を見やぶるのは造作もないことだった。私たちは新参者をよそおって知らん顔をし、亭主は子煩悩ぶりを発揮してみせた。子供は事実このうえなく彼になついていたが、おそらく母親と称するこの女が戸口で子供をつねったのであろう。

そのように彼女は何食わぬ様子でその場に残っていたが、男のほうはビスカリ公子[98]の家庭僧に紹介状をわたすために出かけていった。彼女がぺちゃくちゃしゃべり続けているうちに、男が帰ってきた。「長老みずからがお出でになって詳しくお話しなさいます」という。

カターニアにて、一七八七年五月二日、水曜日

昨夜すでに挨拶をつたえてよこした長老は、今日早く来て、私たちを高い台石の上に建っている平屋建ての宮殿[99]に案内した。最初に美術館を見物したが、大理石や青銅の像、飾り壺、あらゆる種類のこうした古代の遺物が蒐集されていた。またもや知識を広める機会を得て、特にジュピターのトルソーに惹きつけられた。この模造をティッシュバインの仕事場で見たことがあるが、判断のおよばぬほど多くの美点をそなえている。館内の人が必要な歴史上の説明をしてくれた。天井の高い大広間に入った。窓ぎわに並んでいる沢山の椅子を見ると、多人数の人がときどきここで会合する

98 名はヴィンチェンツォ。一七四三年生まれ、一八一三年没。カターニアでもっとも身分が高く富裕であった。
99 ビスカリ宮殿。一階建てになっているのは地震に対する防御のためである。

のだろう。厚遇されることを期待して腰をおろした。するとそこへ二人の婦人がはいって来て、部屋の中を縦に往復しながら、熱心に語り合っている。この二人が私たちに気づいたとき、長老が立ち上がり、私もそれにならい、お辞儀をした。

「あの方々はどなたでしょう」と尋ね、若いほうがビスカリ公子の奥方、年配のほうはカターニアの貴婦人とわかった。私たちはふたたび腰をおろしたが、彼女らは市場のなかでも歩くように、あちらこちらと歩きまわった。

ビスカリ公子のところへ連れていかれた。かねて告げられていたように、彼は特別な信頼の念から貨幣のコレクションを見せてくれた。父君の代[100]にも、また当主の代にもこのような観覧の際に少なからぬ貨幣の紛失にあい、従前どおり快く見せてくれる機会はかなり減少したという。私はトッレムッツァ親王のコレクションを見て学んでいたので、ここでは以前より分かるように思った。ここでも学ぶところがあり、芸術上のさまざまな時代を貫き流れるヴィンケルマンの導きの糸にかなり助けられた[101]。ビスカリ公子はこの方面にたいそう精通しており、私たちが専門家ではないが、よく気のつく愛好家であることを知り、質問すると、なんでも喜んで教えてくれた。もっとこのように鑑賞していたかったが、かなり時がたっていたので、辞去しようとすると、公子は私たちを母君のところへ案内し、そこで他にもいろいろと細かい美術品を見せてくれた。

私たちは、自然な気品のそなわった立派な貴婦人に会い、次のことばで出迎えられた。

「みな様、私の部屋をご覧くださいませ。ここにあるすべては、亡き夫が蒐集し配列した通りになっています。親孝行な息子のおかげで、私はいちばん良い部屋に住んでいるばかりでなく、この子の亡き父が手に入れて陳列したものを手ばなすことも、移動させることもなくすんでいます。長年馴れ親しんだ暮らしができますし、かくも遠方から、私どもの宝物を見にいらした立派な異国の方にも、以前と同じようにお目にかかってお近づきになれますから、二重に有難く思っております」

それから彼女はみずから、琥珀(こはく)細工が保管されているガラス戸棚をあけてくれた。

100　名はイグナツィオ。一七一九年生まれ、八六年没。学問と実践を結びつけた君主の鑑として同時代人から尊敬されていた。考古学者で詩人でもあった。

101　ヴィンケルマンから学ぶ美術品の様式の変化と時代区分については、一七八七年一月二十八日付け、三三一頁参照。

シチリアの琥珀が北方の琥珀と違う点は、透明または不透明の、蠟(ろう)のような黄白色、ハチミツ色をしているものから、あらゆる黄系統のグラデーションをへて、ついには極めて美しいガーネットの赤色をしているものまである点だ。壺、杯、その他が琥珀細工で、このようなものを作るには、時として驚嘆すべき大きな材料が用いられたにちがいない。こうした細工物やトラパニで制作されるような貝殻彫刻、それから選り抜きの象牙細工などに、この貴婦人は特別な愛着をよせていて、いろいろと面白い話を聞かせてくれた。それにビスカリ公子はまたさらに重要な事柄に私たちの注意を向けてくれるというふうで、楽しく有益な数時間が過ぎていった。

そうこうするうちに母君は私たちがドイツ人だということを聞き知り、リーデゼル、バルテルス[102]、ミュンター諸氏のことを尋ねたが、彼女はこの人たちをみな知っていて、その性格、行状もよく識別して尊重することができた。私たちも名残り惜しく、彼女も別れが辛そうに見えた。この島の生活はやはり何か寂しいものがあり、通りすがりの者の共感によってのみ活気づき支えられてゆく。

長老はつぎにベネディクト会修道院の、ある僧侶の部屋へ案内したが、それほどの高齢でもないのに悲しげで引っ込み思案なその人の外見からは、愉快な話など期待できそうになかった。しかしながら彼はこの教会の巨大なパイプオルガンをひとりで弾きこなす名手で、私たちの願いを聞くというよりも察して、無言で願いをかなえてくれた。広い教会へおもむくと、彼はその素晴らしい楽器を奏で、かすかな風のそよぎのような音色から、とどろく大音響にいたるまで、あるいは低く、あるいは高く、空間の隅々まで楽(がく)の音(ね)を響きわたらせたのである。

この男に前に会っていなければ、このような力をふるうのは巨人だと思ったことだろう。でも私たちは本人とその人柄をすでに知っていたから、彼がこの戦いでなお余力を残していることに賛嘆した。

カターニアにて、一七八七年五月三日、木曜日

食後まもなく、長老が「町のやや遠い地区にご案内しましょう」と馬車に乗って

102　ヨハン・ハインリヒ・バルテルス（一七六一～一八五〇）。神学者で法学者。一七八六年カターニアを訪れ、その後『カラブリアとシチリアに関する書簡』を刊行。リーデゼルは一七六七年に、ミュンターは一七八五、八六年にカターニアを訪れている。

やってきた。馬車に乗りこむとき、奇妙な座次争いが生じた。私がまず乗りこんで、彼の左側に座ろうとすると、彼は乗りこみながら、「座席を取り換えましょう。あなたの左側に座らせてください」とはっきり要求してきた。「そんな堅苦しいまねはなさらずに」と頼むと、彼は、「こんな風に座るのをお許しください。と申しますのは、私があなたの右側に座りますと、私が主で、あなたを同伴しているように思われます。でも左側に座ると、あなたが主で、私が随従していることになり、つまり私が主君の命をうけて町をご案内していることが、ひとめで明らかになりますので」と言う。むろん異議を申し立てる筋合いもないので、そのとおりにした。

町の山の手へ馬車を走らせたが、そこには一六六九年にこの町の大部分を破壊した溶岩が、なお今日にいたるまではっきりと残っていた。凝固した溶岩流は他の岩石と同じように人の手が加えられて、その上に道路ができる予定のものもあり、現にできあがっている所もあった。ドイツを旅だつ前だが、玄武岩の火山性をめぐる論争[103]があったので、それを考えながら、まちがいなく溶岩と思われる石を砕いてみた。それから、さまざまな変化をつきとめたくて、いくつかの場所で同じことをしてみた。

しかしながら地元の人に愛郷心がなく、利益のためであれ学問のためであれ、区域内の注目に値する物をまとめ上げようとしないなら、旅行者の長年の苦労も無益であろう。私はすでにナポリの溶岩商人のところで大いに益するところがあったが、ここではるかに高次の意味合いで、騎士ジョエニ[104]に啓発された。彼の豊富な、たいへん優雅に陳列されたコレクションのなかで、エトナ山の溶岩、同じ山の麓にある玄武岩、および変化した岩石を、多少とも識別できた。コレクションをすべて親切に見せてもらい、いちばん感激したのは、ヤーチの下の海中にそそり立つ険しい岩からとった沸石（ゼオライト）である。

103　岩石の生成について地球内部の火（熱）の作用を重視する「岩石火成論者」と、すべての地質学の原因を海に帰する「水成論者」との有名な論争をいう。火成論は十八世紀末、イギリスのハットンによって主張されたもの。ドイツでは一七八六年ヴェルトハイムが、一七八八年にはフォイクトが玄武岩の火成性を主張し、水成論者ヴェルナーとの間で激しい学問上の論争があった。

104　ジュゼッペ・ジョエニ（一七四七〜一八二二）。カターニア大学の博物学の教授。マルタ騎士団に所属していた。

エトナ山に登るにはどうすればよいか騎士に尋ねると、彼は、「頂上をめざすのは冒険です。とくに今のような季節はなおさらです」と言って取り合わなかった。

「そもそも」と彼は失礼をわびてから言った。「ここへくる異国の方々は、これをあまりにも容易いことのように考えていますね。私たち山の近隣の者でも、生涯に二、三度、絶好の機会をとらえて頂上をきわめたら、『それでよし』としているのに。最初に記事を書いて火口への登山熱をあおりたてたブライドンも、頂上まで登ったわけではありません。ボルシュ伯の記事はその点をぼかしてありますが、彼もある高さまでしか登っていません。こんな例はほかにいくつもありますよ。現在は雪がずいぶん下のほうまで広がっていて、邪魔立てしています。アドバイスに耳を傾けてくださるなら、明日なるべく早くモンテ・ロッソの麓まで馬で行って、その頂上に登ってごらんなさい。そこから絶景が楽しめますし、同時に、一六六九年に噴き出し、不幸にも町のほうまで流れ込んだ古い溶岩も見られます。あそこの眺望は壮大かつ鮮明です。その他のことは、話で聞くほうがよろしいでしょう」

カターニアにて、一七八七年五月四日、金曜日

親切な忠告にしたがって私たちは早朝に出発して、ラバの背にまたがって絶えず背後の景色を見やりながら、時の力になおも屈しない溶岩の領域にたどりついた。ノコギリ歯状の岩塊や岩板が前に立ちはだかったが、ラバが見つけた思いがけない小道を通りぬける。最初のかなり高い丘の上でラバを止めた。クニープは眼前にそびえる山の姿をたいへん精確にスケッチした。つまり前景は溶岩の塊、左手にはモンテ・ロッソの二重峰、私たちのちょうど上方にはニコロジの森林があって、そのあいだから雪をいただき、わずかに煙をはくエトナの山頂がそびえていた。やがて赤肌の山に近づき、私はそれに登った。この山は全部が赤い火山質の砂礫と灰と石とで積みあげられている。ふだんなら造作なく火口を一周できたろうに、朝の風が猛烈に吹きつけてきて、一歩一歩足下が危うくなるので、それはできない相談だった。少しでも進みたければ、外套を脱がざるをえないのだが、帽子はいまにも火口の中に吹きとばされそうだし、私自身もつづいてその後から吹き落とされそうだ。落ち着いてあたりの景色を見わたそうと、腰をおろしてみたが、この体勢もまったく役にたたなかった。強風が真東から、遠く近く海までつづく眼下の見事な陸地を越えて、吹きつけてくるのだ。

メッシーナからシラクサまでの曲折や入り江のある延々たる浜辺を一望でき、浜辺にある岩にごくわずかにさえぎられただけである。私は頭がくらくらしそうになって、山を下った。いっぽう、クニープは風を防ぐことのできる避難所で時間をうまく利用して、猛烈な風のために私がほとんど見ることができず、ましてや記憶にとどめることなどむろんできなかった景色を、繊細な線でもって紙の上に写し取っていた。

「黄金の獅子亭」の入り口に着くと、例の雇い人がいた。この男が私たちについてきたがったのを、やっと押し止めたのだった。彼は私たちが山頂を断念したことを褒め、「そのかわり明日は海上を舟でヤーチの岩まで行きましょう」としきりにすすめた。「カターニアから行ける最もすばらしい行楽です！　飲み物と食べ物と、それから物を温める用具一式も持参しましょう。家内がお世話すると申しております」

さらに彼は「イギリスの方は楽隊をつれて舟に乗り、想像を絶する楽しさでした」と言って、そのときの歓喜を思い出した。

ヤーチの岩に激しく惹かれ、騎士ジョエニのところで見たような美しい沸石(ゼオライト)の採取にも大いに食指が動いた。万事を手軽にすませ、細君の同伴をことわることもできたろう。しかしながら、結局、あのイギリス人の警告（壁の落書き）がこれを上回り、沸石をあきらめることにした。この欲望をおさえたのは、自分でもなかなかのものだと思う。

カターニアにて、一七八七年五月五日、土曜日

案内のお坊さんが約束通りに来て、古代建築の遺跡を見に連れて行ってくれた。こうしたものを見るときは、観察者のほうで、足らぬところを補って思い描く才覚がいる。貯水槽や海戦劇場[105]の遺跡、その他の廃墟を見せられたが、溶岩や地震や戦争で町がたびたび破壊されたときにそれらは埋没したり沈下したりしているので、古代芸術にじゅうぶん精通した者でないと、楽しめないし、啓発されることもない。ビスカリ公子をもう一度、表敬訪問しようとするのを長老はことわり、私たちはお互いに心からの感謝と好意の言葉を交わしながら別れた。

105　ローマ皇帝時代に海戦の芝居を行った劇場。

タオルミーナにて[106]、一七八七年五月六日、日曜日

ありがたいことに、今日見たものはすべて詳細に記録されたものがあるし、もっとありがたいことに、クニープは明日は一日じゅう上の方でスケッチすると決めていた。海辺から遠からぬところにそそり立つ岩壁の高みにのぼると、二つの頂点が半円によって結ばれているのがわかる。自然のままではどんな形をしていたにせよ、人間の技術を加え、観客用に円形劇場式の半円にした。煉瓦による築壁やその他の増築物を連ねて、必要な通路やホールを補っている。階段風にした半円の端から円弧を描くように舞台を設け、それによって両方の岩が結ばれて、自然と人間の合わせ技による巨大建築物が完成したのである。

その昔、見物人の座っていた最上階に腰をおろすと、劇場でこれほどの景色を眼前にした観客はまずいないだろうと思う。右手の小高い岩の上には城塞がそびえ立ち、そのはるか下方には町がある。それらの建物は近世のものだが、昔もたぶん同じ場所に同じような建物があったのだろう。さて、エトナの長い尾根を見やると、左手にカターニア、いな、シラクサのほうまで延びている海岸があり、この広大な一幅の絵の尽きるところに、煙を吐く巨大なエトナの火山がある。しかし穏やかな大気のために、

山は実際よりも遠く優しげに見えるので、恐ろしくはない。

この光景から転じて見物席の後部につくってある通路に目を向けると、左手には岩壁が全部見え、その岩壁と海とのあいだにメッシーナへの道がうねっている。海中には幾群もの岩塊とその隆起が、はるか彼方にはカラブリアの海岸が見える。じっと目をこらすと、静かに立ち昇る雲が識別できた。

劇場へ向かって下りてゆき、その廃墟にたたずみ、有能な建築家にこの劇場を修復する才能をせめて図面でみせてほしいものだと思った。それから農園をぬけて、町への道を切り拓いてみようと思いたった。ところがここは、並んで植えられたアガベ[107]の生垣が塁壁になっていて、通り抜けられないことがわかった。「交差した葉のあいだを通れる」と思ったら、葉の縁の手強い棘が障害となって、触れると痛い。大丈夫かなと思いながら大きな葉に足をのせると、その葉はくずれ落ち、向こう側へ抜け出す

106 切り立った断崖に段丘的に町がつくられている。ここの劇場は紀元前三世紀に地形を利用して着工され、ローマ皇帝時代に剣闘士の試合が行われる闘技場に改築された。

107 リュウゼツラン属。先が鋭く尖り、縁に棘を持つ多肉質の葉から成る。茎は短く太く、根から直に葉が生えているようにも見える。

どころか、隣の植物に阻まれてしまう。やっとのことでこの迷宮を脱し、町のなかを少し逍遥したが、日の暮れ前に立ち去るにはしのびない地である。あらゆる点で著名なこの地方が徐々に夕闇のなかへ沈んでいくさまは、かぎりなく美しい光景であった。

タオルミーナの下の海辺にて、一七八七年五月七日、月曜日

幸運の女神が引き合わせてくれたクニープを、いくら褒めても褒めきれない。彼は負いきれない重荷から私を解き放ち、自然のままの私にもどしてくれるのだから。私たちがざっと観察したものを一つ一つスケッチするために、彼は山を登って行った。彼は何度も鉛筆を尖らせるだろうし、どんな風に仕上げようとしているのか、ここからは見えない。だが後ですべて見ることができるだろう。初めは私も一緒に登って行くつもりだったが、やはりここにとどまりたくなって、まるで巣作りする鳥のように、狭い所を探した。手入れのわるい荒れた農園に行って、オレンジの大枝に腰をかけて、酔狂なもの思いにふけった。旅人がオレンジの大枝に腰をおろすなんて、いささか風変わりに聞こえるだろう。だがオレンジの樹というものは、自然のままに放置すると根のすぐ上から枝が分かれて、それが年とともに立派な大枝になるのを知っていれば、

決して不自然なことではない。

そうして腰かけたまま、『オデュッセイア』を収斂させて戯曲化した『ナウシカ』の構想をさらに練った。[108] むりな構想だとは思わないが、戯曲と叙事詩の根本的相違をきちんと心にとめておく必要がある。

クニープが山をおりてきて、じつにきれいに描かれた大きなスケッチを二枚、いかにも満足げに持ち帰った。この二枚を彼はこのすばらしい一日の永遠の記念として、私のために仕上げてくれるだろう。

澄み切った空の下で、小さなバルコニーから美しい岸辺を見おろし、バラの花を眺め、ナイチンゲールの声を聞いたことは忘れ得ない。土地の人の話では、ここではこの鳥が六ヵ月のあいだ、ずっと鳴いているという。

108 一七八七年四月十六日付け、五二四頁参照。

回想から

有能な芸術家が一緒にいて活動し、また私自身もいろいろ微力を尽くしているので、いまやこのきわめて興味ある地方とその端々から選び抜かれた確たる景勝が、スケッチとして、ものによっては完成された絵として、私の手元に残ることが確実になった。そうなるとなおさら、海や鳥や港など眼前のすばらしい風物に、品位ある詩的な形によって命を吹き込みたいという衝動、この地方を土台とし、出発点として、私がまだ生みだしたことのないような意味と調子をもつ作品をつくりたいという衝動がだんだん高まってきて、それに身をゆだねた。澄み切った空、海からの息吹、山々と海と空をいわばひとつに溶け合わせる靄(もや)、こうしたすべてが私の計画の糧(かて)となった。私はあの美しい公園[109]で、セイヨウキョウチクトウの花咲く生垣のあいだや、実をつけたオレンジの木陰を逍遥し、その他私の知らない木々や灌木のあいだにたたずみ、異国のおよぼす感化をまことに快く感じた。

まさにこの活気あふれる環境ほど、私にとって適切な『オデュッセイア』の注釈はないと確信し、すでに手に入れていた一冊を、私なりに信じられないほど共感をもって通読した。するとさっそく独自の創作をしたいという気持ちがおこった。初めのうちは妙な気がしたが、しだいに興が乗り、ついには夢中になって没頭した。つまり『ナウシカ』の題材を悲劇として扱おうと思いついたのである。

自分でも、どうなるのか見当がつかない作品だったが、まもなく構想がはっきりしてきた。要旨はこうである。ナウシカを、多くの男性から求婚されているすぐれた乙女として描く。彼女はそれまでは誰かを好きになったことがなく、すべての求婚者に対して素っ気ない態度をとってきた。だが、一風変わった異国の男性に心ゆさぶられ、いつもの自分ではいられなくなり、はやまって愛情を露わにしたことで評判を落とし、まことに悲劇的な状況になる。あらすじはシンプルだが、副次的モチーフを豊かにし、とりわけ海らしさ、島らしさをかもし出す特別なトーンに仕上げれば、きっと面白い

109 パレルモのヴィラ・ジュリア。

作品になるだろう。

第一幕は球技にはじまる。ナウシカは、ここで思いがけず知り合った異国人に早くも好意を寄せ、みずから市内へ案内しようかしら、やめておこうかしらと思い迷う。第二幕はナウシカの父である王アルキノウスの館が舞台。求婚者たちの性格をあきらかにし、それからオデュッセウスの登場で幕となる。第三幕はもっぱら冒険者の意義深さを示すことに費やされる。彼の冒険は聞き手によってまったく違った風に受けとられるのだが、対話仕立てにし、技巧をこらし、愉しめるものにしたいと思う。話が進むうちに二人の情熱は高まってゆき、相互作用によって、ついにナウシカの異国人に寄せる熱烈な思いが外にあらわれ出る。第四幕では女たちは家に残り、慕情や希望、あらゆる情愛に浸っている。いっぽう、舞台の外ではオデュッセウスの勇敢さが裏付けられる。ナウシカは、異国人が大勝利を手にしたと聞くと、もはや自制できず、同国人を向こうにまわして、最終的に自分の評判を落とすことになる。オデュッセウスはこれらすべてを引き起こしたことについて、責任があるとも、ないともいえるのだが、結局はこの地を去ることを宣言せざるをえない。かくしてこの善良な乙女は、第五幕で死を選ぶよりほかなくなる。

この構想には、私自身の体験から、ごく自然に描けないような箇所はひとつもない。旅の途上にあることや、相手の好意をかきたて、たとえ悲劇にはいたらなくても、まことに痛ましく危うく害をもたらしかねない点がそうだ。故郷から遠く離れた土地で、集いの場で人々を楽しませようと、異郷の風物、旅の冒険、人生のさまざまな出来事を生き生きと具体的に物語って、青年からは半神として崇められ、慎重な大人からはほら吹きと見なされ、いくたの身に余る恩恵にあずかり、いくたの予期せぬ障害に出くわす場合さえもある。これらすべてがこの構想、この計画を引き寄せる縁となり、パレルモ滞在中もシチリア旅行の大部分も、このことばかり夢想しながらすごした。だからいろいろ不便なことがあっても、ほとんど苦にならなかった。なぜなら、この超古典的な土地[110]では詩情に浸っていたので、自分が経験したり、見たり、気づいたり、出くわしたりしたことを、すべてこの詩情でとらえて、いわば喜びの器にたくわえておくことができたからである。

褒めてよいのか悪いのか、私のいつもの習慣で、これについてはほとんど、という

110　ホメロスをしのばせるような土地。

よりまったく書き留めておかなかった。しかし大部分は、頭のなかで詳細にわたってよく練っておいた。そのあといろいろ気が散ってそのままにしてあったものを、今ふと思い出して書き記しておく次第である。

メッシーナへの途上にて、一七八七年五月八日

左手に高い石灰岩が見える。それはしだいに変化に富む色調になり、入り江を美しく見せてくれる。それにつづくのが、粘板岩または硬砂岩(グレイワッケ)と名づけたいような一種の岩石である。小川のなかにはすでに花崗岩の漂石がある。ナス科の植物がリンゴに似た黄色い実をつけ、セイヨウキョウチクトウの赤い花が咲き、楽しげな景色だ。ニージ河とそれに続く小川は、雲母片岩を運んでくる。

一七八七年五月八日、火曜日

東風に吹きつけられながら、右手の波立つ海と岩壁のあいだをラバに乗って進んだ。一昨日はこの岩壁を上から見おろしていた。今日は絶えず波との戦いである。無数の小川を渡ったが、そのなかで河の名に値するのは、比較的大きなニージ河だけだろう。

しかしこれらの河も、河のもたらす転石も、海にくらべると御しやすい。海はひどく荒れ、ところどころ波が道を越えて岩に打ち寄せ、飛沫（しぶき）が旅人にかかってくる。まことに壮観で、常ならぬ出来事なので、不快なことも苦にならなかった。

同時に、鉱物学的な考察にも事欠かない。巨大な石灰岩は風化しながら崩れ落ち、その軟弱な部分は寄せる波のためにすりへらされ、混成された強固な部分だけが残っている。それで海岸はすべて色とりどりの角岩質の火打ち石で蔽われているが、そのうちから標本をいくつか採取して荷物に入れた。

メッシーナにて、一七八七年五月九日、水曜日

こうしてメッシーナに着いたが、勝手がわからないので、やむをえず第一夜は御者の宿舎で過ごし、翌朝もっとよい宿をさがすことにした。こう決めて町へ足を踏み入れると、すぐさま地震で破壊された町の惨状がわかった。[111] 十五分ほど馬を進めても、廃墟また廃墟の連続で、宿屋に着くと、それがこの界隈で修復された唯一の建物で、

111　一七八三年二月と三月の大地震で町はほとんど破壊された。

二階の窓から見渡しても、無残な廃墟と化した荒涼たる地ばかりであった。この家屋のあるあたり以外、人も動物も見当たらず、夜はぞっとするほど静まりかえっている。ドアには錠もかんぬきもなく、泊り客に対しても、馬宿と似たりよったりで、ほとんど何の設備もなかった。それでも、かいがいしい御者が宿の主人をくどいて、主人が敷いていたマットレスを借りてきてくれたので、そのうえで私たちは安眠することができた。

メッシーナにて、一七八七年五月十日、木曜日

今日、あのまめな御者兼ガイドと別れた。十分なチップをあげて、彼の行き届いた仕事ぶりに報い、親愛の情をこめてお別れした。その前に彼は雇い人を世話してくれて、この男がいちばん上等な宿へ案内し、メッシーナの名所もすべて見せてくれることになった。宿の主人は一刻も早く私たちを厄介払いしたいらしく、トランクやすべての荷物を手早く、町の活気ある場所に近い快適な住居に運ぶ手伝いをしてくれた。「活気ある」といっても郊外で、それには次のような事情がある。

メッシーナをおそった未曽有（みぞう）の災難で、一万二千人の住民が死亡、残りの三万人は

住むべき家を失った。たいていの家屋は崩壊し、残りの家々も壁が崩れて、住むのには不安な状態となった。そこでメッシーナの北にある広大な草地に大急ぎでバラック街が建てられた。それがどのようなものかは、市（いち）の立つころフランクフルトのレーマーベルクやライプチヒの市場をぶらついたことのある人なら、すぐにわかるだろう。市場と同様に、店も仕事場もすべて往来に面して開かれ、商いは店外で行われることが多い。それゆえ表口（おもてぐち）を開けていないのは、ごく少数の大きな建物だけで、それも格別厳重というわけではない。住民はおもに野天で過ごす。この露店、小屋、それどころか天幕の生活は、住民の性格に決定的影響をおよぼしている。あの途方もない災難にたいする驚愕、同じような天災にたいする恐怖から、刹那の喜びに浸って空元気（からげんき）を出すようになるのだ。新たな災厄への危惧の念は四月二十一日に、つまりほぼ二十日前に新たにされた。かなり激しい地震がまたもや大地を揺るがしたのである。私たちが小さな教会を見せてもらっていると、ちょうどその瞬間、そこにぎっしり集まっていた一群の人々はこの地震を感じ、そのなかの数名は、あのときの大地震の恐怖からまだ回復していないようだった。

親切な領事に案内されて、こうしたものを視察し観察した。領事みずからすすんで私たちのためにいろいろと世話をやいてくれて、こんな焼け野が原のようなところで、他のどこよりも、そのありがたさが身にしみた。そのうえ彼は、私たちが近いうちに旅立つつもりだと聞くと、ナポリに向けて出帆するフランスの商船を紹介してくれた。白旗[112]を掲げている船なので、海賊にたいして安全で、二重にありがたかった。

この心根の優しい案内人に「一階建てでも、かなり大きな小屋の内部、設備や仮住居の様子を見たいですね」という希望を伝えていた、ちょうどそのとき、ある親切な男が私たちの仲間に加わってきた。すぐに彼はフランス語が堪能だとわかった。領事は散歩が終わると、かくかくの家を見たいという私たちの希望をこの男に打ち明け、彼の家に案内して家族の者にも引き合わせるように頼んでくれた。

私たちは板囲いで板ぶき屋根の小屋に入ったが、猛獣やそのほか珍奇なものを木戸銭をとって見せる、歳の市の見せ物小屋そっくりという印象を受けた。壁も天井も木組みがむき出しで、緑のカーテンで仕切った前方の部屋は、床板が張られておらず、納屋の脱穀場のように見えた。椅子とテーブルはあるものの、それ以外の家具類は何ひとつ見当たらない。明かりは、上方の天井板に偶然できた隙間からさし込む光だけである。しばらく話し合い、私が緑のカーテンとその上方に見えている内部の屋根の木組みを眺めていたら、とつぜんカーテンのあちらとこちらから、黒い瞳と黒い縮れ毛のまことに愛らしい少女の小さな頭が二つ、ものめずらしげにのぞいている。しかし見られたと気づくやいなや、稲妻のように素早く姿を消した。けれども領事が出てくるように頼むと、着替えに必要なだけの時間をおいてから、着飾った可愛い恰好でふたたびあらわれた。色鮮やかな衣装で、緑の壁掛けの前に立つと、いっそう可憐さが際立つ。少女たちの質問から察すると、私たちを別世界のおとぎ話の人だと思っているらしく、その無邪気な勘違いは、私たちの返事を聞いてますます強まったに相違ない。私たちのおとぎ話めいた出現を、領事が明るい口調で尾ひれをつけて話して聞かせ、たいそう楽しく談笑し、別れるのがつらかった。戸外へ出てようやく、奥の部屋を見ずじまいで、少女たちに気をとられて、家の構造を見忘れたことに気づいた。

112 フランス人は海賊行為をはたらくバーバリ人と和をむすんでいた。一七八七年四月二十六日付け、五四九頁参照。

メッシーナにて、一七八七年五月十日、木曜日

領事は「とりわけ絶対に必要というわけではありませんが、総督を表敬訪問すると、なにかと都合がよいでしょう。総督は一癖ある老人で、そのときの気分や先入観で辛くあたることもあれば、力を貸してくれることもあります。外国の重要人物を紹介すると、私の職務からいっても具合がよく、当地に着いたばかりの方は、なんらかの形で総督の力を必要としないともかぎりません」と言う。そこで友人のためにも、私は一緒に出かけていった。

控えの間に入ると、中ですごいわめき声が聞こえてきた。小使が道化役者（プルチネッラ）の身ぶりで「厄日です！　いまはあぶないですよ！」と領事の耳にささやいた。

それでもかまわず中に入っていくと、たいそう高齢の総督がこちらに背を向けて、窓ぎわのテーブルに座っていた。彼の前には、黄色く変色した古い書類がうず高く積まれ、その中から彼は何も書かれていない紙片を悠々（ゆうゆう）と切り取っていて、そこから彼の倹約家ぶりがうかがえた。この長閑（のどか）な仕事をしながら、総督は端正な男をひどく怒鳴りつけていた。この男は、服装からするとマルタ騎士団と関係があるらしく、たいへん冷静に精確に自分の立場を弁明していたのだが、総督はほとんど弁解の余地を与

えなかった。男は叱責され怒鳴られながらも、落ち着いて嫌疑を晴らそうとしていた。どうやら総督は、この男が正当な権限なく、何度もこの国を出入りしたということに対して嫌疑をかけているらしい。いっぽう男は、旅券やナポリでの知人関係を引き合いに出していた。しかしそれは何の役にも立たず、総督は古い書類を切り取り、何も書いていない紙片を念入りにより分けては、ずっと怒鳴りつづけていた。

　私たち二人のほかに、なお十二名ほどが遠巻きにして立っていた。このいわば野獣の闘いの目撃者たちは、私たちが戸口に立っているのを見て、この怒っている老人がひょっとして撞木杖（しゅもく）を振り上げて、むちゃくちゃに打ちかかるようなときでも、私たちの場所ならうまく逃げられると、羨（うらや）んでいるらしかった。この場面に、領事はひどくいやな顔をした。例の滑稽な小使が近くにいてくれるおかげで、私は心強かった。小使は私の後ろの敷居の外にいて、私がときおり振り向くと、私を安心させるために、「こんなことは、たいしたことではありません」とでもいうように、いろいろおどけた顔つきをしてみせた。

　この恐ろしい事件もおだやかに収拾がつき、総督は次のように言い渡した。「この侵入者を監獄にぶちこんで拘禁することもできるが、今回だけは見のがしてやろう。

決められた二、三日だけメッシーナに滞在したら、退去して、二度と戻ってはならん」

その男は泰然（たいぜん）として、顔色ひとつ変えずに暇（いとま）を告げ、集まった人々にもきちんと挨拶をし、戸口へ行くのに私たちのそばを通らねばならなかったので、私たちには特に丁寧に挨拶した。総督は、なおも後ろから怒鳴りつけようと、憤怒の形相で振り向いたが、私たちの姿をみとめると、すぐに気を静め、領事に手招きをし、私たちは彼のほうへ近づいていった。

たいへんな高齢で、頭は前かがみで、灰色のもじゃもじゃ眉毛の下のくぼんだ黒い目がこちらを見ていた。直前とは打って変わって別人のようで、私をそばに座らせ、先ほどの作業をずっと続けながら、いろいろなことを尋ね、私はそれにひとつひとつ返答した。最後に彼は「あなたが当地滞在中、食事にお招きしましょう」とつけ加えた。領事は私と同様に満足そうで、いや、私たちが逃れた危険を熟知しているので、私よりももっと満足して、飛ぶように階段を下りていった。このライオンの洞窟にまた近づく気など、私にはさらさらなかった。

メッシーナにて、一七八七年五月十一日、金曜日

きわめて明るい日光のもとで快適な宿で目をさましたが、この身は依然として不運な町メッシーナにある。格別に不愉快なのは、いわゆるパラッツァータの光景で、堂々たる宮殿が三日月形に並び[113]、歩くとおそらく十五分くらいかかる長さで波止場を取り囲み、それが波止場の目印となっている。全部石造りの四階建てで、そのなかの幾つかは前面が軒蛇腹にいたるまで完全に残っているが、ほかのは三階二階一階までも倒壊してしまい、昔日の豪壮な家並みは、櫛の歯が欠けたような無残な姿だった。それにほとんどの窓から青空がのぞいているという風で、穴だらけだ。住宅の内部もすべて崩壊している。

この奇妙な現象の原因は、金持ちがはじめた建築上の豪華設備をまねて、それほど裕福でない人たちが見た目を競い合って、大小の河漂石や多量の石灰石からこねあげて造った古い家を、切り石を築きあげて造った新しい前面の背後にかくしていた点にある。それ自体が不安定な接合物は、あの大地震で粉々に砕けて崩壊した。このよう

113　港が三日月形に湾曲している。

な大災害で奇蹟的に命びろいをした実例はいくつもあって、そのなかに次のような話がある。このような建物の住人が、あの恐ろしい瞬間にちょうど窓のところにある壁の凹部にはまり込み、彼の背後で家屋はすっかり倒壊した。こうして彼は危ういところで命びろいをし、この宙で囚われの身になった状態から救出される瞬間を心静かに待っていたという。近くに切り石が不足しているので、あのようなお粗末な建て方をしたことが、町が全滅した主な原因であり、堅牢な建物がいまもなおしっかりと立っていることから、それがわかる。立派な切り石で築き上げられたイエズス会の集会所と教会は、いまでも無傷で当初の堅牢さを保持している。ともあれ、メッシーナの光景はきわめて不快で、シカン人とシクリ人[114]がこの不穏な地を見すてて、シチリアの西海岸に町を建設した太古の時代をしのばせるものがある。

このようにして朝の時間を過ごしてから、宿で質素な食事をとるために引き返した。のんびりと私たちが食卓についていると、領事の召使が息せき切って駆け込んできて、「総督が『食事に招待したのに、姿を見せない』と言って、町じゅう、あなたを探させています。領事は『食事をすませたにせよ、まだにせよ、忘れたにせよ、意図的に定刻に遅れているにせよ、とにかく即刻いらしてください』と切に願っております」

と告げた。いまになってようやく、最初の災難をのがれた嬉しさのあまり、キュクロプス[115]の招待を失念していた信じがたい軽率さに気づいた。召使は私にためらう余地を与えず、「領事は、あの癇癪もちの専制君主が自分と国民をめちゃくちゃにしてしまうと、腹をくっています」と、きわめて切迫した、のっぴきならぬ事態であり、しかもそれは十分な根拠があることを説明した。

私は髪をくしけずり衣服を整えながら決心をかため、明るい気持ちで案内人のあとをついて行った。庇護者オデュッセウスに呼びかけ、パラス・アテナ[116]にとりなしてくれるように懇願しながら。

ライオンの洞窟に着くと、例の陽気な小使に大きな食堂に案内され、そこには四十名ほどが物音ひとつたてずに楕円形の食卓に座っていた。総督の右側の席があいてい

114 シカン人はシチリアの先住民。シクリ人は新たにシチリアに移住したイタリア人。
115 キュクロプスについては一七八七年四月三十日付け、五六九頁、注94参照。
116 アテナは知恵・学術・戦争の女神で別名パラス。アテナ女神の庇護をうけ、知略にたけたオデュッセウスは、キュクロプスのような恐るべき怪物や数々の恐ろしい試練を切り抜けていく。ここでゲーテはオデュッセウスの旅に自分の体験を重ねている。

て、小使はそこに私を導いた。

　私は主人と客にお辞儀をしてから、彼の隣席に腰をおろし、「町が広く、当地での時間の数え方にも慣れておらず、すでに何度もしている間違いを今日もしでかしてしまいました」と言って、遅刻を詫びた。彼は燃えるような目つきをして、「外国へ行ったら、そのつどその国の習慣をよく知って、それに従うようにしなさい」と答えた。私は、

「それは常々努めておりますが、事情のわからない新しい土地へ来ると、初めの数日はどんなに気をつけても、いつも何やら失態をさらします。旅の疲れもあり、いろいろな事情のために、心ここに有らずの状態になってしまったのです。どうにか過ごせそうな宿を見つけたり、これから先の旅行を案じたりするなど、いろいろ弁解の理由をお認め頂けるなら、今回のことも大目にみて頂けるかと存じます」と返答した。

　すると総督は「どのくらい滞在するつもりかね」と尋ねた。そこで「かなり長く滞在し、総督の命令と指図に忠実にしたがい、ご厚意に感謝の意を表することができればと思っております」と答えた。しばらくしてから彼は、「メッシーナでは何を見たかね」と尋ねた。今朝見たことを、二、三の感想を添えて聞かせ、「いちばん感服し

たのは、この破壊された町の街路が清潔に整頓されていたことです」と付け加えた。事実、すべての通りの残骸は片付けられ、がらくたは崩れた城壁のなかに投げ込まれ、石は家々に沿って並べられ、したがって通りの真ん中は空いていて、商売にも往来にも差し障りがなかったことは感嘆に値した。その際に私は「メッシーナの住民は、これらのことはすべて総督の配慮のおかげだと感謝しております」と確言し、真実をもってこの誉れ高き男を喜ばせることができた。「住民が認めているのか」と彼はつぶやくように言った。「前はみんなのためだと思ってやると、過酷だといって不平を鳴らしたものだが」私は「政府の賢明な意図や高遠な目的というのは、後になってはじめて理解され評価されるものです」と語り、他にもそういう話をした。「イエズス会の教会[117]は見たかね」と問うので、「まだです」と答えると、「案内させよう。付属物もすべて見られるように計らおう」と約束してくれた。

以上の会話はほとんど途切れる間もなくつづいたが、そのあいだに他の人々を見る

117 サン・グレゴリオ教会。アンドレア・カラメック（一五二四～八九）の建築で一五八八年に完成した。

と、みな黙りこくっていて、食物を口へ運ぶのに必要な以上には身動きしなかった。食事が終わり、コーヒーが出ると、かれらは壁沿いに蠟人形のように立った。私は案内してくれることになった家庭僧に歩み寄り、「宜しくお願いいたします」と挨拶すると、彼は脇へ退きながら「総督閣下のご命令は片時も忘れません」と慎ましやかに言った。それから私は隣りに立っている若い外国人に話しかけた。彼はフランス人で、どうも居心地が悪そうで、一同と同じく黙り込み、体を固くしていた。一同の顔ぶれのなかには、昨日マルタの騎士が怒鳴られているのを気づかわしげに見ていた人が何名もいた。

総督は去り、しばらくすると僧が「もう行くお時間です」と言う。私は彼のあとにしたがい、他の人々は音もたてずに静かに姿を消した。僧はイエズス会の教会の正面入り口へ案内してくれた。この玄関は、この会の創始者たちの時代から伝わる有名な建築法にしたがい、きらびやかに、じつに堂々とそびえ立っている。管理人がさっそくやってきて招き入れようとしたが、僧は「総督をお待ちしなければ」と言って私を引きとめた。総督がまもなく馬車で乗りつけ、教会からほど遠からぬ広場に車をとめて手招きするので、私たち三名は馬車の扉のすぐ近くに集まった。総督は管理人に、

「教会を隅々までお見せするばかりでなく、祭壇や他の寄進物の由来も詳しく話してあげなさい。さらに聖具室もあけて、その中にある目ぼしいものはすべて見せてあげなさい。私が尊敬しているこの方が、お国でメッシーナのことを褒めたたえるようにするのだぞ」と命じ、さらに私のほうを向いて、その顔にできるかぎりの笑みを浮かべながら「いいですかな。当地におられるあいだは、食事には時間通りにくることを忘れてはなりませんぞ。いつでも歓迎しましょう」と言った。私がそれにたいして恭(うやうや)しく挨拶をするいとまもなく、馬車は走り去った。

　この瞬間から僧も晴れやかな顔つきになり、私たちは教会のなかへ入って行った。城代が——ここは礼拝のない魔宮なので、こう呼んでもよいだろう——きびしく命じられた義務を果たそうとしていると、領事とクニープががらんとした内陣に駆けこんできて、私を抱き、すでに拘禁されたと思い込んでいた私に再会できた喜びを熱烈にあらわした。かれらがひどく気をもんでいるところへ、おそらく領事からたっぷり手当をもらっている例の機敏な小使が、この事件のめでたい結末を面白おかしく語ったので、二人ともほっと胸をなでおろし、総督が私に教会を見せたがっていると聞くと、すぐさま私を探しに来たのである。

そうこうするうちに私たちは本祭壇の前に立ち、貴重な品々の説明を聞いた。金メッキの青銅の棒でいわば溝をつけたラピスラズリの円柱、フィレンツェ流にはめ込まれた柱形（はしらがた）パネル。見事なシチリア産の瑪瑙（めのう）をふんだんにあしらい、青銅と金メッキを反復的に用いて全体に繋がりをもたせている。

クニープと領事がこの事件でどんなに困惑したかを語り、案内者は案内者で保存状態のよいお宝の説明をし、双方がそれぞれ自分にとって大事なことを夢中で語るさまは、すばらしい対位法のフーガを聞く思いだった。おかげで首尾よく難をのがれたありがた味がますと同時に、私がこれまで苦労して研究してきたシチリアの山の産物が建築にも用いられているのを見るという、二重の喜びを味わった。

　この豪華な建築を構成している個々の部分を詳しく調べると、あの円柱のいわゆるラピスラズリは、じつは《Calcara》[118]にすぎないことがわかった。とはいえ、見たこともないほど美しい色合いで、結合の具合も見事なものである。やはりこの円柱にはなおも敬服せざるをえない。なぜなら、これほど美しく、しかも同じ色合いの石を選び出すには、途方もなく大量の材料が必要だし、それを切って磨いて仕上げるには莫大な労力を要するからである。しかし、あのイエズス会の長老たちに、克服できないものなどあったろうか？

　そのあいだも領事は、私の運命が危うかったことを述べたてるのをやめなかった。

「あなたが最初に部屋に足を踏み入れたとき、マルタ騎士団めいた男に怒りを爆発させているのを目撃されてしまい、これは総督自身にとって具合の悪いことでした。だから、ことさらあなたに敬意を表する決心をし、計画を立てたのに、あなたが食事に遅刻したので、その計画は当初で頓挫（とんざ）し、長く待ってやっと食卓に着いたものの、暴君はいらいらと不快感を隠せませんでした。そういうわけで居合わせた人々は、あなたが来たとき、あるいは食後に、ひと騒動起こるだろうと案じておりました」

　その間にも聖具室係は発言の機会をねらっては言葉をついで、秘密の部屋を開いて見せてくれた。見事に均整のとれた造りの部屋は優雅に、いや豪華に飾られていた。中には持ち運びできる祭物が幾つも残っていたが、形態も装飾も部屋全体にふさわしいものであった。貴金属類はひとつもなく、古いものでも新しいものでも真の芸術品といえるものはほとんどなかった。

118　四九三頁、注31参照。

僧侶と聖具室係はイタリア語で、クニープと領事はドイツ語で、歌うように喋りつづけ、この二ヵ国語のフーガが終わりに近づいたとき、食事の際に見かけた士官が仲間に加わった。彼は総督の部下であった。またもや多少気がかりなことが起こるかもしれない。特に士官が私に「港へご案内しましょう。外国人はふつう近づけないような所へお連れしましょう」と申し出たからである。友人たちは互いに顔を見合わせたが、私はお構いなしに士官と二人だけで行くことにした。二、三、どうでもよい話を交わした後、彼を信頼して話しかけ、

「あの食卓に無言ですわっていた数名の方が、『あなたのまわりにいるのは赤の他人ではなく、味方、いやきょうだいのような友だちですから、何も心配することはありませんよ』と親しげな合図を送って下さったのに、十分気づいていました」と打ち明け、「感謝申し上げます。他の皆様にもこの感謝の意をお伝えください」と言った。

それに対して士官は、

「私たちは総督の気質をよくのみ込んでいるので、それだけに何も怖れることはないとあなたを安心させようとしたのです。マルタ人に示したような爆発はごく稀で、とりもなおさず、あのようなことがあると、あの威厳ある老人は自責の念にかられ、長

く自重し、しばらくは義務を心おきなく確実に果たします。でもついに思いがけない事件に出くわすと、またかっとなって短気を起こすのです」と答えた。この実直な友はさらに付け加えて、

「私や親しい仲間にとって、あなたと親密に結ばれることほど願わしいことはなく、そのためにもご自分のことをもっと詳しくお話しして頂けないでしょうか。今夜はその絶好の機会になるかと存じます」と言った。私は酔狂さをお許し頂きたいと頼み、丁重にこの要求をかわした。

「つまり、旅のあいだは単にひとりの人間として見られたいのです。そうした者として信頼と共感を呼び起こすことができれば、嬉しく、また願ってもないことです。さまざまな理由から、それ以外の関係に立ち入るわけにはいかないのですよ」と言った。

彼を説得しようと思ったわけではない。私の本当の理由など明かすわけにはいかないのだから。しかし物事をよく考える男たちが専制的な政府の下で立派に健気(けなげ)に団結し、自分や外国人の身をまもっているのは、実に注目すべきことのように思われた。

私は他のドイツの旅行者にたいするかれらの態度も十分に知っている旨を隠さなかったし、かれらが達成しようとしている賞賛すべき目的についても詳述したので、彼は、

私が親愛の情をみせながらも強情なのにますます驚いた。彼はなんとかして私をお忍びの状態から引っ張り出そうとあらゆる手段を講じたが、成功しなかった。ひとつには、私はやっと危険から逃れたのに、またもや行き当たりばったりで別な危険へおもむくわけにはいかなかったし、またひとつには、この島の実直な人々の考え方と私のそれとはたいへん相違があるので、これ以上お近づきになったところで、かれらを喜ばせることも元気づけることもできないと十分にわきまえていたからである。

その代わり晩には、あの世話好きで活動的な領事と二、三時間過ごし、彼はあのマルタ人の事件をつぎのように解説した。

「たしかにあの男は本物の山師ではありませんが、せわしなく居場所を変えています。総督は名門の出で、真面目で有能なので尊敬され、すぐれた業績ゆえに重んじられていますが、とてつもなくわがままで、おさえのきかぬ癇癪（かんしゃく）持ちで、おそろしく頑固だという評判です。高齢で専制君主なので邪推深く、宮廷に敵がいると信じて疑わないというよりも気がかりで、あのようにふらふら出入りする人物がいると、必ずやスパイと見なして忌み嫌うのですよ。今回の件ですが、かなりの間をおいて、総督がまた怒りを爆発させて鬱憤（うっぷん）を晴らさねばならない頃合いでしたから、あの赤い服の男性は『飛んで火に入る夏の虫』だったというわけです」

メッシーナおよび海上にて、一七八七年五月十二日、土曜日

私とクニープは同じ気持ちで目をさました。つまり、メッシーナの荒廃した光景を初めて見たとき、耐えられずにフランスの商船に乗って帰ろうと決めたことを腹立たしく思っていた。今となっては、総督との事件も首尾よく片づいたし、実直な男たちとの関係も私がもう少し詳しく素性を打ち明ければよいのだし、田舎の快適なところに住んでいる知り合いの銀行家を訪問したときの感じからも、もっと長くメッシーナに逗留していれば、面白いことが望めるかもしれない。二、三人の可愛い子供とすっかり仲良しになったクニープは、いつもなら邪魔になる向かい風がもっと長引いてくれることしか願っていなかった。そうはいってもやはり私たちが置かれている状況は快適とはいえず、荷物をすべてまとめ、いつでも出発できるように用意しておいた。

かくして正午には出帆の知らせがあったので、私たちは急いで船に乗りこんだ。岸に集まった群衆のなかに例の親切な領事の顔も見えたので、礼を言って別れを告げた。黄色い服を着た小使[119]も、祝儀にありつこうと人波を押し分けてやってきた。そこで祝

儀をにぎらせ、主人に私たちが出発したことを伝え、食事に同席できないことを詫びてくれるように頼んだ。

「去る者は追わずですよ！」と彼は叫び、奇妙な跳び方で回れ右をしたかと思うと、姿を消した。

船の内部はナポリの三本マスト帆船（コルベット）とは様子がちがっていた。岸から離れるにつれて弧を描くように見える宮殿[120]や城塞や、町の後ろにそびえる山々のすばらしい眺めに心を奪われた。別の側にはカラブリアが見えた。南北につらなる海峡が広々と眺め渡され、その両側には美しい岸辺が長々と延びている。次から次へと移り変わるこの景色に見とれていると、「左手のかなり遠くの渦がカリュブディス、右手のやや近くの岸から突出した岩がスキュラです」と教えられた。「この二つの名所は、自然ではこれほど離れているのに、詩人の筆にかかると、たいそう接近したものになっていますね[121]」と詩人の虚構に不平を鳴らす人がいるが、それは、あらゆる人間の想像力は、対象を顕著なものとして表象しようとするときには、水平的な広がりよりも垂直的な高さをイメージし、それによって、さらに独特の趣（おもむき）のある、厳粛で威厳に満ちたものになることを考慮していないせいである。「物語で知った対象を、現実の世界で知ると、とうてい満足できない」とこぼすのを何千回も耳にしてきたが、その理由もやはり同じである。想像と現実との関係は、詩（ポエジー）と散文（プローザ）との関係と同じであり、前者は対象を強大かつ峻厳（しゅんげん）なものとして考え、後者はいつも平面的に広げてゆく。十六世紀の風景画家を今日の風景画家と比較すれば、これがはっきりとわかるだろう。ヨドクス・モンペル[122]の絵をクニープのスケッチと並べれば、その対比が明らかになるだろう。クニープが写生しようと準備していた海岸の景色が、十分に魅力的なものではなかったので、私たちは以上のような会話を交わした。

119　舞台で道化役は派手な目立つ衣装を着ており、ゲーテはこの人物を道化役プルチネッラとして描き出している。一七八七年五月十日付け、十一日付け、五九八頁および六〇七頁参照。

120　港が三日月形をしているので、岸から離れるにつれて岸沿いに建造物が弧を描くように見える。

121　カリュブディスは渦で、スキュラは岩礁。『オデュッセイア』第十二歌では、カリュブディスとスキュレー（スキュラ）は「矢がとどくほど」の至近距離にあることになっている。

122　ヨース・デ・モンペル（一五六四―一六三五）。ヨドクスはヨースのラテン語読み。フランドル派の風景画家。

私はまたしても船酔いの不快感におそわれた。ところがこの船では往航のときのように、ひとり別室で不快な気分を和らげるわけにいかなかった。もっとも船室は数人がじゅうぶん入れる広さで、上等のマットレスもあった。今度もまた水平の姿勢をえらんで横になっていると、クニープが赤ワインと上等なパンをもってきて、至れり尽くせりの世話をしてくれた。こんな状態ではシチリアの旅全体が心地よい印象になるわけがない。そもそもシチリアで見たものは、自然の暴威にさらされ、時の悪意に翻弄され、人間同士は敵対し分裂し憤怒の感情をぶつけ合い、それらから、わが身を守ろうとする人類のむなしい努力ばかりであった。カルタゴ人、ギリシア人、ローマ人、その後の多くの民族は、建設してはまた破壊した。セリヌス[123]は計画的に破壊されている。ジルジェンティの神殿を廃墟とするには、二千年の歳月をもってしても十分ではなかったが、カターニアとメッシーナは、数瞬間とはいわぬまでも、数時間で滅びてしまったのだ。全身くまなく波浪に揺さぶられ、こんな本当に船酔いじみた考察をしたが、それに支配されたわけではなかった。

海上にて、一七八七年五月十三日、日曜日

こんどは少し早めにナポリに着くだろう、この前よりは早く船酔いが回復するだろうと期待したが、そうはいかなかった。クニープに励まされて、甲板に出てみようといろいろ試みたが、千変万化の美しい景色を楽しむことはできず、船酔いを忘れさせる出来事がいくつかあったにすぎない。空は一面、白っぽい靄（もや）で蔽われ、そのかげから姿の定かならぬ太陽が海面を照らしているため、海はたとえようもなく美しい空色である。イルカの一群が船について来て、泳いだり跳ねたりしながら、船と常に同じ間隔を保っていた。イルカたちは、海の深部や遠方からは浮遊する黒い点のように見える船を、獲物か美味しい食べ物とみなしているように思われた。しかし船の人々は、かれらを同伴者ではなく敵として扱った。一頭に銛（もり）が命中したが、船へ釣り上げられはしなかった。

風はあいかわらず順風ではなく、船はいろいろ方向を変えながら、なんとか切り抜

---

123 シチリア島南西部にあった古代ギリシアの植民都市。現在はセリヌンテと呼ばれている。紀元前四〇九年と紀元前二五〇年頃、二度にわたってカルタゴの攻撃をうけ、廃墟になった。

けるだけだった。これにたいするいらだちが高じて、旅慣れた数名の船客が「船長も舵取りもその仕事を心得ておらず、船長はまるで商人（あきんど）だし、舵取りは水夫並みだ。これほど多くの人命と荷物をあずかる資格などありはしない」と言い出した。

私は、とにかく根は正直な人たちに、その憂慮を口外しないように頼んだ。船客の数は多く、さまざまな年齢の女子供も混じっていた。なにしろ皆、白旗は海賊にたいして安全だということで、その他のことは何も考えずにこのフランス船に押し寄せてきたのである。私は「これまで皆、白色の紋章なき麻布の旗のおかげで無事だと信じていたのに、この船も信用できないとなれば、だれもが極度の不安状態に陥りますよ」と説明した。

じじつ空と海のあいだで、この白い布きれは霊験あらたかな護符として、特筆すべき働きをする。あたかも旅立つ者とあとに残される者とが、白いハンカチを振って挨拶を交わし、それで互いに別離の友愛というふだんは感じないような感情をよびおこすように、この簡素な旗の由来は神聖なものであり、ちょうどハンカチを棒に結びつけて、友が海を渡って行くことを全世界に告げるようなものだ。

船長は「食事は支払いをしてお召し上がりください」と要求していたので気を悪く

したかもしれないが、私は持参のパンとワインで元気づけ、どうにか甲板に座り、四方山話（よもやまばなし）に加わることができた。クニープは、あの三本マスト帆船（コルベット）ではすばらしい御馳走を得々として食べて私を羨ましがらせたものだが、今回は「食欲がないのは勿怪（もっけ）の幸いです」と言って私の気分を引き立てた。

一七八七年五月十四日、月曜日

船は望みどおりにはナポリの湾に入れないまま、午後の時間が過ぎていった。むしろ船はたえず西方に押しやられ、カプリ島の近くに来ているのに、ますますミネルヴァ岬から遠ざかってゆく。皆は不機嫌でいらいらしていたが、世界を画家の目で観察していた私とクニープの二人はおおいに満足した。というのも、日没のころ、この旅でもっともすばらしい景色を楽しむことができたからである。眼前のミネルヴァ岬は隣接する山々とともに、華やかな美しい色に染まり、南方へ延びる岩はすでに青味がかった色調をおびていた。岬からソレントまで連なる海岸はすべて夕陽に輝いていた。ヴェスヴィオ山が見えてきた。山の上に巨大な水蒸気の雲がもりあがり、そこから一条の長い煙が東方へたなびいているので、このうえなく強烈な爆発があったことを推測できた。左手にはカプリ島が険しくそびえ立ち、透明な青みがかった靄を通して、岩壁のフォルムを完全に識別できた。雲ひとつない晴れ渡った空の下に、静かな海が波もなく輝き、風はそよとも吹かず、眼前の海は澄んだ池のようであった。恍惚としてこの光景に眺めいった。クニープは「いかなる色彩の技巧を駆使しても、この調和を再現するのに十分ではありません。いかに熟練した名手が極上のイギリス製の鉛筆を用いても、この線を模写することはできません」と嘆いた。これにたいして私は、この才能ある芸術家が感受できたものよりもずっと見劣りする記念であっても、将来はきわめて貴重なものになると確信していたから、「手と目を究極まで働かせてごらん」と激励した。彼は私の言をいれて、きわめて精確なスケッチを描き、あとでその一枚に彩色し、とうていむりと思われたものでも絵画としてなら描出できるという実例を残した。夕方から夜へと移り行くさまを、私たちの目は貪るように追っていった。いまカプリ島は眼前に黒い姿で横たわり、驚いたことに、ヴェスヴィオ山の雲も、たなびく条雲も、長く延びれば延びるほど、いっそう燃え立った。ついにはこの景色を背景に、大気のかなり大きな一帯が明るく照らし出され、はては稲妻のような閃光が発せられた。

この歓迎すべき光景に心奪われて、一大災難が迫っていることに気づかなかった。しかし、ほどなく私たちにも船客たちの動揺が伝わってきた。私たちよりも海の事情に明るい船客たちは、船長と舵取りをきびしく非難し、「不手際から海峡に入りそこねたばかりでなく、この二人は自分たちに委ねられた人命、積み荷、その他あらゆるものを滅亡の危険にさらしている」という。風がまったく凪いでいるのに、どこに危険があるのか、腑に落ちなかったので、こうした不安の原因を尋ねた。ところがこの無風状態こそ心配の種だという。

「船はすでに、あの島の周囲をめぐっている潮の流れに乗ってしまい、奇妙な波のうねりによって、ゆっくりとですが、いやおうなしにあの切り立った岩のほうへ流されているのです。あの岩にはわずかな足場になりそうな突出部もなければ、避難すべき入り江もないのですよ」

私たちはこの話を聞いて緊張し、運命を考え、恐ろしくなった。夜陰ゆえに暮りくる危険ははっきり見えないけれども、船は大きく、あるいは小刻みに揺れながら、眼前に黒々とそそり立つ岩にますます近づいてゆく。いっぽう、海面にはなおも微かな残照がひろがっていた。風はそよとも吹かず、人々はハンカチや軽いリボンを高く空中にさしあげたが、待望の風が吹く気配はまったくない。皆はますます声高に騒ぎ出した。女たちは子供たちと一緒に甲板で、跪いて祈るどころか、動くにも場所がないので、ただ押し合って並んでいた。男たちはまだしも救助の方法など考えあぐねていたのに対し、女たちは激しく船長を罵り騒ぎ立てた。いまや旅行中、口に出さずに腹にためていた、あらゆる不平不満が船長に向かってぶちまけられた。

「船賃は高いのに、船内は劣悪だし、食事もお粗末。船長は不親切とまではいわないが、あの黙りこくった態度はなんだ」等々。船長はこれまで誰にも自分の行動について釈明したことはなく、現に昨晩も自分の操縦について頑強に沈黙していた。すると、「船長も舵取りもどこの馬の骨だかわからない輩(やから)で、航海術の知識など持ち合わせておらず、ただ娑婆気(しゃばけ)を起こしてこの船を手に入れたが、無能と不手際のためにいまや自分たちに委ねられた人々を皆殺しにしようとしている」と罵られた。それでも船長は沈黙し、依然として救助の方策を考えているように見えた。

いっぽう、私は若いころから、死そのものよりも無秩序がもっと厭だったのでこれ以上黙っていることができなくなった。私はかれらの前に進み出て、マルチェージネの烏合の衆[124]にたいするのとほぼ同じくらい平静な気持ちで説いて聞かせた。

「この期に及んで皆さんが大声で騒ぐと、唯一の望みの綱である船長たちの耳や頭を混乱させ、そのためにかれらは考えることも、互いに相談し合うこともできなくなりますよ」と説明し、「皆さんとしては」と大声で言った。

「めいめいが自分自身に立ちかえり、聖母マリア様に切なる祈りを捧げなさい。昔ティベリアス湖[125]が荒れて船が大波にもまれたとき、主イエスは眠っておられたが、望みを失い途方にくれた人々が主を起こすと、主は風に静まれ！とお命じになったことがあります。これと同じように、主の御心に適うなら、いま風が吹くようにお命じになるかもしれません。主がこのとき使徒たちのためになさったことを、あなた方のためにして下さるかどうかは、ひとえに聖母マリア様が主イエスにとりなして下さるかどうかにかかっています」

この言葉はこのうえない効果をおさめた。以前、私と道徳や宗教の問題を話し合っ

124　一七八六年九月十四日付け、五五頁参照。

125　ガリラヤ湖とも呼ばれ、イエス・キリストゆかりの場所。『ヨハネによる福音書』第二十一章によると、キリストはここで三度目の復活をし、使徒たちの前にあらわれた。

たことのある婦人が叫んだ。

「バルラメ様[126]、バルラメ様に祝福あれ！」

女性たちはすでに跪（ひざまず）いていたが、並々ならぬ情熱をこめて連禱をはじめた。船員たちは少なくとも目につく救助作業を試みていたので、彼女たちもそれだけいっそう安んじて祈り続けることができた。船員はボートをおろして、むろんそれは六名から八名しか乗せることができなかったが、それを長い綱で本船に結びつけ、水夫たちは櫂（かい）をこいで本船を曳（ひ）こうと懸命につとめた。一瞬、船は潮流のなかで動いたかと思われ、潮流の外へまもなく出られそうな希望がみえた。ところがこの努力がかえって潮流の反動を増したのか、あるいは何かそうした事情があったのか、とつぜん長い綱に曳かれたボートと乗組員たちは、ちょうど御者が鞭を一振りしたときのようなアーチを描いて、船のほうへ投げ返された。この希望も水泡に帰した！――祈禱と泣き声が入り乱れた。

先刻から向こうの岩の上で山羊番たちがたき火をしているのが見えたが、おりもあろうに、その山羊番たちが「下のところで船が乗り上げるぞ！」と叫ぶと、事態はますます恐ろしさを増した。山羊番たちは互いにわけのわからぬ言葉でわめきあっていたが、その言葉のわかる数名の船客によると、「明朝はかなり獲物がとれるぞ」とほくほくしているという。乗組員が大きな竿を手にして、いよいよという場合には竿が折れて一巻の終わりになるまで突っ張って、船の衝突を防ごうとしているのを見ると、船は本当はそれほど岩に近づいているわけではあるまいという一縷の望みすら、残念ながらたちまち消え失せた。船の揺れはますます激しくなり、寄せ波も数を増すように思われた。

この騒ぎで船酔いがまたぶり返したので、私はやむなく船室へ下りようと決心した。半ば昏睡したようにマットレスに横たわり、ある種の心地よさ――ティベリアス湖に由来するらしい――に浸った。というのも、メーリアンの銅版画入りの聖書[127]の絵がまざまざと眼前に浮かんだからである。人間は自分自身に立ちかえるしかないとき、感

126　おそらくインドの王子ヨザファートを改宗させた聖バルラムのことであろう。中世の宗教小説にも登場し、彼の人物像は生き生きと伝えられていた。

127　マテウス・メーリアン（一五九三～一六五〇）が二百二十三点の銅版画をつけたルター訳の聖書は一六二七年に刊行されていた。『詩と真実』によると、ゲーテはこの聖書を読んで大きくなった。

覚的道徳的に感銘をうけたものが常に、最も強くその力を発揮するものなのだ。どのくらい半醒半睡状態にあったのかははっきりしないが、頭上でひどく騒がしい物音がして目が覚めた。大きな綱を甲板であちこち引っ張っているのがはっきり聞き取れ、帆が使えるらしいという希望がわいた。しばらくするとクニープが駆け下りてきて、「助かりましたよ。微風が出てきて、この機をのがさず帆をあげようということになったので、僕も手伝ってきました。岩からは明らかに離れつつあるし、まだ完全には潮流から抜け出していませんが、なんとか乗り切れそうです」と知らせてくれた。甲板は静かだった。それから船客が数名おりてきて、「うまくいきました」と告げ、かれらも横になった。

航海の四日目の朝、目を覚ますと、気分は爽快で元気も出てきた。往航のときも、ちょうどこの時分に回復したので、私は長い航海でもおそらく三日間苦しめば、それで年貢(ねんぐ)をおさめたことになるのだろう。

甲板から見渡すと、めでたくもカプリ島はかなり遠くの側方にあり、船は湾に入れそうな方向に進んでおり、はたしてほどなく湾内に入っていった。あの辛くも持ちこたえた夜の後、嬉しいことがあった――前の晩にうっとりと眺めた同じ景色を、反対の光線のなかで嘆賞したのである。やがてあの危険な岩の島も後にした。昨日は遠方から湾の右側の景色を嘆賞したのだが、今や砦と町はちょうど前方にあり、左手にはポジリポと、プローチダやイスキアまで延びている岬が見える。船客はみな甲板に集まった。いちばん先頭には、自分の生まれた東洋(オリエント)の自慢ばかりしていたギリシアの僧侶がいた。恍惚として美しい祖国に眺めいっていたイタリア人たちに「ナポリとコンスタンチノープルを比べてみて、いかがですか」と尋ねられると、彼は「こちらもすばらしい都ですね！」と荘重な口調で答えた。

日中のいちばん賑やかなとき、よくも悪くも人々が群がり騒ぐときに港に着いた。トランクやその他の荷物が陸あげされて波止場につくやいなや、たちまち二人のポーターがそれを占領して、私たちが「宿はモリコーニ」[128]と口に出すか出さぬうちに、分捕り品か何かのように、この荷物をもって走って行った。そこで私たちも人通りの多い往来に出てそのあとを追ったが、広場が混雑していて、ついに見失ってしまった。しかしクニープはスケッチの入った折りかばんを小脇に抱えていたので、もしあの

128　ナポリで最初に宿泊した宿。一七八七年二月二十六日付け、三六六頁参照。

ポーターがナポリの貧民よりも信用がおけず、波浪に呑まれずにすんだ荷物をかすめ取ったとしても、少なくともスケッチだけは無事ということになるだろう。

ナポリ

ヘルダーに宛てて

ナポリにて、一七八七年五月十七日

親愛なる諸君、いたって元気でふたたび当地に戻った。シチリアの旅は簡単に手早くすませた。帰国したら、私がいかに見てきたのか、評価は君たちにおまかせしたい。これまで諸々の対象に粘り強く取り組んできたことで、いわば何でも初見で巧みに演奏できるような信じがたい熟練の技を身につけた。シチリアに関する偉大で美しく比類なき考えを、かくも鮮明に、そっくりそのまま純粋に心に抱けるのは幸せだと思う。昨日ペストゥムへ行ってきたので、これで南方における憧れの対象は残らず見たことになる。海と島で喜びと苦しみを堪能して帰っていく。詳細は帰国の日まで保留させてほしい。それにこのナポリの地は瞑想に向いていない。この地については、最初の手紙よりももっと上手に描き出すことができるだろう。人力のおよばぬ支障でもないかぎり、六月一日にローマへ旅立ち、七月初旬にローマをも去ろうと考えている。君たちになるべく早く再会したいし、その喜びの日が待ち遠しい。おびただしい荷物なので、落ち着いて整理しなければならない。

拙作に対する厚意と心遣いに[1]、心から感謝申し上げたい。もっと優れたものを書いて君にも喜んでほしいと常に願っている。君がどこで、どういう対応をしようが、喜んで受け入れるつもりだ。私たち二人の考えは、一致こそしていないが、きわめて接近しており、主要な点ではこのうえなく近い。君は最近、君自身の内部から多くを汲み取ったことだろうが、私もまた多くを学びとったので、有益な交換になるだろう。

むろん君が言う通り、私は現に目の前にあるものにひどくかかずらっている。世界を見れば見るほど、人類はいつの日か、賢明で利口で幸福なひとつの集団になるかもしれないなどという望みは薄くなるいっぽうだ。百万もの世界のなかには、このような美点を誇れる世界がひとつくらいあるかもしれないが、ドイツの状態をみると、シチリアと同じくらい、望みは薄い。

同封の紙片に[2]、サレルノの道中やペストゥム自体について少し記しておく。それはいま完全な姿で北方へ持ちかえる最新の、そして言うなれば、最もすぐれたアイデアである。事実、中央の神殿は私の意見では、シチリアで目にするどんなものよりもすぐれている。[3]

ホメロスに関しては目から鱗（うろこ）が落ちたような気がする。描写も比喩もいかにも詩的に思われ、言いようもなく自然で、しかも驚くほど純粋かつ誠実に描き出されている。きわめて奇妙な虚構の出来事でさえ、その描かれた対象の近くにいくと、これまで感じたことがないほど自然である。私の考えを要約すると、ホメロスのような古代の詩人たちは存在そのものを描き、私たち今日のドイツ人は通例、効果を描く。かれらは恐ろしいものそのものを描写し、私たちは恐ろしげに描写する。かれらは快いものそのものを叙述し、私たちは快さげに叙述する、等々。そこからあらゆる誇張され

1　ヘルダーは、ライプチヒのゲッシェン出版から刊行されていたゲーテの著作の印刷準備に種々尽力していた。

2　この紙片のメモは『イタリア紀行』に掲載されていない。

3　ポセイドンの神殿。いちばん大きく保存状態もよい。ドーリア式寺院建築の響きについては「円柱も、円柱の三筋の飾りも鳴り響く。神殿全体が歌っているような気がする」（『ファウスト』第二部六四四七～四八行）に反映されているかもしれない。

たもの、あらゆる技巧的なもの、あらゆる嘘くさい優美さ、あらゆる虚飾が生じる。というのは、効果的な手段で俗受けをねらうと、これで十分と感じることがないからである。別に目新しい話をしているわけではないが、近ごろ、しみじみと実感している。すべてこれらの海岸と突堤、湾と入り江、島と岬、岩と砂浜、灌木の丘、なだらかな牧場、肥沃な畑、美しく飾られた庭園、手入れの行き届いた樹木、垂れ下がったブドウ蔓、雲に覆われた山といつも晴れやかな平野、断崖と浅瀬、そしてこれらのあらゆるものを取り囲む海の千変万化のさまをありありと覚えている。いまこそ初めて『オデュッセイア』は私にとって生きた言葉となった。

さらに君に打ち明けるが、植物の繁茂や組織の秘密がだいぶはっきりしてきた。しかも、それは思いも寄らぬほどシンプルなものである。このイタリアの空の下では、じつにすばらしい観察ができる。萌芽発生の主要点を発見した。それも明快かつ明白に。その他の点もすべて大体わかったので、なお二、三の点さえ明確になればよい。《Urpflanze（原植物）》は世にも不思議な被造物で、大自然ですらこれを発見した私をうらやましがることだろう。この原型（モデル）とそれを解く鍵さえあれば、そのあとは論理にかなった植物を無限に発見できる。すなわち、たとえ現に存在していなくても、存在可能性があり、絵画や文学に登場する夢まぼろしや仮象とはちがって、内なる真実と必然性をそなえた植物だ。同様の法則は、すべての他の生物にもあてはまるだろう。

ナポリにて、一七八七年五月十八日

ティッシュバインはローマへ帰ったが[4]、彼がいなくても私たちが困らないように、ここにいる間にいろいろ尽力してくれていたことに、いま気がついた。彼は当地の友人たちに、私たちに対する信頼の念を吹き込んでおいてくれたらしく、みなが打ち解けた態度で親切に世話してくれる。私の現在の境遇では、だれかに世話や手助けを頼まずにすむ日は一日もないので、みなの好意が誠にありがたい。まだこれから見たいと思っているものの総括的な目録を作成しているところだ。時は有無をいわせず、またたくまに過ぎゆくものなので、遅れを取り戻すとなると、実際に見物できるものは

4　ティッシュバインは五月初めにクリスティアン・アウグスト・フォン・ヴァルデック侯とともにローマへ帰り、七月初めにナポリに到着している。

おのずと限られてくる。

ナポリにて、一七八七年五月二十二日

今日は面白い事件にでくわした。あとでいささか考えさせられたし、ここで語る価値があると思う。

第一次ナポリ滞在のときにいろいろ便宜をはかってくれたご婦人が、「夕方五時きっかりに拙宅にいらしていただけませんか。イギリスの方が、『ヴェルター』について少々お話ししたいことがあるそうです」と頼んできた。

これが半年前だったら、そのご婦人が私にとって二倍も大切な人であっても、断りの返事をしたことであろう。しかし私は承諾した。おそらくシチリアの旅が私によい影響を与えたのだろう。ともかく私は「お伺いします」と約束をした。

ところがあいにく町が大きく、見るところも多いので、十五分ばかり遅れてしまい、石段をのぼり、閉ざされている扉の前の葦製のマットに立ち、まさにベルを鳴らそうとしたときに、扉が開いて中年の立派な男性が出てきた。すぐさま彼が例のイギリス人だとわかった。彼は私を見るやいなや、「『ヴェルター』の作者ですね！」と言った。

私はそうだと答え、もっと早く来られなかったことを詫びた。

「これ以上は一刻も待てません」と彼は答えた。「あなたに申し上げたかったことはごく簡単で、この葦(あし)製のマットの上で言うことができます。あなたが大勢の方々からお聞きになったことを繰り返すつもりはなく、それにあの作品から、他の方々ほどには強烈な印象を受けませんでした。しかしあれを書くのに何が必要だったかを思うと、驚嘆の念を常に新たにせざるをえないのです」

私が何か感謝の言葉を述べようと思っていると、彼はさえぎって叫んだ。「一刻もぐずぐずできません。自分の口から告げたいという切願を果たしましたので、では、どうぞごきげんよう！」

そう言うと階段を駆けおりて行った。私はこの光栄な言葉をじっと考えながらしばらく立ちつくし、それからようやくベルを鳴らした。かの婦人は私たちが出会ったときの様子を愉快そうに聞き、このおかしな変わり種の男性の美点をいくつか話してく

5　騎士フィランジエーリの令夫人と推察される。彼女については一七八七年三月九日付け、三九一頁参照。

れた。

ナポリにて、一七八七年五月二十五日、金曜日

例のじゃじゃ馬の公女[6]に会うことはもう二度とないだろう。彼女は事実ソレントへ行ったのだが、出発前に、私が彼女よりも石だらけの荒涼たるシチリアを選んだことで、私のことを悪しざまに言ったそうである。二、三の友人がこの奇矯な公女の来歴を伝えてくれた。

「家柄は良いけれども無資産の家に生まれ、修道院で養育され、年老いた金持ちの侯爵と結婚しようと決心しました。彼女は生来、人をまったく愛することができない性質だったので、それだけにこの結婚も周囲からすすめられたものでした。富裕な、しかし家庭の事情からきわめて制約の多い境遇にあって、彼女は自分の才気で切り抜けて行こうとしました。行状は制約されましたから、せめて口だけは思いきり働かせようとしました」

「断言しますが、素行には非難すべき点はありません。しかし、相手かまわず面と向かって無遠慮な口をきいてやろうと固く決意していたようです」

「彼女の話を紙に書き留めておいたら、一から十まで宗教、国家、風俗にそむくものなので、とうてい検閲を通過できないでしょう」と冗談めかして言う人もいた。彼女の奇天烈（きてれつ）なご愛嬌を伝える話を聞かされたので、そのうちの一つをここに書いておこう。ただし、品のよいお話ではない。

カラブリアの地震の少し前に[7]、彼女はそこにある夫の領地に行っていた。邸宅の近くに、バラック、すなわち木造一階建ての家が地面からじかに建っていた。もっとも内部には敷き物も家具もあり、しかるべき設備もあった。地震の最初の徴候があったとき、彼女はそこへ避難した。編み物をしながらソファーに座り、その前には裁縫台があり、向かい合って、坊さん、年老いた家庭僧がいた。そのとき突然、大地が揺れ、建物は彼女のいる側へ沈み、反対側が高くなって、坊さんと裁縫台も上へ持ち上げられた。

6　フィランジエーリの妹で、サトリアノ侯爵夫人。まもなく精神を病んで亡くなったと言われる。一七八七年三月九日付け、十二日付けの夕、三九一頁および三九七頁参照。

7　一七八三年二月の地震。このときメッシーナも破壊されている。一七八七年五月九日付け、五九三頁、注111参照。

「まあ、いやらしい！」と彼女は沈みゆく壁に頭をもたせて叫んだ。「坊さんともあろう立派な方がそんな真似をなさるとは。まるで私にのしかかりそうな恰好よ。まったく風紀紊乱(びんらん)ね！」

そのうち家屋は元通りになったが、彼女は、この善良な老人の「そんな風に見えた」馬鹿げた淫らな恰好を思い出して、なかなか笑いが止まらなかった。彼女はこの冗談のおかげで、あらゆる災厄にも、彼女の一族や何千もの人間をおそった大きな損害にも、まったく動じる様子がなかった。大地に呑まれそうになって、なおもそんな冗談を言ってのけるとは、なんとも驚くべき幸せな性格である。

ナポリにて、一七八七年五月二十六日、土曜日

よく考えてみると、かくも多くの聖者がいるというのは、結構なことだと言えよう。各々の信徒が自分の聖者を選ぶことができるし、ほんとうに心に適う聖者だからこそ信頼しきって頼ることができる。今日は私の聖者の日だったので、彼の流儀と教義にしたがって敬虔かつ快活に祭礼を行った。

フィリポ・ネーリ[8]はたいへん信望があると同時に、みなに愉しい印象を残している。

彼の人となりや気高い信心の話をきくと、信仰心が深まり、明るい気持ちになるが、同時に彼の善良な気質についてもいろいろな話が伝わっている。彼はごく年少のころから宗教への熱烈な衝動をおぼえ、長じるにつれて宗教的熱情の崇高な天分を発揮した。すなわち、われしらず口をついて出る祈禱や、深遠にして無言の礼拝を捧げる才能、涙を流し法悦の境地に浸る才能、そして最後に、これはとりわけ最高のものとみなされるが、地上から飛揚して宙を浮遊する才能である。

このように多くの神秘的な稀有の内面的才能に加えて、彼はきわめて明晰な悟性の持ち主で、俗事を純正に評価したというよりも、むしろ俗事を軽視し、心身の苦しみにあえぐ同胞を積極的に援助した。祭礼、教会参詣、祈禱、断食その他、信心深い信徒の守るべきあらゆる義務を厳守した。同じように青少年の教育に取り組み、かれらに音楽や演説の練習をさせ、宗教的テーマのみならず、才知に富む論題を提示し、そのほか様々な刺激となる対話や討論をさせた。そのなかで最も奇特と思われるのは、

8　「ユーモアのある聖者」と呼ばれていた（一五一五〜九五）。彼については下巻「第二次ローマ滞在」中の「ユーモアのある聖者フィリポ・ネーリ」（二四八頁）で詳述している。

彼がこれらすべてのことをみずからの衝動と権能から実行したことで、いかなる教団にも属さず、ましてや僧位につくこともなく、長年にわたって自分の道を不断に追求したことである。

しかしながら、さらに意義深いこととして注目されねばならないのは、これらがちょうどルター時代の出来事であり、しかもローマのまっただなかでこの有能で信心深い精力的な活動家が、ルターと同じように、宗教的なもの、いや神聖なものを世俗的なものと結びつけ、天上的なものを現世の生活に導き入れ、それによって同じく宗教改革を準備しようという考えを抱いていたことである。それこそ、教皇政治の牢獄を開錠し、自由の世界に神をとりもどす秘訣（ひけつ）なのだから。

ところが教皇庁の側からすると、このような重要人物が近くに、ローマのお膝元に、管轄下にいたわけである。教皇庁は、ともあれ宗教生活を送ってすでに僧院に住み込み、そこで教え、励まし、そのうえ教団ではないが自由な集団をつくろうとしていたこの人物を、ついには僧職につかせ、それによってこれまでの人生には欠けていたあらゆる利益を受けるように説得するまで追及の手をゆるめなかった。

ネーリの肉体が奇蹟的に地上を飛揚したことに疑念をもつのは当然だろうが、しかし彼の精神はたしかに現世から高く飛揚していた。それゆえ彼は虚栄、虚飾、思い上がりを忌み嫌い、つねに、これらは真の信仰生活にはいる最大の障害になるとし、強く反対していた。それも、いつもユーモアをもって反対していたことを、たくさんの逸話が伝えている。

たとえば「ローマの近くに、さまざまな霊妙な宗教的天分をもつ修道尼がおります」という報告が教皇になされたとき、彼はちょうど教皇の身近にいた。「この話の真相を取り調べよ」という指令がネーリに下され、彼はただちにラバにまたがり、ひどい悪天候、悪路にもかかわらず、ほどなく修道院に着いた。招じ入れられたネーリに、これらの恩寵のしるしを完全に信じ切っている女子大修道院長が詳しく説明した。呼ばれて当の尼僧が入ってくると、ネーリは挨拶もせずに、尼僧に泥だらけの長靴を突き出し、脱がせるように要求した。聖なる純潔な処女は驚いて後ずさりし、語気も激しく、この要求に対する怒りをあらわにした。ネーリは落ち着き払って立ち上がり、ラバにまたがり、まだまだ帰ってこないだろうと思っている教皇の前にふたたび姿をあらわした。というのも、このような霊の賜物を査定するために、カトリックの聴罪司祭たちには重要な予防策がきわめて精細に定められていたからである。すなわち、教会はこのような恩寵の可能性を認めてはいるが、恩寵の現実性については、厳正きわまりない査定なしに容認したりはしないのだ。驚く教皇にネーリは簡単に結果を報告した。「聖女ではありません！」と彼は叫んだ。「あれでは奇蹟は行えません！　彼女には謙虚さという最大の美徳が欠けておりますから」

この原則は彼の生涯をつらぬく指導原理とみなすことができる。それについてもう一つだけ例をあげておこう。彼がパーデル・デッラ・オラトリオの修道会を設立すると、ほどなくそれは多大な信望を得て、会員希望者がたくさんあらわれた。ある若いローマの公子がやってきて入会を望むので、修練士の資格と規定の服装が許可された。その後しばらくして、公子が正式の会員になりたいと請願すると、「そのためには二、三の試験に合格しなければなりません」と言われ、公子は「喜んで試験を受けます」と表明した。そこでネーリは長いキツネの尻尾を持ってきて、公子に「これを長い上衣のうしろに結びつけ、ローマのあらゆる通りを厳粛な面持ちで歩きなさい」と要求した。この青年は先ほどの尼僧と同じように驚いて、「私は恥をさらすためではなく、名誉を得るために来たのです」と言った。すると教父ネーリは「それはこの教団からは期待できません。ここでは最高の諦念（ていねん）がもっとも重要な掟なのです」と言った。そこで青年は辞し去った。

ネーリは、「世間をものともせず、自分自身をものともせず、見くびられることをものともせず」という短いモットーで根本的教理を表現した。むろんすべてこれで言い尽くされていた。初めの二点については、自分の倫理的能力を妄信する人はときおり「実行できますよ」とうぬぼれるかもしれないが、第三の点を承服するとなると、それはきっと聖者への道を歩んでいる人にちがいない。

ナポリにて、一七八七年五月二十七日

先月末に送ってくださったお手紙は、ローマのフリース伯[9]を通じて、昨日すべて一緒に受け取り、たいそう嬉しく、何度も読み返した。待ち焦がれていた小箱[10]も受け取った。いろいろと本当にありがとう。

9　ヨーゼフ・ヨハン・フォン・フリース（一七六四〜八八）。伯爵。父の死後（一七八五）莫大な財産を所有した。芸術愛好家で、一七八六年秋から一七八七年夏までイタリアを旅行した。ゲーテとはカールスバートで知り合ったらしい。

しかし、まもなく私がこの地を去る時がくる。すなわち、ナポリとその界隈を、これを最後として心に刻み、印象を新たにし、いくつかのことについて結論を得たいと思ういっぽうで、私は時の流れに容赦なく引きさらわれてゆく。この地で優れた人々とお近づきになり、これら新旧の知人たちをそうむげに断るわけにもいかない。愛すべき貴婦人[11]に会ったが、この人とは昨年の夏、一緒にカールスバートでたいへん楽しい時を過ごしていた。私たち二人はどれほど長い時間を愉快な追憶にふけり、現在の時のたつのを忘れたことだろう。懐かしい大切な人々が次から次へと脳裏に浮かび、とりわけ慕わしいカール・アウグスト公のユーモアが偲(しの)ばれた。彼女は、あのエンゲルハウスの少女たちが、馬で出発しようとする公爵を思いがけず喜ばせた詩[12]をまだ持っていた。その詩は、ウィットに富んだ表現でからかったり、煙に巻いたり、一本とられると、相手も負けずに才気を駆使してお返ししたりした、あらゆる愉快な場面を思い起こさせた。私たちはたちまち、ドイツ国内で一流人士たちの集いのなかにいるような気持ちになった。それは、周囲を岩壁に囲まれ、特異な一地方であることによってまとまり、尊敬と友情と愛情によっていっそう緊密に結ばれた集いである。しかし窓際に歩み寄るやいなや、ナポリの人波がふたたび傍らを騒々しく過ぎゆくので、この平和な追想は破られてしまった。

ウルゼル公爵夫妻との交友も、同じように避けるわけにはいかない。上品な物腰で、自然と人間に対する純正な感受性を失わず、芸術を深く愛し、厚意をもって人に接する優れた方々である[13]。何度も長時間にわたって話をしたが、ほんとうに魅力的であった。

ハミルトンとその美しい恋人は私に対してあいかわらず親切にしてくれる。二人によばれて食事を共にし、夕方にはハート嬢が音楽や歌まで披露してくれた。

10　小箱はシュタイン夫妻から贈られたもの。シュタイン夫人からの贈り物である財布が入っていた。ゲーテはシュタイン夫人宛の手紙一七八七年五月二十五日付けで、それに対する礼を述べている。

11　ランチェリ伯爵夫人アロイジアをさすと推察される。一七八六年九月十二日付け、五〇頁参照。

12　ゲーテの詩「カール・アウグスト公に献ず。エンゲルハウスの農婦たちとの別離」（一七八六年八月末、カールスバート）。

13　ブリュッセル出身の人。

友人ハッケルトは私にますます厚意を示し、珍しいものはすべて見物させたいと願っており、そんな彼のすすめでハミルトンは、私たちを芸術骨董品をおさめた彼の秘密の蔵へ案内してくれた。そこはまったく乱雑なありさまで、あらゆる時代の作品が雑然と入り混じっている。胸像、トルソー[14]、飾り壺、ブロンズ像、シチリア産の瑪瑙でつくったさまざまな家庭用装飾品、その他、小さな礼拝堂、彫刻、絵画、偶然に買い集めたものなど。床に長い箱が置いてあり、蓋がこわれていたので、好奇心から蓋を取りのけてみると、なかにブロンズ製のじつに見事な飾り燭台が二つあった。私は目配せしてハッケルトの注意を引いてから、「ポルティチ[15]にあったのと実によく似ていませんか？」と囁くと、ハッケルトは黙っているように合図した。これはもちろんポンペイの廟から横流しされてこの穴蔵に姿を消したものらしかった。こういう旨い掘り出し物ゆえに、この騎士はこれら秘蔵のお宝を懇意な友人にしか見せないようにしているのかもしれない。

垂直に立ち、前面が開き、内部は黒塗りで、華麗な金の額縁のはまった箱が目にとまった。人間が立ったまま十分に入れるほど大きく、それでこの箱の用途がわかった。芸術とうら若き美女をこよなく愛するハミルトンは、美女を動く立像として眺めるのに飽き足らず、多種多彩な比類なき絵画として賞翫（しょうがん）しようとした。そこで美女は時おりこの金の額縁の中に入り、黒を背景に多種多彩な衣をまとい、ポンペイの古代絵画や、さらには近代絵画の傑作さえ模倣してみせたというわけである。もっともそれはひとときのことだったらしい。またこの装置は持ち運びにくく、その長所を十分に分からせるのがむずかしいため、私たちもこうした出し物を見物できなかった。

さてここでナポリ人一般の愛好する娯楽のことを一つ述べておこう。それはクリスマスにはどこの教会でも目にするクリッペ、キリスト降臨の場を人形で表現した模型である。そもそも羊飼いと天使と王たちの礼拝をあらわしており、完全なものも不完全なものもあるが、費用を惜しまず豪華に飾りつける。晴れやかなナポリのことゆえ、この飾り物も平らな屋上にまで飾り付ける。つまり屋根に小屋のような簡単な仮舞台が組み立てられ、それを常緑樹や灌木で飾るのだ。聖母と幼子イエス、それからまわりに立ったり浮遊したりしている人形が豪奢に飾り立てられ、その衣装にも家の者が

※クリッペにルビ「まぐさ桶」

14　首・四肢のない、胴体だけの彫像。
15　博物館。一七八七年三月十八日付け、四二〇頁参照。

多額の費用をかける。全体を類（たぐい）なく引き立てるのは、背景をなすヴェスヴィオ山とその周辺の風光である。

ところでこの人形のあいだに、時おり生きた人間が混じることもあったろう。こうして歴史や文学に取材するような現世の人物像も、夕べの宴の余興として邸宅で披露され、しだいに貴族富豪のもっとも大切な娯楽のひとつになったのである。

私のようなもてなしを受けた客がとやかく言うべきではないが、あえて一言申し上げるなら、私たちを歓待したあの美女は、そもそも精神の宿っていない存在のように思われると告白せねばならない。たしかに姿形は美しいが、声や言葉に心がこもっていないせいで、ぱっとしない。彼女の歌声そのものに、人を惹きつける何かが欠けている。

そして結局あの活人画についても、事情は同じなのだろう。美しい人はいたるところにいるが、深い感情をもち、同時に恵まれた発声器官をそなえた人ははるかに稀だ。さらにこれらのことに加えて、人の心を魅了する人物となると、まことに稀である。

ヘルダーの第三部[16]をたいそう楽しみにしている。私がそれをどこで受け取れるかお知らせできるまで、大事に取っておいてほしい。その書物には、人類はいつの日か今よりも良くなるという美しい夢想的願望が立派に論じられていることだろう。私自身も、最後には高貴な人間性（ヒューマニティー）が勝利をおさめるのは真実だと思うと言わずにはいられない。ただ同時に、世界は大きな慈悲修道会（ホスピタル）のようなものとなり、お互いが人道的（ヒューマン）な看護人のようになるのではないかと案じている。

ナポリにて、一七八七年五月二十八日

フォルクマンの案内書は立派で有益だが、私はときおり彼と意見が異なると言わざるを得ない。たとえば彼は「ナポリには無為徒食の輩（やから）が三万から四万人いる」と述べており、だれもが彼と同じことを言う。しかし私は、南国の事情にいくぶん明るくなってからだが、まもなく「これは終日あくせくしていない者はみな、無為徒食の輩とみなす」という北方的な見解かもしれないと考えるようになった。そこで民衆に特に注意を向け、活動しているか、休んでいるかは問わないことにした。確かにひどい

16 『人類史哲学のための考案』第三部（リガ&ライプチヒ、一七八七年）。

身なりの人間はたいそう多いが、何もしていない人間はひとりも見なかった。

そこでこの「無数の無為徒食の輩」と知り合いになりたいと思い、二、三の友人に尋ねてみたが、かれらもそうした輩を名指しして教えることはできなかった。この調査は都市の観察と密接な関係があるので、私はみずから探索に赴いた。

ひどく混雑しているところで、さまざまな種類の人間と知り合い、その姿、衣服、態度、仕事などによってかれらを判断し、分類しはじめた。ここの人間は比較的自分をさらけだし、外見からも各々の身分にふさわしい振る舞いをするので、よその土地よりも楽にこの作業ができた。

早朝から観察をはじめた。ここかしこにじっと佇(たたず)んだり休んだりしている人間は、一見して職業のわかる人たちだった。

かつぎ人夫は、それぞれ異なった広場に免許を受けた場所をもち、仕事で呼ばれるまで待っている。馬車屋とその雇い人と小僧は、大きな広場で一頭立ちの軽馬車のそばに立ち、馬の世話をしながら乗客がくるのを待ち受けている。船頭は波止場でパイプをふかし、漁師は日向ぼっこをしているが、風の具合が悪くて海へ出られないのであろう。その他、多くの人々が行き来するのを見たが、たいていは職業の目印をそなえていた。物乞いはすっかり年老いて、まったく働けない体の不自由な者ばかりであった。周囲をみまわし、仔細に観察すればするほど、下層階級にも中流階級にも、朝も日中の大部分も、老若男女を問わず、「本物の無為徒食の輩」を見つけることはできなかった。

私の主張をいっそう確実明瞭にするために、もっと詳しく立ち入ろう。ほんの幼い子供ですら、いろいろと立ち働いている。そういう子供たちの大部分は、サンタ・ルチア通り[17]から市内へ魚を売りに出かける。また砲兵工廠（こうしょう）のあたりや木くずの散らばっている普請場や、小枝や小さな木片が波に打ち上げられている海岸で、小さい破片にいたるまで手籠（てかご）に拾い集めているのをしばしば見かける。地面をまだ這いまわっているような二、三歳の子供ですら、少し年長の五、六歳の男の子たちの仲間に入ってこのささやかな生業（なりわい）に従事している。それからかれらはこの小さな籠をもって市中へ入り、この僅少の木片でいわば市場を開く。職人や小市民がかれらからこれを買い取り、五徳（ごとく）の上で燃やして炭にし、暖をとったり、つましい食事の煮炊きに用いたり

17　十七、十八世紀にナポリで最も活気があり、人気のあった通りのひとつ。

する。

別の子供は硫黄泉の水を売り歩く。これは特に春にずいぶんたくさん飲まれる。また他の者は、果物、精製したハチミツ、菓子、キャンデーを買い入れ、子供の商人となって、これまた他の子供に売りつけては、わずかな利潤を得ようとする。いずれにせよ、自分の食べる分ぐらいは利鞘(りざや)でかせごうというのだ。店と商売道具といっても一枚の板と小刀しか持たない、そんな子供が、スイカや半割りした焼きカボチャを持ってまわると、一群の子供が集まってくる。すると彼は板を下へおいて、その実を小さく切りはじめるのだが、その様子は見ていて実に面白い。買い手は小さな銅貨でもたっぷり貰えるかどうか固唾(かたず)をのんで見守り、小さな商人(あきんど)は貪欲な買い手に対して、同じく慎重で、ひとかけらでも割に合わない取引きはしない。もっと長く滞在すれば、このような子供の商売のいろいろな実例をもっと集めることができるだろう。

中年男性か少年で、たいていはひどい身なりの大勢の人たちが、塵芥をロバに積んで市街に運び出す仕事をしている。ナポリ近郊の田畑は菜園ばかりだ。市(いち)のたつ日には驚くべき量の野菜が運びこまれ、こうした人々が、料理人が捨てた不要な部分を、植物生長のサイクルを早めるために、すぐにふたたびせっせと畑に持ちかえるさまは、見ていて愉快である。野菜の消費量は信じられぬほどで、ナポリの塵芥の大部分は、実際にカリフラワー、ブロッコリー、アーティチョーク、キャベツ、サラダ菜、ニンニクの茎や葉である。それでこの塵芥には特別の配慮がなされている。大きなしなやかな籠（かご）をロバの背につけて、それへいっぱいに詰めこむだけでなく、さらにその上へ特別な工夫をこらして山のように積み上げる。どこの菜園もこういうロバなしではやってゆけない。下男、少年、時には雇い主自身が、日中にできるだけ何度も町へ行く。町はかれらにとって四六時中、宝の山なのだ。こうした資源の再利用者たちが馬やラバの糞をいかに注意深く探し求めるか、想像に難（かた）くない。夜になると、しぶしぶ往来を立ち去る。真夜中過ぎにオペラから馬車で帰ってゆく金持ちたちは、すでに夜の明けぬうちに、こうした働き者が自分たちの馬の跡を念入りに探しているとは思ってもみないだろう。こういう連中が二、三人共同して一頭のロバを飼い、大地主から野菜畑を少し借り受け、植物生長のけっして途切れることのないこの恵まれた風土で、たゆまず働き続けて、まもなく生業を大々的に広げるほど出世する、という話はよくあるという。

ここで他の大都市と同じく、ナポリでも見られる、さまざまな面白い小売商の話をしたいが、そうすると、あまりにも脇道にそれてしまう。それでもやはり呼び売り行商人――民衆の最も低い階級に属している――のことは、ぜひここで話しておきたい。樽に入れた氷水とグラスとレモンを持って歩き、どこでもすぐにレモネードを作ってくれる者がいる。レモネードは最下層の者にも欠かせない飲料だ。また他の売り子はさまざまなリキュールの瓶や、倒れないようにリング状の木製コースターをつけたシャンパングラスを盆にのせて歩きまわる。パン菓子、甘い物、レモン、その他の果物を籠に入れて持ち歩く者もいる。その様子はまるで、だれもかれもが、ナポリで毎日もよおされる享楽の宴を共に楽しみ、さらに盛り上げようとしているかのようだ。

　この種の呼び売り行商人がせっせと仕事にはげむいっぽう、多数の小売商人もいて、同じように歩きまわり、箱の蓋の上にごく無造作にこまごました物を並べたり、広場では地べたにじかに雑貨を広げたりしている。そこで売っているのは大きな店にあるようなちゃんとした商品ではなく、まったくのがらくたである。鉄や皮革や布地、亜麻布やフェルト等の切れ端でも、古物としてふたたび市場にあらわれると、だれかしら買い上げてくれるのだ。また下層階級の多くの人々が、商人や職人のところで走り使いや下働きの仕事をしている。

事実、ここではちょっと外を歩けば、必ずひどい身なりをした、いやそれどころか襤褸（ぼろ）をまとった人間に出会うが、だからといってそれはけっして怠け者でも、のらくら者でもない！　むしろ「ナポリでもっとも勤勉な人間が多いのは、割合からいうとおそらく下層階級である」という逆説を打ち立てたいほどだ。むろんこれを北方人の勤勉と比較するわけにはいかない。北国ではその日その時間ばかりでなく、晴天の日には曇天や荒天の日の配慮をし、夏には冬の配慮をしておかねばならない。大自然は北方人に、前もって用意し手配しておくように迫る。つまり主婦は塩漬けや燻製にして、一年じゅう責任をもって台所を管理しなくてはいけないし、男は男で、薪や農産物を貯え、家畜の飼料を用意するのもなおざりにはできないといった具合で、そのためにすばらしい日も時間を割いて、労働についやすことになる。何ヵ月ものあいだ戸外に出ずに、家のなかで嵐や雨や雪や寒さから身を守る。四季はおかまいなしに交替し、死にたくなければ、だれもが家政を上手に切り盛りしなければならない。つまり北国では、「なしで済ませたいと思っている」かどうかはまったく問題にならない。そもそも「なしで済ますことができない」のだから、「なしで済ませたいと思う」こと自体、許されないし、不可能である。大自然が、北方人に働くこと、前もって仕事をすることを強いるのだ。数千年にわたって変わらぬ大自然の影響で、たしかに北方の諸国民は、かなりの点で尊敬すべき性格をもっている。ところが、私たち北方人は北方人の観点から、天の恵み豊かな南方の諸民族をあまりにも厳しく批判する。ポー氏[18]が『ギリシア人に関する研究』のなかでキニク学派の哲学者[19]について論ずる際にあえて述べていることが、この場合に完全にあてはまる。ポー氏は、「このような人間の『見るにしのびない』状態を、世人は正しく理解していないように思う。つまり、かれらの根本原理はあらゆるものを『なしで済ます』ことだが、これをおおいに助長しているのが、あらゆるものを授ける風土である。私たちの目には『見るにしのびない』とうつるような貧者も、この地方なら、欠くべからざる手近な欲求が満たされるばかりでなく、現世をこのうえなく楽しく享受できる。そういうわけで、いわゆるナポリの物乞いはノルウェーの副王の地位をあっさり袖にするだろうし、ロシアの女帝がシベリアの総監府を委託しようとしても、その名誉を辞退するだろう」と述べている。

たしかに北方の国だと、キニク学派の哲学者でも持ちこたえるのがむずかしいだろうが、これに対して南方の国々の自然なら、いうなれば思わずそんな生活をしてみたくなる。襤褸（ぼろ）をまとった人間でも素っ裸というわけではないし、自分の持ち家もなく、借家にも住めず、夏には宮殿や教会の庇（ひさし）の下や敷居の上に、あるいは公共の建物の回廊で夜を明かし、悪天候ならわずかな泊まり賃でどこかにもぐりこむような人間でも、だからといって追放された惨めな人間というわけではない。かれらは明日を案じたことがないのだから、哀れというわけではない。魚類の多い海は――もっとも海産物は規定によって週に二、三回食べるだけであるが――いかに多量の食料品を提供しているか、あらゆる種類の果実や野菜が四季を通じていかに豊富に得られるか、ナポリ一帯の土地が何ゆえ「労作の地ではなく耕作の地」と呼ばれているか、そしてこの地方一帯が「幸せの地方」という名誉ある称号をすでに何百年にもわたって保っていることを思うと、この地方がいかに暮らしやすいかがわかるだろう。

総じて私が先に述べた逆説は、ナポリを詳細に生き生きと描き出すことを企ててい

18　コーネリアス・デ・ポー（一七三九〜九九）。オランダの哲学者・地理学者。彼の二巻本は一七八七年、八八年にベルリンで刊行された。
19　シノペのディオゲネスをさしている。彼については一七八七年一月六日付け、三〇九頁、注64参照。

る人にとって、さまざまな考察のきっかけになるだろう。もちろんそれには少なからぬ才能と数年にわたる観察が必要かもしれないが、そうしたら総じていわゆるナポリの下層民が、他のすべての階級の人々と比較して、ちっとも怠惰でないことに気づくだろう。しかし同時にまた、すべての人々が単に「生きる」ためではなく「楽しむ」ために、その分に応じて働いていること、また労働しているときですら、生を謳歌しようとしていることに気づくだろう。ここからいろいろな事柄の説明がつく。たとえば、職人がほとんど例外なく、北国と比べてたいそう劣っていること、南国には工場が建設されていないこと、弁護士と医師をのぞいて、人口の多いわりに学のある者が少ないこと——それぞれ努力して貢献している者もいるにせよ。それからナポリ派の画家で徹底的に精進して大成した者がいまだにひとりもいないこと、僧侶は無為な日々を送ることに満足しきっていること、上流の人々はその財産をたいてい官能的喜びや華美や気晴らしにのみ費やそうとしていること等々。

以上述べたことは一般的すぎるし、それぞれの階級の特徴は、十分に知り合って綿密に観察して初めて明らかにされうることは、私にもよくわかっている。しかし全体としては、やはりこの結果に行きつくのではないかと思う。

ナポリの下層民にふたたび話をもどそう。かれらの仕事ぶりは、何か用事を命じられた快活な子供みたいで、たしかに用事は果たすが、同時に遊び半分のような態度なのに気づく。この階級の人間は概して頭の回転が速く、ものの見かたが自由で適切だ。比喩的な話しぶりで、活発で辛辣なジョークをとばす。古代のアテッラ[20]はナポリ地方にあり、人気者の道化役者(プルチネッラ)はいまなおこの芝居を続けているように、下層階級の人々全体がいまもこの軽妙な気風となじみが深い。

プリニウス[21]はその『博物誌』の第三巻第五章で、カンパニアのみを詳述に値するとみなしている。「かの地方は、そこで自然がみずからの御業(みわざ)に興じていると見受けられるほど、幸多く優雅で恵まれている。この生の息吹、この健康によい常に温和な空、田畑は肥沃、丘は日当たりがよく、森林は害を与えることなく、林苑は日陰をつくり、

20　ナポリの北方にあった古代都市。古代ローマ人の道化芝居の劇場があり、仮面をつけた民衆喜劇が行われていた。

21　古代ローマの官吏・博物学者（二三〜七九）。彼の『博物誌』（三十七巻）は一種の百科全書をなし、第一級の知的古典とされている。

森林は有用、山々にそよ風が吹き、穀物は広がり、ブドウ蔓とオリーブの樹はあふれんばかりに豊か、羊毛は立派、牡牛の頸は太く、湖水は多く、灌漑用の河と泉は潤い、洋々たる海と多くの港がある！　大地はその懐をいたるところ商業のために開き、その腕を海中に突き出しては、いわば人間のために手伝いをしようと願っている。人間の能力、その風習、その活力、さらに彼らが言葉と手腕でいかに多くの国民を征服したかということには言及しない。すこぶる自尊心の強い国民であるギリシア人が、この土地の一部を『偉大なるギリシア国』と呼んだことは、この地について最高の名誉ある評価をしたことになる」という。

ナポリにて、一七八七年五月二十九日

どこもかしこも喜びを分かち合う気分にあふれているのを見ると、すばらしく晴れやかな気持ちになる。自然が色とりどりの華やかな花や果実でいちだんと輝いていると、人間も自分自身や身の回りのものすべてを、できるかぎり鮮やかな色彩で飾りたてたくなるらしい。少しでも余裕のある者はみな、絹布やリボン、帽子に花をつけるなどして着飾る。ごく貧しい家々でも、金色にした椅子やタンスに、多彩な花模様をほどこす。一頭立ての軽快な四輪馬車でさえ真っ赤に塗り、その彫刻部分を金メッキで、つないである馬を造花や真紅の房や模造金箔で飾りたてる。頭部に羽飾りをつけている者もたくさんいて、ヒラヒラの薄布をつけている者さえいて、それが動くたびに揺れて翻る。ドイツではふつう派手な色彩を好むと、粗野だ、悪趣味だと言われてしまい、実際にある程度そうかもしれず、またそうなりかねない。しかしこの晴れ渡った青空のもとでは、決して派手すぎるということはない。というのは、太陽の輝きと海に映じた反射とを凌駕できるものは何ひとつないからである。どんなに鮮やかな色彩でも、強力な光線でくすんでしまい、樹木や植物の緑にしろ、黄色や褐色や赤色の大地にしろ、どの色彩も全力で目にはたらきかけるため、色とりどりの花や衣服ですら、全体的な調和に溶け込んでゆく。ネットゥーノの女たちの、幅広く金銀を配した深紅の胴着やスカート、その他の多彩な民族衣装、絵の描いてある船など、すべてが天空と海との輝きの下でいくらかでも目立ちたくて、妍を競うかのように見える。

死者も、生者の流儀で埋葬される。のろのろ進む黒一色の葬儀の列が、陽気なこの世の調和を乱すことはない。

子供の葬式を見たことがある。金で幅広く縫い取りをした毛氈（もうせん）が、広い棺台を覆い、その上には、彫刻をし、きらびやかに金銀のメッキをした棺が安置してあって、白装束の死んだ子供がどこもかしこもバラ色のリボンで飾り立てられて横たわっていた。棺の四隅には、二フィートほどの高さの四人の天使が、大きな花束を眠れる子供の上にかざしていたが、この天使は足元をただ針金で結びつけてあるだけなので、棺台が動くたびに揺れて、かぐわしい花の香りをそっとまき散らすように見えた。行列はいくつもの通りを急いで横切り、先頭の坊さんとろうそく持ちは、歩を進めるというよりは駆けるように先を急ぐので、天使はいよいよ激しく揺れ動いていた。

オールシーズン、いたるところで食べ物に取り囲まれていて、ナポリ人は食べること自体を楽しむばかりでなく、商品が美しく飾られていることを望む。

サンタ・ルチア付近では、魚はたいてい種類ごとに清潔で愛らしい小籠に入れてあって、カニ、カキ、二枚貝、小さな貝類など、それぞれ特別な皿に盛られ、緑の葉が敷かれている。ドライフルーツや莢豆（さやまめ）類を扱う店では、じつにさまざまな飾りつけをする。あらゆる種類のダイダイやレモンが並べられ、そのあいだから緑の葉が突き出ているさまは、目にも快い。しかし肉屋ほど飾りたてるところはどこにもない。周期的に精進せねばならず、そのためにいっそう食欲が刺激されるので、とくに肉類に民衆の物欲しげな目が向かうことになる。

肉屋の店頭に牡牛や仔牛や去勢羊の切り肉が吊るしてあるときは、脂身とならべて、わき腹か太ももがかならず金箔で飾りたててある。一年のうちにはさまざまな行事の日があり、特にクリスマスはごちそうを食べる祭日として有名である。それから一般の祭日として、五十万もの人々が参加したコカーニャ[22]がある。そのときはトレード街や、その近くのいくつかの通りや広場は、じつに美味しそうな飾りつけがなされる。レーズン、メロン、イチジクを積みあげた青果店を眺めるのは、まことに快い。通りの上に張り渡された花づなに、食料品が吊るされ、金紙で包まれ、赤いリボンで結ばれたソーセージが鎖状に連なり、七面鳥の尾羽の付け根には赤旗が突き刺してある。それが三万羽も売れたと断言され、しかも、めいめいの家庭で飼育された七面鳥はこの三万羽のなかには入らないのだ。このほかに、青物や去勢鶏や若い羊を背負ったた

22　ナポリのカーニバルで、国王が民衆に肉とワインをふるまう。一七八三年に廃止された。

くさんのロバが市中を通り、市場を越えて駆り立てられて行く。それにここかしこに積んである卵の山の大きさときたら、こんなにもたくさん集められるということ自体、想像できないほどだ。おまけに「これらをすべて平らげた」だけでは足りず、毎年、騎馬巡査がラッパを吹いて市中をまわり、広場や十字路で「ナポリ人が〇千頭の牡牛、仔牛、羊、豚などを平らげました」と布告する。民衆は注意深く耳を傾け、その莫大な数に狂喜し、だれもが自分の賞味した分もこの数に含まれていることを思い出し、愉快な気持ちになる。

　粉類や乳製品に関しては、ドイツ女性ならいろいろ料理法を心得ているのだが、この民衆は簡便な調理を好み、設備の整った台所もないので、製造に二倍も気をつかう。マカロニは、上等な粉をやわらかく十分に捏ね、煮てから一定の形に圧縮したもので、全種類、どこでも安く手に入る。たいていはお湯に入れて茹でるだけで、深皿に盛って、粉チーズをまぶして味付けする。ほとんどの大通りの角に、とりわけ祭日には、煮えたぎる油のいっぱい入ったフライパンを持った揚げ物屋が店を出していて、調理した魚やドーナツを各人の要望に応じてすぐさま供す。これがまた大変な売れ行きで、何千という人が昼食・夕食用にその品を紙にのせて持ち帰る。

ナポリにて、一七八七年五月三十日

夜、市中を散歩しながら波止場にたどりついた。そこからは月と、雲の縁を照らす月の光が海の波面をたゆたうのがひと目で見わたされ、近くの波の背がひときわ明るく鮮やかに輝いていた。そして空の星々、灯台のともしび、ヴェスヴィオ山の閃光、その水面への反射、船の上に数多(あまた)の光がまき散らされていた。ファン・デル・ネール[23]なら、かくも多様な画題を解決できるだろうから、彼のそんな作品を見たいと思った。

ナポリにて、一七八七年五月三十一日

ローマの聖体節[24]と、特にその際にラファエロの絵を模して織られた壁掛け(タペストリー)をぜひ見たいと思っていたので、世界に比類なきこのすばらしい自然の絶景にも決して心まどわされることなく、頑(かたく)なに旅行の準備をしつづけた。旅券の申請もすませ、御者か

23　アールト・ファン・デル・ネール（一六〇三〜七七）。オランダの画家。月夜の風景、火事の光景など、闇と光の対比効果を好んで描き出した。

24　一七八七年六月七日にあたる。この日は、キリストと使徒の伝記を題材にしたラファエロの絵を模した壁掛けがサン・ピエトロ教会の前にある柱廊にかけられることになっていた。

らの手付金も受け取っていた。というのも、旅人の安全を保証するためにこの地では、ドイツとは逆に、御者のほうが金を出すのである。クニープは新たな宿に引っ越すのに忙しかった。広さといい、位置といい、いままでの宿よりもずっと良い。

引っ越し前にクニープは二、三度、「何も持たずに引っ越すのは具合が悪く、少し失礼にあたるのではないでしょうか。寝台でも持ち込めば、宿主たちもいくらか敬意を払ってくれるのではないでしょうか」と相談を持ちかけてきた。そこで今日、私たちは城塞（カステロ）の広場に果てしなく並ぶ古道具のあいだを通り抜けたとき、青銅色に塗られた一対の鉄製の寝台を見つけたので、私はさっそく値切って買い取り、「将来もっとゆったりした堅固な寝台を求めるまでの土台にしてほしい」と言って、この友人に贈呈した。いつなんどきでも待ち構えている運送業者が、必要な板と一緒に新しい宿に運んでいったが、クニープはこの措置に大喜びし、さっそく私と別れてその家へうつろうと考えて、大きな製図板や紙やその他の必需品を買い込む手配をした。私は約束どおり、[25]二人で旅したシチリアで彼が描いた作品の一部を彼に譲り渡した。

ナポリにて、一七八七年六月一日

ルッケジーニ侯爵[26]が到着し、私の出発は二、三日、延期された。彼と知り合いになれて、たいそう嬉しかった。精神的な咀嚼力にすぐれていて、世界という偉大な食卓で常に食事を楽しめる人がいるが、彼はそういう人間のひとりらしい。しかしながら私たちは、時おり詰めこみすぎて、くりかえし咀嚼し消化する作業が終わらないと、それ以上摂取できない反芻動物のようなものである。彼女[27]もたいそう好ましく、堅実なドイツ人気質の女性である。

ナポリから立ち去りたい、いや、立ち去らねばならぬ。この数日はすすんで人に会うことに費やしてしまった。概して興味深い人物と知り合いになったし、かれらに捧げた時間もたいそう満足のゆくものだった。けれどもさらに二週間滞在したら、どんどん私の目的から逸れてしまうだろう。そのうえこの地にいると、次第に怠惰になっ

25　ゲーテがクニープと交わした約束については一七八七年三月二十三日付け、四三三頁参照。
26　ジロラモ・ルッケジーニ（一七五一〜一八二五）。プロイセンの官吏で、外交上の使命を帯びてローマへ旅し、その途上でヴァイマールのカール・アウグスト公を訪問した。
27　ルッケジーニ侯爵の令夫人、シャルロッテ。フォン・トレンク家の出。

てゆく。ペストゥムから帰って以来、ポルティチの宝物以外、ほとんど何も見ておらず、見落としたものもかなりあって、そのためになかなか発てずにいる。しかしあの博物館はやはり、古代美術コレクションのアルファにしてオメガである。これを見ると、古代の世界が、厳密な工芸の技能においては現代にはるかにおよばないが、芸術を喜びとする心性においては現代にまさっていたことがよくわかる。

一七八七年六月一日

できあがった旅券をもった雇い人は、私の出発を残念がりながら「ヴェスヴィオ山から噴出した多量の溶岩が海のほうへ流れていますよ。もうほとんど山の急傾斜を下ったので、おそらく二、三日中に海岸に達するでしょう」と語った。そこで私は板ばさみ状態になった。今日は私におおいに厚意を示し便宜をはかってくれた人たちに別れの挨拶に行くことになっており、明日はどうなるかもわかっている。いかなる道を歩んでも、他人とのつきあいから完全に身を引くことはできない。かれらが私たちの役に立ち、愉しませてくれるにしても、結局のところ、私たちの真摯な目的から脇道へ逸れてしまうし、私たちのほうではかれらの目的を援助できない。なんともやりきれぬ思いである。

夕

お礼まわりは、なかなか愉快で啓発されるところもあり、人々はいろいろと親切に、これまで延期していたものや、まだ見せずにとっておいたものを披露し、騎士のヴェヌティ[28]は秘蔵の宝物まで見せてくれた。私は一部そこなわれてはいるが、はかりしれぬ価値のあるオデュッセウスの像を、多大な尊敬の念をもって再度鑑賞した。ヴェヌティが別れに際して案内してくれた陶器工場では、ヘラクレスをできるかぎり深く心に刻み、またカンパニアの甕（かめ）に今さらのごとく目を見張った。

ヴェヌティは心からの感動と友情をこめて別れを告げながら、ついには自分の悩みをうちあけ、「もうしばらくここにとどまってください」と、そればかりを望んでいた。例の銀行家[29]のところに食事時に着くと、彼も私をなかなか解放してくれない。あ

28　ドメーニコ・ヴェヌティ侯（一七四五〜一八一七？）。カポディモンテの国立陶器工場長。ゲーテは画家のティッシュバインを通して彼と知り合いになった。

の溶岩が私の想像力を惹きつけるのでなければ、私もゆっくりできて、何もかもうまく運んだことだろう。支払やら荷造りやら、いろいろ仕事をすませているうちに夜になり、私は急いで波止場へ向かった。

そこへ着くと、あらゆる火と灯とその反射が波立つ海にたゆたい、火山の吐く火花とならんで満月が皓々と照らし、近ごろは休止していた溶岩が、いまや赤々と燃えながら厳かに流れているのが見えた。馬車に乗って見物に出かければよかったのだが、準備にてまどるし、明朝になってあそこに着くのがせいぜいだろう。いま堪能しているこの光景を焦ってだいなしにする気はなく、私は波止場に座りつづけた。人々が右往左往しながら、「溶岩はどの方向へ流れていくのだろう」と占ったり語ったり、比較したり口論したりして、さらに騒がしくなりそうだったが、私はしだいに眠気をもよおしてきた。

ナポリにて、一七八七年六月二日、土曜日

上天気の日を、優れた人たちとともに愉快に有益に過ごしたとはいえ、本意ではなく、やるせない思いである。切ない思いで煙に目をやると、煙は山をゆっくり下って海へとなびき、溶岩が刻々とたどった道すじを示していた。夕方になっても自由の身にはなれず、王の城に住んでいるジョヴァーネ公爵夫人[30]を訪問する約束になっていた。城に着くとたくさんの階段をのぼり、いくつもの廊下を案内されたが、いちばん上の廊下には、箱や戸棚や宮廷衣裳などの目障りなものがみな、所せましと置いてあった。特に見晴らしがよいわけではない、大きく天井の高い部屋に、美しい容姿の若い婦人がいて、話しぶりはしとやかで上品であった。彼女はドイツ生まれで、ドイツ文学がいかに成長し、より自由な、視野の広い高貴な人間性（ヒューマニティー）にいたるのかといったことにも通じており、ヘルダーの尽力やそれに類似した事柄を特に評価し、ガルヴェ[31]の純正な

29　ゲーテのフィリップ・ザイデル宛の書簡（一七八七年八月十八日付け）によると、Meuricoffre という名の人。

30　ジュリアーナ（一七六六～一八〇五）。ヴュルツブルクの生まれ。ナポリのジョヴァーネ・ディ・ジラソレ公と結婚し、当時マリア・カロリーナ女王の女官をしていた。生き方や教育に関する書を執筆、『作品集』は一七九三年にウィーンで刊行されている。

31　クリスティアン・ガルヴェ（一七四二～九八）。親しみやすい処世哲学を説く哲学者として知られていた。

悟性に心から共鳴していた。彼女はドイツの女流作家たちと足並みを合わせようと努めていたし、熟達の筆で名声を博したいという望みが見て取れた。彼女の話はそこへおよび、同時に上流階級の子女に影響をおよぼしたいという意図もほの見えた。こうした話はきりがないものである。

夕闇がせまったが、ろうそくは運ばれてこない。私たちは部屋のなかを行ったり来たりした。彼女がよろい戸で閉ざされた窓際に寄り、よろい戸を押しあけると、そこには生涯に一度しか見られぬ光景があった。彼女が私を驚かせようとして意図的にしたのなら、彼女は完全にその目的を達したことになる。私たちは最上階の窓際に立ち、ヴェスヴィオ山は真正面にあった。とうに日は沈み、流れ下る溶岩の灼熱の焰がはっきり見え、そこから立ち昇る煙が金色に染まってゆく。山はすさまじく荒れ狂い、その上空にはじっと動かぬ巨大な煙雲があって、噴火のたびごとに、瞬時にいくつかの雲塊に分かれ、それが具象的な形となって輝く。そこから海のあたりまで、真っ赤な光と灼熱の煙霧が帯状にたなびいていた。しかしながら、海と大地、岩石と植物は、黄昏のなかに澄んだ穏やかな姿で、この世のものとは思えない静けさのなかにくっきりと見えた。これらすべてを一望のうちにおさめ、山尾根の陰からあらわれる満月を、この絶景の画竜点睛として眺めるにいたっては、驚嘆せざるをえなかった。

これらすべてはこの地点からひと目でとらえることができ、個々の対象は仔細に吟味できなくても、大いなる全体の印象は決して失われなかった。会話はこの光景によって途切れたが、それだけにいっそう情趣あふれる方向へ転じた。いまや何千年かかっても注釈しえないテキスト[32]が眼前にあった。夜がふけるにつれ、あたりはますます明るさを増すように見え、月は第二の太陽のように輝いた。煙の柱、煙の帯と塊は隅々までくっきりと照らされて、小さな望遠鏡を用いると、すり鉢山の上にひろがる夜空に赤々と燃えて投げ出される岩塊をも見分けられるように思われた。私を招いてくれた女主は――これ以上にすばらしい晩餐を供されたことがなかったので、こう呼びたい――ろうそくを部屋の反対側に立てさせた。すると美女は月光に照らされて、この世のものとは思われぬ光景を背景に、ますます美しく見えてくるし、彼女の愛ら

32　原語は《Text》。大自然は神が聖なる文字（ヒエログリフ）で書き記し、人間に与えた書物であるという考えが根底にあり、ここは「何千年かかっても注釈しえない聖句のごとき光景が眼前にあった」と解すべきであろう。「自然という比類なき書物には、どの頁にも大いなる内容が盛り込まれている」（一七八七年三月九日付け、三八九頁）参照。

しさも、この南国の楽園できわめて好ましいドイツ語を聞いたせいか、ことさら増していった。私は時のたつのも忘れ、ついには「修道院風に窓のよろい戸をおろす時刻が近づいてまいりましたので、心苦しいのですが……」と退去をうながされた。私は遠くの風景と近くの美女に心をのこしながら別れを告げた――昼間は儀礼上、愛想よくしていたが、晩にこんなご褒美をもらえた自分の運命を祝福しながら。

「戸外へ出てから「あの大きな溶岩の近くにいっても、せいぜい、前にみた小さな溶岩とあまり変わらないものをまた目にする程度だろう。このような眺望はこういう風にしか拝することができないし、ナポリとはこういう風にしかお別れできないのだろう」と独りごとを言った。宿へは帰らずに、この雄大な光景を、また一味ことなる前景からながめようと、波止場へ足を向けた。しかし盛りだくさんだった一日の疲れが出たのか、あの最後の美しい情景をぼやけさせたくないという思いがあったのか、自分でもよくわからないが、ふたたび宿泊していたモリコーニの旅館へ引き返した。

するとそこにはクニープもいた。彼は新しく移転した下宿から夕べの訪問に来ていたのである。一瓶のワインを酌み交わしながら、お互いの将来のことを語りあい、私はクニープに「まもなく君の作品のいくつかをドイツで展示できたら、きっとあの卓越したエルンスト・フォン・ゴータ公[33]に推挙され、そこから注文を受けることになるよ」と言ってあげることができた。こうして私たちはたいそう快活に、将来たがいに協力しあって活動してゆけると確信しながらお別れした。

ナポリにて、一七八七年六月三日、日曜日、三位一体祭

こうして私はなかば混迷したように、この活気あふれる比類ない都市を馬車で駆け抜けた。この都市を二度と見ることはないだろう。それでも、あとに悔いも痛みも残らなかったことに満足していた。あの善良なクニープのことを想い、遠く離れていても彼のために全力を尽くそうと心に誓った。

郊外のいちばん端にある警備の境界線のところで、税官の役人がちょっと私をとめ、私の顔を見つめると、にっこりして、急いでまた向こうへ飛んで行った。税官吏がまだ御者の調べを終えないうちに、クニープがコーヒー店の戸口から、ブラックコー

33　一七四五〜一八〇四。この公爵の庇護によってティッシュバインはイタリアへ留学していた。

ヒー[34]をなみなみとついだ大きな中国製の茶碗を盆にのせて現れ、いかにも彼らしい心からの真剣な面持ちで、ゆっくりと馬車の扉に近づいてくる。私は驚き感動した。このようなこまやかな心遣いはまたとないものである。彼は「たいへんな好意と親切、また生涯にわたる力添えを賜り、どれほど感謝していることでしょう。ここにお礼のしるしを捧げます」と言った。

　私はこのような場合には言葉を失うたちなので、ひどく口数が少なくなってしまい、「君の仕事ぶりに恩をうけているのは、私のほうだよ。君が私たち共同の宝を活かし、さらに手を加えてくれたら、ますます感謝の念が深まることだろう」としか言えなかった。

　クニープと私とのお別れは、たまたま短期間つながりをもった人間たちには、たぐいまれな別れ方だった。私たちが互いに、相手に何を期待しているのか、正直に打ち明け合うならば、人生はもっと感謝に満ちた実り豊かなものになるのかもしれない。それが行われれば、両者とも満たされて、くつろいだ親愛の情——すべての始まりであり、究極のもの——が純粋なおまけとして生じる。

途上にて、六月四日、五日、六日

今度はひとり旅なので、過去数ヵ月の印象をふたたび呼び起こす時間がたっぷりあり、のんびりと過ごした。しかし記述にはところどころ欠落もある。旅は、旅をした本人には、たえず流れゆくもののように思えるし、想像力のなかではたえまなく続いてゆくものとして現れてくるが、これを厳密に報告するのは、実際にはむりではないかと感じている。旅をしている語り手は、第三者の心に全体が浮かび上がるように、何事もひとつひとつ配置してゆかねばならない。

だから、君たちが最近の手紙で「熱心にイタリアとシチリアを研究し、旅行記を読んだり、銅版画をながめたりしています」と確言してくれたことほど、私をなぐさめ喜ばせるものはなく、「そうするとあなたの手紙の魅力が増します」という証言に、このうえなく元気づけられる。君たちがもっと早く行動や言葉であらわしてくれてい

34　当時のドイツでは、コーヒーは上流階級に愛飲される高級嗜好品だった。プロイセンのフリードリヒ大王は国内経済を脅かすコーヒーの消費を抑制するために、一七七七年にコーヒー禁止令を出し、コーヒーに重税をかけ、国産ビールの消費をうながした。

たら、私はもっと熱心に報告していたことだろう。バルテルス、ミュンターのような優れた人たち[35]や諸国の建築家が、私よりも先にイタリアに来て、私よりも念入りに外面的な目的を追求したのは確かだが、私のほうはもっぱら内面的な目的を念頭においてきたのだ。このことはしばしば、どんなに尽力しても不十分だと思わざるをえないときの慰めとなった。

そもそも私たちひとりひとりが、他の人たちを補完する存在とみなされるべきであり、また、そのように振る舞うとき、もっとも有用で愛すべき存在と思われるなら、きっとこのことは特に旅行記や旅人にもあてはまるだろう。人柄、目的、時勢、偶然の出来事が有利にはたらいたり、不利にはたらいたりして、なにもかも、ひとりひとり異なる現れ方をする。その旅には先達がいるのを知っていても、私は喜んでその旅人の言葉に耳を傾け、当面はそれでしのぎ、そのあとに続く旅人を待ち望むことにしよう。そうこうするうちに私がその地方を訪問する幸運にめぐまれたら、そのあとに続く旅人にもやはり温かく接したいと思う。

35　かれらについては一七八七年五月二日付け、五七七頁、注102参照。

『イタリア紀行』読みどころガイド

鈴木 芳子

本書『イタリア紀行』はドイツの詩人・作家ヨハン・ヴォルフガング・フォン・ゲーテの《Italienische Reise. Teil 1 und Teil 2》および《Zweiter Römischer Aufenthalt》の邦訳である。ゲーテが一七八六年から八八年までイタリアを旅した、その直接的な成果といえる。

なぜイタリアなのか？　ゲーテの「レモンの花咲くあの国をご存じですか」（「ミニヨンの歌」）という詩句そのままの温和な気候と美しい自然は、北方の人々の憧憬をかきたてた。風光明媚であるばかりでなく、古代ローマやルネサンスの遺産が多く存在するイタリアは、西欧知識人や王侯貴族、芸術家にとって憧れの地であった。十七世紀初頭から十九世紀初頭にかけて、貴族の子弟たちが教養の仕上げとして家庭教師に連れられて長期滞在するグランドツアーが流行し、ヨーロッパ各国から芸術を志す若者たちが古代の彫刻を学ぶために長靴の半島を訪れている。ゲーテの場合には、父カスパーのイタリア好きや美術史家ヴィンケルマンに対する仰望がこれに拍車をかけた。ともかく、イタリアを自分の目で見たいという彼の渇望は、「成熟の度を越していた」のである。

この書は、当時三十七、八歳だったゲーテの旅行中の書簡や日記等を資料として編纂されている。当初、自伝的作品『詩と真実』の続編として意図されていた《Italienische Reise. Teil 1 und Teil 2》は《AUS MEINEM LEBEN　Auch ich in Arcadien!（わが人生から　われもまたアルカディアに！）》という表題と副題をもつ。第一次ローマ滞在までが『イタリア紀行』第一巻として刊行されたのは、この旅から二十八年後の一八一六年、ゲーテが六十七歳のときであった。その翌年、ナポリとシチリアの旅が第二巻として刊行され、『第二次ローマ滞在』は一八二九年、ゲーテが八十歳のときに刊行されている。ゲーテは編纂にあたって、極度にプライベートな事柄は除外し、全体的構成の面から手を加えたが、当時の心境や雰囲気がそのまま伝わるように配慮している。

光文社古典新訳文庫では上下、二分冊でお届けし、本稿ではイタリアを訪れるまでのゲーテの生涯を『イタリア紀行』に関連づけて駆け足で紹介したい。

生い立ちと少年時代

ゲーテは一七四九年八月二十八日正午、ドイツ中部フランクフルト・アム・マインの富裕な市民の子として生まれた。父カスパーは顧問官の称号を有していたが、要職にはつかず、蔵書家・美術愛好家で教養人だった。彼はイタリアの一流詩人タッソーをこよなく愛し、主としてフランクフルトの画家の作品を蒐集し、教育熱心で人にものを教えるのが好きだった。母エリーザベトはカスパーより二十一歳年下で、代々法律学者や市参事会員をだした名門の出で、彼女の祖父はフランクフルトの市長をつとめている。ゲーテは父から「体格とまじめな生活態度」を、母から「快活な性質と物語をつくる楽しみ」を享けつぎ、恵まれた環境のなかで語学をはじめとするさまざまな教養を身につけながら少年時代を過ごした。彼には一つ年下の妹コルネリアがいる。

父カスパーは一七四〇、四一年にイタリアを旅し、イタリア語で旅行記《*Viaggio per l'Italia*》を書いている。控えの間に飾られた銅版画によるローマの全景図は、ゲーテ少年に深い印象を与えた。本書でゲーテは、少年時代に思い描いたローマと現実のローマがひとつに溶け合うさまを、「わが青春の夢という夢がいま、活気を帯びて目の前にある」（一七八六年十一月一日付け）と表現している。

さて、父カスパーは息子を法律家にしたいという野心をもっていたため、息子には第一の言語としてラテン語を学ばせた。ラテン語の知識は法学の博士号取得には絶対不可欠の前提だったのである。ゲーテがラテン語の宿題をしていると、その同じ部屋で、父はコルネリアにイタリア語を教えていた。学ぶことはそもそもゲーテ少年にとってたやすいことであり、彼は「ラテン語のおもしろい変種のように思えるイタリア語に耳をかたむけ、すぐに理解した」(『詩と真実』第一章)。本書でも、彼はたびたびイタリア語の響きの美しさに言及し、ロヴェレートでは「いよいよ語学の腕試しだ。自分の好きな言語が実用語になって活かせるとは、なんと嬉しいことだろう」(一七八六年九月十一日付け)とイタリア語を日常語として用いる喜びを率直に綴っている。

ライプチヒ大学時代

ゲーテは十六歳で法律を学ぶためにライプチヒに遊学する。当時のライプチヒは人口約二万八千人、「小パリ」と呼ばれる洗練された文化都市で、彼は医学や自然科学、特にリンネに関心を抱き、法律よりも文学や美術に熱中した。『詩と真実』第八章・第十三章によると、ゲーテは画家・彫刻家で美術学校長のアダム・フリードリヒ・

エーザーのもとで絵を学んでおり、画家になりたいと思うほど絵が好きだった。エーザーはヴィンケルマン（一七一七〜六八）の若き日の友人で、彼の最初の公刊著作『ギリシア美術模倣論』の成立に深くかかわった人物である。

ヴィンケルマンの才能はドイツで熱狂的に称賛され、『古代美術史』等、彼の著書はバロックとロココの世界を覆す革命の書ともいわれた。ゲーテが初めて彼の著書を読んだのは十六歳のときだが、エーザーの手引きによって、ヴィンケルマンの説く古代美の理想《eine edle Einfalt und eine stille Größe（高貴なる単純さと静かなる偉大さ）》の考えに接する。この著名な人物がイタリアから帰国し、友人のデッサウ侯を訪れ、その途上エーザーのもとに立ち寄るというので、ゲーテたちはその機会に彼に会えると期待していた。ところが一七六八年六月八日、ヴィンケルマンはイタリアのトリエステで刺殺されてしまい、この知らせに若きゲーテは大変な精神的衝撃を受ける。

かくしてゲーテのイタリアの旅は、五十歳で客死した先駆者ヴィンケルマンの生涯と業績を追想する旅でもあった。ゲーテは「ローマに足を踏み入れたその日が私の第二の誕生日となり、真の再生がはじまった」（一七八六年十二月三日付け）と確言しており、この碩学がローマから友人たちに送った書簡集を買い求めて熱心に読み、彼と同じように古代美術をじっくりと粘り強く究めていく。

シュトラースブルク大学時代

ライプチヒ大学での学生生活はあまりの奔放さゆえに破綻をきたし、ひどく健康を害したゲーテは、十九歳で一時帰郷し、静養につとめる。このときパラケルススやジョルダノ・ブルーノ等を読み、錬金術思想や敬虔主義に親しむ。まもなく健康を回復し、一七七〇年にシュトラースブルク（ストラスブール）の大学で再び法律を学びはじめる。他にも医学や解剖学、化学の講義にも出席し、工業地帯に出かけて製鉄所、炭坑、ガラス工場等を見学している。このころ詩人ゲーテを目覚めさせる重要な二つの出来事があった。

ひとつはヘルダーとの出会いである。彼は五歳年上の新進批評家ヘルダーから、民謡の美しさをはじめ、ホメロスやシェークスピアの偉大さ、自然や感情の尊さ等について教えられ、深い感動をおぼえる。この二人の出会いは、シュトゥルム・ウント・ドラング（Sturm und Drang　疾風怒濤）と呼ばれる文学運動が展開される機縁となる。シュトゥルム・ウント・ドラングは、十八世紀後半のドイツに興った感情の解放を謳（うた）

う革命的文学運動で、呼称はこの派の作家クリンガーの戯曲（一七七六）による。ヘルダー、クロップシュトック、ハーマンらを中心に、ゲーテ、シラーをはじめとする若い作家たちによって熱狂的に推進された。かれらはシェークスピア崇拝とルソーの影響のもと、啓蒙主義の理性万能、合理主義、形式主義に抗して、感情や内部から発酵してくる本源的生命衝動を強調し、真の国民文学の創造をめざした。主として戯曲の形式で、既成の権威と独創的人間（天才）との相克を描き、社会の不正や因襲を弾劾した。

もうひとつの出来事は、シュトラースブルク郊外のゼーゼンハイムの牧師の娘フリーデリケとの恋愛である。ゲーテはこの恋愛を通して「五月の歌」など、時流の影響を脱したまったく新たな抒情詩を生みだした。

『鉄手のゲッツ・フォン・ベルリヒンゲン』

ゲーテの戯曲『鉄手のゲッツ・フォン・ベルリヒンゲン』（一七七三）は、はじめ匿名で刊行された。この作品は、十六世紀の農民一揆において指導的な役割を果たしたフランケンの騎士ゲッツの自伝に取材したもので、彼はバイエルン継承戦争で右手を失って鉄の義手をつけていたため「鉄手のゲッツ」と呼ばれていた。ゲーテは、創意によって自伝の筋を改変、いくつかの物語や副人物をつけ加え、騎士ゲッツを皇帝に対して忠誠をつくす気高く勇敢な人物とし、ひたすら正義を求めたのに、敵方の陰謀と味方の裏切りのために滅亡する最後の騎士の典型として描いた。このように内心の声にしたがい、真と善と自由のために戦う英雄の姿は、時代の要請に適うものでもあった。この戯曲は社会的・芸術的伝統に対する反抗、人間的な自然な感情の発露、それまでの詩作の法則を無視し、形式の束縛を脱しようとする奔放な態度等、シュトゥルム・ウント・ドラングの記念碑的作品であり、若い世代の共感を呼び、『ゲッツ』を模倣した騎士劇が続出した。

『若きヴェルターの悩み』

一七七二年五月から三ヵ月ほど、法律家としての実務見習いのため、ヴェツラーに滞在したゲーテはシャルロッテ・ブッフという女性に恋をする。彼女にはすでにブレーメン公使館の書記官ケストナーという婚約者がいた。ケストナーは寛容の美徳をそなえた紳士でゲーテを信頼し、醜い三角関係にはならなかったが、恋の苦悩に耐えきれないゲーテはひそかにヴェッツラーをあとにし、故郷に逃げ帰る。いっぽう、ゲーテがヴェッツラーで知り合ったブラウンシュヴァイク＝リューネブルク公使館の書記官イェルザレムは、友人の妻に報われぬ恋をしたあげく、ピストル自殺をしてしまう。

書簡体小説『若きヴェルターの悩み』（一七七四）には、この二つの材料が結びあわされていて、主人公には作者の内面生活が反映されており、結末にはイェルザレムの事件が応用されている。ともあれ、ゲーテは自己の体験を作品化し、より深く追体験することによって青春の危機を克服する。この小説は、優美な音楽的表現に満ちており、花咲く春、雷雨、荒涼たる冬、太陽の光と月影など、すべての自然描写は主人公の心情と照応し、大自然の生命と人間の生命がひとつに脈打つ。恋ほど人間の感情をこまやかにし、自然を鋭敏に観察する眼をやしなうものはない。人間のもっとも輝かしく哀切な営みである恋愛の熱情を中核に、シュトゥルム・ウント・ドラング時代の思潮をあますところなく伝えるこの作品は、若い読者層を魅了し、主人公の青い燕尾服、黄色いベストとズボン姿が青年たちのあいだに流行した。ヴェルターはロッテと初めて踊ったときに着ていた服を愛用し、その後少し傷んでくると、前とまったく同じものをつくらせていたのである。

この作品に対する反響はすさまじく、これを模倣した作品や論評、翻訳、風刺詩、嘲謔（ちょうぎゃく）する戯文などが無数に出た。いわゆる「ヴェルター熱」が全ヨーロッパに蔓延し、ヴェルターに同調し、情熱の権利を主張する者が後を絶たず、ついには自殺者まで続出したため、レッシングのような理性的な人びとは、文学の美を道徳の美と混同することのないように若者たちを戒め、ミラノの大司教は、カトリックにとって有害な書として『ヴェルター』のイタリア語訳を買い占めさせたといわれる。いっぽう、ナポレオンはこの小説を七回も読み、エジプト遠征の際にはこれをポケットにしのばせて携行したという。

イタリア滞在中のゲーテは、『ヴェルター』を数ヵ所引用した悲劇『アリストデモス』の朗読を聞かされたり、幾つものイタリア語訳の『ヴェルター』を見せられて、「どの訳が一番良いですか」「全部ほんとうにあったことなのですか」などと質問されたりしているが、そこには、この愛すべき「不幸な青年の亡霊」につきまとわれて苦笑しつつも寛容さを失わない文豪の姿がある。

ヴァイマールへ

ゲーテは一七七五年の年明け早々、フランクフルトで新興銀行家の娘リリー・シェーネマンに出会い、四月の復活祭に彼女と内輪の婚約をした。しかし信仰を含めた家風の違いから、幸せなはずのゲーテはむしろ疎外感と不安を募らせていく。同年十月には婚約を解消、そしてちょうどこの苦悩の時期にヴァイマール公国のカール・アウグスト公が新婚旅行の途上、フランクフルトに立ち寄り、ゲーテに仕官を打診した。ゲーテの父親は宮仕えに猛反対し、イタリア旅行を強く勧めたが、ゲーテは招待を受けることを決意、実家で父の書記をつとめていたフィリップ・フリードリヒ・ザイデルを供にし、これに迎えの宮廷使者を加えた計三名で、青年君主カール・アウグスト公の待つヴァイマールに向かった。

当時のドイツは三百もの小国に分かれていて、ヴァイマール公国もそのひとつである。ゲーテがはじめて足を踏み入れたころの首都ヴァイマールは、人口約六千人といわれるが、宮廷は活気と芸術的雰囲気を有していた。カール・アウグスト公は血気盛んな十八歳、これまで摂政をつとめてきた聡明な母后アンナ・アマーリアも三十六歳と若く、他にも教養小説『アガトン物語』の作者で、皇子たちの教師として招聘された詩人クリストフ・マルティン・ヴィーラント、古典的教養と詩才を兼ね備えたカール・ルートヴィヒ・フォン・クネーベル、侍従で『ヴェルター』を最初にフランス語に訳した詩人・作曲家のカール・ジークムント・フォン・ゼッケンドルフ、宮廷歌手コロナ・シュレーターなどがいた。

とりわけゲーテに強い影響を与えたのは、七歳年上のシャルロッテ・フォン・シュタイン夫人だった。彼女は十六歳で公妃アンナ・アマーリアの女官となり、二十二歳で主馬頭（しゅめのかみ）ヨジーアス・フォン・シュタインと結婚し、七人の子供を産んでいる。四人の女児はまもなく世を去り、三人の男児だけが残った。ゲーテと初めて会ったとき、彼女は宮廷生活の作法に通じた、まもなく三十三歳になる教養ある優雅な貴婦人であった。ゲーテがイタリアに旅立つ十年あまりのあいだに、彼が夫人によせた書簡は千七百通を超えており、ヴァイマールで彼が他の誰よりも自分の心を打ち明けた人物がシュタイン夫人だったといえよう。しかし夫人が彼に与えうるものは、宮廷生活に順応するための節度と調和の徳であり、やがて彼は憧れの貴婦人との精神的な愛にも限界を感じるようになる。

一七七六年、ゲーテは早くも枢密院参事官に任ぜられ、年俸千二百ターラーをもらって、正式にヴァイマール市民になった。最古参の大臣フリッチュが千八百、ずっと年長の主馬頭シュタインが千六百、教区総監としてゲーテよりややおくれてヴァイマール入りしたヘルダーが千百ターラーだったことを考えると、ゲーテがいかにアウグスト公に重んじられていたかが想像できる。一七七九年には枢密顧問官に昇進し、一七八二年には貴族の称号を受け、内閣の首班となった。

しかしながら宮廷の優遇は、過大な義務となってゲーテの上に重くのしかかってきた。はじめは宮廷の祝祭係として芝居の台本を書き上演にたずさわればよかったのであるが、仕事の範囲はどんどん広がり、軍事、土木、建築、大蔵、農林、鉱業の百般にわたり、租税、織物製造条例、消防、道路工事、水道、救貧制度、イェーナ大学の人事等、多岐におよんでいた。彼はひとつひとつの仕事に全力で取り組んだが、なかなか成果があがらず、虚しさをおぼえた。シュタイン夫人に「自分が統治者でもないのに行政に手を出す者は、俗物か、奸物（かんぶつ）か、鈍物なのでしょうね」と苦しい胸の内を明かしている。

ゲーテは、表向きはエリート官僚として順調にキャリアを積み、『若きヴェルターの悩み』はヨーロッパ的規模のベストセラーになっていたが、実際は公務に追われて思うように書けず、書き出しても完結できないままの状態が続いていた。そんな鬱屈した思いから、自由への欲求と、芸術家として生きたいという気持ちはさらに強まっていく。

イタリアへ

この八方塞がりの状態を打開すべく、ゲーテは、大胆にも公務を放り出して、長年の夢であった旅行先イタリアに脱出を図る。一七八六年七月末から温泉リゾート地カールスバートでカール・アウグスト公をはじめ、シュタイン夫人やヘルダーといった親しい面々と避暑を兼ねた湯治をしながら、ゲーテは用意周到な脱出準備をはじめていた。

ところで、このイタリアへの極秘旅行計画を知っていたのは、故郷フランクフルトからヴァイマールに同行していた秘書のザイデルだけであった。ゲーテは彼に留守中の出版作業やライプチヒの出版社ゲッシェンとの連絡方法等について指示を与え、後を託した。同年九月二日、ゲーテはシュタイン夫人とその末息子でゲーテが可愛がっていたフリッツ、ヘルダー夫妻、そして何より主君カール・アウグスト公宛にしばしの暇を請う手紙をしたためた。目的地も期間も告げず、「少々長い旅になるだろう」という曖昧な内容だった。そして翌九月三日、まだ夜も明けない午前三時、ゲーテは「ヨハン・フィリップ・メラー」という偽名を使って、単身ほとんど逃げるようにして避暑先カールスバートからドナウ河畔の町レーゲンスブルクに向かって旅立つ。ゲーテの用いた偽名だが、ヨハンは自分のファースト・ネーム、フィリップはザイデルのファースト・ネームである。またメラーはドイツ人の姓としてありふれているので、他人に気づかれないための良い隠れ蓑となった。

彼はヴェネツィア、ローマ、ナポリ、シチリアなどを経巡り、イタリアの地中海的風土、古典的芸術、喜怒哀楽の情を豊かに直接的にあらわす民衆のなかに身を置き、五感全体でそれらを把握した。イタリアとドイツの時針を比較した時刻早見表を作成し、イタリア風の時の数え方に自らを馴染ませ、その生のリズムに身を委ね、その他にも大言壮語や気の進まない約束を先送りにするイタリア人の振る舞いをまねるなど、いわばイタリアに帰化したのである。

後にゲーテはエッカーマンに「詩的創造力を取り戻すためにイタリアへ遁走した」と語っている（一八二九年二月十日付け）が、イタリアで彼は真の再生を体験し、芸術家としての自己を再発見した。この地で受容したさまざまな経験から生み出された古典的芸術観は、ゲーテを主観的な生命感情あふれる若き「シュトゥルム・ウント・ドラング時代」から、客観的で冷静なまなざしをもつ円熟した「古典主義時代」へ向かわせた。下巻の解説では、イタリア体験が彼の精神面・芸術面にもたらしたものについてさらに詳しく見ていきたい。

イタリア紀行（上）

著者　ゲーテ
訳者　鈴木芳子

2021年12月20日　初版第1刷発行

発行者　田邉浩司
印刷　萩原印刷
製本　ナショナル製本

発行所　株式会社光文社
〒112-8011東京都文京区音羽1-16-6
電話　03（5395）8162（編集部）
03（5395）8116（書籍販売部）
03（5395）8125（業務部）
www.kobunsha.com

ISBN978-4-334-75454-9 Printed in Japan

いま、息をしている言葉で、もういちど古典を

長い年月をかけて世界中で読み継がれてきたのが古典です。奥の深い味わいある作品ばかりがそろっており、この「古典の森」に分け入ることは人生のもっとも大きな喜びであることに異論のある人はいないはずです。しかしながら、こんなに豊饒で魅力に満ちた古典を、なぜわたしたちはこれほどまで疎んじてきたのでしょうか。

ひとつには古臭い教養主義からの逃走だったのかもしれません。真面目に文学や思想を論じることは、ある種の権威化であるという思いから、その呪縛から逃れるために、教養そのものを否定しすぎてしまったのではないでしょうか。

いま、時代は大きな転換期を迎えています。まれに見るスピードで歴史が動いていくのを多くの人々が実感していると思います。

こんな時わたしたちを支え、導いてくれるものが古典なのです。「いま、息をしている言葉で」──光文社の古典新訳文庫は、さまよえる現代人の心の奥底まで届くような言葉で、古典を現代に蘇らせることを意図して創刊されました。気取らず、自由に、心の赴くままに、気軽に手に取って楽しめる古典作品を、新訳という光のもとに読者に届けていくこと。それがこの文庫の使命だとわたしたちは考えています。

このシリーズについてのご意見、ご感想、ご要望をハガキ、手紙、メール等で翻訳編集部までお寄せください。今後の企画の参考にさせていただきます。
メール　info@kotensinyaku.jp

光文社古典新訳文庫　好評既刊

トニオ・クレーガー
マン
浅井　晶子
訳
ごく普通の幸福への憧れと、高踏的な芸術家の生き方のはざまで悩める青年トニオが抱く決意とは？　青春の書として愛される、ノーベル賞作家の自伝的小説。（解説・伊藤白）

賢者ナータン
レッシング
丘沢　静也
訳
イスラム教、キリスト教、ユダヤ教の3つのうち、本物はどれか。イスラムの最高権力者の問いにユダヤの商人ナータンはどう答える？　啓蒙思想家レッシングの代表作。

ほら吹き男爵の冒険
ビュルガー
酒寄　進一
訳
世界各地を旅したミュンヒハウゼン男爵は、いかなる奇策で猛獣を退治し、敵軍に打撃を与え、英雄的な活躍をするに至ったのか。彼自身が語る奇妙奇天烈な武勇伝。挿画多数。

黄金の壺／マドモワゼル・ド・スキュデリ
ホフマン
大島かおり
訳
美しい蛇に恋した大学生を描いた「黄金の壺」、天才職人が作った宝石を持つ貴族が襲われる「マドモワゼル・ド・スキュデリ」ほか、鬼才ホフマンが破天荒な想像力を駆使する珠玉の四編！

くるみ割り人形とねずみの王さま／ブランビラ王女
ホフマン
大島かおり
訳
クリスマス・イヴに贈られたくるみ割り人形の導きで、少女マリーは不思議の国の扉を開ける……奔放な想像力が炸裂するホフマン円熟期の傑作2篇を収録。（解説・識名章喜）

★続刊

法王庁の抜け穴　ジッド／三ツ堀広一郎・訳

プロトス率いる百足組が企てた法王幽閉詐欺事件を軸に、奇蹟によって回心した無神論者アンティム、予期せぬ遺産を手にしながら無償の行為に突き動かされるラフカディオら、多様な人物と複雑な事件が絡み合う。風刺が効いたジッドの傑作長編。

人間のしがらみ（上・下）　モーム／河合祥一郎・訳

幼くして両親を亡くした主人公フィリップ。人生の意味を模索して、画家を志したり、医者を目指したり。そして友情と恋愛のままならなさに翻弄され……。理性では断ち切ることのできない結びつきを描き切る、文豪モームの自伝的長編小説。

スッタニパータ　ブッダの言葉　今枝由郎・訳

ブッダの遺した言葉を伝える最古の聖典。パーリ語からの完訳にあたっては、漢訳で生まれた難解な仏教用語（涅槃、沙門など）を極力避け、わたしたちの日常語に訳すことで、平易な言葉で人々に語り掛けていた人間ブッダの姿が生き生きと蘇る。